Pascal Mercier

Nachtzug nach Lissabon

Roman

Carl Hanser Verlag

Die Arbeit an diesem Roman ist von PRO HELVETIA,
der Kulturstiftung der Schweiz, großzügig gefördert
worden. Jetzt, wo das Buch fertig ist, möchte ich mich
bedanken, sowohl für die Förderung selbst als auch
für die Anerkennung, die darin zum Ausdruck kam.

2   3   4   5   08   07   06   05   04

ISBN 3-446-20555-1
© Carl Hanser Verlag München Wien 2004
Satz: Fotosatz Reinhard Amann, Aichstetten
Druck und Bindung: Ebner & Spiegel, Ulm
Printed in Germany

Nachtzug nach Lissabon

Nuestras vidas son los ríos
que van a dar en la mar,
qu'es el morir

Jorge Manrique

Nous sommes tous de lopins et d'une contexture si informe et diverse, que chaque piece, chaque momant, faict son jeu. Et se trouve autant de difference de nous à nous mesmes, que de nous à autruy.

Wir bestehen alle nur aus buntscheckigen Fetzen, die so locker und lose aneinanderhängen, daß jeder von ihnen jeden Augenblick flattert, wie er will; daher gibt es ebenso viele Unterschiede zwischen uns und uns selbst wie zwischen uns und den anderen.

Michel de Montaigne, ESSAIS, Zweites Buch, 1

Cada um de nós é vários, é muitos, é uma prolixidade de si mesmos. Por isso aquele que despreza o ambiente não é o mesmo que dele se alegra ou padece. Na vasta colónia do nosso ser há gente de muitas espécies, pensando e sentindo diferentemente.

Jeder von uns ist mehrere, ist viele, ist ein Übermaß an Selbsten. Deshalb ist, wer die Umgebung verachtet, nicht derselbe, der sich an ihr erfreut oder unter ihr leidet. In der weitläufigen Kolonie unseres Seins gibt es Leute von mancherlei Art, die auf unterschiedliche Weise denken und fühlen.

Fernando Pessoa, LIVRO DO DESASSOSSEGO, Aufzeichnung vom 30.12.1932

ERSTER TEIL

Der Aufbruch

1 Der Tag, nach dem im Leben von Raimund Gregorius nichts mehr sein sollte wie zuvor, begann wie zahllose andere Tage. Er kam um Viertel vor acht von der Bundesterrasse und betrat die Kirchenfeldbrücke, die vom Stadtkern hinüber zum Gymnasium führt. Das tat er an jedem Werktag der Schulzeit, und es war immer Viertel vor acht. Als die Brücke einmal gesperrt war, machte er nachher im Griechischunterricht einen Fehler. Das war vorher nie vorgekommen, und es kam auch nachher nie mehr vor. Die ganze Schule sprach tagelang nur von diesem Fehler. Je länger die Diskussion darüber dauerte, desto zahlreicher wurden diejenigen, die ihn für einen Hörfehler hielten. Schließlich gewann diese Überzeugung auch bei den Schülern, die dabeigewesen waren, die Oberhand. Es war einfach nicht denkbar, daß Mundus, wie alle ihn nannten, im Griechischen, Lateinischen oder Hebräischen einen Fehler machte.

Gregorius blickte nach vorn zu den spitzen Türmen des Historischen Museums der Stadt Bern, hinauf zum Gurten und hinunter zur Aare mit ihrem gletschergrünen Wasser. Ein böiger Wind trieb tiefliegende Wolken über ihn hinweg, drehte seinen Schirm um und peitschte ihm den Regen ins Gesicht. Jetzt bemerkte er die Frau mitten auf der Brücke. Sie hatte die Ellbogen auf das Geländer gestützt und las im strömenden Regen, was wie ein Brief aussah. Sie mußte das Blatt mit beiden Händen festhalten. Als Gregorius näher kam, zerknüllte sie das Papier plötzlich, knetete es zu einer Kugel und warf die Kugel mit einer heftigen Bewegung in den Raum hinaus. Unwillkürlich war Gregorius schneller gegangen und war jetzt nur noch wenige Schritte von ihr entfernt. Er sah die Wut in ihrem bleichen, regennassen Gesicht. Es war keine Wut, die sich in lauten Worten würde entladen können, um dann zu verrauchen. Es war eine verbissene, nach innen gewandte Wut, die schon lange in ihr glimmen mußte. Jetzt stützte sich die Frau mit gestreckten Armen auf das Geländer, und ihre Fersen glitten aus den Schuhen. *Gleich springt sie.* Gregorius überließ den Schirm einem Windstoß, der ihn übers Brückengeländer hinaustrieb, warf seine Tasche voller Schulhefte zu Boden und stieß eine Reihe von lauten Flüchen aus, die nicht zu seinem gewohnten Wortschatz gehörten. Die Tasche ging auf, und die Hefte glitten auf den nassen Asphalt. Die Frau drehte sich um. Für einige Augenblicke sah sie reglos zu, wie die Hefte vom Wasser dunkler wurden. Dann zog sie einen Filzstift aus der Manteltasche, machte zwei Schritte, bückte sich zu Gregorius hinunter und schrieb ihm eine Folge von Zahlen auf die Stirn.

»Entschuldigen Sie«, sagte sie auf französisch, atemlos und mit fremdländischem Akzent, »aber ich darf diese Telefonnummer nicht vergessen und habe kein Papier bei mir.«

Jetzt blickte sie auf ihre Hände, als sähe sie sie zum erstenmal.

»Ich hätte natürlich auch ...«, und nun schrieb sie, zwischen Gregorius' Stirn und der Hand hin und her blickend, die Nummer auf den Handrücken. »Ich ... ich wollte sie nicht behalten, ich wollte alles vergessen, aber als ich den Brief dann fallen sah ... ich mußte sie festhalten.«

Der Regen auf den dicken Brillengläsern trübte Gregorius die Sicht, und er tastete ungeschickt nach den nassen Heften. Wiederum, so schien ihm, glitt die Spitze des Filzstifts über seine Stirn. Doch dann merkte er, daß es jetzt der Finger der Frau war, die mit einem Taschentuch die Zahlen wegzuwischen versuchte.

»Es ist eine Zumutung, ich weiß ...«, und nun begann sie,

Gregorius beim Aufsammeln der Hefte zu helfen. Er berührte ihre Hand und streifte ihr Knie, und als sie sich beide nach dem letzten Heft streckten, stießen sie mit dem Kopf zusammen.

»Vielen Dank«, sagte er, als sie sich gegenüberstanden. Er deutete auf ihren Kopf. »Tut es sehr weh?«

Abwesend, mit gesenktem Blick, schüttelte sie den Kopf. Der Regen prasselte auf ihr Haar und lief ihr übers Gesicht.

»Kann ich ein paar Schritte mit Ihnen gehen?«

»Äh . . . ja, sicher«, stotterte Gregorius.

Schweigend gingen sie zusammen bis zum Ende der Brücke und weiter in Richtung Schule. Das Zeitgefühl sagte Gregorius, daß es nach acht war und die erste Stunde bereits begonnen hatte. Wie weit war »ein paar Schritte«? Die Frau hatte sich seinem Gang angepaßt und trottete neben ihm her, als ginge es den ganzen Tag so weiter. Sie hatte den breiten Kragen des Mantels so weit aufgestellt, daß Gregorius von der Seite nur ihre Stirn sah.

»Ich muß dort hinein, ins Gymnasium«, sagte er und blieb stehen. »Ich bin Lehrer.«

»Kann ich mitkommen?« fragte sie leise.

Gregorius zögerte und fuhr sich mit dem Ärmel über die nasse Brille. »Jedenfalls ist es dort trocken«, sagte er schließlich.

Sie gingen die Stufen hoch, Gregorius hielt ihr die Tür auf, und dann standen sie in der Halle, die besonders leer und still erschien, wenn die Stunden begonnen hatten. Ihre Mäntel tropften.

»Warten Sie hier«, sagte Gregorius und ging zur Toilette, um ein Handtuch zu holen.

Vor dem Spiegel trocknete er die Brille und wischte sich das Gesicht ab. Die Zahlen auf der Stirn waren noch immer zu erkennen. Er hielt einen Zipfel des Handtuchs unter das warme

Wasser und wollte gerade zu reiben beginnen, als er mitten in der Bewegung innehielt. *Das war der Augenblick, der alles entschied*, dachte er, als er sich das Geschehen Stunden später in Erinnerung rief. Mit einemmal nämlich war ihm klar, daß er die Spur seiner Begegnung mit der rätselhaften Frau gar nicht auswischen *wollte*.

Er stellte sich vor, wie er nachher mit einer Telefonnummer im Gesicht vor die Klasse treten würde, er, Mundus, der verläßlichste und berechenbarste Mensch in diesem Gebäude und vermutlich in der gesamten Geschichte der Schule, seit mehr als dreißig Jahren hier tätig, ohne Fehl und Tadel in seinem Beruf, eine Säule der Institution, ein bißchen langweilig vielleicht, aber geachtet und sogar drüben an der Hochschule gefürchtet wegen seines stupenden Wissens in den alten Sprachen, liebevoll verspottet von seinen Schülern, die ihn in jedem Jahrgang von neuem auf die Probe stellten, indem sie ihn mitten in der Nacht anriefen und nach der Konjektur für eine entlegene Stelle in einem alten Text fragten, nur um jedesmal aus dem Kopf eine ebenso trockene wie erschöpfende Auskunft zu bekommen, die einen kritischen Kommentar zu anderen möglichen Meinungen mit einschloß, alles aus einem Guß und mit einer Ruhe vorgetragen, die nicht die Spur von Ärger über die Störung erkennen ließ – Mundus eben, ein Mann mit einem unmöglich altmodischen, geradezu altertümlichen Vornamen, den man einfach abkürzen *mußte* und nicht anders als so abkürzen *konnte*, eine Abkürzung, die überdies das Wesen dieses Mannes ans Licht hob, wie kein anderes Wort es gekonnt hätte, denn was er als Philologe in sich herumtrug, war in der Tat nichts weniger als eine ganze Welt, oder vielmehr mehrere ganze Welten, da er neben jeder lateinischen und griechischen Textstelle auch jede hebräische im Kopf hatte, womit er schon manchen Lehrstuhlinhaber für das Alte Testament in Erstaunen versetzt hatte. *Wenn ihr einen wahren Gelehrten sehen wollt*, pflegte der Rektor zu sagen, wenn er ihn einer neuen Klasse vorstellte: *Hier ist er.*

Und dieser Gelehrte, dachte Gregorius jetzt, dieser trockene Mann, der einigen nur aus toten Wörtern zu bestehen schien und der von Kollegen, die ihm seine Beliebtheit neideten, gehässig *der Papyrus* genannt wurde – dieser Gelehrte würde mit einer Telefonnummer den Raum betreten, die ihm eine verzweifelte, offenbar zwischen Wut und Liebe hin- und hergerissene Frau auf die Stirn gemalt hatte, eine Frau in einem roten Ledermantel und mit einem märchenhaft weichen, südländischen Tonfall, der wie ein endlos in die Länge gezogenes Flüstern klang, das einen schon durch das bloße Anhören zum Komplizen machte.

Als Gregorius ihr das Handtuch gebracht hatte, klemmte die Frau einen Kamm zwischen die Zähne und frottierte mit dem Tuch das lange schwarze Haar, das in dem Mantelkragen lag wie in einer Schale. Der Hausmeister betrat die Halle und warf, als er Gregorius sah, einen verwunderten Blick auf die Uhr über dem Ausgang und dann auf seine Armbanduhr. Gregorius nickte ihm zu, wie er es immer tat. Eine Schülerin hastete an ihnen vorbei, drehte sich im Lauf zweimal um und lief weiter.

»Ich unterrichte dort oben«, sagte Gregorius zu der Frau und zeigte durchs Fenster hinauf zu einem anderen Gebäudeteil. Sekunden verrannen. Er spürte seinen Herzschlag. »Wollen Sie mitkommen?«

Gregorius konnte später nicht glauben, daß er das wirklich gesagt hatte; aber es mußte wohl so gewesen sein, denn auf einmal gingen sie nebeneinander auf das Klassenzimmer zu, er hörte das Quietschen seiner Gummisohlen auf dem Linoleum und das Klacken der Stiefeletten, wenn die Frau den Fuß aufsetzte.

»Was ist Ihre Muttersprache?« hatte er sie vorhin gefragt.

»*Português*«, hatte sie geantwortet.

Das *o*, das sie überraschend wie ein *u* aussprach, die ansteigende, seltsam gepreßte Helligkeit des *ê* und das weiche *sch* am Ende fügten sich für ihn zu einer Melodie, die viel länger klang, als sie wirklich war, und die er am liebsten den ganzen Tag lang gehört hätte.

»Warten Sie«, sagte er jetzt, holte sein Notizbuch aus der Jacke und riß ein Blatt heraus: »Für die Nummer.«

Er hatte schon die Hand auf der Klinke, da bat er sie, das Wort von vorhin noch einmal zu sagen. Sie wiederholte es, und da sah er sie zum erstenmal lächeln.

Das Schwatzen brach schlagartig ab, als sie das Klassenzimmer betraten. Eine Stille, die ein einziges Staunen war, füllte den Raum. Gregorius erinnerte sich später genau: Er hatte diese überraschte Stille, diese sprachlose Ungläubigkeit, die aus jedem einzelnen Gesicht sprach, genossen, und er hatte auch seine Freude darüber genossen, daß es ihm möglich war, auf eine Weise zu empfinden, die er sich nicht zugetraut hätte.

Was ist denn jetzt *los?* Die Frage sprach aus jedem einzelnen der gut zwanzig Blicke, die auf das sonderbare Paar an der Tür fielen, auf Mundus, der mit nasser Glatze und regendunklem Mantel neben einer notdürftig gekämmten Frau mit bleichem Gesicht stand.

»Vielleicht dort?« sagte Gregorius zu der Frau und deutete auf den leeren Stuhl hinten in der Ecke. Dann ging er nach vorn, grüßte wie gewohnt und setzte sich hinters Pult. Er hatte keine Ahnung, was er zur Erklärung hätte sagen können, und so ließ er einfach den Text übersetzen, an dem sie gerade arbeiteten. Die Übersetzungen kamen zögernd, und er fing manch neugierigen Blick auf. Auch verwirrte Blicke gab es, denn er – er, Mundus, der jeden Fehler noch im Schlaf erkannte – ließ reihenweise Fehler, Halbheiten und Unbeholfenheiten durchgehen.

Es gelang ihm zu tun, als blickte er nicht zu der Frau hinüber. Und doch sah er sie in jeder Sekunde, er sah die feuchten Strähnen, die sie aus dem Gesicht strich, die weißen Hände, die sich ineinander krampften, den abwesenden, verlorenen Blick, der zum Fenster hinausging. Einmal holte sie den Stift hervor und schrieb die Telefonnummer auf den Zettel. Dann lehnte sie sich wieder zurück und schien kaum mehr zu wissen, wo sie war.

Es war eine unmögliche Situation, und Gregorius schielte auf die Uhr: noch zehn Minuten bis zur Pause. Da erhob sich die Frau und ging leise zur Tür. Im Türspalt drehte sie sich zu ihm um und legte den Finger an die Lippen. Er nickte, und lächelnd wiederholte sie die Geste. Dann fiel die Tür mit einem leisen Schnappen ins Schloß.

Von diesem Augenblick an hörte Gregorius nichts mehr von dem, was die Schüler sagten. Ihm war, als sei er ganz allein und von einer betäubenden Stille umschlossen. Irgendwann stand er am Fenster und folgte der roten Frauengestalt mit dem Blick, bis sie um die Häuserecke verschwunden war. Er spürte, wie die Anstrengung in ihm nachhallte, die es ihn gekostet hatte, ihr nicht nachzulaufen. Immer wieder sah er den Finger an ihren Lippen, der so vieles bedeuten konnte: *Ich will nicht stören*, und: *Es bleibt unser Geheimnis*, aber auch: *Lassen Sie mich jetzt gehen, es kann keine Fortsetzung geben.*

Als es zur Pause klingelte, blieb er am Fenster stehen. Hinter ihm gingen die Schüler ungewohnt leise aus dem Zimmer. Später ging auch er hinaus, verließ das Gebäude durch den Hintereingang und setzte sich auf der anderen Straßenseite in die Landesbibliothek, wo ihn niemand suchen würde.

Zum zweiten Teil der Doppelstunde war er pünktlich wie immer. Er hatte die Zahlen von der Stirn gerieben, sie nach einer Minute des Zögerns im Notizbuch festgehalten und dann den schmalen Kranz von grauem Haar getrocknet. Nur die feuchten Flecke auf Jacke und Hose verrieten noch, daß es etwas Ungewöhnliches gegeben hatte. Jetzt nahm er den Stoß durchnäßter Hefte aus der Aktentasche.

»Ein Malheur«, sagte er knapp. »Ich bin gestolpert, und da sind sie herausgerutscht, in den Regen. Die Korrekturen dürften trotzdem noch lesbar sein; sonst müßt ihr mit Konjekturen arbeiten.«

So kannten sie ihn, und hörbare Erleichterung ging durch den Raum. Ab und zu noch fing er einen neugierigen Blick auf, und auch ein Rest von Scheu war bei einigen in der Stimme. Sonst war alles wie früher. Er schrieb die häufigsten Fehler an die Tafel. Dann ließ er die Schüler still für sich arbeiten.

Konnte man, was in der nächsten Viertelstunde mit ihm geschah, eine Entscheidung nennen? Gregorius sollte sich die Frage später immer wieder stellen, und nie war er sicher. Doch wenn es keine Entscheidung war – was war es dann?

Es begann damit, daß er die auf ihre Hefte blickenden, nach vorne gebeugten Schüler auf einmal betrachtete, als sähe er sie zum erstenmal.

Lucien von Graffenried, der beim alljährlichen Schachturnier in der Aula, bei dem Gregorius simultan gegen ein Dutzend Schüler spielte, eine Figur heimlich verrückt hatte. Nach den Zügen an den anderen Brettern hatte Gregorius wieder vor ihm gestanden. Er merkte es sofort. Ruhig sah er ihn an. Flammende Röte überzog Luciens Gesicht. »Das hast du doch nicht nötig«, sagte Gregorius, und dann sorgte er dafür, daß diese Partie Remis ausging.

Sarah Winter, die morgens um zwei vor seiner Wohnungstür gestanden hatte, weil sie nicht wußte, was sie mit ihrer Schwangerschaft machen sollte. Er hatte Tee gekocht und zugehört, sonst nichts. »Ich bin so froh, daß ich Ihrem Rat gefolgt bin«, sagte sie eine Woche später, »es wäre viel zu früh gewesen für ein Kind.«

Beatrice Lüscher mit der ebenmäßigen, gestochenen Schrift, die unter der Last ihrer stets perfekten Leistungen erschreckend schnell alt wurde. René Zingg, stets an der untersten Notengrenze.

Und natürlich Natalie Rubin. Ein Mädchen, das mit seiner Gunst geizte und ein bißchen war wie ein höfisches Fräulein aus vergangenen Jahrhunderten, unnahbar, umschwärmt und gefürchtet wegen ihrer spitzen Zunge. Vergangene Woche war sie nach dem Pausenzeichen aufgestanden, hatte sich gestreckt wie jemand, der sich in seinem Körper wohl fühlt, und hatte ein Bonbon aus der Rocktasche geholt. Auf dem Weg zur Tür packte sie es aus, und als sie an ihm vorbeikam, führte sie es zum Mund. Es hatte gerade die Lippen berührt, da brach sie die Bewegung ab, drehte sich zu ihm, hielt ihm das knallrote Bonbon hin und fragte: »Möchten Sie?« Belustigt über seine Verblüffung hatte sie ihr seltenes, helles Lachen gelacht und dafür gesorgt, daß ihre Hand die seine berührte.

Gregorius ging sie alle durch. Zuerst kam es ihm vor, als zöge er nur eine Zwischenbilanz seiner Gefühle für sie. In der Mitte der Bankreihen dann merkte er, daß er immer häufiger dachte: *Wieviel Leben sie noch vor sich haben; wie offen ihre Zukunft noch ist; was noch alles mit ihnen passieren kann; was sie noch alles erleben können!*

Português. Er hörte die Melodie und sah das Gesicht der Frau, wie es mit geschlossenen Augen hinter dem frottierenden Handtuch aufgetaucht war, weiß wie Alabaster. Ein letztes Mal ließ er den Blick über die Köpfe der Schüler hinweggleiten. Dann erhob er sich langsam, ging zur Tür, wo er den feuchten Mantel vom Haken nahm, und verschwand, ohne sich noch einmal umzudrehen, aus dem Zimmer.

Seine Aktentasche mit den Büchern, die ihn ein Leben lang begleitet hatten, war auf dem Pult zurückgeblieben. Oben an der Treppe hielt er inne und dachte daran, wie er die Bücher alle paar Jahre von neuem zum Binden gebracht hatte, immer in demselben Geschäft, wo man über die abgegriffenen, mürben Seiten lachte, die sich beinahe schon wie Löschpapier anfühlten. Solange die Tasche auf dem Pult lag, würden die Schüler annehmen, er käme wieder. Doch das war nicht der Grund, warum er die Bücher hatte liegenlassen und warum er jetzt der Versuchung widerstand, sie doch noch zu holen. Wenn er jetzt ging, dann mußte er auch von diesen Büchern weggehen. Das spürte er mit großer Klarheit, selbst wenn er in diesem Augenblick, auf dem Weg zum Ausgang, keine Ahnung hatte, was das eigentlich hieß: weggehen.

In der Eingangshalle fiel sein Blick auf die kleine Pfütze, die sich gebildet hatte, als die Frau mit tropfendem Mantel darauf gewartet hatte, daß er von der Toilette zurückkäme. Sie war die Spur einer Besucherin aus einer anderen, fernen Welt, und Gregorius betrachtete sie mit einer Andacht, wie er sie archäologischen Funden gegenüber zu empfinden pflegte. Erst als er den schlurfenden Schritt des Hausmeisters hörte, riß er sich los und verließ rasch das Gebäude.

Ohne sich umzudrehen, ging er bis zu einer Häuserecke, von der aus er ungesehen einen Blick zurückwerfen konnte. Mit einer plötzlichen Wucht, die er sich nicht zugetraut hätte, spürte er, wie sehr er dieses Gebäude und alles, wofür es stand, liebte und wie sehr er es vermissen würde. Er rechnete nach: Vor zweiundvierzig Jahren, als fünfzehnjähriger Gymnasiast, hatte er es zum erstenmal betreten, schwankend zwischen Vorfreude und Beklommenheit. Vier Jahre später hatte er es mit dem Maturitätszeugnis in der Hand verlassen, nur um weitere vier Jahre später wiederzukommen als Vertreter für den verunglückten Griechischlehrer, der ihm seinerzeit die antike Welt aufgeschlossen hatte. Aus dem studierenden Vertreter war ein immer weiterstudierender Dauervertreter geworden, der bereits dreiunddreißig war, als er schließlich sein Universitätsexamen machte.

Gemacht hatte er es nur, weil Florence, seine Frau, darauf gedrängt hatte. An eine Promotion hatte er nie gedacht; wenn man ihn danach fragte, lachte er nur. Auf solche Dinge kam es nicht an. Worauf es ankam, war etwas ganz Einfaches: die alten Texte bis in jede Einzelheit, in jedes grammatische und stilistische Detail hinein zu kennen und zu wissen, was die Geschichte eines jeden Ausdrucks gewesen war. Mit anderen Worten: *gut* zu sein. Das war nicht Bescheidenheit – im Anspruch an sich selbst war er ganz und gar unbescheiden. Auch war es nicht Verschrobenheit oder eine verdrehte Art von Eitelkeit. Es war, hatte er später manchmal gedacht, eine stille Wut gewesen, die sich gegen eine wichtigtuerische Welt gerichtet hatte, ein unbeugsamer Trotz, mit dem er sich an der Welt der Angeber hatte rächen wollen, unter der sein Vater ein Leben lang gelitten hatte, weil er es nur zum Museumswärter gebracht hatte. Daß die anderen, die viel weniger konnten als er – lachhaft wenig, um die Wahrheit zu sagen –, Examen machten und eine feste Stellung bekamen: Es war, als gehörten sie zu einer anderen, einer unerträglich oberflächlichen Welt mit Maßstäben, für die er nur Verachtung übrig hatte. In der Schule wäre man nie auf die Idee gekommen, ihn zu entlassen und durch jemanden mit Examen zu ersetzen. Der Rektor, selbst Altphilologe, wußte, wie gut Gregorius war – viel besser als er selbst –, und er wußte, daß es unter den Schülern einen Aufstand gegeben hätte. Das Examen, als er es schließlich machte, kam Gregorius lächerlich einfach vor, und er gab nach der Hälfte der Zeit ab. Er hatte es Florence stets ein bißchen übelgenommen, daß sie ihn dazu gebracht hatte, seinen Trotz aufzugeben.

Gregorius wandte sich um und ging langsam in Richtung Kirchenfeldbrücke. Als die Brücke in Sicht kam, hatte er das sonderbare, ebenso beunruhigende wie befreiende Gefühl, daß er im Begriff stand, sein Leben im Alter von siebenundfünfzig Jahren zum erstenmal ganz in die eigenen Hände zu nehmen.

2   An der Stelle, wo die Frau im strömenden Regen den Brief gelesen hatte, blieb er stehen und blickte nach unten. Zum erstenmal wurde ihm klar, wie tief man fallen würde. Hatte sie wirklich springen wollen? Oder war das nur eine voreilige Befürchtung gewesen, die damit zu tun hatte, daß auch der Bruder von Florence von einer Brücke gesprungen war? Außer daß sie Portugiesisch als Muttersprache hatte, wußte er von der Frau nicht das geringste. Nicht einmal ihren Namen kannte er. Natürlich war es unsinnig, den zerknüllten Brief von hier oben erkennen zu wollen. Trotzdem starrte er mit Augen, die vor Anstrengung zu tränen begannen, nach unten. War jener dunkle Punkt sein Schirm? Er faßte in die Jacke und vergewisserte sich, daß er das Notizbuch mit der Nummer, die ihm die namenlose Portugiesin auf die Stirn geschrieben hatte, bei sich trug. Dann ging er bis zum Ende der Brücke, unsicher, wohin er sich danach wenden sollte. Er war dabei, aus seinem bisherigen Leben wegzulaufen. Konnte einer, der das vorhatte, einfach nach Hause gehen?

Sein Blick fiel auf das Hotel Bellevue, das älteste und vornehmste Hotel der Stadt. Viele tausend Male war er daran vorbeigegangen, ohne es je zu betreten. Jedesmal hatte er gespürt, daß es da war, und es war ihm, dachte er jetzt, auf unbestimmte Weise wichtig gewesen, daß es da war; es hätte ihn verstört zu erfahren, das Haus werde abgerissen oder höre auf, ein Hotel – oder auch nur: dieses Hotel – zu sein. Aber es wäre ihm nie in den Sinn gekommen, daß er, Mundus, darin etwas zu suchen hätte. Zögerlich ging er jetzt auf den Eingang zu. Ein Bentley hielt, der Chauffeur stieg aus und ging hinein. Als Gregorius ihm folgte, tat er es mit dem Gefühl, etwas ganz und gar Revolutionäres und eigentlich Verbotenes zu tun.

Das Foyer mit der Kuppel aus farbigem Glas war menschenleer, und der Teppich verschluckte jedes Geräusch. Gregorius war froh, daß der Regen aufgehört hatte und sein Mantel nicht tropfte. Mit seinen schweren, unförmigen Schuhen ging er weiter und betrat den Speisesaal. Von den fürs Frühstück gedeckten Tischen waren nur zwei besetzt. Leise Töne eines Divertimentos von Mozart ließen den Eindruck entstehen, daß man sich fernab von allem befand, was laut, häßlich und bedrängend war. Gregorius zog den Mantel aus und setzte sich an einen Tisch am Fenster. Nein, sagte er dem Kellner in der hellbeigen Jacke, er sei kein Hotelgast. Er spürte, wie er gemustert wurde: der grobe Rollkragenpullover unter der abgetragenen Jacke mit den Ledereinsätzen an den Ellbogen; die ausgebeulte Kordhose; der spärliche Haarkranz um die mächtige Glatze; der graue Bart mit den weißen Sprenkeln, die ihn stets ein bißchen ungepflegt aussehen ließen. Als der Kellner mit der Bestellung gegangen war, prüfte Gregorius mit fahrigen Bewegungen, ob er genug Geld bei sich hatte. Dann stützte er die Ellbogen auf das gestärkte Tischtuch und blickte zur Brücke hinüber.

Es war unsinnig zu hoffen, sie würde dort noch einmal auftauchen. Sie war über die Brücke zurückgegangen und danach in einer Altstadtgasse verschwunden. Er sah sie vor sich, wie sie hinten im Klassenzimmer gesessen und mit abwesendem Blick zum Fenster hinausgesehen hatte. Er sah, wie sie die weißen Hände ineinanderkrampfte. Und wieder sah er, wie ihr alabasternes Gesicht hinter dem Handtuch auftauchte, erschöpft und verletzlich. *Português*. Zögernd holte er das Notizbuch hervor und betrachtete die Telefonnummer. Der Kellner brachte das Frühstück mit Kannen aus Silber. Gregorius ließ den Kaffee kalt werden. Einmal stand er auf und ging auf das Telefon zu. Auf halbem Weg machte er kehrt und ging zum Tisch zurück. Er zahlte für das unberührte Frühstück und verließ das Hotel.

Es war viele Jahre her, daß er in der spanischen Buchhandlung drüben am Hirschengraben gewesen war. Früher hatte er dort ab und zu ein Buch für Florence abgeholt, das sie für ihre Dissertation über San Juan de la Cruz gebraucht hatte. Im Bus hatte er manchmal darin geblättert, zu Hause jedoch hatte er die Bücher nie angerührt. Spanisch – das war ihr Territorium. Es war wie Latein und ganz anders als Latein, und das störte ihn. Es ging ihm gegen den Strich, daß Wörter, in denen das Lateinische so sehr gegenwärtig war, aus heutigen Mündern kamen – auf der Gasse, im Supermarkt, im Café. Daß sie gebraucht wurden, um Coca Cola zu bestellen, zu feilschen und zu fluchen. Er fand den Gedanken schwer erträglich und wischte die Vorstellung, wenn sie kam, schnell und heftig beiseite. Natürlich, auch die Römer hatten gefeilscht und geflucht. Aber das war etwas anderes. Er liebte die lateinischen Sätze, weil sie die Ruhe alles Vergangenen in sich trugen. Weil sie einen nicht zwangen, etwas dazu zu sagen. Weil sie Sprache jenseits des Geredes waren. Und weil sie in ihrer Unverrückbarkeit schön waren. Tote Sprachen – Leute, die so darüber redeten, hatten keine Ahnung, wirklich überhaupt keine Ahnung, und Gregorius konnte hart und unbeugsam sein in seiner Verachtung für sie. Wenn Florence am Telefon Spanisch sprach, schloß er die Tür. Das verletzte sie, und er konnte es ihr nicht erklären.

In der Buchhandlung roch es wunderbar nach altem Leder und Staub. Der Besitzer, ein älterer Mann mit einer legendären Kenntnis der romanischen Sprachen, war im hinteren Raum beschäftigt. Der vordere Raum war leer bis auf eine junge Frau, allem Anschein nach eine Studentin. Sie saß in einer Ecke neben einem Tisch und las in einem dünnen Buch mit vergilbtem Einband. Gregorius wäre lieber allein gewesen. Das Gefühl, daß er hier nur deshalb stand, weil ihm die Melodie eines portugiesischen Worts nicht aus dem Sinn ging, und vielleicht auch deshalb, weil er nicht gewußt hatte, wohin er sonst gehen sollte, wäre ohne Zeugen leichter zu ertragen gewesen. Er ging die Regale entlang, ohne etwas zu sehen. Ab und zu stellte er die Brille schräg, um auf einem hohen Regal einen Titel besser lesen zu können; doch kaum hatte er ihn gelesen, war er auch schon wieder vergessen. Wie so oft war er mit seinen Gedanken allein, und sein Geist war nach außen hin versiegelt.

Als die Tür aufging, drehte er sich schnell um, und an der Enttäuschung darüber, daß es der Postbote war, merkte er, daß er entgegen seinem Vorsatz und gegen alle Vernunft doch auf die Portugiesin wartete. Jetzt klappte die Studentin das Buch zu und erhob sich. Doch statt es auf den Tisch zu den anderen zu tun, blieb sie stehen, ließ den Blick stets von neuem über den grauen Einband gleiten, strich mit der Hand darüber, und erst nachdem einige weitere Sekunden verronnen waren, legte sie das Buch auf den Tisch, so sanft und vorsichtig, als könnte es durch einen Stoß zu Staub zerfallen. Einen Moment lang blieb sie danach beim Tisch stehen, und es sah aus, als würde sie es sich vielleicht anders überlegen und das Buch doch noch kaufen. Dann ging sie hinaus, die Hände in den Manteltaschen vergraben und den Kopf gesenkt. Gregorius nahm das Buch in die Hand und las: AMADEU INÁCIO DE ALMEIDA PRADO, UM OURIVES DAS PALAVRAS, LISBOA 1975.

Der Buchhändler war gekommen, warf jetzt einen Blick auf das Buch und sprach den Titel aus. Gregorius hörte nur einen Fluß von Zischlauten; die verschluckten, kaum hörbaren Vokale schienen nur als Vorwand dazusein, um das rauschende *sch* am Schluß stets von neuem wiederholen zu können.

»Sprechen Sie Portugiesisch?«

Gregorius schüttelte den Kopf.

»*Ein Goldschmied der Worte*, heißt es. Ist das nicht ein schöner Titel?«

»Still und elegant. Wie mattes Silber. Würden Sie ihn noch einmal auf Portugiesisch sagen?«

Der Buchhändler wiederholte die Worte. Außer den Worten selbst konnte man hören, wie er ihren samtenen Klang genoß. Gregorius schlug das Buch auf und blätterte, bis der Text begann. Er reichte es dem Mann, der ihm einen verwunderten und wohlgefälligen Blick zuwarf und vorzulesen begann. Gregorius schloß beim Zuhören die Augen. Nach ein paar Sätzen hielt der Mann inne.

»Soll ich übersetzen?«

Gregorius nickte. Und dann hörte er Sätze, die in ihm eine betäubende Wirkung entfalteten, denn sie klangen, als seien sie allein für ihn geschrieben worden, und nicht nur für ihn, sondern für ihn an diesem Vormittag, der alles verändert hatte.

Von tausend Erfahrungen, die wir machen, bringen wir höchstens eine zur Sprache, und auch diese bloß zufällig und ohne die Sorgfalt, die sie verdiente. Unter all den stummen Erfahrungen sind diejenigen verborgen, die unserem Leben unbemerkt seine Form, seine Färbung und seine Melodie geben. Wenn wir uns dann, als Archäologen der Seele, diesen Schätzen zuwenden, entdecken wir, wie verwirrend sie sind. Der Gegenstand der Betrachtung weigert sich stillzustehen, die Worte gleiten am Erlebten ab, und am Ende stehen lauter Widersprüche auf dem Papier. Lange Zeit habe ich geglaubt, das sei ein Mangel, etwas, das es zu überwinden gelte. Heute denke ich, daß es sich anders verhält:

daß die Anerkennung der Verwirrung der Königsweg zum Ver-
ständnis dieser vertrauten und doch rätselhaften Erfahrungen
ist. Das klingt sonderbar, ja eigentlich absonderlich, ich weiß.
Aber seit ich die Sache so sehe, habe ich das Gefühl, das erstemal
richtig wach und am Leben zu sein.

»Das ist die Einleitung«, sagte der Buchhändler und begann zu
blättern. »Und nun, so scheint es, beginnt er, Abschnitt für Abschnitt nach all den verborgenen Erfahrungen zu graben. Sein
eigener Archäologe zu sein. Es gibt Abschnitte von mehreren
Seiten, und dann wieder ganz kurze. Hier zum Beispiel ist
einer, der aus einem einzigen Satz besteht.« Er übersetzte:

Wenn es so ist, daß wir nur einen kleinen Teil von dem leben
können, was in uns ist – was geschieht mit dem Rest?

»Ich möchte das Buch haben«, sagte Gregorius.
   Der Buchhändler klappte es zu und fuhr mit der Hand auf
dieselbe zärtliche Weise über den Einband, wie es die Studentin vorhin getan hatte.
   »Ich habe es letztes Jahr in einer Ramschkiste eines Anti-
quariats in Lissabon gefunden. Und jetzt erinnere ich mich
auch wieder: Ich habe es mitgenommen, weil mir die Einleitung gefiel. Irgendwie habe ich es dann aus den Augen verloren.« Er sah Gregorius an, der umständlich nach seiner Brief-
tasche tastete. »Ich schenke es Ihnen.«
   »Das ist …«, begann Gregorius heiser und räusperte sich.
   »Es hat ohnehin so gut wie nichts gekostet«, sagte der Buchhändler und reichte ihm das Buch. »Jetzt erinnere ich mich
auch wieder an Sie: San Juan de la Cruz. Richtig?«
   »Das war meine Frau«, sagte Gregorius.
   »Dann sind Sie der Altphilologe vom Kirchenfeld, sie hat von
Ihnen gesprochen. Und später einmal hörte ich noch jemanden

von Ihnen sprechen. Es klang, als seien Sie ein wandelndes Lexikon.« Er lachte. »Ein ausgesprochen beliebtes Lexikon.«

Gregorius steckte das Buch in die Manteltasche und gab ihm die Hand. »Vielen Dank.«

Der Buchhändler begleitete ihn zur Tür. »Ich hoffe, ich habe Sie nicht ...«

»Keineswegs«, sagte Gregorius und berührte ihn am Arm.

Auf dem Bubenbergplatz blieb er stehen und ließ den Blick kreisen. Hier hatte er sein ganzes Leben verbracht, hier kannte er sich aus, hier war er zu Hause. Für einen, der so kurzsichtig war wie er, war das wichtig. Für einen wie ihn war die Stadt, in der er wohnte, wie ein Gehäuse, eine wohnliche Höhle, ein sicherer Bau. Alles andere bedeutete Gefahr. Nur jemand, der ähnlich dicke Brillengläser hatte, konnte das verstehen. Florence hatte es nicht verstanden. Und vielleicht aus dem gleichen Grunde hatte sie nicht verstanden, daß er nicht gerne flog. Ein Flugzeug besteigen und wenige Stunden später in einer ganz anderen Welt ankommen, ohne daß man Zeit gehabt hatte, einzelne Bilder von der Strecke dazwischen in sich aufzunehmen – das mochte er nicht, und es verstörte ihn. *Es ist nicht richtig*, hatte er zu Florence gesagt. *Was meinst du: nicht richtig?*, hatte sie gereizt gefragt. Er hatte es nicht erklären können, und so war sie denn immer öfter allein geflogen, oder mit anderen, meistens nach Südamerika.

Gregorius trat vor das Anzeigenfenster des Kinos Bubenberg. In der Spätvorstellung gab es einen Schwarzweißfilm nach einem Roman von Georges Simenon: *L'homme qui regardait passer les trains*. Der Titel gefiel ihm, und auch die Ausschnitte betrachtete er lange. Ende der siebziger Jahre, als jedermann einen Farbfernseher kaufte, hatte er tagelang vergeblich versucht, noch ein Schwarzweißgerät zu bekommen. Schließlich hatte er eins aus dem Sperrmüll mit nach Hause genommen. Zäh hatte er auch nach der Heirat daran festgehalten, es stand in seinem Arbeitszimmer, und wenn er allein war, ließ er den farbigen Apparat im Wohnzimmer links liegen und schaltete die alte Kiste ein, die flimmerte und in der die Bilder gelegentlich rollten. *Mundus, du bist unmöglich,* hatte Florence eines Tages gesagt, als sie ihn vor dem häßlichen, unförmigen Kasten fand. Daß sie ihn anzureden begann wie die anderen und er nun auch zu Hause wie ein Faktotum der Stadt Bern behandelt wurde – das war der Anfang vom Ende gewesen. Als der Farbfernseher mit der Scheidung aus der Wohnung verschwunden war, hatte er aufgeatmet. Erst Jahre später, als die Bildröhre ganz kaputt war, hatte er sich ein neues Gerät in Farbe gekauft.

Die Ausschnitte im Kinofenster waren groß und gestochen scharf. Der eine zeigte das bleiche, alabasterne Gesicht von Jeanne Moreau, die sich feuchte Strähnen aus der Stirn strich. Gregorius riß sich los und ging ins nächste Café, um das Buch näher zu betrachten, in dem der adlige Portugiese versucht hatte, sich mit seinen stummen Erfahrungen in Worte zu fassen.

Erst jetzt, da er mit der Bedächtigkeit des Liebhabers alter Bücher langsam Seite für Seite umblätterte, entdeckte er das Portrait des Autors, ein altes, zur Zeit der Drucklegung bereits vergilbtes Foto, auf dem die ehemals schwarzen Flächen zu dunklem Braun ausgeblichen waren, das helle Gesicht vor einem Hintergrund aus grobkörnigem, schattenhaftem Dunkel. Gregorius putzte die Brille, setzte sie wieder auf und war innerhalb weniger Augenblicke vollständig von dem Gesicht gefangengenommen.

Der Mann mochte Anfang dreißig sein und strahlte eine Intelligenz, ein Selbstbewußtsein und eine Kühnheit aus, die Gregorius förmlich blendeten. Das helle Gesicht mit der hohen Stirn war überwölbt von üppigem dunklem Haar, das matt zu glänzen schien und, nach hinten gekämmt, wie ein

Helm wirkte, aus dem seitlich in weichen Wellen Strähnen auf die Ohren fielen. Eine schmale, römische Nase gab dem Gesicht große Klarheit, unterstützt von kräftigen Augenbrauen, die gesetzt waren wie feste Balken, gemalt mit breitem Pinsel und nach außen hin früh abbrechend, so daß eine Konzentration zur Mitte hin entstand, dorthin, wo die Gedanken waren. Die vollen, geschwungenen Lippen, die im Gesicht einer Frau nicht überrascht hätten, waren eingefaßt von einem dünnen Lippenbärtchen und einem gestutzten Kinnbart, der durch den schwarzen Schatten, den er auf den schlanken Hals warf, bei Gregorius den Eindruck hinterließ, als müsse man auch mit einer gewissen Rauheit und Härte rechnen. Was jedoch alles entschied, waren die dunklen Augen. Sie waren von Schatten untermalt, doch waren es nicht Schatten der Müdigkeit, Erschöpfung oder Krankheit, sondern Schatten des Ernstes und der Melancholie. In seinem dunklen Blick mischte sich Sanftmut mit Unerschrockenheit und Unbeugsamkeit. Der Mann war ein Träumer und Dichter, dachte Gregorius, zugleich aber einer, der mit Entschiedenheit eine Waffe führen könnte oder ein Skalpell, und einer, dem man besser aus dem Weg ging, wenn seine Augen in Flammen standen, Augen, die ein Heer von schlagkräftigen Riesen auf Abstand halten konnten, Augen auch, denen nicht jeder gemeine Blick fernlag. Von der Kleidung war nur der weiße Hemdkragen mit einem Krawattenknoten zu erkennen, darüber eine Jacke, die sich Gregorius als einen Gehrock vorstellte.

Es war beinahe ein Uhr, als Gregorius aus der Versunkenheit auftauchte, die das Portrait in ihm hervorgerufen hatte. Wiederum war der Kaffee vor ihm kalt geworden. Er wünschte, er könnte die Stimme des Portugiesen hören und sehen, wie er sich bewegte. 1975: Wenn er da Anfang dreißig gewesen war, wie es schien, so war er jetzt etwas über sechzig. *Português*. Gregorius rief sich die Stimme der namenlosen

Portugiesin in Erinnerung und transponierte sie in Gedanken tiefer, ohne daß sie dadurch zur Stimme des Buchhändlers wurde. Es sollte eine Stimme von melancholischer Klarheit sein, die genau dem Blick von Amadeu de Prado entsprach. Er versuchte, die Sätze im Buch mit dieser Stimme zum Klingen zu bringen. Doch es ging nicht; er wußte nicht, wie die einzelnen Wörter auszusprechen waren.

Draußen vor dem Café ging Lucien von Graffenried vorbei. Gregorius war überrascht und erleichtert zu spüren, daß er nicht zusammenzuckte. Er sah dem Jungen nach und dachte an die Bücher auf dem Lehrerpult. Er mußte warten, bis der Unterricht um zwei von neuem begonnen hatte. Dann erst konnte er in die Buchhandlung gehen, um einen portugiesischen Sprachkurs zu kaufen.

3 Kaum hatte Gregorius zu Hause die erste Platte aufgelegt und die ersten portugiesischen Sätze gehört, klingelte das Telefon. Die Schule. Das Klingeln wollte nicht aufhören. Er stand neben dem Apparat und probierte Sätze aus, die er sagen könnte. *Seit heute vormittag spüre ich, daß ich aus meinem Leben noch etwas anderes machen möchte. Daß ich nicht mehr euer Mundus sein will. Ich habe keine Ahnung, was das Neue sein wird. Aber es duldet keinen Aufschub, nicht den geringsten. Meine Zeit nämlich verrinnt, und es könnte sein, daß nicht mehr viel davon übrig ist.* Gregorius sprach die Sätze laut vor sich hin. Sie stimmten, das wußte er, er hatte in seinem Leben wenige Sätze von Bedeutung gesagt, die so genau gestimmt hatten wie diese. Doch sie hatten einen hohlen und pathetischen Klang, wenn man sie aussprach, und es war unmöglich, sie in den Telefonhörer hinein zu sagen.

Das Klingeln hatte aufgehört. Aber es würde stets von neuem beginnen. Sie machten sich Sorgen und würden nicht ruhen, bis sie ihn gefunden hatten; es konnte ihm ja etwas zugestoßen sein. Früher oder später würde es an der Tür klingeln. Jetzt, im Februar, wurde es immer noch früh dunkel. Er würde kein Licht machen dürfen. Mitten in der Stadt, welche die Mitte seines Lebens gebildet hatte, war er auf der Flucht und mußte sich in der Wohnung, in der er seit fünfzehn Jahren lebte, verstecken. Es war bizarr, lächerlich und hörte sich an wie eine Schmierenkomödie. Und doch war es *ernst*, ernster als das meiste, was er bis dahin erlebt und getan hatte. Aber es war unmöglich, es denen zu erklären, die ihn suchten. Gregorius stellte sich vor, wie er die Tür öffnete und sie hereinbat. Es war unmöglich. Ganz und gar unmöglich.

Dreimal hintereinander hörte er die erste Platte des Kurses, und langsam bekam er eine Ahnung vom Unterschied zwischen dem Geschriebenen und dem Gesprochenen, und von all dem, was im gesprochenen Portugiesisch verschluckt wurde. Sein untrügliches, anstrengungsloses Gedächtnis für Wortgebilde trat in Kraft.

In Abständen, die ihm immer kürzer vorkamen, klingelte das Telefon. Von der Vormieterin hatte er seinerzeit einen vorsintflutlichen Apparat übernommen und einen Anschluß ohne einen Stecker, den er jetzt hätte herausziehen können. Er hatte darauf bestanden, daß alles so blieb. Jetzt holte er eine Wolldecke, um das Klingeln zu ersticken.

Die Stimmen, die durch den Sprachkurs führten, forderten ihn auf, Wörter und kurze Sätze nachzusprechen. Lippen und Zunge fühlten sich schwerfällig und plump an, wenn er es versuchte. Die alten Sprachen waren wie gemacht für seinen bernischen Mund, und in diesem zeitlosen Universum kam der Gedanke, daß man sich beeilen mußte, nicht vor. Die Portugiesen dagegen schienen es stets eilig zu haben, ähnlich wie die

Franzosen, denen er sich deshalb von vornherein unterlegen fühlte. Florence hatte sie geliebt, diese rasende Eleganz, und wenn er die Leichtigkeit gehört hatte, mit der sie ihr gelang, war er stumm geworden.

Doch nun war mit einemmal alles anders: Gregorius *wollte* das ungestüme Tempo des Sprechers und die tanzende Helligkeit der Sprecherin, die an eine Piccoloflöte erinnerte, nachahmen und ließ die immer gleichen Sätze wiederkehren, um den Abstand zwischen seiner behäbigen Aussprache und dem glitzernden Vorbild zu verkleinern. Nach einer Weile begriff er, daß er dabei war, eine große Befreiung zu erleben; die Befreiung von einer selbstauferlegten Beschränkung, von einer Langsamkeit und Schwerfälligkeit, wie sie aus seinem Namen sprach und wie sie aus den langsamen Schritten seines Vaters gesprochen hatte, wenn er im Museum bedächtig von einem Raum in den anderen gegangen war; die Befreiung von einem Bildnis seiner selbst, in dem er auch dann, wenn er nicht las, einer war, der sich kurzsichtig über verstaubte Bücher beugte; ein Bildnis, das er nicht planvoll entworfen hatte, das vielmehr langsam und unmerklich gewachsen war; das Bildnis von Mundus, das nicht nur seine eigene Handschrift trug, sondern auch die Handschrift vieler anderer, die es angenehm gefunden hatten und bequem, sich an dieser stillen, musealen Gestalt festhalten und sich bei ihr ausruhen zu können. Es kam Gregorius vor, als trete er aus diesem Bildnis heraus wie aus einem verstaubten Ölgemälde an der Wand eines vergessenen Seitenflügels im Museum. Er ging in der dämmrigen Beleuchtung der lichtlosen Wohnung auf und ab, bestellte auf Portugiesisch einen Kaffee, fragte nach einer Straße in Lissabon, erkundigte sich nach dem Beruf von jemandem und nach dem Namen, beantwortete Fragen nach dem eigenen Beruf und führte ein kurzes Gespräch über das Wetter.

Und auf einmal begann er, mit der Portugiesin vom Vormittag zu sprechen. Er fragte sie nach dem Grund ihrer Wut auf den Briefschreiber. *Você quis saltar? Wollten Sie springen?* Aufgeregt hielt er sich das neue Wörterbuch und die Grammatik vor die Augen und schlug Ausdrücke und Verbformen nach, die ihm fehlten. *Português.* Wie anders das Wort jetzt schon klang! Hatte es bisher den Zauber eines Kleinods aus einem fernen, unzugänglichen Land besessen, so war es jetzt eher wie einer von tausend Edelsteinen in einem Palast, zu dem er soeben die Tür aufgestoßen hatte.

An der Tür klingelte es. Auf Zehenspitzen ging Gregorius zum Plattenspieler und stellte ihn ab. Es waren junge Stimmen, Schülerstimmen, die draußen beratschlagten. Noch zweimal schnitt die grelle Klingel durch die dämmrige Stille, in der Gregorius regungslos wartete. Dann entfernten sich die Schritte im Treppenhaus.

Die Küche war der einzige Raum, der nach hinten hinausging und eine Jalousie hatte. Gregorius ließ sie herunter und machte Licht. Er holte das Buch des adligen Portugiesen und die Sprachbücher, setzte sich an den Eßtisch und begann, den ersten Text nach der Einleitung zu übersetzen. Es war wie Latein und ganz anders als Latein, und jetzt störte es ihn kein bißchen. Es war ein schwieriger Text, und es dauerte. Methodisch und mit der Ausdauer eines Marathonläufers suchte Gregorius die Wörter heraus und durchkämmte die Verbtabellen, bis er die undurchsichtigen Verbformen enträtselt hatte. Nach wenigen Sätzen erfaßte ihn fiebrige Erregung, und er holte Papier, um die Übersetzung aufzuschreiben. Es war fast neun Uhr, als er endlich zufrieden war:

PROFUNDEZAS INCERTOS. UNGEWISSE UNTIEFEN. *Gibt es ein Geheimnis unter der Oberfläche menschlichen Tuns? Oder sind die Menschen ganz und gar so, wie ihre Handlungen, die offen zutage liegen, es anzeigen?*

Es ist in höchstem Grade merkwürdig, aber die Antwort wechselt in mir mit dem Licht, das auf die Stadt und den Tejo fällt. Ist es das verzaubernde Licht eines flirrenden Augusttages, das klare, scharfkantige Schatten hervorbringt, so erscheint mir der Gedanke einer verborgenen menschlichen Tiefe absonderlich und wie ein kurioses, ein bißchen auch rührendes Phantasma, einer Luftspiegelung ähnlich, wie sie sich einstellt, wenn ich zu lange auf die in jenem Licht aufblitzenden Wellen blicke. Werden Stadt und Fluß dagegen an einem trüben Januartag von einer Kuppel aus schattenlosem Licht und langweiligem Grau überwölbt, so kenne ich keine Gewißheit, die größer sein könnte als diese: daß alles menschliche Tun nur höchst unvollkommener, geradezu lächerlich hilfloser Ausdruck eines verborgenen inneren Lebens von ungeahnter Tiefe ist, das an die Oberfläche drängt, ohne sie jemals auch nur im entferntesten erreichen zu können.

Und zu dieser sonderbaren, beunruhigenden Unzuverlässigkeit meines Urteils kommt noch eine Erfahrung hinzu, die, seitdem ich sie kennengelernt habe, mein Leben stets von neuem in eine verstörende Unsicherheit taucht: daß ich in dieser Sache, über die hinaus es für uns Menschen eigentlich nichts Wichtigeres geben kann, genauso schwanke, wenn es um mich selbst geht. Wenn ich nämlich vor meinem Lieblingscafé sitze, mich von der Sonne bescheinen lasse und dem glockenhellen Lachen der vorbeigehenden Senhoras lausche, so kommt es mir vor, als sei meine gesamte innere Welt bis in den hintersten Winkel hinein ausgefüllt und mir durch und durch bekannt, weil sie sich in diesen angenehmen Empfindungen erschöpft. Schiebt sich dann jedoch eine entzaubernde, ernüchternde Wolkendecke vor die Sonne, so bin ich mit einem Schlag sicher, daß es in mir verborgene Tiefen und Untiefen gibt, aus denen heraus noch ungeahnte Dinge hervorbrechen und mich mit sich fortreißen könnten. Dann zahle ich schnell und suche mir hastig eine Zerstreuung in *der Hoffnung, die Sonne möge bald von neuem hervorbrechen und der beruhigenden Oberflächlichkeit zu ihrem Recht verhelfen.*

Gregorius schlug das Bild von Amadeu de Prado auf und lehnte das Buch gegen die Tischlampe. Satz für Satz las er den übersetzten Text in den kühnen, melancholischen Blick hinein. Ein einziges Mal nur hatte er etwas Ähnliches getan: als er als Student Marc Aurels Selbstbetrachtungen gelesen hatte. Auf dem Tisch hatte eine Gipsbüste des Kaisers gestanden, und wenn er an dem Text arbeitete, war es gewesen, als tue er es im Schutze seiner stummen Anwesenheit. Doch zwischen damals und jetzt gab es einen Unterschied, den Gregorius immer deutlicher spürte, je weiter die Nacht fortschritt, ohne daß er ihn hätte in Worte fassen können. Nur das eine wußte er, als es auf zwei Uhr ging: Der Portugiese verlieh ihm mit der Schärfe seiner Wahrnehmung eine Wachheit und Genauigkeit des Empfindens, wie es nicht einmal der weise Kaiser vermocht hatte, dessen Reflexionen er verschlungen hatte, als seien sie direkt an ihn gerichtet. Inzwischen nämlich hatte Gregorius eine weitere Aufzeichnung übersetzt:

PALAVRAS NUM SILÊNCIO DE OURO. WORTE IN GOLDENER STILLE. *Wenn ich Zeitung lese, Radio höre oder im Café darauf achte, was die Leute sagen, empfinde ich immer öfter Überdruß, ja Ekel ob der immer gleichen Worte, die geschrieben und gesprochen werden – ob der immer gleichen Wendungen, Floskeln und Metaphern. Und am schlimmsten ist es, wenn ich mir selbst zuhöre und feststellen muß, daß auch ich die ewig gleichen Dinge sage. Sie sind so schrecklich verbraucht und verwohnt, diese Worte, abgenutzt von millionenfacher Verwendung. Haben sie überhaupt noch eine Bedeutung? Natürlich, der Austausch der Wörter funktioniert, die Leute handeln danach, sie lachen und weinen, sie gehen nach links oder rechts, der Kellner bringt den Kaffee oder Tee. Doch das ist es nicht, was ich fragen will. Die Frage ist: Sind sie noch Ausdruck von* Gedanken? *Oder nur wirkungsvolle Lautgebilde, welche die Menschen dahin und dorthin treiben, weil die eingravierten Spuren des Geplappers unablässig aufleuchten?*

Es kommt vor, daß ich dann an den Strand gehe und den Kopf weit hinaus in den Wind halte, den ich mir eisig wünschen würde, kälter, als wir ihn hierzulande kennen: Er möge all die abgegriffenen Worte, all die faden Sprechgewohnheiten aus mir hinausblasen, so daß ich zurückkommen könnte mit gereinigtem Geist, gereinigt von der Schlacke des immer gleichen Geredes. Doch bei der ersten Gelegenheit, wo ich etwas sagen muß, ist alles wie vorher. Die Reinigung, nach der ich mich sehne, ist nichts, was von selbst geht. Ich muß etwas tun, *und ich muß es* mit Worten *tun. Aber was? Es ist nicht, daß ich aus meiner Sprache austreten und in eine andere eintreten möchte. Nein, es geht nicht um sprachliche Fahnenflucht. Und auch etwas anderes sage ich mir: Man kann die Sprache nicht neu erfinden. Doch was ist es dann, was ich möchte?*

Vielleicht ist es so: Ich möchte die portugiesischen Worte neu setzen. *Die Sätze, die aus dieser neuen Setzung entstünden, möchten nicht ausgefallen sein und verschroben, nicht exaltiert, maniert und gewollt. Es müßten archetypische Sätze des Portugiesischen sein, die sein Zentrum ausmachten, so daß man das Gefühl hätte, sie entsprängen ohne Umweg und ohne Verunreinigung aus dem transparenten, diamantenen Wesen dieser Sprache. Die Worte müßten makellos sein wie polierter Marmor, und sie müßten rein sein wie die Töne in einer Partita von Bach, die alles, was nicht sie selbst sind, in vollkommene Stille verwandeln. Manchmal, wenn noch ein Rest von Versöhnlichkeit mit dem sprachlichen Schlamm in mir ist, denke ich, es könnte die wohlige Stille eines zufriedenen Wohnzimmers sein oder auch*

die entspannte Stille zwischen Liebenden. Doch wenn mich die
Wut über die klebrigen Wortgewohnheiten ganz und gar in Be-
sitz nimmt, dann darf es nicht weniger sein als die klare, kühle
Stille des lichtlosen Weltraums, in dem ich als der einzige, der
Portugiesisch spricht, meine geräuschlosen Bahnen ziehe. Der
Kellner, die Friseuse, der Schaffner – sie würden stutzen, wenn
sie die neu gesetzten Worte hörten, und ihr Erstaunen würde der
Schönheit der Sätze gelten, einer Schönheit, die nichts anderes
wäre als der Glanz ihrer Klarheit. Es wären – stelle ich mir vor –
zwingende Sätze, und auch unerbittlich könnte man sie nennen.
Unbestechlich und unverrückbar stünden sie da, und darin
glichen sie den Worten eines Gottes. Zugleich wären sie ohne
Übertreibung und ohne jedes Pathos, genau und von einer Karg-
heit, daß man kein einziges Wort wegnehmen könnte und kein
einziges Komma. Darin wären sie einem Gedicht vergleichbar,
geflochten von einem Goldschmied der Worte.

Gregorius tat vor Hunger der Magen weh, und er zwang sich,
etwas zu essen. Später saß er mit einer Tasse Tee im dunklen
Wohnzimmer. Was jetzt? Zweimal noch hatte es an der Tür geklingelt, und das erstickte Surren des Telefons hatte er zum letz-
tenmal kurz vor Mitternacht gehört. Morgen würde es zu einer
Vermißtenmeldung kommen, und dann stünde irgendwann
die Polizei vor der Tür. Noch konnte er zurück. Um Viertel
vor acht würde er über die Kirchenfeldbrücke gehen, das Gymnasium betreten und seine rätselhafte Abwesenheit mit irgend-
einer Geschichte aus der Welt schaffen, die ihn skurril aussehen
ließe, aber das war auch alles, und es paßte zu ihm. Sie würden
nie etwas von der riesigen Distanz erfahren, die er im Inneren
in weniger als vierundzwanzig Stunden zurückgelegt hatte.

Doch genau das war es: Er *hatte* sie zurückgelegt. Und er
wollte sich von den anderen nicht zwingen lassen, diese stille
Reise ungeschehen zu machen. Er holte eine Europakarte und

überlegte, wie man mit der Eisenbahn nach Lissabon kam. Die Bahnauskunft, erfuhr er am Telefon, war erst ab sechs Uhr wieder besetzt. Er fing an zu packen.

Es war fast vier, als er reisefertig im Sessel saß. Draußen begann es zu schneien. Plötzlich verließ ihn aller Mut. Es war eine Schnapsidee. Eine namenlose, gefühlsverwirrte Portugiesin. Vergilbte Aufzeichnungen eines adligen Portugiesen. Ein Sprachkurs für Anfänger. Der Gedanke an die verrinnende Zeit. Deshalb floh man nicht mitten im Winter nach Lissabon.

Gegen fünf rief Gregorius Konstantin Doxiades an, seinen Augenarzt. Oft schon hatten sie mitten in der Nacht miteinander telefoniert, um das gemeinsame Leiden der Schlaflosigkeit zu teilen. Schlaflose Menschen verband eine wortlose Solidarität. Manchmal spielte er dann mit dem Griechen eine blinde Partie Blitzschach, und danach konnte Gregorius ein bißchen schlafen, bevor es Zeit wurde, zur Schule zu gehen.

»Ergibt keinen rechten Sinn, oder?« sagte Gregorius am Ende seiner stockenden Geschichte. Der Grieche schwieg. Gregorius kannte das. Jetzt würde er die Augen schließen und sich mit Daumen und Zeigefinger an die Nasenwurzel fassen.

»Ergibt durchaus einen Sinn«, sagte der Grieche jetzt. »Durchaus.«

»Helfen Sie mir, wenn ich unterwegs nicht mehr weiterweiß?«

»Sie rufen einfach an. Tag oder Nacht. Vergessen Sie die Ersatzbrille nicht.«

Da war sie wieder, die lakonische Sicherheit in seiner Stimme. Eine ärztliche Sicherheit, zugleich aber eine Sicherheit, die weit über alles Berufliche hinausging; die Sicherheit eines Mannes, der sich Zeit nahm für seine Gedanken, damit sie nachher Ausdruck in Urteilen fanden, die Bestand hatten. Gregorius ging seit zwanzig Jahren zu diesem Arzt, dem einzigen, der ihm die Angst vor dem Erblinden zu nehmen verstand. Manchmal verglich er ihn mit seinem Vater, der sich nach dem frühen Tod seiner Frau überall – ganz gleich, wo er war, und ganz gleich, was er tat – in der verstaubten Sicherheit eines Museums aufzuhalten schien. Gregorius hatte früh gelernt, daß sie sehr zerbrechlich war, diese Sicherheit. Er hatte seinen Vater gemocht, und es hatte Momente gegeben, wo die Empfindung sogar stärker und tiefer war als ein bloßes Mögen. Aber er hatte darunter gelitten, daß der Vater keiner war, auf den man sich stützen, an dem man sich festhalten konnte, keiner wie der Grieche, auf dessen felsenfestes Urteil man bauen konnte. Später hatte er ob dieses Vorwurfs manchmal ein schlechtes Gewissen gehabt. Die Sicherheit, die er vermißt hatte, war nicht etwas, das einer in der Hand hatte, so daß man ihm das Fehlen vorwerfen konnte wie eine Verfehlung. Es mußte einer Glück haben mit sich selbst, um ein sicherer Mensch zu werden. Und viel Glück hatte der Vater nicht gehabt, weder mit sich selbst noch mit anderen.

Gregorius setzte sich an den Küchentisch und entwarf Briefe an den Rektor. Sie wurden entweder zu schroff oder warben zu entschuldigend um Verständnis. Um sechs rief er bei der Bahnauskunft an. Von Genf aus war man sechsundzwanzig Stunden unterwegs. Es ging über Paris und Irún im Baskenland, und von dort mit dem Nachtzug nach Lissabon, wo man gegen elf Uhr morgens ankam. Gregorius bestellte die Fahrkarte. Der Zug nach Genf ging um halb acht.

Jetzt gelang ihm der Brief.

Sehr geehrter Herr Rektor, lieber Kollege Kägi,

Sie werden inzwischen erfahren haben, daß ich gestern ohne Erklärung aus dem Unterricht ging und nicht mehr zurückkehrte, und Sie werden auch wissen, daß ich unauffindbar blieb. Ich bin wohlauf, es ist mir nichts zugestoßen. Wohl aber habe ich im Laufe des gestrigen Tages eine Erfahrung gemacht, die vieles verändert hat. Sie ist zu persönlich und auch noch viel zu unübersichtlich, als daß ich sie jetzt zu Papier bringen könnte. Ich muß Sie einfach bitten, mein abruptes und unerklärtes Tun zu akzeptieren. Sie kennen mich, denke ich, gut genug, um zu wissen, daß es nicht aus Leichtsinn, Verantwortungslosigkeit oder Gleichgültigkeit geschieht. Ich begebe mich auf eine weite Reise, und es ist ganz offen, wann ich zurückkehre und in welchem Sinn. Ich erwarte nicht, daß Sie die Stelle für mich offenhalten. Der größte Teil meines Lebens ist aufs engste mit diesem Gymnasium verflochten gewesen, und ich bin sicher, daß ich es vermissen werde. Doch jetzt treibt mich etwas davon weg, und es könnte gut sein, daß diese Bewegung endgültig ist. Sie und ich, wir sind beide Bewunderer von Marc Aurel, und Sie werden sich an diese Stelle aus seinen Selbstbetrachtungen erinnern: »Vergeh dich ruhig, vergeh dich an dir selbst und tu dir Gewalt an, meine Seele; doch später wirst du nicht mehr Zeit haben, dich zu achten und zu respektieren. Denn ein Leben nur, ein einziges, hat jeder. Es aber ist für dich fast abgelaufen, und du hast in ihm keine Rücksicht auf dich selbst genommen, sondern hast getan, als ginge es bei deinem Glück um die anderen Seelen ... Diejenigen aber, die die Regungen der eigenen Seele nicht aufmerksam verfolgen, sind zwangsläufig unglücklich.«

Ich danke Ihnen für das Vertrauen, das Sie mir stets entgegengebracht haben, und für die gute Zusammenarbeit. Sie werden – dessen bin ich sicher – den Schülern gegenüber die richtigen Worte finden, Worte, die sie auch wissen lassen, wie gern ich mit ihnen gearbeitet habe. Bevor ich gestern gegangen bin, habe ich sie betrachtet und gedacht: Wieviel Zeit sie noch vor sich haben!

In der Hoffnung auf Ihr Verständnis und mit den besten Wünschen für Sie und Ihre Arbeit verbleibe ich

Ihr Raimund Gregorius

P.S. Ich habe meine Bücher auf dem Pult gelassen. Würden Sie sie aufheben und zusehen, daß ihnen nichts geschieht?

Gregorius warf den Brief im Bahnhof ein. Nachher, am Geld-automaten, zitterten seine Hände. Er putzte die Brille und vergewisserte sich, daß er den Paß, die Fahrkarten und das Adreßbuch bei sich hatte. Er fand einen Fensterplatz. Als der Zug den Bahnhof in Richtung Genf verließ, schneite es in gro-ßen, langsamen Flocken.

4 So lange wie möglich hielt sich Gregorius mit dem Blick an den letzten Häusern der Stadt Bern fest. Als sie ihm schließlich unwiderruflich aus dem Blick gerieten, holte er das Notizbuch hervor und begann, die Namen der Schüler aufzu-schreiben, die er im Laufe der Zeit unterrichtet hatte. Er setzte mit dem vorangegangenen Jahr ein und arbeitete sich nach rückwärts in die Vergangenheit. Zu jedem Namen suchte er das Gesicht, eine charakteristische Geste und eine sprechende Episode. Die drei letzten Jahre gelangen ihm mühelos, danach hatte er immer öfter das Gefühl, daß jemand fehlte. Mitte der neunziger Jahre bestanden die Klassen nur noch aus wenigen Gesichtern und Namen, und danach verwischte sich die zeit-liche Reihenfolge. Übrig blieben nur noch einzelne Jungen und Mädchen, mit denen er Besonderes erlebt hatte.

Er klappte das Notizbuch zu. Von Zeit zu Zeit war er in der Stadt einem Schüler oder einer Schülerin begegnet, die er vor vielen Jahren unterrichtet hatte. Es waren jetzt keine Jungen und Mädchen mehr, sondern Männer und Frauen mit Part-nern, Berufen und Kindern. Er erschrak, wenn er die Ver-änderungen in den Gesichtern sah. Manchmal galt sein Er-schrecken dem Ergebnis der Veränderung: einer zu frühen Verbitterung, einem gehetzten Blick, einem Anzeichen von ernster Krankheit. Meistens jedoch war, was ihn zusammenfahren ließ, die bloße Tatsache, daß die veränderten Gesichter vom unaufhaltsamen Verrinnen der Zeit und dem unbarmherzigen Verfall alles Lebendigen zeugten. Er blickte dann auf seine Hände, an denen sich erste Altersflecke zeigten, und manchmal holte er Fotos von sich als Student hervor und versuchte sich zu vergegenwärtigen, wie es gewesen war, diese lange Strecke bis heute zurückzulegen, Tag für Tag, Jahr für Jahr. An solchen Tagen war er schreckhafter als sonst, und dann kam es vor, daß er unangemeldet in der Praxis von Doxiades erschien, um sich wieder einmal die Angst vor dem Erblinden ausreden zu lassen. Am meisten aus dem Gleichgewicht brachten ihn Begegnungen mit Schülern, die inzwischen viele Jahre im Ausland gelebt hatten, auf einem anderen Kontinent, in einem anderen Klima, mit einer anderen Sprache. *Und Sie? Immer noch im Kirchenfeld?*, fragten sie, und ihre Bewegungen verrieten, daß sie weitergehen wollten. In der Nacht nach einer solchen Begegnung pflegte er sich zuerst gegen diese Frage zu verteidigen und später gegen das Gefühl, sich verteidigen zu müssen.

Und jetzt, wo ihm all das durch den Kopf ging, saß er, seit mehr als vierundzwanzig Stunden ohne Schlaf, im Zug und fuhr einer ungewissen Zukunft entgegen, wie er sie noch nie vor sich gehabt hatte.

Der Aufenthalt in Lausanne war eine Versuchung. Am selben Bahnsteig gegenüber fuhr der Zug nach Bern ein. Gregorius stellte sich vor, wie er im Berner Bahnhof aussteigen würde. Er sah auf die Uhr. Wenn er ein Taxi ins Kirchenfeld nähme, könnte er es zur vierten Unterrichtsstunde gerade noch schaffen. Der Brief – er müßte morgen den Briefträger abfangen oder Kägi bitten, ihm den Umschlag ungeöffnet zurückzugeben. Unangenehm, aber nicht unmöglich. Jetzt fiel sein Blick auf das Notizbuch auf dem Abteiltisch. Ohne es zu öffnen, sah er die Liste der Schülernamen vor sich. Und auf einmal begriff er: Was als der Versuch begonnen hatte, sich nach dem Entgleiten der letzten Berner Häuser an etwas Vertrautem festzuhalten, war im Laufe der folgenden Stunde immer mehr zu einem Abschiednehmen geworden. Um von etwas Abschied nehmen zu können, dachte er, während der Zug sich in Bewegung setzte, mußte man ihm auf eine Weise entgegentreten, die inneren Abstand schuf. Man mußte die unausgesprochene, diffuse Selbstverständlichkeit, mit der es einen umfangen hatte, in eine Klarheit verwandeln, die erkennen ließ, was es einem bedeutete. Und das hieß, daß es zu etwas gerinnen mußte, das übersichtliche Konturen hatte. Zu etwas, das so übersichtlich war wie die Liste der vielen Schüler, die sein Leben mehr bestimmt hatten als alles andere. Es war Gregorius, als ließe der Zug, der jetzt aus dem Bahnhof rollte, auch ein Stück von ihm selbst hinter sich zurück. Ein bißchen kam es ihm vor, als triebe er auf einer Eisscholle, die sich durch ein sanftes Erdbeben gelöst hatte, aufs offene, kalte Meer hinaus.

Als der Zug an Fahrt gewann, schlief er ein und erwachte erst, als er spürte, wie der Wagen im Bahnhof von Genf zum Stehen kam. Auf dem Weg zum französischen Hochgeschwindigkeitszug war er aufgeregt, als bräche er zu einer wochenlangen Reise mit der Transsibirischen Eisenbahn auf. Kaum hatte er sich auf seinen Platz gesetzt, füllte sich der Wagen mit einer französischen Reisegesellschaft. Ein Geschnatter voll von hysterischer Eleganz füllte den Wagen, und als sich jemand mit offenem Mantel über ihn beugte, um sein Gepäck auf die Ablage zu tun, wurde ihm die Brille heruntergerissen. Da tat Gregorius etwas, das er von sich aus noch nie getan hatte: Er nahm seine Sachen und wechselte in die erste Klasse.

Die wenigen Gelegenheiten, bei denen er bisher erster Klasse gefahren war, lagen zwanzig Jahre zurück. Es war Florence gewesen, die damals darauf gedrängt hatte, er hatte sich gefügt und sich mit einem Gefühl der Hochstapelei auf das teure Polster gesetzt. *Findest du mich einen Langweiler?*, hatte er sie nach einer dieser Fahrten gefragt. *Wie? Aber Mundus, so etwas kannst du mich doch nicht fragen!*, hatte sie gesagt und war sich mit der Hand auf eine Art durchs Haar gefahren, wie sie es stets tat, wenn sie nicht weiterwußte. Als Gregorius jetzt, während der Zug sich in Bewegung setzte, mit beiden Händen über das vornehme Polster strich, kam ihm sein Tun wie eine verspätete, kindische Rache an ihr vor, deren Sinn er nicht so recht verstand. Er war froh, daß niemand in der Nähe saß, der ihm die unverstandene Empfindung hätte ansehen können.

Er erschrak über die Höhe des Zuschlags, den er dem Schaffner zu zahlen hatte, und als der Mann gegangen war, zählte er zweimal sein Geld. Er sagte sich die Geheimzahl seiner Kreditkarte vor und schrieb sie ins Notizbuch. Kurze Zeit später riß er die Seite heraus und warf sie weg. Bei Genf hatte es aufgehört zu schneien, und jetzt sah er seit Wochen zum erstenmal wieder die Sonne. Sie wärmte ihm hinter der Scheibe das Gesicht, und er wurde ruhiger. Er hatte immer viel zuviel Geld auf seinem Girokonto, das wußte er doch. *Was machen Sie denn bloß?*, sagte die Bankangestellte, wenn sie wieder einmal sah, was sich angesammelt hatte, weil er so wenig abhob. *Sie müssen doch etwas mit Ihrem Geld machen!* Sie legte es für ihn an, und so war er über die Jahre zu einem wohlhabenden Mann geworden, der von seinem Wohlstand nichts zu wissen schien.

Gregorius dachte an seine beiden Lateinbücher, die er gestern zu dieser Stunde auf dem Pult zurückgelassen hatte. *Anneli Weiss* stand vorne drin, geschrieben mit Tinte in einer kindlichen Handschrift. Für neue Bücher hatte zu Hause das Geld gefehlt, und so hatte er die Stadt abgesucht, bis er in einem Antiquariat gebrauchte Exemplare fand. Als er seinen Fund vorzeigte, hatte sich der Adamsapfel des Vaters heftig bewegt, er bewegte sich stets heftig, wenn dem Vater etwas auf der Seele lag. Zuerst hatte ihn der fremde Name in den Büchern gestört. Doch dann hatte er sich die frühere Besitzerin als Mädchen mit weißen Kniestrümpfen und wehenden Haaren vorgestellt, und bald schon hätte er die gebrauchten Bücher um keinen Preis mehr gegen neue eintauschen mögen. Trotzdem hatte er es dann genossen, als er mit dem Geld, das er als Unterrichtsvertreter zu verdienen begann, die alten Texte in schönen, teuren Ausgaben kaufen konnte. Das war jetzt mehr als dreißig Jahre her, und ein bißchen unwirklich kam es ihm auch heute noch vor. Noch vor kurzem hatte er vor den Regalen gestanden und gedacht: Daß ich mir eine solche Bibliothek leisten kann!

Langsam verformten sich die Erinnerungsbilder in Gregorius zu Traumbildern, in denen das schmale Buch, in dem die Mutter aufschrieb, was sie durch Putzen verdiente, stets von neuem auftauchte wie ein quälendes Irrlicht. Er war froh, als er durch das Geräusch eines zersplitternden Glases geweckt wurde, das jemandem vom Tisch gefallen war.

Eine Stunde noch bis Paris. Gregorius setzte sich in den Speisewagen und blickte in einen hellen Vorfrühlingstag hinaus. Und da, auf einmal, wurde ihm klar, daß er diese Reise tatsächlich machte – daß sie nicht nur eine Möglichkeit war, etwas, das er sich in einer schlaflosen Nacht ausgedacht hatte und das hätte sein können, sondern etwas, das wirklich und wahrhaftig stattfand. Und je mehr Raum er dieser Empfindung gab, desto mehr schien es ihm, daß sich die Verhältnisse, was Möglichkeit und Wirklichkeit betraf, umzukehren begannen. War es nicht eigentlich so, daß Kägi, seine Schule und all die Schüler, die in seinem Notizbuch standen, zwar wirklich gewesen waren, aber doch nur als Möglichkeiten, die sich zufällig verwirklicht hatten, während das, was er in diesem Moment erlebte – das Gleiten und gedämpfte Donnern des Zuges, das leise Klirren der Gläser, die sich auf dem Nebentisch berührten, der Geruch nach ranzigem Öl, der aus der Küche kam, der Rauch der Zigarette, an der der Koch hin und wieder zog –, eine Wirklichkeit besaß, die nichts mit bloßer Möglichkeit zu tun hatte und auch nicht mit verwirklichter Möglichkeit, die vielmehr einfache und pure Wirklichkeit war, angefüllt mit der Dichte und überwältigenden Zwangsläufigkeit, die etwas auszeichnete, das ganz und gar wirklich war?

Gregorius saß vor dem leer gegessenen Teller und der dampfenden Kaffeetasse und hatte das Gefühl, noch nie in seinem gesamten Leben so wach gewesen zu sein wie jetzt. Und es war, schien ihm, nicht eine Sache des Grades, wie wenn jemand langsam den Schlaf abschüttelte und immer wacher wurde, bis er ganz da war. Es war anders. Es war eine andere, neue *Art* von Wachheit, eine neue Art, in der Welt zu sein, von der er bisher nichts gewußt hatte. Als der Gare de Lyon in Sicht kam, ging er zu seinem Platz zurück, und als er nachher den Fuß auf den Bahnsteig setzte, schien es ihm, als stiege er zum erstenmal bei vollem Bewußtsein aus einem Zug.

5 Die Wucht der Erinnerung traf ihn unvorbereitet. Er hatte nicht vergessen, daß dies ihr erster Bahnhof gewesen war, ihre erste gemeinsame Ankunft in einer fremden Stadt. Natürlich hatte er das nicht vergessen. Aber er hatte nicht damit gerechnet, daß es, wenn er hier stünde, sein würde, als sei überhaupt keine Zeit verstrichen. Die grünen Eisenträger und die roten Rohre. Die Rundbogen. Das lichtdurchlässige Dach.

»Laß uns nach Paris fahren!« hatte Florence beim ersten Frühstück in seiner Küche plötzlich gesagt, die Arme um das angezogene Bein geschlungen.

»Du meinst ...«

»Ja, jetzt. Jetzt gleich!«

Sie war seine Schülerin gewesen, ein hübsches, meist unge-
kämmtes Mädchen, das durch seine aufreizende Launenhaf-
tigkeit allen den Kopf verdrehte. Von einem Quartal auf das
nächste war sie dann ein As in Latein und Griechisch geworden, und als er die freiwillige Hebräischklasse jenes Jahres zum
erstenmal betrat, saß sie in der ersten Reihe. Doch Gregorius
wäre nicht im Traum auf den Gedanken gekommen, daß das
etwas mit ihm zu tun haben könnte.

Es kam die Maturitätsprüfung, und danach verging noch
einmal ein Jahr, bevor sie sich in der Cafeteria der Universität
begegneten und sitzen blieben, bis man sie hinauswarf.

»Was bist du für eine Blindschleiche!« hatte sie gesagt, als sie
ihm die Brille abnahm. »Hast damals nichts gemerkt! Dabei
hat *jeder* es gewußt! *Jeder*!«

Richtig war, dachte Gregorius, als er jetzt im Taxi zum Gare
Montparnasse saß, daß er einer war, der so etwas nicht bemerkte – einer, der sogar vor sich selbst so unscheinbar war,
daß er nicht daran glauben mochte, jemand könnte ihm –
ihm! – ein starkes Gefühl entgegenbringen. Doch bei Florence
hatte er damit recht behalten.

»Du hast nie wirklich *mich* gemeint«, hatte er am Ende ihrer
fünfjährigen Ehe zu ihr gesagt.

Es waren die einzigen anklagenden Worte, die er während
der ganzen Zeit zu ihr gesagt hatte. Sie hatten gebrannt wie
Feuer, und es war gewesen, als zerfiele alles zu Asche.

Sie hatte zu Boden gesehen. Trotz allem hatte er auf Widerspruch gehofft. Er war nicht gekommen.

LA COUPOLE. Gregorius hatte nicht damit gerechnet, daß er
den Boulevard du Montparnasse entlangfahren und das Restaurant sehen würde, in dem ihre Trennung besiegelt worden
war, ohne daß sie darüber jemals ein Wort gesprochen hätten.

Er ließ den Fahrer anhalten und blickte eine Weile schweigend hinüber zu der roten Markise mit den gelben Buchstaben und den drei Sternen links und rechts. Es war eine Auszeichnung gewesen, daß man Florence, eine Doktorandin, hierher zu dieser Romanistenkonferenz eingeladen hatte. Am Telefon hatte sie aufgekratzt geklungen, beinahe hysterisch, wie er fand, so daß er zögerte, sie am Wochenende wie verabredet abzuholen. Doch dann war er doch gefahren und hatte sich mit ihren neuen Freunden in diesem berühmten Lokal getroffen, dessen Geruch nach exquisitem Essen und teuersten Weinen ihm schon beim Eintreten bewiesen hatte, daß er nicht hierher gehörte.

»Einen Moment noch«, sagte er jetzt zum Fahrer und ging hinüber.

Es hatte sich nichts verändert, und er sah den Tisch sofort, an dem er, denkbar unpassend angezogen, diesen literaturwissenschaftlichen Schwadroneuren die Stirn geboten hatte. Um Horaz war es gegangen und um Sappho, daran erinnerte er sich, als er jetzt den eiligen und gereizten Kellnern im Weg stand. Keiner hatte mithalten können, als er Vers nach Vers zitierte und die geistreichen Aperçus der gutgekleideten Herren von der Sorbonne mit seinem Berner Akzent zu Staub zerstampfte, einen nach dem anderen, bis es am Tisch still wurde.

Florence hatte auf der Rückfahrt allein im Speisewagen gesessen, während das Nachbeben seiner Wut langsam verebbte und einer Trauer darüber wich, daß er es nötig gehabt hatte, sich auf diese Weise gegen Florence zu behaupten; denn darum war es natürlich gegangen.

Verloren an jene fernen Geschehnisse, hatte Gregorius die Zeit vergessen, und nun mußte der Taxifahrer all sein halsbrecherisches Können aufbieten, um den Gare Montparnasse noch rechtzeitig zu erreichen. Als er schließlich außer Atem auf seinem Platz saß und sich der Zug nach Irún in Bewegung setzte, wiederholte sich eine Empfindung, die ihn schon in Genf überfallen hatte: daß es der Zug war und nicht er, der darüber entschied, daß diese sehr wache und sehr wirkliche Reise, die ihn von Stunde zu Stunde, von Station zu Station weiter aus seinem bisherigen Leben hinaustrug, weiterging. Drei Stunden lang, bis Bordeaux, würde es nun keinen Halt mehr geben, keine Möglichkeit umzukehren.

Er sah auf die Uhr. In der Schule ging der erste Tag ohne ihn zu Ende. In diesen Minuten warteten die sechs Hebräischschüler auf ihn. Um sechs, nach der Doppelstunde, war er manchmal mit ihnen ins Café gegangen, und dann hatte er ihnen von der geschichtlichen Gewachsenheit und Zufälligkeit der biblischen Texte gesprochen. Ruth Gautschi und David Lehmann, die Theologie studieren wollten und am härtesten arbeiteten, hatten immer öfter einen Grund gefunden, nicht mitzugehen. Vor einem Monat hatte er sie darauf angesprochen. Sie hätten das Gefühl, daß er ihnen etwas wegnehme, hatten sie ausweichend geantwortet. Natürlich, man könne auch diese Texte philologisch untersuchen. Aber es sei doch die Heilige Schrift.

Hinter geschlossenen Lidern empfahl Gregorius dem Rektor, für das Hebräische eine Theologiestudentin einzustellen, eine ehemalige Schülerin von ihm. Sie hatte mit ihrem kupferfarbenen Haar auf demselben Platz gesessen wie seinerzeit Florence. Aber seine Hoffnung, das möge kein Zufall sein, hatte sich nicht erfüllt.

Für einige Augenblicke war vollständige Leere in seinem Kopf, dann sah Gregorius das Gesicht der Portugiesin vor sich, wie es weiß, fast durchscheinend, hinter dem frottierenden Handtuch aufgetaucht war. Noch einmal stand er in der Schultoilette vor dem Spiegel und spürte, daß er die Telefonnummer, die ihm die rätselhafte Frau auf die Stirn gemalt hatte, nicht abwischen wollte. Noch einmal stand er von seinem Pult auf, nahm den feuchten Mantel vom Haken und ging aus dem Klassenzimmer.

Português. Gregorius fuhr zusammen, schlug die Augen auf und blickte in die flache französische Landschaft hinaus, über der sich die Sonne dem Horizont zuneigte. Das Wort, das wie eine Melodie gewesen war, die sich in traumgleicher Weite verlor, trug mit einemmal nicht mehr. Er versuchte, den verzaubernden Klang zurückzuholen, den die Stimme gehabt hatte, doch was er zu fassen bekam, war nur ein rasch verblassendes Echo, und die vergebliche Anstrengung verstärkte nur das Gefühl, daß ihm das kostbare Wort, auf dem diese ganze verrückte Reise aufgebaut war, entglitt. Und es nützte nichts, daß er noch genau wußte, wie die Sprecherin auf der Platte des Sprachkurses das Wort ausgesprochen hatte.

Er ging auf die Toilette und hielt das Gesicht lange unter das Wasser, das nach Chlor schmeckte. Wieder auf seinem Platz, holte er das Buch des adligen Portugiesen aus dem Gepäck und begann, den nächsten Abschnitt zu übersetzen. Zuerst war es vor allem eine Flucht nach vorn, der krampfhafte Versuch, trotz des Schreckens von eben weiterhin an diese Reise zu glauben. Doch nach dem ersten Satz schon nahm ihn der Text wieder so gefangen, wie es zu Hause in der nächtlichen Küche getan hatte.

NOBREZA SILENCIOSA. LAUTLOSER ADEL. *Es ist ein Irrtum zu glauben, die entscheidenden Momente eines Lebens, in denen sich seine gewohnte Richtung für immer ändert, müßten von lauter und greller Dramatik sein, unterspült von heftigen inneren Aufwallungen. Das ist ein kitschiges Märchen, das saufende Journalisten, blitzlichtsüchtige Filmemacher und Schriftsteller, in deren Köpfen es aussieht wie in einem Boulevardblatt, in die Welt gesetzt haben. In Wahrheit ist die Dramatik einer lebensbestimmenden Erfahrung oft von unglaublich leiser Art. Sie ist dem Knall, der Stichflamme und dem Vulkanausbruch so wenig verwandt, daß die Erfahrung im Augenblick, wo sie gemacht wird, oft gar nicht bemerkt wird. Wenn sie ihre revolutionäre Wirkung entfaltet und dafür sorgt, daß ein Leben in ein ganz neues Licht getaucht wird und eine vollkommen neue Melodie bekommt, so tut sie das lautlos, und in dieser wundervollen Lautlosigkeit liegt ihr besonderer Adel.*

Von Zeit zu Zeit blickte Gregorius vom Text auf und sah hinaus nach Westen. In der restlichen Helligkeit des dämmrigen Himmels, so schien ihm, konnte man jetzt schon das Meer ahnen. Er legte das Wörterbuch weg und schloß die Augen.

Wenn ich nur noch einmal das Meer sehen könnte, hatte seine Mutter ein halbes Jahr vor ihrem Tod gesagt, als sie spürte, daß es zu Ende ging, *aber das können wir uns einfach nicht leisten.*

Welche Bank gibt mir denn schon einen Kredit, hörte Gregorius den Vater sagen, *und dann für so etwas.*

Gregorius hatte ihm diese kampflose Resignation übelgenommen. Und dann hatte er, damals Schüler im Kirchenfeld, etwas getan, das ihn selbst so sehr überraschte, daß er später das Gefühl nie ganz los wurde, es sei vielleicht gar nicht wirklich geschehen.

Es war Ende März und der erste Frühlingstag. Die Leute trugen den Mantel über dem Arm, und durch die offenen Fenster der Baracke strömte milde Luft herein. Man hatte die Baracke vor einigen Jahren hingestellt, weil im Hauptgebäude des Gymnasiums Raumnot herrschte, und es war Tradition geworden, dort die Oberprimaner unterzubringen. Der Wechsel in die Baracke erschien dadurch wie der erste Schritt in der Reifeprüfung. Dabei hielten sich Empfindungen der Befreiung und der Angst die Waage. *Ein Jahr noch, dann war endlich Schluß mit... Ein Jahr noch, dann mußte man...* Diese schwankenden Empfindungen fanden ihren Ausdruck in der

Art und Weise, wie die Schüler zur Baracke hinüberschlenderten, nonchalant und schreckhaft zugleich. Noch jetzt, vierzig Jahre später im Zug nach Irún, konnte Gregorius spüren, wie es damals gewesen war, in seinem Körper zu stecken.

Der Nachmittag begann mit Griechisch. Es war der Rektor, der unterrichtete, der Vorgänger von Kägi. Er hatte die schönste griechische Handschrift, die man sich denken konnte, er malte die Buchstaben förmlich, und besonders die Rundungen – etwa im Omega oder Theta, oder wenn er das Eta nach unten zog – waren die reinste Kalligraphie. Er liebte das Griechische. *Aber er liebt es auf die falsche Art,* dachte Gregorius hinten im Klassenzimmer. Seine Art, es zu lieben, war eine eitle Art. Es lag nicht daran, daß er die Wörter zelebrierte. Wenn es das gewesen wäre – es hätte Gregorius gefallen. Doch wenn dieser Mann virtuos die entlegensten und schwierigsten Verbformen hinschrieb, so zelebrierte er nicht die *Wörter,* sondern *sich selbst* als einen, der sie konnte. Die Wörter wurden dadurch zu Ornamenten an ihm, mit denen er sich schmückte, sie verwandelten sich in etwas, das seiner gepunkteten Fliege verwandt war, die er jahraus, jahrein trug. Sie flossen aus seiner schreibenden Hand mit dem Siegelring, als seien auch sie von der Art der Siegelringe, eitler Schmuck also und ebenso überflüssig. Und damit hörten die griechischen Wörter auf, wirklich *griechische* Wörter zu sein. Es war, als zersetzte der Goldstaub aus dem Siegelring ihr griechisches Wesen, das sich nur demjenigen erschloß, der sie um ihrer selbst willen liebte. Dichtung war für den Rektor etwas wie ein erlesenes Möbelstück, ein exquisiter Wein oder eine elegante Abendgarderobe. Gregorius hatte das Gefühl, daß er ihm mit dieser Selbstgefälligkeit die Verse von Aischylos und Sophokles stahl. Er schien nichts zu wissen von den griechischen Theatern. Oder nein, er wußte alles über sie, war oft dort, leitete Bildungsreisen, von denen er braungebrannt zurückkam.

Aber er *verstand* nichts davon – auch wenn Gregorius nicht hätte sagen können, was er damit meinte.

Er hatte zum offenen Fenster der Baracke hinausgeblickt und an den Satz seiner Mutter gedacht, einen Satz, der seine Wut auf die Eitelkeit des Rektors zum Sieden gebracht hatte, obgleich er den Zusammenhang nicht hätte erklären können. Er spürte, wie ihm das Herz bis zum Hals schlug. Mit einem Blick zur Tafel vergewisserte er sich, daß der Rektor noch eine Weile brauchen würde, bis der angefangene Satz zu Ende war und er sich vielleicht erläuternd zu den Schülern umdrehte. Geräuschlos schob er den Stuhl zurück, während die anderen mit gebeugten Rücken weiterschrieben. Das aufgeschlagene Heft ließ er auf dem Pult liegen. Mit der angespannten Langsamkeit von einem, der einen Überraschungsangriff vorbereitet, machte er zwei Schritte zum offenen Fenster hin, setzte sich auf den Rahmen, schwang die Beine darüber und war draußen.

Das letzte, was er drinnen sah, war das erstaunte und amüsierte Gesicht von Eva, dem Mädchen mit dem roten Haar, den Sommersprossen und dem Silberblick, der zu seiner Verzweiflung noch nie anders als spöttisch auf ihm, dem Jungen mit den dicken Brillengläsern und dem häßlichen Kassengestell, geruht hatte. Sie drehte sich zu ihrer Banknachbarin um und flüsterte ihr etwas ins Haar. »Unglaublich!« würde sie sagen. Sie sagte es bei jeder Gelegenheit. *Die Unglaubliche* hieß sie deshalb. »Unglaublich!« hatte sie gesagt, als sie von dem Spitznamen erfuhr.

Gregorius war mit schnellen Schritten zum Bärenplatz gegangen. Es war Markt, ein Stand reihte sich an den anderen, und man kam nur langsam voran. Als die Menge ihn zwang, neben einem Stand stehenzubleiben, fiel sein Blick auf die offene Kasse, einen einfachen Metallkasten mit einem Fach für die Münzen und einem anderen für die Scheine, die einen dicken Stoß bildeten. Die Marktfrau bückte sich gerade und hantierte unter der Auslage, ihr breites Hinterteil im groben Stoff eines karierten Rocks ragte in die Luft. Gregorius hatte sich langsam an die Kasse herangeschoben, während sein Blick kreisend über die Leute strich. Mit zwei Schritten war er hinter dem Ladentisch, nahm das Bündel Scheine mit einem Griff aus der Kasse und tauchte in der Menge unter. Als er schwer atmend die Gasse zum Bahnhof hinaufging und sich zu ruhigen Schritten zwang, wartete er darauf, daß jemand hinter ihm herriefe oder daß man mit festem Griff nach ihm faßte. Doch nichts war geschehen.

Sie wohnten in der Länggasse, in einem grauen Mietshaus mit schmutziggewordenem Verputz, und als Gregorius den Hausflur betrat, in dem es von morgens bis abends nach Kohl roch, sah er sich das Zimmer der kranken Mutter betreten, die er mit der Ankündigung überraschen wollte, daß sie bald das Meer sehen werde. Erst auf dem letzten Treppenabsatz vor der Wohnungstür wurde ihm klar, daß die ganze Sache unmöglich war, geradezu aberwitzig. Wie sollte er ihr und später dem Vater erklären, woher er plötzlich das viele Geld hatte? Er, der keinerlei Übung im Lügen hatte?

Auf dem Weg zurück zum Bärenplatz kaufte er einen Briefumschlag und steckte das Bündel Banknoten hinein. Die Frau im karierten Rock hatte ein verweintes Gesicht, als er wieder an ihrem Stand war. Er kaufte Früchte, und als sie in der anderen Ecke an der Waage hantierte, schob er den Umschlag unter das Gemüse. Kurz vor Ende der Pause war er wieder in der Schule, stieg durchs offene Fenster in die Baracke und setzte sich auf seinen Platz.

»Unglaublich!« sagte Eva, als sie ihn sah, und sie begann ihn respektvoller zu betrachten als bisher. Doch das war weniger wichtig, als er gedacht hätte. Wichtiger war, daß die Entdeckung über sich selbst, die ihm die letzte Stunde beschert

hatte, kein Entsetzen in ihm hervorrief, sondern nur ein großes Erstaunen, das noch wochenlang nachhallte.

Der Zug verließ den Bahnhof von Bordeaux in Richtung
Biarritz. Draußen war es fast Nacht, und Gregorius sah sich im
Fenster. Was wäre aus ihm geworden, wenn derjenige, der damals das Geld aus der Kasse genommen hatte, über sein Leben
bestimmt hätte, an der Stelle von demjenigen, der die alten,
schweigsamen Wörter so zu lieben begann, daß er ihnen die
Hoheit über alles weitere einräumte? Was hatten der damalige
und der jetzige Ausbruch gemeinsam? Hatten sie überhaupt
etwas gemeinsam?

Gregorius griff zu Prados Buch und suchte, bis er die lakonische Aufzeichnung gefunden hatte, die ihm der Buchhändler in der spanischen Buchhandlung am Hirschengraben
übersetzt hatte:

Wenn es so ist, daß wir nur einen kleinen Teil von dem leben
können, was in uns ist – was geschieht mit dem Rest?

In Biarritz kamen ein Mann und eine Frau herein, die bei den
Sitzen vor Gregorius stehenblieben und ihre Platzreservierung
besprachen. *Vinte e oito.* Es dauerte, bis er die sich wieder-
holenden Laute als portugiesische Wörter identifiziert und
seine Vermutung bestätigt hatte: achtundzwanzig. Er konzentrierte sich auf das, was die beiden sagten, und ab und zu gelang es ihm in der nächsten halben Stunde, ein Wort auszumachen, aber es waren wenige. Morgen vormittag würde er in
einer Stadt aussteigen, wo das meiste, was die Menschen sagten, unverstanden an ihm vorbeirauschte. Er dachte an den
Bubenbergplatz, den Bärenplatz, die Bundesterrasse, die Kirchenfeldbrücke. Inzwischen war es draußen stockdunkel. Gregorius tastete nach dem Geld, der Kreditkarte und der Ersatzbrille. Er hatte Angst.

Sie fuhren in den Bahnhof von Hendaye ein, dem französischen Grenzort. Der Wagen leerte sich. Als die Portugiesen es bemerkten, schreckten sie auf und griffen nach dem Gepäck auf der Ablage. »*Isto ainda não é Irún*«, sagte Gregorius: Das ist noch nicht Irún. Es war ein Satz von der Platte des Sprachkurses, nur der Ortsname war dort ein anderer. Die Portugiesen zögerten ob seiner unbeholfenen Aussprache und der Langsamkeit, mit der er die Wörter aneinanderreihte. Aber sie sahen hinaus, und nun erkannten sie das Bahnhofsschild. »*Muito obrigada*«, sagte die Frau. »*De nada*«, erwiderte Gregorius. Die Portugiesen setzten sich, der Zug fuhr an.

Gregorius sollte diese Szene nie vergessen. Es waren seine ersten portugiesischen Worte in der wirklichen Welt, und sie wirkten. Daß Worte etwas bewirkten, daß sie jemanden in Bewegung setzen oder aufhalten, zum Lachen oder Weinen bringen konnten: Schon als Kind hatte er es rätselhaft gefunden, und es hatte nie aufgehört, ihn zu beeindrucken. Wie machten die Worte das? War es nicht wie Magie? Doch in diesem Moment schien das Mysterium größer als sonst, denn es waren Worte, von denen er noch gestern morgen keine Ahnung gehabt hatte. Als er seinen Fuß ein paar Minuten später auf den Bahnsteig von Irún setzte, war alle Angst verflogen, und er ging mit sicheren Schritten auf den Schlafwagen zu.

6 Es war zehn Uhr, als sich der Zug, der bis zum nächsten Morgen die iberische Halbinsel durchqueren würde, in Bewegung setzte, die trüben Bahnhofslaternen eine nach der anderen hinter sich ließ und in die Dunkelheit glitt. Die beiden Abteile neben Gregorius waren leer geblieben. Zwei Abteile weiter, in Richtung Speisewagen, lehnte ein schlanker, hochgewachsener Mann mit graumeliertem Haar an seiner Tür. »Boa noite«, sagte er, als sich ihre Blicke trafen. »Boa noite«, sagte auch Gregorius.

Als er die unbeholfene Aussprache hörte, huschte ein Lächeln über das Gesicht des Fremden. Es war ein feingeschnittenes Gesicht mit klaren, bestimmten Zügen, denen etwas Vornehmes und Unnahbares anhaftete. Die dunkle Kleidung des Mannes war von auffallender Eleganz und ließ Gregorius an das Foyer eines Opernhauses denken. Nur die gelockerte Krawatte paßte nicht dorthin. Jetzt kreuzte der Mann die Arme über der Weste, lehnte auch den Kopf gegen die Tür und schloß die Augen. Mit geschlossenen Augen wirkte das Gesicht sehr weiß und strahlte Müdigkeit aus, eine Müdigkeit, die noch mit anderen Dingen zu tun haben mußte als mit der späten Stunde. Als der Zug nach ein paar Minuten seine volle Geschwindigkeit erreicht hatte, öffnete der Mann die Augen, nickte Gregorius zu und verschwand in seinem Abteil.

Gregorius hätte alles darum gegeben, einschlafen zu können, doch auch das monotone Klopfen der Räder, das sich aufs Bett übertrug, half nicht. Er richtete sich auf und preßte die Stirn gegen das Fenster. Verlassene kleine Bahnhöfe glitten vorbei, milchige, diffuse Lichtkugeln, pfeilschnell vorbeihuschende, unlesbare Ortsnamen, abgestellte Gepäckwagen, ein Kopf mit einer Mütze in einem Bahnwärterhäuschen, ein herrenloser Hund, ein Rucksack an einem Pfeiler, darüber ein blonder Haarschopf. Die Sicherheit, die ihm der Erfolg mit den ersten portugiesischen Worten verliehen hatte, begann zu bröckeln. *Sie rufen einfach an. Tag oder Nacht.* Er hörte die Stimme von Doxiades und dachte an ihre erste Begegnung vor zwanzig Jahren, als er noch einen stärkeren Akzent gehabt hatte.

»Blind? Nein. Sie haben bei den Augen einfach ein schlechtes Los gezogen. Wir kontrollieren regelmäßig die Netzhaut.

Außerdem gibt es jetzt Laser. Kein Grund zur Panik.« Auf dem Weg zur Tür war er stehengeblieben und hatte ihn mit konzentriertem Blick angesehen. »Sonstige Sorgen?«

Gregorius hatte stumm den Kopf geschüttelt. Daß er die Scheidung von Florence kommen sah, hatte er ihm erst einige Monate später gesagt. Der Grieche hatte genickt, es schien ihn nicht zu überraschen. *Manchmal fürchtet man sich vor etwas, weil man sich vor etwas anderem fürchtet*, hatte er gesagt.

Kurz vor Mitternacht ging Gregorius in den Speisewagen. Der Wagen war leer bis auf den Mann mit dem graumelierten Haar, der mit dem Kellner Schach spielte. Eigentlich sei der Wagen schon geschlossen, bedeutete ihm der Kellner, aber dann holte er Gregorius doch ein Mineralwasser und lud ihn mit einer Geste ein, sich an ihren Tisch zu setzen. Gregorius sah schnell, daß der Mann von vorhin, der eine goldgeränderte Brille aufgesetzt hatte, dabei war, in eine raffinierte Falle des Kellners zu gehen. Die Hand schon bei der Figur, sah der Mann ihn an, bevor er zog. Gregorius schüttelte den Kopf, und der Mann zog die Hand zurück. Der Kellner, ein Mann mit schwieligen Händen und groben Gesichtszügen, hinter denen man kein Schachgehirn vermutet hätte, blickte überrascht auf. Jetzt drehte der Mann mit der goldenen Brille das Brett in die Richtung von Gregorius und forderte ihn mit einer Handbewegung auf weiterzuspielen. Es wurde ein langer, zäher Kampf, und es ging bereits auf zwei Uhr, als der Kellner aufgab.

Als sie nachher vor seiner Abteiltür standen, fragte der Mann Gregorius, woher er komme, und dann sprachen sie französisch. Er fahre alle zwei Wochen in diesem Zug, sagte der Mann, und nur ein einziges Mal habe er gegen diesen Kellner gewinnen können, während er den anderen meistens schlage. Er stellte sich vor: José António da Silveira. Er war, wie er sagte, Geschäftsmann und verkaufte Porzellan nach Biarritz, und da er Angst vor dem Fliegen hatte, fuhr er mit dem Zug.

»Wer kennt schon die wahren Gründe seiner Angst«, sagte er nach einer Pause, und nun erschien wieder die Erschöpfung auf seinem Gesicht, die Gregorius früher schon bemerkt hatte.

Als er dann erzählte, wie er den kleinen Betrieb seines Vaters übernommen und zu einer großen Firma ausgebaut hatte, sprach er über sich selbst wie über einen anderen, der lauter verständliche, aber insgesamt falsche Entscheidungen getroffen hatte. Und so klang es auch, als er von seiner Scheidung sprach und von den beiden Kindern, die er kaum noch zu sehen bekam. Enttäuschung und Trauer lagen in seiner Stimme, und es beeindruckte Gregorius, daß sie frei von Selbstmitleid waren.

»Das Problem ist«, sagte Silveira, als der Zug im Bahnhof von Valladolid stand, »daß wir keinen Überblick über unser Leben haben. Weder nach vorn noch nach hinten. Wenn etwas gutgeht, haben wir einfach Glück gehabt.« Ein unsichtbarer Hammer schlug prüfend auf die Bremsen. »Und wie kommt es, daß Sie in diesem Zug sind?«

Sie saßen auf Silveiras Bett, als Gregorius seine Geschichte erzählte. Die Portugiesin auf der Kirchenfeldbrücke ließ er aus. So etwas konnte er Doxiades sagen, nicht einem Fremden. Er war froh, daß Silveira ihn nicht bat, das Buch von Prado zu holen. Er wollte nicht, daß jemand anderes darin las und etwas dazu sagte.

Es blieb still, als er geendet hatte. In Silveira arbeitete es, Gregorius sah es daran, wie er an seinem Siegelring drehte, und an den kurzen, scheuen Blicken, die er ihm zuwarf.

»Und Sie sind einfach aufgestanden und haben die Schule verlassen? Einfach so?«

Gregorius nickte. Plötzlich bedauerte er, davon gesprochen zu haben; etwas Kostbares schien dadurch in Gefahr geraten zu sein. Er wolle jetzt zu schlafen versuchen, sagte er. Da holte Silveira ein Notizbuch hervor. Ob er ihm die Worte von Marc Aurel über die Regungen der eigenen Seele wiederholen würde? Als Gregorius sein Abteil verließ, saß Silveira über das Notizbuch gebeugt und fuhr mit dem Stift die Worte entlang.

Gregorius träumte von roten Zedern. Stets von neuem irrlichterten die Worte *cedros vermelhos* durch seinen unruhigen Schlaf. Es war der Name des Verlags, in dem Prados Aufzeichnungen erschienen waren. Er hatte ihm bisher keine besondere Aufmerksamkeit geschenkt. Erst Silveiras Frage, wie er den Autor finden wolle, hatte ihn daran erinnert, daß er als erstes nach diesem Verlagshaus würde suchen müssen. Vielleicht war das Buch im Selbstverlag erschienen, hatte er beim Einschlafen gedacht, dann hätten die roten Zedern eine Bedeutung, die nur Amadeu de Prado kannte. Im Traum dann irrte er, den geheimnisvollen Namen auf den Lippen und das Telefonbuch unter dem Arm, durch mühsame, immerfort steil ansteigende Straßen von Lissabon, verloren in einer gesichtslosen Stadt, von der er nur wußte, daß sie auf Hügeln lag.

Als er gegen sechs Uhr aufwachte und vor seinem Abteilfenster den Namen SALAMANCA sah, öffnete sich, ohne daß es dafür die geringsten Vorboten gegeben hätte, eine Schleuse der Erinnerung, die vier Jahrzehnte lang verschlossen geblieben war. Das erste, was sie freigab, war der Name einer anderen Stadt: *Isfahan.* Plötzlich war er da, der Name der persischen Stadt, in die er nach der Schule hatte gehen wollen. Der Name, der so viel geheimnisvolle Fremdheit in sich trug, berührte Gregorius in diesem Moment wie die Chiffre für ein anderes mögliches Leben, das er nicht zu leben gewagt hatte. Und als der Zug nun den Bahnhof von Salamanca verließ, durchlebte er nach der langen Zeit noch einmal die Empfindungen, in denen sich jenes andere Leben damals sowohl aufgetan als auch verschlossen hatte.

Begonnen hatte es damit, daß der Hebräischlehrer sie bereits nach einem Jahr das Buch Hiob lesen ließ. Es war für Gregorius wie ein Rausch gewesen, als er die Sätze zu verstehen begann und sich ihm ein Weg auftat, der mitten in den Orient hineinführte. Bei Karl May klang der Orient sehr deutsch, nicht nur wegen der Sprache. Jetzt, in dem Buch, das man von hinten nach vorne las, klang er wie der Orient. Elifas von Teman, Bildad von Schuach, Zofar von Naama. Die drei Freunde von Hiob. Allein schon die Namen, die in ihrer betörenden Fremdheit von jenseits aller Ozeane zu kommen schienen. Was war das für eine wunderbare, traumgleiche Welt!

Danach hatte er eine Weile Orientalist werden wollen. Einer, der sich im *Morgenland* auskannte, er liebte das Wort, es führte hinaus aus der Länggasse in ein helleres Licht. Kurz vor der Maturität hatte er sich auf die Stelle eines Hauslehrers in Isfahan beworben, die ein Schweizer Industrieller für seine Kinder ausgeschrieben hatte. Widerstrebend – voller Sorge um ihn, aber auch voller Angst vor der Lücke, die er hinterlassen würde – hatte ihm der Vater die dreizehn Franken dreißig für die persische Grammatik gegeben, und er hatte die neuen Chiffren des Orients in seiner Kammer auf die kleine Wandtafel geschrieben.

Doch dann hatte ein Traum angefangen, ihn zu verfolgen, ein Traum, den er die ganze Nacht über zu träumen schien. Es war ein denkbar einfacher Traum gewesen, und ein Teil der Qual hatte in dieser Einfachheit bestanden, die sich zu steigern schien, je öfter das Bild wiederkehrte. Denn eigentlich hatte der Traum nur aus einem einzigen Bild bestanden: Heißer orientalischer Sand, Wüstensand, weiß und sengend, war ihm vom Gluthauch Persiens an die Brille geweht worden und hatte sich dort als glühende Kruste festgesetzt, die ihm alle Sicht raubte, um dann die Gläser zum Schmelzen zu bringen und sich in seine Augen zu fressen.

Nach zwei, drei Wochen, in denen ihn der Traum stets von neuem ansprang und bis weit in den Tag hinein verfolgte, hatte er die persische Grammatik zurückgebracht und dem Vater das Geld wiedergegeben. Die drei Franken dreißig, die er behalten durfte, hatte er in einer kleinen Dose aufbewahrt, und es war gewesen, als besäße er nun persisches Geld.

Was wäre aus ihm geworden, wenn er die Angst vor dem sengenden Staub des Orients überwunden hätte und gefahren wäre? Gregorius dachte an die Kaltblütigkeit, mit der er am Bärenplatz in die Kasse der Marktfrau gegriffen hatte. Hätte sie ausgereicht, um mit all dem fertig zu werden, was in Isfahan auf ihn eingestürmt wäre? *Der Papyrus.* Warum tat, was er jahrzehntelang für einen Scherz gehalten hatte, der ihm nichts anhaben konnte, mit einemmal so weh?

Silveiras Teller war schon leer, als Gregorius den Speisewagen betrat, und auch die beiden Portugiesen, mit denen er am Vorabend seine ersten Worte getauscht hatte, waren bereits bei der zweiten Tasse Kaffee.

Er hatte eine Stunde hinter sich, in der er wach auf dem Bett gelegen und an den Briefträger gedacht hatte, der gegen neun die Halle des Gymnasiums zu betreten und die Post beim Hausmeister abzugeben pflegte. Heute würde sein Brief dabei sein. Kägi würde seinen Augen nicht trauen. Mundus lief aus seinem Leben davon. Jeder andere, aber doch nicht er. Die Nachricht würde die Runde machen, treppauf, treppab, und unter den Schülern auf den Stufen vor dem Eingang gäbe es kein anderes Thema.

Gregorius war in Gedanken die Kollegen durchgegangen und hatte sich ausgemalt, was sie denken, fühlen und sagen würden. Dabei hatte er eine Entdeckung gemacht, die wie ein Stromstoß durch ihn hindurchgegangen war: Er war sich bei keinem einzigen sicher. Zuerst hatte es anders ausgesehen: Burri etwa, Major und eifriger Kirchgänger, fand es unverständlich, geradezu abartig, und verwerflich, denn was sollte nun aus dem Unterricht werden; Anita Mühletaler, die gerade eine Scheidung hinter sich hatte, neigte nachdenklich den Kopf, sie konnte sich so etwas vorstellen, wenn auch nicht für sich selbst; Kalbermatten, der Schürzenjäger und heimliche Anarchist aus Saas Fee, würde im Lehrerzimmer vielleicht sagen: »Warum eigentlich nicht?«; während Virginie Ledoyen, die Französischlehrerin, deren verkniffene Erscheinung in schreiendem Gegensatz zu ihrem glitzernden Namen stand, auf die Nachricht mit einem scharfrichterlichen Blick reagieren würde. All das schien zunächst ganz klar. Doch dann war Gregorius eingefallen, wie er den bigotten Familienvater Burri vor einigen Monaten in Begleitung einer Blondine gesehen hatte, die in ihrem kurzen Rock mehr als eine Bekannte zu sein schien; wie kleinlich Anita Mühletaler sein konnte, wenn Schüler über die Stränge schlugen; wie feige Kalbermatten war, wenn es darum ging, Kägi Widerstand zu leisten; und wie leicht sich Virginie Ledoyen von gewissen Schülern, die ihr zu schmeicheln verstanden, um den Finger wickeln und von strengen Vorhaben abbringen ließ.

Ließ sich daraus etwas ableiten? Etwas, das die Einstellung zu ihm und seinem überraschenden Tun betraf? Ließ sich verborgenes Verständnis vermuten, oder sogar heimlicher Neid? Gregorius hatte sich aufgerichtet und in die Landschaft hinausgeblickt, die in das silbrig schimmernde Grün der Olivenhaine getaucht war. Die Vertrautheit, in der er all die Jahre mit seinen Kollegen gelebt hatte, entpuppte sich als geronnenes Unwissen, das zur trügerischen Gewohnheit geworden war. Und war es ihm eigentlich wichtig – wirklich *wichtig* – zu wissen, was sie dachten? Hing es nur an seinem übernächtigten Kopf, daß er das nicht wußte, oder war er dabei, sich einer Fremdheit bewußt zu werden, die schon immer bestanden, sich aber hinter sozialen Ritualen versteckt hatte?

Verglichen mit dem Gesicht, das in der schummrigen Beleuchtung des nächtlichen Abteils durchlässig geworden war – durchlässig für die Gefühle, die von innen nach außen drängten, und durchlässig für den Blick von außen, der sie zu ergründen suchte –, waren Silveiras Züge heute morgen verschlossen. Auf den ersten Blick sah es so aus, als bereue er, sich in der Intimität des Abteils, wo es nach Wolldecke und Desinfektionsmittel gerochen hatte, einem wildfremden Mann geöffnet zu haben, und Gregorius setzte sich nur zögerlich zu ihm an den Tisch. Doch bald verstand er: Es waren nicht Rückzug und Zurückweisung, die sich in den straffen, beherrschten Zügen äußerten, sondern eine nachdenkliche Nüchternheit, die verriet, daß die Begegnung mit Gregorius in Silveira komplizierte, ihn überraschende Empfindungen hervorgerufen hatte, zu denen er nun ein Verhältnis suchte.

Er deutete auf das Telefon neben seiner Tasse. »Ich habe in dem Hotel, in dem ich meine Geschäftspartner unterbringe, ein Zimmer für Sie bestellt. Hier ist die Adresse.«

Er reichte Gregorius eine Visitenkarte mit den Angaben auf der Rückseite. Er müsse vor der Ankunft noch einige Papiere durchsehen, sagte er dann und schickte sich an aufzustehen. Doch dann lehnte er sich noch einmal zurück, und die Art, wie er Gregorius nun ansah, bewies, daß etwas in ihm in Gang gekommen war. Ob er es nie bereut habe, sein Leben den alten Sprachen gewidmet zu haben, fragte er. Das habe ja sicher ein sehr stilles, zurückgezogenes Leben bedeutet.

Findest du mich einen Langweiler? Gregorius fiel ein, wie ihn die Frage, die er damals an Florence gerichtet hatte, auf der gestrigen Fahrt beschäftigt hatte, und etwas davon mußte auf seinem Gesicht zu sehen sein, denn Silveira sagte erschrocken, er möge seine Worte bitte nicht mißverstehen, er versuche sich nur vorzustellen, wie es wäre, ein solches Leben zu leben, das so ganz anders sein würde als das seine.

Es sei das Leben gewesen, das er gewollt habe, sagte Gregorius, und noch während sich die Worte in ihm formten, spürte er erschrocken, daß in der Festigkeit, mit der er sie sagte, Trotz lag. Noch vor zwei Tagen, als er die Kirchenfeldbrücke betreten und die lesende Portugiesin gesehen hatte, hätte er diesen Trotz nicht nötig gehabt. Er hätte genau dasselbe gesagt, aber die Worte hätten nicht den Hauch des Trotzigen an sich gehabt, sondern wären aus ihm gekommen wie ein unauffälliger, ruhiger Atemzug.

Und warum sitzen Sie dann hier? Gregorius fürchtete die Frage, und einen Moment lang kam ihm der elegante Portugiese wie ein Inquisitor vor.

Wie lange man brauche, um Griechisch zu lernen, fragte Silveira jetzt. Gregorius atmete auf und stürzte sich in eine Antwort, die viel zu lange geriet. Ob er ihm ein paar Worte auf Hebräisch aufschreiben könnte, hier auf die Serviette, fragte Silveira.

Und Gott sprach: Es werde Licht! Und es ward Licht, schrieb Gregorius und übersetzte es für ihn.

Silveiras Telefon klingelte. Er müsse gehen, sagte er, als das Gespräch zu Ende war. Er schob die Serviette in die Jackentasche. »Wie war das Wort für Licht?« fragte er, schon im Stehen, und auf dem Weg zur Tür wiederholte er es für sich.

Der breite Fluß draußen mußte bereits der Tejo sein. Gregorius fuhr zusammen: Das hieß, daß sie bald ankommen würden. Er ging ins Abteil, das der Schaffner in der Zwischenzeit in ein gewöhnliches Abteil mit plüschiger Sitzbank verwandelt hatte, und setzte sich ans Fenster. Er wollte nicht, daß die Fahrt zu Ende ging. Was sollte er in Lissabon? Er hatte ein Hotel. Er würde dem Pagen ein Trinkgeld geben, die Tür schließen, sich ausruhen. Und dann?

Zögernd nahm er Prados Buch in die Hand und blätterte.

SAUDADE PARADOXAL. WIDERSINNIGE SEHNSUCHT. *An 1922 Tagen habe ich das Liceu betreten, in das mich mein Vater schickte, das strengste im ganzen Land, wie man sagte. »Du brauchst ja kein Gelehrter zu werden«, sagte er und versuchte ein Lächeln, das wie meistens mißlang. Schon am dritten Tag war mir klar, daß ich die Tage zählen mußte, um von ihnen nicht zermalmt zu werden.*

Während Gregorius *zermalmen* im Wörterbuch nachschlug, fuhr der Zug in den Bahnhof Santa Apolónia von Lissabon ein.

Die wenigen Sätze hatten ihn gefangengenommen. Es waren die ersten Sätze, die etwas über das äußere Leben des Portugiesen verrieten. Schüler eines strengen Gymnasiums, der die Tage zählte, und Sohn eines Vaters, dem das Lächeln meistens mißlang. Lag da der Ursprung der verhaltenen Wut, die aus anderen Sätzen sprach? Gregorius hätte nicht sagen können, warum, aber er wollte mehr über diese Wut wissen. Er sah jetzt die ersten Striche in einem Portrait von jemandem, der hier, in dieser Stadt, lebte. Von jemandem, mit dem er mehr zu tun haben wollte. Es war, als wachse ihm die Stadt in diesen Sätzen entgegen. Als habe sie gerade eben aufgehört, eine ganz fremde Stadt zu sein.

Er nahm seine Reisetasche und trat auf den Bahnsteig hinaus. Silveira hatte auf ihn gewartet. Er brachte ihn zum Taxi und nannte dem Fahrer die Adresse des Hotels. »Sie haben meine Karte«, sagte er zu Gregorius und machte eine knappe Geste des Abschieds.

7 Als Gregorius aufwachte, war es später Nachmittag, und die Dämmerung senkte sich über die wolkenverhangene Stadt. Gleich nach der Ankunft hatte er sich in Kleidern unter die Tagesdecke gelegt und war in einen bleiernen Schlaf geglitten, in dem ihn das Gefühl umklammert hielt, daß er sich eigentlich keinen Schlaf gönnen durfte, denn es gab tausend Dinge zu tun, Dinge, die keinen Namen hatten, ohne daß sie dadurch weniger dringlich gewesen wären, im Gegenteil, ihre gespenstische Namenlosigkeit machte sie zu etwas, das man sofort in Angriff nehmen mußte, um zu verhindern, daß etwas Schlimmes geschah, etwas, das sich nicht benennen ließ. Als er sich nun im Bad das Gesicht wusch, spürte er mit Erleichterung, daß mit der Benommenheit auch die Angst davor wich, etwas zu versäumen und dadurch Schuld auf sich zu laden.

Während der nächsten Stunde saß er am Fenster und versuchte vergeblich, die Gedanken zu ordnen. Ab und zu streifte sein Blick die Reisetasche, die unausgepackt in der Ecke stand. Als es Nacht geworden war, ging er hinunter zum Empfang und ließ beim Flughafen anfragen, ob es noch einen Flug nach Zürich oder Genf gebe. Es gab keinen, und als er im Lift nach oben fuhr, spürte er mit Erstaunen, wie erleichtert er darüber war. Dann saß er im Dunkeln auf dem Bett und versuchte, die überraschende Erleichterung zu deuten. Er wählte die Nummer von Doxiades und ließ es zehnmal klingeln, bevor er auflegte. Er schlug das Buch von Amadeu de Prado auf und las dort weiter, wo er am Bahnhof aufgehört hatte.

Sechsmal am Tag hörte ich das Bimmeln der Turmglocke, das den Beginn des Unterrichts verkündete und klang, als würden Mönche zum Gebet gerufen. Somit waren es 11532 Male, daß ich auf die Zähne biß und vom Hof in das düstere Gebäude zurückging, statt meiner Einbildungskraft Folge zu leisten, die mich durch das Hoftor hinaus zum Hafen schickte, an die Reling eines Dampfers, wo ich nachher das Salz von den Lippen lecken würde.

Jetzt, dreißig Jahre später, kehre ich stets von neuem an diesen Ort zurück. Es gibt nicht den geringsten praktischen Grund dafür. Warum also? Ich sitze auf den vermoosten, bröckelnden Stufen vor dem Eingang und habe keine Ahnung, warum mir das Herz bis zum Hals schlägt. Warum bin ich voller Neid, wenn ich sehe, wie die Schüler mit braunen Beinen und leuchtendem Haar ein und aus gehen, als seien sie hier zu Hause? Was ist es, worum ich sie beneide? Neulich, als an einem heißen Tag die Fenster offenstanden, hörte ich den verschiedenen Lehrern zu und vernahm die stotternden Antworten verängstigter Schüler auf Fragen, vor denen auch ich erzittert war. Noch einmal dort drinnen sitzen – nein, das war es gewiß nicht, was ich mir wünschte. Im kühlen Dunkel der langen Gänge begegnete ich dem Hausmeister, einem Mann mit vorgerecktem, vogelähnlichem Kopf, der mit mißtrauischem Blick auf mich zukam. »Was haben Sie hier zu suchen?« fragte er, als ich schon an ihm vorbei war. Er hatte eine asthmatische Fistelstimme, die klang, als käme sie von einem jenseitigen Gerichtshof. Ich blieb stehen, ohne mich umzudrehen. »Ich bin hier zur Schule gegangen«, sagte ich und war voller Verachtung für mich selbst, als ich hörte, wie heiser es klang. Einige Sekunden lang herrschte vollkommene, gespenstische Stille im Gang. Dann setzte sich der Mann hinter mir mit schlurfenden Schritten in Bewegung. Ich hatte mich ertappt gefühlt. Aber wobei?

Am letzten Tag der Abschlußprüfung hatten wir alle hinter unseren Bänken gestanden, die Schulmützen auf dem Kopf, es konnte aussehen, als hätten wir Habtachtstellung eingenommen. Gemessenen Schritts ging Senhor Cortês vom einen zum anderen, verkündete mit seiner üblichen strengen Miene die Gesamtzensur und händigte uns mit geradem Blick das Zeugnis aus. Freudlos und bleich nahm mein strebsamer Banknachbar das seine entgegen und hielt es in den gefalteten Händen wie eine Bibel. Kichernd ließ der Klassenletzte, der braungebrannte Liebling der Mädchen, das seine zu Boden fallen, als sei es ein Stück Abfall. Dann traten wir hinaus in die Mittagshitze eines Julitages. Was konnte, was sollte man mit all der Zeit anfangen, die nun vor uns lag, offen und ungeformt, federleicht in ihrer Freiheit und bleischwer in ihrer Ungewißheit?

Weder vorher noch nachher habe ich etwas erlebt, das mir so schlagend und nachdrücklich wie die nun folgende Szene vor Augen geführt hätte, wie verschieden die Menschen sind. Der Klassenletzte nahm als erster seine Mütze ab, drehte sich mit Schwung um die eigene Achse und warf sie über den Zaun des Schulhofs in den benachbarten Teich, wo sie sich langsam vollsog und schließlich unter den Seerosen verschwand. Drei, vier andere folgten seinem Beispiel, und die eine Mütze blieb auf dem Zaun hängen. Mein Banknachbar rückte daraufhin seine Mütze zurecht, ängstlich und indigniert, es war nicht auszumachen, welche Empfindung in ihm überwog. Was würde er morgen früh machen, wenn es keinen Grund mehr gab, die Mütze aufzusetzen? Am eindrücklichsten jedoch war mir, was ich in der schattigen Ecke des Hofs beobachten konnte. Halb versteckt hinter einem staubigen Strauch versuchte einer, seine Mütze in der Schultasche zu verstauen. Einfach hineinstopfen mochte er sie nicht, das gaben die zögerlichen Bewegungen unmißverständlich zu erkennen. Er probierte dieses und jenes, um sie schonend unterzubringen; am Ende schaffte er Raum, indem er einige Bücher herausnahm, die er nun ratlos und unbeholfen unter den Arm klemmte. Als er sich umwandte und in die Runde blickte, konnte man in seinen Augen die Hoffnung lesen, es möge ihn bei seinem verschämten Tun niemand beobachtet haben, und auch eine letzte, durch Erfahrung verwischte Spur des kindlichen Gedankens, man könne durch Abwenden des Blicks unsichtbar werden.

Noch heute kann ich spüren, wie ich meine eigene ver-
schwitzte Mütze in den Händen drehte, in die eine Richtung,
dann in die andere. Ich saß auf dem warmen Moos der Ein-
gangstreppe und dachte an den gebieterischen Wunsch meines
Vaters, ich möge Arzt werden – einer also, der es vermöchte,
Menschen wie ihn von den Schmerzen zu erlösen. Ich liebte ihn
für sein Vertrauen und verfluchte ihn der erdrückenden Last
wegen, die er mir mit seinem anrührenden Wunsch aufbürdete.
Inzwischen waren die Schülerinnen aus der Mädchenschule her-
übergekommen. »Bist du froh, daß es vorbei ist?« fragte Maria
João und setzte sich neben mich. Sie musterte mich. »Oder bist
du am Ende traurig darüber?«

Jetzt endlich scheine ich zu wissen, was mich stets von neuem
zwingt, die Fahrt hinaus zur Schule zu unternehmen: Ich möchte
zurück zu jenen Minuten auf dem Schulhof, in denen die Vergan-
genheit von uns abgefallen war, ohne daß die Zukunft schon be-
gonnen hätte. Die Zeit stockte und hielt den Atem an, wie sie es
später nie mehr tat. Sind es Maria Joãos braune Knie und der
Duft der Seife in ihrem hellen Kleid, zu denen ich zurückmöchte?
Oder geht es um den Wunsch – den traumgleichen, pathetischen
Wunsch –, noch einmal an jenem Punkt meines Lebens zu stehen
und eine ganz andere Richtung einschlagen zu können als die-
jenige, die aus mir den gemacht hat, der ich nun bin?

Es ist etwas Sonderbares um diesen Wunsch, er schmeckt nach
Paradoxie und logischer Absonderlichkeit. Denn derjenige, der
sich das wünscht – er ist ja nicht etwa jener, der, von der Zukunft
noch unberührt, an der Weggabelung steht. Vielmehr ist es der
von der durchschrittenen, zur Vergangenheit gewordenen Zu-
kunft Gezeichnete, der sich zurückwünscht, um das Unwiderruf-
liche zu widerrufen. Und würde er es widerrufen wollen, wenn er
es nicht erlitten hätte? Noch einmal auf dem warmen Moos zu
sitzen und die Mütze zu halten – es ist der widersinnige Wunsch,
in der Zeit hinter mich selbst zurückzureisen und mich – den

vom Geschehenen Gezeichneten – doch auf diese Reise auch mitzunehmen. Und ist es vorstellbar, daß der damalige Junge dem Wunsch des Vaters getrotzt und den medizinischen Hörsaal nicht betreten hätte – so, wie ich mir das heute manchmal wünsche? Hätte er es tun und ich sein können? Es gab in mir damals keinen Standpunkt der erlittenen Erfahrung, von dem aus ich mir wünschen konnte, an der Weggabelung eine andere Abzweigung zu nehmen. Was würde es mir also nützen, die Zeit zurückzudrehen und mich, Erfahrung für Erfahrung löschend, in den Jungen zurückzuverwandeln, der dem frischen Geruch von Maria Joãos Kleid und dem Anblick ihrer braunen Knie verfallen war? Der Junge mit der Mütze – er hätte sich schon sehr von mir unterscheiden müssen, um in der Weise eine andere Richtung einzuschlagen, wie ich mir das heute wünsche. Dann aber, als ein anderer, wäre er auch nicht zu einem geworden, der sich später eine Rückkehr zu der früheren Weggabelung wünscht. Kann ich mir wünschen, er zu sein? Es kommt mir vor, als könnte ich zufrieden sein, er zu sein. Aber diese Zufriedenheit – es kann sie nur für mich geben, der ich nicht er bin, nur als Erfüllung der Wünsche, die nicht die seinen sind. Wäre ich tatsächlich er – ich hätte nicht die Wünsche, die mich in ihrer Erfüllung so zufrieden machen könnten, er zu sein, wie es meine eigenen vermögen, solange ich vergesse, daß ich sie, wenn sie sich erfüllten, gar nicht hätte.

Und doch bin ich gewiß, daß ich bald wieder mit dem Wunsch aufwachen werde, zur Schule zu fahren und damit einer Sehnsucht nachzugeben, deren Gegenstand es gar nicht geben kann, weil man ihn nicht einmal denken kann. Kann es etwas Verrückteres geben als dieses: von einem Wunsch in Bewegung gesetzt zu werden, der keinen denkbaren Gegenstand hat?

Es war beinahe Mitternacht, als Gregorius schließlich sicher war, den schwierigen Text verstanden zu haben. Prado war also Arzt, und er war es geworden, weil der Vater, dem das Lächeln meistens mißlang, diesen gebieterischen Wunsch gehabt hatte, einen Wunsch, der nicht diktatorischer Willkür oder väterlicher Eitelkeit entsprungen war, sondern sich aus der Hilflosigkeit chronischer Schmerzen heraus entwickelt hatte. Gregorius schlug das Telefonbuch auf. Es gab den Namen *Prado* vierzehnmal, aber es war kein *Amadeu* darunter, kein *Inácio* und kein *Almeida*. Warum hatte er angenommen, daß Prado in Lissabon lebte? Jetzt suchte er im Branchenverzeichnis nach dem Verlag *cedros vermelhos*: nichts. Würde er das ganze Land absuchen müssen? Ergab das einen Sinn? Auch nur den geringsten Sinn?

Gregorius machte sich auf den Weg in die nächtliche Stadt. Nach Mitternacht in die Stadt gehen – das tat er, seit er mit Mitte zwanzig die Fähigkeit verloren hatte, mühelos einzuschlafen. Unzählige Male war er durch die leeren Gassen von Bern gegangen, war von Zeit zu Zeit stehengeblieben und hatte wie ein Blinder auf die wenigen Schritte gehorcht, die kamen oder gingen. Er liebte es, vor den dunklen Schaufenstern der Buchhandlungen zu stehen und das Gefühl zu haben, daß, weil die anderen schliefen, all diese Bücher ganz allein ihm gehörten. Mit langsamen Schritten bog er jetzt aus der Seitenstraße des Hotels in die breite Avenida da Liberdade ein und ging in die Richtung der Baixa, der Unterstadt, in der die Straßen angeordnet waren wie auf einem Schachbrett. Es war kalt, und ein feiner Nebel bildete einen milchigen Hof um die altmodischen Laternen mit ihrem goldenen Licht. Er fand ein Stehcafé, wo er ein belegtes Brot aß und einen Kaffee trank.

Prado setzte sich stets von neuem auf die Stufen seiner Schule und stellte sich vor, wie es gewesen wäre, ein ganz anderes Leben zu leben. Gregorius dachte an die Frage, die ihm Silveira gestellt und auf die er die trotzige Antwort gegeben hatte, daß er das Leben gelebt habe, das er wollte. Er spürte, wie das Bild des zweifelnden Arztes auf den moosigen Stufen und die Frage des zweifelnden Geschäftsmanns im Zug in ihm etwas ins Rutschen brachten, etwas, das in den sicheren, vertrauten Straßen Berns niemals ins Rutschen geraten wäre.

Jetzt zahlte der einzige Mann, der außer ihm noch im Café war, und ging hinaus. Mit einer plötzlichen Hast, die ihm unbegreiflich war, zahlte auch Gregorius und ging dem Mann nach. Es war ein älterer Mann, der ein Bein nachzog und hin und wieder stehenblieb, um sich auszuruhen. Gregorius folgte ihm in großem Abstand ins Bairro Alto, die Oberstadt, bis er hinter der Tür eines schmalen, schäbigen Hauses verschwand. Jetzt ging im ersten Stock das Licht an, der Vorhang wurde zur Seite geschoben, und nun stand der Mann am offenen Fenster, eine Zigarette zwischen den Lippen. Aus dem schützenden Dunkel eines Hauseingangs heraus sah Gregorius an ihm vorbei in die erleuchtete Wohnung hinein. Ein Sofa mit Polstern aus abgewetztem Gobelinstoff. Zwei Fauteuils, die nicht dazu paßten. Eine Vitrine mit Geschirr und kleinen, farbigen Figuren aus Porzellan. Ein Kruzifix an der Wand. Kein einziges Buch. Wie war es, dieser Mann zu sein?

Nachdem der Mann das Fenster geschlossen und den Vorhang zugezogen hatte, trat Gregorius aus dem Hauseingang. Er hatte die Orientierung verloren und nahm die nächste Gasse nach unten. Er war noch nie jemandem auf diese Weise nachgegangen, mit dem Gedanken daran, wie es wäre, statt des eigenen dieses fremde Leben zu leben. Es war eine ganz neue Art von Neugierde, die da eben in ihm aufgebrochen war, und sie paßte zu der neuen Art von Wachheit, die er auf der Zugfahrt erlebt hatte und mit der er im Gare de Lyon in Paris ausgestiegen war, gestern oder wann es gewesen sein mochte.

Ab und zu blieb er jetzt stehen und sah vor sich hin. Die alten Texte, seine alten Texte, sie waren doch auch voll von Figuren, die ein Leben lebten, und die Texte zu lesen und zu verstehen hatte doch auch stets geheißen, diese Leben zu lesen und zu verstehen. Warum also war jetzt alles so neu, wenn er es mit dem adligen Portugiesen zu tun hatte und dem hinkenden Mann von eben? Auf dem feuchten Kopfsteinpflaster der steilen Straße setzte er unsicher Fuß vor Fuß und atmete erleichtert auf, als er die Avenida da Liberdade wiedererkannte.

Der Schlag traf ihn unvorbereitet, denn er hatte den Rollschuhfahrer nicht kommen hören. Er war ein Hüne, der Gregorius beim Überholen mit dem Ellbogen an der Schläfe traf und ihm die Brille herunterriß. Benommen und plötzlich ohne Sicht stolperte Gregorius ein paar Schritte und spürte zu seinem Entsetzen, wie er auf die Brille trat, die unter seinem Fuß knirschend zerbrach. Eine Welle von Panik überspülte ihn. *Vergessen Sie die Ersatzbrille nicht,* hörte er Doxiades am Telefon sagen. Minuten vergingen, bis sich sein Atem beruhigte. Dann kniete er sich auf die Straße und tastete nach den Glassplittern und den Bruchstücken des Gestells. Was er erspüren konnte, wischte er zusammen und knotete es ins Taschentuch. Langsam tastete er sich den Hauswänden entlang zum Hotel.

Erschrocken sprang der Nachtportier auf, und als Gregorius nahe an den Spiegel der Empfangshalle heranging, sah er, daß ihm das Blut von der Schläfe tropfte. Im Aufzug preßte er das Taschentuch des Portiers gegen die Wunde, und dann rannte er durch den Flur, öffnete mit zitternden Fingern die Tür und stürzte zur Reisetasche. Er spürte Tränen der Erleichterung, als seine Hand das kühle Metalletui der Ersatzbrille zu fassen bekam. Er setzte die Brille auf, wusch das Blut ab und klebte das Pflaster, das ihm der Portier mitgegeben hatte, auf den Hautriß an der Schläfe. Es war halb drei. Am Flughafen nahm niemand das Telefon ab. Gegen vier schlief er ein.

8 Wäre Lissabon am nächsten Morgen nicht in dieses betörende Licht getaucht gewesen, dachte Gregorius später, hätten die Dinge vielleicht eine ganz andere Wendung genommen. Vielleicht wäre er dann zum Flughafen gefahren und hätte die nächste Maschine nach Hause genommen. Doch das Licht ließ keinen Versuch zu, sich nach rückwärts zu wenden. Sein Glanz machte alles Vergangene zu etwas sehr Entferntem, beinahe Unwirklichem, der Wille verlor unter seiner Leuchtkraft jeden Schatten des Gewesenen, und die einzige Möglichkeit, die man hatte, war, in die Zukunft aufzubrechen, worin sie auch bestehen mochte. Bern mit seinen Schneeflocken lag in weiter Ferne, und es fiel Gregorius schwer zu glauben, daß erst drei Tage vergangen sein sollten, seit er der rätselhaften Portugiesin auf der Kirchenfeldbrücke begegnet war.

Nach dem Frühstück wählte er die Nummer von José António da Silveira und bekam die Sekretärin an den Apparat. Ob sie ihm einen Augenarzt empfehlen könne, der Deutsch, Französisch oder Englisch spreche, fragte er. Nach einer halben Stunde rief sie zurück, richtete ihm Grüße von Silveira aus und nannte ihm eine Ärztin, zu der dessen Schwester ging, eine Frau, die lange an den Universitätskliniken von Coimbra und München gearbeitet hatte.

Die Praxis lag im Alfama-Viertel, dem ältesten Stadtteil hinter der Burg. Gregorius ging langsam durch den leuchtenden Tag und wich frühzeitig jedem aus, der ihn hätte anrempeln können. Manchmal blieb er stehen und rieb sich hinter den dicken Brillengläsern die Augen: Das also war nun Lissabon, die Stadt, in die er gefahren war, weil er beim Betrachten seiner Schüler sein Leben plötzlich vom Ende her gesehen hatte und weil ihm das Buch eines portugiesischen Arztes in die Hand gefallen war, dessen Worte klangen, als seien sie an ihn gerichtet.

Die Räume, die er eine Stunde später betrat, sahen gar nicht aus wie die Praxisräume einer Ärztin. Die dunkle Holztäfelung, die Originalgemälde und die dicken Teppiche ließen eher den Eindruck entstehen, als befinde man sich in der Wohnung einer noblen Familie, in der alles seine feste Form hatte und geräuschlos seinen Lauf nahm. Es überraschte Gregorius nicht, daß im Wartezimmer niemand war. Jemand, der in solchen Räumen lebte, brauchte keine Einnahmen von Patienten. Senhora Eça werde in wenigen Minuten kommen, hatte die Frau hinter der Empfangstheke gesagt. Nichts an ihr verriet die medizinische Assistentin. Das einzige, was auf geschäftliche Dinge hindeutete, war ein heller Bildschirm voller Namen und Zahlen. Gregorius dachte an die nüchternen, ein bißchen schäbigen Praxisräume von Doxiades und an die Arzthelferin mit ihrer schnippischen Art. Plötzlich hatte er das Gefühl, einen Verrat zu begehen, und als nun eine der hohen Türen aufging und die Ärztin erschien, war er froh, mit dem unvernünftigen Gefühl nicht länger allein bleiben zu müssen.

Doutora Mariana Conceição Eça war vor allem eine Frau mit großen, dunklen Augen, denen man vertrauen konnte. In flüssigem Deutsch, in dem ihr nur hin und wieder ein Fehler unterlief, begrüßte sie Gregorius als Freund von Silveira, und sie wußte auch bereits, worum es ging. Wie er auf die sonderbare Idee komme, sich für seine Aufregung wegen der kaputten Brille entschuldigen zu müssen, fragte sie. Selbstverständlich brauche jemand, der so kurzsichtig sei wie er, das Gefühl, eine Brille in Reserve zu haben.

Mit einem Schlag wurde Gregorius vollkommen ruhig. Er spürte, wie er tief im Sessel vor ihrem Schreibtisch versank, und fühlte den Wunsch, nie mehr aufstehen zu müssen. Die Frau schien unbegrenzt Zeit für ihn zu haben, Gregorius hatte dieses Gefühl noch bei keinem Arzt gehabt, auch nicht bei Doxiades, es war unwirklich, beinahe wie im Traum. Er hatte damit gerechnet, daß sie die Ersatzbrille vermessen, die üblichen Sehtests machen und ihn dann mit einem Rezept zum Optiker schicken würde. Statt dessen ließ sie ihn erst einmal die Geschichte seiner Kurzsichtigkeit erzählen, Etappe für Etappe, Sorge um Sorge. Als er ihr am Ende die Brille reichte, sah sie ihn prüfend an.

»Sie sind ein Mann, der nicht gut schläft«, sagte sie.

Dann bat sie ihn in den anderen Teil des Raums zu den Geräten.

Die Untersuchung dauerte mehr als eine Stunde. Die Geräte sahen anders aus als bei Doxiades, und Senhora Eça studierte seinen Augenhintergrund mit der Ausführlichkeit von jemandem, der sich mit einer ganz neuen Landschaft vertraut macht. Was Gregorius jedoch am meisten beeindruckte, war, daß sie die Tests zur Sehschärfe dreimal wiederholte. Zwischendurch gab es Pausen, in denen sie ihn auf und ab gehen ließ und in ein Gespräch über seinen Beruf verwickelte.

»Wie gut man sieht, hängt von so vielen Dingen ab«, sagte sie lächelnd, als sie sein Erstaunen bemerkte.

Am Ende stand eine Dioptrienzahl da, die von der gewohnten deutlich abwich, und die Werte für die beiden Augen lagen weiter auseinander als sonst. Senhora Eça sah ihm die Verwirrung an.

»Probieren wir es einfach«, sagte sie und berührte ihn am Arm.

Gregorius schwankte zwischen Abwehr und Zutrauen. Das Zutrauen siegte. Die Ärztin gab ihm die Visitenkarte eines Optikers, und dann rief sie dort an. Mit ihrer portugiesischen Stimme kehrte der Zauber zurück, den er empfunden hatte, als die rätselhafte Frau von der Kirchenfeldbrücke das Wort *português* ausgesprochen hatte. Plötzlich ergab es einen Sinn, daß er in dieser Stadt war, einen Sinn freilich, den man nicht benennen konnte, im Gegenteil, es gehörte zu diesem Sinn, daß man ihm nicht Gewalt antun durfte, indem man versuchte, ihn in Worte zu fassen.

»Zwei Tage«, sagte die Ärztin, als sie aufgelegt hatte, »noch schneller, sagt César, geht es beim besten Willen nicht.«

Jetzt holte Gregorius das Bändchen mit den Aufzeichnungen von Amadeu de Prado aus der Jackentasche, zeigte ihr den sonderbaren Verlagsnamen und erzählte von der vergeblichen Suche im Telefonbuch. Ja, sagte sie zerstreut, es klinge nach einem Selbstverlag.

»Und die roten Zedern – es würde mich nicht wundern, wenn sie eine Metapher für etwas wären.«

Das hatte sich Gregorius auch schon gesagt: eine Metapher oder ein Code für etwas Geheimes – Blutiges oder Schönes –, verborgen unter dem bunten, welken Laub einer Lebensgeschichte.

Die Ärztin ging in einen anderen Raum und kehrte mit einem Adreßbuch zurück. Sie schlug es auf und fuhr mit dem Finger eine Seite entlang.

»Hier. Júlio Simões«, sagte sie, »ein Freund meines verstorbenen Mannes, ein Antiquar, der uns über Bücher immer mehr zu wissen schien als jeder andere Sterbliche, es war geradezu unheimlich.«

Sie schrieb die Adresse auf und erklärte Gregorius, wo das war.

»Grüßen Sie ihn von mir. Und kommen Sie mit der neuen Brille vorbei, ich möchte wissen, ob ich es richtig gemacht habe.«

Als Gregorius sich auf dem Treppenabsatz umdrehte, stand sie immer noch unter der Tür, die eine Hand am Rahmen. Silveira hatte mit ihr telefoniert. Dann wußte sie vielleicht auch, daß er davongelaufen war. Er hätte ihr gern davon erzählt, und auf dem Gang durchs Treppenhaus waren seine Schritte zögerlich wie bei jemandem, der einen Ort ungern verläßt.

Der Himmel hatte sich mit einem feinen, weißen Schleier überzogen, der den Glanz des Sonnenlichts verwischte. Das Geschäft des Optikers lag in der Nähe der Fähre über den Tejo. César Santaréms mürrisches Gesicht hellte sich auf, als Gregorius ihm sagte, von wem er kam. Er blickte auf das Rezept, wog die Brille, die ihm Gregorius reichte, in der Hand und sagte dann in gebrochenem Französisch, diese Gläser könne man auch aus leichterem Material machen und in ein leichteres Gestell einsetzen.

Das war in kurzer Zeit das zweite Mal, daß jemand das Urteil von Konstantin Doxiades in Zweifel zog, und es kam Gregorius vor, als nähme man ihm sein bisheriges Leben aus der Hand, das, solange er sich erinnern konnte, ein Leben mit einer schweren Brille auf der Nase gewesen war. Unsicher probierte er Gestell nach Gestell und ließ sich schließlich von Santaréms Assistentin, die nur Portugiesisch konnte und wie ein Wasserfall redete, zu einem schmalen, rötlichen Gestell verführen, das ihm für sein breites, eckiges Gesicht viel zu modisch und chic vorkam. Auf dem Weg hinüber zum Bairro Alto, wo das Antiquariat von Júlio Simões lag, sagte er sich immer wieder, daß er die neue Brille als Ersatzbrille behandeln konnte und gar nicht zu tragen brauchte, und als er schließlich vor dem Antiquariat stand, hatte er sein inneres Gleichgewicht wiedergefunden.

Senhor Simões war ein drahtiger Mann mit scharfer Nase und dunklen Augen, aus denen quecksilbrige Intelligenz sprach. Mariana Eça hatte ihn angerufen und ihm erzählt, worum es ging. Die halbe Stadt Lissabon, dachte Gregorius, schien damit beschäftigt, ihn anzumelden und weiterzureichen, man konnte beinahe schon von einem Ringelreihen des Voranmeldens sprechen, er konnte sich nicht erinnern, etwas Ähnliches erlebt zu haben.

CEDROS VERMELHOS – einen solchen Verlag, sagte Simões, habe es in den dreißig Jahren, in denen er im Buchgeschäft sei,

nicht gegeben, da sei er sich sicher. UM OURIVES DAS PALAV-
RAS – nein, auch von diesem Titel habe er noch nie gehört. Er
blätterte, las hie und da einen Satz, und es kam Gregorius vor,
als warte er darauf, daß das Gedächtnis vielleicht doch noch
etwas zutage fördere. Schließlich blickte er noch einmal auf
das Erscheinungsjahr. 1975 – da sei er noch in der Ausbildung
in Porto gewesen und hätte von einem Buch, das im Selbstverlag erschien, nichts erfahren, schon gar nicht, wenn es in Lissabon gedruckt worden sei.

»Wenn es einer weiß«, sagte er und stopfte eine Pfeife,
»dann ist es der alte Coutinho, der das Geschäft hier vor mir
hatte. Er ist bald neunzig und verrückt, aber sein Gedächtnis
für Bücher ist phänomenal, ein wahres Wunder. Anrufen kann
ich ihn nicht, weil er kaum noch etwas hört; aber ich gebe
Ihnen ein paar Zeilen mit.«

Simões ging in die Ecke zu seinem Arbeitstisch und schrieb
etwas auf einen Notizzettel, den er in einen Umschlag steckte.

»Sie müssen Geduld mit ihm haben«, sagte er, als er Gregorius den Umschlag reichte, »er hat viel Pech gehabt in seinem
Leben und ist ein verbitterter alter Mann. Aber er kann auch
sehr nett sein, wenn man den richtigen Ton trifft. Das Problem
ist, daß man nie zum voraus weiß, welches der richtige ist.«

Gregorius blieb lange im Antiquariat. Eine Stadt durch die
Bücher kennenlernen, die es da gab – so hatte er es schon immer gemacht. Seine erste Auslandsreise als Student war nach
London gegangen. Auf der Fähre zurück nach Calais war ihm
klar geworden, daß er in den drei Tagen außer der Jugend-
herberge, dem Britischen Museum und den vielen Buchläden
darum herum so gut wie nichts von der Stadt gesehen hatte.
*Aber dieselben Bücher könnten doch auch ganz woanders ste-
hen!*, sagten die anderen und schüttelten den Kopf über all die
Dinge, die er versäumt hatte. *Ja, aber tatsächlich stehen sie*
nicht *woanders*, hatte er erwidert.

Und nun stand er vor den deckenhohen Regalen mit all den portugiesischen Büchern, die er eigentlich gar nicht lesen konnte, und spürte, wie er Berührung mit der Stadt aufnahm. Als er am Morgen das Hotel verlassen hatte, war es ihm vorgekommen, als müsse er, um dem Aufenthalt hier einen Sinn zu geben, so schnell wie möglich Amadeu de Prado finden. Doch dann hatte es die dunklen Augen, das rötliche Haar und die schwarze Samtjacke von Mariana Eça gegeben, und nun gab es all diese Bücher mit Namen der früheren Besitzer, die ihn an die Schriftzüge von Anneli Weiss in seinen Lateinbüchern erinnerten.

O GRANDE TERRAMOTO. Außer daß es 1755 stattgefunden und Lissabon verwüstet hatte, wußte er von dem großen Erdbeben, das den Glauben an Gott bei so vielen Menschen ins Wanken gebracht hatte, nichts. Er nahm das Buch aus dem Regal. Das Buch daneben, das dadurch in eine schiefe Lage geriet, trug den Titel A MORTE NEGRA und handelte von der Pestepidemie im 14. und 15. Jahrhundert. Mit beiden Büchern unter dem Arm ging Gregorius auf die andere Seite des Raums zur Literatur. Luís Vaz de Camões; Francisco de Sá de Miranda; Fernão Mendes Pinto; Camilo Castelo Branco. Ein ganzes Universum, von dem er noch nie etwas gehört hatte, auch nicht durch Florence. José Maria Eça de Queirós, O CRIME DO PADRE AMARO. Zögernd, als sei es etwas Verbotenes, nahm er den Band aus dem Regal und tat ihn zu den beiden anderen. Und dann, mit einemmal, stand er davor: Fernando Pessoa, O LIVRO DO DESASSOSSEGO. Eigentlich war es unglaublich, aber er war nach Lissabon gefahren, ohne daran zu denken, daß er in die Stadt des Hilfsbuchhalters Bernardo Soares fuhr, der an der Rua dos Douradores arbeitete und aus dem heraus Pessoa Gedanken aufschrieb, die einsamer waren als alle Gedanken, von denen die Welt vor ihm und nach ihm gehört hatte.

War es so unglaublich? *Die Felder sind grüner in der Beschreibung als in ihrem Grün.* Dieser Satz von Pessoa hatte zu der schrillsten Episode geführt, die es zwischen ihm und Florence in all den Jahren gegeben hatte.

Sie hatte mit Kollegen im Wohnzimmer gesessen, es war Lachen zu hören und das Klirren von Gläsern. Widerstrebend war Gregorius hinübergegangen, weil er ein Buch brauchte. Bei seinem Eintreten las jemand den Satz vor. *Ist das nicht ein brillanter Satz?*, hatte ein Kollege von Florence ausgerufen. Dabei schüttelte er seine Künstlermähne und legte die Hand auf Florences bloßen Arm. *Diesen Satz werden nur ganz wenige verstehen,* hatte Gregorius gesagt. Mit einem Schlag füllte betretene Stille den Raum. *Und du bist einer dieser Auserwählten?*, fragte Florence in schneidendem Ton. Betont langsam hatte Gregorius das Buch aus dem Regal genommen und war ohne ein Wort hinausgegangen. Es dauerte Minuten, bis er von drüben wieder etwas hörte.

Wenn er danach DAS BUCH DER UNRUHE irgendwo gesehen hatte, war er schnell weitergegangen. Sie hatten nie über die Episode gesprochen. Sie gehörte zu all dem, was unbearbeitet liegenblieb, als sie sich trennten.

Jetzt nahm Gregorius das Buch aus dem Regal.

»Wissen Sie, wie mir dieses unglaubliche Buch vorkommt?« fragte Senhor Simões, als er den Preis in die Kasse tippte. »Es ist, als hätte Marcel Proust die Essais von Michel de Montaigne geschrieben.«

Gregorius war zum Umfallen müde, als er mit seiner schweren Tüte oben an der Rua Garrett beim Denkmal von Camões ankam. Aber er mochte nicht ins Hotel zurück. Er war dabei, in dieser Stadt anzukommen, und er wollte mehr von diesem Gefühl, damit er sicher sein konnte, daß er heute abend nicht wieder beim Flughafen anrufen würde, um einen Rückflug zu buchen. Er trank einen Kaffee und stieg dann in die Straßen-

bahn, die ihn zum Cemitério dos Prazeres bringen würde, in
dessen Nähe Vítor Coutinho wohnte, der verrückte Alte, der
vielleicht etwas über Amadeu de Prado wußte.

9 Mit der hundert Jahre alten Straßenbahn von
Lissabon fuhr Gregorius zurück in das Bern seiner Kindheit.
Der Tramwagen, der ihn holpernd, schüttelnd und klingelnd
durchs Bairro Alto fuhr, schien sich in nichts von den alten
Tramwagen zu unterscheiden, mit denen er, als er noch nichts
zu zahlen brauchte, stundenlang durch die Straßen und Gassen Berns gefahren war. Die gleichen Bänke aus lackierten
Holzleisten, die gleiche Klingelschnur neben den Haltegriffen,
die von der Decke herunterhingen, der gleiche Metallarm, den
der Fahrer für das Bremsen und Beschleunigen betätigte und
dessen Wirkungsweise Gregorius heute genausowenig verstand wie damals. Irgendwann, als er schon die Mütze des Pro-
gymnasiums trug, waren die alten Tramwagen durch neue er-
setzt worden. Ihre Fahrt war leiser und fließender, die anderen
Schüler rissen sich darum, in den neuen Wagen fahren zu dürfen, und nicht wenige erschienen zu spät zum Unterricht, weil
sie auf einen der neuen Wagen gewartet hatten. Gregorius
hatte sich nicht getraut, es zu sagen, aber es störte ihn, daß sich
die Welt veränderte. Er nahm all seinen Mut zusammen, fuhr
zum Tramdepot und fragte einen Mann im Arbeitskittel, was
mit den alten Wagen geschehe. Sie würden nach Jugoslawien
verkauft, sagte der Mann. Er mußte ihm das Unglück angesehen haben, denn er ging ins Büro und kam mit einem Modell
der alten Wagen zurück. Gregorius besaß es noch heute und
hütete es wie einen kostbaren, unersetzlichen Fund aus vorge-
schichtlicher Zeit. Es stand ihm vor Augen, als die Lissaboner

Staßenbahn in der Endschleife ratternd und quietschend zum Stillstand kam.

Daran, daß der Portugiese mit dem unerschrockenen Blick tot sein könnte, hatte Gregorius bisher nicht gedacht. Der Gedanke kam ihm erst jetzt, als er vor dem Friedhof stand. Langsam und beklommen ging er durch die Gassen der Totenstadt, die von lauter kleinen Mausoleen gesäumt wurden.

Es mochte eine halbe Stunde vergangen sein, da blieb er vor einer hohen Grabkammer aus weißem Marmor stehen, der von der Witterung fleckig geworden war. Zwei Tafeln mit verzierten Ecken und Rändern waren in den Stein gehauen worden. AQUI JAZ ALEXANDRE HORÁCIO DE ALMEIDA PRADO QUE NASCEU EM 28 DE MAIO DE 1890 E FALECEU EM 9 DE JUNHO DE 1954, war auf der oberen Tafel zu lesen, und AQUI JAZ MARIA PIEDADE REIS DE PRADO QUE NASCEU EM 12 DE JANEIRO DE 1899 E FALECEU EM 24 DE OUTUBRO DE 1960. Auf der unteren Tafel, die deutlich heller war und weniger bemoost, las Gregorius: AQUI JAZ FÁTIMA AMÉLIA CLEMÊNCIA GALHARDO DE PRADO QUE NASCEU EM 1 DE JANEIRO DE 1926 E FALECEU EM 3 DE FEVEREIRO DE 1961, und darunter, mit weniger Patina auf den Buchstaben, AQUI JAZ AMADEU INÁCIO DE ALMEIDA PRADO QUE NASCEU EM 20 DE DEZEMBRO DE 1920 E FALECEU EM 20 DE JUNHO DE 1973.

Gregorius starrte auf die letzte Zahl. Das Buch in seiner Tasche war 1975 erschienen. Wenn es sich bei diesem Amadeu de Prado um den Arzt handelte, der das strenge Liceu von Senhor Cortês besucht und später immer wieder auf dem warmen Moos seiner Treppenstufen gesessen hatte, weil er sich fragte, wie es gewesen wäre, ein anderer zu werden – dann hatte er seine Aufzeichnungen nicht mehr selbst veröffentlicht. Jemand anderes hatte es getan, wahrscheinlich im Selbstverlag. Ein Freund, ein Bruder, eine Schwester. Wenn es diese Person neunundzwanzig Jahre danach noch gab: Sie war es, die er finden mußte.

Doch der Name auf dem Grabmal konnte auch Zufall sein. Gregorius wollte, daß es eine zufällige Übereinstimmung sei; er wollte es mit aller Macht. Er spürte, wie enttäuscht er wäre und wie mutlos er würde, wenn er dem melancholischen Mann, der die portugiesische Sprache neu hatte setzen wollen, weil sie in der alten Form so abgegriffen war, nicht mehr begegnen könnte.

Trotzdem holte er sein Notizbuch hervor und schrieb alle Namen mit den Geburts- und Todesdaten auf. Dieser Amadeu de Prado war dreiundfünfzig geworden. Den Vater hatte er mit vierunddreißig Jahren verloren. War das der Vater gewesen, dem das Lächeln meistens mißlang? Die Mutter war gestorben, als er vierzig war. Fátima Galhardo – das konnte Amadeus Frau gewesen sein, eine Frau, die nur fünfunddreißig geworden und gestorben war, als er einundvierzig war.

Noch einmal ließ Gregorius den Blick über das Grabmal gleiten, und jetzt erst bemerkte er eine Inschrift auf dem Sokkel, halb verdeckt von wildem Efeu: QUANDO A DITADURA É UM FACTO A REVOLUÇÃO É UM DEVER. *Wenn die Diktatur eine Tatsache ist, ist die Revolution eine Pflicht.* War der Tod dieses Prado ein politischer Tod gewesen? Die Nelkenrevolution in Portugal, das Ende der Diktatur, hatte im Frühjahr 1974 stattgefunden. Dieser Prado hatte sie also nicht mehr erlebt. Die Inschrift, sie klang, als sei er als Widerstandskämpfer gestorben. Gregorius holte das Buch hervor und betrachtete das Bildnis: Es könnte sein, dachte er, es würde zu dem Gesicht passen, und auch zu der verhaltenen Wut hinter allem, was er schrieb. Ein Poet und Sprachmystiker, der zur Waffe gegriffen und gegen Salazar gekämpft hatte.

Beim Ausgang versuchte er, den Mann in Uniform zu fragen, wie man herausfinden könne, wem ein Grab gehöre. Aber seine wenigen portugiesischen Wörter reichten nicht. Er holte den Zettel hervor, auf dem ihm Júlio Simões die Adresse seines

Vorgängers aufgeschrieben hatte, und machte sich auf den Weg.

Vítor Coutinho wohnte in einem Haus, das aussah, als könnte es jeden Moment einstürzen. Es lag, von der Straße zurückgesetzt, hinter anderen Häusern verborgen und war im unteren Teil von Efeu überwachsen. Klingel gab es keine, und Gregorius stand eine Weile ratlos im Hof. Gerade als er sich anschickte wegzugehen, rief eine bellende Stimme aus einem der oberen Fenster:

»*O que é que quer?*« Was wollen Sie?

Der Kopf im Fensterrahmen war von weißen Locken umrahmt, die bruchlos in einen weißen Bart übergingen, und auf der Nase saß eine Brille mit breitem, dunklem Gestell.

»*Pergunta sobre livro*«, rief Gregorius so laut er konnte und hielt Prados Aufzeichnungen hoch.

»*O quê?*« fragte der Mann nach, und Gregorius wiederholte seine Worte.

Der Kopf verschwand, und der Türöffner summte. Gregorius trat in einen Flur mit deckenhohen, überfüllten Bücherregalen und einem abgetretenen orientalischen Teppich auf dem roten Steinboden. Es roch nach abgestandenem Essen, Staub und Pfeifentabak. Auf der knarrenden Treppe erschien der weißhaarige Mann, eine Pfeife zwischen dunklen Zähnen. Ein grobkariertes Hemd von ausgewaschener, undefinierbarer Farbe fiel über seine ausgebeulte Kordhose, die Füße steckten in Sandalen mit offenen Riemen.

»*Quem é?*« fragte er in der übertriebenen Lautstärke der Schwerhörigen. Die hellbraunen, an Bernstein erinnernden Augen unter den riesigen Augenbrauen blickten gereizt wie bei jemandem, den man in seiner Ruhe gestört hat.

Gregorius reichte ihm den Umschlag mit der Botschaft von Simões. Er sei Schweizer, sagte er auf portugiesisch und fügte auf französisch hinzu: Altphilologe und auf der Suche nach dem Autor dieses Buches. Als Coutinho nicht reagierte, setzte er zu einer lautstarken Wiederholung an.

Er sei nicht taub, unterbrach ihn der Alte auf französisch, und jetzt erschien ein schlaues Grinsen auf dem faltigen, wettergegerbten Gesicht. Der Taube – das sei eine gute Rolle bei all dem Geschwätz, das man zu hören bekomme.

Sein Französisch hatte einen abenteuerlichen Akzent, aber die Worte kamen, wenngleich langsam, in sicherer Ordnung. Er überflog die Zeilen von Simões, deutete dann auf die Küche am Ende des Flurs und ging voran. Auf dem Küchentisch lag neben einer offenen Sardinendose und einem halbvollen Rotweinglas ein aufgeschlagenes Buch. Gregorius ging zum Stuhl am anderen Ende des Tischs und setzte sich. Da trat der Alte zu ihm und tat etwas Überraschendes: Er nahm ihm die Brille ab und setzte sie auf. Er blinzelte, sah dahin und dorthin, während er die eigene Brille in der Hand schwenkte.

»Das haben wir also gemeinsam«, sagte er schließlich und gab Gregorius die Brille zurück.

Die Solidarität derer, die mit dicken Gläsern durch die Welt gingen. Mit einemmal war alle Gereiztheit und Abwehr aus Coutinhos Gesicht verschwunden, und er griff nach Prados Buch.

Ohne ein Wort betrachtete er minutenlang das Portrait des Arztes. Zwischendurch stand er, abwesend wie ein Schlafwandler, auf und schenkte Gregorius ein Glas Wein ein. Eine Katze kam hereingeschlichen und strich ihm um die Beine. Er beachtete sie nicht, nahm die Brille ab und faßte sich mit Daumen und Zeigefinger an die Nasenwurzel, eine Geste, die Gregorius an Doxiades erinnerte. Aus dem Nebenzimmer war das Ticken einer Standuhr zu hören. Jetzt klopfte er die Pfeife aus, nahm vom Regal eine andere und stopfte sie. Noch einmal verrannen Minuten, bevor er zu sprechen begann, leise und in der Tonlage der fernen Erinnerung.

»Es wäre falsch, wenn ich sagte: Ich kannte ihn. Nicht einmal von einer Begegnung kann man sprechen. Aber ich habe ihn gesehen, zweimal, in der Tür seines Behandlungszimmers, im weißen Mantel, die Brauen hochgezogen in Erwartung des nächsten Patienten. Ich war mit meiner Schwester dort, die er behandelte. Gelbsucht. Bluthochdruck. Sie schwor auf ihn. War, glaube ich, ein bißchen verliebt in ihn. Kein Wunder, ein Bild von einem Mann, dazu eine Ausstrahlung, von der die Leute wie hypnotisiert waren. Er war der Sohn des berühmten Richters Prado, der sich das Leben nahm, manche sagten, weil er die Schmerzen des gekrümmten Rückens nicht mehr aushielt, andere mutmaßten, daß er sich nicht verzeihen konnte, unter der Diktatur im Amt geblieben zu sein.

Amadeu de Prado war ein beliebter Arzt, sogar ein verehrter. Bis er Rui Luís Mendes, dem Mann von der Geheimpolizei, den sie den Schlächter nannten, das Leben rettete. Das war Mitte der sechziger Jahre, kurz nach meinem fünfzigsten Geburtstag. Danach mieden ihn die Leute. Das hat ihm das Herz gebrochen. Von da an arbeitete er für den Widerstand, ohne daß die Leute es wußten; als ob er die rettende Tat sühnen wollte. Es kam erst nach seinem Tod heraus. Er starb, soweit ich mich erinnere, ganz überraschend an einer Hirnblutung, ein Jahr vor der Revolution. Lebte zuletzt mit Adriana zusammen, seiner Schwester, die ihn vergötterte.

Sie muß es gewesen sein, die das Buch hier drucken ließ, ich habe sogar eine Ahnung, bei wem, aber es gibt die Druckerei schon lange nicht mehr. Ein paar Jahre später tauchte es bei mir im Antiquariat auf. Ich habe es in irgendeine Ecke getan, nicht gelesen, hatte eine Abneigung gegen das Buch, weiß eigentlich nicht, warum. Vielleicht, weil ich Adriana nicht mochte, obwohl ich sie kaum kannte, aber sie assistierte ihm, und bei den beiden Malen, wo ich dort war, ging mir die herrische Art auf die Nerven, mit der sie Patienten behandelte. Vermutlich ungerecht von mir, aber so war ich immer schon.«

Coutinho blätterte. »Gute Sätze, wie es scheint. Und ein guter Titel. Ich wußte nicht, daß er schrieb. Wo haben Sie es her? Und warum sind Sie hinter ihm her?«

Die Geschichte, die Gregorius nun erzählte, klang anders als diejenige, die er José Antonio da Silveira im Nachtzug erzählt hatte. Vor allem, weil er jetzt auch von der rätselhaften Portugiesin auf der Kirchenfeldbrücke sprach und von der Telefonnummer auf der Stirn.

»Haben Sie die Nummer noch?« fragte der Alte, dem die Geschichte so gut gefiel, daß er eine neue Flasche Wein aufmachte.

Einen Moment lang war Gregorius versucht, das Notizbuch hervorzuholen. Doch dann spürte er, daß ihm das zu weit ging; nach der Episode mit der Brille war dem Alten zuzutrauen, daß er dort anrief. Simões hatte ihn als verrückt bezeichnet. Das konnte nicht heißen, daß Coutinho verwirrt war; davon konnte keine Rede sein. Was er in seinem einsamen Leben mit der Katze verloren zu haben schien, war das Gefühl für Distanz und Nähe.

Nein, sagte Gregorius jetzt, die Nummer habe er nicht mehr. Schade, sagte der Alte. Er glaubte ihm kein Wort, und plötzlich saßen sie sich wieder gegenüber wie zwei vollständig Fremde.

Es gebe im Telefonbuch keine Adriana de Almeida Prado, sagte Gregorius nach einer verlegenen Pause.

Das brauche nichts zu heißen, sagte Coutinho mürrisch, Adriana müsse, wenn sie noch lebe, an die achtzig sein, und alte Leute meldeten das Telefon manchmal ab, das habe er vor kurzem auch getan. Und wenn sie gestorben wäre, stünde doch auch ihr Name auf dem Grabmal. Die Adresse, wo der Arzt gewohnt und gearbeitet hatte, nein, die wisse er nach vierzig Jahren nicht mehr. Irgendwo im Bairro Alto. Allzu schwer könne es für ihn nicht sein, das Haus zu finden, denn es sei ein Haus mit vielen blauen Kacheln an der Fassade und weit und breit das einzige blaue Haus. Damals jedenfalls. *O consultório azul*, die blaue Praxis, hätten es die Leute genannt.

Als Gregorius den alten Mann eine Stunde später verließ, waren sie sich wieder nähergekommen. Ruppige Distanz und überraschende Komplizenschaft wechselten sich in Coutinhos Verhalten in unregelmäßiger Folge ab, ohne daß ein Grund für den abrupten Wechsel zu erkennen war. Staunend ging Gregorius durch das Haus, das bis in den letzten Winkel hinein eine einzige Bibliothek war. Der Alte war ungemein belesen und besaß eine Unzahl von Erstausgaben.

Er kannte sich in portugiesischen Namen aus. Die Prados, so erfuhr Gregorius, waren ein sehr altes Geschlecht, das auf João Nunes do Prado zurückging, einen Enkel von Alfonso III, König von Portugal. Eça? Ging zurück auf Pedro I und Inês de Castro und war einer der vornehmsten Namen von ganz Portugal.

»Mein Name freilich ist noch älter und auch mit dem Königshaus verbunden«, sagte Coutinho, und durch die ironische Brechung hindurch konnte man den Stolz erkennen.

Er beneidete Gregorius um die Kenntnis der alten Sprachen, und auf dem Weg zur Tür zog er mit einemmal eine griechisch-portugiesische Ausgabe des Neuen Testaments aus dem Regal.

»Keine Ahnung, warum ich dir das gebe«, sagte er, »aber so ist es nun.«

Als Gregorius über den Hof ging, wußte er, daß er diesen Satz nie vergessen würde. Und auch nicht die Hand des Alten auf seinem Rücken, die ihn sanft hinausgeschoben hatte.

Die Straßenbahn ratterte durch die frühe Dämmerung. Nachts würde er das blaue Haus nie finden, dachte Gregorius.

Der Tag hatte eine Ewigkeit gedauert, und jetzt lehnte er den Kopf erschöpft gegen die beschlagene Wagenscheibe. War es möglich, daß er erst zwei Tage in dieser Stadt war? Und daß erst vier Tage, also noch nicht einmal hundert Stunden, vergangen waren, seit er seine Lateinbücher auf dem Lehrerpult zurückgelassen hatte? Am Rossio, dem bekanntesten Platz Lissabons, stieg er aus und schleppte sich mit der schweren Tüte aus dem Antiquariat von Simões zum Hotel.

10 Warum hatte Kägi mit ihm in einer Sprache geredet, die wie Portugiesisch klang, es aber nicht war? Und warum hatte er auf Marc Aurel geschimpft, ohne ein einziges Wort über ihn zu sagen?

Gregorius saß auf der Bettkante und rieb sich den Schlaf aus den Augen. Dann war da der Hausmeister gewesen, der in der Halle des Gymnasiums mit dem Schlauch die Stelle abgespritzt hatte, an der er mit der Portugiesin gestanden hatte, als sie sich das Haar trocknete. Vorher oder nachher, das war nicht zu entscheiden, war Gregorius mit ihr zu Kägi ins Büro gegangen, um sie ihm vorzustellen. Er mußte dazu keine Tür öffnen, plötzlich hatten sie einfach vor seinem riesigen Schreibtisch gestanden, ein bißchen wie Bittsteller, die ihre Bitte vergessen hatten; doch dann war der Rektor plötzlich gar nicht mehr dagewesen, der Schreibtisch und sogar die Wand dahinter waren verschwunden, und sie hatten einen freien Blick auf die Alpen gehabt.

Jetzt bemerkte Gregorius, daß die Tür zur Minibar halb offenstand. Irgendwann war er vor Hunger aufgewacht und hatte die Erdnüsse und die Schokolade gegessen. Zuvor hatte ihn der überquellende Briefkasten seiner Berner Wohnung gequält, all die Rechnungen und all die Reklame, und auf einmal hatte seine Bibliothek in Flammen gestanden, bevor sie dann zu Coutinhos Bibliothek wurde, in der es lauter verkohlte Bibeln gab, eine endlose Reihe davon.

Beim Frühstück nahm Gregorius von allem zweimal und blieb dann zum Mißbehagen der Kellnerin sitzen, die den Speisesaal fürs Mittagessen vorbereitete. Er hatte keine Ahnung, wie es weitergehen sollte. Vorhin hatte er einem deutschen Ehepaar zugehört, das seinen touristischen Plan für den Tag gemacht hatte. Er hatte es auch versucht und war gescheitert. Lissabon interessierte ihn nicht als Sehenswürdigkeit, als touristische Kulisse. Lissabon war die Stadt, in die er aus seinem Leben davongelaufen war. Das einzige, was er sich vorstellen konnte, war, die Fähre über den Tejo zu nehmen, um die Stadt einmal aus dieser Perspektive zu sehen. Aber eigentlich wollte er auch das nicht. Doch was war es dann, was er wollte?

In seinem Zimmer baute er die Bücher auf, die sich angesammelt hatten: die beiden über das Erdbeben und den Schwarzen Tod, den Roman von Eça de Queirós, Das Buch der Unruhe, das Neue Testament, die Sprachbücher. Dann packte er versuchsweise den Koffer und stellte ihn an die Tür.

Nein, das war es auch nicht. Nicht wegen der Brille, die er morgen abholen mußte. Jetzt in Zürich landen und in Bern aus dem Zug steigen: Es war nicht möglich; es war nicht mehr möglich.

Was sonst? War es das, was der Gedanke an die verrinnende Zeit und den Tod bewirkte: daß man auf einmal nicht mehr wußte, was man wollte? Daß man seinen Willen nicht mehr kannte? Daß man die selbstverständliche Vertrautheit mit dem eigenen Wollen verlor? Und sich auf diese Weise fremd und zum Problem wurde?

Warum machte er sich nicht auf die Suche nach dem blauen

Haus, in dem Adriana de Prado vielleicht immer noch wohnte, einunddreißig Jahre nach dem Tod des Bruders? Warum zögerte er? Warum war da plötzlich eine Sperre?

Gregorius tat, was er immer getan hatte, wenn er unsicher gewesen war: Er schlug ein Buch auf. Seine Mutter, ein Bauernkind aus dem Berner Mittelland, hatte selten ein Buch in die Hand genommen, höchstens einmal einen Heimatroman von Ludwig Ganghofer, und daran hatte sie dann wochenlang gelesen. Der Vater hatte das Lesen entdeckt als Mittel gegen die Langeweile in den leeren Sälen des Museums, und nachdem er auf den Geschmack gekommen war, las er alles, was ihm in die Hände geriet. *Jetzt flüchtest auch du dich in die Bücher,* hatte die Mutter gesagt, als der Sohn ebenfalls das Lesen entdeckte. Es hatte Gregorius weh getan, daß sie es so sah und daß sie nicht verstand, wenn er vom Zauber und der Leuchtkraft sprach, die gute Sätze hatten.

Es gab die Menschen, die lasen, und es gab die anderen. Ob einer ein Leser war oder ein Nichtleser – man merkte es schnell. Es gab zwischen den Menschen keinen größeren Unterschied als diesen. Die Leute staunten, wenn er das behauptete, und manche schüttelten den Kopf über so viel Verschrobenheit. Aber es war so. Gregorius wußte es. Er *wußte* es.

Er schickte das Zimmermädchen weg und versank in den nächsten Stunden in der Anstrengung, eine Aufzeichnung von Amadeu de Prado zu verstehen, deren Titel ihm beim Blättern ins Auge gesprungen war.

O INTERIOR DO EXTERIOR DO INTERIOR. DAS INNERE DES ÄUSSEREN DES INNEREN. *Vor einiger Zeit – es war an einem gleißenden Vormittag im Juni, die morgendliche Helligkeit flutete bewegungslos durch die Gassen – stand ich in der Rua Garrett vor einem Schaufenster, in dem ich des blendenden Lichts wegen statt der Waren mein Spiegelbild erblickte. Es war mir lästig, mir selbst im Wege zu stehen – zumal das Ganze wie ein Sinnbild der Art und Weise war, wie ich auch sonst zu mir stand –, und gerade schickte ich mich an, meinem Blick durch den schattenspendenden Trichter meiner Hände den Weg nach innen zu bahnen, da tauchte hinter meinem Spiegelbild – es mutete mich an wie ein drohender Gewitterschatten, der die Welt veränderte – die Gestalt eines hochgewachsenen Mannes auf. Er blieb stehen, holte aus der Hemdtasche eine Packung Zigaretten und steckte sich eine zwischen die Lippen. Während er den Rauch des ersten Zuges ausatmete, wanderte sein Blick und blieb schließlich an mir haften.* Wir Menschen: was wissen wir voneinander?, *dachte ich und tat – um seinem gespiegelten Blick nicht begegnen zu müssen –, als könnte ich die Auslage im Fenster mühelos erkennen. Der Fremde sah einen hageren Mann mit angegrautem Haar, einem schmalen, strengen Gesicht und dunklen Augen hinter runden Gläsern, in Gold gefaßt. Ich warf einen prüfenden Blick auf mein Spiegelbild. Wie immer stand ich mit meinen eckigen Schultern gerader als gerade, den Kopf weiter oben, als meine Größe es eigentlich erlaubte, dazu war er eine Spur nach hinten geneigt, und es war unzweifelhaft richtig, was selbst diejenigen sagten, die mich mochten: Ich sah aus wie ein hochmütiger Menschenverächter, der alles Menschliche geringachtete, ein Misanthrop, der für alles und jeden eine spöttische Bemerkung bereithielt. Das war der Eindruck, den der rauchende Mann gewinnen mußte.*

Wie sehr er sich täuschte! Manchmal nämlich denke ich: Ich stehe und gehe deshalb so übertrieben gerade, um gegen den unwiderruflich gekrümmten Leib meines Vaters zu protestieren, gegen seine Qual, von der Bechterevschen Krankheit niedergedrückt zu werden, den Blick zu Boden richten zu müssen wie ein geschundener Knecht, der sich nicht traut, dem Herrn erhobenen Hauptes und mit geradem Blick zu begegnen. Es ist dann vielleicht, als könnte ich, indem ich mich strecke, den Rücken meines stolzen Vaters über das Grab hinaus begradigen oder durch ein rückwärts gewandtes, magisches Wirkungsgesetz dafür sorgen, daß sein Leben weniger gebeugt und schmerzgeknechtet wäre, als es tatsächlich war – als könnte ich durch meine gegenwärtige Anstrengung die gequälte Vergangenheit ihrer Tatsächlichkeit entkleiden und sie durch eine bessere, freiere ersetzen.

Und das war nicht die einzige Täuschung, die mein Anblick in dem Fremden hinter mir hervorrufen mußte. Nach einer endlosen Nacht, in der ich ohne Schlaf und Trost geblieben war, wäre ich der letzte gewesen, der auf andere hinabgesehen hätte. Am Vortag hatte ich einem Patienten in Gegenwart seiner Frau eröffnet, daß er nicht mehr lange zu leben hatte. Du mußt es tun, hatte ich auf mich selbst eingeredet, bevor ich die beiden ins Sprechzimmer rief, sie müssen für sich und die fünf Kinder planen können – und überhaupt: Ein Teil der menschlichen Würde besteht in der Kraft, seinem Geschick, auch dem schweren, ins Auge sehen zu können. Es war am frühen Abend gewesen, durch die offene Balkontür hatte ein leichter, warmer Wind die Geräusche und Gerüche eines ausklingenden Sommertages hereingetragen, und wenn man sich dieser sanften Welle von Lebendigkeit rückhaltlos und selbstvergessen hätte überlassen können, so hätte es ein Augenblick des Glücks sein können. Wenn doch nur ein scharfer, unbarmherziger Wind den Regen gegen die Scheiben peitschte!, hatte ich gedacht, als sich der Mann und die Frau mir gegenüber auf die äußerste Kante der Stühle setzten, zögernd und voll von ängstlicher Ungeduld, begierig, das Urteil zu hören, das sie von dem Schrecken eines baldigen Todes freisprechen würde, so daß sie hinuntergehen und sich unter die flanierenden Passanten mischen könnten, ein Meer von Zeit vor sich. Ich nahm die Brille ab und faßte mit Daumen und Zeigefinger an die Nasenwurzel, bevor ich sprach. Die beiden müssen die Geste als Vorboten einer schrecklichen Wahrheit erkannt haben, denn als ich aufsah, hatten sie sich bei den Händen gefaßt, die – so

98

schien es mir, und der Gedanke schnürte mir die Kehle zu, so daß das bange Warten noch einmal länger wurde – es seit Jahrzehnten nicht mehr gewohnt gewesen waren, sich zu suchen. Ich sprach hinunter zu diesen Händen, so schwer war es, den Augen standzuhalten, aus denen namenloses Entsetzen sprach. Die Hände krampften sich ineinander, das Blut wich aus ihnen, und es war dieses Bild eines blutleeren, weißen Fingerknäuels, das mir den Schlaf raubte und das ich zu verscheuchen suchte, als ich zu meinem Spaziergang aufbrach, der mich vor das spiegelnde Schaufenster geführt hatte. (Und noch etwas anderes hatte ich in den leuchtenden Gassen zu verscheuchen versucht: die Erinnerung daran, wie sich mein Zorn über die Ungeschicklichkeit meiner Worte beim Verkünden der bitteren Botschaft später gegen Adriana gerichtet hatte, nur weil sie, die besser für mich sorgt als eine Mutter, ausnahmsweise vergessen hatte, mein Lieblingsbrot mitzubringen. Mochte das weißgoldene Licht des Vormittags diese Ungerechtigkeit, die für mich nicht untypisch war, auslöschen!)

Der Mann mit der Zigarette, der jetzt an einem Laternenpfahl lehnte, ließ seinen Blick hin und her wandern zwischen mir und dem Geschehen in der Gasse. Was er von mir sah, konnte ihm nichts über meine selbstzweiflerische Zerbrechlichkeit verraten, die meiner stolzen, ja überheblichen Körperhaltung so wenig entsprach. Ich versetzte mich in seinen Blick hinein, bildete ihn in mir nach und nahm aus ihm heraus mein Spiegelbild in mich auf. So wie ich aussah und wirkte – dachte ich – war ich nie gewesen, keine einzige Minute meines Lebens. Nicht in der Schule, nicht im Studium, nicht in der Praxis. Geht es den Anderen auch so: daß sie sich in ihrem Äußeren nicht wiedererkennen? Daß ihnen das Spiegelbild wie eine Kulisse voll von plumper Verzerrung vorkommt? Daß sie mit Schrecken einen Abgrund bemerken zwischen der Wahrnehmung, die die Anderen von ihnen haben, und der Art, wie sie sich selbst erleben? Daß die Vertrautheit von innen und die Vertrautheit von außen so weit auseinander liegen können, daß sie kaum mehr als Vertrautheit mit demselben gelten können?

Die Ferne zu den Anderen, in die uns dieses Bewußtsein rückt, wird noch einmal größer, wenn uns klar wird, daß unsere äußere Gestalt den Anderen nicht so erscheint wie den eigenen Augen. Menschen sieht man nicht wie Häuser, Bäume und Sterne. Man sieht sie in der Erwartung, ihnen auf bestimmte Weise begegnen zu können und sie dadurch zu einem Stück des eigenen Inneren zu machen. Die Einbildungskraft schneidet sie zurecht, damit sie zu den eigenen Wünschen und Hoffnungen passen, aber auch so, daß sich an ihnen die eigenen Ängste und Vorurteile bestätigen können. Wir gelangen nicht einmal sicher und unvoreingenommen bis zu den äußeren Konturen eines Anderen. Unterwegs wird der Blick abgelenkt und getrübt von all den Wünschen und Phantasmen, die uns zu dem besonderen, unverwechselbaren Menschen machen, der wir sind. Selbst die Außenwelt einer Innenwelt ist noch ein Stück unserer Innenwelt, ganz zu schweigen von den Gedanken, die wir uns über die fremde Innenwelt machen und die so unsicher und ungefestigt sind, daß sie mehr über uns selbst als über den Anderen aussagen. Wie sieht der Mann mit der Zigarette einen betont aufrechten Mann mit hagerem Gesicht, vollen Lippen und einer goldgeränderten Brille auf der scharfen, geraden Nase, die mir selbst zu lang vorkommt und zu dominierend? Wie fügt sich diese Gestalt in das Gerüst seines Gefallens und Mißfallens und in die sonstige Architektur seiner Seele? Was an meiner Erscheinung übertreibt und überhöht sein Blick, und was läßt er weg, als wäre es gar nicht vorhanden? Es wird unvermeidlich ein Zerrbild sein, was sich der rauchende Fremde von meinem Spiegelbild macht, und sein Gedankenbild von meiner Gedankenwelt wird Zerrbild auf Zerrbild türmen. Und so sind wir uns doppelt fremd, denn zwischen uns steht nicht nur die trügerische Außenwelt, sondern auch das Trugbild, das von ihr in jeder Innenwelt entsteht.

Ist sie ein Übel, diese Fremdheit und Ferne? Müßte uns ein Maler mit weit ausgestreckten Armen darstellen, verzweifelt in dem vergeblichen Versuch, die Anderen zu erreichen? Oder sollte uns sein Bild in einer Haltung zeigen, in der Erleichterung darüber zum Ausdruck kommt, daß es diese doppelte Barriere gibt, die auch ein Schutzwall ist? Sollten wir für den Schutz dankbar sein, den uns die Fremdheit voreinander gewährt? Und für die Freiheit, die sie möglich macht? Wie wäre es, wenn wir uns ungeschützt durch die doppelte Brechung, die der gedeutete Körper darstellt, gegenüberstünden? Wenn wir, weil nichts Trennendes und Verfälschendes zwischen uns stünde, gleichsam ineinanderstürzten?

Beim Lesen von Prados Selbstbeschreibung blickte Gregorius immer wieder auf das Portrait vorne im Buch. In Gedanken ließ er das zum Helm gekämmte Haar des Arztes grau werden und setzte ihm eine goldgeränderte Brille mit runden Gläsern auf. Hochmut, sogar Menschenverachtung hatten die anderen an ihm gesehen. Dabei war er, hatte Coutinho gesagt, ein beliebter Arzt gewesen, ein verehrter sogar. Bis er dem Mann von der Geheimpolizei das Leben gerettet hatte. Danach war er von denselben Leuten, die ihn geliebt hatten, geächtet worden. Es hatte ihm das Herz gebrochen, und er hatte versucht, es gutzumachen, indem er für den Widerstand arbeitete.

Wie konnte es sein, daß ein Arzt das Bedürfnis nach Sühne hatte für etwas, was jeder Arzt tat – tun mußte – und was das Gegenteil einer Verfehlung war? Etwas, dachte Gregorius, konnte an Coutinhos Darstellung nicht stimmen. Die Dinge mußten komplizierter gewesen sein, verwickelter. Gregorius blätterte. *Nós homens, que sabemos uns dos outros? Wir Menschen: was wissen wir voneinander?* Eine Weile blätterte Gregorius noch. Vielleicht gab es eine Aufzeichnung über diese dramatische und leidvolle Wendung in seinem Leben?

Als er nichts fand, verließ er in der Dämmerung das Hotel und machte sich auf den Weg zur Rua Garrett, wo Prado im Schaufenster auf sein Spiegelbild geblickt hatte und wo auch das Antiquariat von Júlio Simões lag.

Es gab kein Sonnenlicht mehr, das die Schaufenster zu Spiegeln machte. Doch nach einer Weile fand Gregorius ein hell erleuchtetes Kleidergeschäft mit einem riesigen Spiegel, in dem er sich durch die Scheibe hindurch betrachten konnte. Er versuchte zu tun, was Prado getan hatte: sich in einen fremden Blick hineinzuversetzen, ihn in sich nachzubilden und aus diesem Blick heraus sein Spiegelbild in sich aufzunehmen. Sich selbst wie einem Fremden zu begegnen, einem, den man gerade erst kennenlernt.

So also hatten ihn die Schüler und Kollegen gesehen. So sah ihr Mundus aus. Und auch Florence hatte ihn in dieser Weise vor sich gehabt, zunächst als verliebte Schülerin in der ersten Reihe, später als eine Frau, für die er mehr und mehr zu einem schwerfälligen und langweiligen Mann geworden war, der seine Gelehrsamkeit immer öfter einsetzte, um den Zauber, die Ausgelassenheit und den Chic ihrer romanistischen Glitzerwelt zu zerstören.

Alle hatten sie dieses selbe Bild vor sich gehabt, und doch hatten sie, wie Prado sagte, jeweils etwas Unterschiedliches gesehen, weil jedes gesehene Stück menschlicher Außenwelt auch ein Stück Innenwelt war. Der Portugiese war sich sicher gewesen, daß er in keiner einzigen Minute seines Lebens so gewesen war, wie er den anderen erschien; er hatte sich in seinem Äußeren – wie vertraut es auch war – nicht wiedererkannt und war über diese Fremdheit zutiefst erschrocken.

Jetzt wurde Gregorius von einem vorbeihastenden Jungen angerempelt und fuhr zusammen. Das Erschrecken über den Stoß fiel zusammen mit dem beunruhigenden Gedanken, daß er keine Gewißheit besaß, die derjenigen des Arztes ebenbürtig gewesen wäre. Woher hatte Prado seine Sicherheit genommen, daß er ganz anders war, als die anderen ihn sahen? Wie war er zu ihr gelangt? Er sprach darüber wie über ein helles Licht im Inneren, das ihm schon immer geleuchtet hatte, ein Licht, das zugleich große Vertrautheit mit sich selbst und größte Fremdheit im Angesicht der anderen bedeutet hatte. Gregorius schloß die Augen und saß wieder im Speisewagen auf der Fahrt nach Paris. Die neue Art von Wachheit, die er dort erfahren hatte, als ihm klar wurde, daß seine Reise tatsächlich stattfand – hatte sie etwas mit der besonderen Wachheit zu tun, die der Portugiese sich selbst gegenüber besessen hatte, einer Wachheit, deren Preis die Einsamkeit gewesen war? Oder waren das zwei ganz unterschiedliche Dinge?

Er gehe in einer Haltung durch die Welt, als sei er stets über ein Buch gebeugt und als lese er unablässig, sagten die Leute zu Gregorius. Jetzt richtete er sich auf und versuchte zu erspüren, wie es war, mit einem betont geraden Rücken und einem besonders hoch getragenen Kopf den schmerzgekrümmten Rücken des eigenen Vaters zu begradigen. Im Progymnasium hatte er einen Lehrer gehabt, der an der Bechterevschen Krankheit litt. Solche Leute schoben den Kopf in den Nacken, um nicht ständig auf den Boden blicken zu müssen. Sie wirkten dadurch so, wie Prado den Hausmeister beschrieben hatte, dem er bei seinem Schulbesuch begegnet war: vogelähnlich. Es kursierten grausame Scherze über die gekrümmte Gestalt, und der Lehrer rächte sich durch tückische, strafende Strenge. Wie war es, wenn man einen Vater hatte, der sein Leben in dieser demütigenden Haltung verbringen mußte, Stunde für Stunde, Tag für Tag, am Richtertisch ebenso wie am Eßtisch mit den Kindern?

Alexandre Horácio de Almeida Prado war Richter gewesen, ein berühmter Richter, wie Coutinho gesagt hatte. Ein Richter, der unter Salazar Recht gesprochen hatte – unter einem Mann also, der jedes Recht gebrochen hatte. Ein Richter, der sich das vielleicht nicht hatte vergeben können und der deshalb den Tod suchte. *Wenn die Diktatur eine Tatsache ist, ist die Revolution eine Pflicht,* stand auf dem Sockel des Grabmals der Prados. Stand es dort wegen des Sohnes, der in den Widerstand gegangen war? Oder auch wegen des Vaters, der die Wahrheit des Satzes zu spät erkannt hatte?

Auf dem Weg hinunter zum großen Platz spürte Gregorius, daß er diese Dinge wissen wollte und daß er sie auf andere, dringlichere Weise wissen wollte als die vielen geschichtlichen Dinge, mit denen er es durch die alten Texte hindurch ein Leben lang zu tun gehabt hatte. Warum? Der Richter war seit einem halben Jahrhundert tot, die Revolution lag dreißig Jahre zurück, und auch der Tod des Sohnes gehörte an jene ferne Stelle der Vergangenheit. Warum also? Was ging ihn das alles an? Wie hatte es geschehen können, daß ein einziges portugiesisches Wort und eine Telefonnummer auf seiner Stirn ihn aus seinem geordneten Leben rissen und fern von Bern in das Leben von Portugiesen verwickelten, die nicht mehr lebten?

In der Buchhandlung am Rossio sprang ihm eine Bildbiographie über António de Oliveira Salazar in die Augen, den Mann, der eine entscheidende, vielleicht tödliche Rolle im Leben der Prados gespielt hatte. Der Umschlag zeigte einen ganz in Schwarz gekleideten Mann mit herrischem, aber nicht unsensiblem Gesicht, mit hartem, ja fanatischem Blick, der jedoch Intelligenz verriet. Gregorius blätterte. Salazar war, dachte er, ein Mann, der die Macht gesucht hatte, aber nicht einer, der sie mit blinder Brutalität und dumpfer Gewalt an sich gerissen hatte, und auch nicht einer, der sie genossen hatte wie die üppige, überbordende Fülle von übersättigenden Speisen auf einem orgiastischen Bankett. Er hatte, um sie zu bekommen und für so lange Zeit zu behalten, auf alles in seinem Leben verzichtet, was sich nicht der unermüdlichen Wachheit, der bedingungslosen Disziplin und dem asketischen Ritual gefügt hätte. Der Preis war hoch gewesen, man konnte ihn an den strengen Zügen und der Angestrengtheit des seltenen Lächelns ablesen. Und die unterdrückten Bedürfnisse und Impulse dieses kargen Lebens inmitten des Regierungsprunks hatten sich – bis zur Unkenntlichkeit entstellt von der Rhetorik der Staatsraison – in erbarmungslosen, scharfrichterlichen Anweisungen entladen.

Im Dunkeln lag Gregorius wach und dachte an die große Distanz, die es zwischen ihm und dem Weltgeschehen stets gegeben hatte. Nicht, daß er sich für die politischen Ereignisse jenseits der Grenze nicht interessiert hätte. Im April 1974, als die Diktatur in Portugal zu Ende ging, waren einige aus seiner Generation hingefahren, und sie hatten es ihm übelgenommen, als er sagte, politischer Tourismus, das sei nichts für ihn. Es war also nicht so, daß er, wie ein blinder Stubenhocker, nicht Bescheid wußte. Aber es war immer ein bißchen so gewesen, als lese er Thukydides. Einen Thukydides, der in der Zeitung stand und den man später in der Tagesschau sah. Hatte es mit der Schweiz und ihrer Unberührtheit zu tun? Oder nur mit ihm? Mit seiner Faszination durch Wörter, hinter denen die Dinge, wie grausam, blutig und ungerecht auch immer, zurücktraten? Vielleicht auch mit seiner Kurzsichtigkeit?

Wenn der Vater, der es nicht weiter als zum Unteroffizier gebracht hatte, von der Zeit sprach, als seine Kompanie am Rhein gelegen hatte, wie er sagte, hatte er, der Sohn, stets das Gefühl von etwas Unwirklichem gehabt, von etwas ein bißchen Komischem, dessen Bedeutung hauptsächlich darin bestand, daß man sich daran als etwas Aufregendes erinnern konnte, als etwas, das aus der Banalität des übrigen Lebens herausragte. Der Vater hatte das gespürt, und einmal war ihm der Kragen geplatzt: *Wir hatten Angst, eine Heidenangst,* hatte er gesagt, *denn es hätte ja leicht anders kommen können, und dann gäbe es dich vielleicht überhaupt nicht.* Geschrien hatte er nicht, das tat der Vater nie; trotzdem waren es wütende Worte gewesen, die der Sohn mit Scham gehört und nie vergessen hatte.

War es deshalb, daß er jetzt wissen wollte, wie es gewesen war, Amadeu de Prado zu sein? Um durch dieses Verstehen hindurch näher an die Welt heranzurücken?

Er machte Licht und las noch einmal Sätze, die er vorhin schon gelesen hatte.

NADA. NICHTS. *Aneurysma. Jeder Moment kann der letzte sein. Ohne die geringste Vorahnung, in vollkommener Unwissenheit, werde ich eine unsichtbare Wand durchschreiten, hinter der nichts ist, nicht einmal Dunkelheit. Mein nächster Schritt, er kann der Schritt durch diese Wand sein. Ist es nicht unlogisch, davor Angst zu haben, wo ich dieses plötzliche Erlöschen doch gar nicht mehr erleben werde und weiß, daß es sich so verhält?*

Gregorius rief Doxiades an und fragte ihn, was ein Aneurysma sei. »Ich weiß, daß das Wort eine Erweiterung bedeutet. Aber wovon?« Es sei eine krankhafte Ausweitung eines arteriellen Blutgefäßes durch angeborene oder erworbene Wandveränderung, sagte der Grieche. Ja, auch im Gehirn, oft sogar. Vielfach merkten die Leute nichts davon, und es könne lange – jahrzehntelang – gutgehen. Dann platze das Gefäß plötzlich auf, und das sei das Ende. Warum er das mitten in der Nacht wissen wolle? Ob er Beschwerden habe? Und wo er überhaupt sei?

Gregorius spürte, daß es ein Fehler gewesen war, den Griechen anzurufen. Er fand die Worte nicht, die ihrer langjährigen Vertrautheit entsprochen hätten. Steif und stockend sagte er etwas über die alte Straßenbahn, über einen kauzigen Antiquar und den Friedhof, auf dem der tote Portugiese lag. Es ergab keinen Sinn, und er hörte es. Es entstand eine Pause.

»Gregorius?« fragte Doxiades schließlich.

»Ja?«

»Was heißt Schach auf portugiesisch?«

Gregorius hätte ihn für die Frage umarmen mögen.

»*Xadrez*«, sagte er, und die Trockenheit im Mund war verschwunden.

»Mit den Augen alles in Ordnung?«

Jetzt klebte die Zunge wieder am Gaumen. »Ja.« Und nach einer weiteren Pause fragte Gregorius:

»Haben Sie den Eindruck, daß die Leute Sie sehen, wie Sie sind?«

Der Grieche brach in lautes Lachen aus. »Natürlich *nicht*!«

Es machte Gregorius hilflos, daß jemand, und dazu noch Doxiades, über das lachte, worüber Amadeu de Prado zutiefst erschrocken war. Er nahm Prados Buch in die Hand, wie um sich daran festzuhalten.

»Ist wirklich alles in Ordnung?« fragte der Grieche in die erneute Stille hinein.

Ja, sagte Gregorius, alles in Ordnung.

Sie beendeten das Gespräch auf die gewohnte Weise.

Verstört lag Gregorius im Dunkeln und versuchte herauszufinden, was es war, das zwischen ihn und den Griechen getreten war. Schließlich war er der Mann, dessen Worte ihm den Mut gegeben hatten, diese Reise zu machen, trotz des Schnees, der in Bern zu fallen begann. Sein Studium hatte er als Taxifahrer in Thessaloniki verdient. *Ein ziemlich rauher Verein, die Taxifahrer*, hatte er einmal gesagt. Hin und wieder konnte auch bei ihm Rauheit aufblitzen. Etwa wenn er fluchte oder wenn er heftig an der Zigarette zog. Die dunklen Bartstoppeln und das dichte schwarze Haar auf den Unterarmen wirkten in solchen Momenten wild und unbezähmbar.

Er hielt es also für selbstverständlich, daß die Wahrnehmung der anderen ihn verfehlte. War es möglich, daß einem
das gar nichts ausmachte? Und war das mangelnde Sensibi-
lität? Oder erstrebenswerte innere Unabhängigkeit? Es begann
zu dämmern, als Gregorius schließlich einschlief.

11 *Das kann nicht sein, das ist unmöglich.* Gregorius
nahm die neue, federleichte Brille ab, rieb sich die Augen und
setzte sie wieder auf. Es *war* möglich: Er sah besser als jemals
zuvor. Das galt besonders für die obere Hälfte der Gläser,
durch die er in die Welt hinausblickte. Die Dinge schienen ihn
förmlich anzuspringen, es war, als drängten sie sich danach,
seinen Blick auf sich zu ziehen. Und da er nicht mehr das bisherige Gewicht auf der Nase spürte, das die Brille zu einem
schützenden Bollwerk gemacht hatte, schienen sie in ihrer
neuen Klarheit aufdringlich, ja bedrohlich. Ein bißchen machten ihn die neuen Eindrücke auch schwindlig, und er nahm
die Brille wieder ab. Über César Santaréms mürrisches Gesicht huschte ein Lächeln.

»Und jetzt wissen Sie nicht, ob die alte oder die neue besser
ist«, sagte er.

Gregorius nickte und stellte sich vor den Spiegel. Das
schmale, rötliche Gestell und die neuen Gläser, die nicht mehr
wie martialische Barrieren vor seinen Augen wirkten, machten einen anderen aus ihm. Einen, dem sein Aussehen wichtig
war. Einen, der elegant aussehen wollte, chic. Gut, das war eine
Übertreibung; aber trotzdem. Santaréms Assistentin, die ihm
das Gestell aufgeschwatzt hatte, machte aus dem Hintergrund
eine anerkennende Geste. Santarém sah es. »*Tem razão*«, sagte
er, sie hat recht. Gregorius spürte Wut in sich aufsteigen. Er

setze die alte Brille auf, ließ die neue einpacken und zahlte schnell.

Zu Mariana Eças Praxis im Alfama-Viertel war es eine halbe Stunde zu Fuß. Gregorius brauchte vier Stunden. Es begann damit, daß er sich jedesmal, wenn er eine Bank fand, setzte und die Brillen wechselte. Mit den neuen Gläsern war die Welt größer, und der Raum besaß zum erstenmal wirklich drei Dimensionen, in die hinein sich die Dinge ungehindert ausdehnen konnten. Der Tejo war nicht mehr eine vage Fläche von bräunlicher Farbe, sondern ein Fluß, und das Castelo de São Jorge ragte in drei Richtungen in den Himmel hinein, wie eine richtige Burg. Doch so war die Welt anstrengend. Zwar ging es sich mit dem leichten Gestell auf der Nase auch leichter, die schweren Schritte, die er gewohnt war, paßten nicht mehr zu der neuen Leichtigkeit im Gesicht. Aber die Welt war näher und bedrängender, sie verlangte mehr von einem, ohne daß klar war, worin ihre Forderungen bestanden. Wurden sie ihm zuviel, diese undurchsichtigen Forderungen, zog er sich hinter die alten Gläser zurück, die alles auf Abstand hielten und ihm den Zweifel erlaubten, ob es jenseits von Worten und Texten überhaupt eine Außenwelt gab, einen Zweifel, der ihm lieb und teuer war und ohne den er sich das Leben eigentlich gar nicht vorstellen konnte. Aber vergessen konnte er den neuen Blick auch nicht mehr, und in einem kleinen Park holte er Prados Aufzeichnungen hervor und probierte, wie es mit dem Lesen war.

O verdadeiro encenador da nossa vida é o acaso – um encenador cheio de crueldade, misericórdia e encanto cativante. Gregorius traute seinen Augen nicht: So mühelos hatte er noch keinen von Prados Sätzen verstanden: *Der wirkliche Regisseur unseres Lebens ist der Zufall – ein Regisseur voll der Grausamkeit, der Barmherzigkeit und des bestrickenden Charmes.* Er schloß die Augen und gab sich der süßen Illusion hin, die neuen Brillengläser würden ihm auch jeden anderen Satz des

Portugiesen auf diese Weise zugänglich machen – als seien sie ein märchenhaftes, magisches Instrument, das über die äußeren Konturen der Wörter hinaus auch ihre Bedeutung sichtbar machte. Er faßte an die Brille und rückte sie zurecht. Er begann sie zu mögen.

Ich möchte wissen, ob ich es richtig gemacht habe – das waren die Worte der Frau mit den großen Augen und der schwarzen Samtjacke gewesen; Worte, die ihn überrascht hatten, weil sie wie die eines strebsamen Schulmädchens mit wenig Selbstvertrauen geklungen hatten, was gar nicht zu der Sicherheit paßte, die sie ausstrahlte. Gregorius sah einem Mädchen auf Rollschuhen nach. Hätte der Rollschuhfahrer vom ersten Abend den Ellbogen ein kleines, ein winziges bißchen anders geführt – knapp an seiner Schläfe vorbei –, so wäre er jetzt nicht zu dieser Frau unterwegs, hin- und hergerissen zwischen einem unmerklich verschleierten und einem grellklaren Blickfeld, das der Welt diese unwirkliche Wirklichkeit verlieh.

In einer Bar trank er einen Kaffee. Es war Mittagszeit, der Raum füllte sich mit gutgekleideten Männern aus einem Bürohaus nebenan. Gregorius betrachtete sein neues Gesicht im Spiegel, dann die ganze Gestalt, wie die Ärztin sie nachher sehen würde. Die ausgebeulte Kordhose, der grobe Rollkragenpullover und die alte Windjacke stachen ab gegenüber den vielen taillierten Jacketts, den farblich abgestimmten Hemden und Krawatten. Und auch zur neuen Brille paßten sie nicht; überhaupt nicht. Es ärgerte Gregorius, daß ihn der Kontrast störte, von Schluck zu Schluck wurde er wütender darüber. Er dachte daran, wie ihn der Kellner im Hotel Bellevue am Morgen seiner Flucht gemustert hatte, und wie ihm das nichts ausgemacht hatte, im Gegenteil, er hatte das Gefühl gehabt, sich mit seinem schäbigen Aussehen gegen die hohle Eleganz der Umgebung zu behaupten. Wo war diese Sicherheit geblieben? Er setzte die alte Brille auf, zahlte und ging.

Hatten die noblen Häuser neben und gegenüber der Praxis von Mariana Eça wirklich auch bei seinem ersten Besuch dagestanden? Gregorius setzte die neue Brille auf und sah sich um. Ärzte, Rechtsanwälte, eine Weinfirma, eine afrikanische Botschaft. Er schwitzte unter dem dicken Pullover, gleichzeitig spürte er im Gesicht den kalten Wind, der den Himmel leergefegt hatte. Hinter welchem Fenster lag das Behandlungszimmer?

Wie gut man sieht, hängt von so vielen Dingen ab, hatte sie gesagt. Es war Viertel vor zwei. Konnte er um diese Zeit einfach hinaufgehen? Er ging einige Straßen weiter und blieb vor einem Geschäft für Herrenbekleidung stehen. *Du könntest dir ruhig mal was Neues zum Anziehen kaufen.* Die Schülerin Florence, das Mädchen in der ersten Reihe, hatte die Gleichgültigkeit seinem Äußeren gegenüber anziehend gefunden. Der Ehefrau war sie bald auf die Nerven gegangen, diese Einstellung. *Schließlich lebst du nicht allein. Und dafür reicht Griechisch nicht.* In den neunzehn Jahren, in denen er nun wieder allein gelebt hatte, war er nur zwei-, dreimal in einem Kleidergeschäft gewesen. Er hatte es genossen, daß ihm niemand einen Vorwurf machte. Waren neunzehn Jahre Trotz genug? Zögernd betrat er das Geschäft.

Die beiden Verkäuferinnen gaben sich alle erdenkliche Mühe mit ihm, dem einzigen Kunden, und am Ende holten sie noch den Geschäftsführer. Stets von neuem sah sich Gregorius im Spiegel: zuerst in Anzügen, die einen Bankier aus ihm machten, einen Opernbesucher, einen Lebemann, einen Professor, einen Buchhalter; später in Jacken, die vom zweireihigen Blazer bis zum Sportsakko reichten, das an einen Ausritt im Schloßpark denken ließ; schließlich in Ledersachen. Von all den begeisterten portugiesischen Sätzen, die auf ihn niederprasselten, verstand er keinen einzigen, und er schüttelte nur immer wieder den Kopf. Schließlich verließ er das Ge-

schäft in einem Anzug aus grauem Kord. Unsicher betrachtete
er sich einige Häuser weiter in einem Schaufenster. Paßte der
feine weinrote Rollkragenpullover, den er sich hatte aufdrän-
gen lassen, zum Rot des neuen Brillengestells?

Ganz plötzlich dann verlor Gregorius die Nerven. Mit
schnellen, wütenden Schritten ging er zum Toilettenhäuschen
auf der anderen Straßenseite und zog sich wieder die alten Sachen an. Als er an einer Einfahrt vorbeikam, hinter der sich ein
Berg von Schrott türmte, stellte er die Tüte mit den neuen
Kleidern ab. Dann ging er langsam in die Richtung, in der die
Ärztin wohnte.

Kaum hatte er ihr Haus betreten, hörte er oben die Tür gehen, und dann sah er sie in wehendem Mantel herunterkommen. Jetzt wünschte er, den neuen Anzug anbehalten zu haben.

»Ach, Sie sind's«, sagte sie und fragte, wie es ihm mit der
neuen Brille gehe.

Während er erzählte, trat sie auf ihn zu, faßte an die Brille
und prüfte, ob sie richtig saß. Er roch ihr Parfum, eine Strähne
ihres Haars streifte sein Gesicht, und einen winzigen Augenblick lang verschmolz ihre Bewegung mit derjenigen von Florence, als sie ihm das erstemal die Brille abgenommen hatte.
Als er von der unwirklichen Wirklichkeit sprach, die die Dinge
auf einmal hatten, lächelte sie und sah dann auf die Uhr.

»Ich muß auf die Fähre, einen Besuch machen.« Etwas in
seinem Gesicht mußte sie stutzig gemacht haben, denn sie
hielt mitten in der Bewegung des Weggehens inne. »Waren Sie
schon einmal auf dem Tejo? Möchten Sie mitkommen?«

An die Autofahrt hinunter zur Fähre erinnerte sich Gregorius später nicht mehr. Nur daran, daß sie mit einer einzigen
flüssigen Bewegung in eine Parklücke hineingefahren waren,
die viel zu klein erschien. Dann saßen sie auf dem oberen
Deck der Fähre, und Mariana Eça erzählte von dem Onkel,
den sie besuchen wollte, dem Bruder ihres Vaters.

João Eça lebte drüben in Cacilhas in einem Pflegeheim, sprach kaum ein Wort und spielte den ganzen Tag berühmte Schachpartien nach. Er war Buchhalter in einem großen Betrieb gewesen, ein bescheidener, unscheinbarer, beinahe unsichtbarer Mann. Niemand konnte auf die Idee kommen, er arbeite für den Widerstand. Die Tarnung war perfekt. Er war siebenundvierzig, als Salazars Schergen ihn holten. Als Kommunist wurde er wegen Hochverrats zu lebenslanger Haft verurteilt. Zwei Jahre später holte ihn Mariana, die Lieblingsnichte, vor dem Gefängnis ab.

»Das war im Sommer 1974, wenige Wochen nach der Revolution, ich war einundzwanzig und studierte in Coimbra« sagte sie jetzt mit weggedrehtem Kopf.

Gregorius hörte sie schlucken, und jetzt wurde ihre Stimme rauh, um nicht zu brechen.

»Ich habe mich von dem Anblick nie erholt. Er war erst neunundvierzig, aber die Folter hatte einen alten, kranken Mann aus ihm gemacht. Er hatte eine volle, sonore Stimme besessen; jetzt sprach er heiser und leise, und seine Hände, die Schubert gespielt hatten, vor allem Schubert, waren entstellt und zitterten unaufhörlich.« Sie holte Atem und setzte sich ganz aufrecht hin. »Nur der unerhört gerade, unerschrockene Blick aus den grauen Augen – er war ungebrochen. Es dauerte Jahre, bis er es mir erzählen konnte: Sie hatten ihm glühende Eisen vor die Augen gehalten, um ihn zum Reden zu bringen. Immer näher waren sie gekommen, und er hatte darauf gewartet, jeden Moment in einer Welle von glühendem Dunkel zu versinken. Doch sein Blick wich den Eisen nicht aus, er ging durch ihre Härte und Glut hindurch und durchschnitt jenseits davon die Gesichter seiner Peiniger. Diese unglaubliche Unbeugsamkeit ließ sie innehalten. ›Seither fürchte ich mich vor nichts mehr‹, sagte er, ›buchstäblich vor nichts.‹ Und ich bin sicher: Er hat nicht das geringste preisgegeben.«

Sie gingen an Land.

»Dort drüben«, sagte sie, und jetzt hatte ihre Stimme wieder die gewohnte Festigkeit, »das ist das Heim.«

Sie zeigte ihm eine Fähre, die einen größeren Bogen beschrieb, so daß man die Stadt noch aus einer anderen Perspektive sehen konnte. Dann blieb sie einen Augenblick unschlüssig stehen, es war ein Zögern, in dem sich das Bewußtsein einer Intimität zwischen ihnen verriet, die sich überraschend schnell ergeben hatte, ohne jetzt fortgesetzt werden zu können, und vielleicht auch der erschrockene Zweifel, ob es richtig gewesen war, so viel von Jão und von sich selbst preiszugeben. Als sie schließlich in Richtung Heim davonging, sah ihr Gregorius lange nach und stellte sich vor, wie sie mit einundzwanzig Jahren vor dem Gefängnis gestanden hatte.

Er fuhr zurück nach Lissabon und machte dann die ganze Fahrt über den Tejo noch einmal. João Eça war im Widerstand gewesen, Amadeu de Prado hatte für den Widerstand gearbeitet. *Resistência*: Die Ärztin hatte ganz selbstverständlich das portugiesische Wort benützt – als könne es für diese Sache, diese heilige Sache, kein anderes Wort geben. Aus ihrem Mund hatte das Wort, mit leiser Eindringlichkeit gesprochen, eine berauschende Klangfülle besessen, und es war dadurch zu einem Wort mit mythischem Glanz und mystischer Aura geworden. Ein Buchhalter und ein Arzt, fünf Jahre auseinander. Beide hatten sie alles riskiert, beide hatten sie mit perfekter Tarnung gearbeitet, beide waren sie Meister der Verschwiegenheit und Virtuosen der versiegelten Lippen gewesen. Hatten sie sich gekannt?

Als er wieder an Land war, kaufte Gregorius einen Stadtplan mit einer besonders genauen Karte vom Bairro Alto. Beim Essen legte er sich eine Marschroute für die Suche nach dem blauen Haus zurecht, in dem immer noch Adriana de Prado wohnen mochte, alt und ohne Telefon. Als er das Lokal verließ, begann es zu dämmern. Er nahm eine Straßenbahn ins Alfama-Viertel. Nach einer Weile fand er die Einfahrt mit dem Schrotthaufen. Die Tüte mit seinen neuen Kleidern stand noch da. Er nahm sie, hielt ein Taxi an und ließ sich ins Hotel fahren.

12 Früh am nächsten Morgen trat Gregorius in einen Tag hinaus, der grau und neblig begann. Ganz gegen seine Gewohnheit war er gestern abend schnell eingeschlafen und in eine Flut von Traumbildern eingetaucht, in denen es in unbegreiflicher Folge um Schiffe, Kleider und Gefängnisse gegangen war. Obgleich unbegreiflich, war das Ganze nicht unangenehm gewesen und weit von einem Alptraum entfernt, denn die wirren, rhapsodisch wechselnden Episoden waren unterlegt gewesen von einer unhörbaren Stimme, die eine überwältigende Gegenwart besaß und einer Frau gehörte, nach deren Namen er in fiebriger Hast gesucht hatte, als hinge sein Leben davon ab. Genau im Augenblick des Aufwachens dann war ihm das Wort eingefallen, dem er nachgejagt war: *Conceição* – der schöne, märchenhafte Teil im vollen Namen der Ärztin, der auf der Messingplatte beim Eingang zur Praxis stand: Mariana Conceição Eça. Als er sich den Namen leise vorgesagt hatte, war aus dem Vergessen eine weitere Traumszene aufgetaucht, in der ihm eine Frau von rasch wechselnder Identität die Brille abnahm, indem sie sie fest auf seine Nase drückte, so fest, daß er den Druck jetzt noch spürte.

Es war ein Uhr nachts gewesen, und an ein erneutes Einschlafen war nicht zu denken. Und so hatte er in Prados Buch geblättert und war bei einer Aufzeichnung hängengeblieben, die die Überschrift trug: CARAS FUGAZES NA NOITE. FLÜCHTIGE GESICHTER IN DER NACHT.

Begegnungen zwischen Menschen sind, so will es mir oft scheinen, wie das Kreuzen von besinnungslos dahinrasenden Zügen in tiefster Nacht. Wir werfen flüchtige, gehetzte Blicke auf die Anderen, die hinter trübem Glas in schummrigem Licht sitzen und aus unserem Blickfeld wieder verschwinden, kaum daß wir Zeit hatten, sie wahrzunehmen. Waren es wirklich ein Mann und eine Frau, die da vorbeiflitzten wie Phantasmata in einem erleuchteten Fensterrahmen, der aus dem Nichts auftauchte und ohne Sinn und Zweck hineingeschnitten schien in das menschenleere Dunkel? Kannten sich die beiden? Haben sie geredet? Gelacht? Geweint? Man wird sagen: So mag es sein, wenn fremde Spaziergänger in Regen und Wind aneinander vorbeigehen; da mag der Vergleich etwas für sich haben. Aber vielen Leuten sitzen wir doch länger gegenüber, wir essen und arbeiten zusammen, liegen nebeneinander, wohnen unter einem Dach. Wo ist da die Flüchtigkeit? Doch alles, was uns Beständigkeit, Vertrautheit und intimes Wissen vorgaukelt: Ist es nicht eine zur Beruhigung erfundene Täuschung, mit der wir die flackernde, verstörende Flüchtigkeit zu überdekken und zu bannen suchen, weil es unmöglich wäre, ihr in jedem Augenblick standzuhalten? Ist nicht jeder Anblick eines Anderen und jeder Blickwechsel doch wie die gespenstisch kurze Begegnung von Blicken zwischen Reisenden, die aneinander vorbeigleiten, betäubt von der unmenschlichen Geschwindigkeit und der Faust des Luftdrucks, die alles zum Erzittern und Klirren bringt? Gleiten unsere Blicke nicht immerfort an den Anderen ab, wie in der rasenden Begegnung des Nachts, und lassen uns zurück mit lauter Mutmaßungen, Gedankensplittern und angedichteten Eigenschaften? Ist es nicht in Wahrheit so, daß nicht die Menschen sich begegnen, sondern die Schatten, die ihre Vorstellungen werfen?

Wie war es gewesen, hatte Gregorius gedacht, die Schwester von jemandem zu sein, aus dem eine Einsamkeit von solch schwindelerregender Tiefe sprach? Von jemandem, der in seinem Nachdenken eine derart schonungslose Konsequenz an den Tag gelegt hatte, ohne daß seine Worte deshalb verzweifelt oder auch nur aufgeregt geklungen hätten? Wie war es gewesen, ihm zu assistieren, die Spritze zu reichen und beim Verbinden zu helfen? Was er schreibend über die Ferne und Fremdheit zwischen den Menschen dachte: Was hatte es für die Atmosphäre in dem blauen Haus bedeutet? Hatte er es ganz in sich verborgen gehalten, oder war das Haus der Ort gewesen, der einzige Ort, an dem er zugelassen hatte, daß diese Gedanken auch nach außen traten? In der Art etwa, wie er von Raum zu Raum ging, ein Buch in die Hand nahm und entschied, welche Musik er hören wollte? Welche Klänge waren es gewesen, die ihm zu den einsamen Gedanken zu passen schienen, die in ihrer Klarheit und Härte wie Gebilde aus Glas anmuteten? Hatte er nach Klängen gesucht, die wie eine Bestätigung waren, oder hatte er Melodien und Rhythmen gebraucht, die wie Balsam waren, nicht einlullend und verschleiernd zwar, aber doch besänftigend?

Mit diesen Fragen im Sinn war Gregorius gegen Morgen noch einmal in einen leichten Schlaf geglitten und hatte vor einer unwirklich schmalen, blauen Tür gestanden, in sich den Wunsch zu klingeln und zugleich die Gewißheit, daß er keine Ahnung hatte, was er der öffnenden Frau würde sagen können. Nach dem Aufwachen war er in den neuen Kleidern und mit der neuen Brille zum Frühstück gegangen. Die Kellnerin hatte gestutzt, als sie sein verändertes Aussehen bemerkte, und dann war ein Lächeln über ihr Gesicht gehuscht. Und nun war er an diesem grauen, nebligen Sonntagmorgen unterwegs, um das blaue Haus zu suchen, von dem der alte Coutinho gesprochen hatte.

Er hatte erst wenige Gassen in der Oberstadt abgeschritten, da sah er den Mann, dem er am ersten Abend gefolgt war, rauchend ans Fenster treten. Jetzt, bei Tageslicht, wirkte das Haus noch schmaler und schäbiger als damals. Das Innere des Zimmers lag im Schatten, doch Gregorius erhaschte einen Blick auf den Gobelinstoff des Sofas, die Vitrine mit den farbigen Porzellanfiguren und das Kruzifix. Er blieb stehen und suchte den Blick des Mannes.

»*Uma casa azul?*« fragte er.

Der Mann hielt die Hand an die Ohrmuschel, und Gregorius wiederholte die Frage. Ein Schwall von Worten, die er nicht verstand, war die Antwort, begleitet von Bewegungen der Hand mit der Zigarette. Während der Mann sprach, trat eine gebeugte, greisenhafte Frau neben ihn.

»*O consultório azul?*« fragte Gregorius jetzt.

»*Sim!*« rief die Frau mit krächzender Stimme, und dann noch einmal: »*Sim!*«

Aufgeregt gestikulierte sie mit ihren spindeldürren Armen und runzligen Händen, und nach einer Weile begriff Gregorius, daß sie ihn hereinwinkte. Zögernd betrat er das Haus, in dem es nach Moder und verbranntem Öl roch. Es kam ihm vor, als müsse er eine dicke Wand von abstoßenden Gerüchen durchstoßen, um zu der Wohnungstür zu gelangen, hinter der der Mann wartete, eine neue Zigarette zwischen den Lippen. Hinkend führte er Gregorius ins Wohnzimmer und bat ihn mit unverständlichem Genuschel und einer vagen Handbewegung, auf dem gobelinbezogenen Sofa Platz zu nehmen.

In der nächsten halben Stunde versuchte Gregorius mühsam, sich in den meist unverständlichen Worten und vieldeutigen Gesten der beiden Menschen zurechtzufinden, die ihm zu erklären versuchten, wie es vor vierzig Jahren gewesen war, als Amadeu de Prado die Leute aus dem Viertel behandelt hatte. Es lag Verehrung in ihren Stimmen, eine Verehrung, wie man sie jemandem entgegenbringt, der weit über einem selbst steht. Doch daneben füllte noch ein anderes Gefühl den

Raum, das Gregorius nur allmählich als eine Scheu erkannte, wie sie einem lange zurückliegenden Vorwurf entspringt, den man lieber leugnen möchte, ohne ihn jedoch ganz aus dem Gedächtnis tilgen zu können. *Jetzt mieden ihn die Leute. Das hat ihm das Herz gebrochen,* hörte er Coutinho sagen, nachdem er erzählt hatte, wie Prado Rui Luís Mendes, den Schlächter von Lissabon, gerettet hatte.

Jetzt zog der Mann ein Hosenbein hoch und zeigte Gregorius eine Narbe. »*Ele fez isto*«, hat *er* gemacht, sagte er und fuhr mit der nikotingelben Fingerspitze darüber. Die Frau rieb sich mit ihren runzligen Fingern die Schläfen und machte dann die Geste des Davonfliegens: Prado hatte ihre Kopfschmerzen zum Verschwinden gebracht. Und dann zeigte auch sie eine kleine Narbe an einem Finger, wo wahrscheinlich eine Warze gewesen war.

Wenn sich Gregorius später manchmal fragte, was es gewesen war, das den Ausschlag gegeben und ihn schließlich an der blauen Tür hatte läuten lassen, so kamen ihm stets diese Gesten der beiden Menschen in den Sinn, an deren Körpern der verehrte, später verfemte und schließlich von neuem verehrte Arzt Spuren hinterlassen hatte. Es war gewesen, als wären seine Hände von neuem lebendig geworden.

Jetzt ließ sich Gregorius den Weg zu Prados ehemaliger Praxis beschreiben und verließ die beiden dann. Kopf an Kopf blickten sie ihm aus dem Fenster nach, und es kam ihm vor, als läge Neid in ihren Blicken, ein paradoxer Neid darüber, daß er etwas tun konnte, was ihnen nicht mehr möglich war: Amadeu de Prado ganz neu kennenzulernen, indem er sich den Weg in seine Vergangenheit hinein bahnte.

War es möglich, daß der beste Weg, sich seiner selbst zu vergewissern, darin bestand, einen anderen kennen und verstehen zu lernen? Einen, dessen Leben ganz anders verlaufen war und eine ganz andere Logik besessen hatte als das eigene? Wie

paßte die Neugierde auf ein anderes Leben zu dem Bewußtsein, daß die eigene Zeit ablief?

Gregorius stand an der Theke einer kleinen Bar und trank
einen Kaffee. Es war schon das zweite Mal, daß er hier stand.
Vor einer Stunde war er auf die Rua Luz Soriano gestoßen und
hatte nach wenigen Schritten vor Prados blauer Praxis gestanden, einem dreistöckigen Haus, das einmal wegen der blauen
Kacheln insgesamt blau wirkte, aber viel mehr noch, weil
sämtliche Fenster von hohen Rundbögen überwölbt wurden,
die mit leuchtendem Ultramarin ausgemalt waren. Der An-
strich war alt, die Farbe bröckelte, und es gab feuchte Stellen,
an denen schwarzes Moos wucherte. Auch an den schmiede-
eisernen Gittern unterhalb der Fenster bröckelte die blaue
Farbe. Nur die blaue Eingangstür hatte einen makellosen An-
strich, als habe jemand sagen wollen: Sie ist, worauf es ankommt.

Die Klingel war ohne Namensschild. Mit pochendem Herzen hatte Gregorius die Tür mit dem Messingklopfer betrachtet. *Als läge meine ganze Zukunft hinter dieser Tür,* hatte er gedacht. Dann war er ein paar Häuser weiter in die Bar gegangen
und hatte gegen das bedrohliche Gefühl angekämpft, daß er
dabei war, sich zu entgleiten. Er hatte auf die Uhr gesehen: Vor
sechs Tagen war es gewesen, daß er um diese Zeit im Klassenzimmer den feuchten Mantel vom Haken genommen hatte
und aus seinem so sicheren, übersichtlichen Leben davongelaufen war, ohne sich noch einmal umzudrehen. Er hatte in
die Tasche dieses Mantels gegriffen und nach dem Schlüssel zu
seiner Berner Wohnung getastet. Und plötzlich hatte ihn, so
heftig und körperlich spürbar wie ein Anfall von Heißhunger,
das Bedürfnis überfallen, in einem griechischen oder hebräischen Text zu lesen; die fremden, schönen Buchstaben vor sich
zu sehen, die für ihn auch nach vierzig Jahren nichts von ihrer
orientalischen, märchenhaften Eleganz verloren hatten; sich

zu vergewissern, daß er im Laufe der sechs verwirrenden Tage nichts von der Fähigkeit verloren hatte, alles zu verstehen, was sie ausdrücken sollten.

Im Hotel lag das Neue Testament, griechisch und portugiesisch, das Coutinho ihm geschenkt hatte; doch das Hotel war zu weit, es ging darum, daß er hier und jetzt lesen konnte, unweit des blauen Hauses, das ihn zu verschlucken drohte, noch bevor sich die Tür geöffnet hatte. Hastig hatte er bezahlt und sich auf die Suche nach einer Buchhandlung gemacht, wo er solche Texte würde finden können. Doch es war Sonntag, und das einzige, was er fand, war eine geschlossene kirchliche Buchhandlung mit Büchern im Schaufenster, die griechische und hebräische Titel trugen. Er hatte die Stirn an die nebelfeuchte Scheibe gelehnt und gespürt, wie ihn wieder einmal die Versuchung überkam, zum Flughafen zu fahren und mit der nächsten Maschine nach Zürich zu fliegen. Erleichtert hatte er wahrgenommen, daß es ihm gelang, den bedrängenden Wunsch wie ein anbrandendes und wieder zurückweichendes Fieber zu erleben und geduldig vorübergehen zu lassen, und schließlich war er langsam zur Bar in der Nähe des blauen Hauses zurückgegangen.

Jetzt holte er Prados Buch aus der Tasche seiner neuen Jacke und betrachtete das kühne, unerschrockene Gesicht des Portugiesen. Ein Arzt, der seinen Beruf mit steinerner Konsequenz ausgeübt hatte. Ein Widerstandskämpfer, der unter Lebensgefahr eine Schuld abzutragen versuchte, die keine war. Ein Goldschmied der Worte, dessen tiefste Leidenschaft gewesen war, die schweigsamen Erfahrungen des menschlichen Lebens ihrer Stummheit zu entreißen.

Plötzlich überfiel Gregorius die Angst, es könnte inzwischen jemand ganz anderes in dem blauen Haus wohnen. Hastig legte er die Münzen für den Kaffee auf die Theke und ging mit raschen Schritten hinüber zu dem Haus. Vor der blauen

Tür atmete er zweimal tief ein und ließ die Luft ganz langsam aus der Lunge entweichen. Dann drückte er auf die Klingel.

Ein schepperndes Läuten, das klang, als käme es aus mittelalterlicher Ferne, hallte übertrieben laut durch das Haus. Nichts geschah. Kein Licht, keine Schritte. Wiederum zwang sich Gregorius zur Ruhe, dann klingelte er ein zweites Mal. Nichts. Er drehte sich um und lehnte sich erschöpft gegen die Tür. Er dachte an seine Wohnung in Bern. Er war froh, daß es vorbei war. Langsam schob er Prados Buch in die Manteltasche und berührte dabei das kühle Metall des Wohnungsschlüssels. Dann löste er sich von der Tür und schickte sich an wegzugehen.

In diesem Augenblick hörte er innen Schritte. Jemand kam die Treppe herunter. Hinter einem Fenster war ein Lichtschein zu erkennen. Die Schritte näherten sich der Tür.

»*Quem é?*« rief eine dunkle, heisere Frauenstimme.

Gregorius wußte nicht, was er sagen sollte. Schweigend wartete er. Sekunden verrannen. Dann wurde ein Schlüssel im Schloß gedreht, und die Tür ging auf.

ZWEITER TEIL

Die Begegnung

13 Die große, ganz in Schwarz gekleidete Frau, die vor ihm stand, schien in ihrer strengen, nonnenhaften Schönheit einer griechischen Tragödie zu entstammen. Das bleiche, hagere Gesicht wurde von einem gehäkelten Kopftuch umrahmt, das sie mit einer Hand unter dem Kinn zusammenhielt, einer schlanken, knochigen Hand mit hervortretenden, dunklen Venen, die deutlicher als die Gesichtszüge das hohe Alter verrieten. Aus tiefliegenden Augen, die wie schwarze Diamanten leuchteten, musterte sie Gregorius mit bitterem Blick, der von Entbehrungen sprach, von Selbstbeherrschung und Selbstverleugnung, mit einem Blick, der wie eine mosaische Mahnung an all diejenigen war, deren Leben darin bestand, sich widerstandslos treiben zu lassen. Diese Augen konnten in Flammen stehen, dachte Gregorius, wenn sich jemand dem stummen, unbeugsamen Willen dieser Frau entgegenstellte, die sich kerzengerade hielt und den Kopf ein bißchen höher trug, als es ihre Größe eigentlich erlaubte. Eine eisige Glut ging von ihr aus, und Gregorius hatte keine Ahnung, wie er vor ihr bestehen sollte. Er wußte nicht einmal mehr, was »Guten Tag« auf portugiesisch hieß.

»*Bonjour*«, sagte er heiser, als ihn die Frau auch weiterhin nur stumm anblickte, und dann holte er aus der Manteltasche Prados Buch, schlug es beim Portrait auf und zeigte es ihr.

»Ich weiß, daß dieser Mann, ein Arzt, hier gelebt und gearbeitet hat«, fuhr er auf französisch fort. »Ich ... ich wollte sehen, wo er gewohnt hat, und mit jemandem sprechen, der ihn gekannt hat. Es sind so eindrucksvolle Sätze, die er da geschrieben hat. Weise Sätze. Wundervolle Sätze. Ich möchte wissen, wie der Mann war, der solche Sätze schreiben konnte. Wie es war, mit ihm zusammenzusein.«

Die Veränderung in dem strengen, weißen Gesicht der Frau, das durch das Schwarz des Kopftuchs zu einem matten Leuchten gebracht wurde, war kaum wahrzunehmen. Nur jemand mit der besonderen Wachheit, die Gregorius in diesem Augenblick besaß, konnte erkennen, daß sich die straffen Züge ein kleines bißchen – eine Winzigkeit nur – entspannten und der Blick eine Spur von seiner abweisenden Schärfe verlor. Doch sie blieb stumm, und die Zeit begann sich zu dehnen.

»*Pardonnez-moi, je ne voulais pas*...«, begann Gregorius jetzt, machte zwei Schritte von der Tür weg und nestelte an seiner Manteltasche, die mit einemmal zu klein schien, um das Buch wieder aufzunehmen. Er wandte sich zum Gehen.

»*Attendez!*« sagte die Frau. Die Stimme klang jetzt weniger gereizt und wärmer als vorhin hinter der Tür. Und in dem französischen Wort schwang der gleiche Akzent wie in der Stimme der namenlosen Portugiesin auf der Kirchenfeldbrücke. Trotzdem klang es wie ein Befehl, dem man sich nicht zu widersetzen traute, und Gregorius dachte an Coutinhos Äußerung über die herrische Art, mit der Adriana die Patienten behandelt hatte. Er wandte sich ihr wieder zu, das sperrige Buch immer noch in der Hand.

»*Entrez*«, sagte die Frau, trat von der Tür zurück und wies mit der Hand zu der Treppe nach oben. Sie schloß die Tür mit einem großen Schlüssel ab, der aus einem anderen Jahrhundert zu kommen schien, und folgte ihm dann. Als sie oben die Hand mit den weißen Knöcheln vom Treppengeländer löste und an ihm vorbei in den Salon ging, hörte er sie keuchen, und es streifte ihn ein herber Duft, der ebensogut von einer Medizin wie von einem Parfum herrühren konnte.

Einen Salon wie diesen hatte Gregorius noch nie gesehen, nicht einmal im Film. Er erstreckte sich über die gesamte Tiefe des Hauses und schien kein Ende zu nehmen. Der makellos glänzende Parkettboden bestand aus Rosetten, in denen sich viele verschiedene Holzarten und Tönungen abwechselten, und wenn der Blick bei der letzten angelangt schien, so kam dahinter noch eine. Am Ende dann ging der Blick hinaus in alte Bäume, die jetzt, Ende Februar, ein Gewirr von schwarzen Ästen darboten, die hoch in den bleigrauen Himmel hinaufragten. In der einen Ecke stand ein runder Tisch mit französischen Stilmöbeln – einem Sofa und drei Sesseln, die Sitzflächen aus olivgrünem, silbrig schimmerndem Samt, die geschwungenen Lehnen und Beine aus rötlichem Holz –, in einer anderen eine schwarzglänzende Standuhr, deren goldenes Pendel stillstand, die Zeiger waren bei sechs Uhr dreiundzwanzig stehengeblieben. Und in der Ecke beim Fenster stand ein Flügel, bis auf den Klaviaturdeckel hinunter zugedeckt mit einer schweren Decke aus schwarzem Brokat, durchwirkt mit leuchtenden Gold- und Silberfäden.

Was Gregorius jedoch noch mehr beeindruckte als alles andere, waren die endlosen Bücherwände, die in die ockerfarbenen Wände eingelassen waren. Sie schlossen oben ab mit kleinen Jugendstilleuchten, und darüber wölbte sich von Wand zu Wand eine Kassettendecke, die den Ockerton der Wände wiederaufnahm und mit geometrischen Mustern aus dunklem Rot mischte. *Wie eine Klosterbibliothek*, dachte Gregorius, *wie die Bibliothek eines einstmaligen Zöglings von klassischer Bildung aus begütertem Hause.* Er traute sich nicht, die Wände entlangzugehen, doch sein Blick fand rasch die griechischen Klassiker in den dunkelblauen, goldbeschrifteten Bänden aus Oxford, weiter hinten Cicero, Horaz, die Schriften der Kirchenväter, die OBRAS COMPLETAS von San Ignacio. Er war noch keine zehn Minuten in diesem Haus und wünschte bereits, es nie wieder verlassen zu müssen. Es *mußte* einfach die Bibliothek von Amadeu de Prado sein. *War* sie es?

»Amadeu liebte den Raum, die Bücher. ›Ich habe so wenig Zeit, Adriana‹, sagte er oft, ›viel zu wenig Zeit zum Lesen; vielleicht hätte ich doch Priester werden sollen.‹ Aber er wollte, daß die Praxis immer offen war, von früh bis spät. ›Wer Schmerzen hat oder Angst, kann nicht warten‹, pflegte er zu sagen, wenn ich seine Erschöpfung sah und ihn zu bremsen versuchte. Gelesen und geschrieben hat er nachts, wenn er nicht schlafen konnte. Oder vielleicht konnte er nicht schlafen, weil er das Gefühl hatte, lesen, schreiben, nachdenken zu müssen, ich weiß es nicht. Sie war ein Fluch, seine Schlaflosigkeit, und ich bin sicher: Ohne dieses Leiden und ohne seine Rastlosigkeit, seine ewige, atemlose Suche nach Worten, hätte sein Gehirn noch viel länger mitgemacht. Vielleicht lebte er noch. Er wäre in diesem Jahr vierundachtzig geworden, am 20. Dezember.«

Ohne mit einem einzigen Wort zu fragen, wer er sei, und ohne sich ihm vorzustellen, hatte sie von ihrem Bruder gesprochen, von seinem Leiden, seiner Hingabe, seiner Leidenschaft und seinem Tod. Von all den Dingen, die – daran ließen ihre Worte und ihr Mienenspiel keinen Zweifel – das Wichtigste in ihrem Leben gewesen waren. Und sie hatte davon so unvermittelt gesprochen, als habe sie einen selbstverständlichen Anspruch darauf, daß sich Gregorius in einer blitzartigen, unirdischen Metamorphose, die außerhalb aller Zeit zu verlaufen hatte, in einen Bewohner ihrer Vorstellungswelt und einen allwissenden Zeugen ihrer Erinnerungen verwandle. Er war einer, der das Buch mit dem geheimnisvollen Signum der *Cedros vermelhos*, der roten Zedern, bei sich trug, und das hatte genügt, um ihm Einlaß in den geheiligten Bezirk ihrer Gedanken zu verschaffen. Wie viele Jahre hatte sie darauf gewartet, daß einer wie er vorbeikäme, einer, zu dem sie von dem toten Bruder sprechen könnte? 1973 hatte als Todesjahr auf dem Grabstein gestanden. Also hatte Adriana einunddreißig Jahre lang allein in diesem Hause gelebt, einunddreißig Jahre allein mit den Erinnerungen und der Leere, die der Bruder hinterlassen hatte.

Bisher hatte sie das Kopftuch unter dem Kinn zusammengehalten, als gelte es, etwas zu verbergen. Jetzt nahm sie die Hand weg, das gehäkelte Tuch teilte sich und gab den Blick auf ein schwarzes Samtband frei, das den Hals umschloß. Diesen Anblick des sich teilenden Tuchs, hinter dem das breite Band über den weißen Falten des Halses sichtbar wurde, sollte Gregorius nie mehr vergessen, er gerann zu einem feststehenden, detailgenauen Bild und wurde später, als er wußte, was das Band verbarg, immer mehr zu einer Ikone seiner Erinnerung, zu der auch die Handbewegung gehörte, mit der Adriana prüfte, ob das Band noch da war und richtig saß, eine Bewegung, die ihr – so schien es – mehr zustieß, als daß sie sie vollzogen hätte, zugleich aber eine Bewegung, in der sie ganz aufging und die mehr über sie zu sagen schien als alles, was sie planvoll und mit Bewußtsein tat.

Das Tuch war ein Stück weit nach hinten gerutscht, und nun sah Gregorius ihr ergrautes Haar, in dem es noch vereinzelte Strähnen gab, die an das frühere Schwarz erinnerten. Adriana griff nach dem gleitenden Tuch, hob es an und zog es in einer Haltung der Verlegenheit nach vorn, hielt einen Moment inne und riß es sich dann mit einer trotzigen Bewegung vom Kopf. Ihre Blicke begegneten sich für einen Moment, und der ihre schien zu sagen: *Ja, ich bin alt geworden.* Sie neigte den Kopf nach vorn, eine gelockte Strähne glitt ihr über die Augen, der Oberkörper fiel in sich zusammen, und dann fuhren die Hände mit den dunkelvioletten Venen langsam und verloren über das Tuch in ihrem Schoß.

Gregorius deutete auf Prados Buch, das er auf den Tisch gelegt hatte. »Ist das alles, was Amadeu geschrieben hat?«

Die wenigen Worte wirkten Wunder. Alles Erschöpfte und

Erloschene fiel von Adriana ab, sie richtete sich auf, warf den Kopf nach hinten, fuhr sich mit beiden Händen durchs Haar und sah ihn dann an. Es war das erste Mal, daß auf ihren Zügen ein Lächeln erschien, spitzbübisch und verschwörerisch, es ließ sie zwanzig Jahre jünger erscheinen.

»*Venha, Senhor.*« Kommen Sie. Alles Herrische war aus ihrer Stimme verschwunden, die Worte klangen nicht wie ein Befehl, nicht einmal wie eine Aufforderung, eher wie die Ankündigung, daß sie ihm etwas zeigen, ihn in etwas Verborgenes, Geheimes einführen würde, und es paßte zu der versprochenen Intimität und Komplizenschaft, daß sie anscheinend vergessen hatte, daß er kein Portugiesisch sprach.

Sie führte ihn über den Flur zur zweiten Treppe, die hinauf zum Dachgeschoß ging, und nahm keuchend Stufe nach Stufe. Vor der einen der beiden Türen blieb sie stehen. Man konnte es als ein bloßes Ausruhen deuten, doch als Gregorius seine Erinnerungsbilder später ordnete, war er sicher, daß es auch ein Zögern gewesen war, ein Zweifeln, ob sie dem Fremden dieses Allerheiligste wirklich zeigen sollte. Schließlich drückte sie die Klinke, sanft wie bei einem Besuch im Krankenzimmer, und die Behutsamkeit, mit der sie die Tür zunächst nur einen Spaltbreit öffnete, um sie dann langsam ganz aufzustoßen, ließ den Eindruck entstehen, als sei sie während des Treppensteigens um mehr als dreißig Jahre in der Zeit zurückgereist und beträte den Raum in der Erwartung, Amadeu darin anzutreffen, schreibend und nachdenkend, vielleicht auch schlafend.

Ganz hinten im Bewußtsein, an seinem äußersten Rande und ein bißchen abgedunkelt, streifte Gregorius der Gedanke, daß er es mit einer Frau zu tun hatte, die auf einem schmalen Grat wanderte, der ihr gegenwärtiges, sichtbares Leben von einem anderen trennte, das in seiner Unsichtbarkeit und zeitlichen Ferne für sie viel wirklicher war, und daß es nur eines schwachen Stoßes, fast nur eines Lufthauchs bedürfte, um sie abstürzen und unwiderruflich in der Vergangenheit ihres Lebens mit dem Bruder verschwinden zu lassen.

Tatsächlich war in dem großen Raum, den sie nun betraten, die Zeit stehengeblieben. Er war mit asketischer Kargheit eingerichtet. Am einen Ende, mit der Stirnseite zur Wand, stand ein Schreibtisch mit Sessel, am anderen Ende ein Bett mit einem kleinen Teppich davor, der an einen Gebetsteppich erinnerte, in der Mitte ein Lesessel mit Stehlampe, daneben Berge von unordentlich geschichteten Büchern auf den nackten Dielen. Sonst nichts. Das Ganze war ein Sanktuarium, ein Altarraum des Gedenkens an Amadeu Inácio de Almeida Prado, Arzt, Widerstandskämpfer und Goldschmied der Worte. Es herrschte die kühle, beredte Stille einer Kathedrale, das tonlose Rauschen eines Raums, der angefüllt ist mit gefrorener Zeit.

Gregorius blieb bei der Tür stehen; das war nicht ein Raum, in dem ein Fremder einfach umhergehen konnte. Und auch wenn Adriana sich nun zwischen den wenigen Gegenständen bewegte, war es anders als ein gewöhnliches Bewegen. Nicht, daß sie auf Zehenspitzen gegangen wäre oder ihr Gang etwas Affektiertes gehabt hätte. Aber ihre langsamen Schritte hatten etwas Ätherisches an sich, dachte Gregorius, etwas Entmaterialisiertes und beinahe Raum- und Zeitloses. Das galt auch für die Bewegungen von Armen und Händen, als sie nun zu den Möbelstücken ging und sanft, fast berührungslos darüber strich.

Als erstes tat sie das mit dem Schreibtischstuhl, der mit seiner gerundeten Sitzfläche und der geschwungenen Rückenlehne zu den Stühlen im Salon paßte. Er stand schief zum Pult, als wäre jemand in aller Eile von ihm aufgestanden und hätte ihn zurückgestoßen. Unwillkürlich wartete Gregorius darauf, daß Adriana ihn geraderückte, und erst als sie zärtlich über alle Kanten gefahren war, ohne etwas zu verändern, verstand er: Die ungerade Position des Stuhls war diejenige, in der Amadeu ihn vor dreißig Jahren und zwei Monaten zurückgelassen hatte, und also eine Stellung, die man um keinen Preis verändern durfte, denn das wäre gewesen, als versuchte einer in prometheischer Anmaßung, die Vergangenheit ihrer Unverrückbarkeit zu entreißen oder die Naturgesetze umzustürzen.

Was für den Stuhl galt, galt auch für die Gegenstände auf dem Pult, auf dem sich ein sanft ansteigender Aufsatz befand, damit man besser lesen und schreiben konnte. Darauf lag in abenteuerlicher Schieflage ein riesiges, in der Mitte aufgeschlagenes Buch und vor ihm ein Stoß Blätter, das oberste, soweit Gregorius mit angestrengtem Blick ausmachen konnte, nur mit wenigen Worten beschrieben. Sanft strich Adriana mit dem Handrücken über das Holz und berührte jetzt die Tasse aus bläulichem Porzellan, die auf einem kupferroten Tablett stand, zusammen mit einer Zuckerdose voll mit Kandiszucker und einem überfüllten Aschenbecher. Waren diese Dinge ebenso alt? Dreißigjähriger Kaffeesatz? Zigarettenasche, älter als ein Vierteljahrhundert? Die Tinte in der offenen Füllfeder mußte zu feinstem Staub zerfallen oder zu einem schwarzen Klumpen getrocknet sein. Würde die Glühbirne in der reich verzierten Schreibtischlampe mit dem smaragdgrünen Schirm noch brennen?

Es gab etwas, das Gregorius verwunderte, doch es dauerte, bis er es zu fassen bekam: Es lag kein Staub auf den Dingen. Er schloß die Augen, und nun war Adriana nur noch ein Geist mit hörbaren Umrissen, der durch den Raum glitt. Hatte dieser Geist hier regelmäßig Staub gewischt, an elftausend Tagen? Und war dabei grau geworden?

Als er die Augen wieder öffnete, stand Adriana vor einem turmhohen Bücherstapel, der aussah, als könne er jederzeit einstürzen. Sie blickte auf ein dickes, großformatiges Buch hinunter, das oben lag und ein Bild des Gehirns auf dem Umschlag hatte.

»*O cérebro, sempre o cérebro*«, sagte sie leise und vorwurfsvoll. Das Gehirn, immer das Gehirn. »*Porquê não disseste nada?*« Warum hast du nichts gesagt?

Jetzt lag Ärger in ihrer Stimme, resignierter Ärger, abgeschliffen von der Zeit und dem Schweigen, mit dem der tote Bruder seit Jahrzehnten darauf antwortete. Er hatte ihr nichts von dem Aneurysma gesagt, dachte Gregorius, nichts von seiner Angst und dem Bewußtsein, daß es jederzeit zu Ende sein konnte. Erst durch die Aufzeichnungen hatte sie davon erfahren. Und war, durch alle Trauer hindurch, wütend gewesen, daß er ihr die Intimität dieses Wissens verweigert hatte.

Jetzt blickte sie hoch und sah Gregorius an, als habe sie ihn vergessen gehabt. Nur langsam fand ihr Geist wieder in die Gegenwart zurück.

»Ach so, ja, kommen Sie«, sagte sie auf französisch und ging mit Schritten, die fester waren als vorhin, zurück zum Schreibtisch, wo sie zwei Schubladen aufzog. Darin lagen dicke Stöße von Blättern, zusammengepreßt zwischen Kartondeckeln und mit rotem Band mehrfach verschnürt.

»Begonnen hat er damit kurz nach Fátimas Tod. ›Es ist ein Kampf gegen die innere Lähmung‹, sagte er, und einige Wochen später: ›Warum bloß habe ich nicht früher damit begonnen! Man ist nicht richtig wach, wenn man nicht schreibt. Und man hat keine Ahnung, wer man ist. Ganz zu schweigen davon, wer man *nicht* ist.‹ Niemand durfte es lesen, auch ich nicht. Er zog den Schlüssel ab und trug ihn stets bei sich. Er war ... er konnte sehr mißtrauisch sein.«

Sie schob die Schubladen zu. »Ich möchte jetzt allein sein«, sagte sie abrupt, beinahe feindselig, und während sie die Treppen hinunterstiegen, sagte sie kein Wort mehr. Als sie die

Haustür aufgeschlossen hatte, stand sie stumm da, eckig und steif. Sie war keine Frau, der man die Hand gab.

»*Au revoir et merci*«, sagte Gregorius und schickte sich zögernd an zu gehen.

»Wie heißen Sie?«

Die Frage kam lauter als nötig, ein bißchen klang sie wie ein heiseres Bellen, das ihn an Coutinho erinnerte. Sie wiederholte den Namen: *Gregoriusch.*

»Wo wohnen Sie?«

Er nannte ihr das Hotel. Ohne ein Wort des Abschieds schloß sie die Tür und drehte den Schlüssel.

14 Auf dem Tejo spiegelten sich die Wolken. In rasendem Tempo jagten sie hinter den sonnenglitzernden Flächen her, glitten darüber, verschluckten das Licht und ließen es statt dessen an anderer Stelle mit stechendem Glanz aus dem Schattendunkel hervorbrechen. Gregorius nahm die Brille ab und bedeckte das Gesicht mit den Händen. Der fiebrige Wechsel zwischen gleißender Helligkeit und bedrohlichem Schatten, der mit ungewohnter Schärfe durch die neuen Gläser drang, war eine Marter für die schutzlosen Augen. Vorhin im Hotel, nachdem er aus einem leichten und unruhigen Mittagsschlaf aufgewacht war, hatte er es wieder mit der alten Brille versucht. Doch inzwischen fühlte sich ihre kompakte Schwere störend an, es war, als müsse er mit dem Gesicht eine mühsame Last durch die Welt schieben.

Unsicher und sich selbst ein bißchen fremd, hatte er lange auf der Bettkante gesessen und versucht, die verwirrenden Erlebnisse des Vormittags zu entziffern und zu ordnen. Im Traum, durch den eine stumme Adriana mit einem Gesicht von marmorner Blässe gegeistert war, hatte die Farbe Schwarz vorgeherrscht, ein Schwarz, das die befremdliche Eigenschaft gehabt hatte, den Gegenständen – allen Gegenständen – anzuhaften, ganz gleich, was sie sonst für Farben hatten und wie sehr sie in diesen anderen Farben leuchteten. Das Samtband um Adrianas Hals, das bis zum Kinn hinaufreichte, schien sie zu würgen, denn sie zerrte unablässig daran. Dann wieder faßte sie sich mit beiden Händen an den Kopf, und es war weniger der Schädel als das Gehirn, das sie damit zu schützen suchte. Türme von Büchern waren, einer nach dem anderen, eingestürzt, und für einen Moment, in dem sich gespannte Erwartung mit Beklommenheit und dem schlechten Gewissen des Voyeurs mischte, hatte Gregorius an Prados Schreibtisch gesessen, auf dem ein Meer von Versteinerungen lag und mittendrin ein halb beschriebenes Blatt, dessen Zeilen blitzschnell bis zur Unleserlichkeit ausblichen, wenn er seinen Blick darauf richtete.

Während er sich dann erinnernd mit diesen Traumbildern beschäftigt hatte, war es ihm manchmal vorgekommen, als habe der Besuch in der blauen Praxis gar nicht wirklich stattgefunden – als sei das Ganze nur ein besonders lebhafter Traum gewesen, innerhalb dessen – als eine Episode sich überschlagender Täuschung – ein Unterschied zwischen Wachen und Träumen vorgetäuscht wurde. Dann hatte auch er sich an den Kopf gefaßt, und wenn er das Gefühl für die Wirklichkeit seines Besuchs wiedergewonnen und die Gestalt von Adriana, aller traumhaften Zusätze entkleidet, ruhig und klar vor sich gesehen hatte, war er die knappe Stunde, die er bei ihr gewesen war, in Gedanken durchgegangen, Bewegung für Bewegung, Wort für Wort. Manchmal hatte er gefroren, wenn er an ihren strengen, bitteren Blick dachte, in dem Unversöhnlichkeit fernen Geschehnissen gegenüberlag. Eine unheimliche Empfindung hatte ihn beschlichen, wenn er sie durch Amadeus Zim-

mer schweben sah, ganz der vergangenen Gegenwart zugewandt und dem Wahnsinn nahe. Dann wieder hätte er das gehäkelte Tuch sanft um ihren Kopf legen mögen, um dem ge-
marterten Geist eine Ruhepause zu gönnen.

Der Weg zu Amadeu de Prado führte über diese zugleich
harte und zerbrechliche Frau, oder besser: er führte durch sie
hindurch, durch die dunklen Korridore ihrer Erinnerung.
Wollte er das auf sich nehmen? War er dem gewachsen? Er, den
die gehässigen Kollegen *den Papyrus* nannten, weil er mehr in
alten Texten als in der Welt gelebt hatte?

Es kam darauf an, noch andere Menschen zu finden, die
Prado gekannt hatten; nicht nur gesehen, wie Coutinho, und
als Arzt erlebt, wie der hinkende Mann und die Greisin von
heute morgen, sondern richtig gekannt, als Freund, vielleicht
auch als Mitkämpfer im Widerstand. Es würde schwer sein,
dachte er, darüber etwas von Adriana zu erfahren; sie betrachtete den toten Bruder als ihr ausschließliches Eigentum, das
war spätestens in der Art klargeworden, in der sie, auf das medizinische Buch hinunterblickend, zu ihm gesprochen hatte.
Jeden anderen, der das einzig richtige Bild von ihm – welches
das ihre war und nur das ihre – in Frage stellen könnte, würde
sie verleugnen oder mit allen Mitteln von ihm fernzuhalten
suchen.

Gregorius hatte Mariana Eças Nummer herausgesucht und
sie dann, nach langen Minuten des Zögerns, angerufen. Ob sie
etwas dagegen hätte, wenn er João, ihren Onkel, im Heim besuchte? Er wisse jetzt, daß Prado auch im Widerstand gewesen
sei, und vielleicht habe João ihn gekannt. Eine Weile hatte
Schweigen geherrscht, und Gregorius wollte sich gerade für
das Ansinnen entschuldigen, da sagte sie nachdenklich:

»Ich habe natürlich nichts dagegen, im Gegenteil, ein neues
Gesicht würde ihm vielleicht guttun. Ich überlege nur, wie er
es aufnehmen würde, er kann sehr schroff sein, und gestern

war er noch wortkarger als sonst. Auf keinen Fall dürfen Sie mit der Tür ins Haus fallen.«

Sie schwieg.

»Ich glaube, ich weiß etwas, das helfen könnte. Ich wollte ihm gestern eine Platte mitbringen, eine neue Einspielung von Schuberts Sonaten. Eigentlich will er am Klavier nur Maria João Pires hören, ich weiß nicht, ob es der Klang ist, oder die Frau, oder eine skurrile Form von Patriotismus. Aber diese Platte wird ihm trotzdem gefallen. Ich habe sie dann vergessen mitzunehmen. Sie könnten bei mir vorbeikommen und sie ihm dann bringen. Als Bote in meinem Auftrag sozusagen. Vielleicht haben Sie dann eine Chance.«

Er hatte bei ihr Tee getrunken, einen rotgoldenen, dampfenden Assam mit Kandiszucker, und dabei hatte er von Adriana erzählt. Er hätte sich gewünscht, daß sie etwas dazu sagte, aber sie hörte bloß still zu, und nur einmal, als er von der gebrauchten Kaffeetasse und dem vollen Aschenbecher sprach, die anscheinend drei Jahrzehnte überdauert hatten, verengten sich ihre Augen wie bei jemandem, der sich plötzlich auf einer Spur wähnt.

»Seien Sie vorsichtig«, sagte sie beim Abschied. »Mit Adriana, meine ich. Und berichten Sie mir, wie es bei João war.«

Und nun saß er, mit Schuberts Sonaten in der Tasche, auf dem Boot und fuhr hinüber nach Cacilhas zu einem Mann, der durch die Hölle der Folter gegangen war, ohne seinen geraden Blick zu verlieren. Wieder bedeckte Gregorius das Gesicht mit den Händen. Wenn ihm jemand vor einer Woche, als er, Lateinhefte korrigierend, in seiner Berner Wohnung gesessen hatte, prophezeit hätte, er würde sieben Tage später in einem neuen Anzug und mit einer neuen Brille in Lissabon auf einem Boot sitzen, um bei einem gefolterten Opfer des Salazar-Regimes etwas über einen portugiesischen Arzt und Poeten zu erfahren, der seit mehr als dreißig Jahren tot war: er hätte ihn für verrückt gehalten. War das immer noch er, Mundus, der myopische Bücherwurm, der Angst bekommen hatte, nur weil in Bern ein paar Schneeflocken gefallen waren?

Das Boot legte an, und Gregorius ging langsam zum Heim hinüber. Wie würde es mit der Verständigung sein? Sprach João Eça neben Portugiesisch noch etwas anderes? Es war Sonntag nachmittag, die Leute machten ihre Besuche im Heim, man erkannte sie schon auf der Straße an den Blumensträußen, die sie bei sich trugen. Auf den schmalen Balkonen des Heims saßen die alten Leute in Decken an der Sonne, die immer wieder hinter Wolken verschwand. Gregorius ließ sich an der Pforte die Zimmernummer geben. Bevor er klopfte, atmete er ein paarmal langsam ein und aus, es war das zweite Mal an diesem Tag, daß er mit pochendem Herzen vor einer Tür stand, ohne zu wissen, was ihn erwartete.

Sein Klopfen blieb unbeantwortet, auch beim zweiten Mal. Er hatte sich schon zum Gehen gewandt, da hörte er, wie die Tür mit einem leisen Quietschen aufging. Er hatte einen Mann in vernachlässigter Kleidung erwartet, einen, der sich oft gar nicht mehr richtig anzog, sondern im Bademantel vor dem Schachbrett saß. Der Mann, der jetzt lautlos wie ein Geist im Türspalt erschien, war ganz anders. Er trug eine dunkelblaue Strickjacke über einem blütenweißen Hemd mit roter Krawatte, eine Hose mit tadelloser Bügelfalte und glänzende schwarze Schuhe. Die Hände hielt er in den Taschen der Jacke verborgen, der kahle Kopf mit dem wenigen, kurzgeschnittenen Haar über den abstehenden Ohren war leicht zur Seite gedreht wie bei einem, der sich mit dem, was ihm begegnet, nicht befassen mag. Aus grauen, zusammengekniffenen Augen kam ein Blick, der alles, was er traf, zu zerschneiden schien. João Eça war alt, und er mochte krank sein, wie seine Nichte gesagt hatte; ein gebrochener Mann war er nicht. Es war besser, dachte Gregorius unwillkürlich, ihn nicht zum Gegner zu haben.

»*Senhor Eça?*« sagte Gregorius. »*Venho da parte de Mariana, a sua sobrinha. Trago este disco. Sonatas de Schubert.*« Es waren Worte, die er auf dem Boot nachgeschlagen und sich dann mehrmals vorgesagt hatte.

Eça blieb reglos in der Tür stehen und sah ihn an. Einen solchen Blick hatte Gregorius noch nie aushalten müssen, und nach einer Weile sah er zu Boden. Jetzt zog Eça die Tür ganz auf und machte ihm ein Zeichen einzutreten. Gregorius betrat ein penibel aufgeräumtes Zimmer, in dem es das Nötigste gab und nur das Nötigste. Einen flüchtigen Augenblick lang dachte er an die luxuriösen Räume, in denen die Ärztin wohnte, und fragte sich, warum sie den Onkel nicht besser untergebracht hatte. Der Gedanke wurde weggewischt von Eças ersten Worten:

»*Who are you?*« Die Worte kamen leise und heiser, und doch besaßen sie Autorität, die Autorität eines Mannes, der alles gesehen hatte und dem man nichts vormachen konnte.

Gregorius, die Platte in der Hand, gab auf Englisch Auskunft über seine Herkunft und seinen Beruf und erklärte, wie er Mariana kennengelernt hatte.

»Warum sind Sie hier? Doch nicht wegen der Platte.«

Gregorius legte die Platte auf den Tisch und holte Atem. Dann zog er Prados Buch aus der Tasche und zeigte ihm das Portrait.

»Ihre Nichte meinte, Sie hätten ihn vielleicht gekannt.«

Nach einem kurzen Blick auf das Bild schloß Eça die Augen. Er schwankte ein bißchen, dann ging er, immer noch mit geschlossenen Augen, hinüber zum Sofa und setzte sich.

»Amadeu«, sagte er in die Stille hinein, und dann noch einmal: »Amadeu. *O sacerdote ateu.* Der gottlose Priester.«

Gregorius wartete. Ein falsches Wort, eine falsche Geste,

und Eça würde kein Wort mehr sagen. Er ging hinüber zum Schachtisch und betrachtete die angefangene Partie. Er mußte es riskieren.

»Hastings 1922. Aljechin schlägt Bogoljubov«, sagte er.

Eça schlug die Augen auf und warf ihm einen erstaunten Blick zu.

»Tartakower wurde einmal gefragt, wen er für den größten Schachspieler halte. Er sagte: ›Wenn Schach ein Kampf ist – Lasker; wenn es eine Wissenschaft ist – Capablanca; wenn es eine Kunst ist – Aljechin.‹«

»Ja«, sagte Gregorius, »das Opfer der beiden Türme ist etwas, das die Phantasie eines Künstlers verrät.«

»Klingt nach Neid.«

»Ist es auch. Würde mir einfach nicht einfallen.«

Auf Eças wettergegerbten, bäurischen Zügen erschien der Anflug eines Lächelns.

»Wenn es Sie tröstet: mir auch nicht.«

Ihre Blicke kreuzten sich, dann sah jeder vor sich hin. Entweder Eça unternahm jetzt etwas, um das Gespräch fortzusetzen, dachte Gregorius, oder die Begegnung war zu Ende.

»Drüben in der Nische ist Tee«, sagte Eça. »Ich hätte auch gerne eine Tasse.«

Im ersten Augenblick befremdete es Gregorius, daß er geheißen wurde zu tun, was sonst der Gastgeber tat. Doch dann sah er, wie sich Eças Hände in den Taschen der Strickjacke zu Fäusten ballten, und jetzt begriff er: Er wollte nicht, daß Gregorius seine entstellten und zitternden Hände sah, die bleibenden Male des Schreckens. Und so goß er Tee für beide ein. Aus den beiden Tassen dampfte es. Gregorius wartete. Aus dem Nebenzimmer hörte man das Lachen von Besuchern. Dann war es wieder still.

Die lautlose Art, mit der Eça schließlich die Hand aus der Tasche nahm und zur Tasse führte, erinnerte an sein lautloses

Erscheinen in der Tür. Er hielt dabei die Augen geschlossen, als glaube er, die entstellte Hand werde dadurch auch für den anderen unsichtbar. Die Hand war übersät von Spuren brennender Zigaretten, zwei Fingernägel fehlten, und sie zitterte wie bei einer Schüttellähmung. Jetzt warf Eça Gregorius einen prüfenden Blick zu: ob er dem Anblick gewachsen sei. Gregorius hielt sein Entsetzen, das ihn wie ein Schwächeanfall durchflutete, in Schach, und er führte seine Tasse ruhig zum Mund.

»Meine darf man nur halb füllen.«

Eça sagte es leise und gepreßt, und Gregorius sollte diese Worte nie vergessen. Er spürte ein Brennen in den Augen, das Tränen ankündigte, und dann tat er etwas, das die Beziehung zwischen ihm und diesem geschundenen Mann für immer prägen sollte: Er nahm Eças Tasse und goß die Hälfte des heißen Tees in sich hinein.

Zunge und Kehle brannten. Es spielte keine Rolle. Ruhig stellte er die halbvolle Tasse zurück und drehte den Henkel hin zu Eças Daumen. Jetzt sah ihn der Mann mit einem langen Blick an, und auch dieser Blick grub sich tief hinein in sein Gedächtnis. Es war ein Blick, in dem sich Ungläubigkeit und Dankbarkeit mischten, eine Dankbarkeit, die nur versuchsweise galt, denn Eça hatte vor langer Zeit aufgegeben, von anderen etwas zu erwarten, für das man dankbar sein konnte. Zitternd führte er die Tasse an die Lippen, wartete einen günstigen Augenblick ab und trank dann in hastigen Schlucken. Es gab ein rhythmisches Klirren, als er die Tasse auf die Untertasse setzte.

Jetzt holte er eine Packung Zigaretten aus der Jackentasche, steckte eine zwischen die Lippen und führte die zitternde Flamme zum Tabak. Er rauchte in tiefen, ruhigen Zügen, und das Zittern wurde weniger. Die Hand mit der Zigarette hielt er so, daß man die fehlenden Fingernägel nicht sah. Die andere

Hand war wieder in der Jackentasche verschwunden. Er sah zum Fenster hinaus, als er zu sprechen begann.

»Das erstemal bin ich ihm im Herbst 1952 begegnet, in England, im Zug von London nach Brighton. Ich war auf einem Sprachkurs, zu dem mich der Betrieb geschickt hatte, sie wollten, daß ich auch Auslandskorrespondenz lernte. Es war der Sonntag nach der ersten Woche, und ich fuhr nach Brighton, weil ich das Meer vermißte, ich bin an der See aufgewachsen, oben im Norden, in Esposende. Die Abteiltür ging auf, und herein kam dieser Mann mit dem glänzenden Haar, das ihm wie ein Helm auf dem Kopf saß, und mit diesen unglaublichen Augen, kühn, sanft und schwermütig. Er machte mit Fátima, seiner Braut, eine weite Reise. Geld spielte nie eine Rolle für ihn, damals nicht und auch nicht später. Ich erfuhr, daß er Arzt war, einer, den vor allem das Gehirn faszinierte. Beinharter Materialist, der ursprünglich hatte Priester werden wollen. Ein Mann, der zu vielen Dingen eine paradoxe Einstellung hatte, nicht widersinnig, aber paradox.

Ich war siebenundzwanzig, er fünf Jahre älter. Er war mir in allem turmhoch überlegen. Jedenfalls empfand ich es auf jener Fahrt so. Er der Sohn aus adligem Lissaboner Hause, ich der Bauernsohn aus dem Norden. Wir verbrachten den Tag zusammen, gingen am Strand spazieren, aßen gemeinsam. Irgendwann kamen wir auf die Diktatur zu sprechen. *Devemos resistir*, wir müssen Widerstand leisten, sagte ich, ich erinnere mich noch heute an die Worte, ich erinnere mich, weil sie mir irgendwie plump vorkamen einem Mann gegenüber, der das feingeschnittene Gesicht eines Poeten hatte und manchmal ein Wort gebrauchte, das ich noch nie gehört hatte.

Er schlug die Augen nieder, blickte zum Fenster hinaus, nickte. Ich hatte ein Thema berührt, bei dem er mit sich nicht im reinen war. Es war das falsche Thema für einen Mann, der mit seiner Braut die Welt bereiste. Ich sprach von anderem, doch er war nicht mehr recht bei der Sache und überließ das Gespräch Fátima und mir. ›Du hast recht‹, sagte er beim Abschied, ›natürlich hast du recht‹. Und es war klar, daß er vom Widerstand sprach.

Als ich auf der Rückfahrt nach London an ihn dachte, kam es mir vor, als wäre er, oder ein Teil von ihm, lieber mit mir nach Portugal zurückgekehrt, statt seine Reise fortzusetzen. Er hatte mich um meine Adresse gebeten, und es war mehr gewesen als Höflichkeit einer Reisebekanntschaft gegenüber. Tatsächlich brachen sie die Reise bald ab und kehrten nach Lissabon zurück. Aber das hatte nichts mit mir zu tun. Seine Schwester, die ältere, hatte ein Kind abtreiben lassen und war dabei fast gestorben. Er wollte nach dem Rechten sehen, er traute den Ärzten nicht. Ein Arzt, der den Ärzten mißtraute. So war er, so war Amadeu.«

Gregorius sah Adrianas bitteren, unversöhnlichen Blick vor sich. Er begann zu verstehen. Und was war mit der jüngeren Schwester? Doch das mußte warten.

»Es vergingen dreizehn Jahre, bis ich ihn wiedersah«, fuhr Eça fort. Es war im Winter 1965, dem Jahr, als die Sicherheitspolizei Delgado ermordet hatte. Er hatte von der Firma meine neue Adresse erfahren und stand eines Abends vor der Tür, bleich und unrasiert. Das Haar, das einst geglänzt hatte wie schwarzes Gold, war stumpf geworden, und aus dem Blick sprach Schmerz. Er erzählte, wie er Rui Luís Mendes, einem hohen Offizier der Geheimpolizei, den man den Schlächter von Lissabon nannte, das Leben gerettet hatte und wie seine früheren Patienten ihn nun mieden, er fühlte sich geächtet.

›Ich will für den Widerstand arbeiten‹, sagte er.

›Um es wiedergutzumachen?‹

Er blickte verlegen zu Boden.

›Du hast nichts verbrochen‹, sagte ich, ›du bist Arzt.‹

›Ich will etwas tun‹, sagte er, ›verstehst du: *tun*. Sag mir, was ich tun kann. Du kennst dich doch aus.‹

›Woher willst du das wissen?‹

›Ich weiß es‹, sagte er. ›Ich weiß es seit Brighton.‹

Es war gefährlich. Für uns noch viel mehr als für ihn selbst. Denn für einen Widerstandskämpfer hatte er nicht – wie soll ich sagen – die richtige innere Statur, den richtigen Charakter. Du mußt Geduld haben, warten können, du mußt einen Kopf haben wie meinen, einen Bauernschädel, und nicht die Seele eines feinnervigen Träumers. Sonst riskierst du zuviel, machst Fehler, bringst alles in Gefahr. Die Kaltblütigkeit, die hatte er, fast zuviel davon, er neigte zur Tollkühnheit. Ihm fehlte die Ausdauer, die Sturheit, die Fähigkeit, nichts zu tun, auch wenn die Gelegenheit günstig scheint. Er spürte, daß ich so dachte, er spürte die Gedanken der anderen, noch bevor sie mit dem Denken begonnen hatten. Es war hart für ihn, es war, denke ich, das erste Mal in seinem Leben, daß jemand zu ihm sagte: Das kannst du nicht, dazu fehlt dir eine Fähigkeit. Aber er wußte, daß ich recht hatte, er war alles andere als blind sich selbst gegenüber, und er akzeptierte, daß die Aufgaben in der ersten Zeit klein und unscheinbar waren.

Immer wieder schärfte ich ihm ein, daß er vor allem der einen Versuchung widerstehen mußte: die Patienten wissen zu lassen, daß er für uns arbeitete. Er wollte es ja, um einen vermeintlichen Bruch der Loyalität mit Mendes' Opfern zu sühnen. Und eigentlich ergab dieser Plan nur einen Sinn, wenn die Leute, die es ihm vorwarfen, davon erfuhren. Wenn er sie dazu bringen konnte, ihr verachtungsvolles Urteil zu revidieren. Ihn wieder zu verehren und zu lieben wie vorher. Dieser Wunsch war übermächtig in ihm, das wußte ich, und er war sein und unser größter Feind. Er brauste auf, wenn ich davon sprach, tat, als unterschätzte ich seine Intelligenz, ich, nichts weiter als ein Buchhalter, der zudem noch fünf Jahre jünger war als er. Doch er wußte, daß ich auch in diesem Punkt recht hatte. ›Ich hasse es, wenn jemand über mich so gut Bescheid weiß wie du‹, sagte er einmal. Und grinste.

Er hat seine Sehnsucht, seine aberwitzige Sehnsucht nach Vergebung für etwas, das gar keine Verfehlung gewesen war, niedergekämpft und hat keinen Fehler gemacht, oder doch keinen, der Konsequenzen gehabt hätte.

Aus dem Verborgenen heraus hielt Mendes die Hand über ihn, seinen Lebensretter. In Amadeus Praxis wurden Botschaften übermittelt, Umschläge mit Geld wechselten die Hand. Es gab nie eine Durchsuchung, wie sie sonst an der Tagesordnung waren. Amadeu war wütend darüber, so war er, der gottlose Priester, er wollte ernst genommen werden, geschont zu werden verletzte ihn in seinem Stolz, der etwas vom Stolz eines Märtyrers hatte.

Für eine Weile beschwor das eine neue Gefahr herauf: die Gefahr, er könnte Mendes durch eine Handlung von tollkühner Dreistigkeit herausfordern wollen, so daß er ihn nicht länger würde schützen können. Ich sprach ihn darauf an. Unsere Freundschaft hing an einem seidenen Faden. Dieses Mal gab er nicht zu, daß ich recht hatte. Aber er wurde beherrschter, besonnener.

Kurz darauf erledigte er mit Bravour zwei heikle Operationen, die nur einer wie er erledigen konnte, der das Eisenbahnnetz in- und auswendig kannte, und das tat Amadeu, er war verrückt nach Zügen, Schienen und Weichen, kannte alle Lokomotivtypen, und vor allem kannte er jedes Bahnhofsgebäude in Portugal, noch vom kleinsten Nest wußte er, ob es ein Stellwerk hatte oder nicht, denn das war eine seiner Obsessionen: daß man, indem man einen Hebel umlegte, über die weitere Richtung des Zugs bestimmen konnte. Diese einfache mechanische Operation, sie faszinierte ihn über alle Maßen, und es war am Ende sein Wissen von diesen Dingen, sein verrückter Eisenbahnpatriotismus, der unseren Leuten das Leben rettete. Die Kameraden, die es nicht gern gesehen hatten, daß ich ihn aufnahm, weil sie ihn für einen exaltierten Feingeist hielten, der uns gefährlich werden konnte, änderten ihre Meinung.

Mendes muß ihm unendlich dankbar gewesen sein. Ich durfte im Gefängnis keinen Besuch empfangen, auch Mariana nicht, und schon gar nicht Kameraden, die im Verdacht standen, zum Widerstand zu gehören. Mit einer Ausnahme: Amadeu. Er durfte zweimal im Monat kommen, und er konnte sich die Tage und sogar die Uhrzeit aussuchen, es sprengte alle Regeln.

Und er kam. Er kam immer und blieb länger als vereinbart, die Aufseher fürchteten seinen zornigen Blick, wenn sie die Zeit anmahnten. Er brachte mir Medikamente mit, solche gegen die Schmerzen und solche zum Schlafen. Sie ließen ihn damit durch und nahmen sie mir hinterher ab, ich habe ihm das nie gesagt, er hätte versucht, die Mauern niederzureißen. Tränen liefen ihm über die Wangen, als er sah, was sie mit mir gemacht hatten, Tränen, die natürlich auch Tränen des Mitleids waren, aber vielmehr noch Tränen der ohnmächtigen Wut. Es fehlte nicht viel, und er wäre den Wärtern gegenüber handgreiflich geworden, sein feuchtes Gesicht war rot vor Zorn.«

Gregorius sah Eça an und stellte sich vor, wie er mit seinem grauen, schneidenden Blick den glühenden Eisen entgegengesehen hatte, die alles Sehen in zischender Glut zu ersticken drohten. Er spürte die unglaubliche Stärke dieses Mannes, den man nur besiegen konnte, indem man ihn physisch auslöschte, und selbst von seiner Abwesenheit, seinem Fehlen im Raum, würde noch ein Widerstand ausgehen, der seine Gegner nicht schlafen ließ.

»Amadeu brachte mir die Bibel, das Neue Testament. Portugiesisch und Griechisch. Das und die griechische Grammatik, die er dazulegte, waren in den zwei Jahren die einzigen Bücher, die sie durchließen.

›Du glaubst kein Wort davon‹, sagte ich zu ihm, als sie kamen, um mich in die Zelle zurückzubringen.

Er lächelte. ›Es ist ein schöner Text‹, sagte er. ›Eine wunderschöne Sprache. Und achte auf die Metaphern.‹

Ich staunte. Ich hatte die Bibel nie wirklich gelesen, kannte nur die geflügelten Worte, wie jeder. Ich staunte über die sonderbare Mischung aus Treffendem und Bizarrem. Manchmal sprachen wir darüber. *Eine Religion, in deren Zentrum eine Hinrichtungsszene steht, finde ich abstoßend,* sagte er einmal. *Stell dir vor, es wäre ein Galgen gewesen, eine Guillotine oder eine Garrotte. Stell dir vor, wie unsere religiöse Symbolik dann aussähe.* So hatte ich das noch nie gesehen, ich erschrak beinahe ein bißchen, auch deshalb, weil der Satz in diesen Mauern ein besonderes Gewicht hatte.

So war er, der gottlose Priester: Er dachte die Dinge zu Ende. Er dachte sie *immer* zu Ende, ganz gleich, wie schwarz die Konsequenzen waren. Manchmal hatte sie etwas Brutales an sich, diese Art, etwas Selbstzerfetzendes. Vielleicht war es deshalb, daß er außer mir und Jorge keine Freunde hatte, man mußte einiges vertragen können. Er war unglücklich darüber, daß Mélodie ihm aus dem Weg ging, er liebte seine kleine Schwester. Ich habe sie nur ein einziges Mal gesehen, sie wirkte leicht und heiter, ein Mädchen, das den Boden nicht zu berühren schien, ich könnte mir vorstellen, daß sie mit der schwermütigen Seite des Bruders, der dazu noch wie ein kochender Vulkan vor dem Ausbruch sein konnte, nicht zurechtkam.«

João Eça schloß die Augen. Erschöpfung stand ihm ins Gesicht geschrieben. Es war eine Reise in der Zeit gewesen, und er mochte seit Jahren nicht mehr soviel gesprochen haben. Gregorius hätte gerne gefragt und gefragt: nach der kleinen

Schwester mit dem sonderbaren Namen, nach Jorge und Fátima, und auch danach, ob er damals angefangen hatte, Griechisch zu lernen. Er hatte atemlos zugehört und darüber die brennende Kehle vergessen. Jetzt brannte sie wieder, und die Zunge war dick. Mitten in seiner Geschichte hatte ihm Eça eine Zigarette angeboten. Er hatte das Gefühl gehabt, sie nicht ablehnen zu können, es wäre gewesen, wie wenn er den unsichtbaren Faden, der sich zwischen ihnen angesponnen hatte, abreißen ließe, er konnte nicht den Tee aus seiner Tasse trinken und seinen Tabak zurückweisen, das ging nicht, wer weiß warum, es ging einfach nicht, und so hatte er die erste Zigarette seines Lebens zwischen die Lippen gesteckt, der zitternden Flamme in Eças Hand ängstlich entgegengesehen und dann zaghaft und sparsam gepafft, um nicht husten zu müssen. Jetzt erst spürte er, wie sehr der heiße Rauch Gift gewesen war für das Brennen im Mund. Er verfluchte seine Unvernunft, und gleichzeitig spürte er mit Erstaunen, daß er das rauchige Brennen nicht anders hätte haben wollen.

Ein schriller Signalton ließ Gregorius zusammenfahren.

»Essen«, sagte Eça.

Gregorius sah auf die Uhr: halb sechs. Eça sah sein Erstaunen und grinste verächtlich.

»Viel zu früh. Wie im Knast. Es geht nicht um die Zeit der Insassen, es geht um die Zeit des Personals.«

Ob er ihn auch weiterhin besuchen dürfe, fragte Gregorius. Eça blickte zum Schachtisch hinüber. Dann nickte er stumm. Es war, als hätte sich ein Panzer der Wortlosigkeit um ihn geschlossen. Als er merkte, daß Gregorius ihm die Hand geben wollte, vergrub er beide Hände energisch in den Jackentaschen und blickte zu Boden.

Gregorius fuhr nach Lissabon hinüber, ohne viel wahrzunehmen. Er ging durch die Rua Augusta, mitten durch das Schachbrett der Baixa, zum Rossio. Es kam ihm vor, als ginge der längste Tag seines Lebens zu Ende. Später, auf dem Bett im Hotelzimmer, fiel ihm ein, wie er sich am Morgen mit der Stirn gegen das nebelfeuchte Schaufenster der kirchlichen Buchhandlung gelehnt und darauf gewartet hatte, daß der drängendheiße Wunsch, zum Flughafen zu fahren, abebbte. Dann hatte er Adriana kennengelernt, den rotgoldenen Tee von Mariana Eça getrunken und bei ihrem Onkel mit verbranntem Mund seine erste Zigarette geraucht. War das wirklich alles an einem einzigen Tag geschehen? Er schlug das Bild von Amadeu de Prado auf. All das Neue, das er heute über ihn erfahren hatte, veränderte seine Züge. Er begann zu leben, der gottlose Priester.

15 »*Voilà. Ça va aller?* Es ist nicht gerade komfortabel, aber…«, sagte Agostinha, die Praktikantin beim DIARIO DE NOTÍCIAS, der großen und traditionsreichen Zeitung Portugals, etwas verlegen.

Ja, sagte Gregorius, das werde schon gehen, und setzte sich in die düstere Nische mit dem Lesegerät für Mikrofilme. Agostinha, die ihm von einem ungeduldigen Redakteur als Studentin der Geschichte und des Französischen vorgestellt worden war, mochte noch nicht gehen, er hatte vorhin schon den Eindruck gehabt, daß sie oben, wo die Telefone pausenlos klingelten und die Bildschirme flimmerten, mehr geduldet als gebraucht wurde.

»Wonach suchen Sie eigentlich?« fragte sie jetzt. »Ich meine, es geht mich ja nichts an …«

»Nach dem Tod eines Richters suche ich«, sagte Gregorius. »Nach dem Selbstmord eines berühmten Richters im Jahre 1954, am 9. Juni. Der sich vielleicht umgebracht hat, weil er die Bechterevsche Krankheit hatte und die Rückenschmerzen nicht mehr länger ertrug, vielleicht aber auch aus dem Gefühl heraus, sich schuldig gemacht zu haben, weil er während der Diktatur immer weiter Recht gesprochen und sich dem Unrechtsregime nicht widersetzt hatte. Er war vierundsechzig, als er es tat. Hätte also nicht mehr lange warten müssen bis zur Pensionierung. Irgend etwas muß geschehen sein, das es ihm unmöglich machte zu warten. Etwas mit dem Rücken und den Schmerzen, oder etwas bei Gericht. Das ist es, was ich herausfinden möchte.«

»Und ... und warum wollen Sie es herausfinden? *Pardon* ...«

Gregorius holte Prados Buch hervor und ließ sie lesen:

PORQUÊ, PAI? WARUM, VATER? *»Nimm dich nicht so wichtig!«* *pflegtest Du zu sagen, wenn jemand klagte. Du saßest in Deinem Sessel, in dem niemand sonst sitzen durfte, den Stock zwischen den mageren Beinen, die gichtverformten Hände auf dem silbernen Griff, den Kopf – wie immer – von unten her nach vorne gereckt. (Mein Gott, könnte ich Dich nur ein einziges Mal in gerader Haltung vor mir sehen, erhobenen Hauptes, wie es Deinem Stolz entsprach! Ein einziges Mal nur! Aber der tausendfache Anblick des gekrümmten Rückens, er hat jede andere Erinnerung ausgelöscht, und nicht nur das, er hat sogar die Vorstellungskraft gelähmt.) Die vielen Schmerzen, die Du in Deinem Leben hattest aushalten müssen, verliehen Deiner immer gleichen Mahnung Autorität. Niemand wagte zu widersprechen. Nicht nur äußerlich war das so; auch im Inneren verbot sich Widerspruch. Zwar parodierten wir Kinder Deine Worte, fern von Dir gab es Hohn und Gelächter, und selbst Mama, wenn sie deswegen mit uns schimpfte, verriet sich manchmal durch den Anflug eines Lächelns, auf das wir uns gierig stürzten. Aber die Befreiung bestand nur zum Schein, es war wie mit der hilflosen Blasphemie des Gottesfürchtigen.*

Deine Worte galten. Sie galten bis zu jenem Morgen, an dem ich beklommen den Weg hinaus zur Schule ging, windgepeitschten Regen im Gesicht. Warum eigentlich war meine Beklommenheit angesichts der düsteren Schulräume und der freudlosen Paukerei nichts, was ich wichtig nehmen sollte? Warum sollte ich es nicht wichtig nehmen, daß Maria João mich wie Luft behandelte, wo ich doch kaum an etwas anderes denken konnte? Warum waren Deine Schmerzen und die Abgeklärtheit, die sie Dir beschert hatten, das Maß aller Dinge? »Vom Standpunkt der Ewigkeit aus betrachtet«, ergänztest Du manchmal, »verliert das doch an Bedeutung.« Voller Wut und Eifersucht auf den neuen Freund von Maria João verließ ich die Schule, ging festen Schritts nach Hause und setzte mich nach dem Essen Dir gegenüber in einen Sessel. »Ich will in eine andere Schule«, sagte ich mit einer Stimme, die fester klang, als sie sich von innen her anfühlte, »die jetzige ist unerträglich.« »Du nimmst dich zu wichtig«, sagtest Du und riebst am silbernen Griff des Stocks. »Was, wenn nicht mich, sollte ich wichtig nehmen?« fragte ich. »Und den Standpunkt der Ewigkeit – den gibt es nicht.«

Eine Stille, die zu zerspringen drohte, füllte den Raum. So etwas hatte es noch nie gegeben. Es war unerhört, und daß es von Deinem Lieblingskind kam, machte es noch schlimmer. Alle erwarteten einen Ausbruch, in dessen Verlauf sich Deine Stimme wie gewöhnlich überschlagen würde. Nichts geschah. Du legtest beide Hände auf den Griff des Stocks. Auf Mamas Gesicht erschien ein Ausdruck, wie ich ihn noch nie gesehen hatte. Er machte – dachte ich später – verständlich, warum sie Dich geheiratet hatte. Du erhobst Dich wortlos, nur ein leises Ächzen ob der Schmerzen war zu hören. Zum Abendessen erschienst Du nicht. Das war, seit es diese Familie gab, noch kein einziges Mal vorgekommen. Als ich mich am nächsten Tag an den Mittagstisch setzte, sahst Du mich ruhig und ein bißchen traurig an. »An welche andere Schule denkst du?« fragtest Du. Maria João hatte mich in der Pause gefragt, ob ich eine Orange wolle. »Es hat sich erledigt«, sagte ich.

Wie unterscheidet man, ob man eine Empfindung wichtig nehmen oder sie wie eine leichtgewichtige Laune behandeln soll? Warum, Papá, hast Du nicht mit mir gesprochen, bevor Du es tatest? So daß ich wenigstens wüßte, warum Du es tatest?

»Ich verstehe«, sagte Agostinha, und dann suchten sie unter den Fiches nach einer Meldung über den Tod von Richter Prado.

»1954, da galt schärfste Zensur«, sagte Agostinha, »darin kenne ich mich aus, Pressezensur war mein Thema beim Lizenziat. Was der DIARIO druckte, muß nicht stimmen. Und wenn es ein politischer Selbstmord war, dann erst recht nicht.«

Das erste, was sie fanden, war die Todesanzeige, die am 11. Juni erschienen war. Agostinha fand sie für die portugiesischen Verhältnisse jener Zeit extrem karg, so karg, daß sie einem stummen Aufschrei gleichkam. *Faleceu,* Gregorius kannte das Wort vom Friedhof. *Amor, recordação,* knappe, rituelle Formulierungen. Darunter die Namen der engsten Angehörigen: Maria Piedade Reis de Prado; Amadeu; Adriana; Rita. Die Adresse. Der Name der Kirche, in der die Messe abgehalten würde. Das war alles. Rita, dachte Gregorius – war das Mélodie, von der João Eça gesprochen hatte?

Jetzt suchten sie nach einem Bericht. In der ersten Woche nach dem 9. Juni war nichts. »Nein, nein, weiter«, sagte Agostinha, als Gregorius aufgeben wollte. Die Meldung kam am 20. Juni ganz hinten im Lokalteil:

Heute gab das Justizministerium bekannt, daß Alexandre Horácio de Almeida Prado, der dem Obersten Gericht viele Jahre als hervorragender Richter gedient hat, letzte Woche an den Folgen einer langen Krankheit gestorben ist.

Daneben ein Bild des Richters, überraschend groß, die Größe paßte nicht zur Knappheit der Meldung. Ein strenges Gesicht mit Kneifer und Brillenkette, Spitzbart und Schnurrbart, eine hohe Stirn, nicht weniger hoch als die des Sohnes, angegrautes, aber immer noch volles Haar, weißer Stehkragen mit abgeknickten Ecken, schwarzer Binder, eine sehr weiße Hand, auf die er das Kinn stützte, alles andere verlor sich im dunklen Hintergrund. Ein geschickt aufgenommenes Foto, keine Spur von der Qual des gekrümmten Rückens, auch keine von der Gicht in den Händen, Kopf und Hand tauchten still und geisterhaft aus der Finsternis auf, weiß und gebieterisch, Einspruch oder gar Widerspruch waren unmöglich, ein Bild, das eine Wohnung, ein ganzes Haus in seinen Bann schlagen, mit einem Bann überziehen und mit seiner erstickenden Autorität vergiften konnte. Ein Richter. Ein Richter, der gar nichts anderes hätte sein können als ein Richter. Ein Mann von eiserner Strenge und steinerner Konsequenz, auch sich selbst gegenüber. Ein Mann, der sich selbst richten würde, hätte er gefehlt. Ein Vater, dem das Lächeln meistens mißlang. Ein Mann, der etwas gemeinsam gehabt hatte mit António de Oliveira Salazar: nicht seine Grausamkeit, nicht seinen Fanatismus, nicht seinen Ehrgeiz und seinen Willen zur Macht, wohl aber die Strenge, ja Rücksichtslosigkeit gegenüber sich selbst. Hatte er ihm deshalb so lange gedient, dem Mann in Schwarz mit dem angestrengten Gesicht unter der Melone? Und hatte er es sich am Ende nicht vergeben können, daß er damit auch die Grausamkeit gefördert hatte, eine Grausamkeit, wie man sie an den zitternden Händen von João Eça sehen konnte, die einst Schubert gespielt hatten?

An den Folgen einer langen Krankheit gestorben. Gregorius spürte, wie ihm heiß wurde vor Wut.

»Das ist nichts«, sagte Agostinha, »das ist gar nichts im Vergleich zu dem, was ich sonst an Verfälschung gesehen habe. An schweigender Lüge.«

Auf dem Weg nach oben fragte Gregorius sie nach der Straße, die in der Todesanzeige gestanden hatte. Er sah, daß sie gerne mitgegangen wäre, und war froh, daß man sie in der Redaktion nun offenbar doch brauchte.

»Daß Sie sich die Geschichte dieser Familie so sehr... so sehr zu eigen machen – es ist...«, sagte sie, nachdem sie sich schon die Hand gegeben hatten.

»Sonderbar, meinen Sie? Ja, es ist sonderbar. Sehr sonderbar. Auch für mich selbst.«

16 Es war kein Palast, aber ein Haus für wohlhabende Leute, die sich darin nach Belieben ausbreiten konnten, auf ein Zimmer mehr oder weniger kam es nicht an, Bäder würde es zwei geben oder drei. Hier hatte der gebeugte Richter gewohnt, durch dieses Haus war er an seinem Stock mit dem Silbergriff gegangen, verbissen gegen die ewigen Schmerzen ankämpfend, geleitet von der Überzeugung, daß man sich nicht so wichtig nehmen sollte. Hatte er sein Arbeitszimmer in dem eckigen Turm gehabt, dessen Fenster mit den Rundbögen durch kleine Säulen voneinander getrennt waren? Balkone gab es an der verwinkelten Fassade so viele, daß man den Eindruck hatte, sie gar nicht zählen zu können, jeder mit einem fein ziselierten Gitter aus Schmiedeeisen. Jedes der fünf Familienmitglieder, stellte sich Gregorius vor, hatte einen oder zwei für sich gehabt, und er dachte an die engen, hellhörigen Räume, in denen sie zu Hause gewohnt hatten, der Museumswärter und die Putzfrau mit ihrem kurzsichtigen Sohn, der in seiner Kammer an einem einfachen Holztisch saß und sich mit vertrackten griechischen Verbformen gegen das Radiogedudel aus der Nachbarwohnung wehrte. Der winzige Balkon, zu schmal für einen Sonnenschirm, war im Sommer glühend heiß geworden, und er hatte ihn auch sonst kaum betreten, denn ständig zogen Schwaden von Küchengerüchen darüber hinweg. Das Haus des Richters war dagegen wie ein Paradies aus Weite, Schatten und Stille. Überall hohe, ausladende Nadelbäume mit knorrigen Stämmen und verflochtenen Ästen, die sich zu kleinen, schattenspendenden Dächern zusammenfügten, die manchmal an Pagoden erinnerten.

Zedern. Gregorius fuhr zusammen. *Zedern. Cedros vermelhos.* Waren es wirklich Zedern? *Die* Zedern, die für Adriana in Rot getaucht waren? Die Bäume, die mit ihrer imaginären Farbe eine solche Bedeutung bekommen hatten, daß sie es waren, die ihr vor Augen standen, als sie nach einem Namen für den erfundenen Verlag suchte? Gregorius hielt Passanten an und fragte, ob es Zedern seien. Schulterzucken und hochgezogene Augenbrauen, Verwunderung über die Frage eines skurrilen Ausländers. Ja, sagte eine junge Frau schließlich, das seien Zedern, besonders große und schöne. Jetzt versetzte er sich in Gedanken in das Haus hinein und blickte in das satte, dunkle Grün hinaus. Was konnte geschehen sein? Was konnte das Grün in Rot verwandelt haben? Blut?

Hinter den Turmfenstern erschien eine hell gekleidete Frauengestalt mit aufgestecktem Haar, leicht, fast schwebend ging sie hin und her, geschäftig ohne Hast, jetzt nahm sie von irgendwoher eine brennende Zigarette, Rauch ging hinauf zu der hohen Decke, sie wich einem Sonnenstrahl aus, der durch die Zedern ins Zimmer fiel und sie offenbar blendete, dann war sie plötzlich verschwunden. *Ein Mädchen, das den Boden nicht zu berühren schien*, so hatte João Eça Mélodie genannt, die in Wirklichkeit Rita heißen mußte. *Seine kleine Schwester.* Konnte der Altersunterschied so groß gewesen sein, daß sie heute eine Frau war, die sich noch derart geschmeidig und fließend bewegen konnte wie die Frau im Turm?

Gregorius ging weiter und betrat in der nächsten Straße ein Stehcafé. Zum Kaffee ließ er sich eine Packung Zigaretten geben, die gleiche Marke, die er bei Eça gestern geraucht hatte. Er paffte und sah dabei die Schüler im Kirchenfeld vor sich, wie sie ein paar Straßen weiter vor der Bäckerei standen, rauchten und aus Pappbechern Kaffee tranken. Wann hatte Kägi das Rauchverbot im Lehrerzimmer eingeführt? Jetzt versuchte er einen Lungenzug, ein sengender Hustenreiz nahm ihm den Atem, er legte die neue Brille auf die Theke, hustete und rieb sich die Tränen aus den Augen. Die Frau hinter der Theke, eine kettenrauchende Matrone, grinste. »*É melhor não começar*«, besser nicht damit anfangen, sagte sie, und Gregorius war stolz, daß er es verstand, auch wenn das Verständnis mit Verzögerung kam. Er wußte nicht wohin mit der Zigarette und löschte sie schließlich im Wasserglas neben der Tasse. Die Frau räumte das Glas mit einem nachsichtigen Kopfschütteln weg, er war ein blutiger Anfänger, was sollte man machen.

Langsam ging er auf den Eingang zum Zedernhaus zu, darauf gefaßt, schon wieder voller Ungewißheit an einer Tür zu klingeln. Da ging die Tür auf, und die Frau von vorhin kam heraus, an der Leine einen ungeduldigen Schäferhund. Jetzt trug sie Bluejeans und Turnschuhe, nur das helle Blouson schien dasselbe. Die wenigen Schritte zum Tor ging sie, gezogen vom Hund, auf den Fußspitzen. *Ein Mädchen, das den Boden nicht zu berühren schien.* Trotz des vielen Graus im aschblonden Haar wirkte sie auch jetzt noch wie ein Mädchen.

»*Bom dia*«, sagte sie, hob fragend die Brauen und sah ihn mit klarem Blick an.

»Ich ...«, begann Gregorius unsicher auf französisch und spürte den unangenehmen Nachgeschmack der Zigarette, »es hat hier vor langer Zeit ein Richter gewohnt, ein berühmter Richter, und ich möchte ...«

»Das war mein Vater«, sagte die Frau und blies sich eine Strähne aus dem Gesicht, die sich aus dem aufgesteckten Haar gelöst hatte. Sie hatte eine helle Stimme, die zum wäßrigen Grau der Augen und zu den französischen Worten paßte, die nahezu akzentfrei kamen. *Rita* war als Name gut, aber *Mélodie* war einfach perfekt.

»Warum interessieren Sie sich für ihn?«

»Weil er der Vater dieses Mannes war«, und nun zeigte ihr Gregorius Prados Buch.

Der Hund zog an der Leine.

»Pan«, sagte Mélodie, »Pan«.

Der Hund setzte sich hin. Sie schob die Schlaufe der Leine in die Armbeuge und schlug das Buch auf. »*Cedros ver...*« las sie, und von Silbe zu Silbe wurde die Stimme leiser, erstarb am Ende ganz. Sie blätterte um und betrachtete das Portrait des Bruders. Ihr helles Gesicht, übersät mit winzigen Sommersprossen, war dunkler geworden, und das Schlucken schien ihr schwerzufallen. Unverwandt, wie eine Statue jenseits von Raum und Zeit, betrachtete sie das Bild, und einmal fuhr sie mit der Zungenspitze über die trockenen Lippen. Jetzt blätterte sie weiter, las ein, zwei Sätze, kehrte zum Bild zurück, dann zum Titelblatt.

»1975«, sagte sie, »da war er schon zwei Jahre tot. Von dem Buch wußte ich nichts. Wo haben Sie es her?«

Während Gregorius erzählte, fuhr sie mit der Hand sanft über den grauen Einband, die Bewegung erinnerte ihn an die Studentin in der spanischen Buchhandlung in Bern. Sie schien nicht mehr zuzuhören, und er brach ab.

»Adriana«, sagte sie jetzt. »Adriana. Und kein einziges Wort. *É próprio dela*«, das ist typisch für sie. Am Anfang lag nur Erstaunen in den Worten, dann kam Bitterkeit dazu, und nun paßte der melodiöse Name nicht mehr zu ihr. Sie blickte in die Weite, an der Burg vorbei, über die Senke der Baixa hinweg zum Hügel des Bairro Alto. Als wolle sie die Schwester drüben im blauen Haus mit ihrem erzürnten Blick treffen.

Sie standen sich stumm gegenüber. Pan hechelte. Gregorius kam sich wie ein Eindringling vor, ein Voyeur.

»Kommen Sie, wir trinken einen Kaffee«, sagte sie, und es klang, als sei sie gerade eben leichtfüßig über ihren Groll hinweggehüpft. »Ich will mir das Buch ansehen. Pan, du hast Pech gehabt«, und mit diesen Worten zog sie ihn mit kräftigen Armen ins Haus.

Es war ein Haus, das Leben atmete, ein Haus mit Spielzeug auf der Treppe, mit einem Geruch nach Kaffee, Zigarettenrauch und Parfum, mit portugiesischen Zeitungen und französischen Magazinen auf den Tischen, mit offenen CD-Hüllen und einer Katze, die auf dem Frühstückstisch an der Butter leckte. Mélodie scheuchte die Katze weg und schenkte Kaffee ein. Das Blut, das ihr vorhin ins Gesicht geschossen war, war gewichen, nur ein paar rote Flecke zeugten noch von der Erregung. Sie griff nach der Brille auf der Zeitung und begann zu lesen, was der Bruder aufgeschrieben hatte, einmal hier, einmal da. Hin und wieder biß sie sich auf die Lippen. Einmal, ohne den Blick vom Buch zu lösen, streifte sie das Blouson ab und fischte blind eine Zigarette aus der Packung. Der Atem ging schwer.

»Das mit Maria João und dem Schulwechsel – das muß vor meiner Geburt gewesen sein, wir waren sechzehn Jahre auseinander. Aber Papá – er war so, wie es hier steht, genau so. Er war sechsundvierzig, als ich geboren wurde, ich war ein Versehen, gezeugt am Amazonas, auf einer der wenigen Reisen, zu denen ihn Mama verführen konnte, ich kann mir Papá am Amazonas überhaupt nicht vorstellen. Als ich vierzehn war, feierten wir schon seinen sechzigsten Geburtstag, es kommt mir vor, als hätte ich ihn überhaupt nur als alten Mann gekannt, als alten, gebückten, strengen Mann.«

Mélodie hielt inne, zündete eine neue Zigarette an und sah vor sich hin. Gregorius hoffte, sie würde auf den Tod des Richters zu sprechen kommen. Doch jetzt hellte sich ihr Gesicht auf, ihre Gedanken bewegten sich in eine andere Richtung.

»Maria João. Er kannte sie also schon als Knirps. Wußte ich gar nicht. Eine Orange. Er liebte sie offenbar schon damals. Hat nie aufgehört damit. Die große, berührungslose Liebe seines Lebens. Es würde mich nicht wundern, wenn er ihr nicht einmal einen Kuß gegeben hätte. Aber niemand, keine Frau, reichte an sie heran. Sie heiratete, hatte Kinder. Spielte alles keine Rolle. Wenn er Sorgen hatte, wirkliche Sorgen, ging er zu ihr. In gewissem Sinn wußte nur sie, sie allein, wer er war. Er wußte, wie man durch geteilte Geheimnisse Intimität schafft, er war ein Meister in dieser Kunst, ein Virtuose. Und wir wußten: Wenn jemand all seine Geheimnisse kannte, war es Maria João. Fátima litt darunter, und Adriana haßte sie.«

Ob sie noch lebe, fragte Gregorius. Zuletzt habe sie draußen im Campo de Ourique gelebt, in der Nähe des Friedhofs, sagte Mélodie, aber es sei viele Jahre her, daß sie sie dort an seinem Grab getroffen habe, es sei eine freundliche und trotzdem kühle Begegnung gewesen.

»Sie, das Bauernkind, hielt immer Distanz zu uns, den Adligen. Daß auch Amadeu zu uns gehörte – sie tat, als wisse sie das nicht. Oder als sei es etwas Zufälliges, Äußerliches, das mit ihm nichts zu tun hatte.«

Wie sie mit Nachnamen heiße? Mélodie wußte es nicht. »Sie war einfach Maria João für uns.«

Sie gingen aus dem Turmzimmer hinüber in den flacheren Teil des Hauses, wo ein Webstuhl stand.

»Ich habe tausend Dinge getan«, lachte sie, als sie Gregorius' neugierige Blicke sah, »ich war immer die Unstete, die Unberechenbare, deshalb konnte Papá mit mir nichts anfangen.«

Einen Augenblick lang verdunkelte sich die helle Stimme,

wie wenn eine flüchtige Wolke sich vor die Sonne schiebt, dann war es vorbei, und sie deutete auf die Fotos an der Wand, auf der sie in unterschiedlichsten Umgebungen zu sehen war.

»Als Kellnerin in einer Bar; beim Schuleschwänzen; als Tankstellenmädchen; und hier, das müssen Sie sich ansehen: mein Orchester.«

Es war ein Straßenorchester mit acht Mädchen, die alle Geige spielten und alle Ballonmützen trugen, den Schirm zur Seite gedreht.

»Erkennen Sie mich? Ich trage den Schirm nach links, alle anderen nach rechts, das hieß, ich war die Chefin. Wir machten Geld, richtig gutes Geld. Wir spielten auf Hochzeiten, Partys; wir waren ein Geheimtip.«

Abrupt wandte sie sich ab, ging zum Fenster und sah hinaus.

»Papá mochte es nicht, mein Getingel. Kurz vor seinem Tod dann – ich war mit den *moças de balão*, den Ballonmädchen, wie man uns nannte, unterwegs – sehe ich drüben am Bordstein plötzlich Papás Dienstwagen mit dem Chauffeur, der ihn jeden Morgen um zehn vor sechs abholte und ins Gericht fuhr, er war stets der erste im Justizpalast. Papá saß wie immer im Fond, und jetzt sah er zu uns herüber. Die Tränen schossen mir in die Augen, und ich machte beim Spielen Fehler über Fehler. Die Tür des Wagens ging auf, und Papá kletterte heraus, umständlich und mit schmerzverzerrtem Gesicht. Mit seinem Stock hielt er die Autos an – selbst jetzt strahlte er die Autorität eines Richters aus –, kam herüber zu uns, stand eine Weile ganz hinten bei den Zuschauern, bahnte sich dann einen Weg zu dem offenen Geigenkasten für das Geld und warf, ohne mich anzublicken, eine Handvoll Münzen hinein. Die Tränen liefen mir übers Gesicht, und den Rest des Stücks mußten sie ohne mich zu Ende bringen. Drüben fuhr der Wagen an, und jetzt winkte Papá mit seiner gichtverkrümmten

Hand, ich winkte zurück, setzte mich in einem Hauseingang auf die Stufen und weinte mir die Augen aus, ich weiß nicht, ob es mehr aus Freude war, daß er gekommen war, oder aus Trauer darüber, daß er erst jetzt gekommen war.«

Gregorius ließ den Blick über die Fotos schweifen. Sie war ein Mädchen gewesen, das bei allen auf dem Schoß saß und alle zum Lachen brachte, und wenn sie weinte, war es schnell vorbei wie ein kurzer Regenguß an einem sonnigen Tag. Sie schwänzte die Schule, kam trotzdem durch, weil sie mit ihrer betörenden Frechheit die Lehrer verzauberte. Es paßte dazu, daß sie nun erzählte, wie sie gleichsam über Nacht Französisch gelernt hatte und sich nach dem Namen einer französischen Schauspielerin Élodie nannte, woraus die anderen sofort Mélodie machten, ein Wort wie für sie erfunden, denn ihre Gegenwart war schön und flüchtig wie die einer Melodie, alle verliebten sich in sie, niemand konnte sie festhalten.

»Ich liebte Amadeu, oder sagen wir: ich hätte ihn gerne geliebt, denn das war schwer, wie liebt man ein Monument, und er war ein Monument, schon als ich noch klein war, blickten alle zu ihm auf, sogar Papá, vor allem aber Adriana, die ihn mir weggenommen hat mit ihrer Eifersucht. Er war lieb zu mir, wie man zu seiner kleinen Schwester lieb ist. Aber ich wäre gern auch ernst genommen worden von ihm, nicht nur gestreichelt wie eine Puppe. Ich mußte warten, bis ich fünfundzwanzig war und kurz vor der Hochzeit stand, erst dann bekam ich diesen Brief von ihm, einen Brief aus England.«

Sie öffnete einen Sekretär und nahm ein prall gefülltes Kuvert heraus. Die vergilbten Briefbogen waren bis an den Rand vollgeschrieben mit kalligraphisch hingesetzten Buchstaben in tiefschwarzer Tinte. Mélodie las eine Weile stumm, dann begann sie zu übersetzen, was Amadeu ihr aus Oxford geschrieben hatte, einige Monate nach dem Tod seiner Frau.

»Liebe Mélodie, es war ein Fehler, diese Reise zu machen. Ich dachte, es würde mir helfen, wenn ich noch einmal die Dinge sähe, die ich mit Fátima zusammen gesehen habe. Aber es tut nur weh, und ich reise früher zurück als geplant. Ich vermisse Dich, und deshalb schicke ich Dir, was ich letzte Nacht aufgeschrieben habe. Vielleicht kann ich mich auf diese Weise mit meinen Gedanken in Deine Nähe bringen.

OXFORD: JUST TALKING. *Warum kommt mir die nächtliche Stille zwischen den klösterlichen Gebäuden so matt vor, so flau und öde, so vollständig geistlos und ohne Charme? So ganz anders als in der Rua Augusta, die noch um drei oder vier in der Frühe, wenn keine Menschenseele mehr unterwegs ist, vor Leben sprüht? Wie kann das sein, wo der helle, unirdisch leuchtende Stein doch Gebäude mit geheiligten Namen umschließt, Zellen der Gelehrsamkeit, erlesene Bibliotheken, Räume voll von Stille aus staubigem Samt, in denen formvollendete Sätze gesprochen, nachdenklich erwogen, widerlegt und verteidigt werden? Wie kann das sein?*

»Come on«, *sagte der rothaarige Ire zu mir, als ich vor dem Plakat stand, das einen Vortrag mit dem Titel* LYING TO LIARS *ankündigte,* »let's listen to this; might be fun.« *Ich dachte an Pater Bartolomeu, der Augustinus verteidigt hatte: Lüge mit Lüge zu vergelten wäre dasselbe, wie wenn einer Raub mit Raub, Sakrileg mit Sakrileg, Ehebruch mit Ehebruch vergälte. Und das angesichts von dem, was damals in Spanien geschah, und in Deutschland! Wir hatten uns gestritten, wie so oft, ohne daß er seine Sanftmut verloren hätte. Er verlor sie nie, diese Sanftmut, kein einziges Mal, und als ich mich im Vortragssaal neben den Iren setzte, vermißte ich ihn mit einemmal ganz schrecklich und hatte Heimweh.*

Es war unglaublich. Die Vortragende, eine spitznasige, spitztantige spinster *entwarf mit krächzender Stimme eine Kasuistik des Lügens, die spitzfindiger und wirklichkeitsferner nicht hätte sein können. Eine Frau, die nie im Lügengespinst einer Diktatur hatte leben müssen, wo es eine Frage von Leben oder Tod sein kann, daß man gut lügt. Kann Gott einen Stein schaffen, den er nicht zu heben vermag? Wenn nein, dann ist er nicht allmächtig; wenn ja, dann ist er es auch nicht, denn nun gibt es den Stein, den er nicht heben kann. Das war die Art von Scholastik, die sich aus der Frau in den Raum hinein ergoß, einer Frau, die aus Pergament war, mit einem kunstvollen Vogelnest aus grauem Haar auf dem Kopf.*

Doch das war nicht das eigentlich Unglaubliche. Das wahrhaft Unfaßbare war die Diskussion, wie sie genannt wurde. Eingegossen und eingeschlossen in den grauen Bleirahmen der britischen Höflichkeitsfloskeln, redeten die Leute perfekt aneinander vorbei. Pausenlos sagten sie, daß sie einander verstünden, einander antworteten. Doch es war nicht so. Niemand, kein einziger der Diskutanten, zeigte das geringste Anzeichen eines Sinneswandels angesichts der vorgebrachten Gründe. Und plötzlich, mit einem Erschrecken, das ich sogar im Leib spürte, wurde mir klar: So ist es immer. Einem anderen etwas sagen: Wie kann man erwarten, daß es etwas bewirkt? Der Strom der Gedanken, Bilder und Gefühle, der jederzeit durch uns hindurchfließt, er hat eine solche Wucht, dieser reißende Strom, daß es ein Wunder wäre, wenn er nicht alle Worte, die jemand anderes zu uns sagt, einfach wegschwemmte und dem Vergessen übereignete, wenn sie nicht zufällig, ganz und gar zufällig, zu den eigenen Worten passen. Geht es mir anders?, dachte ich. Habe ich je einem anderen wirklich zugehört? Ihn mit seinen Worten in mich hineingelassen, so daß mein innerer Strom umgeleitet worden wäre?

»How did you like it?« fragte der Ire, als wir die Broad Street entlanggingen. Ich sagte nicht alles, ich sagte nur, daß ich es gespenstisch gefunden hätte, wie alle eigentlich nur zu sich selbst geredet hätten. »Well«, sagte er, »well.« Und nach einer Weile: »It's just talking, you know; just talking. People like to talk. Ba-

sically, that's it. Talking.« »No meeting of minds?« *fragte ich.* »What!« *rief er aus und verfiel in ein kehliges Lachen, das ins Grölen hinüberspielte.* »What!« *Und dann knallte er den Fußball, den er die ganze Zeit bei sich getragen hatte, auf den Asphalt. Ich wäre gern der Ire gewesen, ein Ire, der sich traute, im* All Souls College *mit einem knallroten Fußball zum Abendvortrag zu erscheinen. Was hätte ich darum gegeben, der Ire zu sein!*

Ich glaube, jetzt weiß ich, warum die nächtliche Stille an diesem illustren Ort eine schlechte Stille ist. Die Worte, allesamt dem Vergessen vorbestimmt, sind verklungen. Das würde nichts machen, sie verklingen auch in der Baixa. Dort jedoch gibt niemand vor, daß es um mehr geht als Reden, die Leute reden und genießen das Reden, so wie sie es genießen, das Eis zu schlecken, damit sich die Zunge von den Worten erholen kann. Während hier alle ständig tun, als sei es anders. Als sei es unerhört wichtig, was sie sagten. Doch auch sie müssen schlafen in ihrer Wichtigkeit, und dann bleibt eine Stille übrig, die faulig riecht, weil überall Kadaver der Wichtigtuerei herumliegen und wortlos vor sich hin stinken.

»Er haßte sie, die Wichtigtuer, *os presunçosos,* die er auch *os enchouriçados* nannte, die Aufgeblasenen«, sagte Mélodie und tat den Brief zurück in den Umschlag. »Er haßte sie überall: in der Politik, im Ärztestand, unter den Journalisten. Und er war unerbittlich in seinem Urteil. Ich mochte sein Urteil, weil es unbestechlich war, schonungslos, auch sich selbst gegenüber. Ich mochte es nicht, wenn es scharfrichterlich wurde, vernichtend. Dann ging ich ihm aus dem Weg, meinem monumentalen Bruder.«

Neben Mélodies Kopf hing ein Foto an der Wand, auf dem sie zusammen tanzten, sie und Amadeu. Seine Bewegung war nicht eigentlich steif, dachte Gregorius; und doch konnte man sehen, daß er sich darin fremd war. Als er später darüber nachdachte, fiel ihm das treffende Wort ein: Tanzen war etwas, das Amadeu nicht *gemäß* gewesen war.

»Der Ire mit dem roten Ball im geheiligten College«, sagte Mélodie in die Stille hinein, »sie hat mich damals sehr berührt, diese Stelle im Brief. Sie brachte, schien mir, eine Sehnsucht zum Ausdruck, von der er sonst nie sprach: auch einmal ein ballspielender Junge sein zu dürfen. Er las ja schon mit vier, und er las von da an alles, kreuz und quer, in der Grundschule langweilte er sich zu Tode, und im Liceu übersprang er zweimal eine Klasse. Mit zwanzig wußte er eigentlich schon alles und fragte sich manchmal, was noch kommen sollte. Und über alledem hat er das Ballspielen vergessen.«

Der Hund schlug an, und dann stürmten Kinder, die die Enkelkinder sein mußten, herein. Mélodie gab Gregorius die Hand. Sie wußte, daß er noch viel mehr hätte erfahren wollen, über *cedros vermelhos* etwa, und über den Tod des Richters. Ihr Blick bewies, daß sie es wußte. Er bewies auch, daß sie heute nicht bereit gewesen wäre, mehr zu sagen, selbst wenn die Kinder nicht gekommen wären.

Gregorius setzte sich auf eine Bank beim Castelo und dachte über den Brief nach, den Amadeu der kleinen Schwester aus Oxford geschickt hatte. Er mußte Pater Bartolomeu finden, den sanftmütigen Lehrer. Prado hatte ein Ohr gehabt für die verschiedenen Arten von Stille, ein Ohr, wie es nur die Schlaflosen hatten. Und er hatte von der Vortragenden des Abends gesagt, sie sei aus Pergament. Erst jetzt wurde Gregorius bewußt, daß er bei dieser Bemerkung zusammengezuckt und im Inneren von dem gottlosen Priester mit dem scharfrichterlichen Urteil abgerückt war, zum erstenmal. *Mundus, der Papyrus. Pergament und Papyrus.*

Gregorius ging den Hügel hinunter in Richtung Hotel. In einem Geschäft kaufte er ein Schachspiel. Für den Rest des Tages, bis spät in die Nacht hinein, versuchte er, gegen Aljechin zu gewinnen, indem er, anders als Bogoljubov, das Opfer der beiden Türme nicht annahm. Er vermißte Doxiades und setzte die alte Brille auf.

17 *Es sind keine* Texte, *Gregorius. Was die Leute sagen, sind keine* Texte. *Sie reden einfach.* Es war lange her, daß Doxiades das zu ihm gesagt hatte. Es sei oft so unzusammenhängend und widersprüchlich, was die Leute sagten, hatte er ihm geklagt, und sie vergäßen das Gesagte so schnell. Der Grieche fand es rührend. Wenn man, wie er, Taxifahrer gewesen sei, in Griechenland und noch dazu in Thessaloniki, dann wisse man – und man wisse es so sicher wie nur wenige Dinge –, daß man die Leute auf das, was sie sagten, nicht festlegen könne. Oft redeten sie nur, um zu reden. Und nicht nur im Taxi. Sie beim Wort nehmen zu wollen – das sei etwas, was nur einem Philologen einfallen könne, namentlich einem Altphilologen, der den ganzen Tag mit unverrückbaren Worten zu tun habe, mit Texten eben, und noch dazu mit solchen, zu denen es Tausende von Kommentaren gebe.

Wenn man die Leute nicht beim Wort nehmen könne: was man denn sonst mit ihren Worten machen solle?, hatte Gregorius gefragt. Der Grieche hatte laut gelacht. »Sie zum Anlaß nehmen, selbst zu reden! So daß es immer weiter geht, das Reden.« Und nun hatte der Ire in Prados Brief an die kleine Schwester etwas gesagt, das sehr ähnlich klang, und er hatte es nicht über Fahrgäste in griechischen Taxis gesagt, sondern über Professoren im *All Souls College* zu Oxford. Er hatte es zu einem Mann gesagt, den es vor den abgenutzten Worten so sehr ekelte, daß er sich wünschte, die portugiesische Sprache neu setzen zu können.

Draußen regnete es in Strömen, seit zwei Tagen schon. Es war, als schirmte ein magischer Vorhang Gregorius gegen die Außenwelt ab. Er war nicht in Bern, und er war in Bern; er war in Lissabon, und er war nicht in Lissabon. Er spielte den ganzen Tag Schach und vergaß Stellungen und Züge, etwas, das ihm zuvor noch nie passiert war. Manchmal ertappte er sich dabei, daß er eine Figur in der Hand hielt und nicht mehr wußte, wo sie herkam. Unten, beim Essen, mußte ihn der Kellner stets von neuem fragen, was er wünsche, und einmal bestellte er den Nachtisch vor der Suppe.

Am zweiten Tag rief er seine Nachbarin in Bern an und bat sie, den Briefkasten zu leeren, der Schlüssel sei unter dem Türvorleger. Ob sie ihm die Post nachschicken solle? Ja, sagte er, und dann rief er nochmals an und sagte nein. Beim Blättern im Notizbuch stieß er auf die Telefonnummer, die ihm die Portugiesin auf die Stirn geschrieben hatte. *Português.* Er nahm den Hörer ab und wählte. Als das Freizeichen kam, legte er auf.

Die Koiné, das Griechisch des Neuen Testaments, langweilte ihn, es war zu einfach, nur der Blick auf die andere, portugiesische Seite in Coutinhos Ausgabe hatte einen gewissen Reiz. Er rief verschiedene Buchhandlungen an und fragte nach Aischylos und Horaz, es könnten auch Herodot und Tacitus sein. Sie verstanden ihn schlecht, und als er schließlich Erfolg hatte, holte er die Bücher nicht ab, weil es regnete.

Im Branchenverzeichnis suchte er nach Sprachschulen, in denen er Portugiesisch lernen könnte. Er rief Mariana Eça an und wollte vom Besuch bei João erzählen, aber sie war in Eile und nicht bei der Sache. Silveira war in Biarritz. Die Zeit stand still und die Welt stand still, und das war so, weil sein Wille stillstand, wie er noch nie stillgestanden hatte.

Manchmal stand er mit leerem Blick am Fenster und ging in Gedanken durch, was die anderen – Coutinho, Adriana, João Eça, Mélodie – über Prado gesagt hatten. Ein bißchen war es, als tauchten die Umrisse einer Landschaft aus dem Nebel auf, noch verschleiert zwar, aber doch schon erkennbar, wie auf einer chinesischen Tuschzeichnung. Ein einziges Mal in diesen Tagen blätterte er in Prados Aufzeichnungen und blieb bei diesem Abschnitt hängen:

AS SOMBRAS DA ALMA. DIE SCHATTEN DER SEELE. *Die Geschichten, die die anderen über einen erzählen, und die Geschichten, die man über sich selbst erzählt: welche kommen der Wahrheit näher? Ist es so klar, daß es die eigenen sind? Ist einer für sich selbst eine Autorität? Doch das ist nicht wirklich die Frage, die mich beschäftigt. Die eigentliche Frage ist: Gibt es bei solchen Geschichten überhaupt einen Unterschied zwischen wahr und falsch? Bei Geschichten über das Äußere schon. Aber wenn wir uns aufmachen, jemanden im Inneren zu verstehen? Ist das eine Reise, die irgendwann an ihr Ende kommt? Ist die Seele ein Ort von Tatsachen? Oder sind die vermeintlichen Tatsachen nur die trügerischen Schatten unserer Geschichten?*

Am Donnerstag morgen ging Gregorius unter einem klaren, blauen Himmel zur Zeitung und bat Agostinha, die Praktikantin, nachzusehen, wo es Anfang der dreißiger Jahre ein Liceu gegeben hatte, in dem man die alten Sprachen lernen konnte und wo auch Patres unterrichteten. Sie suchte mit Feuereifer, und als sie es hatte, zeigte sie ihm den Ort auf dem Stadtplan. Sie fand auch die zuständige Geschäftsstelle der Kirche, rief an und erkundigte sich für Gregorius nach einem Pater Bartolomeu, der in jenem Liceu unterrichtet habe, es müsse so um 1935 gewesen sein. Das könne nur Pater Bartolomeu Lourenço de Gusmão gewesen sein, sagte man ihr. Er sei weit über neunzig und empfange nur noch selten Besuche, worum es denn gehe. Amadeu Inácio de Almeida Prado? Man werde den Pater fragen und zurückrufen. Der Anruf kam nach wenigen Minuten. Der Pater war bereit, mit jemandem zu sprechen, der sich nach so langer Zeit für Prado interessierte. Er erwarte den Besuch am späten Nachmittag.

Gregorius fuhr hinaus zum ehemaligen Liceu, wo der Schüler Prado sich mit Pater Bartolomeu über Augustins unnachgiebiges Verbot des Lügens gestritten hatte, ohne daß der Pater jemals seine Sanftmut verloren hätte. Es lag im Osten, bereits außerhalb der eigentlichen Stadt, und war umgeben von alten, hohen Bäumen. Fast hätte man das Gebäude mit seinen Mauern aus bleichem Gelb für ein ehemaliges Grand Hotel des neunzehnten Jahrhunderts halten können, nur die Balkone fehlten, und auch der schmale Turmaufsatz mit der Glocke paßte nicht. Der Bau war vollständig verfallen. Der Putz blätterte, die Fensterscheiben waren blind oder zerschlagen, am Dach fehlten Ziegel, die Dachrinne war verrostet und an der einen Ecke abgeknickt.

Gregorius setzte sich auf die Eingangsstufen, die schon bei Prados nostalgischen Besuchen vermoost gewesen waren. Das mußte Ende der sechziger Jahre gewesen sein. Hier hatte er gesessen und sich gefragt, wie es gewesen wäre, wenn er dreißig Jahre zuvor an dieser Weggabelung eine ganz andere Richtung eingeschlagen hätte. Wenn er sich dem anrührenden, aber auch gebieterischen Wunsch seines Vaters widersetzt und den medizinischen Hörsaal nicht betreten hätte.

Gregorius holte seine Aufzeichnungen hervor und blätterte. *... den traumgleichen, pathetischen Wunsch, noch einmal an jenem Punkt meines Lebens zu stehen und eine ganz andere Richtung einschlagen zu können als diejenige, die aus mir den gemacht hat, der ich nun bin ... Noch einmal auf dem warmen Moos zu sitzen und die Mütze zu halten – es ist der widersinnige Wunsch, in der Zeit hinter mich selbst zurückzureisen und mich – den vom Geschehenen Gezeichneten – doch auf diese Reise auch mitzunehmen.*

Dort drüben war der morschgewordene Zaun, der den Schulhof umgrenzte und über den der Klassenletzte nach der Abschlußprüfung seine Mütze in den Teich mit den Seerosen geschleudert hatte, vor nunmehr siebenundsechzig Jahren. Der Teich war längst ausgetrocknet, nur eine Senke, überzogen mit einem Teppich aus Efeu, war übriggeblieben.

Das Gebäude hinter den Bäumen mußte die Mädchenschule gewesen sein, aus der Maria João herübergekommen war, das Mädchen mit den braunen Knien und dem Duft von Seife im hellen Kleid, das Mädchen, das die große, berührungslose Liebe in Amadeus Leben geworden war, die Frau, die in Mélodies Einschätzung die einzige war, die wußte, wer er wirklich gewesen war, eine Frau von solch ausschließlicher Bedeutung, daß Adriana sie gehaßt hatte, obgleich er ihr vielleicht nicht einmal einen Kuß gegeben hatte.

Gregorius schloß die Augen. Er stand im Kirchenfeld, an der Häuserecke, von der aus er ungesehen einen Blick zurück auf das Gymnasium hatte werfen können, nachdem er mitten aus dem Unterricht davongelaufen war. Noch einmal spürte er das Gefühl, das ihn vor zehn Tagen mit unerwarteter Wucht überfallen und ihm gezeigt hatte, wie sehr er dieses Gebäude und alles, wofür es stand, liebte und wie sehr er es vermissen würde. Es war das gleiche Gefühl, und es war ein anderes, weil es nicht mehr dasselbe war. Es tat ihm weh zu spüren, daß es nicht mehr dasselbe war und dadurch eigentlich auch nicht mehr das gleiche. Er stand auf, ließ den Blick über das blätternde, ausgeblichene Gelb der Fassade gleiten, und nun tat es mit einemmal nicht mehr weh, der Schmerz wich einer schwebenden Empfindung der Neugierde, und er stieß die Tür auf, die nur angelehnt gewesen war und in den rostigen Angeln quietschte wie in einem Gruselfilm.

Ein Geruch von Feuchtigkeit und Moder schlug ihm entgegen. Nach wenigen Schritten wäre er beinahe ausgerutscht, denn der unebene, ausgetretene Steinboden war von einem Film aus feuchtem Staub und verfaultem Moos überzogen. Langsam, mit der Hand am Geländer, ging er die ausladenden Stufen empor. Die Flügel der Schwingtür, die sich zum Hochparterre hin öffnete, waren von so vielen Spinnweben verklebt, daß es ein Geräusch dumpfen Reißens gab, als er sie aufstieß. Er fuhr zusammen, als aufgeschreckte Fledermäuse durch den Gang flatterten. Dann herrschte eine Stille, wie er sie noch nie erlebt hatte: In ihr schwiegen die Jahre.

Die Tür zum Rektorat war leicht zu erkennen, sie war mit feinen Schnitzereien verziert. Auch diese Tür war verklebt und gab erst nach mehrmaligem Rucken nach. Er betrat einen Raum, in dem es nur das eine zu geben schien: einen riesigen schwarzen Schreibtisch auf geschwungenen und geschnitzen Füßen. Alles andere – die leeren, eingestaubten Bücherregale, der schmucklose Teetisch auf den nackten, angefaulten Dielen, die spartanischen Sessel – besaß neben ihm keine Wirklichkeit. Gregorius wischte die Sitzfläche des Stuhls ab und setzte sich hinter den Schreibtisch. Senhor Cortês hatte der damalige Rektor geheißen, der Mann mit dem gemessenen Schritt und der strengen Miene.

Gregorius hatte Staub aufgewirbelt, die feinen Partikel tanzten im Kegel des Sonnenlichts. Die schweigende Zeit gab ihm das Gefühl, ein Eindringling zu sein, und für einen langen Augenblick vergaß er zu atmen. Dann siegte die Neugier, und er zog die Schubladen des Schreibtischs auf, eine nach der anderen. Ein Stück Schnur, verschimmelte Holzkringel von einem gespitzten Bleistift, eine gewellte Briefmarke aus dem Jahr 1969, Kellergeruch. Und dann, in der untersten Schublade, eine hebräische Bibel, dick und schwer, gebunden in graues Leinen, verschossen, abgegriffen und mit Blasen von der Feuchtigkeit, auf dem Deckel BIBLIA HEBRAICA in goldenen Lettern, die schwarze Schatten bekommen hatten.

Gregorius stutzte. Das Liceu war, wie Agostinha herausgefunden hatte, keine kirchliche Schule gewesen. Der Marquês de Pombal hatte die Jesuiten Mitte des 18. Jahrhunderts aus Portugal vertrieben, und etwas Ähnliches war Anfang des 20. Jahrhunderts noch einmal geschehen. Ende der vierziger Jahre hatten Orden wie die Maristas eigene Colégios gegründet, aber das war nach der Zeit von Prados Schulbesuch gewesen. Bis dahin hatte es nur öffentliche Liceus gegeben, die gelegentlich Patres als Lehrer für die alten Sprachen beschäftigten. Warum also diese Bibel? Und warum im Schreibtisch des Rektors? Ein einfaches Versehen, ein bedeutungsloser Zufall? Ein unsichtbarer, verschwiegener Protest gegen diejenigen, die die Schule geschlossen hatten? Ein subversives Vergessen, gerichtet gegen die Diktatur und unbemerkt geblieben von ihren Handlangern?

Gregorius las. Vorsichtig wendete er die gewellten Seiten aus dickem Papier, das sich klamm und morsch anfühlte. Der Kegel des Sonnenlichts wanderte. Er knöpfte den Mantel zu, stellte den Kragen hoch und schob die Hände in die Ärmel. Nach einer Weile steckte er sich eine der Zigaretten zwischen die Lippen, die er am Montag gekauft hatte. Ab und zu mußte er husten. Draußen, vor der angelehnten Tür, huschte etwas vorbei, das eine Ratte sein mußte.

Er las im Buch Hiob, und er las mit klopfendem Herzen. Elifas von Teman, Bildad von Schuach und Zofar von Naama. *Isfahan.* Wie war der Name der Familie gewesen, in der er dort hätte unterrichten sollen? In der Buchhandlung Francke hatte es in jenen Tagen einen Bildband von Isfahan gegeben, von den Moscheen, den Plätzen, den sandsturmverschleierten Bergen in der Umgebung. Er hatte ihn nicht kaufen können und war deshalb jeden Tag zu Francke gegangen, um darin zu blättern. Nachdem ihn der Traum vom glühenden Sand, der Blindheit über ihn bringen würde, gezwungen hatte, seine Bewerbung zurückzuziehen, war er monatelang nicht mehr zu Francke gegangen. Als er schließlich wieder hinging, war der Bildband nicht mehr da.

Die hebräischen Buchstaben waren Gregorius vor den Augen verschwommen. Er fuhr sich übers nasse Gesicht, putzte die Brille und las weiter. Etwas war von Isfahan, der Stadt der Blendung, in seinem Leben zurückgeblieben: Er hatte die Bibel von Beginn an als ein poetisches Buch gelesen, als Dichtung, als Sprachmusik, die umspielt wurde vom Ultramarin und Gold der Moscheen. *Ich habe das Gefühl, daß Sie den Text nicht ernst nehmen,* hatte Ruth Gautschi gesagt, und David Lehmann hatte genickt. War das wirklich erst letzten Monat gewesen?

Kann es einen Ernst geben, der ernster ist als der poetische Ernst?, hatte er die beiden gefragt. Ruth hatte zu Boden gesehen. Sie mochte ihn. Nicht so wie Florence damals, in der ersten Reihe; sie würde ihm nie die Brille abnehmen wollen. Aber sie mochte ihn, und nun war sie gespalten zwischen dieser Zuneigung und der Enttäuschung, vielleicht sogar dem Entsetzen darüber, daß er Gottes Wort entweihte, indem er es las wie ein langes Gedicht und hörte wie eine Folge orientalischer Sonaten.

Die Sonne war aus dem Zimmer von Senhor Cortês verschwunden, und Gregorius fror. Die Verlassenheit des Raums hatte für Stunden alles zu Vergangenheit werden lassen, er hatte inmitten einer vollständigen Weltlosigkeit gesessen, in die als einziges die hebräischen Buchstaben hineingeragt hatten als Runen verzagten Träumens. Jetzt stand er auf und ging steif auf den Korridor hinaus und die Treppe hinauf zu den Klassenzimmern.

Die Zimmer waren voll von Staub und Stille. Wenn sie sich unterschieden, dann in den Zeichen des Verfalls. Im einen gab es riesige Wasserflecke an der Decke, in einem anderen hing das Waschbecken schief, weil eine durchgerostete Schraube gebrochen war, in einem dritten lag ein zersplitterter Lampenschirm aus Glas am Boden, die nackte Glühbirne hing an einem Draht von der Decke. Gregorius betätigte den Lichtschalter: nichts, weder hier noch in den anderen Räumen. Irgendwo lag in einer Ecke ein Fußball ohne Luft, die spitzen Reste der eingeworfenen Fensterscheibe blitzten in der Mittagssonne. *Und über alledem hat er das Ballspielen vergessen*, hatte Mélodie über ihren Bruder gesagt, den sie in diesem Gebäude zwei Klassen überspringen ließen, weil er schon mit vier begonnen hatte, sich durch die Bibliotheken zu lesen.

Gregorius setzte sich auf den Platz, auf dem er als Schüler des Berner Gymnasiums in der Baracke gesessen hatte. Von hier aus konnte man zur Mädchenschule hinübersehen, aber die Hälfte des Gebäudes war vom Stamm einer riesigen Pinie verdeckt. Amadeu de Prado würde sich einen anderen Platz ausgesucht haben, einen, von dem aus er die gesamte Fensterfront überblicken konnte. Damit er Maria João an ihrem Pult sehen konnte, ganz gleich, wo sie zu sitzen kam. Gregorius setzte sich auf den Platz mit der besten Sicht und sah angestrengt hinüber. Doch, er hatte sie sehen können in ihrem hellen Kleid, das nach Seife duftete. Sie hatten Blicke getauscht, und wenn sie eine Klausur schrieb, hatte er sich gewünscht, er könnte ihr die Hand führen. Hatte er ein Opernglas benutzt? Im adligen Hause eines Richters am Obersten Gerichtshof mußte es eines gegeben haben. Alexandre Horácio würde es nicht benutzt haben, wenn er überhaupt je in einer Loge der Oper gesessen hatte. Aber vielleicht seine Frau, Maria Piedade Reis de Prado? In den sechs Jahren, die sie nach seinem Tod noch lebte? War sein Tod eine Befreiung für sie gewesen? Oder hatte er die Zeit stillstehen lassen und die Gefühle zu Formationen erstarrter seelischer Lava gemacht, wie bei Adriana? Die Zimmer lagen an langen Gängen, die an eine Kaserne erinnerten. Gregorius schritt sie einen nach dem anderen ab. Einmal stolperte er über eine tote Ratte, blieb danach zitternd stehen und wischte sich die Hände, die damit gar nichts zu tun hatten, am Mantel ab. Wieder im Parterre angekommen, öffnete er eine hohe, schmucklose Tür. Hier hatten die Schüler gegessen, es gab eine Durchreiche und dahinter den gekachelten Raum der ehemaligen Küche, von der nur noch verrostete Rohre übrig waren, die aus der Wand ragten. Die langen Eßtische hatte man stehen lassen. Gab es eine Aula?

Er fand sie auf der anderen Seite des Gebäudes. Festgeschraubte Sitzbänke, ein farbiges Fenster, dem zwei Splitter fehlten, vorne ein erhöhtes Pult mit Lämpchen. Eine gesonderte Bank, wahrscheinlich für die Schulleitung. Die Stille einer Kirche, oder nein, einfach die Stille, in der es auf etwas ankam, eine Stille, die man nicht mit beliebigen Worten beenden würde. Eine Stille, die aus Worten Skulpturen machte, Monumente des Lobs, der Ermahnung oder des vernichtenden Urteils.

Gregorius ging zurück ins Zimmer des Rektors. Unschlüssig hielt er die hebräische Bibel in der Hand. Er hatte sie schon unter dem Arm und war auf dem Weg zum Ausgang, da drehte er um. Er kleidete die feuchte Schublade, in der sie gelegen hatte, mit seinem Pullover aus und legte das Buch hinein. Dann machte er sich auf den Weg zu Pater Bartolomeu Lourenço de Gusmão, der am anderen Ende der Stadt, in Belém, in einem kirchlichen Heim wohnte.

18 »Augustinus und die Lüge – das war nur eine von tausend Sachen, über die wir gestritten haben«, sagte Pater Bartolomeu. »Wir haben viel gestritten, ohne daß es je ein Streit gewesen wäre. Denn sehen Sie, er war ein Heißsporn, ein

Rebell, dazu ein Junge von quecksilbriger Intelligenz und ein begnadeter Redner, der sechs Jahre lang durch das Liceu fegte wie ein Wirbelsturm, dafür geschaffen, eine Legende zu werden.«

Der Pater hatte Prados Buch in der Hand und fuhr jetzt mit dem Handrücken über das Portrait. Es konnte ein Glattstreichen sein, und es konnte ein Streicheln sein. Gregorius sah Adriana vor sich, wie sie mit dem Handrücken über Amadeus Schreibtisch gestrichen hatte.

»Er ist hier älter«, sagte der Pater, »aber er ist es. So war er, genau so.«

Er legte das Buch auf die Decke, in die er die Beine eingewickelt hatte.

»Damals, als sein Lehrer, war ich Mitte zwanzig, es war eine unglaubliche Herausforderung für mich, ihm standhalten zu müssen. Er spaltete die Lehrerschaft in diejenigen, die ihn zum Teufel wünschten, und diejenigen, die ihn liebten. Ja, das ist das richtige Wort: Einige von uns waren in ihn verliebt – in seine Maßlosigkeit, seine überbordende Großherzigkeit und zähe Verbissenheit, in seine weltverachtende Kühnheit, seine Furchtlosigkeit und seinen fanatischen Eifer. Er war voller Verwegenheit, ein Abenteurer, den man sich gut auf einem unserer historischen Schiffe vorstellen konnte, singend, predigend und fest entschlossen, die Einwohner der fernen Kontinente gegen jeden entwürdigenden Übergriff der Besatzung zu schützen, notfalls mit dem Schwert. Er war bereit, jeden herauszufordern, auch den Teufel, sogar Gott. Nein, es war nicht Größenwahn, wie seine Gegner sagten, es war nur aufblühendes Leben und ein vulkanartiger, tosender Ausbruch von erwachenden Kräften, ein Funkenregen von sprühenden Einfällen. Ohne Zweifel war er voller Hochmut, dieser Junge. Doch er war so unbändig, so über alle Maßen groß, dieser Hochmut, daß man alle Gegenwehr vergaß und staunend dar-

auf blickte wie auf ein Naturwunder, das seine eigenen Gesetze hatte. Diejenigen, die ihn liebten, sahen ihn wie einen
rohen Diamanten, einen ungeschliffenen Edelstein. Diejenigen, die ihn ablehnten, nahmen Anstoß an seiner Respektlosigkeit, die auch verletzen konnte, und an seiner stummen
aber unübersehbaren Selbstgerechtigkeit, wie sie denjenigen
zu eigen ist, die schneller, klarer und leuchtender sind als die
anderen und es wissen. Sie sahen in ihm einen adligen Schnösel, vom Schicksal begünstigt, überschüttet nicht nur mit Geld,
sondern auch mit Talenten, mit Schönheit und Charme, dazu
seine unwiderstehliche Melancholie, die ihn dazu bestimmte,
ein Liebling der Frauen zu werden. Es war ungerecht, daß
einer es so viel besser getroffen hatte als die anderen, es war
unfair und machte ihn zum Magneten für Neid und Mißgunst. Und doch waren auch diejenigen, die so empfanden,
insgeheim voller Bewunderung, denn niemand konnte die
Augen davor verschließen: Er war ein Junge, befähigt, den
Himmel zu berühren.«

Die Erinnerung hatte den Pater weit hinausgetragen aus
dem Zimmer, in dem sie saßen, einem Zimmer, das zwar geräumig war und voller Bücher, kein Vergeich mit Joâo Eças
ärmlichem Zimmer drüben in Cacilhas, aber trotzdem ein
Zimmer in einem Pflegeheim, erkennbar an medizinischen
Geräten und der Klingel über dem Bett. Gregorius hatte ihn
von Anfang an gemocht, den hoch aufgeschossenen, hageren
Mann mit dem schneeweißen Haar und den tiefliegenden,
klugen Augen. Er mußte, wenn er Prado unterrichtet hatte, inzwischen weit über neunzig sein, doch es war nichts Greisenhaftes an ihm, kein Anzeichen dafür, daß er etwas von der
Wachheit eingebüßt hätte, mit der er vor siebzig Jahren den
ungestümen Herausforderungen Amadeus begegnet war. Er
hatte schlanke Hände mit langen, feingliedrigen Fingern, wie
geschaffen, um die Seiten von alten, kostbaren Büchern zu

wenden. Mit diesen Fingern blätterte er jetzt in Prados Buch. Doch er las nicht, das Berühren des Papiers war eher wie ein Ritual, um die ferne Vergangenheit zurückzuholen.

»Was er schon alles gelesen hatte, als er mit zehn Jahren in seinem kleinen, maßgeschneiderten Gehrock über die Schwelle des Liceu trat! Mancher von uns ertappte sich dabei, wie er heimlich prüfte, ob er mithalten konnte. Und dann saß er nach dem Unterricht mit seinem phänomenalen Gedächtnis in der Bibliothek, und seine dunklen Augen sogen mit ihrem unerhört konzentrierten, weltverlorenen Blick, den auch der lauteste Knall in seiner Stetigkeit nicht hätte erschüttern können, all die dicken Bücher ein, Zeile für Zeile, Seite für Seite. ›Wenn Amadeu ein Buch liest‹, sagte ein anderer Lehrer, ›dann hat es nachher keine Buchstaben mehr. Er verschlingt nicht nur den Sinn, sondern auch die Druckerschwärze.‹

So war es: Die Texte schienen ganz und gar in ihm zu verschwinden, und was nachher im Regal stand, waren nur noch leere Hülsen. Die Landschaft seines Geistes hinter der unverschämt hohen Stirn weitete sich mit atemberaubendem Tempo, von Woche zu Woche bildeten sich darin neue Formationen heraus, überraschende Formationen aus Ideen, Assoziationen und phantastischen sprachlichen Einfällen, die uns stets von neuem in Erstaunen versetzten. Es kam vor, daß er sich in der Bibliothek versteckte und die ganze Nacht über mit einer Taschenlampe weiterlas. Beim ersten Mal geriet seine Mutter in helle Panik, als er nicht nach Hause kam. Doch mehr und mehr gewöhnte sie sich mit einem gewissen Stolz daran, daß ihr Junge dazu neigte, alle Regeln außer Kraft zu setzen.

Manch ein Lehrer fürchtete sich, wenn Amadeus konzentrierter Blick auf ihn fiel. Nicht, daß es ein ablehnender, herausfordernder oder gar kriegerischer Blick gewesen wäre. Aber er gab dem Erklärenden nur eine, genau eine Chance, es richtig zu machen. Machte man einen Fehler oder ließ Unsicherheit erkennen, wurde sein Blick nicht lauernd oder verächtlich, nicht einmal Enttäuschung war darin zu lesen, nein, er wandte den Blick einfach ab, wollte es einen nicht spüren lassen, war beim Hinausgehen höflich, freundlich. Aber gerade dieser spürbare Wille, nicht zu verletzen, war vernichtend. Ich habe es selbst erlebt, und andere haben es bestätigt: Man hatte ihn auch bei der Vorbereitung vor sich, diesen prüfenden Blick. Es gab diejenigen, für die er der Blick des Examinators war, der einen zurück auf die Schulbank beförderte, und die anderen, denen es gelang, ihm im Geiste eines Sportlers zu begegnen, der auf einen starken Gegner trifft. Ich habe keinen gekannt, der das nicht erlebt hätte: daß Amadeu Inácio de Almeida Prado, der frühreife, überwache Sohn des berühmten Richters, in der Studierstube anwesend war, wenn man etwas Schwieriges vorbereitete, etwas, bei dem man auch als Lehrer Fehler machen konnte.

Trotzdem: Er war nicht nur fordernd. Überhaupt war er nicht aus einem Guß. Es gab Brüche in ihm, Risse und Sprünge, und manchmal hatte man das Gefühl, sich bei ihm überhaupt nicht auszukennen. Wenn er merkte, was er in seiner überbordenden, aber eben auch hochfahrenen Art angerichtet hatte, fiel er aus allen Wolken, war entgeistert und versuchte alles, um es wiedergutzumachen. Und es gab auch den anderen Amadeu, den guten, hilfsbereiten Kameraden. Er konnte nächtelang bei anderen sitzen, um sie auf eine Klausur vorzubereiten, und dabei legte er eine Bescheidenheit und eine Engelsgeduld an den Tag, die alle beschämten, die über ihn gelästert hatten.

Auch die Anfälle von Schwermut gehörten zu einem anderen Amadeu. Wenn sie ihn heimsuchten, war es fast, als hätte sich vorübergehend ein ganz anderes Gemüt in ihm eingenistet. Es befiel ihn eine übergroße Schreckhaftigkeit, beim geringsten Lärm zuckte er zusammen wie unter einem Peitschenhieb. In solchen Momenten wirkte er wie die verkörperte Schwierigkeit, am Leben zu sein. Und wehe, wenn man eine tröstende oder aufmunternde Bemerkung versuchte: Dann sprang er einen mit einem wütenden Zischen an.

Er konnte so vieles, dieser reich gesegnete Junge. Nur das eine konnte er nicht: feiern, ausgelassen sein, sich gehenlassen. Da stand er sich mit seiner übergroßen Wachheit und seinem leidenschaftlichen Bedürfnis nach Übersicht und Kontrolle im Wege. Kein Alkohol. Auch keine Zigaretten, die kamen erst später. Aber Unmengen von Tee, er liebte das rotgoldene Leuchten eines schweren Assam und hatte dafür von zu Hause eine silberne Kanne mitgebracht, die er am Ende dem Koch schenkte.«

Es müsse dieses Mädchen gegeben haben, Maria João, warf Gregorius ein.

»Ja. Und Amadeu liebte sie. Er liebte sie auf diese unnachahmlich keusche Weise, über die alle lächelten, ohne ihren Neid verbergen zu können, es war Neid angesichts einer Empfindung, die es eigentlich nur im Märchen gibt. Er liebte sie und verehrte sie. Ja, das war es: Er *verehrte* sie – auch wenn man das von Kindern sonst nicht sagt. Aber bei Amadeu war so vieles anders. Dabei war sie kein besonders hübsches Mädchen, keine Prinzessin, weit davon entfernt. Und eine gute Schülerin war sie auch nicht, soweit ich weiß. Niemand verstand es ganz, am wenigsten die anderen Mädchen aus der Schule drüben, die alles gegeben hätten, um die Augen des adligen Prinzen auf sich zu ziehen. Vielleicht war es einfach, daß sie nicht geblendet war von ihm, nicht überwältigt wie alle anderen. Vielleicht war es das, was er brauchte: daß jemand ihm mit selbstverständlicher Ebenbürtigkeit begegnete, mit Worten, Blicken und Bewegungen, die ihn durch ihre Natürlichkeit und Unauffälligkeit von sich selbst erlösten.

Wenn Maria João herüberkam und sich neben ihn auf die Stufen setzte: Er schien mit einemmal ganz ruhig zu werden, befreit von der Bürde seiner Wachheit und Schnelligkeit, der Last seiner unausgesetzten Geistesgegenwart, der Qual, sich innerlich stets selber überholen und übertrumpfen zu müssen. Neben ihr sitzend konnte er das Bimmeln der Glocke überhören, die zum Unterricht rief, und man hatte beim Zusehen den Eindruck, er wäre lieber nie mehr aufgestanden. Dann legte ihm Maria die Hand auf die Schulter und holte ihn zurück aus dem Paradies seiner kostbaren Unangestrengtheit. Es war immer sie, die ihn berührte; nie habe ich gesehen, daß seine Hand auf ihr geruht hätte. Wenn sie sich anschickte, zurück zu ihrer Schule zu gehen, pflegte sie ihr schwarzglänzendes Haar mit einem Gummiband zu einem Pferdeschwanz zu binden. Jedesmal sah er ihr dabei wie gebannt zu, auch beim hundertsten Mal noch, er muß sie sehr geliebt haben, diese Bewegung. Eines Tages war es kein Gummiband mehr, sondern eine silberne Spange, und an seinem Gesicht konnte man erkennen, daß sie ein Geschenk von ihm war.«

Wie Mélodie kannte auch der Pater den Nachnamen des Mädchens nicht.

»Jetzt, wo Sie mich danach fragen, kommt es mir vor, als *wollten* wir den Namen nicht wissen; als wäre es *störend* gewesen, ihn zu kennen«, sagte er. »Ein bißchen so, wie man ja auch bei Heiligen nicht nach dem Familiennamen fragt. Oder bei Diana, oder Elektra.«

Eine Schwester in Nonnentracht kam herein.

»Jetzt nicht«, sagte der Pater, als sie nach der Manschette für das Messen des Blutdrucks griff.

Er sagte es mit sanfter Autorität, und plötzlich begriff Gregorius, warum dieser Mann für den jungen Prado ein Glücksfall gewesen war: Er besaß genau die Art von Autorität, die er gebraucht hatte, um sich seiner Grenzen zu vergewissern, und vielleicht auch, um sich aus der strengen, herben Autorität des richtenden Vaters zu befreien.

»Aber wir hätten gerne einen Tee«, sagte der Pater und wischte mit seinem Lächeln den aufkeimenden Ärger der Schwester beiseite. »Einen Assam, und machen Sie ihn stark, damit das rote Gold richtig leuchtet.«

Der Pater schloß die Augen und schwieg. Er wollte die ferne Zeit, in der Amadeu de Prado Maria João eine Haarspange geschenkt hatte, nicht verlassen. Überhaupt, dachte Gregorius, wollte er bei seinem Lieblingsschüler bleiben, mit dem er über Augustinus und tausend andere Dinge debattiert hatte. Bei dem Jungen, der den Himmel hatte berühren können. Dem Jungen, dem er auch gerne die Hand auf die Schulter gelegt hätte wie Maria João.

»Maria und Jorge«, fuhr der Pater jetzt mit geschlossenen Augen fort, »sie waren wie seine Schutzheiligen. Jorge O'Kelly. In ihm, dem späteren Apotheker, fand Amadeu einen Freund, und es würde mich nicht wundern, wenn er der einzige wirkliche Freund geblieben wäre, von Maria einmal abgesehen. Er war in vielem sein genaues Gegenteil, und manchmal habe ich gedacht: Er brauchte ihn, um *ganz* zu sein. Mit seinem Bauernschädel, dem struppigen, ewig ungekämmten Haar und seiner schwerfälligen, umständlichen Art konnte er beschränkt wirken, und an Tagen der offenen Tür habe ich es erlebt, daß noble Eltern anderer Schüler sich erstaunt umdrehten, wenn er in seiner ärmlichen Kleidung an ihnen vorbeigegangen war. Er war so überhaupt nicht elegant in seinen zerknitterten Hemden, der unförmigen Jacke und der immer gleichen schwarzen Krawatte, die er aus Protest gegen den Zwang stets verrutscht trug.

Einmal, da kamen uns Amadeu und Jorge auf dem Schulkorridor entgegen, mir und meinem Kollegen, und da sagte der Kollege nachher: ›Wenn ich in einem Lexikon den Begriff der Eleganz und sein striktes Gegenteil erläutern müßte, so würde ich einfach diese beiden Jungs abbilden. Jeder weitere Kommentar würde sich erübrigen.‹

Jorge war einer, bei dem sich Amadeu ausruhen und von seinem rasenden Tempo erholen konnte. Wenn er mit ihm zusammen war, wurde er nach einer Weile ebenfalls langsam, Jorges Bedächtigkeit ging auf ihn über. Etwa beim Schach. Anfänglich machte es ihn verrückt, wenn Jorge ewig über einem Zug brütete, und es paßte nicht in sein Weltbild, in seine quecksilberne Metaphysik, daß einer, der für seine Gedanken so lange brauchte, am Ende gewinnen konnte. Doch dann begann er seine Ruhe einzuatmen, die Ruhe von einem, der schon immer zu wissen schien, wer er war und wohin er gehörte. Es klingt verrückt, aber ich glaube, es kam soweit, daß Amadeu die regelmäßigen Niederlagen gegen Jorge *brauchte*. Er war unglücklich, wenn er ausnahmsweise gewann, es muß für ihn gewesen sein, als bräche die Felswand weg, an der er sich sonst festhalten konnte.

Jorge wußte genau, wann seine irischen Vorfahren nach Portugal gekommen waren, er war stolz auf das irische Blut und konnte gut Englisch, auch wenn sein Mund für die englischen Wörter überhaupt nicht geschaffen war. Und tatsächlich hätte man sich überhaupt nicht gewundert, ihn auf einem irischen Bauernhof oder in einem ländlichen Pub anzutreffen, und wenn man sich das vorstellte, dann sah er plötzlich aus wie der junge Samuel Beckett.

Er war schon damals ein beinharter Atheist, ich weiß nicht, woher wir das wußten, aber wir wußten es. Darauf angesprochen, zitierte er ungerührt den Wappenspruch der Familie: *Turris fortis mihi Deus.* Er las die russischen, andalusischen und katalanischen Anarchisten und spielte mit dem Gedanken, über die Grenze zu gehen und gegen Franco zu kämpfen. Daß er später in den Widerstand ging: Alles andere hätte mich gewundert. Er war zeitlebens ein illusionsloser Romantiker, wenn es so etwas gibt, und es muß es geben. Und dieser Romantiker hatte zwei Träume: Apotheker werden und auf einem Steinway spielen. Den ersten Traum hat er wahr gemacht, noch heute steht er im weißen Kittel hinter dem Ladentisch an der Rua dos Sapateiros. Über den zweiten Traum haben alle gelacht, er selbst am meisten. Denn seine groben Hände mit den breiten Fingerkuppen und den geriffelten Nägeln, sie paßten besser zu dem schuleigenen Kontrabaß, an dem er sich eine Weile versuchte, bis er in einem Anfall von Verzweiflung über die mangelnde Begabung so heftig über die Saiten sägte, daß der Bogen brach.«

Der Pater trank seinen Tee, und Gregorius nahm enttäuscht wahr, daß das Trinken immer mehr zu einem Schlürfen wurde. Plötzlich war er nun doch ein alter Mann, dem die Lippen nicht mehr ganz gehorchten. Auch seine Stimmung hatte sich verändert, es lagen Trauer und Wehmut in der Stimme, als er nun von der Leere sprach, die Prado am Ende seiner Schulzeit hinterlassen hatte.

»Natürlich wußten wir alle, daß er im Herbst, wenn die Hitze nachlassen und sich ein goldener Schatten auf das Licht legen würde, in den Gängen nicht mehr anzutreffen wäre. Doch keiner sprach darüber. Zum Abschied gab er uns allen die Hand, vergaß keinen, dankte mit warmen, vornehmen Worten, ich weiß noch, daß ich einen Moment lang dachte: wie ein Präsident.«

Der Pater zögerte, und dann sagte er es doch.

»Sie hätten etwas weniger wohlgeformt sein dürfen, diese Worte. Etwas stockender, unbeholfener, tastender. Etwas mehr wie unbehauener Stein. Ein bißchen weniger wie polierter Marmor.«

Und er hätte sich von ihm, von Pater Bartolomeu, anders verabschieden sollen als von den anderen, dachte Gregorius.

Mit anderen, persönlicheren Worten, vielleicht mit einer Umarmung. Es hatte dem Pater weh getan, daß er ihn wie einen unter anderen behandelt hatte. Es tat ihm auch jetzt, siebzig Jahre danach, noch weh.

»In den ersten Tagen nach Beginn des neuen Schuljahrs ging ich wie betäubt durch die Gänge. Betäubt von seiner Abwesenheit. Immer wieder mußte ich mir sagen: Du kannst nicht mehr erwarten, den Helm seines Haars auftauchen zu sehen, du darfst nicht mehr hoffen, daß seine stolze Gestalt um die Ecke biegt und du zusehen kannst, wie er jemandem etwas erklärt und dabei die Hände auf seine unnachahmliche, sprechende Weise bewegt. Und ich bin sicher, daß es anderen ähnlich ging, obgleich wir auch jetzt nicht darüber sprachen. Ein einziges Mal nur hörte ich, wie jemand sagte: ›Es ist seither alles so anders‹. Es war keine Frage, daß er von Amadeus Fehlen sprach. Davon, daß seine sanfte Baritonstimme in den Gängen nicht mehr zu hören war. Es war nicht nur so, daß man ihn nicht mehr sah, ihm nicht mehr begegnete. *Man sah seine Abwesenheit* und begegnete ihr als etwas Greifbarem. Sein Fehlen war wie die scharf umrissene Leere auf einer Fotografie, auf der jemand eine Gestalt mit präzisem Scherenschnitt herausgelöst hat, und nun ist die fehlende Gestalt wichtiger, beherrschender als alles andere. Genau so fehlte uns Amadeu: durch seine präzise Abwesenheit.

Es dauerte Jahre, bis ich ihm wieder begegnete. Er studierte in Coimbra oben, und ich hörte nur ab und zu etwas von ihm durch einen Freund, der einem Medizinprofessor in den Vorlesungen und Sezierkursen assistierte. Amadeu war auch dort bald eine Legende. Keine so glanzvolle freilich. Gestandene, mit Preisen ausgezeichnete Professoren, Koryphäen ihres Fachs, fühlten sich von ihm auf den Prüfstand gestellt. Nicht, weil er mehr gewußt hätte als sie, das denn doch nicht. Aber er war unersättlich in seinem Bedürfnis nach Erklärungen, und es muß im Hörsaal dramatische Szenen gegeben haben, wenn er mit seinem unerbittlichen kartesischen Scharfsinn darauf hinwies, daß etwas, was als eine Erklärung ausgegeben wurde, in Wirklichkeit keine war.

Einmal muß er einen besonders eitlen Professor verhöhnt haben, indem er dessen Erklärung mit einer von Molière verlachten Auskunft eines Arztes verglich, der die einschläfernde Kraft eines Mittels mit dessen *virtus dormitiva* erklärt hatte. Er konnte gnadenlos sein, wenn er Eitelkeit vor sich hatte. Gnadenlos. Das Messer ging ihm in der Tasche auf. *Sie ist eine verkannte Form von Dummheit*, pflegte er zu sagen, *man muß die kosmische Bedeutungslosigkeit unseres gesamten Tuns vergessen, um eitel sein zu können, und das ist eine krasse Form von Dummheit.*

Wenn er in dieser Stimmung war, hatte man ihn besser nicht zum Gegner. Das fand man auch in Coimbra bald heraus. Und noch etwas fand man heraus: daß er einen sechsten Sinn für die geplanten Vergeltungsmaßnahmen der anderen hatte. Einen solchen Sinn besaß auch Jorge, und es gelang Amadeu, ihn in sich selbst nachzubilden und dann selbständig zu kultivieren. Wenn er ahnte, daß ihn jemand bloßstellen wollte, suchte er nach dem entlegensten Schachzug, den man zu diesem Zweck machen konnte, und bereitete sich akribisch darauf vor. So muß es auch an der Fakultät in Coimbra gewesen sein. Wenn er im Hörsaal genußvoll an die Tafel zitiert und nach entlegenen Dingen gefragt wurde, lehnte er die Kreide ab, die ihm der rächende Professor mit maliziösem Lächeln anbot, und holte seine eigene Kreide aus der Tasche. ›Ach so, das‹, muß er bei solchen Gelegenheiten verächtlich gesagt haben, und dann füllte er die Tafel mit anatomischen Skizzen, physiologischen Gleichungen oder biochemischen Formeln. ›Muß ich das wissen?‹ fragte er, wenn er sich einmal verkalkuliert hatte. Das Grinsen der anderen war nicht sichtbar, aber man konnte es hören. Es war ihm einfach nicht beizukommen.«

Die letzte halbe Stunde hatten sie im Dunkeln gesessen. Jetzt machte der Pater Licht.

»Ich habe ihn beerdigt. Adriana, seine Schwester, wollte es so. Er war auf der Rua Augusta, die er besonders geliebt haben soll, zusammengebrochen, morgens um sechs, als ihn seine unheilbare Schlaflosigkeit durch die Stadt trieb. Eine Frau, die mit dem Hund aus dem Haus trat, rief einen Krankenwagen. Doch er war bereits tot. Das Blut aus einem geplatzten Aneurysma im Gehirn hatte das strahlende Licht seines Bewußtseins für immer ausgelöscht.

Ich zögerte, ich wußte nicht, wie er über Adrianas Bitte gedacht hätte. *Die Beerdigung ist Sache der anderen; der Tote hat damit nichts zu tun*, hatte er früher einmal gesagt. Es war einer seiner frostigen Sätze gewesen, für die manche ihn fürchteten. Galt er noch?

Adriana, die wohl ein Drache sein konnte, ein Drache, der Amadeu beschützte, war hilflos wie ein kleines Mädchen angesichts der Dinge, die der Tod von uns verlangt. Und so entschied ich, ihrer Bitte zu entsprechen. Ich würde Worte finden müssen, die vor seinem stillen Geist bestehen konnten. Nach Jahrzehnten, in denen er mir, wenn ich Worte vorbereitete, nicht mehr über die Schulter geblickt hatte, war er nun wieder da. Seine Lebensglut war erloschen, aber es kam mir vor, als verlange das weiße, unwiderruflich stille Antlitz noch mehr von mir als das frühere Gesicht, das mich in seiner vielfarbigen Lebendigkeit so oft herausgefordert hatte.

Meine Worte am Grab, sie mußten nicht nur vor dem Toten bestehen können. Ich wußte, daß O'Kelly dasein würde. In seiner Gegenwart konnte ich unmöglich Worte sprechen, die von Gott handelten und von dem, was Jorge dessen *leere Versprechungen* zu nennen pflegte. Der Ausweg war, daß ich von meinen Erfahrungen mit Amadeu sprach und von den unauslöschlichen Spuren, die er in allen hinterlassen hatte, die ihn kannten, selbst in seinen Feinden.

Die Menschenmenge auf dem Friedhof war unglaublich. Alles Leute, die er behandelt hatte, kleine Leute, denen er nie eine Rechnung schickte. Ich erlaubte mir ein einziges religiöses Wort: *Amen*. Ich sprach es aus, weil Amadeu das Wort geliebt hatte und weil Jorge das wußte. Das heilige Wort verklang in der Stille der Gräber. Niemand rührte sich. Es begann zu regnen. Die Leute weinten, fielen einander in die Arme. Niemand wandte sich zum Gehen. Die Schleusen des Himmels öffneten sich, und die Leute wurden bis auf die Haut durchnäßt. Doch sie blieben stehen. Blieben einfach stehen. Ich dachte: Sie wollen mit ihren bleiernen Füßen die Zeit anhalten, sie wollen sie daran hindern weiterzufließen, damit es ihr nicht gelingen möge, ihnen den geliebten Arzt zu entfremden, wie das jede Sekunde mit allem tut, was vor ihr geschehen ist. Endlich, es mochte eine halbe Stunde der Reglosigkeit verstrichen sein, gab es Bewegung, die von den Ältesten ausging, die sich nicht länger auf den Beinen halten konnten. Es dauerte dann immer noch eine Stunde, bis sich der Friedhof geleert hatte.

Als auch ich schließlich gehen wollte, geschah etwas Merkwürdiges, etwas, von dem ich später manchmal geträumt habe, etwas, das die Unwirklichkeit einer Szene bei Buñuel hatte. Zwei Menschen, ein Mann und eine junge Frau von verhaltener Schönheit, kamen von den entgegengesetzten Enden des Wegs auf das Grab zu. Der Mann war O'Kelly, die Frau kannte ich nicht. Ich konnte es nicht wissen, aber ich spürte es: Die beiden kannten sich. Es kam mir vor, als sei es ein intimes Kennen, und als sei diese Intimität mit einem Unheil verknüpft, einer Tragödie, in die auch Amadeu verwickelt gewesen war. Sie hatten einen ungefähr gleich langen Weg bis zum Grab zurückzulegen, und sie schienen das Tempo ihrer Schritte genau aufeinander abzustimmen, damit sie gleichzeitig ankämen. Ihre Blicke trafen sich auf dem ganzen Weg kein einziges Mal, sondern gingen zu Boden. Daß sie es vermieden, sich anzublicken, schuf eine größere Nähe zwischen ihnen, als jede Verschränkung von Blicken es vermocht hätte. Sie sahen sich auch dann nicht an, als sie nebeneinander vor dem Grab standen und im Gleichklang zu atmen schienen. Der Tote schien ihnen nun ganz allein zu gehören, und ich spürte, daß ich gehen mußte. Ich weiß bis heute nicht, was für ein Geheimnis die beiden Menschen verbindet und was es mit Amadeu zu tun hat.«

Eine Glocke ging, es mußte das Zeichen zum Abendessen sein. Ein Anflug von Ärger huschte über das Gesicht des Paters. Mit einer heftigen Bewegung streifte er die Decke von den Beinen, ging zur Tür und schloß ab. Wieder in seinem Sessel, griff er nach dem Lichtschalter und knipste die Lampe aus. Ein Wagen mit schepperndem Geschirr rollte über den Flur und entfernte sich. Pater Bartolomeu wartete, bis es wieder still war, bevor er fortfuhr.

»Oder vielleicht weiß ich doch etwas, oder ahne es. Ein gutes Jahr vor seinem Tod nämlich stand Amadeu mitten in der Nacht plötzlich vor meiner Tür. Seine ganze Selbstsicherheit hatte ihn verlassen, Gehetztheit bestimmte seine Züge, seinen Atem, seine Bewegungen. Ich machte Tee, und er lächelte flüchtig, als ich mit dem Kandiszucker kam, auf den er als Schüler ganz versessen gewesen war. Dann erschien wieder der gequälte Ausdruck auf seinem Gesicht.

Es war klar, daß ich ihn nicht drängen, nicht einmal fragen durfte. Ich schwieg und wartete. Er kämpfte mit sich, wie nur er es konnte: als würden Sieg und Niederlage in diesem Kampf über Leben und Tod entscheiden. Und vielleicht war es auch wirklich so. Ich hatte Gerüchte gehört, daß er für den Widerstand arbeitete. Während er mühsam atmend vor sich hin starrte, betrachtete ich, was das Älterwerden aus ihm gemacht hatte: die ersten Altersflecke an den schlanken Händen, die müde Haut unter den schaflosen Augen, die grauen Strähnen im Haar. Und plötzlich wurde mir mit Schrecken bewußt: Er sah verwahrlost aus. Nicht wie ein ungewaschener Clochard. Die Verwahrlosung war unauffälliger, sanfter: der ungepflegte Bart, Härchen, die aus Ohren und Nase herauswuchsen, nachlässig geschnittene Nägel, ein gelblicher Schimmer auf dem weißen Kragen, ungeputzte Schuhe. Als sei er tagelang nicht mehr zu Hause gewesen. Und es gab ein unregelmäßiges Zukken der Lider, das wie die Zusammenfassung einer lebenslangen Überanstrengung wirkte.

›Ein Leben gegen viele Leben. So kann man doch nicht rechnen. Oder?‹ Amadeu sprach gepreßt, und hinter den Worten standen sowohl Empörung als auch die Angst, etwas Falsches zu tun, etwas Unverzeihliches.

›Du weißt, wie ich darüber denke‹, sagte ich. ›Ich habe meine Meinung seit damals nicht geändert.‹

›Und wenn es *sehr* viele wären?‹

›Müßtest *du* es tun?‹

›Im Gegenteil, ich muß es *verhindern*.‹

›Er weiß zuviel?‹

›Sie. Sie ist zur Gefahr geworden. Sie würde nicht standhalten. Sie würde reden. Denken die anderen.‹

›Jorge auch?‹ Es war ein Schuß ins Dunkel, und er traf.

›Darüber will ich nicht reden.‹

Schweigende Minuten verstrichen. Der Tee wurde kalt. Es zerriß ihn. Liebte er sie? Oder war es einfach, weil sie ein Mensch war?

›Wie heißt sie? *Namen sind die unsichtbaren Schatten, mit denen uns die anderen einkleiden, und wir sie.* Weißt du noch?‹

Es waren seine eigenen Worte in einem der vielen Aufsätze, mit denen er uns alle verblüfft hatte.

Für einen kurzen Moment befreite ihn die Erinnerung, und er lächelte.

›Estefânia Espinhosa. Ein Name wie ein Gedicht, nicht wahr?‹

›Wie willst du es machen?‹

›Über die Grenze. In den Bergen. Fragen Sie mich nicht, wo.‹

Er verschwand durchs Gartentor, und das war das letzte Mal, daß ich ihn lebend sah.

Nach dem Geschehnis auf dem Friedhof dachte ich immer wieder an dieses nächtliche Gespräch. War die Frau Estefânia Espinhosa? Kam sie aus Spanien, wo sie die Nachricht von Amadeus Tod erreicht hatte? Und ging sie, als sie auf O'Kelly zuschritt, auf den Mann zu, der sie hatte opfern wollen? Standen sie berührungslos und blicklos vor dem Grab des Mannes, der eine lebenslange Freundschaft geopfert hatte, um die Frau mit dem poetischen Namen zu retten?«

Pater Bartolomeu machte Licht. Gregorius erhob sich.

»Warten Sie«, sagte der Pater. »Jetzt, da ich Ihnen all diese Dinge erzählt habe, sollen Sie auch das lesen«, und er holte aus einem Bücherschrank eine uralte Mappe, zusammengehalten von farblos gewordenen Bändern. »Sie sind klassischer Philologe, Sie können das lesen. Es ist eine Abschrift von Amadeus Rede bei der Abschlußfeier, er hat sie eigens für mich angefertigt. Lateinisch. Großartig. Unglaublich. Sie haben das Pult in der Aula gesehen, sagen Sie. Dort hat er sie gehalten, genau dort.

Wir waren auf einiges gefaßt, nicht aber auf so etwas. Vom ersten Satz weg herrschte atemlose Stille. Und sie wurde immer noch stiller und atemloser, diese Stille. Die Sätze aus der Feder eines siebzehnjährigen Bilderstürmers, der sprach, als hätte er bereits ein ganzes Leben gelebt, waren wie Peitschenhiebe. Ich begann mich zu fragen, was geschehen würde, wenn das letzte Wort verklungen wäre. Ich hatte Angst. Angst um ihn, der wußte, was er tat, und es wiederum auch nicht wußte. Angst um diesen dünnhäutigen Abenteurer, dessen Verletzlichkeit seiner Wortgewalt in nichts nachstand. Angst aber auch um uns, die wir der Sache vielleicht nicht gewachsen sein würden. Die Lehrer saßen sehr steif da, sehr aufrecht. Einige hatten die Augen geschlossen und schienen damit beschäftigt, im Inneren einen Schutzwall gegen dieses Trommelfeuer blasphemischer Anklagen aufzurichten, ein Bollwerk gegen eine Gotteslästerung, wie man sie in diesem Raum nicht für möglich gehalten hätte. Würden sie noch mit ihm reden? Würden sie der Versuchung widerstehen, sich mit einer Herablassung zur Wehr zu setzen, die ihn wieder zum Kind machte?

Der letzte Satz, Sie werden es sehen, enthielt eine Drohung, rührend und auch beängstigend, denn man ahnte dahinter einen Vulkan, der Feuer spucken konnte, und wenn es nicht dazu kam, so würde er vielleicht an seiner eigenen Glut zugrunde gehen. Amadeu sprach ihn nicht laut und mit geballter Faust, diesen Satz, sondern leise, beinahe sanft, und ich weiß bis heute nicht, ob es Kalkül war, um die Wucht zu steigern, oder ob ihn plötzlich, nach all der Festigkeit, mit der er die kühnen, rücksichtslosen Sätze in die Stille hinein gesprochen hatte, plötzlich der Mut verließ und er mit der Sanftheit in der Stimme zum voraus um Vergebung bitten wollte, sicher nicht planvoll, aber vielleicht stieß ihm dieser Wunsch von innen her zu, er war ja nach außen hin hellwach, noch nicht nach innen.

Das letzte Wort war verklungen. Niemand rührte sich. Amadeu ordnete die Blätter, langsam, den Blick aufs Pult gerichtet. Jetzt gab es nichts mehr zu ordnen. Es gab für ihn dort vorne nichts mehr zu tun, absolut nichts. Doch man kann von einem solchen Pult, nach einer solchen Rede, nicht weggehen, ohne daß das Publikum Stellung bezogen hat, in welchem

Sinn auch immer. Es wäre eine Niederlage der schlimmsten Art: als hätte man gar nichts gesagt.

Es drängte mich, aufzustehen und zu klatschen. Allein schon wegen der Brillanz dieser halsbrecherischen Rede. Doch dann spürte ich: Gotteslästerung kann man nicht beklatschen, wie geschliffen sie auch sein mag. Niemand kann das, am allerwenigsten ein Pater, ein Mann Gottes. Und so blieb ich sitzen. Die Sekunden verrannen. Viele durften es nicht mehr werden, sonst war es eine Katastrophe, für ihn wie für uns. Amadeu hob den Kopf und streckte den Rücken. Sein Blick ging zum farbigen Fenster und blieb dort. Es war nicht Absicht, kein schauspielerischer Trick, da bin ich sicher. Es war ganz unwillkürlich und illustrierte, wie Sie sehen werden, seine Rede. Es zeigte, daß er seine Rede *war*.

Vielleicht hätte das genügt, um das Eis zu brechen. Doch dann geschah etwas, das allen im Saal wie ein scherzhafter Gottesbeweis vorkam: Draußen begann ein Hund zu bellen. Erst war es ein kurzes, trockenes Bellen, das mit uns wegen unseres kleinlichen, humorlosen Schweigens schimpfte, dann verwandelte es sich in ein langgezogenes Jaulen und Heulen, das dem Elend des ganzen Themas galt.

Jorge O'Kelly brach in lautes Lachen aus, und nach einer Schrecksekunde folgten ihm die anderen. Ich glaube, Amadeu war für einen Moment konsterniert, Humor war das letzte, mit dem er gerechnet hatte. Aber es war Jorge, der angefangen hatte, und so mußte es wohl in Ordnung sein. Das Lächeln, das auf seinem Gesicht erschien, war ein bißchen bemüht, aber es hielt sich, und während nun noch andere Hunde in das Gejaule und Geheule einstimmten, verließ er das Pult.

Jetzt erst erwachte Senhor Cortês, der Rektor, aus seiner Lähmung. Er erhob sich, ging auf Amadeu zu und schüttelte ihm die Hand. Kann man an einem Händedruck erkennen, daß einer froh darüber ist zu wissen, es wird der letzte sein?

Senhor Cortês sagte zu Amadeu ein paar Worte, die im vereinten Hundegeheul untergingen. Amadeu antwortete, und während er sprach, fand er seine Selbstsicherheit wieder, man konnte es an den Bewegungen erkennen, mit denen er das skandalöse Manuskript in die Tasche des Gehrocks schob; es waren nämlich keine Bewegungen des verschämten Versteckens, sondern Bewegungen, mit denen einer etwas Kostbares an sicherem Ort verstaut. Am Ende neigte er den Kopf, sah dem Rektor gerade in die Augen und wandte sich dann zur Tür, wo Jorge auf ihn wartete. O'Kelly legte ihm den Arm um die Schulter und schob ihn hinaus.

Später habe ich die beiden im Park gesehen. Jorge redete und gestikulierte, Amadeu hörte zu. Die beiden erinnerten mich an einen Trainer, der mit seinem Schützling den Kampf von eben durchgeht. Dann kam ihnen Maria João entgegen. Jorge berührte den Freund mit beiden Händen an den Schultern und schob ihn dann lachend in Richtung des Mädchens.

Über die Rede wurde unter den Lehrern kaum gesprochen. Ich würde nicht sagen: Sie wurde totgeschwiegen. Eher war es so, daß wir die Worte nicht fanden, oder den Ton, um uns auszutauschen. Und vielleicht waren manche auch froh über die unerträgliche Hitze jener Tage. So mußten wir nicht sagen: ›Unmöglich!‹, oder: ›Ein bißchen was ist ja vielleicht schon dran‹. Wir konnten statt dessen sagen: ›Was für eine Affenhitze!‹«

19 Wie war es möglich, dachte Gregorius, daß er in der hundertjährigen Trambahn durch das abendliche Lissabon fuhr und dabei ein Gefühl hatte, als bräche er jetzt, mit einer Verspätung von achtunddreißig Jahren, doch noch nach

Isfahan auf? Von Pater Bartolomeu kommend, war er unterwegs ausgestiegen und hatte in der Buchhandlung endlich die Dramen von Aischylos und die Gedichte von Horaz abgeholt. Auf dem Weg zum Hotel dann hatte ihn etwas gestört, und sein Schritt war immer langsamer und zögerlicher geworden. Minutenlang hatte er im Dampf einer Hähnchenbude gestanden und hatte dem abstoßenden Geruch nach verbranntem Fett getrotzt. Es war ihm unerhört wichtig erschienen, gerade *jetzt* stehen zu bleiben und herauszufinden, was da an die Oberfläche drängte. Hatte er jemals zuvor so konzentriert versucht, sich auf die Spur zu kommen?

Er war ja nach außen hin hellwach, noch nicht nach innen. Es hatte den Klang von etwas ganz Selbstverständlichem gehabt, als Pater Bartolomeu das über Prado gesagt hatte. Als wisse jeder Erwachsene ohne weiteres Bescheid über innere und äußere Wachheit. *Português.* Gregorius hatte die Portugiesin auf der Kirchenfeldbrücke vor sich gesehen, wie sie sich mit gestreckten Armen auf das Geländer gestützt hatte und wie ihre Fersen aus den Schuhen geglitten waren. *Estefânia Espinhosa. Ein Name wie ein Gedicht,* hatte Prado gesagt. *Über die Grenze. In den Bergen. Fragen Sie mich nicht, wo.* Und plötzlich dann, ohne zu verstehen, wie es kam, hatte Gregorius gewußt, was er in sich gespürt hatte, ohne es zu erkennen: Er wollte Prados Rede nicht im Hotelzimmer lesen, sondern draußen im verlassenen Liceu, dort, wo er sie gehalten hatte. Dort, wo die hebräische Bibel in der Schublade auf seinem Pullover lag. Dort, wo es Ratten und Fledermäuse gab.

Warum war ihm dieser vielleicht skurrile, aber doch harmlose Wunsch vorgekommen, als entschiede sich an ihm etwas Wichtiges? Als hätte es weitreichende Konsequenzen, wenn er nun, statt weiter zum Hotel zu gehen, zurück zur Straßenbahn ging? Kurz vor Ladenschluß war er in ein Geschäft mit Eisenwaren geschlüpft und hatte die stärkste Taschenlampe gekauft, die sie hatten. Und nun saß er wieder in einem dieser alten Tramwagen und ratterte zur Metro, die ihn hinaus zum Liceu bringen würde.

Das Schulgebäude war ganz im Dunkel des Parks versunken und sah verlassen aus, wie noch nie ein Gebäude verlassen ausgesehen hatte. Als er sich vorhin auf den Weg machte, hatte Gregorius den Kegel von Sonnenlicht vor Augen gehabt, der am Mittag durch das Büro von Senhor Cortês gewandert war. Was er jetzt vor sich hatte, war ein Gebäude, das still dalag wie ein gesunkenes Schiff auf dem Meeresgrund, verloren für die Menschen und unberührbar für die Zeit.

Er setzte sich auf einen Stein und dachte an den Schüler, der vor langer Zeit nachts ins Berner Gymnasium eingebrochen war und aus dem Zimmer des Rektors für Tausende von Franken in alle Welt hinaus telefoniert hatte, um sich zu rächen. Hans Gmür hatte er geheißen, und er hatte seinen Namen getragen wie eine Garrotte. Gregorius hatte die Rechnung bezahlt und Kägi überredet, keine Anzeige zu erstatten. Er hatte sich mit Gmür in der Stadt getroffen und herauszufinden versucht, was es denn war, wofür er hatte Rache nehmen wollen. Es war nicht gelungen. »Rache eben«, hatte der Junge einfach gesagt, immer wieder. Er wirkte hinter seinem Apfelkuchen erschöpft und schien zerfressen von einem Ressentiment, das so alt war wie er selbst. Als sie sich trennten, hatte ihm Gregorius lange nachgeblickt. Irgendwie bewundere er ihn auch ein bißchen, sagte er später zu Florence, oder beneide ihn.

»Stell dir vor: Er sitzt im Dunkeln an Kägis Schreibtisch und ruft in Sydney an, in Belém, in Santiago, sogar in Peking. Immer die Botschaften, wo sie Deutsch sprechen. Er hat nichts zu sagen, nicht das geringste. Er will einfach nur die offene Leitung rauschen hören und spüren, wie die sündhaft teuren Sekunden verrinnen. Ist das nicht irgendwie grandios?«

»Und das sagst ausgerechnet du? Ein Mann, der seine Rechnungen am liebsten bezahlen würde, noch bevor sie geschrieben sind? Um ja bei niemandem in der Schuld zu stehen?«

»Eben«, hatte er gesagt, »eben.«

Florence hatte die übertrieben modische Brille zurechtgerückt, wie immer, wenn er so etwas sagte.

Jetzt knipste Gregorius die Taschenlampe an und folgte dem Lichtstrahl zum Eingang. In der Finsternis klang das Quietschen der Tür viel lauter als am Tag, und es klang viel mehr nach etwas Verbotenem. Das Geräusch aufgeschreckter Fledermäuse flutete durch das Haus. Gregorius wartete, bis es abgeebbt war, bevor er durch die Schwingtür ins Hochparterre ging. Wie mit einem Besen wischte er mit dem Licht über den Steinboden der Gänge, um nicht auf eine tote Ratte zu treten. Es war eisig in den ausgekühlten Mauern, und als erstes ging er ins Zimmer des Rektors, um seinen Pullover zu holen.

Er betrachtete die hebräische Bibel. Sie hatte Pater Bartolomeu gehört. 1970, als das Liceu geschlossen wurde, weil es eine rote Kaderschmiede sei, hatten der Pater und der Nachfolger von Senhor Cortês im leeren Büro des Rektors gestanden, erfüllt von Wut und einem Gefühl der Ohnmacht. »Wir hatten das Bedürfnis, etwas zu tun, etwas Symbolisches«, hatte der Pater berichtet. Und da hatte er seine Bibel in die Schublade des Schreibtischs getan. Der Rektor hatte ihn angeblickt und gegrinst. »Perfekt. Der Herr wird es ihnen schon noch zeigen«, hatte er gesagt.

Gregorius setzte sich in der Aula auf die Bank für die Schulleitung, wo Senhor Cortês mit steinerner Miene der Rede von Prado gefolgt war. Er holte Pater Bartolomeus Mappe aus der Tüte der Buchhandlung, löste die Bänder und nahm den Stapel von Blättern heraus, den Amadeu nach der Rede vorn auf dem Pult geordnet hatte, eingehüllt in betretenes, entsetztes Schweigen. Es waren die gleichen kalligraphisch hingesetzten Buchstaben in tiefschwarzer Tinte, die er bereits auf den Bogen des Briefs gesehen hatte, den Prado aus Oxford an Mélodie geschickt hatte. Gregorius richtete den Strahl der Taschenlampe auf das gelblich schimmernde Papier und begann zu lesen.

EHRFURCHT UND ABSCHEU VOR GOTTES WORT

Ich möchte nicht in einer Welt ohne Kathedralen leben. Ich brauche ihre Schönheit und Erhabenheit. Ich brauche sie gegen die Gewöhnlichkeit der Welt. Ich will zu leuchtenden Kirchenfenstern hinaufsehen und mich blenden lassen von den unirdischen Farben. Ich brauche ihren Glanz. Ich brauche ihn gegen die schmutzige Einheitsfarbe der Uniformen. Ich will mich einhüllen lassen von der herben Kühle der Kirchen. Ich brauche ihr gebieterisches Schweigen. Ich brauche es gegen das geistlose Gebrüll des Kasernenhofs und das geistreiche Geschwätz der Mitläufer. Ich will den rauschenden Klang der Orgel hören, diese Überschwemmung von überirdischen Tönen. Ich brauche ihn gegen die schrille Lächerlichkeit der Marschmusik. Ich liebe betende Menschen. Ich brauche ihren Anblick. Ich brauche ihn gegen das tückische Gift des Oberflächlichen und Gedankenlosen. Ich will die mächtigen Worte der Bibel lesen. Ich brauche die unwirkliche Kraft ihrer Poesie. Ich brauche sie gegen die Verwahrlosung der Sprache und die Diktatur der Parolen. Eine Welt ohne diese Dinge wäre eine Welt, in der ich nicht leben möchte.

Doch es gibt auch eine andere Welt, in der ich nicht leben will: die Welt, in der man den Körper und das selbständige Denken verteufelt und Dinge als Sünde brandmarkt, die zum Besten gehören, was wir erleben können. Die Welt, in der uns Liebe abverlangt wird gegenüber Tyrannen, Menschenschindern und Meuchelmördern, ob ihre brutalen Stiefelschritte mit betäubendem Echo durch die Gassen hallen oder ob sie mit katzenhafter Lautlosigkeit, als feige Schatten, durch die Straßen schleichen und ihren Opfern den blitzenden Stahl von hinten ins Herz bohren.

Es gehört zum Absurdesten, was den Menschen von der Kanzel herab zugemutet worden ist, solchen Kreaturen zu verzeihen und sie sogar zu lieben. Selbst wenn jemand es wirklich vermöchte: Es bedeutete eine beispiellose Unwahrhaftigkeit und gnadenlose Selbstverleugnung, die mit vollständiger Verkrüppelung bezahlt würde. Dieses Gebot, dieses wahnwitzige, abartige Gebot der Liebe zu den Feinden, es ist dazu angetan, die Menschen zu brechen, ihnen allen Mut und alles Selbstvertrauen zu rauben und sie geschmeidig zu machen in den Händen der Tyrannen, damit sie nicht die Kraft finden mögen, gegen sie aufzustehen, wenn nötig mit Waffen.

Ich verehre Gottes Wort, denn ich liebe seine poetische Kraft. Ich verabscheue Gottes Wort, denn ich hasse seine Grausamkeit. Die Liebe, sie ist eine schwierige Liebe, denn sie muß unablässig trennen zwischen der Leuchtkraft der Worte und der wortgewaltigen Unterjochung durch einen selbstgefälligen Gott. Der Haß, er ist ein schwieriger Haß, denn wie kann man sich erlauben, Worte zu hassen, die zur Melodie des Lebens in diesem Teil der Erde gehören? Worte, an denen wir von früh auf gelernt haben, was Ehrfurcht ist? Worte, die uns wie Leuchtfeuer waren, als wir zu spüren begannen, daß das sichtbare Leben nicht das ganze Leben sein kann? Worte, ohne die wir nicht wären, was wir sind?

Aber vergessen wir nicht: Es sind Worte, die von Abraham verlangen, den eigenen Sohn zu schlachten wie ein Tier. Was machen wir mit unserer Wut, wenn wir das lesen? Was ist von einem solchen Gott zu halten? Einem Gott, der Hiob vorwirft, daß er mit ihm rechte, wo er doch nichts könne und nichts verstehe? Wer war es denn, der ihn so geschaffen hat? Und warum ist es weniger ungerecht, wenn Gott jemanden ohne Grund ins Unglück stürzt, als wenn ein gewöhnlich Sterblicher es tut? Hat Hiob nicht jeden Grund zu seiner Klage?

Die Poesie des göttlichen Worts, sie ist so überwältigend, daß sie alles zum Verstummen bringt und jeder Widerspruch zum jämmerlichen Kläffen wird. Deshalb kann man die Bibel nicht einfach weglegen, sondern muß sie wegwerfen, wenn man genug hat von ihren Zumutungen und der Knechtschaft, die sie über uns verhängt. Es spricht aus ihr ein lebensferner, freudloser Gott, der den gewaltigen Umfang eines menschlichen Lebens – den großen Kreis, den es zu beschreiben vermag, wenn man ihm die Freiheit läßt – einengen will auf den einzigen, ausdehnungslosen Punkt des Gehorsams. Gramgebeugt und sündenbeladen, ausgedörrt von Unterwerfung und der Würdelosigkeit der Beichte, mit dem Aschenkreuz auf der Stirn sollen wir dem Grab entgegengehen, in der tausendfach widerlegten Hoffnung auf ein besseres Leben an Seiner Seite. Doch wie könnte es besser sein an der Seite von Einem, der uns vorher aller Freuden und Freiheiten beraubt hatte?

Und doch sind sie von betörender Schönheit, die Worte, die von Ihm kommen und zu Ihm gehen. Wie habe ich sie als Meßdiener geliebt! Wie haben sie mich trunken gemacht im Schein der Altarkerzen! Wie klar, wie sonnenklar schien es, daß diese Worte das Maß aller Dinge waren! Wie unverständlich kam es mir vor, daß den Leuten auch andere Worte wichtig waren, wo doch ein jedes von ihnen nur verwerfliche Zerstreuung und Verlust des Wesentlichen bedeuten konnte! Noch heute bleibe ich stehen, wenn ich einen gregorianischen Gesang höre, und einen unachtsamen Moment lang bin ich traurig, daß die frühere Trunkenheit unwiderruflich der Rebellion gewichen ist. Einer Rebellion, die wie eine Stichflamme in mir hochschoß, als ich das erstemal diese beiden Worte hörte: sacrificium intellectūs.

Wie sollen wir glücklich sein ohne Neugierde, ohne Fragen, Zweifel und Argumente? Ohne Freude am Denken? Die beiden Worte, die wie ein Hieb mit dem Schwert sind, das uns enthauptet, sie bedeuten nichts weniger als die Forderung, unser Fühlen und Tun gegen unser Denken zu leben, sie sind die Aufforderung zu einer umfassenden Gespaltenheit, der Befehl, gerade das zu opfern, was der Kern eines jeden Glücks ist: die innere Einheit und Stimmigkeit unseres Lebens. Der Sklave auf der Galeere, er ist gekettet, aber er kann denken, was er will. Doch was Er, unser Gott, von uns verlangt, ist, daß wir unsere Versklavung eigenhändig in unsere tiefsten Tiefen hineintreiben und es auch noch freiwillig und mit Freuden tun. Kann es eine größere Verhöhnung geben?

Der Herr, er ist in seiner Allgegenwart einer, der uns Tag und Nacht beobachtet, er führt in jeder Stunde, jeder Minute, jeder Sekunde Buch über unser Tun und Denken, nie läßt er uns in Ruhe, nie gönnt er uns einen Moment, wo wir ganz für uns sein könnten. Was ist ein Mensch ohne Geheimnisse? Ohne Gedanken und Wünsche, die nur er, er ganz allein, kennt? Die Folterknechte, diejenigen der Inquisition und die heutigen, sie wissen: Schneide ihm den Rückzug nach innen ab, lösche nie das Licht, lasse ihn nie allein, verwehre ihm Schlaf und Stille: Er wird reden. Daß die Folter uns die Seele stiehlt, das bedeutet: Sie zerstört die Einsamkeit mit uns selbst, die wir brauchen wie die Luft zum Atmen. Hat der Herr, unser Gott, nicht bedacht, daß er uns mit seiner ungezügelten Neugierde und abstoßenden Schaulust die Seele stiehlt, eine Seele zudem, die unsterblich sein soll?

Wer möchte im Ernst unsterblich sein? Wer möchte bis in alle Ewigkeit leben? Wie langweilig und schal es sein müßte zu wissen: Es spielt keine Rolle, was heute passiert, in diesem Monat, diesem Jahr: Es kommen noch unendlich viele Tage, Monate, Jahre. Unendlich viele, buchstäblich. Würde, wenn es so wäre, noch irgend etwas zählen? Wir bräuchten nicht mehr mit der Zeit zu rechnen, könnten nichts verpassen, müßten uns nicht beeilen. Es wäre gleichgültig, ob wir etwas heute tun oder morgen, vollkommen gleichgültig. Millionenfache Versäumnisse würden vor der Ewigkeit zu einem Nichts, und es hätte keinen Sinn, etwas zu bedauern, denn es bliebe immer Zeit, es nachzuholen.

Nicht einmal in den Tag hinein leben könnten wir, denn dieses Glück zehrt vom Bewußtsein der verrinnenden Zeit, der Müßiggänger ist ein Abenteurer im Angesicht des Todes, ein Kreuzritter wider das Diktat der Eile. Wenn immer und überall Zeit für alles und jedes ist: Wo sollte da noch Raum sein für die Freude an Zeitverschwendung?

Ein Gefühl ist nicht mehr dasselbe, wenn es zum zweitenmal kommt. Es verfärbt sich durch das Gewahren seiner Wiederkehr. Wir werden unserer Gefühle müde und überdrüssig, wenn sie zu oft kommen und zu lange dauern. In der unsterblichen Seele müßte ein gigantischer Überdruß anwachsen und eine schreiende Verzweiflung angesichts der Gewißheit, daß es nie enden wird, niemals. Gefühle wollen sich entwickeln, und wir mit ihnen. Sie sind, was sie sind, weil sie abstoßen, was sie einst waren, und weil sie einer Zukunft entgegenströmen, wo sie sich von neuem von sich selbst entfernen werden. Wenn dieser Strom ins Unendliche flösse: Es müßten in uns tausendfach Empfindungen entstehen, die wir uns, gewohnt an eine überschaubare Zeit, überhaupt nicht vorstellen können. So daß wir gar nicht wissen, was uns versprochen wird, wenn wir vom ewigen Leben hören. Wie wäre es, in Ewigkeit wir zu sein, bar des Trostes, dereinst erlöst zu werden von der Nötigung, wir zu sein? Wir wissen es nicht, und es ist ein Segen, daß wir es nie wissen werden. Denn das eine wissen wir doch: Es wäre die Hölle, dieses Paradies der Unsterblichkeit.

Es ist der Tod, der dem Augenblick seine Schönheit gibt und seinen Schrecken. Nur durch den Tod ist die Zeit eine lebendige Zeit. Warum weiß das der HERR nicht, der allwissende Gott? Warum droht er uns mit einer Endlosigkeit, die unerträgliche Ödnis bedeuten müßte?

Ich möchte nicht in einer Welt ohne Kathedralen leben. Ich brauche den Glanz ihrer Fenster, ihre kühle Stille, ihr gebieterisches Schweigen. Ich brauche die Fluten der Orgel und die heilige

202

Andacht betender Menschen. Ich brauche die Heiligkeit von
Worten, die Erhabenheit großer Poesie. All das brauche ich. Doch
nicht weniger brauche ich die Freiheit und die Feindschaft gegen
alles Grausame. Denn das eine ist nichts ohne das andere. Und
niemand möge mich zwingen zu wählen.

Gregorius las den Text dreimal, und sein Erstaunen wuchs.
Eine lateinische Wortgewalt und stilistische Eleganz, die derjenigen Ciceros in nichts nachstand. Eine Wucht des Gedankens
und eine Wahrhaftigkeit der Gefühle, die an Augustinus erinnerte. Ein Siebzehnjähriger. Bei vergleichbarer Virtuosität
auf einem Instrument, dachte er, hätte man von einem Wun-
derkind gesprochen.

Was den Schlußsatz betraf, hatte Pater Bartolomeu recht:
Sie war rührend, die Drohung; denn wen sollte sie treffen? Er
würde immer die Feindschaft gegen das Grausame wählen,
dieser Junge. Dafür würde er notfalls die Kathedralen opfern.
Der gottlose Priester würde sich eigene Kathedralen bauen,
um der Gewöhnlichkeit der Welt zu trotzen, und seien es nur
solche aus goldenen Worten. Seine Feindschaft gegen die
Grausamkeit würde nur um so erbitterter werden.

War die Drohung vielleicht doch nicht so leer? Hatte Amadeu, als er dort vorne stand, unwissentlich vorweggenommen,
was er fünfunddreißig Jahre später tun würde: sich den Plänen
der Widerstandsbewegung, auch Jorges Plänen, zu widersetzen und Estefânia Espinhosa zu retten?

Gregorius wünschte, er könnte seine Stimme hören und die
glühende Lava spüren, auf der seine Worte dahinflossen. Er
holte Prados Aufzeichnungen hervor und richtete das Licht
der Taschenlampe auf das Bild. Meßdiener war er gewesen, ein
Kind, dessen erste Leidenschaft den Altarkerzen gegolten hatte
und den biblischen Worten, die in ihrem hellen Schein unan-
tastbar erschienen waren. Doch dann waren Worte aus ande-

ren Büchern dazwischengekommen, Worte, die in ihm gewuchert hatten, bis aus ihm einer geworden war, der alle fremden Worte auf die Goldwaage legte und seine eigenen schmiedete.

Gregorius knöpfte den Mantel zu, schob die kalten Hände in die Ärmel und legte sich auf die Bank. Er war erschöpft. Erschöpft von der Anstrengung des Zuhörens und dem Fieber des Verstehenwollens. Erschöpft aber auch von der Wachheit nach innen, die mit diesem Fieber einherging und ihm manchmal vorkam, als sei sie nichts anderes als das Fieber selbst. Zum erstenmal vermißte er das Bett in seiner Berner Wohnung, wo er lesend auf den Moment zu warten pflegte, wo er endlich würde einschlafen können. Er dachte an die Kirchenfeldbrücke, bevor die Portugiesin sie betreten und verwandelt hatte. Er dachte an die Lateinbücher auf dem Pult im Klassenzimmer. Zehn Tage war es jetzt her. Wer hatte an seiner Stelle den *ablativus absolutus* eingeführt? Den Aufbau der Ilias erläutert? In der Hebräischklasse hatten sie zuletzt Luthers Wortwahl besprochen, als er sich entschloß, Gott einen *eifernden* Gott sein zu lassen. Er hatte den Schülern die riesige Distanz erläutert, die zwischen dem deutschen und dem hebräischen Text lag, eine Distanz, die einem den Atem verschlagen könne. Wer würde dieses Gespräch jetzt fortsetzen?

Gregorius fror. Die letzte Metro war längst abgefahren. Es gab kein Telefon und keine Taxis, und es würde Stunden dauern, bis er zu Fuß beim Hotel wäre. Vor der Tür der Aula war das leise wischende Geräusch der Fledermäuse zu hören. Ab und zu quietschte eine Ratte. Dazwischen Grabesstille.

Er hatte Durst und war froh, in der Manteltasche ein Bonbon zu finden. Als er es in den Mund schob, sah er Natalie Rubins Hand vor sich, die ihm damals das knallrote Bonbon hingehalten hatte. Einen winzigen Augenblick lang hatte es so ausgesehen, als wolle sie ihm das Bonbon selbst in den Mund schieben. Oder hatte er sich das nur eingebildet?

Sie streckte sich und lachte, als er sie fragte, wie er Maria João finden solle, wo niemand ihren Nachnamen zu kennen schien. Sie standen seit Tagen an einer Hähnchenbude beim Friedhof von Prazeres, er und Natalie, denn dort war es gewesen, wo Mélodie Maria zuletzt gesehen hatte. Es wurde Winter und begann zu schneien. Der Zug nach Genf setzte sich im Berner Bahnhof in Bewegung. Wieso er denn eingestiegen sei, fragte der strenge Schaffner, und noch dazu in die erste Klasse. Frierend suchte Gregorius in allen Taschen nach der Fahrkarte. Als er aufwachte und sich mit steifen Gliedern aufsetzte, begann es draußen zu dämmern.

20 In der ersten Metro war er für eine Weile der einzige Fahrgast, und es kam ihm vor, als sei der Zug eine weitere Episode in der stillen, imaginären Welt des Liceu, in der er sich einzurichten begann. Dann kamen Portugiesen herein, arbeitende Portugiesen, die nichts mit Amadeu de Prado zu tun hatten. Gregorius war dankbar für ihre nüchternen, mürrischen Gesichter, die den Gesichtern der Leute verwandt waren, die in der Länggasse frühmorgens in den Bus stiegen. Würde er hier leben können? Leben und arbeiten, was immer es sein mochte?

Der Portier im Hotel betrachtete ihn mit Sorge. Ob es ihm gutgehe? Ob ihm auch nichts zugestoßen sei? Dann überreichte er ihm einen Umschlag aus dickem Papier, mit rotem Siegellack verschlossen. Er sei gestern nachmittag von einer älteren Frau überbracht worden, die bis spät in die Nacht auf ihn gewartet habe.

Adriana, dachte Gregorius. Von den Leuten, die er hier kennengelernt hatte, würde nur sie einen Brief versiegeln. Doch die Beschreibung des Portiers paßte nicht auf sie. Und sie wäre ja auch nicht selbst gekommen, nicht eine Frau wie sie. Es mußte die Haushälterin sein, die Frau, zu deren Aufgaben es gehören würde, allen Staub von Amadeus Zimmer im Dachgeschoß fernzuhalten, damit nichts an das Verrinnen der Zeit gemahnte. Es sei alles in Ordnung, versicherte Gregorius noch einmal und ging hinauf.

Queria vê-lo! Ich möchte Sie sehen. *Adriana Soledade de Almeida Prado.* Das war alles, was auf dem teuren Briefbogen stand. Geschrieben mit der gleichen schwarzen Tinte, die er von Amadeu kannte, mit Buchstaben, die zugleich ungelenk und hochnäsig wirkten. Als habe sich die Schreiberin mühsam an jeden Buchstaben erinnern müssen, um ihn dann mit eingerosteter Grandezza hinzusetzen. Hatte sie vergessen, daß er kein Portugiesisch konnte und sie Französisch miteinander gesprochen hatten?

Für einen Moment erschrak Gregorius über die lakonischen Worte, die wie ein Befehl klangen, der ihn in das blaue Haus zitierte. Doch dann sah er das bleiche Gesicht und die schwarzen Augen mit dem bitteren Blick vor sich, er sah die Frau, wie sie am Rande des Abgrunds durch das Zimmer des Bruders ging, dessen Tod nicht sein durfte, und nun klangen die Worte nicht mehr gebieterisch, sondern wie ein Hilferuf aus der heiseren Kehle mit dem schwarzen, geheimnisvollen Samtband.

Er betrachtete den schwarzen Löwen, offenbar das Wappentier der Prados, das oben auf dem Briefbogen, genau in der Mitte, eingestanzt war. Der Löwe paßte zur Strenge des Vaters und zur Düsternis seines Todes, er paßte zu Adrianas schwarzer Gestalt, und er paßte auch zur unerbittlichen Kühnheit in Amadeus Wesen. Mit Mélodie dagegen, dem leichtfüßigen, unsteten Mädchen, hervorgegangen aus ungewohntem Leichtsinn am Ufer des Amazonas, hatte er nichts zu tun. Und mit der Mutter, mit Maria Piedade Reis? Warum sprach niemand von ihr?

Gregorius duschte und schlief dann bis mittags. Er genoß, daß es ihm gelang, zuerst an sich zu denken und Adriana warten zu lassen. Hätte er das auch in Bern gekonnt?

Später, auf dem Weg zum blauen Haus, ging er im Antiquariat von Júlio Simões vorbei und fragte ihn, wo er eine persische Grammatik bekommen könne. Und welches die beste Sprachschule wäre, wenn er sich entschließen sollte, Portugiesisch zu lernen.

Simões lachte. »Alles auf einmal, Portugiesisch und Persisch?«

Gregorius' Ärger dauerte nur einen Moment. Der Mann konnte nicht wissen, daß es zwischen Portugiesisch und Persisch an diesem Punkt seines Lebens keinen Unterschied gab; daß sie in gewissem Sinne ein und dieselbe Sprache waren. Simões fragte noch, wie weit er mit seiner Suche nach Prado gekommen sei und ob ihm Coutinho habe helfen können. Eine Stunde später dann, es ging auf vier Uhr zu, klingelte Gregorius am blauen Haus.

Die Frau, die öffnete, mochte Mitte fünfzig sein.

»*Sou Clotilde, a criada*«, sagte sie, ich bin das Dienstmädchen.

Mit einer Hand, die gezeichnet war von lebenslanger Hausarbeit, fuhr sie sich durchs angegraute Haar und prüfte, ob der Knoten richtig saß.

»*A Senhora está no salão*«, sagte sie und ging voraus.

Wie beim ersten Mal war Gregorius von der Größe und Eleganz des Salons überwältigt. Sein Blick fiel auf die Standuhr. Sie zeigte immer noch sechs Uhr dreiundzwanzig. Adriana saß am Tisch in der Ecke. Der herbe Geruch nach Medizin oder Parfum hing auch jetzt wieder in der Luft.

»Sie kommen spät«, sagte sie.

Der Brief hatte Gregorius auf grußlose Worte dieser strengen Art vorbereitet. Während er sich an den Tisch setzte, spürte er verblüfft, wie gut er mit der herben Art dieser alten Frau zurechtkam. Wie leicht es ihm fiel, ihr ganzes Benehmen als Ausdruck von Schmerz und Einsamkeit zu sehen.

»Jetzt bin ich ja da«, sagte er.

»Ja«, sagte sie. Und dann, nach einer ganzen Weile, noch einmal: »Ja.«

Lautlos und unbemerkt von Gregorius war das Dienstmädchen an den Tisch getreten.

»*Clotilde*«, sagte Adriana, »*liga o aparelho*«, stell den Apparat an.

Erst jetzt bemerkte Gregorius den Kasten. Es war ein uraltes Tonbandgerät, ein Ungetüm mit Bandspulen so groß wie Teller. Clotilde zog das Band durch den Schlitz beim Tonkopf und befestigte es in der leeren Spule. Dann drückte sie eine Taste, und die Spulen begannen sich zu drehen. Sie ging hinaus.

Für eine Weile war nur Knistern und Rauschen zu hören. Dann sagte eine Frauenstimme:

»*Porque não dizem nada?*« Warum sagt ihr nichts?

Mehr verstand Gregorius nicht, denn was nun aus dem Apparat kam, war für seine Ohren ein chaotisches Gewirr von Stimmen, überdeckt von Rauschen und lautem Geräusch, das vom ungeschickten Umgang mit dem Mikrofon herrühren mußte.

»Amadeu«, sagte Adriana, als eine einzelne Männerstimme zu hören war. Ihre gewöhnliche Heiserkeit hatte sich beim Aussprechen des Namens gesteigert. Sie führte die Hand zum Hals und umschloß das schwarze Samtband, als wolle sie es noch fester auf die Haut drücken.

Gregorius klebte mit dem Ohr am Lautsprecher. Die Stimme war anders, als er sie sich vorgestellt hatte. Von einer sanften Baritonstimme hatte Pater Bartolomeu gesprochen. Die Tonlage stimmte, doch das Timbre war herb, man spürte, daß dieser Mann mit schneidender Schärfe sprechen konnte. Hatte es auch damit zu tun, daß die einzigen Worte, die Gregorius verstand, »*não quero*« waren, ich will nicht?

»Fátima«, sagte Adriana, als aus dem Gewirr eine neue Stimme hervortrat. Die geringschätzige Art, mit der sie den Namen aussprach, sagte alles. Fátima hatte gestört. Nicht nur in diesem Gespräch. In jedem Gespräch. Sie war Amadeus nicht wert gewesen. Sie hatte sich den teuren Bruder widerrechtlich angeeignet. Es wäre besser gewesen, sie wäre nie in sein Leben getreten.

Fátima hatte eine sanfte, dunkle Stimme, der man anmerkte, daß sie es nicht leicht hatte, sich durchzusetzen. Lag in der Sanftheit auch der Anspruch, daß man ihr mit besonderer Aufmerksamkeit und Nachsicht zuhören möge? Oder war es bloß das Rauschen, das diesen Eindruck erzeugte? Niemand unterbrach sie, und am Ende ließen die anderen verklingen, was sie gesagt hatte.

»Alle sind sie immer so rücksichtsvoll zu ihr, so verdammt rücksichtsvoll«, sagte Adriana, noch während Fátima sprach. »Als sei ihr Lispeln ein fürchterliches Schicksal, das alles entschuldigt, jeden religiösen Kitsch, einfach alles.«

Gregorius hatte das Lispeln nicht gehört, es war in den begleitenden Geräuschen untergegangen.

Die nächste Stimme gehörte Mélodie. Sie redete in rasendem Tempo, schien absichtlich ins Mikrofon zu blasen und brach dann in lautes Lachen aus. Angeekelt drehte sich Adriana weg und blickte zum Fenster hinaus. Als sie ihre eigene Stimme hörte, streckte sie die Hand rasch nach dem Schalter aus und stellte ab.

Minutenlang blieb Adrianas Blick an der Maschine hängen, die die Vergangenheit zur Gegenwart machte. Es war der gleiche Blick wie am Sonntag, als sie auf Amadeus Bücher hinuntergesehen und zu dem toten Bruder gesprochen hatte. Sie hatte die Aufzeichnung Hunderte, vielleicht Tausende von Malen gehört. Sie kannte jedes Wort, jedes Knistern, jedes Knacken und Rauschen. Alles war, als säße sie auch jetzt noch mit den anderen zusammen, drüben im Haus der Familie, wo Mélodie nun wohnte. Warum also sollte sie anders als in der Gegenwartsform davon sprechen, oder in einer Vergangenheitsform, die tat, als sei es gestern gewesen?

»Wir trauten unseren Augen nicht, als Mamã das Ding nach Hause brachte. Sie kann mit Maschinen nichts anfangen, überhaupt nichts. Fürchtet sich davor. Denkt immer, sie würde alles kaputt machen. Und dann bringt sie ausgerechnet ein Tonbandgerät nach Hause, eines der ersten, die man kaufen konnte.

›Nein, nein‹, sagte Amadeu, als wir später darüber sprachen, ›es geht nicht darum, daß sie unsere Stimmen verewigen will. Es geht um etwas ganz anderes. Darum, daß wir ihr wieder einmal Beachtung schenken.‹

Er hat recht. Jetzt, wo Papá tot ist und wir hier die Praxis haben, muß ihr das Leben leer vorkommen. Rita treibt sich herum und besucht sie selten. Zwar fährt Fátima jede Woche zu ihr. Doch das hilft Mamã wenig.

›Sie möchte lieber dich sehen‹, sagt sie zu Amadeu, wenn sie zurückkommt.

Amadeu will nicht mehr. Er sagt es nicht, aber ich weiß es. Er ist feige, wenn es um Mamã geht. Die einzige Feigheit, die es an ihm gibt. Er, der sonst keiner unangenehmen Sache ausweicht, keiner.«

Adriana faßte sich an den Hals. Einen Moment lang schien es, als würde sie von dem Geheimnis zu sprechen beginnen, das sich hinter dem Samtband verbarg, und Gregorius hielt den Atem an. Doch der Moment ging vorbei, und jetzt kehrte Adrianas Blick in die Gegenwart zurück.

Ob er noch einmal hören dürfe, was Amadeu auf dem Band sage, fragte Gregorius.

»*Não me admira nada*«, das verwundert mich nicht, begann Adriana zu zitieren, und dann wiederholte sie jedes von Amadeus Worten aus dem Gedächtnis. Es war mehr als ein Zitieren. Auch mehr als ein Nachbilden, wie es einem guten Schauspieler in einer Sternstunde gelingt. Die Nähe war viel größer. Sie war vollkommen. Adriana *war* Amadeu.

Wieder verstand Gregorius *não quero*, und noch etwas Neues konnte er ausmachen: *ouvir a minha voz de fora*, meine Stimme von außen hören.

Am Ende angekommen, begann Adriana zu übersetzen. Daß das Ganze möglich sei, nein, das verwundere ihn nicht, sagte Prado. Das technische Prinzip kenne er aus der Medizin. *Aber ich mag nicht, was es mit den Worten macht.* Er wolle seine Stimme nicht von außen hören, das wolle er sich nicht antun, er finde sich so schon unsympathisch genug. Und dann das Einfrieren des gesprochenen Worts: Man spreche doch gewöhnlich im befreienden Bewußtsein, daß das meiste vergessen werde. Er finde es furchtbar, denken zu müssen, daß alles aufbewahrt werde, jedes unbedachte Wort, jede Geschmacklosigkeit. Es erinnere ihn an die Indiskretion Gottes.

»Das murmelt er nur«, sagte Adriana, »Mamã mag so etwas nicht, und Fátima macht es hilflos.«

Die Maschine, sie zerstöre die Freiheit des Vergessens, sagte Prado weiter. *Aber ich mache dir doch keinen Vorwurf, Mamã, es ist ja auch ganz lustig. Du darfst nicht alles so ernst nehmen, was dein oberschlauer Sohn sagt.*

»Warum zum Teufel meinst du immer, sie trösten und alles zurücknehmen zu müssen?« brauste Adriana auf. »Wo sie dich auf ihre sanfte Art derart gequält hat! Warum kannst du nicht einfach zu dem stehen, was du denkst? Wo du es doch sonst immer tust! *Immer!*«

Ob er das Band nun trotzdem noch einmal hören dürfe, wegen der Stimme, fragte Gregorius. Die Bitte rührte sie. Als sie das Band zurücklaufen ließ, hatte sie das Gesicht eines kleinen Mädchens, das verwundert und glücklich ist, daß die Erwachsenen das, was ihm wichtig ist, auch wichtig finden.

Gregorius hörte sich Prados Worte immer wieder an. Er legte das Buch mit dem Portrait auf den Tisch und hörte die Stimme in das Gesicht hinein, bis sie dem Gesicht wirklich gehörte. Dann sah er Adriana an und erschrak. Sie mußte ihn unausgesetzt angesehen haben, und dabei hatte sich ihr Gesicht geöffnet, alle Strenge und Verbitterung war gewichen, und geblieben war ein Ausdruck, mit dem sie ihn in der Welt ihrer Liebe und Bewunderung für Amadeu willkommen hieß. *Seien Sie vorsichtig. Mit Adriana, meine ich*, hörte er Mariana Eça sagen.

»Kommen Sie«, sagte Adriana, »ich möchte Ihnen zeigen, wo wir arbeiten.«

Ihr Schritt war sicherer und schneller als bisher, als sie ihm ins Erdgeschoß voranging. Sie ging zu ihrem Bruder in die Praxis, sie wurde gebraucht, es eilte, *wer Schmerzen hat oder Angst, kann nicht warten*, pflegte Amadeu zu sagen. Zielsicher steckte sie den Schlüssel ins Schloß, öffnete alle Türen und machte überall Licht.

Vor einunddreißig Jahren hatte Prado hier seinen letzten Patienten behandelt. Auf dem Untersuchungstisch war ein frisches Papiertuch ausgebreitet. Auf der Geräteablage gab es Spritzen, wie man sie heute nicht mehr benutzte. Mitten auf dem Schreibtisch die offene Patientenkartei, eine der Karten schräg gestellt. Daneben das Stethoskop. Im Abfallkorb Wattebausche mit Blut von einst. An der Tür zwei weiße Mäntel. Nicht ein Stäubchen.

Adriana nahm einen der weißen Mäntel vom Haken und zog ihn an. »Seiner hängt immer links, er ist Linkshänder« sagte sie, während sie die Knöpfe zumachte.

Gregorius begann sich vor dem Moment zu fürchten, wo sie in der vergangenen Gegenwart, in der sie sich wie eine Schlafwandlerin bewegte, nicht mehr weiterwußte. Doch noch war es nicht soweit. Mit gelöstem Gesicht, das vor Arbeitseifer zu glühen begann, öffnete sie den Medikamentenschrank und prüfte die Bestände.

»Wir haben fast kein Morphium mehr«, murmelte sie, »ich muß Jorge anrufen.«

Sie schloß den Schrank, strich über das Papiertuch auf dem Untersuchungstisch, rückte mit der Fußspitze die Waage zurecht, prüfte, ob das Waschbecken sauber war, und blieb dann vor dem Schreibtisch mit der Kartei stehen. Ohne die schräg gestellte Karte zu berühren oder auch nur anzusehen, begann sie über die Patientin zu sprechen.

»Warum ist sie bloß zu dieser Pfuscherin gegangen, zu dieser Engelmacherin. Gut, sie weiß nicht, wie schrecklich es bei mir war. Aber jeder weiß doch, daß man mit so etwas bei Amadeu gut aufgehoben ist. Daß er auf das Gesetz pfeift, wenn die Not einer Frau es verlangt. Etelvina und noch ein Kind, das ist doch ganz unmöglich. Nächste Woche, sagt Amadeu, müssen wir entscheiden, ob sie im Krankenhaus nachbehandelt werden muß.«

Seine Schwester, die ältere, hatte ein Kind abtreiben lassen und war dabei fast gestorben, hörte Gregorius João Eça sagen. Es wurde ihm unheimlich. Hier unten versank Adriana noch viel tiefer in der Vergangenheit als oben, in Amadeus Zimmer. Oben, das war eine Vergangenheit, die sie nur von außen hatte begleiten können. Mit dem Buch hatte sie ihr nachträglich ein Denkmal gesetzt. Doch wenn er dort rauchend und Kaffee trinkend am Schreibtisch gesessen hatte, die altmodische Füllfeder in der Hand, hatte sie ihn nicht erreichen können, und Gregorius war sicher, daß sie dann geglüht hatte vor Eifersucht auf die Einsamkeit seiner Gedanken. Hier, in den Räumen der Praxis, war es anders gewesen. Sie hatte alles gehört, was er sagte, hatte mit ihm über die Patienten gesprochen und ihm assistiert. Da hatte er ihr ganz gehört. Für viele Jahre war hier das Zentrum ihres Lebens gewesen, der Ort ihrer lebendigsten Gegenwart. Ihr Gesicht, das trotz der Spuren des Alters – gewissermaßen hinter ihnen – in diesem Moment jung und schön war, sprach von ihrem Wunsch, für immer in jener Gegenwart bleiben zu dürfen, die Ewigkeit jener glücklichen Jahre nicht verlassen zu müssen.

Der Moment des Erwachens war nicht mehr weit. Adrianas Finger prüften mit unsicheren Bewegungen, ob alle Knöpfe des weißen Mantels zu waren. Der Glanz der Augen begann zu erlöschen, die schlaffe Haut des alten Gesichts sackte nach unten, die Seligkeit der vergangenen Zeit wich aus den Räumen.

Gregorius wollte nicht, daß sie aufwachte und in die kalte Einsamkeit ihres Lebens zurückkehrte, wo ihr Clotilde das Tonband einlegen mußte. Nicht jetzt schon; es wäre zu grausam. Und so riskierte er es.

»Rui Luís Mendes. Hat Amadeu ihn hier drin behandelt?«

Es war, als hätte er eine Spritze von der Ablage genommen und ihr eine Droge gespritzt, die mit rasender Geschwindigkeit durch die dunklen Adern schoß. Eine Welle der Erschütterung ging durch sie hindurch, der knochige Körper zitterte einige Augenblicke wie im Fieber, der Atem ging schwer. Gregorius erschrak und verfluchte seinen Vorstoß. Doch dann verebbten die Konvulsionen, Adrianas Körper straffte sich, der flackernde Blick wurde fest, und nun ging sie hinüber zum Behandlungstisch. Gregorius wartete auf die Frage, woher er von Mendes wisse. Doch Adriana war längst wieder in der Vergangenheit.

Sie legte die flache Hand auf das Papier des Behandlungstischs. »Hier war es. Genau hier. Ich sehe ihn liegen, als wären seither nur Minuten vergangen.«

Und dann begann sie zu erzählen. Die musealen Räume wurden durch die Kraft und Leidenschaft ihrer Worte lebendig, die Hitze und das Unheil jenes fernen Tages kehrten in die Praxis zurück, in der Amadeu Inácio de Almeida Prado, Liebhaber von Kathedralen und unerbittlicher Feind aller Grausamkeit, etwas getan hatte, das ihn nie wieder loslassen sollte, etwas, das er auch mit der unerbittlichen Klarheit seines Verstandes nicht hatte bewältigen und zu einem Abschluß bringen können. Etwas, das wie ein klebriger Schatten über den letzten Jahren seines verglühenden Lebens gelegen hatte.

Es war an einem heißen, feuchten Tag im August des Jahres 1965 geschehen, kurz nach dem fünfundvierzigsten Geburtstag von Prado. Im Februar war Humberto Delgado, der einstmalige Kandidat der Mitte-Links-Opposition bei den Präsidentschaftswahlen von 1958, ermordet worden, als er versuchte, aus dem algerischen Exil zurückzukehren und über die spanische Grenze ins Land zu gelangen. Die Verantwortung für den Mord wurde der spanischen und portugiesischen Polizei zugeschoben, doch jedermann war überzeugt, daß er das Werk der Geheimpolizei gewesen war, der *Polícia Internacional de Defesa do Estado*, P.I.D.E., die alles kontrollierte, seit die Senilität von António de Salazar offenkundig geworden war. In Lissabon kursierten illegal gedruckte Handzettel, die Rui Luís Mendes für die blutige Tat verantwortlich machten, einen gefürchteten Offizier der Geheimpolizei.

»Wir hatten auch einen Zettel im Briefkasten«, sagte Adriana. »Amadeu starrte das Foto von Mendes an, als wolle er es mit seinem Blick vernichten. Dann riß er den Zettel in kleine Fetzen und spülte sie in der Toilette hinunter.«

Es war früher Nachmittag, und stille, brütende Hitze lag über der Stadt. Prado hatte sich hingelegt, um seinen Mittagsschlaf zu machen, den er jeden Tag machte und der fast auf die Minute genau eine halbe Stunde dauerte. Es war der einzige

Zeitpunkt im ganzen Zyklus von Tag und Nacht, zu dem ihm das Einschlafen mühelos gelang. In diesen Minuten schlief er stets tief und traumlos, taub für alles Geräusch, und wenn ihn etwas aus dem Schlaf riß, war er für eine Weile verstört und ohne Orientierung. Adriana wachte über diesen Schlaf wie über ein Heiligtum.

Amadeu war eben erst eingeschlafen, als Adriana hörte, wie auf der Straße gellende Schreie die mittägliche Stille zerrissen. Sie stürzte ans Fenster. Vor dem Eingang zum Nachbarhaus lag ein Mann auf dem Gehsteig. Die Menschen, die um ihn herumstanden und Adriana die Sicht verstellten, schrien aufeinander ein und gestikulierten wild. Adriana schien es, als trete eine der Frauen mit der Schuhspitze auf den liegenden Körper ein. Zwei großen Männern gelang es schließlich, die Leute zurückzudrängen, sie hoben den Mann auf und trugen ihn bis zum Eingang von Prados Praxis. Jetzt erst erkannte ihn Adriana, und ihr Herz setzte aus: Es war Mendes, der Mann auf dem Handzettel, unter dessen Foto gestanden hatte: *o carniceiro de Lisboa*, der Schlächter von Lissabon.

»In diesem einen Augenblick wußte ich genau, was geschehen würde. Ich wußte es bis in alle Einzelheiten hinein, es war, als sei die Zukunft schon geschehen – als sei sie in meinem Erschrecken als bereits bestehende Tatsache enthalten, und nun würde es nur noch darum gehen, daß sie sich zeitlich ausbreitete. Daß die nächste Stunde einen tiefen Einschnitt in Amadeus Leben bedeuten und die schwerste Prüfung darstellen würde, die er bisher hatte bestehen müssen: Selbst das stand mir mit schrecklicher Klarheit vor Augen.«

Die Männer, die Mendes trugen, klingelten Sturm, und es kam Adriana vor, als würde sich mit dem schrillen Laut, der stets von neuem einsetzte und zu etwas Unerträglichem anschwoll, die Gewalt und Brutalität der Diktatur, die sie bisher – nicht ohne schlechtes Gewissen – hatten auf Abstand halten können, nun doch noch ihren Weg in die vornehme, behütete Stille ihres Hauses bahnen. Zwei, drei Sekunden lang erwog sie, einfach nichts zu tun und sich totzustellen. Doch sie wußte: Das würde ihr Amadeu nie verzeihen. Und so öffnete sie und ging ihn wecken.

»Er sagte kein Wort, er wußte: Ich hätte ihn nicht geweckt, wäre es nicht um Leben und Tod gegangen. ›In der Praxis‹, sagte ich einfach. Mit bloßen Füßen rannte er taumelnd die Treppe hinunter und stürzte dort drüben zum Waschbecken, wo er sich kaltes Wasser ins Gesicht schaufelte. Dann trat er zu dieser Liege hier, auf der Mendes lag.

Er wurde zu Stein, und für zwei, drei Sekunden starrte er nur ungläubig auf das bleiche, erschlaffte Gesicht mit den feinen Schweißperlen auf der Stirn. Er wandte sich um und sah mich zur Bestätigung an. Ich nickte. Für einen Augenblick schlug er die Hände vors Gesicht. Dann ging ein Ruck durch meinen Bruder. Mit beiden Händen riß er Mendes das Hemd auf, so daß die Knöpfe wegspritzten. Er legte das Ohr auf die behaarte Brust, dann hörte er ihn mit dem Stethoskop ab, das ich ihm gereicht hatte.

›Digitalis!‹

Er sagte nur dieses eine Wort, und in der Gepreßtheit seiner Stimme lag der ganze Haß, gegen den er ankämpfte, ein Haß wie aus blitzendem Stahl. Während ich die Spritze aufzog, massierte er das Herz von Mendes, ich hörte das dumpfe Krachen, als die Rippen brachen.

Als ich ihm die Spritze reichte, begegneten sich unsere Blicke für die Länge eines Wimpernschlags. Wie ich ihn in diesem Augenblick liebte, meinen Bruder! Mit der unerhörten Macht seines eisernen, unbeugsamen Willens kämpfte er gegen den Wunsch an, den Mann auf der Liege, der aller Vermutung nach Folter und Mord auf dem Gewissen hatte und die ganze erbarmungslose Unterdrückung des Staates in seinem feisten, schwitzenden Körper trug, einfach sterben zu lassen. Wie leicht wäre es gewesen, wie unglaublich leicht! Ein paar Sekunden der Untätigkeit hätten genügt. Einfach nichts tun! *Nichts!*

Und wirklich: Nachdem Amadeu die vorgesehene Stelle auf Mendes' Brust desinfiziert hatte, zögerte er und schloß die Augen. Niemals sonst, weder vorher noch nachher, habe ich einen Menschen beobachten können, der sich selbst auf diese Weise niederrang. Dann öffnete Amadeu die Augen und stieß Mendes die Nadel direkt ins Herz. Es sah aus wie der Todesstoß, und ich fror. Er tat es mit der atemberaubenden Sicherheit, mit der er jede Spritze setzte, man hatte das Gefühl, menschliche Körper seien für ihn in solchen Momenten wie aus Glas. Ohne das geringste Zittern, mit unerhörter Gleichmäßigkeit, drückte er Mendes jetzt die Droge in den Herzmuskel, damit sie ihn wieder in Gang setze. Als er die Spritze herauszog, war alle Heftigkeit aus ihm gewichen. Er klebte ein Pflaster auf die Einstichstelle und hörte Mendes mit dem Stethoskop ab. Dann sah er mich an und nickte. ›Die Ambulanz‹, sagte er.

Sie kamen und trugen Mendes auf einer Trage hinaus. Kurz vor der Tür kam er zu sich, schlug die Augen auf, und da begegnete er Amadeus Blick. Ich war erstaunt zu sehen, wie ruhig, geradezu sachlich, mein Bruder ihn ansah. Vielleicht war es auch die Erschöpfung, jedenfalls lehnte er gegen die Tür in der Haltung von einem, der gerade eine schwere Krise überstanden hat und damit rechnen kann, jetzt Ruhe zu haben.

Doch das Gegenteil trat ein. Amadeu wußte nichts von den Menschen, die sich vorhin um den zusammengebrochenen Mendes geschart hatten, und ich hatte sie vergessen. Deshalb traf es uns unvorbereitet, als wir plötzlich hysterische Stimmen hörten, die riefen: ›*Traidor! Traidor!*‹ Sie mußten gesehen haben, daß Mendes auf der Trage der Sanitäter lebte, und nun schrien sie ihre Wut auf denjenigen hinaus, der ihn dem Tod, den er verdient gehabt hätte, entrissen hatte und den sie als Verräter an der gerechten Strafe sahen.

Wie vorhin, als er Mendes erkannt hatte, schlug Amadeu die Hände vors Gesicht. Doch jetzt geschah es langsam, und wenn er vorhin den Kopf hoch oben getragen hatte wie immer, senkte er ihn jetzt unter den Händen, und nichts hätte besser als dieses Senken die Müdigkeit und Trauer zum Ausdruck bringen können, mit der er dem entgegensah, was ihm nun bevorstand.

Doch weder Müdigkeit noch Trauer vermochten seinen Geist zu trüben. Mit sicherem Griff nahm er den weißen Kittel, den anzuziehen vorhin keine Zeit gewesen war, dort drüben vom Haken und streifte ihn über. Die traumwandlerische Sicherheit, die in dieser Handlung lag, habe ich erst später begriffen: Er wußte, ohne nachzudenken, daß er sich den Leuten als Arzt stellen mußte und daß sie ihn am ehesten dann so sehen würden, wenn er das sprechende Kleidungsstück trug.

Als er unter die Haustür trat, verstummten die Schreie. Eine Weile stand er nur da, den Kopf gesenkt, die Hände in den Taschen des Kittels. Alle warteten sie, daß er etwas zu seiner Verteidigung sage. Amadeu hob den Kopf und blickte in die Runde. Es kam mir vor, als ruhten seine bloßen Füße nicht einfach auf dem Steinboden, als stemme er sie vielmehr hinein.

›Sou médico‹, sagte er, und noch einmal, beschwörend: ›Sou médico‹.

Ich erkannte drei, vier unserer Patienten aus der Nachbarschaft, die verlegen zu Boden sahen.

›É um assassino!‹ rief jetzt jemand.

›Carniceiro!‹ rief ein anderer.

Ich sah, wie sich Amadeus Schultern in schweren Atemzügen hoben und senkten.

›*É um ser humano, uma pessoa*‹, er ist ein menschliches Wesen, eine Person, sagte er laut und klar, und vermutlich hörte nur ich, die ich jede Nuance seiner Stimme kannte, das leise Zittern, als er wiederholte: ›*Pessoa*‹.

Gleich darauf zerplatzte eine Tomate auf dem weißen Kittel. Es war, soweit ich weiß, das erste und einzige Mal, daß jemand Amadeu körperlich angriff. Ich kann nicht sagen, wie groß der Anteil dieses Angriffs an dem war, was nachher mit ihm geschah – wieviel es zu der tiefen Erschütterung beitrug, die jene Szene unter der Tür in ihm auslöste. Doch ich vermute, daß es wenig war im Vergleich mit dem, was sich nun ereignete: Eine Frau löste sich aus der Menge, trat vor ihn und spuckte ihm ins Gesicht.

Wäre es nur ein einziges Spucken gewesen, so hätte er es vielleicht als eine Kurzschlußhandlung sehen können, vergleichbar einem wütenden, unbeherrschbaren Zucken. Doch die Frau spuckte mehrmals und immer weiter, es war, als spuckte sie sich die Seele aus dem Leib und ertränkte Amadeu im Schleim ihres Ekels, der ihm in langsamen Rinnsalen übers Gesicht lief.

Er hielt diesem erneuten Angriff mit geschlossenen Augen stand. Aber er mußte, genau wie ich, die Frau erkannt haben: Es war die Frau eines Patienten, den er über Jahre hinweg in unzähligen Hausbesuchen, für die er keinen Centavo genommen hatte, in den Krebstod begleitet hatte. Welch eine Undankbarkeit!, dachte ich als erstes. Doch dann sah ich in ihren Augen den Schmerz und die Verzweiflung, die hinter der Wut hervordrängten, und da begriff ich: Sie spuckte ihn an, *weil* sie dankbar war für das, was er getan hatte. Er war wie ein Held gewesen, ein Schutzengel, ein göttlicher Bote, der sie durch die Dunkelheit der Krankheit begleitet hatte, in der sie, wäre sie allein gelassen worden, verlorengegangen wäre. Und er, ausgerechnet er, hatte sich der Gerechtigkeit in den Weg gestellt, die darin bestanden hätte, daß Mendes nicht mehr hätte weiterleben dürfen. Dieser Gedanke hatte in der Seele dieser unförmigen, ein bißchen beschränkten Frau einen derartigen Aufruhr verursacht, daß sie sich nur noch mit einem Ausbruch zu helfen wußte, der, je länger er dauerte, etwas Mythisches bekam, eine Bedeutung, die weit über Amadeu hinausreichte.

Als ob die Menge spürte, daß damit eine Grenze überschritten worden war, löste sie sich auf, die Leute gingen weg, den Blick gesenkt. Amadeu wandte sich um und kam auf mich zu. Ich wischte ihm mit einem Taschentuch das Gröbste aus dem Gesicht. Drüben am Waschbecken hielt er das Gesicht unter den Wasserstrahl und drehte den Hahn so weit auf, daß das Wasser über das Becken hinaus in alle Richtungen spritzte. Das Gesicht, das er sich trockenrieb, war bleich. Ich glaube, er hätte in diesem Moment alles darum gegeben, weinen zu können. Er stand da und wartete auf die Tränen, doch sie wollten nicht kommen. Seit Fátimas Tod vier Jahre zuvor hatte er nicht mehr geweint. Er machte ein paar steife Schritte auf mich zu, es war, als müsse er von neuem gehen lernen. Dann stand er vor mir, im Blick die Tränen, die nicht fließen wollten, er faßte mich mit beiden Händen an den Schultern und lehnte seine noch feuchte Stirn gegen die meine. Es mögen drei, vier Minuten gewesen sein, daß wir so standen, und sie gehören zu den kostbarsten Minuten meines Lebens.«

Adriana schwieg. Sie durchlebte sie noch einmal, diese Minuten. In ihrem Gesicht zuckte es, doch auch ihre Tränen wollten nicht kommen. Sie ging hinüber zum Waschbecken, ließ Wasser in das Gefäß der Handflächen laufen und tauchte das Gesicht hinein. Langsam fuhr sie sich mit dem Handtuch über Augen, Wangen und Mund. Als verlange die Geschichte eine unverrückbare Position der Erzählerin, ging sie dann zur selben Stelle zurück, bevor sie fortfuhr. Auch die Hand legte sie wieder auf die Liege.

Amadeu, erzählte sie, duschte und duschte. Dann setzte er sich ans Pult, nahm einen frischen Bogen Papier und schraubte den Füllfederhalter auf.

Nichts geschah. Kein einziges Wort kam zustande.

»Das war das Schlimmste von allem«, sagte Adriana: »zusehen zu müssen, wie das Geschehene ihn stumm gemacht hatte, so daß er daran zu ersticken drohte.«

Auf die Frage, ob er etwas essen wolle, nickte er abwesend. Dann ging er ins Bad und wusch die Tomatenflecke aus dem Kittel. Zum Essen kam er – das war noch nie vorgekommen – im Kittel und strich unablässig über die nassen Stellen. Adriana spürte, daß sie aus großer Tiefe kamen, diese streichenden Bewegungen, und sie schienen Amadeu mehr zuzustoßen, als daß er sie planvoll vollzogen hätte. Sie hatte Angst, er würde vor ihren Augen den Verstand verlieren und für immer so sitzen bleiben, ein verloren blickender Mann, der in Gedanken stets von neuem den Schmutz abzustreifen versuchte, mit dem ihn Leute beworfen hatten, denen er all sein Können und all seine Lebenskraft geschenkt hatte, Tag und Nacht.

Plötzlich, mitten im Kauen, rannte er ins Bad und erbrach sich in einer endlos scheinenden Folge von würgenden Krämpfen. Er wolle sich etwas ausruhen, sagte er nachher tonlos.

»Ich hätte ihn gerne in die Arme genommen«, sagte Adriana, »aber es war unmöglich, es war, als brenne er und als würde sich jeder verbrennen, der ihm zu nahe kam.«

Die beiden nächsten Tage war es fast, als sei nichts geschehen. Nur ein bißchen angespannter als sonst war Prado, und seine Freundlichkeit den Patienten gegenüber hatte etwas Ätherisches und Unwirkliches. Ab und zu hielt er mitten in einer Bewegung inne und sah mit leerem und vagem Blick vor sich hin wie ein Epileptiker während einer Absence. Und wenn er auf die Tür zum Wartezimmer zuging, war ein Zögern in seinen Bewegungen, als fürchte er, es könnte dort jemand aus der Menge sitzen, die ihn des Verrats angeklagt hatte.

Am dritten Tag wurde er krank. Adriana fand ihn in der Morgendämmerung schlotternd am Küchentisch. Er schien um Jahre gealtert und wollte niemanden sehen. Dankbar überließ er es ihr, alles zu regeln, und versank danach in einer tiefen, gespenstisch anmutenden Apathie. Er rasierte sich nicht und zog sich nicht an. Der einzige Besucher, den er zu sich ließ, war Jorge, der Apotheker. Doch auch zu ihm sagte er kaum ein Wort, und Jorge kannte ihn zu gut, um in ihn zu dringen. Adriana hatte ihm erzählt, wie es dazu gekommen war, und er hatte schweigend genickt.

»Nach einer Woche kam ein Brief von Mendes. Amadeu legte ihn ungeöffnet auf den Nachttisch. Dort lag er zwei Tage. In den frühen Morgenstunden des dritten Tages steckte er ihn, nach wie vor ungeöffnet, in einen Umschlag und adressierte ihn an den Absender. Er bestand darauf, ihn eigenhändig zum Postamt zu bringen. Dort würden sie erst um neun aufmachen, wandte ich ein. Er ging trotzdem auf die leere Gasse hinaus, den großen Umschlag in der Hand. Ich sah ihm nach und wartete dann am Fenster, bis er nach Stunden wiederkam. Er ging aufrechter als beim Weggehen. In der Küche probierte er, ob er den Kaffee wieder vertrug. Es ging. Dann rasierte er sich, zog sich an und setzte sich ans Pult.«

Adriana schwieg, und ihr Gesicht erlosch. Verloren blickte sie auf die Liege, vor der Amadeu gestanden hatte, als er Mendes mit einer Bewegung, die einem Todesstoß glich, die lebensrettende Nadel ins Herz stieß. Damit, daß die Geschichte zu Ende war, war für sie auch die Zeit zu Ende.

Im ersten Moment kam es auch Gregorius vor, als hätte man ihm die Zeit vor der Nase abgeschnitten, und er hatte den Eindruck, einen kurzen Blick auf die Not erhaschen zu können, mit der Adriana seit mehr als dreißig Jahren lebte: die

Not, in einer Zeit leben zu müssen, die längst zu einem Ende gekommen war.

Jetzt löste sie die Hand von der Liege, und indem sie die Berührung aufhob, schien sie auch die Verbindung zur Vergangenheit zu verlieren, die ihre einzige Gegenwart war. Zuerst wußte sie nicht, was sie mit der Hand machen sollte, dann schob sie sie in die Tasche des weißen Mantels. Die Bewegung ließ den Mantel als etwas Besonderes hervortreten, er kam Gregorius nun wie eine magische Hülle vor, in die hinein Adriana geflohen war, um aus ihrer stillen, ereignislosen Gegenwart zu verschwinden und in der fernen, flammenden Vergangenheit wiederaufzuerstehen. Nun, da sie erloschen war, diese Vergangenheit, wirkte der Mantel an ihr so verloren wie ein Kostüm in der Requisitenkammer eines aufgegebenen Theaters.

Gregorius ertrug den Anblick ihrer Leblosigkeit nicht länger. Am liebsten wäre er weggelaufen, hinaus in die Stadt, in ein Lokal mit vielen Stimmen, mit Gelächter und Musik. An einen Ort, wie er ihn sonst mied.

»Amadeu setzt sich ans Pult«, sagte er. »Was schreibt er?«

Die Glut ihres damaligen Lebens kehrte zurück in Adrianas Gesicht. Doch in die Freude, weiterhin über ihn sprechen zu können, mischte sich etwas anderes, etwas, das Gregorius nur langsam erkannte. Es war Ärger. Kein kurzatmiger Ärger, der sich an einer Kleinigkeit entzündet, aufflammt und rasch wieder erlischt, sondern ein tiefer, schleichender Ärger, einem Schwelbrand ähnlich.

»Ich wünschte, er hätte es nicht geschrieben. Oder gar nicht erst gedacht. Es war wie ein schleichendes Gift, das von jenem Tag an in seinen Adern pulsierte. Es hat ihn verändert. Zerstört. Er wollte es mir nicht zeigen. Aber er war danach so anders. Da habe ich es aus seiner Schublade genommen und gelesen, während er schlief. Es war das erste Mal, daß ich so etwas tat, und das letzte Mal. Denn jetzt gab es auch in mir ein Gift. Das Gift des verletzten Respekts, des zerstörten Vertrauens. Es war danach auch zwischen uns nie mehr ganz so wie vorher.

Wenn er sich selbst gegenüber nur nicht so rücksichtslos ehrlich gewesen wäre! So besessen vom Kampf gegen Selbsttäuschungen! *Die Wahrheit über sich selbst ist dem Menschen zumutbar*, pflegte er zu sagen. Es war wie ein religiöses Bekenntnis. Ein Gelübde, das ihn mit Jorge verband. Ein Credo, das schließlich sogar diese heilige Freundschaft zersetzte, diese verdammte heilige Freundschaft. Ich weiß nicht im einzelnen, wie es kam, aber es hatte mit dem fanatischen Ideal der Selbsterkenntnis zu tun, das die beiden Priester der Wahrhaftigkeit schon als Schüler vor sich her trugen wie das Banner von Kreuzrittern.«

Adriana ging zur Wand neben der Tür und lehnte sich mit der Stirn dagegen, die Hände auf dem Rücken verschränkt, als hätte jemand sie gefesselt. Stumm haderte sie mit Amadeu, mit Jorge und mit sich selbst. Sie stemmte sich gegen die unwiderrufliche Tatsache, daß das Drama von Mendes' Rettung, das ihr jene kostbaren Minuten der Intimität mit dem Bruder bescherte, kurz darauf etwas in Gang gesetzt hatte, das alles veränderte. Sie lehnte sich mit dem ganzen Gewicht ihres Körpers gegen die Wand, der Druck auf der Stirn mußte weh tun. Und dann, ganz plötzlich, löste sie die Hände auf dem Rücken, hob sie hoch und schlug mit den erhobenen Fäusten gegen die Wand, immer wieder, eine greise Frau, die das Rad der Zeit zurückdrehen wollte, es war ein verzweifeltes Trommelfeuer von dumpfen Schlägen, eine Eruption von ohnmächtigem Zorn, ein verzweifeltes Anrennen gegen den Verlust einer glücklichen Zeit.

Die Schläge wurden schwächer und langsamer, die Erregung verebbte. Erschöpft lehnte Adriana noch eine Weile an der Wand. Dann ging sie rückwärts in den Raum zurück und setzte sich auf einen Stuhl. Die Stirn war übersät mit weißem Grieß vom Putz an der Wand, ab und zu löste sich ein Körnchen und rollte ihr übers Gesicht. Ihr Blick ging zurück zur Wand, Gregorius folgte dem Blick, und jetzt sah er es: Dort, wo sie vorhin gestanden hatte, gab es ein großes Rechteck, das heller war als die übrige Wand. Die Spur eines Bildes, das früher dort gehangen haben mußte.

»Ich habe lange nicht verstanden, warum er die Karte abgenommen hat«, sagte Adriana. »Eine Karte des Gehirns. Sie hat dort elf Jahre gehangen, die ganze Zeit, seit wir die Praxis eingerichtet haben. Übersät mit lateinischen Namen. Ich habe nicht nach dem Grund zu fragen gewagt, er braust auf, wenn man ihn das Falsche fragt. Ich habe ja nichts von dem Aneurysma gewußt, er hat es mir verschwiegen. Mit einer Zeitbombe im Gehirn erträgt man den Anblick einer solchen Karte nicht.«

Gregorius war überrascht von dem, was er nun tat. Er ging zum Waschbecken, nahm das Handtuch und trat dann vor Adriana, um ihr die Stirn abzuwischen. Zuerst saß sie steif da in einer Haltung der Abwehr, doch dann ließ sie den Kopf erschöpft und dankbar gegen das Handtuch fallen.

»Würden Sie mitnehmen, was er damals geschrieben hat?« fragte sie, als sie sich aufrichtete. »Ich will es nicht mehr hier im Haus haben.«

Während sie hinaufging, um die Blätter zu holen, denen sie an so vielem die Schuld gab, stand Gregorius am Fenster und blickte auf die Gasse hinaus, dorthin, wo Mendes zusammengebrochen war. Er stellte sich vor, unter der Tür zu stehen, eine aufgebrachte Menge vor sich. Eine Menge, aus der sich eine Frau löste, die ihn anspuckte, nicht einmal, sondern immer wieder. Eine Frau, die ihn, der stets soviel von sich selbst verlangt hatte, des Verrats bezichtigt hatte.

Adriana hatte die Blätter in einen Umschlag gesteckt.

»Ich habe oft daran gedacht, sie zu verbrennen«, sagte sie und gab ihm das Kuvert.

Schweigend brachte sie ihn zur Tür, immer noch im weißen Kittel. Und dann, ganz plötzlich, er war schon halb draußen, hörte er die ängstliche Stimme des kleinen Mädchens, das sie auch war: »Bringen Sie mir die Blätter zurück? Bitte, Sie sind doch von ihm.«

Als Gregorius die Gasse entlangging, stellte er sich vor, wie sie irgendwann den weißen Kittel ausziehen und neben den von Amadeu hängen würde. Dann würde sie das Licht ausmachen und abschließen. Oben würde Clotilde auf sie warten.

21 Atemlos las Gregorius, was Prado aufgeschrieben hatte. Zuerst überflog er es nur, um möglichst bald zu wissen, warum Adriana seine Gedanken wie einen Fluch empfunden hatte, der über den folgenden Jahren lag. Dann schlug er jedes einzelne Wort nach. Schließlich schrieb er den Text ab, um besser zu verstehen, wie es für Prado gewesen war, sie zu denken.

Habe ich es für ihn getan? War es so, daß ich in seinem Interesse wollte, daß er weiterlebte? Kann ich mit Wahrhaftigkeit sagen, daß das mein Wille war? Bei meinen Patienten ist es so, auch bei denen, die ich nicht mag. Zumindest hoffe ich das, und ich möchte nicht denken müssen, daß mein Tun hinter meinem Rücken von ganz anderen Motiven gelenkt wird als denjenigen, die ich zu kennen meine. Aber bei ihm?

Meine Hand, sie scheint ihr eigenes Gedächtnis zu haben, und es will mir vorkommen, als sei dieses Gedächtnis vertrauenswürdiger als jede andere Quelle der Selbsterforschung. Und dieses Gedächtnis der Hand, die Mendes die Nadel ins Herz stach, es

sagt: Es war die Hand eines Tyrannenmörders, die den bereits to-
ten Tyrannen in einem paradoxen Akt zurück ins Leben holte.

(Auch hier bestätigt sich, was mich die Erfahrung stets von
neuem gelehrt hat, ganz gegen das ursprüngliche Temperament
meines Denkens: daß der Körper weniger bestechlich ist als der
Geist. Der Geist, er ist ein charmanter Schauplatz von Selbsttäu-
schungen, gewoben aus schönen, besänftigenden Worten, die uns
eine irrtumsfreie Vertrautheit mit uns selbst vorgaukeln, eine
Nähe des Erkennens, die uns davor feit, von uns selbst überrascht
zu werden. Wie langweilig wäre es doch, in solch müheloser
Selbstgewißheit zu leben!)

Habe ich es also in Wirklichkeit für mich selbst *getan? Um*
vor mir als guter Arzt und tapferer Mensch dazustehen, der die
Kraft hat, seinen Haß niederzuringen? Um einen Triumph der
Selbstbeherrschung feiern und im Rausch der Selbstbezwingung
schwelgen zu können? Aus moralischer Eitelkeit also, und schlim-
mer noch: aus ganz gewöhnlicher Eitelkeit? Die Erfahrung in
jenen Sekunden – es war nicht die Erfahrung genießerischer Ei-
telkeit, dessen bin ich mir gewiß; im Gegenteil, es war die Erfah-
rung, gegen mich selbst zu handeln und mir die naheliegenden
Empfindungen der Genugtuung und Schadenfreude nicht zu
gönnen. Doch vielleicht ist das kein Beweis. Vielleicht gibt es eine
Eitelkeit, die man nicht spürt und die sich hinter entgegengesetz-
ten Empfindungen versteckt?

Ich bin Arzt – das ist es, was ich der empörten Menge ent-
gegenhielt. Ich hätte auch sagen können: Ich habe den hippokra-
tischen Eid abgelegt, es ist ein heiliger Eid, und ich werde ihn nie
brechen, niemals, mögen die Dinge liegen, wie sie wollen. Ich
spüre: Ich mag es, das zu sagen, ich liebe es, es sind Worte, die
mich begeistern, berauschen. Ist das so, weil sie wie die Worte
eines priesterlichen Gelübdes sind? War es also eigentlich eine re-
ligiöse Handlung, als ich ihm, dem Schlächter, das Leben zu-
rückgab, das er bereits verloren hatte? Die Handlung von einem,

der es insgeheim bedauert, daß er sich nicht mehr aufgehoben fühlen kann in Dogma und Liturgie? Der immer noch dem unirdischen Schein der Altarkerzen nachtrauert? Also keine aufgeklärte Handlung? Gab es, von mir unbemerkt, in meiner Seele einen kurzen, aber heftigen, erbitterten Kampf zwischen dem einstmaligen Priesterzögling und dem Tyrannenmörder, der bisher nie zur Tat geschritten ist? Die Nadel mit dem lebensrettenden Gift in sein Herz zu stoßen: War es eine Tat, in der sich Priester und Mörder die Hand reichten? Eine Bewegung, in der sie beide bekamen, was sie ersehnten?

Wäre an der Stelle von Inês Salomão ich es gewesen, der mich anspuckte: Was hätte ich zu mir sagen können?

»Es war ja nicht ein Mord, den wir von dir verlangten«, hätte ich sagen können, »kein Verbrechen also, weder im Sinne des Gesetzes noch im Sinne der Moral. Hättest du ihm seinen Tod gelassen: Kein Richter hätte dich jagen und niemand hätte dich vor die mosaische Tafel führen können, auf der steht: Du sollst nicht töten. Nein, was wir erwarten konnten, war etwas ganz Einfaches, Schlichtes, Augenfälliges: daß du einen Mann, der Unglück, Folter und Tod über uns gebracht hat und den uns die barmherzige Natur endlich vom Halse schaffen wollte, nicht mit aller Macht am Leben halten und dafür sorgen würdest, daß er sein blutiges Regime weiterhin ausüben kann.«

Wie hätte ich mich verteidigen können?

»Ein jeder verdient es, daß man ihm hilft, am Leben zu bleiben, ganz gleich, was er getan hat. Er verdient es als Person, er verdient es als Mensch. Wir haben nicht zu richten über Leben und Tod.«

»Und wenn das den Tod anderer bedeutet? Schießen wir nicht auf jemanden, den wir auf jemanden schießen sehen? Würdest du den sichtbar mordenden Mendes nicht an seinem Morden hindern, notfalls durch einen Mord? Und geht das nicht viel weiter als das, was du hättest tun können: nichts?«

Wie würde es mir jetzt gehen, wenn ich ihn hätte sterben las-
sen? Wenn mich die anderen, statt mich anzuspucken, gefeiert
hätten für meine tödliche Unterlassung? Wenn mir aus den Gas-
sen ein ausgelassenes Aufatmen entgegengeschlagen wäre statt
wutvergifteter Enttäuschung? Ich bin sicher: Es hätte mich in die
Träume hinein verfolgt. Doch warum? Weil ich nicht ohne etwas
Unbedingtes, Absolutes sein kann? Oder einfach, weil es eine
Entfremdung von mir selbst bedeutet hätte, ihn kaltblütig ster-
ben zu lassen? Doch was ich bin, bin ich zufällig.

Ich stelle mir vor: Ich gehe zu Inês hinüber, ich klingle und
sage:

»Ich konnte nicht anders, ich bin so. Es hätte auch anders
kommen können, aber tatsächlich kam es nicht anders, und nun
bin ich, wie ich bin, und so konnte ich nicht anders.«

»Es kommt nicht darauf an, wie es dir mit dir geht«, könnte sie
sagen, »das ist ganz unerheblich. Stell dir einfach vor: Mendes
wird gesund, er zieht seine Uniform an und gibt seine mörde-
rischen Befehle. Stell es dir vor. Stell es dir ganz genau vor. Und
nun urteile selbst.«

Was könnte ich ihr entgegnen? Was? WAS?

Ich will etwas tun, hatte Prado zu João Eça gesagt, *verstehst du:*
tun. *Sag mir, was ich tun kann.* Was genau war es, das er hatte
wiedergutmachen wollen? *Du hast nichts verbrochen*, hatte
ihm Eça gesagt, *du bist Arzt.* Er selbst hatte das der anklagenden Menge entgegengehalten, und auch zu sich selbst hatte er
es gesagt, gewiß Hunderte von Malen. Es hatte ihn nicht zu beruhigen vermocht. Es war ihm zu einfach vorgekommen, zu
glatt. Prado war ein Mann von tiefem Mißtrauen gegen alles
Glatte und Oberflächliche gewesen, ein Verächter und Feind
von geronnenen Sätzen wie diesem: *Ich bin Arzt.* Er war an den
Strand gegangen und hatte sich eisige Winde gewünscht, die
alles wegfegten, was nach bloßer Sprechgewohnheit klang,

einer tückischen Art von Gewohnheit, die das Nachdenken verhinderte, indem sie die Illusion erzeugte, als hätte es bereits stattgefunden und fände in den hohlen Worten seinen Abschluß.

Als Mendes vor ihm lag, hatte er ihn als diesen besonderen, einzelnen Menschen gesehen, um dessen Leben es ging. Nur als diesen einzelnen Menschen. Er hatte dieses Leben nicht als etwas sehen können, mit dem man in Hinblick auf andere rechnen mußte, als einen Faktor in einer größeren Rechnung. Und genau das war es, was ihm die Frau in seinem Selbstgespräch vorwarf: daß er nicht an die Konsequenzen gedacht hatte, die ja ebenfalls einzelne Leben betrafen, viele einzelne Leben. Daß er nicht bereit gewesen war, den einen Einzelnen für die vielen Einzelnen zu opfern.

Als er sich dem Widerstand anschloß, dachte Gregorius, war es auch gewesen, um solches Denken zu lernen. Er war gescheitert. *Ein Leben gegen viele Leben. So kann man doch nicht rechnen. Oder?*, hatte er Jahre danach zu Pater Bartolomeu gesagt. Er war zu seinem einstmaligen Mentor gegangen, um sich sein Empfinden bestätigen zu lassen. Aber er hätte ohnehin nicht anders gekonnt. Und dann hatte er Estefânia Espinhosa über die Grenze gebracht, außer Reichweite derer, die sie glaubten opfern zu müssen, um Schlimmeres zu verhindern.

Seine innere Schwerkraft, die ihn zu dem machte, der er war, hatte kein anderes Handeln zugelassen. Doch ein Zweifel war geblieben, weil der Verdacht der moralischen Selbstgefälligkeit nicht auszuräumen war, ein Verdacht, der schwer wog für einen Mann, der Eitelkeit haßte wie die Pest.

Diesen Zweifel hatte Adriana verflucht. Sie hatte den Bruder ganz für sich haben wollen und hatte gespürt, daß man niemanden für sich haben kann, der mit sich nicht im reinen ist.

22 »Ich glaub's nicht!« sagte Natalie Rubin am Telefon. »Ich glaub's einfach nicht! Wo sind Sie?«

Er sei in Lissabon, sagte Gregorius, und er brauche Bücher, deutschsprachige Bücher.

»Bücher«, lachte sie, »was sonst!«

Er zählte auf: das größte deutsch-portugiesische Wörterbuch, das es gebe; eine ausführliche portugiesische Grammatik, trocken wie ein Lateinbuch, ohne Firlefanz zur angeblichen Erleichterung des Lernens; eine Geschichte Portugals.

»Und dann etwas, das es vielleicht gar nicht gibt: eine Geschichte der portugiesischen Widerstandsbewegung unter Salazar.«

»Klingt nach Abenteuer«, sagte Natalie.

»Ist es auch«, sagte Gregorius. »Irgendwie.«

»*Faço o que posso*«, sagte sie. Ich tue, was ich kann.

Erst verstand Gregorius nicht, dann fuhr er zusammen. Daß eine seiner Schülerinnen Portugiesisch konnte – das durfte es nicht geben. Es vernichtete den Abstand zwischen Bern und Lissabon. Es zerstörte den Zauber, den ganzen verrückten Zauber seiner Reise. Er verfluchte den Anruf.

»Sind Sie noch dran? Meine Mutter ist Portugiesin, falls Sie sich wundern.«

Er brauche außerdem eine Grammatik des Neupersischen, sagte Gregorius, und er nannte ihr das Buch, das damals, vor vierzig Jahren, dreizehn Franken dreißig gekostet hatte. Falls es das Buch noch gebe, sonst ein anderes. Er sagte es wie ein trotziger Junge, der sich seine Träume nicht wegnehmen lassen will.

Dann ließ er sich ihre Adresse geben und nannte ihr sein Hotel. Das Geld tue er noch heute auf die Post, sagte er. Wenn etwas übrig sei – nun ja, vielleicht brauche er später noch etwas.

»Sie richten sozusagen ein Konto bei mir ein? Das gefällt mir.«

Gregorius mochte, wie sie das sagte. Wenn sie nur kein Portugiesisch könnte.

»Sie haben hier ja einen Mordsaufruhr verursacht«, sagte sie, als es in der Leitung still blieb.

Gregorius wollte davon nichts hören. Er brauchte eine Wand des Unwissens zwischen Bern und Lissabon.

Was denn geschehen sei, fragte er.

›Der kommt nicht wieder‹, hatte Lucien von Graffenried in die verblüffte Stille hinein gesagt, als Gregorius die Tür des Klassenzimmers hinter sich geschlossen hatte.

›Du bist verrückt‹, hatten andere gesagt, ›Mundus läuft doch nicht einfach weg, doch nicht Mundus, nie im Leben.‹

›Ihr könnt eben keine Gesichter lesen‹, hatte von Graffenried erwidert.

Das hätte Gregorius von Graffenried nicht zugetraut.

»Wir waren bei Ihnen zu Hause und haben geklingelt«, sagte Natalie. »Ich hätte geschworen: Sie waren da.«

Sein Brief an Kägi war erst am Mittwoch angekommen. Den ganzen Dienstag über hatte Kägi bei der Polizei nach Unfallmeldungen gefragt. Die Latein- und Griechischstunden waren ausgefallen, die Schüler saßen ratlos draußen auf den Stufen. Alles war aus dem Lot.

Natalie zögerte. »Die Frau ... ich meine ... das fanden wir spannend, irgendwie. Entschuldigung«, fügte sie hinzu, als er schwieg.

Und am Mittwoch?

»In der großen Pause fanden wir am Schwarzen Brett einen Aushang. Sie würden bis auf weiteres nicht mehr unterrichten, stand drauf, Kägi selber werde die Stunden übernehmen. Eine Abordnung ging zu Kägi und fragte nach. Er saß hinter seinem Schreibtisch und hatte Ihren Brief vor sich. Er war ganz anders als sonst, viel bescheidener, sanfter, nichts mehr von Rektor und so. ›Ich weiß nicht, ob ich das tun darf‹, sagte er, doch dann las er die Stelle aus Marc Aurel, die Sie zitiert hatten. Ob er denke, Sie seien krank, fragten wir. Er schwieg lange und sah zum Fenster hinaus. ›Ich kann's nicht wissen‹, sagte er schließlich, ›aber eigentlich glaube ich's nicht. Ich glaube eher, daß er plötzlich etwas gespürt hat, etwas Neues. Etwas Leises und doch Revolutionäres. Es muß wie eine lautlose Explosion gewesen sein, die alles veränderte.‹ Wir erzählten von … von der Frau. ›Ja‹, sagte Kägi darauf, ›jaa.‹ Ich hatte das Gefühl, er war irgendwie neidisch. ›Kägi ist cool‹, sagte Lucien nachher, ›das hätte ich ihm gar nicht zugetraut.‹ Stimmt. Aber er ist so langweilig im Unterricht. Wir … wir hätten Sie gern zurück.«

Gregorius spürte ein Brennen in den Augen und nahm die Brille ab. Er schluckte. »Ich … ich kann dazu jetzt nichts sagen«, sagte er.

»Aber Sie sind … Sie sind nicht krank? Ich meine …«

Nein, sagte er, er sei nicht krank. »Ein bißchen verrückt, aber nicht krank.«

Sie lachte, wie er sie noch nie hatte lachen hören, ganz ohne den Klang des höfischen Fräuleins. Es war ein ansteckendes Lachen, und er lachte mit, überrascht von der unerhörten, nie gekannten Leichtigkeit seines Lachens. Eine Weile lachten sie im Gleichklang, er verstärkte sie und sie ihn, sie lachten immer weiter, längst war der Anlaß nicht mehr wichtig, sondern nur noch das Lachen, es war wie Zugfahren, wie das Gefühl, das klopfende Geräusch auf den Schienen, ein Geräusch voll von Geborgenheit und Zukunft, möge nie mehr aufhören.

»Heute ist Samstag«, sagte Natalie schnell, als es zu Ende war, »da haben die Buchhandlungen nur bis vier auf. Ich gehe jetzt gleich los.«

»Natalie? Ich möchte, daß dieses Gespräch unter uns bleibt. Als hätte es nicht stattgefunden.«

Sie lachte. »Welches Gespräch denn? *Até logo.*«

Gregorius betrachtete das Bonbonpapier, das er nachts im Liceu wieder in die Manteltasche getan und heute morgen berührt hatte, als er in die Tasche faßte. Er nahm den Telefonhörer von der Gabel und legte ihn richtig herum wieder auf. Drei Nummern für den Namen Rubin hatte ihm die Auskunft genannt. Die zweite war die richtige gewesen. Er hatte das Gefühl gehabt, von einer Klippe ins Leere zu springen, als er wählte. Man konnte nicht sagen, daß er es überstürzt getan hatte oder aus einem blinden Impuls heraus. Mehrmals hatte er den Hörer in der Hand gehabt, hatte ihn wieder eingehängt und war ans Fenster getreten. Am Montag war der erste März, und das Licht war heute morgen anders, das erstemal war es das Licht, das er sich vorgestellt hatte, als der Zug im Schneegestöber den Bahnhof Bern verließ.

Nichts sprach dafür, das Mädchen anzurufen. Bonbonpapier in der Manteltasche war kein Grund, aus heiterem Himmel eine Schülerin anzurufen, mit der man noch nie ein persönliches Wort geredet hatte. Und schon gar nicht, wenn man weggelaufen war und ein Anruf ein kleines Drama bedeutete. War es das gewesen, was die Sache entschieden hatte: daß nichts dafür sprach und alles dagegen?

Und nun hatten sie zusammen gelacht, minutenlang. Es war wie eine Berührung gewesen. Eine leichte, schwebende Berührung ohne Widerstand, etwas, das jede körperliche Berührung wie ein plumpes, geradezu lächerliches Manöver aussehen ließ. In der Zeitung hatte er einmal einen Bericht über einen Polizisten gelesen, der einen überführten Dieb hatte laufen lassen. *Wir haben zusammen gelacht*, hatte der Polizist zur Entschuldigung gesagt, *da konnte ich ihn nicht mehr einsperren. Es ging einfach nicht mehr.*

Gregorius rief Mariana Eça und Mélodie an. Es nahm niemand ab. Er machte sich auf den Weg in die Baixa, zur Rua dos Sapateiros, wo Jorge O'Kelly, wie Pater Bartolomeu gesagt hatte, immer noch hinter dem Ladentisch seiner Apotheke stand. Es war das erste Mal seit seiner Ankunft, daß man den Mantel offen tragen konnte. Er spürte die milde Luft auf dem Gesicht und merkte, wie froh er war, daß er die beiden Frauen am Telefon nicht erreicht hatte. Er hatte keine Ahnung, was er ihnen hätte sagen wollen.

Im Hotel hatten sie ihn gefragt, wie lange er noch zu bleiben gedenke. »*Não faço ideia*«, ich habe keine Ahnung, hatte er gesagt, und dann hatte er die Rechnung für das Bisherige bezahlt. Die Frau beim Empfang war ihm mit dem Blick bis zum Ausgang gefolgt, er hatte es im Spiegel an der Säule gesehen. Jetzt ging er langsam zur Praça do Rossio. Er sah Natalie Rubin vor sich, wie sie zur Buchhandlung Stauffacher ging. Wußte sie, daß man es wegen der persischen Grammatik bei Haupt am Falkenplatz probieren mußte?

Bei einem Kiosk lag ein Plan von Lissabon aus, auf dem alle Kirchen mit ihren Silhouetten eingezeichnet waren. Gregorius kaufte den Plan. Prado – das hatte Pater Bartolomeu erzählt – hatte alle Kirchen gekannt und alles über sie gewußt. In einigen von ihnen war er mit dem Pater gewesen. *Die müßte man herausreißen!*, hatte er gesagt, wenn sie an den Beichtstühlen vorbeigegangen waren. *Eine solche Demütigung!*

O'Kellys Apotheke hatte eine Tür und Fensterrahmen in Dunkelgrün und Gold. Über der Tür ein Äskulapstab, im Fenster eine altmodische Waage. Als Gregorius eintrat, klingelten mehrere Glocken, die zusammen eine sanfte, scheppernde Melodie ergaben. Er war froh, sich hinter den vielen Kunden verstecken zu können. Und nun sah er, was er nicht für möglich gehalten hätte: einen Apotheker, der hinter dem Ladentisch *rauchte*. Der ganze Laden roch nach Rauch und Medizin, und gerade zündete sich O'Kelly eine neue Zigarette mit der Glut der alten an. Dann trank er einen Schluck Kaffee aus einer Tasse auf der Theke. Niemand schien sich zu wundern.

Mit seiner rasselnden Stimme erklärte er den Kunden etwas oder machte einen Scherz. Gregorius hatte den Eindruck, daß er sie alle duzte.

Das also war Jorge, der beinharte Atheist und illusionslose Romantiker, den Amadeu de Prado gebraucht hatte, um ganz zu sein. Der Mann, dessen Überlegenheit im Schach für ihn, den Überlegenen, so wichtig gewesen war. Der Mann, der als erster in Lachen ausgebrochen war, als ein bellender Hund die betretene Stille nach Prados gotteslästerlicher Rede beendet hatte. Der Mann, der auf einem Kontrabaß sägen konnte, bis der Bogen brach, weil er spürte, daß er hoffnungslos unbegabt war. Und schließlich auch der Mann, dem Prado entgegengetreten war, als ihm klar wurde, daß er Estefânia Espinhosa zum Tode verurteilt hatte, die Frau, auf die er – wenn Pater Bartolomeus Vermutung zutraf – Jahre später auf dem Friedhof zugegangen war, ohne ihrem Blick zu begegnen.

Gregorius verließ die Apotheke und setzte sich in das gegenüberliegende Café. Er wußte, daß es in Prados Buch eine Aufzeichnung gab, die mit einem Anruf von Jorge begann. Als er jetzt, mitten im Straßenlärm und umgeben von Leuten, die sich unterhielten oder sich mit geschlossenen Augen von der Frühlingssonne bescheinen ließen, im Wörterbuch zu blättern und zu übersetzen begann, spürte er, daß etwas Großes und eigentlich Unerhörtes mit ihm geschah: Er beschäftigte sich mit dem geschriebenen Wort inmitten von Stimmen, von Straßenmusik und Kaffeedampf. *Aber du liest doch im Café manchmal auch Zeitung*, hatte Florence eingewandt, als er ihr erklärte, daß Texte nach schützenden Mauern verlangten, die den Lärm der Welt fernhielten, am besten die dicken, soliden Mauern eines unterirdischen Archivs. *Ach so, Zeitung*, hatte er erwidert, *ich rede von Texten*. Und jetzt, mit einemmal, fehlten ihm die Mauern nicht mehr, die portugiesischen Worte vor ihm verschmolzen mit den portugiesische Worten neben und hinter ihm, er konnte sich vorstellen, daß Prado und O'Kelly am Nebentisch saßen und vom Kellner unterbrochen wurden, ohne daß es den Worten etwas ausmachte.

AS SOMBRAS DESCONCERTANTES DA MORTE. DIE VERWIRREN-DEN SCHATTEN DES TODES. *»Ich bin aus dem Schlaf aufgeschreckt und hatte Angst vor dem Tod«, sagte Jorge am Telefon, »und auch jetzt noch bin ich in heller Panik.« Es war kurz vor drei in der Nacht. Seine Stimme klang anders, als ich sie kannte, wenn er mit den Kunden der Apotheke sprach, mir etwas zu trinken anbot oder sagte: ›Du bist am Zug.‹ Man hätte nicht sagen können, daß die Stimme bebte, aber sie war belegt wie eine Stimme, hinter der mächtige Gefühle, nur mühsam beherrscht, mit einem Ausbruch drohen.*

Er hatte geträumt, daß er auf der Bühne vor seinem neuen Steinway-Flügel saß und nicht zu spielen wußte. Es war noch nicht lange her, da hatte er, der besessene Rationalist, etwas von betörender Verrücktheit getan: Er hatte mit dem Geld, das ihm der verunglückte Bruder hinterlassen hatte, einen Steinway gekauft, obwohl er noch keinen einzigen Takt auf einem Klavier gespielt hatte. Der Verkäufer hatte sich gewundert, daß er einfach auf einen der glänzenden Flügel zeigte, ohne auch nur den Deckel über der Tastatur zu öffnen. Seither stand der Flügel in musealem Glanz in seiner einsam gewordenen Wohnung und sah aus wie ein monumentaler Grabstein. »Ich wachte auf und wußte plötzlich: Auf dem Flügel so spielen zu können, wie er es verdient – das liegt nicht mehr in der Reichweite meines Lebens.« Er saß mir im Morgenmantel gegenüber und schien tiefer in den Sessel einzusinken als sonst. Verlegen rieb er sich die ewig kalten Hände. »Sicher denkst du jetzt: Das war doch von vornherein klar. Und irgendwie wußte ich es natürlich. Aber siehst du: Als ich aufwachte, wußte ich es zum erstenmal wirklich. Und nun habe ich solche Angst.«

238

»Angst wovor?« fragte ich und wartete, bis er, ein Meister des unerschrockenen, geraden Blicks, mich ansehen würde. »Wovor genau?«

Ein Lächeln huschte über Jorges Gesicht: Sonst ist immer er es, der mich zur Genauigkeit drängt und seinen analytisch geschulten Verstand, seinen chemischen Schachverstand, meiner Neigung entgegensetzt, die letzten Dinge in schwebender Ungewißheit zu lassen.

Furcht vor Schmerzen und der Agonie des Sterbens könne es doch bei einem Apotheker unmöglich sein, sagte ich, und was die demütigende Erfahrung des körperlichen und geistigen Verfalls angehe – nun, wir hätten doch oft genug über Mittel und Wege gesprochen für den Fall, daß die Grenze des Erträglichen überschritten sei. Was also sei der Gegenstand seiner Furcht?

»Der Flügel – seit heute nacht erinnert er mich daran, daß es Dinge gibt, die ich nicht mehr rechtzeitig werde tun können.« Er schloß die Augen wie stets, wenn er einem stummen Einwand von mir zuvorkommen wollte. »Es geht nicht um unwichtige kleine Freuden und flüchtige Genüsse, wie wenn man in staubiger Hitze ein Glas Wasser hinunterstürzt. Es geht um Dinge, die man zu tun und zu erleben wünscht, weil erst sie das eigene, dieses ganz besondere Leben ganz machen würden und weil ohne sie das Leben unvollständig bliebe, ein Torso und bloßes Fragment.«

Vom Augenblick des Todes an sei er aber doch gar nicht mehr da, um diese Unabgeschlossenheit noch erleiden zu müssen und betrauern zu können, sagte ich.

Ja, sicher, meinte Jorge – er klang gereizt wie immer, wenn er etwas gehört hatte, was ihm unerheblich vorkam –, aber es gehe ja um das jetzige, lebendige Bewußtsein, daß das Leben unabgeschlossen bleiben werde, bruchstückhaft und ohne die erhoffte Stimmigkeit. Dieses Wissen, das sei das Schlimme – die Angst vor dem Tod eben.

Aber das Unglück bestehe nicht darin, daß sein Leben jetzt, wo sie sprächen, noch nicht diese innere Abgeschlossenheit besitze. Oder?

Jorge schüttelte den Kopf. Er spreche nicht von einem Bedauern, jetzt noch nicht alle Erfahrungen gemacht zu haben, die zu seinem Leben gehören müßten, damit es ein ganzes wäre. Wenn das Bewußtsein von der jetzigen Unabgeschlossenheit des eigenen Lebens für sich genommen schon ein Unglück wäre, müßte ein jeder mit Notwendigkeit in seinem Leben stets unglücklich sein. Das Bewußtsein der Offenheit sei umgekehrt eine Bedingung dafür, daß es sich um ein lebendiges und nicht schon totes Leben handle. Es müsse also etwas anderes sein, was das Unglück ausmache: das Wissen, daß es auch in Zukunft nicht mehr möglich sein werde, jene abrundenden, vervollkommnenden Erfahrungen zu machen.

Wenn aber für keinen Augenblick gelte, sagte ich, daß die in ihm bestehende Unabgeschlossenheit ihn zu einem unglücklichen Augenblick machen könne – warum sollte das nicht auch für all diejenigen Augenblicke gelten, die von dem Bewußtsein durchdrungen seien, daß die Ganzheit nicht mehr zu erreichen sei? Es sehe doch ganz danach aus, als sei die gewünschte Ganzheit nur als zukünftige wünschenswert, als etwas, worauf man sich zubewegt, und nicht etwas, bei dem man ankommt. »Ich will es noch anders ausdrücken«, fügte ich hinzu: »Von welchem Standpunkt aus ist die unerreichbare Ganzheit zu beklagen und ein möglicher Gegenstand der Furcht? Wenn es doch nicht der Standpunkt der fließenden Augenblicke ist, für den die fehlende Ganzheit kein Übel ist, sondern ein Anreiz und Zeichen der Lebendigkeit?«

Einzuräumen sei, sagte Jorge, daß man, um die Art von Furcht empfinden zu können, mit der er aufgewacht sei, einen anderen Standpunkt einnehmen müsse als denjenigen der gewöhnlichen, nach vorne offenen Augenblicke: Man müsse, um seine fehlende

Ganzheit als Übel erkennen zu können, das Leben als ganzes in den Blick nehmen, es sozusagen von seinem Ende her betrachten – genau so, wie man es eben tue, wenn man an den Tod denke.

»Doch warum sollte dieser Blick Anlaß zu Panik sein?« fragte ich. »Als erlebte ist die jetzige Unvollständigkeit deines Lebens kein Übel, darin waren wir ja übereingekommen. Fast scheint es, als sei sie ein Übel nur als eine Unvollständigkeit, die du nicht mehr erleben wirst, als eine, die man erst von jenseits des Grabes aus konstatieren kann. Denn als Erlebender kannst du schließlich nicht in die Zukunft vorauseilen, um von einem noch gar nicht eingetretenen Ende her verzweifelt zu sein über eine Mangelhaftigkeit deines Lebens, die an jenen vorweggenommenen Endpunkt erst noch herankriechen muß. Und so scheint deine Todesangst denn einen absonderlichen Gegenstand zu haben: eine Unvollständigkeit deines Lebens, die du nie wirst erleben können.«

»Ich wäre gern noch einer geworden, der den Flügel zum Klingen bringen kann«, sagte Jorge. »Einer, der – sagen wir – die Goldberg-Variationen von Bach darauf spielen kann. Estefânia – sie kann es, sie hat sie ganz allein für mich gespielt, und seitdem trage ich den Wunsch in mir, es auch zu können. Bis vor einer Stunde habe ich, so scheint es, mit dem unbestimmten, nie ausgeleuchteten Gefühl gelebt, daß ich noch die Zeit haben werde, es zu lernen. Erst der Bühnentraum ließ mich mit der Gewißheit aufwachen: Mein Leben wird ohne die gespielten Variationen zu Ende gehen.«

Gut, sagte ich, aber warum Angst? Warum nicht einfach Schmerz, Enttäuschung, Trauer? Oder auch Wut? »Angst hat man vor etwas, das erst noch kommt, das einem noch bevorsteht; doch dein Wissen um den für immer stummen Flügel ist ja nun schon da, wir sprechen darüber als ein gegenwärtiges. Dieses Übel kann andauern, aber es kann nicht größer werden, so daß es eine logische Angst vor seinem Anwachsen geben könnte. Daher mag deine neue Gewißheit dich niederdrücken und würgen, aber sie ist kein Grund für Panik.«

Das sei ein Mißverständnis, hielt mir Jorge entgegen: Die Angst gelte nicht der neuen Gewißheit, sondern dem, wovon sie Gewißheit sei: der zwar erst zukünftigen, jedoch jetzt schon feststehenden Unvollständigkeit seines Lebens, die schon jetzt als Mangel spürbar sei, der seiner Größe wegen die Gewißheit von innen her in Angst verwandle.

Die Ganzheit des Lebens, deren vorweggenommenes Fehlen einem den Schweiß auf die Stirn treibt – was kann sie sein? Worin kann sie bestehen, wenn man bedenkt, wie rhapsodisch, wechselhaft und wetterwendisch unser Leben ist, das äußere wie das innere? Wir sind ja nicht aus einem Guß, ganz und gar nicht. Reden wir einfach vom Bedürfnis nach Sättigung des Erlebens? War das, was Jorge quälte, das unerreichbar gewordene Gefühl, vor einem glänzenden Steinway zu sitzen und sich Bachs Musik so zu eigen zu machen, wie es nur möglich ist, wenn sie den eigenen Händen entspringt? Oder geht es uns um das Bedürfnis, genügend Dinge erlebt zu haben, um ein Leben als ganzes erzählen zu können?

Ist es am Ende eine Frage des Selbstbilds, der bestimmenden Vorstellung, die man sich vor langer Zeit davon gemacht hat, was man geleistet und erlebt haben müßte, damit es das Leben würde, dem man zustimmen könnte? Die Angst vor dem Tod als die Angst vor dem Unerfüllten läge dann – so scheint es – ganz in meiner Hand, denn ich bin es ja, der das Bild vom eigenen Leben, wie es sich erfüllen sollte, entwirft. Was läge näher als der Gedanke: Dann ändere ich das Bild, so daß mein Leben ihm schon jetzt gemäß ist – und sofort müßte die Angst vor dem Tod verschwinden. Wenn sie trotzdem an mir haften bleibt, dann deshalb: Das Bild, obgleich von mir gemacht und von niemand anderem, entspringt nicht launenhafter Willkür und ist nicht verfügbar für beliebige Abänderung, sondern ist verankert in mir und wächst heraus aus dem Kräftespiel meines Fühlens und Denkens, das ich bin. Und so könnte man die Angst vor dem Tod beschreiben als die Angst, nicht der werden zu können, auf den hin man sich angelegt hat.

Das taghelle Bewußtsein der Endlichkeit, wie es Jorge mitten in der Nacht überfiel und wie ich es in manchen meiner Patienten durch die Worte entzünden muß, mit denen ich ihnen die tödliche Diagnose verkünde, verstört uns wie nichts anderes, weil wir, oft ohne es zu wissen, auf eine solche Ganzheit hin leben und weil jeder Augenblick, der uns als lebendiger gelingt, seine Lebendigkeit daraus bezieht, daß er ein Stück im Puzzle jener unerkannten Ganzheit darstellt. Wenn die Gewißheit über uns hereinbricht, daß sie nie mehr zu erreichen sein wird, diese Ganzheit, so wissen wir plötzlich nicht mehr, wie wir die Zeit, die nun nicht mehr daraufhin durchlebt werden kann, leben sollen. Das ist der Grund für eine sonderbare, erschütternde Erfahrung, die einige meiner todgeweihten Patienten machen: daß sie mit ihrer Zeit, wiewohl sie so knapp geworden ist, nichts mehr anzufangen wissen.

Als ich nach dem Gespräch mit Jorge auf die Gasse trat, ging gerade die Sonne auf, und die wenigen Menschen, die mir entgegenkamen, sahen im Gegenlicht wie Schattenrisse aus, Sterbliche ohne Gesicht. Ich setzte mich auf den Sims eines Fensters zu ebener Erde und wartete darauf, daß sich mir ihre Gesichter beim Näherkommen offenbaren würden. Die erste, die näher kam, war eine Frau mit wiegendem Gang. Ihr Gesicht, jetzt sah ich es, war noch schlafverschleiert, aber es war leicht sich vorzustellen, wie es sich im Sonnenlicht öffnen und voller Hoffnung und Erwartung den Ereignissen des Tages entgegenblicken würde, die Augen voll von Zukunft. Ein alter Mann mit Hund war der zweite, der an mir vorbeiging. Jetzt blieb er stehen, zündete eine Zigarette an und ließ den Hund von der Leine, damit er hinüber in den Park laufen konnte. Er liebte den Hund und sein

Leben mit dem Hund, daran ließen seine Züge keinen Zweifel. Auch die alte Frau mit dem gehäkelten Kopftuch, die nach einer Weile kam, hing an ihrem Leben, obgleich ihr das Gehen mit den geschwollenen Beinen beschwerlich war. Fest hielt sie den Jungen mit dem Schultornister an der Hand, einen Enkel vielleicht, den sie – es war der erste Schultag – vor der Zeit zur Schule brachte, damit er diesen wichtigen Beginn seiner neuen Zukunft ja nicht verpaßte.

Alle würden sie sterben, und alle hatten sie Angst davor, wenn sie daran dachten. Irgendwann sterben – nur nicht jetzt. Ich versuchte mich an das Labyrinth von Fragen und Argumenten zu erinnern, durch das ich mit Jorge die halbe Nacht lang geirrt war, und an die Klarheit, die zum Greifen nahe gewesen war, um sich im letzten Augenblick zu entziehen. Ich sah der jungen Frau nach, die sich gerade streckte, dem alten Mann, der übermütig mit der Hundeleine spielte, und der humpelnden Großmutter, die dem Kind übers Haar fuhr. War es nicht offensichtlich, einfach und klar, worin ihr Entsetzen bestünde, wenn sie in diesem Augenblick Kunde von ihrem nahen Tode erhielten? Ich hielt das übernächtigte Gesicht in die Morgensonne und dachte: Sie wollen einfach noch mehr vom Stoff ihres Lebens, wie leicht oder beschwerlich, wie karg oder üppig dieses Leben auch sein mag. Sie wollen nicht, daß es zu Ende sei, auch wenn sie das fehlende Leben nach dem Ende nicht mehr vermissen können – und das wissen.

Ich ging nach Hause. Wie hängt kompliziertes, analytisches Nachdenken mit anschaulicher Gewißheit zusammen? Welchem von beiden sollen wir mehr trauen?

Im Sprechzimmer öffnete ich das Fenster und blickte in den blaßblauen Himmel über den Dächern, den Kaminen und der Wäsche auf den Leinen: Wie würde es nach dieser Nacht zwischen Jorge und mir sein? Würden wir uns beim Schach gegenübersitzen wie immer, oder anders? Was macht die Intimität des Todes mit uns?

Es war später Nachmittag, als Jorge aus der Apotheke trat und sie abschloß. Seit einer Stunde fror Gregorius und trank einen Kaffee nach dem anderen. Jetzt legte er einen Schein unter die Tasse und folgte O'Kelly. Als er an der Apotheke vorbeiging, fiel ihm auf, daß innen noch Licht brannte. Er sah durchs Fenster: Niemand mehr da, die vorsintflutliche Kasse mit einer schmuddligen Hülle abgedeckt.

Der Apotheker bog um die Ecke, Gregorius mußte sich beeilen. Sie gingen auf der Rua da Conceição quer durch die Baixa und weiter ins Alfama-Viertel, vorbei an drei Kirchen, die nacheinander die Stunde schlugen. In der Rua da Saudade trat Jorge die dritte Zigarette aus, bevor er in einem Hauseingang verschwand.

Gregorius ging auf die andere Straßenseite. In keiner der Wohnungen ging Licht an. Zögernd überquerte er von neuem die Straße und betrat den dunklen Hausflur. Es mußte dort hinten bei der schweren Holztür sein, wo Jorge verschwunden war. Sie sah nicht nach einer Wohnungstür aus, eher nach der Tür zu einem Schankraum, doch es gab keine Anzeichen für eine Kneipe. Glücksspiel? Konnte man sich das bei Jorge vorstellen, nach allem, was er von ihm wußte? Gregorius blieb vor der Tür stehen, die Hände in den Manteltaschen. Jetzt klopfte er. Nichts. Als er schließlich auf die Klinke drückte, war es ähnlich wie heute morgen, als er die Nummer von Natalie Rubin gewählt hatte: wie ein Sprung ins Leere.

Es war ein Schachklub. In einem niedrigen, verrauchten Raum mit schummriger Beleuchtung wurde an einem Dutzend Tischen gespielt, alles Männer. In einer Ecke war eine kleine Theke mit Getränken. Heizung gab es keine, die Männer hatten Mäntel und warme Jacken an, einige trugen Baskenmützen. O'Kelly war erwartet worden, und als ihn Gregorius hinter einem Rauchschleier erkannte, hielt ihm sein Partner gerade die Fäuste mit den Figuren zum Wählen hin. Am Tisch daneben saß ein einzelner Mann, der jetzt auf die Uhr sah und dann mit den Fingern auf den Tisch trommelte.

Gregorius erschrak. Der Mann sah aus wie der Mann damals im Jura, gegen den er zehn Stunden gespielt hatte, um am Ende doch noch zu verlieren. Es war bei einem Turnier in Moutier gewesen, an einem kalten Wochenende im Dezember, wo es nie hell wurde und die Berge sich über den Ort zu wölben schienen wie in einer Gebirgsfestung. Der Mann, ein Einheimischer, der Französisch sprach wie ein Debiler, hatte das gleiche viereckige Gesicht gehabt wie der Portugiese dort drüben am Tisch, den gleichen stoppligen Haarschnitt wie von einem Rasenmäher, die gleiche fliehende Stirn, die gleichen abstehenden Ohren. Nur die Nase des Portugiesen war anders. Und auch der Blick. Schwarz, rabenschwarz unter buschigen Brauen, ein Blick wie eine Friedhofsmauer.

Mit diesem Blick sah er Gregorius jetzt an. *Nicht gegen diesen Mann*, dachte Gregorius, *auf keinen Fall gegen diesen Mann.* Der Mann winkte ihn herbei. Gregorius trat näher. So konnte er O'Kelly am Nebentisch spielen sehen. Er konnte ihn unauffällig betrachten. Das war der Preis. *Diese verdammte heilige Freundschaft*, hörte er Adriana sagen. Er setzte sich.

»Novato?« fragte der Mann.

Gregorius wußte nicht: Hieß das einfach *neu hier*, oder hieß es *Anfänger*? Er entschied sich für das erste und nickte.

»Pedro«, sagte der Portugiese.

»Raimundo«, sagte Gregorius.

Der Mann spielte noch langsamer als der Jurassier damals. Und die Langsamkeit begann beim ersten Zug, eine bleierne, lähmende Langsamkeit. Gregorius blickte sich um. Niemand spielte mit Uhr. Uhren waren in diesem Raum fehl am Platz. Alles außer Schachbrettern war hier fehl am Platz. Auch das Reden.

Pedro legte die Unterarme flach auf den Tisch, stützte das

Kinn auf die Hände und blickte von unten her aufs Brett. Gregorius wußte nicht, was ihn mehr störte: dieser angestrengte, epileptische Blick mit der hochgerutschten Iris auf gelblichem Grund oder das manische Lippenkauen, das ihn damals bei dem Jurassier verrückt gemacht hatte. Es würde ein Kampf gegen die Ungeduld werden. Gegen den Jurassier hatte er diesen Kampf verloren. Er verfluchte den vielen Kaffee, den er getrunken hatte.

Jetzt tauschte er den ersten Blick mit Jorge neben ihm, dem Mann, der vor Todesangst aufgewacht war und Prado bis heute um einunddreißig Jahre überlebt hatte.

»*Atenção!*« sagte O'Kelly und deute mit dem Kinn auf Pedro. »*Adversário desagradável.*« Unangenehmer Gegner.

Pedro grinste, ohne den Kopf zu heben, und nun sah er wie ein Debiler aus. »*Justo, muito justo*«, sehr richtig, murmelte er, und in seinen Mundwinkeln bildeten sich feine Bläschen.

Solange es ums einfache Ausrechnen von Zügen ging, würde Pedro keinen Fehler machen, das wußte Gregorius nach einer Stunde. Man durfte sich von der fliehenden Stirn und dem epileptischen Blick nicht täuschen lassen: Er rechnete alles durch, zehnmal, wenn es sein mußte, und er rechnete es bis auf mindestens zehn Züge aus. Die Frage war, was passierte, wenn man einen überraschenden Zug machte. Einen Zug, der nicht nur keinen Sinn zu haben schien, sondern tatsächlich auch keinen hatte. Schon oft hatte Gregorius starke Gegner damit aus dem Konzept gebracht. Nur bei Doxiades verfing die Strategie nicht. »Blödsinn«, sagte der Grieche einfach und gab den entstandenen Vorteil nicht mehr aus der Hand.

Es war eine weitere Stunde vergangen, als Gregorius sich entschloß, Verwirrung zu stiften, indem er einen Bauern opferte, ohne damit den geringsten Stellungsvorteil zu erzielen.

Pedro schob die Lippen mehrmals vor und zurück, dann

hob er den Kopf und sah Gregorius an. Gregorius wünschte, er trüge die alte Brille, die auch gegen solche Blicke wie ein Bollwerk war. Pedro blinzelte, rieb sich die Schläfen, fuhr sich mit kurzen, plumpen Fingern über die Haarstoppeln. Dann ließ er den Bauern stehen. »Novato«, murmelte er, »diz novato.« Jetzt wußte Gregorius: Es hieß Anfänger.

Daß Pedro den Bauern nicht geschlagen hatte, weil er das Opfer für eine Falle hielt, hatte Gregorius in eine Position manövriert, aus der heraus er angreifen konnte. Zug um Zug schob er seine Armee nach vorn und schnitt Pedro alle Möglichkeiten der Gegenwehr ab. Der Portugiese begann, alle paar Minuten mit Getöse den Rotz hochzuziehen, Gregorius wußte nicht, ob es Absicht war oder Verwahrlosung. Jorge grinste, als er sah, wie das widerliche Geräusch Gregorius zu schaffen machte, die anderen schienen diese Gewohnheit von Pedro zu kennen. Jedesmal, wenn Gregorius einen Plan von Pedro vereitelte, noch bevor er sichtbar geworden war, wurde dessen Blick eine Nuance härter, seine Augen waren jetzt wie aus glänzendem Schiefer. Gregorius lehnte sich zurück und warf einen ruhigen Blick auf die Partie: Es mochte noch Stunden dauern; passieren konnte nichts mehr.

Den Blick scheinbar auf das Fenster gerichtet, vor dem eine Straßenlaterne an einem lockeren Kabel sanft schaukelte, begann er, O'Kellys Gesicht zu betrachten. In Pater Bartolomeus Erzählung war der Mann zuerst nur eine Lichtgestalt gewesen, eine Lichtgestalt ohne Glanz zwar, alles andere als ein Blender, aber ein unbestechlicher, furchtloser Junge, der die Dinge beim Namen nannte. Doch dann hatte es am Ende der Erzählung Prados nächtlichen Besuch beim Pater gegeben. *Sie. Sie ist zur Gefahr geworden. Sie würde nicht standhalten. Sie würde reden. Denken die anderen. Jorge auch? Darüber will ich nicht reden.*

O'Kelly zog an der Zigarette, bevor er mit dem Läufer quer

übers Brett fuhr und den gegnerischen Turm schlug. Die Finger waren gelb vom Nikotin, und unter den Nägeln war es schwarz. Seine große, fleischige Nase mit den offenen Poren stieß Gregorius ab, sie kam ihm vor wie ein Auswuchs an Rücksichtslosigkeit. Sie paßte zu dem schadenfreudigen Grinsen von eben. Alles aber, was einen abstoßen konnte, wurde wieder aufgehoben durch den müden und gütigen Blick aus den braunen Augen.

Estefânia. Gregorius zuckte zusammen und spürte, wie ihm heiß wurde. Der Name hatte in Prados Text von heute nachmittag gestanden, aber er hatte die Verbindung nicht hergestellt. . . . *die Goldberg-Variationen . . . Estefânia – sie kann es, sie hat sie ganz allein für mich gespielt, und seitdem trage ich den Wunsch in mir, es auch zu können.* Konnte das *diese* Estefânia gewesen sein? Die Frau, die Prado vor O'Kelly hatte retten müssen? Die Frau, an der die Freundschaft zwischen den beiden, die verdammte heilige Freundschaft, zerbrochen war?

Gregorius begann fieberhaft zu rechnen. Ja, es konnte sein. Dann war es das Grausamste, das man sich vorstellen konnte: daß einer bereit war, der Widerstandsbewegung die Frau zu opfern, die ihn mit Bachs Tönen in seiner wunderbaren, betörenden Steinway-Illusion bestärkt hatte, die er schon im Liceu in sich getragen hatte.

Was war damals auf dem Friedhof zwischen den beiden geschehen, nachdem der Pater gegangen war? War Estefânia Espinhosa zurück nach Spanien gegangen? Sie würde jünger sein als O'Kelly, so viel jünger, daß Prado sich damals in sie hatte verlieben können, zehn Jahre nach Fátimas Tod. Wenn es so war, dann war das Drama zwischen Prado und O'Kelly nicht nur ein Drama der unterschiedlichen Moral gewesen, sondern auch ein Drama der Liebe.

Was wußte Adriana von diesem Drama? Hatte sie es überhaupt zulassen können in ihren Gedanken? Oder hatte sie ihren Geist dagegen versiegeln müssen, wie gegen so vieles andere auch? Stand der unberührte, verrückte Steinway noch in der Wohnung von O'Kelly?

Die letzten Züge hatte Gregorius mit der routiniert flüchtigen Konzentration gemacht, mit der er im Kirchenfeld beim Simultanturnier gegen die Schüler gespielt hatte. Jetzt sah er Pedro hinterhältig grinsen, und nach einem sorgfältigen Blick aufs Brett erschrak er. Der Vorteil war dahin, und der Portugiese hatte einen gefährlichen Angriff in Gang gesetzt.

Gregorius schloß die Augen. Bleierne Müdigkeit überspülte ihn. Warum stand er nicht einfach auf und ging? Wie war es überhaupt dazu gekommen, daß er in Lissabon in einem unerträglich niedrigen Raum in erstickendem Qualm saß und gegen einen abstoßenden Mann spielte, der ihn nicht das geringste anging und mit dem er kein Wort wechseln konnte?

Er opferte den letzten Läufer und leitete damit das Endspiel ein. Gewinnen konnte er nicht mehr, aber für ein Remis müßte es reichen. Pedro ging auf die Toilette. Gregorius sah sich um. Der Raum hatte sich geleert. Die wenigen Männer, die geblieben waren, traten an seinen Tisch. Pedro kam zurück, setzte sich und zog den Rotz hoch. Jorges Gegner war gegangen, er selbst hatte sich so hingesetzt, daß er das Endspiel am Nebentisch verfolgen konnte. Gregorius hörte seinen rasselnden Atem. Wenn er nicht verlieren wollte, mußte er den Mann vergessen.

Aljechin hatte einmal ein Endspiel gewonnen, obwohl er drei Figuren weniger hatte. Ungläubig hatte Gregorius, damals noch Schüler, das Ende der Partie nachgespielt. Und danach hatte er monatelang jedes Endspiel nachgespielt, das er aufgezeichnet fand. Seither sah er auf einen Blick, wie man es machen mußte. Er sah es auch jetzt.

Pedro überlegte eine halbe Stunde und ging dann trotzdem in die Falle. Er sah es, kaum hatte er gezogen. Er konnte nicht mehr gewinnen. Er schob die Lippen vor und zurück, vor und zurück. Er fixierte Gregorius mit seinem steinernen Blick. »*Novato*«, sagte er, »*novato.*« Dann stand er hastig auf und ging hinaus.

»*Donde és?*« fragte einer der Umstehenden. Woher kommst du?

»*De Berna, na Suíça*«, sagte Gregorius und fügte hinzu: »*gente lenta*«, langsame Leute.

Sie lachten und boten ihm ein Bier an. Er solle doch wiederkommen.

Auf der Straße trat O'Kelly zu ihm.

»Weshalb sind Sie mir gefolgt?« fragte er auf englisch.

Als er die Verblüffung in Gregorius' Gesicht sah, lachte er rauh.

»Es gab Zeiten, da hing mein Leben davon ab zu merken, wann mir jemand folgte.«

Gregorius zögerte. Was würde geschehen, wenn der Mann plötzlich Prados Portrait vor sich sah? Dreißig Jahre, nachdem er am Grab von ihm Abschied genommen hatte? Langsam holte er das Buch aus der Manteltasche, schlug es auf und zeigte O'Kelly das Bild. Jorge blinzelte, nahm Gregorius das Buch aus der Hand, trat unter die Straßenlampe und hielt sich das Bild dicht vor die Augen. Gregorius sollte die Szene nie vergessen: O'Kelly, der im Licht der schwankenden Laterne das Bild seines verlorenen Freunds betrachtete, ungläubig, erschrocken, ein Gesicht, das zu zerfallen drohte.

»Kommen Sie mit«, sagte Jorge mit rauher Stimme, die nur deshalb gebieterisch klang, weil sie die Erschütterung verbergen sollte, »ich wohne nicht weit von hier.«

Sein Schritt, als er jetzt vorausging, war steifer als vorhin und unsicherer, er war jetzt ein alter Mann.

Seine Wohnung war eine Höhle, eine verrauchte Höhle mit Wänden, die mit Fotografien von Pianisten gepflastert waren.

Rubinstein, Richter, Horowitz. Dinu Lipati. Murray Perahia. Ein riesiges Portrait von Maria João Pires, João Eças Lieblingspianistin.

O'Kelly ging durchs Wohnzimmer und machte eine Unzahl von Lampen an, immer gab es noch einen Strahler für ein Foto, das dann aus dem Dunkeln auftauchte. Eine einzige Ecke des Raums blieb unbeleuchtet. Dort stand der Flügel, dessen schweigendes Schwarz den Lichtschein der vielen Lampen abgeschattet und blaß zurückwarf. *Ich wäre gern noch einer geworden, der den Flügel zum Klingen bringen kann... Mein Leben wird ohne die gespielten Variationen zu Ende gehen.* Jahrzehntelang stand dieser Flügel nun schon dort, eine dunkle Fata Morgana aus polierter Eleganz, ein schwarzes Monument für den unerfüllbaren Traum vom abgerundeten Leben. Gregorius dachte an die unberührbaren Dinge in Prados Zimmer, denn auch auf O'Kellys Flügel schien es kein Stäubchen zu geben.

Das Leben ist nicht das, was wir leben; es ist das, was wir uns vorstellen zu leben, lautete eine Aufzeichnung in Prados Buch.

O'Kelly saß in dem Sessel, in dem er immer zu sitzen schien. Er betrachtete Amadeus Bild. Sein Blick, nur selten unterbrochen von einem Lidschlag, brachte die Planeten zur Ruhe. Das schwarze Schweigen des Flügels füllte den Raum. Das Aufheulen der Motorräder draußen prallte an der Stille ab. *Die Menschen ertragen die Stille nicht,* hieß es in einer von Prados kurzen Aufzeichnungen, *es würde heißen, daß sie sich selbst ertrügen.*

Woher er das Buch habe, fragte Jorge jetzt, und Gregorius erzählte. *Cedros vermelhos,* las Jorge dann laut.

»Klingt nach Adriana, nach ihrer Art von Melodrama. Er mochte sie nicht, diese Art, aber er tat alles, um es Adriana nicht merken zu lassen. ›Sie ist meine Schwester, und sie hilft mir, mein Leben zu leben‹, sagte er.«

Ob Gregorius wisse, was es mit den roten Zedern auf sich habe? Mélodie, sagte Gregorius; er habe den Eindruck gehabt, daß sie es wisse. Woher er Mélodie kenne und warum ihn das alles interessiere, fragte O'Kelly. Der Ton der Frage war nicht eigentlich scharf, aber Gregorius glaubte das Echo einer Schärfe zu hören, die früher einmal in der Stimme gelegen hatte, zu einer Zeit, als es darum gegangen war, auf der Hut zu sein und hellwach zu werden, wenn etwas sonderbar erschien.

»Ich möchte wissen, wie es war, er zu sein«, sagte er.

Jorge sah ihn verblüfft an, senkte den Blick auf das Portrait und schloß dann die Augen.

»Kann man das? Wissen, wie es ist, ein anderer zu sein? Ohne der andere zu *sein*?«

Zumindest könne man herausfinden, wie es sei, wenn man sich vorstelle, der andere zu sein, sagte Gregorius.

Jorge lachte. So mußte es geklungen haben, als er über den Hund bei der Abschlußfeier im Liceu gelacht hatte.

»Und deswegen sind Sie weggelaufen? Ganz schön verrückt. Gefällt mir. *A imaginação, o nosso último santuário*, die Einbildungskraft, sie ist unser letztes Heiligtum, pflegte Amadeu zu sagen.«

Mit dem Aussprechen von Prados Namen ging eine Veränderung in O'Kelly vor. *Er hat ihn seit Jahrzehnten nicht mehr ausgesprochen*, dachte Gregorius. Jorges Finger zitterten, als er eine Zigarette anzündete. Er hustete, dann schlug er Prados Buch dort auf, wo Gregorius am Nachmittag den Bon aus dem Café zwischen die Seiten gesteckt hatte. Sein magerer Brustkorb hob und senkte sich, der Atem rasselte leise. Gregorius hätte ihn am liebsten allein gelassen.

»Und ich lebe immer noch«, sagte er und legte das Buch zur Seite. »Auch die Angst, die unverstandene Angst von damals, gibt es noch. Und der Flügel steht auch immer noch da. Er ist heute kein Mahnmal mehr, er ist einfach er, der Flügel, ganz er selbst, ohne Botschaft, ein stummer Gefährte. Das Gespräch, über das Amadeu schreibt, es war Ende 1970. Noch damals, nun ja, ich hätte geschworen, daß wir uns nie würden verlieren können, er und ich. Wir waren wie Brüder. Mehr als Brüder.

Ich erinnere mich, wie ich ihn zum erstenmal sah. Es war zu Schulbeginn, er kam einen Tag zu spät in die Klasse, ich weiß nicht mehr, warum. Und er kam auch noch zu spät in die Stunde. Er trug schon damals einen Gehrock, was ihn zu einem Jungen aus reichem Hause machte, denn so etwas kann man nicht von der Stange kaufen. Er hatte als einziger keine Schultasche, als wolle er sagen: *Ich habe alles im Kopf.* Es paßte zu seiner unnachahmlichen Selbstsicherheit, mit der er sich auf den freien Platz setzte. Keine Spur von Arroganz oder Blasiertheit. Er hatte einfach nur die Gewißheit, daß es nichts gab, was er nicht mühelos würde lernen können. Und ich glaube nicht, daß er etwas von dieser Gewißheit *wußte*, das hätte sie geschmälert, nein, er *war* diese Gewißheit. Wie er aufstand, seinen Namen sagte und sich wieder setzte: bühnenreif, nein, nicht bühnenreif, der Junge wollte keine Bühne und brauchte keine, es war Anmut, pure Grazie, was aus seinen Bewegungen strömte. Pater Bartolomeu stockte, als er es sah, und für eine Weile wußte er nicht weiter.«

Er habe seine Abschlußrede gelesen, sagte Gregorius, als O'Kelly in Schweigen versank. Jorge stand auf, ging in die Küche und kam mit einer Flasche Rotwein zurück. Er schenkte ein und trank zwei Gläser, nicht hastig, aber so wie einer, der es braucht.

»Wir haben nächtelang daran gearbeitet. Zwischendurch verließ ihn der Mut. Dann half der Zorn. ›Gott straft Ägypten mit Plagen, weil der Pharao in seinem Willen verstockt ist‹, rief er dann aus, ›aber es war Gott selbst, der ihn so gemacht hat! Und zwar hat er ihn so gemacht, um dann seine Macht demonstrieren zu können! Was für ein eitler, selbstgefälliger

Gott! Was für ein Angeber!‹ Ich liebte ihn, wenn er voll von diesem Zorn war und Gott die Stirn bot, seine hohe, schöne Stirn.

Er wollte, daß der Titel hieße: Ehrfurcht und Abscheu vor Gottes *sterbendem* Wort. Das sei pathetisch, sagte ich, pathetische Metaphysik, und am Ende ließ er es. Er neigte zu Pathos, er wollte es nicht wahrhaben, aber er wußte es, und deshalb zog er gegen Kitsch zu Felde, wo immer es eine Gelegenheit gab, und dabei konnte er ungerecht werden, schrecklich ungerecht.

Die einzige, die er mit seinem Bannstrahl verschonte, war Fátima. Sie durfte alles. Er trug sie auf Händen, die ganzen acht Jahre ihrer Ehe. Er brauchte jemanden, den er auf Händen tragen konnte, er war so. Es hat sie nicht glücklich gemacht. Sie und ich, wir haben nicht darüber gesprochen, sie mochte mich nicht besonders, vielleicht war sie auch eifersüchtig auf die Vertrautheit zwischen ihm und mir. Aber einmal, da traf ich sie in der Stadt, im Café, sie las die Stellenanzeigen in der Zeitung und hatte einige umkringelt. Sie packte das Blatt weg, als sie mich sah, aber ich war von hinten gekommen und hatte es bereits gesehen. ›Ich wünschte, er würde mir mehr zutrauen‹, sagte sie in jenem Gespräch. Aber die einzige Frau, der er wirklich etwas zutraute, war Maria João. Maria, mein Gott, ja, Maria.«

O'Kelly holte eine neue Flasche. Die Wörter begannen ihm an den Rändern zu verschwimmen. Er trank und schwieg.

Wie Maria João mit Nachnamen heiße, fragte Gregorius.

»Ávila. Wie die heilige Teresa. In der Schule nannten sie sie deshalb *a santa*, die Heilige. Sie warf mit Gegenständen, wenn sie es hörte. Später, mit der Heirat, nahm sie einen ganz gewöhnlichen, unauffälligen Namen an, aber ich habe ihn vergessen.«

O'Kelly trank und schwieg.

»Ich dachte wirklich, wir könnten uns nie verlieren«, sagte er einmal in die Stille hinein. »Ich dachte, es sei unmöglich. Einmal las ich irgendwo den Satz *Freundschaften haben ihre Zeit und enden.* Nicht bei uns, dachte ich damals, *nicht bei uns.*«

O'Kelly trank jetzt immer schneller, und der Mund gehorchte ihm nicht mehr. Mühsam stand er auf und ging auf unsicheren Beinen aus dem Zimmer. Nach einer Weile kam er mit einem Blatt Papier wieder.

»Hier. Das haben wir einmal zusammen aufgeschrieben. In Coimbra, als uns die ganze Welt zu gehören schien.«

Es war eine Liste, und darüber stand: LEALDADE POR. Darunter hatten Prado und O'Kelly all die Gründe notiert, aus denen heraus Loyalität entstehen kann.

Schuld am anderen; gemeinsame Entwicklungsschritte; geteiltes Leid; geteilte Freude; Solidarität der Sterblichen; Gemeinsamkeit der Ansichten; gemeinsamer Kampf gegen außen; gemeinsame Stärken, Schwächen; Gemeinsamkeit im Nähebedürfnis; Gemeinsamkeit des Geschmacks; gemeinsamer Haß; geteilte Geheimnisse; geteilte Phantasien, Träume; geteilte Begeisterung; geteilter Humor; geteilte Helden; gemeinsam getroffene Entscheidungen; gemeinsame Erfolge, Mißerfolge, Siege, Niederlagen; geteilte Enttäuschungen; gemeinsame Fehler

Er vermisse auf der Liste die Liebe, sagte Gregorius. O'Kellys Körper spannte sich, und für eine Weile war er hinter dem Rausch wieder ganz wach.

»Daran glaubte er nicht. Mied sogar das Wort. Hielt es für Kitsch. Es gebe diese drei Dinge, und nur sie, pflegte er zu sagen: *Begierde, Wohlgefallen und Geborgenheit.* Und alle seien sie vergänglich. Am flüchtigsten sei die Begierde, dann komme das Wohlgefallen, und leider sei es so, daß die Geborgenheit, das Gefühl, in jemandem aufgehoben zu sein, irgendwann auch zerbreche. Die Zumutungen des Lebens, all die Dinge, mit denen wir fertig werden müßten, seien einfach zu zahlreich und zu gewaltig, als daß unsere Gefühle sie unbeschadet überstehen könnten. Deshalb komme es auf Loyalität an. Sie sei kein Gefühl, meinte er, sondern ein Wille, ein Entschluß, eine Parteinahme der Seele. Etwas, das den Zufall von Begegnungen und die Zufälligkeit der Gefühle in eine Notwendigkeit verwandle. *Ein Hauch von Ewigkeit*, sagte er, *nur ein Hauch, aber immerhin.*

Er hat sich getäuscht. Wir haben uns beide getäuscht.

Später, als wir wieder in Lissabon waren, beschäftigte ihn oft die Frage, ob es auch so etwas gibt wie Loyalität sich selbst gegenüber. Die Verpflichtung, auch vor sich selbst nicht davonzulaufen. Weder in der Vorstellung noch in der Tat. Die Bereitschaft, zu sich zu stehen, auch wenn man sich nicht mehr mag. Er hätte sich umdichten mögen und dann dafür sorgen, daß aus der Dichtung Wahrheit würde. *Ich ertrage mich nur noch, wenn ich arbeite,* sagte er.«

O'Kelly schwieg, die Spannung in seinem Körper ließ nach, der Blick trübte sich, sein Atem wurde langsam wie der eines Schlafenden. Es war unmöglich, jetzt einfach zu gehen.

Gregorius stand auf und betrachtete die Bücherregale. Ein ganzes Regal voller Bücher über den Anarchismus, den russischen, den andalusischen, den katalanischen. Viele Bücher mit *justiça* im Titel. Dostojewski und immer noch mehr Dostojewski. Eça de Queirós, O CRIME DO PADRE AMARO, das Buch, das er beim ersten Besuch im Antiquariat von Julio Simões gekauft hatte. Sigmund Freud. Biographien von Pianisten. Schachliteratur. Und schließlich, in einer Nische, ein schmales Regal mit den Schulbüchern aus dem Liceu, einige fast siebzig Jahre alt. Gregorius nahm die lateinische und griechische Grammatik heraus und blätterte in den mürben Seiten mit den vielen Tintenklecksen. Die Wörterbücher, die Übungstexte. Cicero, Livius, Xenophon, Sophokles. Die Bibel, zerlesen und übersät mit Anmerkungen.

O'Kelly wachte auf, doch als er zu sprechen begann, war es, als setze sich der Traum fort, den er soeben durchlebt hatte.

»Er hat mir die Apotheke gekauft. Eine ganze Apotheke in bester Lage. Einfach so. Wir treffen uns im Café und reden über alles mögliche. Kein Wort von der Apotheke. Er war ein Geheimniskrämer, ein gottverdammter, liebenswerter Geheimniskrämer, ich habe niemanden gekannt, der die Kunst des Geheimnisses beherrschte wie er. Es war seine Form der Eitelkeit – auch wenn er das nicht hören wollte. Auf dem Rückweg bleibt er plötzlich stehen. ›Siehst du diese Apotheke?‹ fragt er. ›Natürlich sehe ich sie‹, sage ich, ›was ist damit?‹ ›Sie gehört dir‹, sagt er und hält mir einen Bund Schlüssel vor die Nase. ›Du wolltest doch immer schon eine eigene Apotheke, jetzt hast du sie.‹ Und dann hat er auch noch die ganze Einrichtung bezahlt. Und wissen Sie was? Es war mir überhaupt nicht peinlich. Ich war überwältigt und rieb mir in der Anfangszeit jeden Morgen die Augen. Manchmal rief ich ihn an und sagte: ›Stell dir vor, ich stehe in meiner eigenen Apotheke.‹ Dann lachte er, es war sein gelöstes, glückliches Lachen, das von Jahr zu Jahr seltener wurde.

Er hatte ein getrübtes, kompliziertes Verhältnis zu dem vielen Geld in seiner Familie. Es kam vor, daß er in großer Geste Geld zum Fenster hinauswarf, anders als der Richter, sein Vater, der sich nichts gönnte. Doch dann sah er einen Bettler und war verstört, es war jedesmal das gleiche. ›Warum gebe ich ihm nur ein paar Münzen?‹ sagte er. ›Warum nicht ein Bündel Scheine? Warum nicht *alles*? Und warum gerade ihm und nicht allen anderen auch? Es ist doch purer, blinder Zufall, daß wir an ihm vorbeikommen und nicht an einem anderen Bettler. Und überhaupt: Wie kann man sich ein Eis kaufen, und ein paar Schritte weiter muß einer diese Demütigung ertragen?

Das geht doch gar nicht! Hörst du: *Es geht nicht!*« Einmal war er so wütend über diese Unklarheit – *diese verdammte, klebrige Unklarheit,* wie er sie nannte –, daß er aufstampfte, zurücklief und dem Bettler einen großen Schein in den Hut warf.«

O'Kellys Gesicht, das im Erinnern gelöst worden war wie bei einem, von dem ein langer Schmerz gewichen ist, verdunkelte sich wieder und wurde alt.

»Als wir uns verloren hatten, wollte ich die Apotheke zunächst verkaufen und ihm das Geld zurückgeben. Doch dann merkte ich: Es wäre gewesen, als striche ich alles durch, was gewesen war, die lange, glückliche Zeit unserer Freundschaft. Als vergiftete ich rückwirkend unsere vergangene Nähe und das frühere Vertrauen. Ich behielt die Apotheke. Und ein paar Tage nach diesem Entschluß geschah etwas Sonderbares: Sie war plötzlich viel mehr meine eigene Apotheke als vorher. Ich hab's nicht verstanden. Ich verstehe es bis heute nicht.«

Er habe in der Apotheke das Licht brennen lassen, sagte Gregorius beim Abschied.

O'Kelly lachte. »Das ist Absicht. Das Licht brennt immer. *Immer.* Die reine Verschwendung. Um mich an der Armut zu rächen, in der ich aufgewachsen bin. Licht nur in einem einzigen Raum, ins Bett ging man im Dunkeln. Die paar Centavos Taschengeld, die ich bekam, steckte ich in Batterien für eine Taschenlampe, mit der ich nachts las. Die Bücher habe ich gestohlen. Bücher dürften nichts kosten, das dachte ich damals und denke es heute noch. Dauernd drehten sie uns den Strom ab wegen unbezahlter Rechnungen. *Cortar a luz,* ich werde die Drohung nie vergessen. Es sind die einfachen Dinge, über die man nicht hinwegkommt. Wie etwas gerochen hat; wie es nach der Ohrfeige brannte; wie es war, als die plötzliche Dunkelheit durchs Haus flutete; wie rauh der Fluch des Vaters klang. Am Anfang kam manchmal die Polizei wegen des Lichts in der Apotheke. Jetzt wissen es alle und lassen mich in Ruhe.«

23 Natalie Rubin hatte dreimal angerufen. Gregorius rief zurück. Das Wörterbuch und die portugiesische Grammatik seien überhaupt kein Problem gewesen, sagte sie. »Sie werden diese Grammatik *lieben*! Wie ein Gesetzbuch, und haufenweise Listen mit Ausnahmen, der Mann ist ganz verrannt in die Ausnahmen. Wie Sie, Entschuldigung.«

Schon schwieriger sei es mit der Geschichte Portugals gewesen, es gebe mehrere, und sie habe sich dann für die kompakteste entschieden. All das sei bereits unterwegs. Die persische Grammatik, die er ihr angegeben habe, sei noch im Handel, Haupt könne sie bis Mitte der Woche besorgen. Die Geschichte des portugiesischen Widerstands dagegen – das sei eine echte Herausforderung. Die Bibliotheken hätten schon zugehabt, als sie kam. Da könne sie erst am Montag wieder hin. Bei Haupt habe man ihr geraten, im romanistischen Seminar nachzufragen, und sie wisse auch schon, an wen sie sich am Montag wenden müsse.

Gregorius erschrak über ihren Eifer, obwohl er ihn hatte kommen sehen. Sie würde am liebsten nach Lissabon kommen und ihm bei den Recherchen helfen, hörte er sie sagen.

Mitten in der Nacht wachte Gregorius auf und war unsicher, ob sie es nur im Traum oder auch in der Wirklichkeit gesagt hatte. *Cool*, hatten Kägi und Lucien von Graffenried die ganze Zeit gesagt, als er gegen Pedro, den Jurassier, spielte, der seine Figuren mit der Stirn übers Brett schob und den Kopf vor Wut auf den Tisch schlug, wenn Gregorius ihn überlistet hatte. Gegen Natalie zu spielen war sonderbar gewesen und unheimlich, denn sie spielte ohne Figuren und ohne Licht. »Ich kann Portugiesisch und könnte dich unterstützen!« sagte sie. Er versuchte, ihr auf portugiesisch zu antworten, und fühlte sich wie in einer Prüfung, als die Worte nicht kamen. *Minha Senhora*, begann er stets von neuem, *Minha Senhora*, und dann wußte er nicht weiter.

Er rief Doxiades an. Nein, er habe ihn nicht geweckt, sagte der Grieche, mit dem Schlafen sei es wieder einmal ganz schlecht. Und nicht nur mit dem Schlafen.

Einen solchen Satz hatte Gregorius von ihm noch nie gehört, und er erschrak. Was denn sei, fragte er.

»Ach, nichts«, sagte der Grieche, »ich bin einfach müde, ich mache in der Praxis Fehler, ich möchte aufhören.«

Aufhören? Er und *aufhören*? Und was dann?

»Nach Lissabon fahren, zum Beispiel«, lachte er.

Gregorius erzählte von Pedro, seiner fliehenden Stirn und dem epileptischen Blick. Doxiades erinnerte sich an den Jurassier.

»Danach haben Sie eine Weile miserabel gespielt«, sagte er. »Für Ihre Verhältnisse.«

Es wurde bereits hell, als Gregorius wieder einschlief. Als er zwei Stunden später aufwachte, wölbte sich über Lissabon ein wolkenloser Himmel, und die Leute gingen ohne Mantel. Er nahm das Schiff und fuhr hinüber nach Cacilhas zu João Eça.

»Das dachte ich mir, daß Sie heute kommen«, sagte er, und aus seinem schmalen Mund klangen die kargen Worte wie ein enthusiastisches Feuerwerk.

Sie tranken Tee und spielten Schach. Eças Hand zitterte, wenn er zog, und es gab ein Klacken, wenn er die Figur aufsetzte. Bei jedem seiner Züge erschrak Gregorius von neuem über die Brandnarben auf dem Handrücken.

»Nicht der Schmerz und die Verletzung sind das Schlimme«, sagte Eça. »Das Schlimme, das ist die Demütigung. Die Demütigung, wenn du spürst, daß du in die Hosen machst. Als ich rauskam, brannte ich vor Rachebedürfnis. Glühte. Wartete im Verborgenen, bis die Folterknechte nach dem Dienst rauskamen. Im biederen Mantel und mit Aktentasche wie Leute, die ins Büro gehen. Ich folgte ihnen nach Hause. Gleiches mit Gleichem vergelten. Was mich gerettet hat, war der Ekel davor, sie anzufassen. Und das hätte es schon sein müssen, ein Schuß wäre viel zu gnädig gewesen. Mariana dachte, ich hätte einen Prozeß der moralischen Reifung durchlaufen. Keine Spur. Ich habe es stets abgelehnt, reifer zu werden, wie sie es nennen. Mag die Reifen nicht. Halte diese sogenannte Reife für Opportunismus oder pure Ermüdung.«

Gregorius verlor. Bereits nach wenigen Zügen spürte er, daß er gegen diesen Mann nicht gewinnen *wollte*. Die Kunst war, ihn das nicht spüren zu lassen, und er entschied sich für halsbrecherische Manöver, die ein Spieler wie Eça durchschauen würde, aber nur ein Spieler wie er.

»Das nächste Mal lassen Sie mich nicht gewinnen«, sagte Eça, als das Signal fürs Essen kam. »Sonst werde ich böse.«

Sie aßen das verkochte Mittagessen des Heims, das nach nichts schmeckte. Ja, so sei es immer, sagte Eça, und als er Gregorius' Gesicht sah, lachte er das erstemal richtig. Gregorius erfuhr etwas über Joãos Bruder, Marianas Vater, der reich geheiratet hatte, und über die zerbrochene Ehe der Ärztin.

Er frage dieses Mal ja gar nicht nach Amadeu, sagte Eça.

»Ich bin Ihretwegen hier, nicht seinetwegen«, sagte Gregorius.

»Auch wenn Sie nicht seinetwegen gekommen sind«, sagte Eça gegen Abend, »ich habe etwas, das ich Ihnen zeigen möchte. Er hat es mir gegeben, nachdem ich ihn eines Tages gefragt hatte, was er denn so schreibe. Ich habe es so oft gelesen, ich kann es fast auswendig.« Und er übersetzte die beiden Blätter für Gregorius.

O BÁLSAMO DO DESILUSÃO. DER BALSAM DER ENTTÄU-SCHUNG. *Enttäuschung gilt als Übel. Ein unbedachtes Vorurteil. Wodurch, wenn nicht durch Enttäuschung, sollten wir entdek-ken, was wir erwartet und erhofft haben? Und worin, wenn nicht in dieser Entdeckung, sollte Selbsterkenntnis liegen? Wie also sollte einer ohne Enttäuschung Klarheit über sich selbst gewinnen können?*

Wir sollten Enttäuschungen nicht seufzend erleiden als etwas, ohne das unser Leben besser wäre. Wir sollten sie aufsuchen, ihnen nachspüren, sie sammeln. Warum bin ich enttäuscht, daß die angebeteten Schauspieler meiner Jugend jetzt alle Zeichen des Alters und Verfalls tragen? Was lehrt mich die Enttäuschung darüber, wie wenig Erfolg wert ist? Manch einer braucht ein Leben lang, um sich die Enttäuschung über seine Eltern einzugestehen. Was haben wir denn von ihnen eigentlich erwartet? Menschen, die ihr Leben unter der unbarmherzigen Herrschaft von Schmerzen leben müssen, sind oft darüber enttäuscht, wie sich die anderen verhalten, auch diejenigen, die bei ihnen ausharren und ihnen die Mittel einflößen. Es ist zu wenig, was sie tun und sagen, und auch zu wenig, was sie fühlen. »Was erwarten Sie denn?« frage ich. Sie können es nicht sagen und sind bestürzt darüber, daß sie jahrelang eine Erwartung mit sich herumgetragen haben, die enttäuscht werden konnte, ohne daß sie Näheres über sie wußten.

Einer, der wirklich wissen möchte, wer er ist, müßte ein ruheloser, fanatischer Sammler von Enttäuschungen sein, und das Aufsuchen enttäuschender Erfahrungen müßte ihm wie eine Sucht sein, die alles bestimmende Sucht seines Lebens, denn ihm stünde mit großer Klarheit vor Augen, daß sie nicht ein heißes, zerstörerisches Gift ist, die Enttäuschung, sondern ein kühler, beruhigender Balsam, der uns die Augen öffnet über die wahren Konturen unserer selbst.

Und es dürfte ihm nicht nur um Enttäuschungen gehen, welche die anderen oder die Umstände betreffen. Wenn man Enttäuschung als Leitfaden hin zu sich selbst entdeckt hat, wird man begierig sein zu erfahren, wie sehr man über sich selbst enttäuscht ist: über fehlenden Mut und mangelnde Wahrhaftigkeit etwa, oder über die schrecklich engen Grenzen, die dem eigenen

Fühlen, Tun und Sagen gezogen sind. Was war es denn, was wir
von uns erwartet und erhofft hatten? Daß wir grenzenlos wären,
oder doch ganz anders, als wir sind?

Es könnte einer die Hoffnung haben, daß er durch das Ver-
mindern von Erwartungen wirklicher würde, auf einen harten,
verläßlichen Kern schrumpfte und damit gefeit wäre gegen den
Schmerz der Enttäuschung. Doch wie wäre es, ein Leben zu füh-
ren, das sich jede ausgreifende, unbescheidene Erwartung ver-
böte, ein Leben, in dem es nur noch banale Erwartungen gäbe
wie die, daß der Bus kommt?

»Ich habe niemanden gekannt, der sich so hemmungslos in
seinen Träumereien verlieren konnte wie er«, sagte Eça. »Und
der es so haßte, enttäuscht zu werden. Was er hier schreibt – er
schreibt es *gegen sich selbst*. Wie er auch oft gegen sich selbst
gelebt hat. Jorge würde das bestreiten. Haben Sie Jorge kennengelernt? Jorge O'Kelly, den Apotheker, in dessen Geschäft
Tag und Nacht das Licht brennt? Er kannte Amadeu viel länger als ich, viel länger. Trotzdem.

Jorge und ich ... nun ja. Einmal haben wir eine Partie gespielt. Ein einziges Mal. Remis. Aber wenn es um das Planen
von Operationen ging und besonders um raffinierte Täu-
schungen, da waren wir ein unschlagbares Team, wie Zwil-
linge, die sich blind verstehen.

Amadeu war eifersüchtig auf dieses blinde Verständnis, er
spürte, daß er mit unserer Verschlagenheit und Skrupellosig-
keit nicht mithalten konnte. *Eure Phalanx* nannte er unser
Bündnis, das manchmal auch ein Bündnis des Schweigens
war, sogar ihm gegenüber. Und dann spürte man: Er hätte sie
gern durchbrochen, diese Phalanx. Dann stellte er Vermutun-
gen an. Manchmal traf er ins Schwarze. Und manchmal lag er
vollständig daneben. Besonders wenn es um etwas ging, das
ihn ... ja, ihn selbst betraf.«

Gregorius hielt den Atem an. Würde er jetzt etwas über Estefânia Espinhosa erfahren? Er konnte weder Eça noch O'Kelly danach *fragen*, das war ausgeschlossen. Hatte sich Prado am Ende geirrt? Hatte er die Frau vor einer Gefahr in Sicherheit gebracht, die gar nicht bestand? Oder hatte Eças Zögern einer ganz anderen Erinnerung gegolten?

»Ich habe die Sonntage hier immer gehaßt«, sagte Eça beim Abschied. »Kuchen ohne Geschmack, Schlagsahne ohne Geschmack, Geschenke ohne Geschmack, Floskeln ohne Geschmack. Die Hölle der Konvention. Aber jetzt ... die Nachmittage mit Ihnen ... ich könnte mich daran gewöhnen.«

Er nahm die Hand aus der Jackentasche und streckte sie Gregorius entgegen. Es war die Hand mit den fehlenden Fingernägeln. Gregorius spürte ihren festen Druck noch auf der ganzen Schiffahrt.

DRITTER TEIL

Der Versuch

24 Am Montag morgen flog Gregorius nach Zürich. Er war in der Morgendämmerung aufgewacht und hatte gedacht: *Ich bin dabei, mich zu verlieren.* Es war nicht so gewesen, daß er zuerst aufgewacht wäre und diesen Gedanken dann aus einer neutralen Wachheit heraus gedacht hätte, einer Wachheit, die auch ohne ihn Bestand gehabt hätte. Es war umgekehrt gewesen: Erst war der Gedanke dagewesen und dann die Wachheit. So daß diese sonderbare, gläserne Wachheit, die ihm neu war und sich auch von der Wachheit unterschied, die ihn auf der Fahrt nach Paris als etwas Neues ausgefüllt hatte, in gewissem Sinne nichts anderes gewesen war als jener Gedanke. Er war nicht sicher, daß er wußte, was er mit ihm und in ihm dachte, doch der Gedanke hatte bei aller Unklarheit eine gebieterische Bestimmtheit besessen. Panik hatte ihn erfaßt, und er hatte mit zittrigen Händen zu packen begonnen, Bücher und Kleidung wild durcheinander. Als der Koffer fertig war, zwang er sich zur Ruhe und stand für eine Weile am Fenster.

Es würde ein strahlender Tag werden. Im Salon von Adrianas Haus würde die Sonne das Parkett zum Leuchten bringen. Im Morgenlicht würde Prados Schreibpult noch verlassener aussehen als sonst. An der Wand über dem Pult hingen Notizzettel mit ausgeblichenen, kaum noch lesbaren Wörtern, von denen man aus der Distanz nur durch wenige Punkte wußte, an denen die Feder kräftiger aufgesetzt worden war. Er hätte gerne gewußt, woran die Wörter den Arzt hatten erinnern sollen.

Morgen oder übermorgen, vielleicht heute schon, würde Clotilde mit einer neuen Einladung von Adriana ins Hotel kommen. João Eça baute darauf, daß er am Sonntag zum Schach kam. O'Kelly und Mélodie würden sich wundern, daß sie nie mehr etwas von ihm hörten, von dem Mann, der aus dem Nichts aufgetaucht war und nach Amadeu gefragt hatte, als hinge seine Seligkeit davon ab zu verstehen, wer er gewesen war. Pater Bartolomeu würde es seltsam finden, daß er ihm die Abschrift von Prados Abschlußrede mit der Post zuschickte. Auch Mariana Eça würde nicht verstehen, warum er wie vom Erdboden verschwunden blieb. Und Silveira. Und Coutinho.

Sie hoffe, es sei nichts Schlimmes, was ihn so plötzlich abreisen lasse, sagte die Frau am Empfang, als er die Rechnung beglich. Von dem Portugiesisch des Taxifahrers verstand er kein Wort. Als er am Flughafen zahlte, fand er in der Manteltasche den Zettel, auf dem ihm Julio Simões, der Antiquar, die Adresse einer Sprachschule aufgeschrieben hatte. Er betrachtete ihn eine Weile und warf ihn dann in den Papierkorb vor der Tür zur Abflughalle. Die Maschine um zehn sei halb leer, sagten sie ihm am Schalter und gaben ihm einen Fensterplatz.

Im Warteraum am Flugsteig hörte er nur Portugiesisch. Einmal hörte er auch das Wort *português*. Jetzt war es ein Wort, das ihm angst machte, ohne daß er hätte sagen können, wovor. Er wollte in seinem Bett in der Länggasse schlafen, er wollte über die Bundesterrasse gehen und über die Kirchenfeldbrücke, er wollte über den *ablativus absolutus* spechen und über die Ilias, er wollte am Bubenbergplatz stehen, wo er sich auskannte. Er wollte nach Hause.

Beim Anflug auf Kloten wachte er von der portugiesischen Frage einer Stewardeß auf. Es war eine längere Frage, er verstand sie mühelos und antwortete auf portugiesisch. Er sah auf den Zürichsee hinunter. Weite Teile der Landschaft lagen unter schmutzig gewordenem Schnee. Auf die Tragflächen prasselte der Regen.

Es war ja nicht Zürich, wo er hinwollte, es war Bern, dachte er. Er war froh, daß er Prados Buch bei sich hatte. Als die Maschine aufsetzte und alle anderen ihre Bücher und Zeitungen weglegten, holte er es hervor und begann zu lesen.

JUVENTUDE IMORTAL. UNSTERBLICHE JUGEND. *In der Jugend leben wir, als seien wir unsterblich. Das Wissen von der Sterblichkeit umspielt uns wie ein sprödes Band aus Papier, das kaum unsere Haut berührt. Wann im Leben ändert sich das? Wann beginnt das Band, uns enger zu umschlingen, bis es uns am Ende würgt? Woran erkennt man seinen sanften, doch unnachgiebigen Druck, der uns wissen läßt, daß er nie mehr nachlassen wird? Woran erkennt man ihn bei den anderen? Und woran bei sich selbst?*

Gregorius wünschte, das Flugzeug wäre ein Bus, in dem man an der Endstation einfach sitzen bleiben, weiterlesen und dann zurückfahren konnte. Er war der letzte, der ausstieg.

Am Fahrkartenschalter zögerte er, so daß die Frau ungeduldig am Armband drehte.

»Zweiter Klasse«, sagte er schließlich.

Als der Zug den Zürcher Hauptbahnhof verließ und volle Fahrt aufnahm, fiel ihm ein, daß Natalie Rubin heute in den Bibliotheken nach einem Buch über den portugiesischen Widerstand suchte und daß die anderen Bücher nach Lissabon unterwegs waren. Mitte der Woche, wenn er längst wieder in der Länggasse wohnte, würde sie, nur wenige Häuser weiter, zur Buchhandlung Haupt gehen und dann die persische Grammatik zur Post bringen. Was konnte er ihr sagen, wenn er ihr begegnen sollte? Was konnte er den anderen sagen? Kägi und den übrigen Kollegen? Den Schülern? Doxiades wäre am einfachsten, und trotzdem: Was wären die richtigen Worte, die Worte, die es trafen? Als das Berner Münster in Sicht kam, hatte er das Gefühl, in wenigen Minuten eine verbotene Stadt zu betreten.

In der Wohnung war es eisig. Gregorius zog in der Küche die Jalousie hoch, die er vor zwei Wochen heruntergezogen hatte, um sich zu verstecken. Die Platte des Sprachkurses lag noch auf dem Plattenteller, die Hülle auf dem Tisch. Der Telefonhörer lag verkehrt herum auf der Gabel und erinnerte ihn an das nächtliche Gespräch mit Doxiades. *Warum machen mich Spuren des Vergangenen traurig, auch wenn es Spuren von etwas Heiterem sind?*, hatte sich Prado in einer seiner lakonischen Aufzeichnungen gefragt.

Gregorius packte den Koffer aus und legte die Bücher auf den Tisch. O GRANDE TERRAMOTO. A MORTE NEGRA. Er drehte in allen Räumen die Heizung auf, stellte die Waschmaschine an und begann dann, über die portugiesische Pestepidemie im 14. und 15. Jahrhundert zu lesen. Es war kein schwieriges Portugiesisch, und er kam gut voran. Nach einer Weile zündete er die letzte Zigarette aus der Schachtel an, die er im Café in der Nähe von Mélodies Haus gekauft hatte. In den fünfzehn Jahren, in denen er hier wohnte, war es das erste Mal, daß Zigarettenrauch in der Luft hing. Ab und zu, wenn ein Abschnitt im Buch zu Ende war, dachte er an seinen ersten Besuch bei João Eça, und dann war ihm, als spürte er den brennenden Tee in der Kehle, den er in sich hineingegossen hatte, um es Eças zitternden Händen leichter zu machen.

Als er zum Schrank ging, um einen dickeren Pullover zu holen, kam ihm der Pullover in den Sinn, in den er im verlassenen Liceu die hebräische Bibel eingewickelt hatte. Es war gut gewesen, im Zimmer von Senhor Cortês zu sitzen und im Buch Hiob zu lesen, während der Kegel aus Sonnenlicht durch den Raum wanderte. Gregorius dachte an Elifas von Teman, Bildad von Schuach und Zofar von Naama. Er sah das Bahnhofsschild von Salamanca vor sich und spürte, wie er als Vorbereitung auf Isfahan die ersten persischen Wörter auf die Wandtafel in seiner Kammer schrieb, wenige hundert Meter von hier. Er holte ein Blatt Papier und machte sich auf die Suche nach dem Gedächtnis seiner Hand. Es kamen ein paar Striche und Schleifen, einige Pünktchen für die Vokale. Dann riß es ab.

Er fuhr zusammen, als es an der Tür klingelte. Es war Frau Loosli, seine Nachbarin. Sie habe an der veränderten Lage des Türvorlegers gesehen, daß er wieder da sei, sagte sie und gab ihm die Post und den Briefkastenschlüssel. Ob er einen guten Urlaub gehabt habe? Und ob es jetzt immer so früh im Jahr Schulferien gebe?

Das einzige, was Gregorius in der Post interessierte, war ein Brief von Kägi. Gegen seine Gewohnheit nahm er nicht den Öffner, sondern riß den Brief hastig auf.

Lieber Gregorius,

ich möchte den Brief, den Sie mir geschrieben haben, nicht stumm verhallen lassen. Dazu hat er mich zu sehr berührt. Und ich nehme an, daß Sie sich, wohin die weite Reise Sie auch führen mag, die Post irgendwann nachschicken lassen.

Das Wichtigste, das ich Ihnen sagen möchte, ist dieses: Es ist in unserem Gymnasium merkwürdig leer ohne Sie. Wie groß die Leere ist, mag Ihnen die Tatsache zeigen, daß Virginie Ledoyen heute im Lehrerzimmer ganz plötzlich sagte: »Ich habe ihn für seine unverblümte, ungehobelte Art manchmal gehaßt; und es hätte wirklich nicht geschadet, wenn er sich manchmal ein bißchen besser angezogen hätte. Immer dieses abgetragene, ausgebeulte Zeug. Aber ich muß sagen, ich muß es sagen: Irgendwie vermisse ich ihn. Étonnant.« Und was die verehrte französische Kollegin sagt, ist nichts im Vergleich zu dem, was wir von den Schülern hören. Und, wie ich hinzufügen darf, von einigen Schülerinnen. Wenn ich jetzt vor Ihren Klassen stehe, spüre ich Ihre Abwesenheit wie einen großen, dunklen Schatten. Und was wird denn jetzt aus dem Schachturnier?

Marc Aurel: in der Tat. Wir, meine Frau und ich, haben, wenn ich Ihnen das anvertrauen darf, in der letzten Zeit immer mehr das Gefühl, unsere beiden Kinder zu verlieren. Es ist kein Verlust durch Krankheit oder Unfall, es ist schlimmer: Sie lehnen unsere ganze Art zu leben ab und sind nicht eben zimperlich in ihrer Ausdrucksweise. Es gibt Momente, da sieht meine Frau aus, als zerfalle sie. Da kam Ihre Erinnerung an den weisen Kaiser gerade recht. Und lassen Sie mich etwas hinzufügen, was Sie hoffentlich nicht als aufdringlich empfinden werden: Immer wenn ich das Kuvert mit Ihrem Brief sehe, das von meinem Schreibtisch nicht verschwinden will, empfinde ich einen Stich des Neids. Einfach aufstehen und gehen: Welch eine Courage! »*Er ist einfach aufgestanden und gegangen*«, *sagen die Schüler immer wieder.* »*Einfach aufgestanden und gegangen!*«

Ihre Stelle bleibt bis auf weiteres frei, das sollen Sie wissen. Einen Teil des Unterrichts habe ich selbst übernommen, für den Rest haben wir Studenten als Vertreter gefunden, auch fürs Hebräische. Was das Finanzielle angeht, so bekommen Sie die nötigen Unterlagen von der Schuldirektion zugesandt.

Was soll ich zum Schluß sagen, lieber Gregorius? Am besten einfach dieses: Wir wünschen Ihnen alle, daß Ihre Reise Sie auch wirklich dahin bringt, wo Sie hinwollten, im Äußeren wie im Inneren.

Ihr Werner Kägi

P.S. Ihre Bücher sind bei mir im Schrank. Es kann ihnen nichts geschehen. Was das Praktische betrifft, so habe ich noch eine Bitte: Würden Sie mir irgendwann – es eilt nicht – Ihre Schlüssel zukommen lassen?

Handschriftlich hatte Kägi hinzugefügt: *Oder möchten Sie sie behalten? Für alle Fälle?*

Gregorius blieb lange sitzen. Draußen wurde es dunkel. Das hätte er nicht gedacht, daß Kägi ihm einen solchen Brief schreiben würde. Vor langer Zeit hatte er ihn einmal mit den beiden Kindern in der Stadt gesehen, sie hatten gelacht, es schien alles in Ordnung zu sein. Was Virginie Ledoyen über seine Kleidung gesagt hatte, gefiel ihm, und er war fast ein bißchen unglücklich, als er auf die Hose seines neuen Anzugs hinuntersah, den er auf der Reise getragen hatte. *Unverblümt*, ja. Aber *ungehobelt*? Und welches waren, außer Natalie Rubin und vielleicht ein bißchen Ruth Gautschi, die Schülerinnen, die ihn vermißten?

Er war zurückgekehrt, weil er wieder an dem Ort hatte sein wollen, wo er sich auskannte. Wo er nicht Portugiesisch sprechen mußte oder Französisch oder Englisch. Warum ließ Kägis Brief dieses Vorhaben, das einfachste aller Vorhaben, auf einmal schwierig erscheinen? Warum war es ihm jetzt noch wichtiger als vorhin im Zug, daß es Nacht war, wenn er zum Bubenbergplatz hinunterging?

Als er eine Stunde später auf dem Platz stand, hatte er das Gefühl, ihn nicht mehr berühren zu können. Ja, das war, obgleich es sonderbar klang, das treffende Wort: Er konnte den Bubenbergplatz nicht mehr *berühren*. Er war schon dreimal um den Platz herumgegangen, hatte vor den Ampeln gewartet und in alle Richtungen geblickt: zum Kino, zur Post, zum Denkmal, zur spanischen Buchhandlung, wo er auf Prados Buch gestoßen war, nach vorne zur Tramhaltestelle, zur Heiliggeistkirche und zum Kaufhaus LOEB. Er hatte sich abseits gestellt, die Augen geschlossen und sich auf den Druck konzentriert, den sein schwerer Körper aufs Pflaster ausübte. Die Fußsohlen waren warm geworden, die Straße schien ihm entgegenzukommen, aber es war so geblieben: Es gelang ihm nicht mehr, den Platz zu berühren. Nicht nur die Straße, der ganze Platz mit seiner in Jahrzehnten gewachsenen Vertrautheit war ihm entgegengewachsen, aber es war den Straßen und Gebäuden, den Lichtern und Geräuschen nicht mehr gelungen, ihn ganz zu erreichen, den letzten, hauchdünnen Hiat zu überwinden, um ganz bei ihm anzukommen und sich als etwas in Erinnerung zu bringen, das er nicht nur *kannte*, ausgezeichnet kannte, sondern als etwas, das er *war*, so, wie er es früher immer gewesen war auf eine Weise, die ihm erst jetzt, im Mißlingen, zu Bewußtsein kam.

Der hartnäckige, unerklärliche Hiat schützte ihn nicht, er war nicht wie ein Puffer, der Abstand und Gelassenheit hätte bedeuten können. Vielmehr ließ er in Gregorius Panik entstehen, die Angst, mit den vertrauten Dingen, die er hatte anrufen wollen, um sich wiederzufinden, auch sich selbst zu verlieren und hier dasselbe zu erleben wie im morgendämmrigen Lissabon, nur tückischer und viel, viel gefährlicher, denn während es hinter Lissabon Bern gegeben hatte, gab es hinter dem verlorenen Bern kein anderes Bern mehr. Als er, den Blick auf den festen und doch zurückweichenden Boden gerichtet, in einen Passanten hineinlief, erfaßte ihn nachher Schwindel, einen Moment lang drehte sich alles, er faßte mit beiden Händen an den Kopf, wie um ihn festzuhalten, und als es in ihm wieder sicher und ruhig war, sah er, wie ihm eine Frau nachblickte, in deren Blick die Frage lag, ob er nicht vielleicht Hilfe brauche.

Die Uhr an der Heiliggeistkirche zeigte kurz vor acht, der Verkehr wurde ruhiger. Die Wolkendecke hatte sich geteilt, man konnte die Sterne sehen. Es war kalt. Gregorius ging über die Kleine Schanze und weiter zur Bundesterrasse. Aufgeregt sah er dem Moment entgegen, wo er auf die Kirchenfeldbrücke würde einbiegen können, wie er es jahrzehntelang um Viertel vor acht morgens getan hatte.

Die Brücke war gesperrt. Die Nacht über, bis morgen früh, wurden Tramgeleise repariert. »Ein schlimmer Unfall«, sagte jemand, als er sah, wie Gregorius fassungslos auf das Schild starrte.

Mit dem Gefühl, daß ihm etwas zur Gewohnheit wurde, das ihm fremd war, betrat er das Hotel Bellevue und ging ins Restaurant. Die gedämpfte Musik, die hellbeige Jacke des Kellners, das Silber. Er bestellte etwas zu essen. *Der Balsam der Enttäuschung.* »Er hat sich oft lustig darüber gemacht«, hatte João Eça über Prado gesagt, »daß wir, die Menschen, die Welt für eine Bühne halten, auf der es um uns und unsere Wünsche geht. Er hielt diese Täuschung für den Ursprung aller Religion. ›Dabei ist keine Spur davon wahr‹, pflegte er zu sagen, ›das Universum ist einfach da, und es ist ihm vollkommen gleichgültig, wirklich vollkommen gleichgültig, was mit uns geschieht.‹«

Gregorius holte Prados Buch hervor und suchte nach einer Überschrift mit *cena.* Als das Essen kam, hatte er gefunden, was er suchte:

CENA CARICATA. LÄCHERLICHE BÜHNE. *Die Welt als Bühne, die darauf wartet, daß wir das wichtige und traurige, das komische und bedeutungslose Drama unserer Vorstellungen inszenieren. Wie rührend und charmant sie ist, diese Idee! Und wie unvermeidlich!*

Langsam ging Gregorius ins Monbijou und von dort über die Brücke zum Gymnasium. Es war viele Jahre her, daß er das Gebäude aus dieser Richtung gesehen hatte, und es kam ihm sonderbar fremd vor. Er hatte es stets durch den Hintereingang betreten, jetzt hatte er den Haupteingang vor sich. Alles war dunkel. Von einem Kirchturm schlug es halb zehn.

Der Mann, der jetzt das Fahrrad abstellte, zum Eingang ging, aufschloß und drinnen verschwand, war Burri, der Major. Er kam manchmal abends, um einen physikalischen oder chemischen Versuch für den nächsten Tag vorzubereiten. Hinten im Labor ging das Licht an.

Lautlos schlüpfte Gregorius ins Gebäude. Er hatte keine Ahnung, was er hier wollte. Auf Zehenspitzen schlich er in den ersten Stock. Die Türen zu den Klassenzimmern waren verschlossen, und auch die hohe Tür zur Aula ließ sich nicht öffnen. Er fühlte sich ausgeschlossen, auch wenn das natürlich nicht den geringsten Sinn ergab. Leise quietschten seine Gummisohlen auf dem Linoleum. Der Mond schien durchs Fenster. In seinem blassen Licht betrachtete er alles, wie er es noch nie betrachtet hatte, als Lehrer nicht und auch nicht als Schüler. Die Türgriffe, das Treppengeländer, die Schränke für die Schüler. Sie warfen ihm die tausendfachen Blicke von früher zurück und traten dahinter als Gegenstände hervor, die er noch nie gesehen hatte. Er legte die Hand auf die Klinken, spürte ihren kühlen Widerstand und glitt weiter durch die Korridore als ein großer, träger Schatten. Im Parterre, am anderen Ende des Gebäudes, ließ Burri etwas fallen, das Geräusch von zerbrechendem Glas hallte durch den Flur.

Eine der Türen gab nach. Gregorius stand im Zimmer, in dem er als Schüler die ersten griechischen Wörter auf der Wandtafel gesehen hatte. Das war dreiundvierzig Jahre her. Er hatte immer hinten links gesessen, und auch jetzt setzte er sich auf diesen Platz. Damals trug Eva, die Unglaubliche, die zwei Reihen vor ihm saß, das rote Haar zu einem Pferdeschwanz gebunden, und er konnte stundenlang zusehen, wie der Schwanz von Schulter zu Schulter über Bluse und Pullover wischte. Beat Zurbriggen, der all die Jahre neben ihm gesessen hatte, war im Unterricht oft eingeschlafen, er wurde deswegen gehänselt. Später entdeckte man, daß es mit einer Stoffwechselstörung zu tun hatte, an der er in jungen Jahren starb.

Als Gregorius das Zimmer verließ, wußte er, warum es so seltsam war, hier zu sein: Er lief in den Korridoren und in sich selbst herum als der ehemalige Schüler und vergaß dabei, daß er jahrzehntelang als Lehrer durch die Flure gegangen war.

Konnte man als der Frühere den Späteren vergessen, obgleich der Spätere die Bühne war, auf der man die Dramen des Früheren aufführte? Und wenn es kein Vergessen war, was war es dann?

Unten lief Burri fluchend durch den Gang. Die Tür, die er zuknallte, mußte die Tür zum Lehrerzimmer sein. Jetzt hörte Gregorius, wie auch die Eingangstür ins Schloß fiel. Der Schlüssel drehte sich. Er war eingeschlossen.

Es war, als wachte er auf. Doch es war kein Aufwachen in den Lehrer hinein, keine Rückkehr zu Mundus, der sein Leben in diesem Gebäude verbracht hatte. Die Wachheit war diejenige des heimlichen Besuchers, dem es früher am Abend nicht mehr gelungen war, den Bubenbergplatz zu berühren. Gregorius ging hinunter ins Lehrerzimmer, das Burri in seinem Ärger vergessen hatte abzuschließen. Er betrachtete den Sessel, in dem Virginie Ledoyen stets saß. *Ich muß sagen, ich muß es sagen: Irgendwie vermisse ich ihn.*

Eine Weile stand er am Fenster und blickte in die Nacht hinaus. Er sah O'Kellys Apotheke vor sich. Auf dem Glas der grüngoldenen Tür stand IRISH GATE. Er ging zum Telefon, rief die Auskunft an und ließ sich mit der Apotheke verbinden. Es war ihm danach, es in der leeren, hell erleuchteten Apotheke die ganze Nacht über klingeln zu lassen, bis Jorge seinen Rausch ausgeschlafen hatte, die Apotheke betrat und hinter der Theke die erste Zigarette anzündete. Doch nach einer Weile kam das Besetzzeichen, und Gregorius legte auf. Als er die Auskunft von neuem anrief, verlangte er die schweizerische Botschaft in Isfahan. Eine fremdländische, heisere Männerstimme meldete sich. Gregorius tat den Hörer zurück auf die Gabel. *Hans Gmür*, dachte er, *Hans Gmür*.

Neben dem Hinterausgang stieg er durchs Fenster und ließ sich das letzte Stück fallen. Als ihm schwarz vor den Augen wurde, hielt er sich am Fahrradständer fest. Dann ging er hinüber zur Baracke und trat von außen zu dem Fenster, durch das er seinerzeit während des Griechischunterrichts ausgestiegen war. Er sah, wie die Unglaubliche sich zu ihrer Nachbarin umdrehte, um sie auf den unglaublichen Vorgang seines Ausstiegs aufmerksam zu machen. Ihr Atem bewegte das Haar der Nachbarin. Die Sommersprossen schienen ihr Erstaunen noch größer werden zu lassen, und die Augen mit dem Silberblick schienen sich zu weiten. Gregorius wandte sich ab und ging in Richtung Kirchenfeldbrücke.

Er hatte vergessen, daß die Brücke gesperrt war. Verärgert nahm er den Weg übers Monbijou. Als er am Bärenplatz ankam, schlug es Mitternacht. Morgen früh war Markt, Markt mit Marktfrauen und Kassen mit Geld. *Die Bücher habe ich gestohlen. Bücher dürften nichts kosten, das dachte ich damals und denke es heute noch,* hörte er O'Kelly sagen. Er ging weiter in Richtung Gerechtigkeitsgasse.

In der Wohnung von Florence war kein Licht. Vor ein Uhr ging sie nie ins Bett. War sie nie ins Bett gegangen. Gregorius wechselte auf die andere Seite der Gasse und wartete hinter einer Säule. Das letztemal hatte er das vor mehr als zehn Jahren getan. Sie war allein nach Hause gekommen, und ihr Schritt war müde gewesen, ohne Schwung. Als er sie jetzt kommen sah, war sie in Begleitung eines Mannes. *Du könntest dir ruhig mal was Neues zum Anziehen kaufen. Schließlich lebst du nicht allein. Und dafür reicht Griechisch nicht.* Gregorius sah an seinem neuen Anzug herunter: Er war besser angezogen als der andere Mann. Als Florence einen Schritt zur Gasse hin machte und das Licht einer Laterne auf ihr Haar fiel, erschrak er: Sie war in den zehn Jahren grau geworden. Und sie war mit Mitte vierzig angezogen, als sei sie mindestens fünfzig. Gregorius spürte Ärger in sich aufsteigen: War sie nie mehr in Paris? Hatte der schlampig angezogene Typ neben ihr, der aussah wie ein verwahrloster Steuerbeamter, ihren Sinn für Eleganz abgetötet? Als Florence nachher oben das Fenster öffnete und sich hinauslehnte, war er versucht, hinter der Säule hervorzutreten und ihr zuzuwinken.

Später ging er hinüber zu den Klingeln. Florence de l'Arronge hatte sie als Mädchen geheißen. Wenn er die Anordnung der Klingeln richtig deutete, hieß sie heute Meier. Nicht einmal zu einem *y* hatte es gereicht. Wie elegant hatte die Doktorandin von einst ausgesehen, als sie im COUPOLE saß! Und wie bieder und erloschen hatte die Frau von eben gewirkt! Auf dem Weg hinauf zum Bahnhof und weiter in die Länggasse verstrickte er sich immer weiter in eine Wut, die er mit jedem Schritt noch weniger verstand. Sie ließ erst nach, als er vor dem schäbigen Haus stand, in dem er aufgewachsen war.

Die Haustür war verschlossen, doch in dem Einsatz aus blind gewordenem Glas fehlte ein Stück. Gregorius hielt die Nase an die Öffnung: Es roch auch heute noch nach Kohl. Er suchte das Fenster der Kammer, in der er die persischen Wörter auf die Wandtafel geschrieben hatte. Es war vergrößert worden und hatte einen anderen Rahmen bekommen. Es hatte ihn zum Kochen bringen können, wenn die Mutter gebieterisch zum Essen rief, während er aufgeregt in der persischen Grammatik las. Er sah die Heimatromane von Ludwig Ganghofer auf ihrem Nachttisch liegen. *Kitsch ist das tückischste aller Gefängnisse,* hatte Prado notiert. *Die Gitterstäbe sind mit dem Gold vereinfachter, unwirklicher Gefühle verkleidet, so daß man sie für die Säulen eines Palastes hält.*

In dieser Nacht schlief Gregorius wenig, und wenn er aufwachte, wußte er im ersten Moment nicht, wo er war. Er rüttelte an lauter Türen des Gymnasiums und kletterte durch lauter Fenster. Als die Stadt gegen Morgen erwachte und er am Fenster stand, war er sich nicht mehr ganz sicher, ob er wirklich im Kirchenfeld gewesen war.

In der Redaktion der großen Berner Zeitung war man nicht

gerade freundlich zu ihm, und Gregorius vermißte Agostinha vom DIARIO DE NOTÍCIAS in Lissabon. Ein Inserat vom April 1966? Widerwillig ließen sie ihn im Archiv allein, und gegen Mittag hatte er den Namen des Industriellen, der damals für seine Kinder einen Hauslehrer gesucht hatte. Im Telefonbuch gab es drei Hannes Schnyder, aber nur einen Dipl. Ing. Eine Adresse in der Elfenau.

Gregorius fuhr hin und klingelte im Gefühl, etwas vollkommen Abwegiges zu tun. Das Ehepaar Schnyder in der makellosen Villa empfand es allem Anschein nach als willkommene Abwechslung, mit dem Mann Tee zu trinken, der damals fast der Lehrer ihrer Kinder geworden wäre. Die beiden gingen auf die achtzig zu und sprachen von den wunderbaren Zeiten unter dem Schah, in denen sie reich geworden waren. Warum er denn damals seine Bewerbung zurückgezogen habe? Ein Junge mit altsprachlicher Maturität – das wäre genau das gewesen, was sie gesucht hätten. Gregorius sprach von der Krankheit der Mutter und lenkte das Gespräch dann für eine Weile in eine andere Richtung.

Wie es in Isfahan mit dem Klima sei, fragte er schließlich. Hitze? Sandstürme? Nichts, vor dem man sich zu fürchten brauche, lachten sie, jedenfalls nicht, wenn man so wohne, wie sie damals gewohnt hätten. Und dann holten sie Fotos. Gregorius blieb bis in den Abend hinein, und die Schnyders waren erstaunt und beglückt über sein Interesse an ihren Erinnerungen. Sie schenkten ihm einen Bildband von Isfahan.

Bevor er ins Bett ging, betrachtete Gregorius die Moscheen von Isfahan und hörte dazu die Platte des portugiesischen Sprachkurses. Er schlief mit dem Gefühl ein, daß ihm sowohl Lissabon als auch Bern mißlangen. Und daß er nicht mehr wußte, wie es war, wenn einem ein Ort *nicht* mißlang.

Als er gegen vier aufwachte, war ihm danach, Doxiades anzurufen. Doch was hätte er ihm sagen können? Daß er hier war und doch auch wieder nicht? Daß er das Lehrerzimmer des Gymnasiums als Telefonzentrale für seine verwirrten Wünsche mißbraucht hatte? Und daß er nicht einmal ganz sicher war, daß das alles wirklich stattgefunden hatte?

Wem, wenn nicht dem Griechen, hätte er es erzählen können? Gregorius dachte an den sonderbaren Abend, an dem sie das *du* ausprobiert hatten.

»Ich heiße Konstantin«, hatte der Grieche während des Schachs auf einmal gesagt.

»Raimund«, hatte er erwidert.

Es hatte keine rituelle Besiegelung gegeben, kein Glas, keinen Handschlag, nicht einmal angeblickt hatten sie sich.

»Das ist aber gemein von dir«, sagte der Grieche, als Gregorius eine Falle zuschnappen ließ.

Es hatte nicht den richtigen Klang gehabt, und Gregorius hatte den Eindruck, daß sie das beide spürten.

»Du solltest meine Gemeinheit nicht unterschätzen«, sagte er.

Für den Rest des Abends mieden sie die Anrede.

»Gute Nacht, Gregorius«, sagte der Grieche beim Abschied, »schlafen Sie gut.«

»Sie auch, Doktor«, sagte Gregorius.

Dabei war es geblieben.

War das ein Grund, dem Griechen nichts von der schwebenden Verwirrtheit zu erzählen, in der er durch Bern stolperte? Oder war die distanzierte Nähe zwischen ihnen genau das, was es für eine solche Erzählung brauchte? Gregorius wählte und legte nach dem zweiten Klingeln auf. Manchmal hatte der Grieche diese rauhe Art, wie sie unter Taxifahrern in Thessaloniki wohl üblich war.

Er holte Prados Buch hervor. Während er, wie vor zwei Wochen, bei heruntergezogener Jalousie am Küchentisch saß und las, hatte er das Gefühl, daß ihm die Sätze, die der adlige

Portugiese im Dachzimmer des blauen Hauses aufgeschrieben hatte, halfen, am richtigen Ort zu sein: weder in Bern noch in Lissabon.

AMPLIDÃO INTERIOR. INNERE WEITE. *Wir leben hier und jetzt, alles, was vorher war und an anderen Orten, ist Vergangenheit, zum größten Teil vergessen und als kleiner Rest noch zugänglich in ungeordneten Splittern der Erinnerung, die in rhapsodischer Zufälligkeit aufleuchten und wieder verlöschen. So sind wir gewohnt, über uns zu denken. Und es ist dieses die natürliche Denkungsart, wenn es die anderen sind, auf die wir den Blick richten: Sie stehen ja wirklich hier und jetzt vor uns, nirgendwo und nirgendwann sonst, und wie sollte man sich ihre Beziehung zur Vergangenheit denken, wenn nicht in der Gestalt von inneren Episoden des Erinnerns, deren ausschließliche Wirklichkeit in der Gegenwart ihres Geschehens liegt?*

Doch aus der Sicht des eigenen Inneren verhält es sich ganz anders. Da sind wir nicht auf unsere Gegenwart beschränkt, sondern weit in die Vergangenheit hinein ausgebreitet. Das kommt durch unsere Gefühle, namentlich die tiefen, also diejenigen, die darüber bestimmen, wer wir sind und wie es ist, wir zu sein. Denn diese Gefühle kennen keine Zeit, sie kennen sie nicht, und sie anerkennen sie nicht. Es wäre natürlich falsch, wenn ich sagte: Ich bin immer noch der Junge auf den Stufen vor der Schule, der Junge mit der Mütze in der Hand, dessen Blick hinüberwandert zu der Mädchenschule, in der Hoffnung, Maria João zu sehen. Natürlich ist es falsch, inzwischen sind mehr als dreißig Jahre verflossen. Und doch ist es auch wahr. Das Herzklopfen vor schwierigen Aufgaben ist das Herzklopfen, wenn Senhor Lanções, der Mathematiklehrer, das Klassenzimmer betrat; in der Beklommenheit allen Autoritäten gegenüber schwingen die Machtworte meines gebeugten Vaters mit; und trifft mich der leuchtende Blick einer Frau, so stockt mir der Atem wie jedes-

mal, wenn sich, von Schulfenster zu Schulfenster, mein Blick mit demjenigen von Maria João zu kreuzen schien. Ich bin immer noch dort, an jenem entfernten Ort in der Zeit, in bin dort nie weggegangen, sondern lebe ausgebreitet in die Vergangenheit hinein, oder aus ihr heraus. Sie ist Gegenwart, diese Vergangenheit, und nicht bloß in Form kurzer Episoden des aufblitzenden Erinnerns. Die tausend Veränderungen, welche die Zeit vorangetrieben haben – sie sind, gemessen an dieser zeitlosen Gegenwart des Fühlens, flüchtig und unwirklich wie ein Traum, und auch trügerisch wie Traumbilder: Sie spiegeln mir vor, ich sei einer, der als Arzt, zu dem die Leute mit ihren Schmerzen und Sorgen kommen, eine märchenhafte Selbstgewißheit und Furchtlosigkeit besitzt. Und das bange Vertrauen in den Blicken der Hilfesuchenden zwingt mich, daran zu glauben, solange sie vor mir stehen. Doch kaum sind sie gegangen, möchte ich ihnen zurufen: Ich bin doch immer noch jener ängstliche Junge auf den Schulstufen, es ist völlig unerheblich, ja eigentlich eine Lüge, daß ich im weißen Kittel hinter dem gewaltigen Schreibtisch sitze und Ratschläge erteile, laßt euch nicht täuschen von dem, was wir in lächerlicher Oberflächlichkeit die Gegenwart nennen.

Und nicht nur in der Zeit sind wir ausgebreitet. Auch im Raum erstrecken wir uns weit über das hinaus, was sichtbar ist. Wir lassen etwas von uns zurück, wenn wir einen Ort verlassen, wir bleiben dort, obgleich wir wegfahren. Und es gibt Dinge an uns, die wir nur dadurch wiederfinden können, daß wir dorthin zurückkehren. Wir fahren an uns heran, reisen zu uns selbst, wenn uns das monotone Klopfen der Räder einem Ort entgegenträgt, wo wir eine Wegstrecke unseres Lebens zurückgelegt haben, wie kurz sie auch gewesen sein mag. Wenn wir den Fuß zum zweiten Male auf den Bahnsteig des fremden Bahnhofs setzen, die Stimmen aus den Lautsprechern hören, die unverwechselbaren Gerüche riechen, so sind wir nicht nur an dem fernen Ort angekommen, sondern auch in der Ferne des eigenen Inneren, in *einem vielleicht ganz entlegenen Winkel unserer selbst, der, wenn wir anderswo sind, ganz im Dunkeln liegt und in der Unsichtbarkeit. Warum sonst sollten wir so aufgeregt sein, so außer uns selbst, wenn der Schaffner den Namen des Orts ausruft, wenn wir das Quietschen der Bremsen hören und von dem plötzlich einsetzenden Schatten der Bahnhofshalle verschluckt werden? Warum sonst sollte es ein magischer Moment, ein Augenblick von geräuschloser Dramatik sein, wenn der Zug mit einem letzten Rucken zum vollständigen Stillstand kommt? Es ist, weil wir von den ersten Schritten an, die wir auf dem fremden und auch nicht mehr fremden Perron tun, ein Leben wiederaufnehmen, das wir unterbrochen und verlassen hatten, als wir damals das erste Rucken des anfahrenden Zuges spürten. Was könnte aufregender sein, als ein unterbrochenes Leben mit all seinen Versprechungen wiederaufzunehmen?*

Es ist ein Fehler, ein unsinniger Gewaltakt, wenn wir uns auf das Hier und Jetzt konzentrieren in der Überzeugung, damit das Wesentliche zu erfassen. Worauf es ankäme, wäre, sich sicher und gelassen, mit dem angemessenen Humor und der angemessenen Melancholie, in der zeitlich und räumlich ausgebreiteten inneren Landschaft zu bewegen, die wir sind. Warum bedauern wir Leute, die nicht reisen können? Weil sie sich, indem sie sich äußerlich nicht ausbreiten können, auch innerlich nicht auszudehnen vermögen, sie können sich nicht vervielfältigen, und so ist ihnen die Möglichkeit genommen, weitläufige Ausflüge in sich selbst zu unternehmen und zu entdecken, wer und was anderes sie auch hätten werden können.

Als es hell wurde, ging Gregorius in den Bahnhof hinunter und nahm den ersten Zug nach Moutier im Jura. Es fuhren tatsächlich Leute nach Moutier. Tatsächlich. Moutier war nicht nur die Stadt, in der er gegen den Mann mit dem viereckigen Gesicht, der fliehenden Stirn und dem stoppligen Haarschnitt verloren hatte, weil er die Langsamkeit nicht aushielt, mit der er seine Züge machte. Moutier war eine wirkliche Stadt mit einem Rathaus, mit Supermärkten und Tearooms. Gregorius suchte zwei Stunden vergeblich nach dem Ort des damaligen Turniers. Man konnte nicht nach etwas suchen, von dem man nichts mehr wußte. Die Bedienung im Tearoom wunderte sich über seine wirren, unzusammenhängenden Fragen und tuschelte nachher mit der Kollegin.

Am frühen Nachmittag war er wieder in Bern und nahm den Lift hinauf zur Universität. Es waren Semesterferien. Er setzte sich in einen leeren Hörsaal und dachte an den jungen Prado in den Hörsälen von Coimbra. Nach den Worten von Pater Bartolomeu konnte er gnadenlos sein, wenn er Eitelkeit vor sich hatte. *Gnadenlos. Das Messer ging ihm in der Tasche auf.* Und er hatte eigene Kreide bei sich, wenn jemand ihn an die Tafel zitierte, um ihn vorzuführen. Es war viele Jahre her, daß sich Gregorius eines Tages unter den verwunderten Blicken der Studenten in diesem Hörsaal in eine Vorlesung über Euripides gesetzt hatte. Er war erstaunt gewesen über das abgehobene Kauderwelsch, das da geredet wurde. »Warum lesen Sie nicht wieder einmal den Text?« hätte Gregorius dem jungen Dozenten gerne zugerufen. »Lesen! Einfach nur *lesen*!« Als der Mann immer häufiger französische Begriffe einflocht, die erfunden schienen, um zu seinem rosafarbenen Hemd zu passen, war er gegangen. Es war schade, dachte er jetzt, daß er es diesem Schnösel damals nicht wirklich zugerufen hatte.

Draußen blieb er nach wenigen Schritten stehen und hielt den Atem an. Drüben bei der Buchhandlung Haupt trat Natalie Rubin aus der Tür. In der Tüte, dachte er, war die persische Grammatik, und Natalie ging jetzt in Richtung Post, um sie ihm nach Lissabon zu schicken.

Das allein hätte vielleicht noch nicht genügt, dachte Gregorius später. Vielleicht wäre er trotzdem geblieben und hätte so lange am Bubenbergplatz gestanden, bis er ihn wieder hätte berühren können. Doch dann ging in der frühen Dämmerung des trüben Tages in allen Apotheken das Licht an. *Cortar a luz*, hörte er O'Kelly sagen, und als die Worte nicht weichen wollten, ging Gregorius zu seiner Bank und überwies eine größere Summe auf sein Girokonto. »Na, endlich brauchen Sie auch mal was von Ihrem Geld!« sagte die Frau, die seine Ersparnisse verwaltete.

Frau Loosli, seiner Nachbarin, sagte er, er müsse für längere Zeit verreisen. Ob sie seine Post weiterhin sammeln und ihm nachschicken könnte, wenn er ihr telefonisch sagte, wohin? Die Frau hätte gerne mehr gewußt, traute sich aber nicht zu fragen. »Es ist alles in Ordnung«, sagte Gregorius und gab ihr die Hand.

Er rief das Hotel in Lissabon an und bat darum, ihm auf unbestimmte Zeit dasselbe Zimmer wie bisher zu reservieren. Es sei gut, daß er anrufe, sagten sie, da sei nämlich ein Paket für ihn gekommen, und die alte Frau von neulich habe wieder ein Briefchen überbracht. Auch telefonisch habe man nach ihm gefragt, die Nummern hätten sie aufgeschrieben. Und im übrigen hätten sie im Schrank ein Schachspiel gefunden. Ob das ihm gehöre?

Abends ging Gregorius zum Essen ins Bellevue, es war das Sicherste, um niemandem zu begegnen. Der Kellner war zuvorkommend wie zu einem alten Bekannten. Nachher betrat Gregorius die Kirchenfeldbrücke, die wieder frei war. Er ging bis zu der Stelle, wo die Portugiesin den Brief gelesen hatte. Als er nach unten blickte, wurde ihm schwindlig. Zu Hause las er bis spät in die Nacht hinein in dem Buch über die portugiesische Pestepidemie. Er wendete die Seiten in dem Gefühl, einer zu sein, der Portugiesisch konnte.

Am nächsten Morgen nahm er den Zug nach Zürich. Die Maschine nach Lissabon ging kurz vor elf. Als sie am frühen Nachmittag landete, schien die Sonne aus einem wolkenlosen

Himmel. Das Taxi fuhr mit offenem Fenster. Der Hotelpage, der ihm den Koffer und das Paket mit Natalie Rubins Büchern aufs Zimmer trug, erkannte ihn und redete wie ein Wasserfall. Gregorius verstand kein Wort.

25 »*Quer tomar alguma coisa?*« Wollen Sie etwas mit mir trinken?, stand in dem Briefchen, das Clotilde am Dienstag gebracht hatte. Und dieses Mal war die Unterschrift einfacher und vertraulicher: *Adriana*.

Gregorius betrachtete die drei Zettel mit den Telefonnotizen. Montag abend hatte Natalie Rubin angerufen und war verwirrt gewesen, als sie ihr sagten, er sei abgereist. Dann hatte sie die persische Grammatik, mit der er sie gestern gesehen hatte, vielleicht gar nicht zur Post gebracht?

Er rief sie an. Ein Mißverständnis, sagte er, er habe nur eine kleine Reise gemacht und wohne jetzt wieder im Hotel. Sie erzählte von ihrer erfolglosen Suche nach Literatur über die Resistência.

»Wenn ich in Lissabon wäre – ich wette, ich würde etwas finden«, sagte sie.

Gregorius sagte nichts.

Er habe ihr ja viel zuviel Geld geschickt, meinte sie in die Stille hinein. Und dann: Sein Exemplar der persischen Grammatik bringe sie heute noch zur Post.

Gregorius schwieg.

»Sie haben doch nichts dagegen, wenn ich es auch lerne?« fragte sie, und auf einmal lag eine Ängstlichkeit in ihrer Stimme, die gar nicht zu dem höfischen Fräulein passen wollte, noch viel weniger als das Lachen, in das sie ihn neulich hineingezogen hatte.

Nein, nein, sagte er und bemühte sich um einen heiteren Ton, warum denn auch.

»*Até logo*«, sagte sie.

»*Até logo*«, sagte auch er.

Dienstag nacht Doxiades und jetzt das Mädchen: Warum war er plötzlich wie ein Analphabet, wenn es um Nähe und Abstand ging? Oder war er es immer gewesen, ohne es zu merken? Und warum hatte er nie einen Freund gehabt, wie Jorge O'Kelly es für Prado gewesen war? Einen Freund, mit dem er über Dinge wie Loyalität und Liebe hätte sprechen können, und über den Tod?

Mariana Eça hatte angerufen, ohne eine Nachricht zu hinterlassen. José António da Silveira dagegen ließ ihm ausrichten, er würde ihn gerne zu sich zum Abendessen einladen, sollte er noch einmal zurück nach Lissabon kommen.

Gregorius machte das Bücherpaket auf. Die portugiesische Grammatik war einem Lateinbuch so ähnlich, daß er lachen mußte, und er las darin, bis es dunkel wurde. Dann schlug er die Geschichte Portugals auf und stellte fest, daß sich Prados Lebensspanne ziemlich genau mit der Dauer des *Estado Novo* gedeckt hatte. Er las über den portugiesischen Faschismus und die Geheimpolizei P.I.D.E., der Rui Luís Mendes angehört hatte, der Schlächter von Lissabon. TARRAFAL, erfuhr er, hatte das schlimmste Lager für politische Häftlinge geheißen. Es hatte auf der Kapverden-Insel Santiago gelegen, und sein Name war den Menschen Symbol für die gnadenlose politische Verfolgung gewesen. Doch am meisten interessierte Gregorius, was er über die *Mocidade Portuguesa* las, eine paramilitärische Organisation nach italienischem und deutschem Muster, die vom faschistischen Vorbild den römischen Gruß übernahm. Ihr mußte die gesamte Jugend von der Grundschule bis zur Universität beitreten. Das fing 1936 an, zur Zeit des spanischen Bürgerkriegs, da war Amadeu de Prado sechzehn. Hatte auch er das zwangsverordnete grüne Hemd getragen? Den Arm gehoben, wie man es in Deutschland tat? Gregorius betrachtete das Portrait: undenkbar. Doch wie hatte er sich entziehen können? Hatte der Vater seinen Einfluß geltend gemacht? Der Richter, der sich trotz Tarrafal auch weiterhin um zehn vor sechs morgens von seinem Chauffeur abholen ließ, um im Justizpalast der erste zu sein?

Spät in der Nacht stand Gregorius auf der Praça do Rossio. Würde er den Platz jemals so berühren können, wie er früher den Bubenbergplatz berührt hatte?

Bevor er zum Hotel zurückkehrte, ging er in die Rua dos Sapateiros. In O'Kellys Apotheke brannte Licht, und er sah auf der Theke das vorsintflutliche Telefon, das er Montag nacht von Kägis Büro aus hatte klingeln lassen.

26   Am Freitag morgen rief Gregorius Julio Simões, den Antiquar, an und ließ sich noch einmal die Adresse der empfohlenen Sprachschule geben, die er vor dem Abflug nach Zürich weggeworfen hatte. Die Leitung der Schule war erstaunt über seine Ungeduld, als er sagte, er könne nicht bis Montag warten und wolle, wenn möglich, gleich beginnen.

Die Frau, die kurz darauf den Raum für Einzelunterricht betrat, war ganz in Grün gekleidet, und auch der Lidschatten paßte dazu. Sie setzte sich in dem gut geheizten Raum hinters Pult und zog fröstelnd die Stola um die Schultern. Sie heiße Cecília, sagte sie mit heller, melodiöser Stimme, die nicht zu dem mürrischen, verschlafenen Gesicht paßte. Er möge ihr sagen, wer er sei und warum er die Sprache lernen wolle. Auf portugiesisch natürlich, fügte sie mit einem Ausdruck hinzu, der abgrundtiefe Langeweile auszudrücken schien.

Erst als Gregorius drei Stunden später, schwindlig vor Erschöpfung, auf die Straße trat, wurde ihm klar, was in jenem Moment in ihm vorgegangen war: Er hatte die schnoddrige Herausforderung der mürrischen Frau angenommen, als wäre sie eine überraschende Eröffnung auf dem Schachbrett. *Warum kämpfst du im Leben nie, wo du es doch im Schach so gut kannst!*, hatte Florence mehr als einmal gesagt. *Weil ich Kämpfen im Leben lächerlich finde*, hatte er geantwortet, *man hat doch mit sich selbst schon genug zu kämpfen.* Und nun hatte er sich tatsächlich auf den Kampf mit der grünen Frau eingelassen. Hatte sie in schier unglaublicher Hellsichtigkeit gespürt, daß sie ihn in diesem Moment seines Lebens so nehmen mußte? Manchmal war es ihm so vorgekommen, besonders wenn hinter der mürrischen Fassade ein triumphierendes Lächeln erschienen war, mit dem sie sich über seine Fortschritte freute. »*Não, não*«, hatte sie protestiert, als er das Grammatikbuch hervorholte, »*tem que aprender falando*«, Sie müssen beim Sprechen lernen.

Im Hotel legte sich Gregorius aufs Bett. Cecília hatte ihm das Grammatikbuch verboten. Ihm, Mundus. Sie hatte es ihm sogar weggenommen. Ihre Lippen bewegten sich unaufhörlich, und auch seine Lippen bewegten sich, und er hatte keine Ahnung, wo die Wörter herkamen, *mais doce, mais suave*, sagte sie unablässig, und wenn sie das hauchdünne, grüne Halstüchlein über die Lippen zog, so daß es sich blähte, wenn sie sprach, dann wartete er auf den Moment, wo er die Lippen wieder sehen konnte.

Als er aufwachte, begann es zu dämmern, und als er bei Adriana klingelte, war es Nacht. Clotilde führte ihn in den Salon.

»Wo waren Sie denn?« fragte Adriana, kaum hatte er den Raum betreten.

»Ich bringe Ihnen die Aufzeichnung Ihres Bruders wieder«,

sagte Gregorius und reichte ihr den Umschlag mit den Blättern.

Ihre Züge verhärteten sich, die Hände blieben im Schoß.

»Was haben Sie denn erwartet?« fragte Gregorius und kam sich vor wie bei einem kühnen Zug auf dem Brett, dessen Folgen er nicht übersah. »Daß ein Mann wie er sich nicht überlegen würde, was richtig war? Nach einer solchen Erschütterung? Nach einem Vorwurf, der alles in Frage stellte, wofür er stand? Daß er einfach zur Tagesordnung übergehen würde? Das kann doch nicht Ihr Ernst sein!«

Er erschrak über die Heftigkeit seiner letzten Worte. Er war darauf gefaßt, daß sie ihn hinauswerfen würde.

Adrianas Züge glätteten sich, und ein beinahe glückliches Erstaunen glitt über ihr Gesicht. Sie streckte ihm die Hände entgegen, und Gregorius gab ihr den Umschlag. Eine Weile fuhr sie mit dem Handrücken darüber, wie sie es beim ersten Besuch mit den Möbeln in Amadeus Zimmer getan hatte.

»Er geht seither zu dem Mann, dem er vor langer Zeit begegnet ist, in England, auf der Reise mit Fátima. Er hat mir von ihm erzählt, als er ... vorzeitig zurückkam, meinetwegen. João heißt er, João irgendwas. Er geht jetzt oft zu ihm. Kommt nachts nicht nach Hause, so daß ich die Patienten wegschicken muß. Liegt oben auf dem Boden und studiert Schienenverläufe. Ein Eisenbahnnarr ist er immer gewesen, aber nicht so. Es tut ihm nicht gut, man kann es sehen, die Wangen sind hohl, er hat abgenommen, er ist unrasiert, es wird ihn in den Tod treiben, ich spüre es.«

Zuletzt war ihre Stimme wieder quengelig gewesen, eine hörbare Weigerung, das Vergangene als etwas anzuerkennen, das unwiderruflich vorbei war. Doch vorher, als er sie angefahren hatte, war etwas auf ihrem Gesicht erschienen, das man als die Bereitschaft deuten konnte und sogar als den sehnlichen Wunsch, die Tyrannei der Erinnerung abzuschütteln und aus dem Kerker der Vergangenheit befreit zu werden. Und so riskierte er es.

»Er studiert schon lange nicht mehr Schienenverläufe, Adriana. Er geht schon lange nicht mehr zu João. Er praktiziert schon lange nicht mehr. Amadeu ist tot, Adriana. Und Sie wissen das. Er ist an dem Aneurysma gestorben. Vor einunddreißig Jahren, einem halben Menschenleben. Frühmorgens. In der Rua Augusta. Man hat Sie angerufen.« Gregorius zeigte auf die Standuhr. »Um sechs Uhr dreiundzwanzig. So war es doch, nicht wahr?«

Schwindel erfaßte Gregorius, und er hielt sich an der Sessellehne fest. Er würde nicht die Kraft haben, einem weiteren Ausbruch der alten Frau, wie er ihn vor einer Woche in den Praxisräumen erlebt hatte, standzuhalten. Sobald der Schwindel vorbei war, würde er gehen und nie wiederkommen. Warum, um Gottes willen, hatte er gedacht, es sei seine Aufgabe, diese Frau, mit der er eigentlich gar nichts zu tun hatte, aus der erstarrten Vergangenheit zu befreien und in ein gegenwärtiges, fließendes Leben zurückzuholen? Warum hatte er sich als denjenigen gesehen, dem es bestimmt war, die Siegel ihres Geistes aufzubrechen? Wie war er bloß auf diese aberwitzige Idee verfallen?

Es blieb still im Raum. Der Schwindel ließ nach, und Gregorius öffnete die Augen. Adriana saß zusammengesunken auf dem Sofa, hatte die Hände vors Gesicht geschlagen und weinte, der magere Körper zuckte, die Hände mit den dunklen Venen zitterten. Gregorius setzte sich neben sie und legte ihr den Arm um die Schultern. Noch einmal brachen die Tränen mit Macht aus ihr heraus, und nun klammerte sie sich an ihn. Langsam dann wurde das Schluchzen schwächer, und die Ruhe der Erschöpfung trat ein.

Als sie sich aufrichtete und nach dem Taschentuch griff, erhob sich Gregorius und ging zur Uhr. Langsam, wie in Zeitlupe, öffnete er das Glas vor dem Zifferblatt und stellte die Zeiger auf die gegenwärtige Zeit. Er wagte nicht, sich umzudrehen, eine falsche Bewegung, ein falscher Blick konnte alles zum Einsturz bringen. Mit einem leisen Schnappen schloß sich das Glas vor dem Zifferblatt. Gregorius öffnete den Pendelkasten und setzte das Pendel in Bewegung. Das Ticken war lauter, als er erwartet hatte. In den ersten Sekunden war es, als gebe es im Salon nur noch dieses Ticken. Eine neue Zeitrechnung hatte begonnen.

Adrianas Blick war auf die Uhr gerichtet, und der Blick glich dem eines ungläubigen Kindes. Die Hand mit dem Taschentuch war mitten in der Bewegung stehengeblieben und wirkte wie aus der Zeit herausgeschnitten. Und dann geschah etwas, das Gregorius vorkam wie ein bewegungsloses Erdbeben: Adrianas Blick flackerte, verglühte, erlosch, kam zurück und gewann auf einmal die Sicherheit und Helligkeit eines Blicks, der ganz der Gegenwart zugewandt ist. Ihre Blicke begegneten sich, und Gregorius legte in den seinen alle Sicherheit, die er besaß, damit er den ihren würde halten können, wenn er wieder zu flackern begänne.

Clotilde erschien und blieb mit dem Tee in der Tür stehen, den Blick auf die tickende Uhr gerichtet. *Graças a Deus!*, sagte sie leise. Sie sah Adriana an, und als sie den Tee auf den Tisch stellte, glitzerte es in ihren Augen.

Was für Musik Amadeu gehört habe, fragte Gregorius nach einer Weile. Zuerst schien es, als hätte Adriana die Frage nicht verstanden. Ihre Aufmerksamkeit mußte offenbar eine weite Strecke zurücklegen, bevor sie in der Gegenwart ankommen konnte. Die Uhr tickte und schien mit jedem Schlag die Botschaft zu verkünden, daß alles anders geworden war. Auf einmal dann stand Adriana wortlos auf und legte eine Platte von Hector Berlioz auf. *Les Nuits d'Été, La Belle Voyageuse, La Captive, La Mort d'Ophélie.*

»Er konnte es stundenlang hören«, sagte sie. »Was sage ich: tagelang.« Sie setzte sich wieder aufs Sofa.

Gregorius war sicher, daß sie noch etwas hinzufügen wollte. Sie drückte die Hülle der Platte so fest, daß die Knöchel weiß wurden. Sie schluckte. Im Mundwinkel bildeten sich feine Bläschen. Sie fuhr sich mit der Zunge über die Lippen. Jetzt legte sie den Kopf nach hinten auf die Sofalehne wie jemand, der sich der Müdigkeit ergibt. Das schwarze Samtband rutschte nach oben und gab den Blick auf ein kleines Stück einer Narbe frei.

»Es war Fátimas Lieblingsmusik«, sagte sie.

Als die Musik verklungen war und das Ticken der Uhr wieder aus der Stille hervortrat, setzte sich Adriana gerade hin und rückte das samtene Band zurecht. Ihre Stimme besaß die erstaunte Ruhe und erleichterte Sicherheit von jemandem, der gerade eben ein inneres Hindernis überwunden hat, das er für unüberwindlich gehalten hatte.

»Ein Herzschlag. Mit gerade mal fünfunddreißig. Er konnte es nicht fassen. Mein Bruder, der sich auf alles Neue mit unerhörter, beinahe unmenschlicher Geschwindigkeit einstellen konnte und dessen Geistesgegenwart mit der Plötzlichkeit einer Herausforderung sprunghaft zu wachsen pflegte, so daß er erst richtig zu leben schien, wenn er sich der Lawine eines unerwarteten Geschehens gegenübersah, die übermächtig schien – dieser Mann, der nie genug von der Wirklichkeit bekommen konnte, er konnte nicht glauben, wollte es einfach nicht wahrhaben, daß die weiße Stille in ihrem Gesicht nicht nur die Ruhe des vorübergehenden Schlafs war. Er verbot die Obduktion, der Gedanke an die Messer war ihm unerträglich, er schob die Beerdigung immer wieder hinaus, schrie die Leute an, die ihn an die Realitäten erinnerten. Er verlor vollkommen die Übersicht, bestellte eine Totenmesse, sagte sie wieder ab, vergaß die Absage und kanzelte den Priester ab, als nichts geschah. *Ich hätte es wissen können, Adriana,* sagte er, *sie hatte Herzstolpern, ich habe es nicht ernst genommen, ich bin Arzt und habe es nicht ernst genommen, bei jedem Patienten hätte ich es ernst genommen, bei ihr habe ich es auf die Nerven geschoben, es gab Streit mit den anderen Frauen im Heim, sie sei ja gar keine ausgebildete Kindergärtnerin, sagten sie, sondern nur eine verwöhnte Tochter aus gutem Hause und die Frau eines reichen Arztes, die nicht wisse, wie sie die Zeit sonst totschlagen solle, es hat sie gekränkt, fürchterlich gekränkt, denn sie konnte es so gut, sie war ein Naturtalent, die Kinder fraßen ihr aus der Hand, die anderen waren neidisch, es gelang ihr, die Trauer über die fehlenden eigenen Kinder umzulenken, es gelang ihr so gut, es gelang ihr wirklich gut, auch deshalb kränkte es sie, sie konnte sich nicht wehren, sie fraß es in sich hinein, und da fing das Herz an zu stolpern, manchmal sah es auch nach Tachykardie aus, ich hätte es ernst nehmen müssen, Adriana, warum habe ich sie nicht zu einem Spezialisten geschickt, ich kannte einen, mit dem ich in Coimbra studiert habe, er wurde eine Koryphäe, ich hätte ihn nur anzurufen brauchen, warum habe ich es nicht getan, mein Gott, warum habe ich es nicht getan, nicht einmal abgehört habe ich sie, stell dir vor, nicht einmal abgehört.*

Ein Jahr nach Mamãs Tod waren wir also wieder in einer Totenmesse, *sie hätte es gewollt,* sagte er, *und außerdem muß man dem Tod ja eine Form geben, jedenfalls sagen das die Religionen, ich weiß nicht,* plötzlich war er auch in seinen Gedanken verunsichert, *não sei, não sei,* sagte er dauernd. Bei der Messe für Mamã damals hatte er sich in eine dunkle Ecke gesetzt, damit es nicht auffiel, daß er die Liturgie nicht mitmachte, Rita verstand es nicht, *es sind doch nur Gesten, ein Rahmen,* sagte sie, *du warst Meßdiener, und bei Papá ging es doch auch.* Jetzt, bei Fátima, war er so aus dem Gleichgewicht, daß er im einen Moment mitmachte und im nächsten erstarrt sitzen blieb, statt zu beten, und das Schlimmste war: Er machte beim lateinischen Text Fehler. *Er! Fehler!*

Er hat in der Öffentlichkeit nie geweint, und so auch am Grab nicht. Es war der dritte Februar, ein ungewöhnlich milder Tag, aber er rieb sich dauernd die Hände, er fror leicht an den Händen, und dann, als sich der Sarg ins Grab zu senken begann, vergrub er die Hände in den Taschen und folgte ihm mit einem Blick, wie ich ihn weder vorher noch nachher an ihm gesehen habe, es war der Blick von einem, der alles begraben muß, was er hat, schlechterdings alles. Ganz anders als am Grab von Papá und Mamã, da stand er da wie einer, der sich lange auf diesen Abschied vorbereitet hat und weiß, daß er auch einen Schritt ins eigene Leben hinein bedeutet.

Alle spürten, daß er noch allein am Grab bleiben wollte, und so gingen wir. Als ich zurückblickte, stand er neben Fátimas Vater, der auch geblieben war, ein alter Freund von Papá, Amadeu hatte Fátima in seinem Hause kennengelernt und war wie hypnotisiert nach Hause gekommen. Amadeu umarmte den großen Mann, der sich mit dem Ärmel über die Augen fuhr und dann mit übertrieben forschem Schritt wegging. Mein Bruder stand mit gesenktem Kopf, geschlossenen Augen und gefalteten Händen allein vor dem offenen Grab, gewiß eine Viertelstunde lang. Ich könnte schwören, er hat gebetet, ich will, daß er es tat.«

Ich liebe betende Menschen. Ich brauche ihren Anblick. Ich brauche ihn gegen das tückische Gift des Oberflächlichen und Gedankenlosen. Gregorius sah den Schüler Prado vor sich, wie er in der Aula des Liceu über seine Liebe zu Kathedralen gesprochen hatte. *O sacerdote ateu,* hörte er João Eça sagen.

Gregorius hätte erwartet, daß sie sich beim Abschied die Hand geben würden, zum erstenmal. Doch dann trat die alte Frau, der jetzt eine graue Strähne ins Gesicht fiel, langsam auf ihn zu, bis sie ganz dicht vor ihm stand und er die sonderbare Mischung aus Parfum und Medizin an ihr riechen konnte. Es war ihm danach zurückzuweichen, doch die Art, wie sie jetzt die Augen schloß und die Hände zu seinem Gesicht führte, hatte etwas Gebieterisches. Wie eine Blinde fuhr sie mit kalten, zitternden Fingern, die nur die leiseste Berührung suchten, seinen Zügen entlang. Bei der Berührung der Brille stockte sie. Prado hatte eine Brille mit runden Gläsern getragen, in Gold gefaßt. Er, Gregorius, war der Fremde, der den Stillstand der Zeit beendet und den Tod des Bruders besiegt hatte. Und er war auch dieser Bruder selbst, der in der Erzählung wieder lebendig geworden war. Der Bruder – dessen war Gregorius in diesem Augenblick sicher –, der auch etwas mit der Narbe unter dem samtenen Band und mit den roten Zedern zu tun hatte.

Adriana stand verlegen vor ihm, die Arme an der Seite, den Blick gesenkt. Gregorius faßte sie mit beiden Händen an den Schultern. »Ich komme wieder«, sagte er.

27 Er lag noch keine halbe Stunde auf dem Bett, als der Portier ihm Besuch meldete. Er traute seinen Augen nicht: Es war Adriana, die, auf einen Stock gestützt, mitten in der Hotelhalle stand, eingehüllt in einen langen, schwarzen Mantel, um den Kopf das gehäkelte Tuch. Sie bot den rührenden und zugleich pathetischen Anblick einer Frau, die ihr Haus seit vielen Jahren zum erstenmal verlassen hatte und nun in einer Welt stand, die sie nicht mehr kannte, so daß sie sich in ihr nicht einmal zu setzen traute.

Jetzt knöpfte sie den Mantel auf und holte zwei Umschläge hervor.

»Ich ... ich möchte, daß Sie das lesen«, sagte sie steif und unsicher, als sei das Sprechen draußen in der Welt schwieriger, oder doch etwas anderes, als drinnen. »Den einen Brief habe ich gefunden, als wir nach Mamãs Tod das Haus räumten. Um ein Haar hätte Amadeu ihn zu sehen bekommen, doch ich hatte eine Ahnung, als ich ihn aus dem Geheimfach von Papás Schreibtisch nahm, und versteckte ihn. Den anderen fand ich nach Amadeus Tod in seinem Pult, vergraben unter einem Wust von anderen Papieren.« Sie sah Gregorius scheu an, senkte den Blick, sah ihn von neuem an. »Ich ... ich möchte nicht die einzige bleiben, die die Briefe kennt. Rita, nun ja, Rita würde sie nicht verstehen. Und sonst habe ich niemanden.«

Gregorius tat die Umschläge von der einen in die andere Hand. Er suchte nach Worten und fand sie nicht. »Wie sind Sie überhaupt hergekommen?« fragte er schließlich.

Draußen im Taxi wartete Clotilde. Als Adriana in die Polster des Rücksitzes sank, war es, als habe dieser Ausflug in die wirkliche Welt ihre gesamte Kraft verbraucht. »*Adeus*«, hatte sie zu ihm gesagt, bevor sie einstieg. Sie hatte ihm dabei die Hand gegeben, er hatte die Knochen gespürt und die Venen auf dem Handrücken, die unter dem Druck nachgaben. Erstaunt hatte er gespürt, wie kräftig und entschieden der Händedruck war, fast wie der Druck von jemandem, der von morgens bis abends draußen in der Welt lebte und täglich Dutzende von Händen schüttelte.

Dieser überraschend kräftige, beinahe routinierte Händedruck wirkte in Gregorius nach, als er dem Taxi nachblickte. In Gedanken verwandelte er Adriana zurück in die vierzigjährige Frau, die der alte Coutinho beschrieben hatte, als er die herrische Art, mit der sie Patienten behandelte, erwähnte. Wenn es den Schock der Abtreibung nicht gegeben hätte und sie danach ihr eigenes Leben gelebt hätte statt das Leben des Bruders: Was für ein anderer Mensch wäre sie heute!

Im Zimmer öffnete er zuerst den dickeren Umschlag. Es war ein Brief von Amadeu an seinen Vater, den Richter. Ein nie abgeschickter Brief, der über viele Jahre stets von neuem überarbeitet worden war, man sah es an den vielen Korrekturen, an denen man neben unterschiedlich alter Tinte auch eine Entwicklung der Handschrift ablesen konnte.

Verehrter Vater, hatte die ursprüngliche Anrede gelautet, daraus war später *Verehrter, gefürchteter Vater* geworden, noch später hatte Amadeu *geliebter Papá* hinzugefügt, und die letzte Ergänzung hatte *heimlich geliebter Papá* ergeben.

Als Euer Chauffeur mich heute morgen zum Bahnhof fuhr und ich in den Polstern saß, in denen Ihr sonst jeden Morgen sitzt, wußte ich, daß ich all die widersprüchlichen Empfindungen, die mich in Stücke zu reißen drohen, würde in Worte fassen müssen, um nicht länger nur ihr Opfer zu sein. Ich glaube, eine Sache ausdrücken heißt, ihre Kraft bewahren und ihr den Schrecken nehmen, schreibt Pessoa. Am Ende dieses Briefes werde ich wissen, ob er recht hat. Auf dieses Wissen indessen werde ich lange warten müssen; denn schon jetzt, kaum habe ich begonnen, spüre ich, daß es ein langer und steiniger Weg sein wird bis zu der Klarheit, die ich schreibend suche. Und ich ängstige mich, wenn ich an etwas denke, das Pessoa zu erwähnen versäumt hat: die Möglichkeit, daß das Ausdrücken die Sache verfehlen könnte. Was geschieht dann mit ihrer Kraft und ihrem Schrecken?

Ich wünsche dir ein erfolgreiches Semester, sagtet Ihr wie jedesmal, wenn ich nach Coimbra zurückfahre. Nie habt Ihr – weder bei diesen Abschieden noch sonst – Worte gebraucht, die den Wunsch zum Ausdruck gebracht hätten, das beginnende Semester möge mir Befriedigung bringen oder gar Vergnügen machen. Als ich im Wagen über das edle Polster strich, dachte ich: Kennt er das Wort prazer *überhaupt? Ist er jemals jung gewesen? Irgendwann ist ihm doch Mamã begegnet. Irgendwann.*

Doch obwohl es war wie immer, war es doch dieses Mal auch anders, Papá. Ein Jahr noch, dann kommst du hoffentlich zurück, sagtest Du, als ich schon draußen war. Der Satz hat mich

gewürgt, und ich hatte das Gefühl zu stolpern. Es war ein Satz,
der aus dem gequälten Mann mit dem gekrümmten Rücken kam
und nicht ein Satz aus dem Mund des Richters. Im Auto sitzend
vesuchte ich ihn als Ausdruck einfacher, reiner Zuneigung zu hö-
ren. Doch der Klang mißlang, denn ich wußte: Er möchte vor al-
lem, daß sein Sohn, der Arzt, in seiner Nähe ist und ihm beim
Kampf gegen die Schmerzen hilft. »Spricht er manchmal von
mir?« fragte ich Enrique am Steuer. Er antwortete lange nicht
und gab vor, mit dem Verkehr beschäftigt zu sein. »Ich glaube, er
ist sehr stolz auf Sie«, sagte er schließlich.

Daß die portugiesischen Kinder ihre Eltern bis in die fünfziger
Jahre selten mit *du*, meistens in der indirekten Form mit *o pai*,
a mãe angesprochen hatten, wußte Gregorius von Cecília, die
zu ihm zuerst *você* gesagt hatte, um sich nach einer Weile zu
unterbrechen und ihm vorzuschlagen, daß sie *tu* sagen sollten,
das andere sei so steif, schließlich sei es die Kurzform von *Vossa*
Mercê, also *Euer Gnaden*. Mit *tu* und *você* war der junge Prado
sowohl im Vertraulichen als auch im Förmlichen einen Schritt
über das Übliche hinausgegangen und hatte sich dann entschieden, zwischen den beiden Extremen zu wechseln. Oder
war es gar keine Entscheidung gewesen, sondern der natürliche,
unbedachte Ausdruck seines schwankenden Empfindens?

Mit der Frage an den Chauffeur endete ein Briefbogen.
Prado hatte die Bogen nicht numeriert. Die Fortsetzung war
abrupt und mit anderer Tinte geschrieben. War das Prados eigene Ordnung, oder hatte Adriana die Reihenfolge bestimmt?

Ihr seid Richter, Vater – ein Mensch also, der beurteilt, verurteilt
und bestraft. »Ich weiß nicht mehr, wie es dazu kam«, sagte mir
Onkel Ernesto einmal, »es will mir vorkommen, als hätte das
schon bei seiner Geburt festgestanden.« Ja, dachte ich damals:
genau.

Ich anerkenne: Zu Hause habt Ihr Euch nicht wie ein Richter benommen; Ihr habt Urteile nicht öfter gesprochen als andere Väter, eher seltener. Und doch, Vater, habe ich Eure Wortkargheit, Eure stumme Gegenwart oft als richtend empfunden, als richterlich und sogar als gerichtlich.

Ihr seid – stelle ich mir vor – ein gerechter Richter, erfüllt und bestimmt von Wohlwollen, kein Richter, dessen harte, unversöhnliche Urteile dem Groll über die Entbehrungen und das Mißlingen des eigenen Lebens entspringen, und auch nicht dem verleugneten schlechten Gewissen wegen geheimer eigener Verfehlungen. Ihr schöpft den Spielraum der Nachsicht und Milde, den das Gesetz Euch läßt, aus. Trotzdem habe ich stets darunter gelitten, daß Du einer bist, der über andere zu Gericht sitzt. »Sind Richter Leute, die andere ins Gefängnis schicken?« fragte ich Dich nach dem ersten Schultag, wo ich öffentlich auf die Frage hatte antworten müssen, welchen Beruf der Vater hatte. Darüber nämlich sprachen die anderen in der Pause. Was sie sagten, klang nicht verächtlich oder anklagend; eher sprachen daraus Neugierde und Sensationslust, die sich kaum von der Neugierde unterschieden, die aufkam, als ein anderer Schüler sagte, sein Vater arbeite im Schlachthaus. Von da an habe ich alle möglichen Umwege in Kauf genommen, um nie mehr am Gefängnis vorbeigehen zu müssen.

Ich war zwölf, als ich mich an den Wachen vorbei in den Gerichtssaal schlich, um Euch in der Robe hinter dem erhöhten Richtertisch sitzen zu sehen. Damals wart Ihr ein gewöhnlicher Richter und noch nicht beim Obersten Gericht. Was ich empfand, war Stolz, und zugleich war ich zutiefst erschrocken. Es ging um eine Urteilsverkündung, das Urteil betraf eine gewohnheitsmäßige Diebin, und das Urteil lautete auf Gefängnis, der Wiederholung wegen ohne Bewährung. Die Frau war im mittleren Alter, verhärmt und häßlich, kein Gesicht, das für sich einnehmen konnte. Trotzdem zog sich alles in mir zusammen, jede einzelne Zelle, schien mir, wurde von Krampf und Starre befallen, als sie abgeführt wurde und in den Katakomben des Gerichts verschwand, die ich mir finster, kalt und feucht vorstellte.

Ich fand, daß der Verteidiger seine Sache nicht gut machte, ein Pflichtverteidiger vermutlich, der seine Sätze lustlos herunterspulte, man erfuhr nichts über die Gründe der Frau, sie konnte sich nicht erklären, es würde mich nicht wundern, wenn sie eine Analphabetin war. Später lag ich im Dunkeln wach und verteidigte sie, und es war weniger eine Verteidigung gegen den Staatsanwalt als eine Verteidigung gegen Euch. Ich redete mich heiser, bis mir die Stimme versagte und der Strom der Worte versiegte. Am Ende stand ich mit leerem Kopf vor Euch, gelähmt von einer Wortlosigkeit, die mir wie eine wache Bewußtlosigkeit erschien. Als ich aufwachte, wurde mir klar, daß ich mich am Schluß gegen eine Anklage verteidigt hatte, die Ihr nie erhoben hattet. Ihr habt mir, Eurem vergötterten Sohn, nie etwas Schwerwiegendes vorgeworfen, kein einziges Mal, und manchmal denke ich, daß ich alles, was ich tat, aus diesem einen Grunde tat: um einer möglichen Anklage, die ich zu kennen schien, ohne etwas von ihr zu wissen, zuvorzukommen. Ist das nicht letzten Endes auch der Grund, warum ich Arzt geworden bin? Um das Menschenmögliche gegen die teuflische Erkrankung der Wirbelgelenke in Deinem Rücken zu tun? Um geschützt zu sein gegen den Vorwurf, nicht genügend Anteil zu nehmen an Deinem stummen Leid? Gegen den Vorwurf also, mit dem Du Adriana und Rita von Dir weggetrieben hast, so daß er sich selbst bestätigte?

Doch zurück zum Gericht. Nie werde ich die Ungläubigkeit und das Entsetzen vergessen, die mich erfaßten, als ich sah, wie Staatsanwalt und Verteidiger nach der Urteilsverkündung aufeinander zugingen und zusammen lachten. Ich hätte gedacht, daß so etwas unmöglich wäre, und ich kann es bis zum heutigen Tage nicht begreifen. Euch halte ich zugute: Als Ihr, die Bücher unter dem Arm, den Saal verließt, war Euer Gesicht ernst, man konnte Bedauern hineinlesen. Wie sehr ich mir wünschte, es möge wirklich in Euch sein, dieses Bedauern darüber, daß sich nun eine schwere Zellentür hinter der Diebin schließen würde und daß sich riesige, unerträglich laute Schlüssel im Schloß drehen würden!

Ich habe sie nie vergessen können, jene Diebin. Viele Jahre später beobachtete ich im Kaufhaus eine andere Diebin, eine junge Frau von betörender Schönheit, die lauter glitzernde Dinge mit artistischer Geschicklichkeit in ihren Manteltaschen verschwinden ließ. Verwirrt über das freudige Empfinden, das meine Wahrnehmung begleitete, folgte ich ihr auf ihrem kühnen Beutezug durch alle Stockwerke. Nur ganz allmählich begriff ich, daß die Frau in meiner Vorstellung jene andere Diebin rächte, die Ihr ins Gefängnis geschickt hattet. Als ich einen Mann mit lauerndem Gang auf sie zugehen sah, eilte ich zu ihr und flüsterte: »Cuidado!« Ihre Geistesgegenwart verschlug mir die Sprache. »Vem, amor«, sagte sie und hängte sich bei mir ein, den Kopf an meine Schulter geschmiegt. Auf der Straße sah sie mich an, und jetzt war eine Ängstlichkeit in ihrem Blick zu lesen, die in verblüffendem Gegensatz zu ihrem nonchalanten, kaltblütigen Tun stand.

»Warum?« Der Wind wehte ihr das üppige Haar ins Gesicht und verbarg für einen Moment den Blick. Ich strich es ihr aus der Stirn.

»Es ist eine lange Geschichte«, sagte ich, »aber um sie kurz zu machen: Ich liebe Diebinnen. Vorausgesetzt, ich kenne ihren Namen.«

Sie spitzte die Lippen und überlegte einen Augenblick. »Diamantina Esmeralda Ermelinda.«

Sie lächelte, drückte mir einen Kuß auf die Lippen und war um die Ecke verschwunden. Bei Tisch saß ich Euch nachher mit einem Gefühl des Triumphs und mit der Milde des unerkannten Siegers gegenüber. In diesem Augenblick verspotteten alle Diebinnen der Welt alle Gesetzbücher der Welt.

Eure Gesetzbücher: Solange ich denken kann, haben mir die
gleichförmigen Bände aus schwarzem Leder Ehrfurcht einge-
flößt, eine mosaische Ehrfurcht. Es waren nicht Bücher wie an-
dere, und was darin stand, hatte einen ganz besonderen Rang
und eine einzigartige Dignität. So sehr waren sie allem Gewöhn-
lichen entrückt, daß es mich überraschte, darin portugiesische
Wörter anzutreffen – wenngleich es schwerfällige, barocke und
verschnörkelte Wörter waren, ersonnen, wie mir schien, von Be-
wohnern eines anderen, kalten Sterns. Noch vergrößert wurde
ihre Fremdheit und Ferne durch den scharfen Geruch nach
Staub, der aus dem Regal drang und mich auf den vagen Gedan-
ken brachte, daß es zum Wesen dieser Bücher gehören mußte,
daß niemand sie jemals herausnahm und sie ihren hehren Inhalt
ganz für sich behielten.

Viel später, als ich zu begreifen begann, worin die Willkür
einer Diktatur bestand, sah ich die ungebrauchten Gesetzbücher
der Kindheit manchmal vor mir, und dann warf ich Euch in kin-
dischen Gedankenspielen vor, daß Ihr sie nicht herausnahmt,
um sie Salazars Schergen ins Gesicht zu schleudern.

Ihr habt nie das Verbot ausgesprochen, sie aus dem Regal zu
nehmen, nein, nicht Ihr habt es ausgesprochen, es waren die
schweren, majestätischen Bände selbst, die mir mit drakonischer
Strenge untersagten, sie auch nur im mindestens zu verrücken.
Wie oft habe ich mich als kleiner Junge in Dein Arbeitszimmer
geschlichen und habe mit Herzklopfen gegen den Wunsch ange-
kämpft, einen Band in die Hand zu nehmen und einen Blick auf
den heiligen Inhalt zu werfen! Ich war zehn, als ich es endlich
tat, mit zitternden Fingern und nach mehrmaligem Blick in die
Halle, der mich vor dem Ertapptwerden schützen sollte. Ich
wollte dem Mysterium Eures Berufes auf die Spur kommen und
verstehen, wer Du jenseits der Familie, draußen in der Welt,
warst. Es war eine gewaltige Enttäuschung zu sehen, daß die
spröde, formelhafte Sprache, die zwischen den Deckeln herrschte,

*so gar nichts von einer Offenbarung an sich hatte, nichts, vor
dem man das erhoffte und befürchtete Schaudern hätte empfinden können.*

*Bevor Ihr Euch damals, nach der Verhandlung gegen die Die-
bin, erhobt, trafen sich unsere Blicke. So jedenfalls schien es mir.
Ich habe gehofft – und sie dauerte wochenlang, diese Hoffnung –,
Du würdest die Sprache von Dir aus darauf bringen. Schließlich
verfärbte sich die Hoffnung und wurde zur Enttäuschung, die
sich weiter verfärbte, bis sie in die Nähe des Aufbegehrens und
des Zorns geriet: Hieltet Ihr mich für zu jung dafür, zu beschränkt? Doch das paßte nicht dazu, daß Ihr sonst alles von mir
verlangt und als selbstverständlich erwartet habt. War es Euch
peinlich, daß Euer Sohn Euch in der Robe gesehen hatte? Aber ich
hatte nie das Gefühl, daß Ihr Euch wegen Eures Berufs geniertet.
Hattet Ihr am Ende Angst vor meinen Zweifeln? Ich würde sie
haben, auch wenn ich noch ein halbes Kind war; das wußtet Ihr,
dafür kanntet Ihr mich gut genug, zumindest hoffe ich das. War
es also Feigheit – eine Art der Schwäche, die ich sonst niemals mit
Euch in Verbindung brachte?*

*Und ich? Warum habe ich selbst die Sprache nicht darauf ge-
bracht? Die Antwort ist einfach und klar: Euch zur Rede stellen –
das war etwas, das man schlechterdings nicht tun konnte. Es
hätte das ganze Gefüge und die gesamte Architektur der Familie
zum Einsturz gebracht. Und es war nicht nur etwas, das man
nicht tun konnte; es war etwas, das man nicht einmal denken
konnte. Statt es zu denken und zu tun, legte ich in der Vorstellung
die beiden Bilder übereinander: den vertrauten, privaten Vater,
Herrscher der Stummheit, und den Mann in der Robe, der mit
gemessenen Worten und sonorer, unantastbarer Stimme, die
überquoll von formelhafter Eloquenz, in den Gerichtssaal hin-
einsprach, einen Saal, in dem die Stimmen ein Hallen auslösten,
das mich frösteln ließ. Und wann immer ich dieses Exerzitium
der Einbildungskraft durchlief, erschrak ich, denn es kam kein*

Widerspruch heraus, der mich hätte trösten können, sondern es erschien mir eine Gestalt, die aus einem Guß war. Es war hart, Vater, daß sich alles auf diese eherne Weise zusammenfügte, und wenn ich es gar nicht mehr ertrug, daß Ihr in mir anwesend wart wie ein steinernes Monument, rief ich einen Gedanken zu Hilfe, den ich mir sonst verbot, weil er das Heiligtum der Intimität schändete: daß Du hin und wieder Mamã umarmt haben mußtest.

Warum bist Du Richter geworden, Papá, und nicht Verteidiger? Warum hast Du Dich auf die Seite der Strafenden geschlagen? Es muß Richter geben, hättest Du wahrscheinlich gesagt, und natürlich weiß ich, daß gegen diesen Satz wenig zu machen ist. Aber warum mußte gerade mein Vater einer von ihnen werden?

Bis hierher war es ein Brief an den noch lebenden Vater, ein Brief, den der Student Prado in Coimbra geschrieben hatte, man konnte sich vorstellen, daß er gleich nach der erwähnten Rückkehr begonnen worden war. Mit dem nächsten Bogen veränderten sich Tinte und Handschrift. Der Federstrich war jetzt selbstbewußter, lockerer und wie abgeschliffen von der beruflichen Routine ärztlicher Notizen. Und die Verbformen verrieten den Zeitpunkt nach dem Tod des Richters.

Gregorius rechnete nach: Zwischen dem Ende von Prados Studium und dem Tod des Vaters lagen zehn Jahre. Hatte das angefangene stumme Gespräch mit dem Vater im Sohn so lange gestockt? In der tiefsten Tiefe des Empfindens waren zehn Jahre wie eine Sekunde, niemand wußte das besser als Prado.

Hatte der Sohn bis zum Tod des Vaters warten müssen, um an dem Brief weiterschreiben zu können? Nach dem Studium war Prado nach Lissabon zurückgekehrt und hatte dort in der neurologischen Klinik gearbeitet, das wußte Gregorius von Mélodie.

»Ich war da neun und froh, daß er wieder da war; heute würde ich sagen, es war ein Fehler«, hatte sie gesagt. »Aber er hatte eben Heimweh nach Lissabon, immer hatte er Heimweh, kaum war er weg, wollte er wieder zurück, es gab in ihm sowohl die verrückte Liebe zur Eisenbahn als auch dieses Heimweh, er war voller Widersprüche, mein großer, strahlender Bruder, es gab den Reisenden in ihm, den Mann mit Fernweh, er war fasziniert von der Transsibirischen Eisenbahn, *Vladivostok* war ein heiliger Name aus seinem Mund, und es gab auch den anderen in ihm, denjenigen mit diesem Heimweh, *es ist wie Durst*, pflegte er zu sagen, *wenn es mich überfällt, das Heimweh, dann ist es wie unerträglicher Durst, vielleicht muß ich alle Zugstrecken kennen, um jederzeit heimkommen zu können, ich würde es in Sibirien nicht aushalten, stell dir vor: das Klopfen der Räder über viele Tage und Nächte hinweg, es trüge mich immer weiter weg von Lissabon, immer weiter.«*

Es wurde bereits hell, als Gregorius das Wörterbuch zur Seite legte und sich die brennenden Augen rieb. Er zog die Vorhänge zu und legte sich in den Kleidern unter die Decke. *Ich bin dabei, mich zu verlieren*, das war der Gedanke gewesen, der ihn zum Bubenbergplatz hatte reisen lassen, den er dann nicht mehr hatte berühren können. Wann war das gewesen?

Und wenn ich mich verlieren will?

Gregorius glitt in einen leichten Schlaf, durch den ein Wirbelsturm von Gedankensplittern fegte. Die grüne Cecília redete den Richter ständig mit *Euer Gnaden* an, sie stahl kostbare, glänzende Dinge, Diamanten und andere Edelsteine, vor allem aber stahl sie Namen, Namen und Küsse, die von klopfenden Rädern durch Sibirien bis nach Vladivostok getragen wurden, von wo es viel zu weit nach Lissabon war, zu dem Ort der Gerichte und Schmerzen.

Ein warmer Wind streifte ihn, als Gregorius gegen Mittag

die Vorhänge zurückzog und das Fenster öffnete. Minutenlang blieb er stehen und spürte, wie das Gesicht unter dem Ansturm der Wüstenluft trocken und heiß wurde. Das zweite Mal in seinem Leben ließ er sich etwas zu essen aufs Zimmer bringen, und als er das Tablett vor sich sah, dachte er an das andere Mal, in Paris, auf jener verrückten Reise, die Florence nach dem ersten Frühstück in seiner Küche vorgeschlagen hatte. *Begierde, Wohlgefallen und Geborgenheit.* Am flüchtigsten sei die Begierde, hatte Prado gesagt, dann komme das Wohlgefallen, und am Ende zerbreche auch die Geborgenheit. Deshalb komme es auf Loyalität an, auf eine Parteinahme der Seele jenseits der Gefühle. *Ein Hauch von Ewigkeit. Du hast nie wirklich mich gemeint,* hatte er am Ende zu Florence gesagt, und sie hatte nicht widersprochen.

Gregorius rief Silveira an, der ihn für abends zum Essen einlud. Dann packte er den Bildband über Isfahan ein, den ihm die Schnyders in der Elfenau geschenkt hatten, und ließ sich vom Zimmerkellner erklären, wo er Schere, Reißzwecke und Klebeband kaufen könne. Gerade als er gehen wollte, rief Natalie Rubin an. Sie war enttäuscht, daß die persische Grammatik trotz Eilpost noch nicht angekommen war.

»Ich hätte sie Ihnen einfach bringen sollen!« sagte sie, und dann, erschrocken und ein bißchen verlegen über die eigenen Worte, fragte sie, was er übers Wochenende mache.

Gregorius konnte nicht widerstehen. »Ich sitze ohne Strom in einer Schule mit Ratten und lese über die schwierige Liebe eines Sohnes zu seinem Vater, der sich wegen Schmerzen oder Schuld das Leben nahm, niemand weiß es.«

»Sie wollen mich ...«, sagte Natalie.

»Nein, nein«, sagte Gregorius, »ich will Sie nicht auf den Arm nehmen. Es ist genau, wie ich sage. Nur: Es ist unmöglich zu erklären, einfach unmöglich, und dann ist da auch noch dieser Wind aus der Wüste ...«

»Sie sind kaum mehr... kaum mehr wiederzuerkennen. Wenn ich das...«

»Sie dürfen das ruhig sagen, Natalie, ich kann's manchmal selbst nicht glauben.«

Ja, er rufe sie an, sobald die Grammatik angekommen sei.

»Werden Sie auch das Persisch in der sagenhaften Rattenschule lernen?« Sie lachte über die eigene Wortschöpfung.

»Natürlich. Dort *ist* ja Persien.«

»Ich geb's auf.«

Sie lachten.

28   *Warum, Papá, hast Du nie mit mir über Deine Zweifel, Deine inneren Kämpfe gesprochen? Warum hast du mir Deine Briefe an den Justizminister, Deine Gesuche um Entlassung, nicht gezeigt? Warum hast Du sie alle vernichtet, so daß es nun ist, als hättest Du sie nie geschrieben? Warum mußte ich von Deinen Anläufen zur Befreiung durch Mamã erfahren, die es mir mit Scham erzählte, obwohl es Grund zu Stolz gewesen wäre?*

Wenn es die Schmerzen waren, die Dich schließlich in den Tod trieben: Gut, dagegen hätte auch ich nichts tun können. Bei Schmerzen ist die Kraft der Worte bald erschöpft. Sollten aber nicht die Schmerzen den Ausschlag gegeben haben, sondern die Empfindung der Schuld und des Versagens, weil Du am Ende doch nicht die Kraft aufgebracht hattest, Dich von Salazar loszusagen und die Augen nicht länger zu verschließen vor Blut und Folter: Warum hast Du dann nicht mit mir gesprochen? Mit Deinem Sohn, der einmal Priester werden wollte?

Gregorius sah auf. Die heiße Luft aus Afrika strömte durch die offenen Fenster des Büros von Senhor Cortês. Der wandernde Lichtkegel auf den angefaulten Dielen war heute von einem kräftigeren Gelb als neulich. An den Wänden hingen die Bilder von Isfahan, die er ausgeschnitten hatte. Ultramarin und Gold, Gold und Ultramarin, und immer noch mehr davon, Kuppeln, Minarette, Märkte, Bazare, verhüllte Frauengesichter mit tiefschwarzen, lebenshungrigen Augen. Elifas von Teman, Bildad von Schuach und Zofar von Naama.

Als erstes hatte er nach der Bibel auf seinem Pullover gesehen, der bereits nach Moder und Schimmel roch. *Gott straft Ägypten mit Plagen, weil der Pharao in seinem Willen verstockt ist*, hatte Prado zu O'Kelly gesagt, *aber es war Gott selbst, der ihn so gemacht hat! Und zwar hat er ihn so gemacht, um dann seine Macht demonstrieren zu können! Was für ein eitler, selbstgefälliger Gott! Was für ein Angeber!* Gregorius las die Geschichte nach: Es stimmte.

Einen halben Tag lang, hatte O'Kelly erzählt, hatten sie darüber gestritten, ob Prado in seiner Rede von Gott wirklich als Angeber, als *gabarola* oder *fanfarrão*, sprechen sollte. Ob es nicht doch zu weit ginge, den HERRN – wenn auch nur für die winzige Dauer eines einzigen frechen Worts – auf eine Stufe mit einem großmäuligen Gassenjungen zu stellen. Jorge hatte Amadeu niedergerungen, und er hatte es gelassen. Einen Moment lang war Gregorius über O'Kelly enttäuscht gewesen.

Gregorius ging durchs Haus, wich den Ratten aus, setzte sich auf den Schülerplatz, den er Prado neulich angedichtet hatte, mit Blickverbindung zu Maria João, und fand im Untergeschoß schließlich die ehemalige Bibliothek, in der sich der junge Amadeu nach dem Bericht von Pater Bartolomeu hatte einschließen lassen, um die Nacht hindurch lesen zu können. *Wenn Amadeu ein Buch liest, dann hat es nachher keine Buch-*

312

staben mehr. Die Regale waren leer, verstaubt und verdreckt. Das einzige Buch, das übriggeblieben war, lag als Stütze unter einem Regal, um es am Umkippen zu hindern. Gregorius brach die Ecke einer verfaulten Diele heraus und klemmte sie an Stelle des Buchs darunter. Dann klopfte er das Buch aus und blätterte. Es war eine Biographie über Juana la Loca. Er nahm sie mit in das Büro von Senhor Cortês.

Auf António de Oliveira Salazar, den adligen Professor, hereinzufallen war ja viel leichter als auf Hitler, Stalin oder Franco. Mit solchem Abschaum hättest Du Dich nie abgegeben, dagegen wärst Du durch Deine Intelligenz und Deinen untrüglichen Sinn für Stil gefeit gewesen, und Du hast den Arm nie gehoben, dafür lege ich meine Hand ins Feuer. Doch der Mann in Schwarz mit dem intelligenten, angestrengten Gesicht unter der Melone: Manchmal habe ich gedacht, daß Du vielleicht eine Verwandtschaft zu ihm empfunden hast. Nicht in seinem gnadenlosen Ehrgeiz und seiner ideologischen Verblendung, wohl aber in der Strenge gegenüber Euch selbst. Aber Vater: Er hat doch mit den anderen paktiert! Und hat zugesehen bei jenen Verbrechen, für die es nie angemessene Worte geben wird, solange die Menschen leben! Und bei uns gab es doch Tarrafal! Es gab Tarrafal, Vater! TARRAFAL! Wo war Eure Phantasie? Nur ein einziges Mal hättet Ihr Hände vor Euch sehen müssen, wie ich sie an João Eça gesehen habe: verbrannt, vernarbt, verstümmelt, Hände, die einmal Schubert gespielt hatten. Warum habt Ihr Euch nie solche Hände angesehen, Vater?

War es die Angst eines Kranken, der aus physischer Schwäche heraus fürchtete, sich mit der Staatsmacht anzulegen? Und der deshalb wegsah? War es Dein gebeugter Rücken, der Dir verbot, Rückgrat zu zeigen? Doch nein, ich wehre mich gegen eine solche Deutung, sie wäre ungerecht, denn sie würde Dir gerade hier, wo es darauf ankommt, die Würde absprechen, die Du sonst stets unter Beweis gestellt hast: die Stärke, Dich Deinem Leiden in Deinen Gedanken und Taten niemals zu unterwerfen.

Einmal, Vater, ein einziges Mal, war ich froh darüber, daß Ihr in den Kreisen des gutgekleideten, zylinderbedeckten Verbrechens Fäden ziehen konntet, das muß ich einräumen: als Ihr es schafftet, mich von der Mocedade zu befreien. Ihr habt mir das Entsetzen angesehen, als ich mir vorstellte, das grüne Hemd anziehen und den Arm heben zu müssen. Es wird nicht geschehen, sagtet Ihr einfach, und ich war glücklich über die liebevolle Unerbittlichkeit, die in Eurem Blick lag, ich hätte nicht Euer Gegner sein mögen. Gewiß, auch Du selbst wolltest Dir Deinen Sohn nicht als verkitschten Lagerfeuerproleten vorstellen müssen. Trotzdem habe ich Dein Tun – worin es auch immer bestanden haben mag, ich will es nicht wissen – als Ausdruck tiefer Zuneigung empfunden, und in der Nacht nach der Befreiung sind Dir die heftigsten Gefühle zugeflossen.

Komplizierter war es, als Ihr verhindert habt, daß ich wegen Körperverletzung an Adriana vor Gericht kam. Der Sohn des Richters: Ich weiß nicht, welche Fäden Ihr gezogen, welche Gespräche Ihr geführt habt. Ich sage es Euch heute: Ich wäre lieber vor den Richter getreten und hätte für das moralische Recht gefochten, das Leben über das Gesetz stellen zu dürfen. Trotzdem hat mich sehr bewegt, was Du getan hast, was immer es war. Ich könnte es nicht erklären, aber ich war sicher, daß Dich keines der beiden Dinge bestimmt hatte, die ich nicht hätte akzeptieren können: die Furcht vor der Schande oder die Freude daran, Deinen Einfluß geltend machen zu können. Du tatest es einfach, um mich zu schützen. Ich bin stolz auf dich, sagtest Du, als ich Dir die medizinische Sachlage erklärt und den Abschnitt im Lehrbuch gezeigt hatte. Danach umarmtest Du mich, das einzige Mal nach Ende der Kindheit. Ich roch den Tabak in Deinen Kleidern und die Seife im Gesicht. Ich rieche sie heute noch, und immer noch kann ich den Druck Deiner Arme spüren, der länger anhielt, als ich erwartet hatte. Ich träumte von diesen Armen, und da waren es flehentlich ausgestreckte Arme, ausgestreckt mit der inbrünstigen Bitte an den Sohn, ihn von den Schmerzen zu befreien wie ein gütiger Zauberer.

In diesen Traum spielte die übergroße Erwartung und Hoffnung hinein, die stets auf Deinem Gesicht erschien, wenn ich Dir den Mechanismus Deiner Krankheit erklärte, der unumkehrbaren Verkrümmung des Rückgrats, die nach Vladimir Bechterev benannt ist, und wenn wir über das Mysterium des Schmerzes sprachen. Das waren Momente großer und tiefer Intimität, wo Du mit Deinem Blick an meinen Lippen hingst und jedes Wort des angehenden Arztes aufsogst wie eine Offenbarung. Da war ich der wissende Vater und Du der hilfsbedürftige Sohn. Wie Dein Vater gewesen und zu Dir gewesen sei, fragte ich Mamã nach einem dieser Gespräche. »Ein stolzer, einsamer, unerträglicher Tyrann, der mir aus der Hand fraß«, sagte sie. Ein fanatischer Verfechter des Kolonialismus sei er gewesen. »Er würde sich im Grabe umdrehen, wenn er wüßte, wie du darüber denkst.«

Gregorius fuhr ins Hotel und zog sich für das Essen bei Silveira um. Der Mann wohnte in einer Villa in Belém. Ein Dienstmädchen öffnete, und dann kam ihm Silveira in der riesigen Halle entgegen, die mit dem Kronleuchter wie das Entree einer Botschaft wirkte. Er bemerkte, wie Gregorius sich bewundernd umsah.

»Nach der Scheidung und dem Auszug der Kinder war pötzlich alles viel zu groß. Aber wegziehen mochte ich auch nicht«, sagte Silveira, auf dessen Gesicht Gregorius die gleiche Müdigkeit entdeckte wie bei ihrer ersten Begegnung im Nachtzug.

Gregorius wußte später nicht mehr, wie es gekommen war. Sie saßen beim Dessert, und er erzählte von Florence, von Isfahan und von den verrückten Aufenthalten im Liceu draußen. Ein bißchen war es wie damals im Schlafwagen, als er diesem Mann erzählt hatte, wie er im Klassenzimmer aufgestanden und gegangen war. »Ihr Mantel war feucht, als Sie ihn vom Haken nahmen, ich erinnere mich genau, es regnete«, hatte Silveira bei der Suppe gesagt, »und ich weiß auch noch, was Licht auf Hebräisch heißt: ōr.« Da hatte Gregorius von der namenlosen Portugiesin erzählt, die er damals im Schlafwagen ausgelassen hatte.

»Kommen Sie mit«, sagte Silveira nach dem Kaffee und führte ihn in den Keller. »Hier, das war die Campingausrüstung für die Kinder. Alles vom Feinsten. Hat nichts genützt, eines Tages ließen sie das Zeug einfach liegen, kein Interesse mehr, kein Dank, nichts. Ein Heizofen, eine Stehlampe, eine Kaffeemaschine, alles mit Akku. Warum nehmen Sie es nicht einfach mit? Fürs Liceu? Ich sag's dem Fahrer, er prüft die Batterien und fährt es hin.«

Die Großzügigkeit allein war es nicht. Es war das Liceu. Schon vorhin hatte er sich die verlassene Schule beschreiben lassen und hatte immer mehr wissen wollen; doch das hätte noch bloße Neugierde sein können, eine Neugier wie dem verwunschenen Märchenschloß gegenüber. Das Angebot mit den Campingsachen dagegen zeigte ein Verständnis seinem skurrilen Tun gegenüber – oder, wenn es nicht Verständnis war, so doch Achtung –, das er von niemandem erwartet hätte, zuletzt von einem Geschäftsmann, dessen Leben um das Geld herum angelegt war.

Silveira sah ihm die Überraschung an. »Die Sache mit dem Liceu und den Ratten gefällt mir einfach«, sagte er lächelnd. »Etwas so ganz anderes, etwas, das sich nicht rechnet. Kommt mir vor, als hätte es etwas mit Marc Aurel zu tun.«

Als er eine Weile allein im Wohnzimmer war, sah sich Gregorius die Bücher an. Haufenweise Literatur über Porzellan.

Handelsrecht. Reisebücher. Wörterbücher der englischen und französischen Geschäftssprache. Ein Lexikon der Kinderpsychologie. Ein zusammengewürfeltes Regal mit Romanen.

Auf einem Tischchen in der Ecke stand ein Foto der beiden Kinder, Junge und Mädchen. Gregorius dachte an Kägis Brief. In dem Gespräch am Morgen hatte Natalie Rubin erwähnt, daß der Rektor Stunden ausfallen lasse, seine Frau sei in der Klinik, in der Waldau. *Es gibt Momente, da sieht meine Frau aus, als zerfalle sie*, hatte in dem Brief gestanden.

»Ich habe mit einem Geschäftsfreund telefoniert, der oft im Iran ist«, sagte Silveira, als er zurückkam, »man braucht ein Visum, aber sonst ist es kein Problem, nach Isfahan zu reisen.«

Er stutzte, als er den Ausdruck sah, der auf Gregorius' Gesicht erschien.

»Ach so«, sagte er dann langsam, »ach so. *Natürlich*. Es geht nicht um *dieses* Isfahan. Und nicht um den Iran, sondern um *Persien*.«

Gregorius nickte. Mariana Eça hatte sich für seine Augen interessiert und hatte ihm die Schlaflosigkeit angesehen. Aber sonst war Silveira der einzige Mensch hier, der sich für ihn interessiert hatte. Für *ihn*. Der einzige, für den er nicht nur ein verstehender Spiegel war, wie für die Bewohner von Prados Welt.

Als sie zum Abschied wieder in der Halle standen und das Mädchen Gregorius den Mantel brachte, wanderte Silveiras Blick hinauf zur Empore, wo es zu anderen Räumen ging. Er sah zu Boden, dann wieder nach oben.

»Der Trakt der Kinder. Ehemalige Trakt. Wollen Sie es sich mal ansehen?

Zwei großzügige, helle Räume mit eigenem Bad. Meterweise Georges Simenon auf den Bücherregalen.

Sie standen auf der Empore. Silveira schien plötzlich nicht zu wissen, wohin er mit den Händen sollte.

»Wenn Sie möchten: Sie können hier wohnen. Umsonst natürlich. Auf unbestimmte Zeit.« Er lachte. »Wenn Sie nicht gerade in Persien sind. Besser als Hotel. Sie sind ungestört, ich bin viel weg. Auch morgen früh wieder. Julieta, das Mädchen, kümmert sich um Sie. Und irgendwann, da gewinne ich eine Partie gegen Sie.«

»*Chamo-me José*«, sagte er, als sie die Abmachung mit einem Händedruck besiegelten. »*E tu?*«

29 Gregorius packte. Er war aufgeregt, als bräche er zu einer Weltreise auf. In Gedanken räumte er im Zimmer des Jungen einige Simenons von den Regalen und stellte seine Bücher auf: die beiden über die Pest und das Erdbeben, das Neue Testament, das ihm Coutinho vor einer Ewigkeit geschenkt hatte, Pessoa, Eça de Queirós, die Bildbiographie über Salazar, die Bücher von Natalie Rubin. In Bern hatte er Marc Aurel und seinen alten Horaz eingepackt, die griechischen Tragödien und Sappho. Im letzten Augenblick auch noch Augustinus, *Confessiones. Die Bücher für die nächste Wegstrecke.*

Die Tasche war schwer, und als er sie vom Bett nahm und zur Tür trug, wurde ihm schwindlig. Er legte sich hin. Nach ein paar Minuten war es vorbei, und er konnte mit Prados Brief weitermachen.

Ich erzittere beim bloßen Gedanken an die ungeplante und unbekannte, doch unausweichliche und unaufhaltsame Wucht, mit der Eltern in ihren Kindern Spuren hinterlassen, die sich, wie Brandspuren, nie mehr werden tilgen lassen. Die Umrisse des elterlichen Wollens und Fürchtens schreiben sich mit glühendem Griffel in die Seelen der Kleinen, die voller Ohnmacht sind und voller Unwissen darüber, was mit ihnen geschieht. Wir brauchen ein Leben lang, um den eingebrannten Text zu finden und zu entziffern, und wir können nie sicher sein, daß wir ihn verstanden haben.

Und siehst Du, Papá, so ist es mir auch mit Dir ergangen. Es ist noch nicht lange her, da dämmerte mir endlich, daß es einen mächtigen Text in mir gibt, der über allem geherrscht hat, was ich bis heute fühlte und tat, einen verborgen glühenden Text, dessen tückische Macht darin liegt, daß ich trotz all meiner Bildung nie auf den Gedanken kam, er könnte vielleicht nicht die Gültigkeit besitzen, die ich ihm, ohne im geringsten davon zu wissen, zugestanden hatte. Der Text ist kurz und von alttestamentarischer Endgültigkeit: DIE ANDEREN SIND DEIN GERICHTSHOF.

Ich kann es nicht beweisen, so daß es vor einem Gericht Bestand hätte, aber ich weiß, daß ich diesen Text von klein an in Eurem Blick las, Vater, in dem Blick, der voller Entbehrung, Schmerz und Strenge hinter Euren Brillengläsern hervorkam und mir zu folgen schien, wohin ich auch ging. Der einzige Ort, wohin er mir nicht zu folgen vermochte, war der große Sessel in der Bibliothek des Liceu, hinter dem ich mich des Nachts versteckte, um weiterlesen zu können. Die feste Gegenständlichkeit des Sessels zusammen mit der Finsternis ergaben eine undurchdringliche Wand, die mich vor aller Zudringlichkeit schützte. Dorthin drang Euer Blick nicht, und so gab es auch keinen Gerichtshof, vor dem ich mich hätte verantworten müssen, wenn ich von den Frauen mit den weißen Gliedern las und all den Dingen, die man nur im Verborgenen tun durfte.

Könnt Ihr Euch meine Wut vorstellen, als ich beim Propheten Jeremia las: Meinst du, daß sich jemand so heimlich verbergen könne, daß ich ihn nicht sehe?, spricht der HERR. Bin ich es nicht, der Himmel und Erde erfüllt?, spricht der HERR?

»Was willst du«, sagte Pater Bartolomeu, »er ist Gott.«

»Ja, und genau das spricht gegen Gott: daß er Gott ist«, erwiderte ich.

Der Pater lachte. Er nahm mir nie etwas übel. Er liebte mich.«

Wie gern, Papá, hätte ich einen Vater gehabt, mit dem ich über diese Dinge hätte reden können! Über Gott und seine selbstgefällige Grausamkeit, über Kreuz, Guillotine und Garrotte. Über den Wahnsinn mit der anderen Wange. Über Gerechtigkeit und Rache.

Dein Rücken, er vertrug die Kirchenbänke nicht, so daß ich Dich nur ein einziges Mal habe knien sehen, es war bei der Totenmesse für Onkel Ernesto. Die Silhouette Deines gefolterten Körpers bleibt mir unvergessen, sie hatte etwas mit Dante und dem Fegefeuer zu tun, das ich mir stets als ein flammendes Meer der Demütigung vorgestellt habe, denn was gibt es Schlimmeres als Demütigung, der heftigste Schmerz ist dagegen ein Nichts. Und so kam es nie dazu, daß wir über diese Dinge sprachen. Ich meine, ich habe das Wort Deus von Dir nur in abgedroschenen Redewendungen gehört, nie richtig, nie so, daß daraus ein Glaube gesprochen hätte. Und doch hast Du nichts gegen den stummen Eindruck getan, daß Du nicht nur die weltlichen Gesetzbücher in Dir trugst, sondern auch die kirchlichen, aus denen die Inquisition hervorgegangen ist. Tarrafal, Vater, TARRAFAL!

30 Silveiras Chauffeur holte Gregorius am späten Vormittag ab. Er hatte die Batterien der Campingsachen aufgeladen und zwei Decken eingepackt, auf denen Kaffee, Zukker und Kekse lagen. Im Hotel ließen sie ihn nicht gern ziehen. »Foi um grande prazer«, sagten sie.

Es hatte in der Nacht geregnet, und auf den Autos lag feiner Sand vom Wüstenwind. Filipe, der Fahrer, öffnete für Gregorius die Tür zum Fond des großen, glänzenden Wagens. *Als ich im Wagen über das edle Polster strich* – da war Prados Plan zu einem Brief an den Vater geboren worden.

Gregorius war mit seinen Eltern ein einziges Mal im Taxi gefahren, auf der Rückfahrt von einem Urlaub am Thunersee, wo sich der Vater den Fuß verstaucht hatte, so daß es wegen des Gepäcks nicht anders ging. Er hatte dem Vater am Hinterkopf angesehen, wie unwohl ihm war. Für die Mutter war es wie im Märchen gewesen, ihre Augen leuchteten, und sie wollte gar nicht wieder aussteigen.

Filipe fuhr zur Villa und dann zum Liceu. Der Weg, auf dem die Lieferwagen früher die Sachen für die Schulküche gebracht hatten, war vollständig zugewachsen. Filipe, der Fahrer, hielt. »Hier?« fragte er entgeistert. Der schwergewichtige Mann mit Schultern wie ein Pferd wich den Ratten ängstlich aus. Im Büro des Rektors ging er langsam den Wänden entlang, die Mütze in der Hand, und betrachtete die Bilder von Isfahan.

»Und was machen Sie hier drin?« fragte er. »Ich meine, es steht mir nicht zu …«

»Schwer zu sagen«, sagte Gregorius. »Ganz schwer. Sie wissen, was Tagträumen ist. Ein bißchen so ist es. Aber dann auch wieder ganz anders. Ernster. Und verrückter. Wenn die Zeit eines Lebens knapp wird, gelten keine Regeln mehr. Und dann sieht es aus, als sei man übergeschnappt und reif für die Klapsmühle. Doch im Grunde ist es umgekehrt: Dort gehören diejenigen hin, die nicht wahrhaben wollen, daß die Zeit knapp wird. Diejenigen, die weitermachen, als sei nichts. Verstehen Sie?«

»Vor zwei Jahren hatte ich einen Herzinfarkt«, sagte Filipe. »Ich fand es sonderbar, danach wieder zur Arbeit zu gehen. Jetzt fällt es mir wieder ein, ich hatte es ganz vergessen.«

»Ja«, sagte Gregorius.

Als Filipe gegangen war, überzog sich der Himmel, es wurde kühl und dunkel. Gregorius stellte den Ofen an, machte Licht und kochte Kaffee. Die Zigaretten. Er holte sie aus der Tasche. Welche Marke die Zigaretten denn gewesen seien, die er da zum erstenmal im Leben geraucht habe, hatte ihn Silveira gefragt. Dann war er aufgestanden und mit einer Packung dieser Marke zurückgekommen. *Hier. War die Marke meiner Frau. Liegt seit Jahren in der Schublade des Nachttischs. Auf ihrer Seite des Betts. Konnte sie nicht wegwerfen. Der Tabak muß staubtrocken sein.* Gregorius riß die Packung auf und zündete eine an. Inzwischen konnte er auch inhalieren, ohne zu husten. Der Rauch war scharf und schmeckte nach verbranntem Holz. Eine Welle des Schwindels überspülte ihn, und das Herz schien zu stolpern.

Er las die Stelle bei Jeremia, über die Prado geschrieben hatte, und blätterte zurück zu Jesaja. *Denn meine Gedanken sind nicht eure Gedanken, und eure Wege sind nicht meine Wege, spricht der* HERR, *sondern soviel der Himmel höher ist als die Erde, so sind auch meine Wege höher als eure Wege und meine Gedanken als eure Gedanken.*

Prado hatte ernst genommen, daß Gott eine Person war, die denken, wollen und fühlen konnte. Dann hatte er sich, wie bei jeder anderen Person, angehört, was er sagte, und hatte gefunden: Mit einem derart überheblichen Charakter will ich nichts zu tun haben. Hatte Gott einen *Charakter?* Gregorius dachte an Ruth Gautschi und David Lehmann und an seine eigenen Worte über den poetischen Ernst, über den hinaus es keinen größeren Ernst mehr gab. Bern war weit weg.

Eure Unnahbarkeit, Vater. Mamã als die Dolmetscherin, die uns Eure Stummheit übersetzen mußte. Warum habt Ihr nicht selbst über Euch und Eure Gefühle sprechen gelernt? Ich will es Euch sagen: Ihr wart zu bequem, es war so wunderbar bequem, Euch hinter der südländischen Rolle des adligen Familienoberhaupts zu verstecken. Und dazu kam die Rolle des wortkargen Leidenden, bei dem die Sprachlosigkeit eine Tugend ist, nämlich die Größe, sich über die Schmerzen nicht zu beklagen. Und so war Eure Krankheit die Absolution für Euren fehlenden Willen, Euch ausdrücken zu lernen. Eure Arroganz: Die anderen sollten Euch in Eurem Leiden erraten lernen.

Habt Ihr nicht gemerkt, was Ihr an Selbstbestimmung verspieltet, die einer doch nur in dem Maße hat, in dem er versteht, sich zur Sprache zu bringen?

Hast Du nie daran gedacht, Papá, daß es für uns alle auch eine Last sein könnte, daß Du nicht über die Schmerzen sprachst und über die Demütigung des gekrümmten Rückens? Daß Dein stummes, heldenhaftes Ertragen, das nicht ohne Eitelkeit war, für uns bedrängender sein könnte, als wenn Du auch einmal geflucht und Tränen des Selbstmitleids vergossen hättest, die man Dir hätte aus den Augen wischen können? Denn es bedeutete doch: Wir, die Kinder, und vor allem ich, der Sohn, wir hatten, gefangengesetzt im Bannkreis Deiner Tapferkeit, kein Recht, uns zu beklagen, jedes solche Recht war, noch bevor es eingeklagt wurde – ja, bevor einer von uns auch nur daran dachte, es einzuklagen – aufgesogen, verschluckt, vernichtet durch Deine Tapferkeit und Dein tapfer ertragenes Leid.

Du wolltest keine Schmerzmittel, Du wolltest den klaren Kopf nicht verlieren, darin warst Du apodiktisch. Einmal dann, als Du Dich unbeobachtet wähntest, habe ich Dich durch den Türspalt beobachtet. Du nahmst eine Tablette, und nach kurzem Kampf stecktest Du auch die zweite in den Mund. Als ich nach einer Weile wieder hineinsah, lehntest Du im Sessel, den Kopf in den Polstern, die Brille im Schoß, den Mund halb geöffnet. Natürlich war es undenkbar: aber wie gerne wäre ich hineingegangen und hätte Dich gestreichelt!

Kein einziges Mal habe ich Dich weinen sehen, mit unbeweg-

ter Miene standest Du dabei, als wir Carlos, den geliebten – auch von Dir geliebten – Hund begruben. Du warst kein seelenloser Mensch, gewiß nicht. Aber warum hast Du ein Leben lang getan, als sei die Seele etwas, dessen man sich schämen müsse, etwas Unziemliches, ein Ort der Schwäche, den man versteckt halten müsse, beinahe um jeden Preis?

Durch Dich haben wir alle von Kind an gelernt, daß wir zuallererst Körper sind und daß nichts in unseren Gedanken ist, was nicht zuvor im Leib war. Und dann – was für ein Paradox! – hast Du uns jede Bildung in Zärtlichkeit vorenthalten, so daß wir gar nicht glauben konnten, daß Du Mamã nahe genug gekommen warst, um uns zu zeugen. Nicht er ist es gewesen, sagte Mélodie einmal, es ist der Amazonas gewesen. Nur einmal habe ich gespürt, daß Du wußtest, was eine Frau ist: als Fátima hereinkam. Nichts an Dir veränderte sich, und es veränderte sich alles. Was ein magnetisches Feld ist – da habe ich es zum erstenmal begriffen.

Hier endete der Brief. Gregorius tat die Bogen zurück in den Umschlag. Dabei bemerkte er eine mit Bleistift geschriebene Notiz auf der Rückseite des letzten Bogens. Was habe ich von Deiner Phantasie gewußt? Warum wissen wir so wenig über die Phantasie unserer Eltern? Was wissen wir von jemandem, wenn wir nichts über die Bilder wissen, die seine Einbildungskraft ihm zuspielt? Gregorius steckte den Umschlag weg und fuhr zu João Eça.

31 Eça hatte Weiß, fing aber nicht an. Gregorius hatte Tee gekocht und beiden eine halbe Tasse eingeschenkt. Er rauchte eine von den Zigaretten, die Silveiras Frau im Schlafzimmer vergessen hatte. Auch João Eça rauchte. Er rauchte und trank und sagte nichts. Die Dämmerung senkte sich über die Stadt, gleich würden sie zum Abendessen läuten.

»Nein«, sagte Eça, als Gregorius zum Lichtschalter ging. »Aber schließen Sie die Tür ab.«

Es wurde rasch dunkel. Die Glut von Eças Zigarette wuchs und schrumpfte. Als er schließlich zu sprechen begann, war es, als habe er, wie bei einem Instrument, einen Dämpfer auf seine Stimme gesetzt, einen Dämpfer, der die Worte nicht nur sanfter und dunkler, sondern auch rauher machte.

»Das Mädchen. Estefânia Espinhosa. Ich weiß nicht, was Sie darüber wissen. Bin aber sicher, daß Sie davon gehört haben. Sie wollen mich schon lange danach fragen. Ich spüre das. Sie trauen sich nicht. Ich habe seit letzten Sonntag darüber nachgedacht. Es ist besser, wenn ich Ihnen meine Geschichte erzähle. Sie ist, denke ich, nur ein Teil der Wahrheit. Wenn es hier eine Wahrheit gibt. Aber diesen Teil sollen Sie kennen. Was immer die anderen sagen werden.«

Gregorius schenkte Tee nach. Eças Hände zitterten, als er trank.

»Sie arbeitete auf der Post. Post ist wichtig für den Widerstand. Post und Eisenbahn. Sie war jung, als O'Kelly sie kennenlernte. Dreiundzwanzig oder vierundzwanzig. Das war 1970, im Frühjahr. Sie hatte dieses unglaubliche Gedächtnis. Vergaß nichts, weder was sie gesehen noch was sie gehört hatte. Adressen, Telefonnummern, Gesichter. Es gab den Scherz mit dem Telefonbuch, das sie auswendig konnte. Sie bildete sich nichts darauf ein. »Wieso könnt ihr das nicht auch?« sagte sie. »Das verstehe ich nicht, wie kann man nur so vergeßlich sein.« Ihre Mutter war davongelaufen oder früh gestorben, ich weiß nicht mehr, und der Vater war eines Morgens verhaftet und verschleppt worden, ein Eisenbahner, den sie wegen Sabotage im Verdacht hatten.

Sie wurde Jorges Geliebte. Er war ihr verfallen, wir sahen es mit Sorge, so etwas ist immer gefährlich. Sie mochte ihn, aber er war nicht ihre Leidenschaft. Das nagte an ihm, machte ihn gereizt und krankhaft eifersüchtig. »Keine Sorge«, sagte er, wenn ich ihn nachdenklich ansah. »Du bist nicht der einzige, der kein Anfänger ist.«

Die Schule für Analphabeten war ihre Idee. Brillant. Salazar hatte eine Kampagne gegen den Analphabetismus gestartet, Lesenlernen als patriotische Pflicht. Wir organisierten einen Raum, stellten alte Bänke hinein und ein Pult. Riesige Wandtafel. Das Mädchen besorgte, was es an Unterrichtsmaterialien gab, Bilder zu Buchstaben, solche Dinge. In einer Klasse von Analphabeten kann jedermann sitzen, jedes Alter. Das war der Trick: Niemand brauchte seine Anwesenheit nach außen hin zu rechtfertigen, und außerdem konnte man Schnüfflern gegenüber auf Diskretion bestehen, es ist ein Makel, nicht lesen zu können. Estefânia versandte die Einladungen, vergewisserte sich, daß sie nicht geöffnet wurden, obwohl nur drin stand: *Sehen wir uns am Freitag? Kuß, Noëlia*, der Phantasiename als Erkennungszeichen.

Wir trafen uns. Besprachen Aktionen. Für den Fall, daß jemand von der P.I.D.E. auftauchen sollte, und überhaupt ein fremdes Gesicht: Das Mädchen würde einfach zur Kreide greifen, sie hatte die Tafel immer so präpariert, als wären wir mitten im Unterricht. Auch das gehörte zum Trick: Wir konnten uns öffentlich treffen, brauchten uns nicht zu verstecken. Tanzten den Schweinen auf der Nase herum. Widerstand ist nicht zum Lachen. Aber manchmal lachten wir.

Estefânias Gedächtnis wurde immer wichtiger. Wir brauchten nichts aufzuschreiben, keine schriftlichen Spuren zu hinterlassen. Das ganze Netzwerk war hinter ihrer Stirn. Manchmal habe ich gedacht: Was ist, wenn sie verunglückt? Aber sie war so jung und so schön, das blühende Leben, man schob den

Gedanken beiseite, wir machten weiter und landeten einen Coup nach dem anderen.

Eines Abends, es war im Herbst 1971, betrat Amadeu den Raum. Er sah sie und war verzaubert. Als das Treffen sich auflöste, ging er zu ihr und sprach mit ihr. Jorge wartete unter der Tür. Sie sah Amadeu kaum an, senkte den Blick sofort. Ich sah es kommen.

Nichts geschah. Jorge und Estefânia blieben zusammen. Amadeu kam nicht mehr zu den Treffen. Später erfuhr ich, daß sie zu ihm in die Praxis ging. Sie war verrückt nach ihm. Amadeu wies sie ab. Er war O'Kelly gegenüber loyal. Loyal bis zur Selbstverleugnung. Den Winter über blieb es bei dieser gespannten Ruhe. Manchmal sah man Jorge mit Amadeu. Etwas hatte sich verändert, etwas Ungreifbares. Wenn sie nebeneinander gingen, war es, als gingen sie nicht mehr im Gleichschritt von früher. Als sei die Gemeinsamkeit anstrengend geworden. Auch zwischen O'Kelly und dem Mädchen hatte sich etwas verändert. Er beherrschte sich, aber hin und wieder blitzte Gereiztheit auf, er korrigierte sie, wurde durch ihr Gedächtnis widerlegt und ging hinaus. Es wäre vielleicht auch so zu einem Drama gekommen, nur wäre es harmlos gewesen, verglichen mit dem, was nun geschah.

Ende Februar platzte einer von Mendes' Knechten in die Zusammenkunft. Lautlos hatte er die Tür geöffnet und stand im Raum, ein intelligenter, gefährlicher Mann, wir kannten ihn. Estefânia war unglaublich. Kaum hatte sie ihn gesehen, brach sie einen Satz, in dem es um eine gefährliche Operation ging, ab, griff zur Kreide und zum Zeigestock und dozierte über das ç, ich weiß noch genau, daß es das ç war. Badajoz – so hieß der Mann, wie die spanische Stadt – setzte sich, ich kann das Knarren der Bank in der atemlosen Stille noch heute hören. Estefânia zog die Jacke aus, obwohl es im Raum kühl war. Für alle Fälle zog sie sich immer verführerisch an, wenn wir uns trafen.

Mit den nackten Armen und der durchsichtigen Bluse war sie ... man konnte den Verstand verlieren, auf der Stelle. O'Kelly würde es hassen. Badajoz schlug die Beine übereinander.

Mit einer aufreizenden Körperdrehung beendete Estefânia die angebliche Unterrichtsstunde. ›Bis zum nächsten Mal‹, sagte sie. Die Leute standen auf, die mühsame Selbstbeherrschung war mit Händen zu greifen. Der Professor für Musik, bei dem Estefânia Unterricht nahm und der neben mir gesessen hatte, stand auf. Badajoz trat auf ihn zu.

Ich wußte es. Ich wußte, daß das die Katastrophe war.

›Ein Analphabet als Professor‹, sagte Badajoz, und sein Gesicht verzog sich zu einem gemeinen, widerlichen Grinsen, ›mal was Neues, gratuliere zum Bildungserlebnis.‹

Der Professor wurde bleich und fuhr sich mit der Zunge über die trockenen Lippen. Doch er hielt sich gut für die Umstände.

›Ich habe neulich jemanden kennengelernt, der nie lesen gelernt hat. Ich wußte von Senhora Espinhosas Kursen, sie ist meine Schülerin, und nun wollte ich mir ein Bild machen, bevor ich dem Betreffenden vorschlage, es hier zu versuchen‹, sagte er.

›Aha‹, sagte Badajoz. ›Wie ist sein Name?‹

Ich war froh, daß die anderen verschwunden waren. Ich hatte das Messer nicht dabei. Ich verfluchte mich.

›João Pinto‹, sagte der Professor.

›Wie originell‹, grinste Badajoz. ›Und die Adresse?‹

Die Adresse, die der Professor nannte, gab es nicht. Sie luden ihn vor und behielten ihn. Estefânia ging nicht mehr nach Hause. Ich verbot ihr, bei O'Kelly zu wohnen. ›Nimm Vernunft an‹, sagte ich zu ihm, ›das ist viel zu gefährlich, wenn sie auffliegt, fliegst du mit auf‹. Ich brachte sie bei einer alten Tante unter.

Amadeu bat mich in die Praxis. Er hatte mit Jorge gesprochen. Er war vollkommen verstört. Vollständig außer sich. Auf diese stille, bleiche Art, die ihm eigen war.

›Er will sie töten‹, sagte er tonlos, ›er hat es nicht mit diesen Worten gesagt, aber es ist klar: Er will Estefânia töten. Damit ihr Gedächtnis gelöscht wird, bevor sie sie schnappen. Stell dir vor: Jorge, mein alter Freund Jorge, mein bester Freund, mein einziger wirklicher Freund. Er ist verrückt geworden, er will seine Geliebte opfern. *Es geht um viele Leben*, sagte er immer wieder. Ein Leben gegen viele, das ist seine Rechnung. Hilf mir, du mußt mir helfen, es darf nicht geschehen‹.

Hätte ich es nicht immer schon gewußt – spätestens in diesem Gespräch wäre es mir klar geworden: Amadeu liebte sie. Ich konnte natürlich nicht wissen, wie es mit Fátima gewesen war, ich hatte die beiden ja nur damals in Brighton gesehen, und doch war ich sicher: Das hier war etwas ganz anderes, viel Wilderes, glühende Lava kurz vor dem Ausbruch. Amadeu war ja ein wandelndes Paradox: selbstbewußt und von furchtlosem Auftreten, darunter aber einer, der ständig den Blick der anderen auf sich spürte und darunter litt. Deshalb war er ja auch zu uns gekommen, er wollte sich gegen die Anklage wegen Mendes verteidigen. Estefânia, glaube ich, war seine Chance, endlich aus dem Gerichtshof hinauszutreten, hinaus auf den freien, heißen Platz des Lebens, und dieses eine Mal ganz nach seinen Wünschen zu leben, nach seiner Leidenschaft, und zum Teufel mit den anderen.

Er wußte von dieser Chance, da bin ich sicher, er kannte sich ziemlich gut, besser als die meisten, aber es gab diese Barriere, die eiserne Barriere der Loyalität gegenüber Jorge. Amadeu, er war der loyalste Mensch im Universum, Loyalität war seine Religion. Es stand Loyalität gegen Freiheit und ein bißchen Glück, nichts weniger. Er hatte sich gegen die innere Lawine des Begehrens gestemmt und seine hungrigen Augen abgewandt, wenn er das Mädchen sah. Er wollte Jorge weiterhin in die Augen sehen können, er wollte nicht, daß eine vierzigjährige Freundschaft wegen eines Tagtraums in die Brüche ging, mochte er noch so versengend sein.

Und jetzt wollte ihm Jorge das Mädchen wegnehmen, das ihm nie gehört hatte. Wollte das labile innere Gleichgewicht zerstören, das es zwischen Loyalität und verleugneter Hoffnung gegeben hatte. Das war zuviel.

Ich redete mit O'Kelly. Er leugnete, etwas von dieser Art gesagt oder auch nur angedeutet zu haben. Er hatte rote Flecke im unrasierten Gesicht, und es war schwer zu sagen, ob sie mehr mit Estefânia oder mit Amadeu zu tun hatten.

Er log. Ich wußte es, und er wußte, daß ich es wußte.

Er hatte angefangen zu trinken, er spürte, daß ihm Estefânia entglitt, mit oder ohne Amadeu, und er hielt es nicht aus.

›Wir können sie außer Landes bringen‹, sagte ich.

›Sie schnappen sie‹, sagte er, ›der Professor ist gutwillig, aber nicht stark genug, sie knacken ihn, dann wissen sie, daß alles hinter ihrer Stirn ist, und dann jagen sie sie, sie bieten alles auf, was sie haben, das ist einfach *zu* wichtig, stell dir vor, *das ganze Lissaboner Netz*, niemand von denen tut noch ein Auge zu, bis sie sie haben, und sie sind eine Armee.‹«

Die Pflegerinnen hatten wegen des Essens an die Tür geklopft und gerufen, Eça hatte sie ignoriert und weitergeredet. Es war dunkel im Zimmer, und Eças Stimme klang für Gregorius wie aus einer anderen Welt.

»Was ich jetzt sage, wird Sie schockieren: Ich verstand O'Kelly. Ich verstand sowohl ihn als auch seine Argumente, denn das waren zwei verschiedene Dinge. Wenn sie ihr etwas spritzten und ihr Gedächtnis knackten, waren wir alle dran, etwa zweihundert Leute, und es würde ein Vielfaches, wenn sie sich noch jeden einzeln vornahmen. Es war nicht auszudenken. Man brauchte sich nur einen Teil davon auszumalen, und schon dachte man: *Sie muß weg.*

In diesem Sinne verstand ich O'Kelly. Ich glaube auch heute noch: Es wäre ein vertretbarer Mord gewesen. Wer das Gegenteil sagt, macht es sich zu einfach. Mangelnde Phantasie, würde ich sagen. Der Wunsch nach sauberen Händen als oberstes Prinzip. Finde ich abstoßend.

Ich meine, Amadeu konnte in dieser Sache nicht klar denken, er sah ihre leuchtenden Augen vor sich, den ungewöhnlichen, fast asiatischen Teint, das ansteckende, mitreißende Lachen, den wiegenden Gang, und er wollte einfach nicht, daß das alles erlosch, *er konnte es nicht wollen*, und ich bin froh, daß er es nicht konnte, denn alles andere hätte ihn zu einem Monster gemacht, einem Monster an Selbstverleugnung.

O'Kelly dagegen – ich hatte ihn im Verdacht, daß er darin auch eine Erlösung sah, eine Erlösung von der Qual, sie nicht mehr halten zu können und zu wissen, daß die Leidenschaft sie zu Amadeu hinzog. Und auch darin verstand ich ihn, aber in ganz anderem Sinne, nämlich ohne Billigung. Ich verstand ihn, weil ich mich in seinem Gefühl wiedererkannte. Es war lange her, aber auch ich hatte eine Frau an einen anderen verloren, und auch sie hatte Musik in mein Leben gebracht, nicht Bach wie bei O'Kelly, sondern Schubert. Ich wußte, was es hieß, von einer solchen Erlösung zu träumen, und ich wußte, wie sehr man nach einem Vorwand suchen kann für einen solchen Plan.

Und genau deshalb fiel ich O'Kelly in den Arm. Ich holte das Mädchen aus dem Versteck und brachte es in die blaue Praxis. Adriana haßte mich dafür, aber sie haßte mich schon vorher, ich war für sie der Mann, der ihr den Bruder in den Widerstand entführt hatte.

Ich sprach mit Leuten, die sich in den Bergen an der Grenze auskannten, und instruierte Amadeu. Er blieb eine Woche weg. Als er zurückkam, wurde er krank. Estefânia habe ich nie mehr gesehen.

Mich haben sie kurz darauf geschnappt, aber das hatte nichts mit ihr zu tun. Sie soll auf Amadeus Beerdigung gewesen sein. Viel später hörte ich, daß sie in Salamanca arbeitete, als Dozentin für Geschichte.

Mit O'Kelly habe ich zehn Jahre lang kein Wort geredet. Heute geht es wieder, aber wir suchen uns nicht. Er weiß, was ich damals dachte, das macht es nicht einfacher.«

Eça zog heftig an der Zigarette, die Glut fraß sich dem Papier entlang, das in der Finsternis hell schimmerte. Er hustete.

»Jedesmal, wenn mich Amadeu im Knast besuchte, war ich versucht, ihn nach O'Kelly zu fragen, nach ihrer Freundschaft. Ich habe mich nicht getraut. Amadeu drohte nie jemandem, das gehörte zu seinem Credo. Aber er konnte, ohne es zu wissen, eine Drohung *sein*. Die Drohung, vor den Augen des anderen zu zerspringen. Jorge konnte ich natürlich auch nicht fragen. Vielleicht heute, nach über dreißig Jahren, ich weiß nicht. Kann eine Freundschaft so etwas überleben?

Als ich rauskam, forschte ich nach dem Professor. Seit dem Tag der Verhaftung hatte niemand mehr etwas von ihm gehört. Diese Schweine. Tarrafal. Haben Sie schon mal was von Tarrafal gehört? Ich hatte damit gerechnet, daß ich dahin käme. Salazar war senil, und die P.I.D.E. machte, was sie wollte. Ich glaube, es war Zufall, daß es nicht dazu kam, der Zufall ist der Bruder der Willkür. Für diesen Fall hatte ich mir vorgenommen, mit dem Kopf gegen die Zellenwand zu rennen, bis der Schädel bräche.«

Sie schwiegen. Gregorius wußte nicht, was er hätte sagen können.

Schließlich stand Eça auf und machte Licht. Er rieb sich die Augen und machte den Eröffnungszug, den er immer machte. Sie spielten bis zum vierten Zug, dann schob Eça das Brett zur Seite. Die beiden Männer standen auf. Eça nahm die Hände aus den Taschen der Strickjacke. Sie traten aufeinander zu und umarmten sich. Eças Körper erzitterte. Ein rauher Laut von animalischer Kraft und Hilflosigkeit kam aus seiner Kehle. Dann erschlaffte er und hielt sich an Gregorius fest. Gregorius fuhr ihm über den Kopf. Als er die Tür leise aufschloß, stand Eça am Fenster und sah in die Nacht hinaus.

32 Gregorius stand im Salon von Silveiras Haus und betrachtete eine Reihe von Fotografien, Schnappschüssen eines großen Fests. Die meisten Herren trugen Cuts, die Damen lange Abendkleider, deren Schleppen über das glänzende Parkett wischten. José António da Silveira war auch zu sehen, viele Jahre jünger, in Begleitung seiner Frau, einer üppigen Blondine, die Gregorius an Anita Ekberg im Fontane di Trevi erinnerte. Die Kinder, vielleicht sieben oder acht, jagten sich unter einem der endlosen Tische mit dem Buffet. Über einem der Tische das Familienwappen, ein silberner Bär mit roter Schärpe. Auf einem anderen Bild saßen sie alle in einem Salon und hörten einer jungen Frau am Flügel zu, einer alabasternen Schönheit, die der namenlosen Portugiesin auf der Kirchenfeldbrücke auf entfernte Weise ähnlich sah.

Gregorius hatte nach der Ankunft in der Villa lange auf dem Bett gesessen und gewartet, bis die Erschütterung über den Abschied von João Eça verebbt war. Der rauhe Laut aus seiner Kehle, ein trockenes Schluchzen, ein Hilferuf, eine Erinnerung an die Folter, alles zusammen – er würde nie mehr aus seinem Gedächtnis weichen. Er wünschte, er könnte so viel heißen Tee in sich hineingießen, daß der Schmerz in Eças Brust weggespült würde.

Langsam dann waren ihm die Einzelheiten der Geschichte über Estefânia Espinhosa wieder in den Sinn gekommen. Salamanca, sie war Dozentin in Salamanca geworden. Das Bahnhofsschild mit dem mittelalterlich dunklen Namen tauchte vor ihm auf. Dann verschwand das Schild, und er dachte an die Szene, die Pater Bartolomeu geschildert hatte: wie O'Kelly und die Frau, ohne sich anzusehen, aufeinander zugegangen waren und dann an Prados Grab gestanden hatten. *Daß sie es vermieden hatten, sich anzublicken, schuf eine größere Nähe zwischen ihnen, als jede Verschränkung von Blicken es vermocht hätte.*

Schließlich hatte Gregorius den Koffer ausgepackt und die Bücher aufs Regal gestellt. Es war sehr still im Haus. Julieta, das Mädchen, war gegangen und hatte ihm eine Notiz auf den Küchentisch gelegt, wo das Essen zu finden sei. Gregorius war noch nie in einem Haus wie diesem gewesen, und es kam ihm alles verboten vor, sogar das Geräusch seiner Schritte. Schalter für Schalter hatte er Licht gemacht. Das Eßzimmer, wo sie zusammen gegessen hatten. Das Bad. Auch in Silveiras Arbeitszimmer hatte er einen kurzen Blick geworfen, nur um die Tür gleich wieder zu schließen.

Und jetzt stand er im Salon, wo sie den Kaffee getrunken hatten, und sagte das Wort *nobreza* in den Raum hinein, es gefiel ihm, es gefiel ihm unheimlich gut, und er wiederholte es stets von neuem. Auch *Adel*, das kam ihm jetzt zu Bewußtsein, hatte ihm stets gefallen, es war ein Wort, in das die Sache hineinfloß, oder umgekehrt. De l'Arronge – der Mädchenname von Florence hatte ihn nie an Adel denken lassen, und sie machte sich auch nichts daraus. Lucien von Graffenried: Das war anders, alter Berner Adel, er dachte dabei an edle, makellose Strukturen aus Sandstein, an die Biegung der Gerechtigkeitsgasse und daran, daß es einen von Graffenried gegeben hatte, der in Beirut eine unklare Rolle gespielt hatte.

Und natürlich Eva von Muralt, die Unglaubliche. Es war nur ein Schülerfest gewesen, in keiner Weise vergleichbar mit

Silveiras Fotos, und doch hatte er in den hohen Räumen vor Aufregung geschwitzt. »Unglaublich!« hatte Eva gesagt, als ein Junge sie fragte, ob man einen adligen Titel kaufen könne. »Unglaublich!« hatte sie auch ausgerufen, als Gregorius am Schluß Geschirr spülen wollte.

Silveiras Plattensammlung machte einen verstaubten Eindruck. Als sei die Periode in seinem Leben, wo Musik eine Rolle gespielt hatte, lange vorbei. Gregorius fand Berlioz, *Les Nuits d'Été*, *La Belle Voyageuse* und *La Mort d'Ophélie*, die Musik, die Prado geliebt hatte, weil sie ihn an Fátima erinnerte. *Estefânia war seine Chance, endlich aus dem Gerichtshof hinauszutreten, hinaus auf den freien, heißen Platz des Lebens.*

Maria João. Er mußte endlich Maria João finden. Wenn jemand wußte, was damals auf der Flucht geschah und warum Prado nach der Rückkehr krank wurde, dann war sie es.

Er verbrachte eine unruhige Nacht, in der er auf jedes ungewohnte Geräusch horchte. Die verstreuten Traumbilder glichen sich: Es wimmelte von adligen Frauen, von Limousinen und Chauffeuren. Und sie jagten Estefânia. Sie jagten sie, ohne daß er auch nur ein einziges Bild davon sah. Er wachte mit rasendem Herzen auf, hatte gegen Schwindel zu kämpfen und setzte sich um fünf mit dem anderen Brief, den ihm Adriana gebracht hatte, an den Küchentisch.

Mein geschätzter, mein lieber Sohn,

ich habe über die Jahre so viele Briefe an Dich angefangen und weggeworfen, daß ich nicht weiß, der wievielte dieser ist. Warum ist es so schwer?

Kannst Du Dir vorstellen, wie es ist, einen Sohn zu haben, der mit so viel Wachheit und so vielen Begabungen gesegnet ist? Einen wortgewaltigen Sohn, der dem Vater das Gefühl gibt, daß ihm nur die Stummheit bleibt, um nicht wie ein Stümper zu klingen? Als Student des Rechts genoß ich den Ruf, mit Worten gut umgehen zu können. Und in die Familie Reis, die Familie Deiner Mutter, wurde ich als redegewandter Anwalt eingeführt. Meine Reden gegen Sidónio Pais, den galanten Blender in Uniform, und für Teófilo Braga, den Mann mit dem Regenschirm in der Straßenbahn, machten Eindruck. Wie also kam es, daß ich verstummte?

Du warst vier, als Du mit Deinem ersten Buch zu mir kamst, um mir zwei Sätze vorzulesen: Lissabon ist unsere Hauptstadt. Es ist eine wunderschöne Stadt. *Es war Sonntag nachmittag nach einem Regenguß, durch das offene Fenster strömte schwüle, schwere Luft herein, getränkt mit dem Geruch feuchter Blumen. Du hattest geklopft, den Kopf hereingestreckt und gefragt: »Hast du eine Minute?« Wie der erwachsene Sohn eines adligen Hauses, der sich dem Oberhaupt der Familie respektvoll nähert und um eine Audienz bittet. Das altkluge Benehmen hat mir gefallen, doch gleichzeitig bin ich auch erschrocken. Was hatten wir falsch gemacht, daß Du nicht hereingepoltert kamst wie andere Kinder? Deine Mutter hatte mir nichts von dem Buch gesagt, und ich fiel aus allen Wolken, als Du mir die Sätze vorlasest, ohne das geringste Stocken und mit der klaren Stimme eines Rezitators. Und sie war nicht nur klar, die Stimme, sondern auch voller Liebe zu den Wörtern, so daß die beiden einfachen Sätze wie Poesie klangen. (Es ist albern, doch manchmal habe ich gedacht, daß in ihnen Dein Heimweh seinen Ursprung hatte, Dein legendäres Heimweh, in dem Du Dir gefielst, ohne daß es deswegen weniger echt gewesen wäre; zwar warst Du noch nie außerhalb Lissabons gewesen und konntest das Heimweh unmöglich kennen, Du hättest es haben müssen, bevor Du es haben konntest, doch wer weiß, Dir ist alles zuzutrauen, sogar etwas, das man gar nicht denken kann.)*

Eine strahlende Intelligenz erfüllte den Raum, und ich weiß noch, daß ich dachte: Wie wenig die Einfalt der Sätze zu seiner Klugheit paßt! Später, als ich wieder allein war, wich der Stolz einem anderen Gedanken: Sein Geist wird von nun an sein wie ein greller Scheinwerfer, der gnadenlos all meine Schwächen ausleuchtet. Ich glaube, das war der Anfang meiner Furcht vor Dir. Denn ja, ich habe Dich gefürchtet.

Wie schwer ist es für einen Vater, vor seinen Kindern zu bestehen! Und wie schwer ist der Gedanke zu ertragen, daß man sich mit all seinen Schwächen, seiner Blindheit, seinen Irrtümern und seiner Feigheit, in ihre Seelen einschreibt! Ursprünglich hatte ich diesen Gedanken, wenn ich an die Vererbung des Morbus Bechterev dachte, die euch, Gott sei Dank, verschont hat. Später habe ich mehr an die Seele gedacht, unsere Innenseite, die so empfänglich für Eindrücke ist wie eine Wachstafel und alles mit seismographischer Genauigkeit aufzeichnet. Ich habe vor dem Spiegel gestanden und gedacht: Was wird dieses strenge Gesicht in ihnen anrichten!

Doch was kann einer für sein Gesicht? Nicht nichts, denn ich meine ja nicht die einfache Physiognomie. Doch viel ist es nicht. Wir sind nicht die Bildhauer unserer Gesichtszüge und nicht die Regisseure unseres Ernstes, unseres Lachens und Weinens.

Aus den beiden ersten Sätzen wurden Hunderte, Tausende, Millionen. Manchmal schien es, als gehörten die Bücher zu Dir wie die Hände, die sie hielten. Einmal, als Du draußen auf den Stufen lasest, verirrte sich ein Ball spielender Kinder zu Dir. Deine Hand löste sich vom Buch und warf den Ball zurück. Wie fremd die Bewegung der Hand war!

Ich habe Dich als Lesenden geliebt, ich habe Dich sehr geliebt. Auch wenn Du mir unheimlich wurdest in Deiner verzehrenden Lesewut.

Unheimlicher noch warst Du mir in der Inbrunst, mit der Du die Kerzen zum Altar trugst. Ich habe, anders als Deine Mutter, keinen Augenblick geglaubt, Du könntest Priester werden. Du hast das Gemüt eines Rebellen, und Rebellen werden nicht Priester. Was für ein Ziel also würde die Inbrunst schließlich haben, *welchen Gegenstand würde sie sich suchen? Daß sie Sprengkraft besaß, diese Inbrunst, das war mit Händen zu greifen. Ich hatte Angst vor den Explosionen, die sie hervorbringen könnte.*

Ich spürte diese Angst, als ich Dich im Gericht sah. Ich mußte die Diebin verurteilen und ins Gefängnis schicken, das Gesetz verlangte es. Warum hast Du mich bei Tisch angesehen wie einen Folterknecht? Dein Blick lähmte mich, ich konnte nicht darüber sprechen. Hast Du etwa eine bessere Idee, was wir mit Dieben machen sollen? Hast Du sie?

Ich sah zu, wie Du groß wurdest, ich bestaunte den Sprühregen Deines Geistes, ich hörte Deine Flüche über Gott. Ich mochte Deinen Freund Jorge nicht, Anarchisten machen mir Angst, aber ich war froh, daß Du einen Freund hattest, ein Junge wie Du, es hätte auch anders kommen können, Deine Mutter träumte Dich bleich und still hinter Anstaltsmauern. Sie war zutiefst erschrocken über den Text Deiner Rede zum Abschluß der Schule. »Ein gotteslästernder Sohn, womit habe ich das verdient!« sagte sie.

Auch ich las den Text. Und war stolz! Und neidisch! Neidisch wegen der Selbständigkeit des Denkens und wegen des aufrechten Gangs, die aus jeder Zeile sprachen. Sie waren wie ein leuchtender Horizont, den ich auch gerne erreicht hätte, den ich aber nie würde erreichen können, dazu war die bleierne Schwerkraft meiner Erziehung zu groß. Wie hätte ich Dir meinen stolzen Neid erklären können? Ohne mich klein zu machen, kleiner noch und gedrückter, als ich ohnehin schon war?

Es war verrückt, dachte Gregorius: Da hatten die beiden Männer, Vater und Sohn, auf den gegenüberliegenden Hügeln der Stadt gewohnt wie Gegenspieler in einem antiken Drama, verbunden in archaischer Furcht voreinander und in einer Zuneigung, für die sie nicht die Worte fanden, und hatten sich Briefe geschrieben, die sie sich nicht abzuschicken trauten.

Verschränkt in einer Stummheit, die sie aneinander nicht verstanden, und blind gegenüber der Tatsache, daß die eine Stummheit die andere hervorbrachte.

»Die gnädige Frau hat hier manchmal auch gesessen«, sagte Julieta, als sie am späten Vormittag kam und ihn am Küchentisch fand, »aber sie las keine Bücher, nur Zeitschriften.«

Sie musterte ihn. Ob er nicht gut geschlafen habe? Ob etwas mit dem Bett sei?

Es gehe ihm gut, sagte Gregorius, es sei ihm schon lange nicht mehr so gut gegangen.

Sie sei froh, daß jetzt noch jemand anderes im Hause sei, sagte sie, Senhor da Silveira sei so still und verschlossen geworden. ›Ich hasse Hotels‹, habe er neulich gesagt, als sie ihm beim Packen geholfen habe. ›Wieso mache ich immer weiter? Kannst du mir das sagen, Julieta?‹

33 Er sei der sonderbarste Schüler, den sie je gehabt habe, sagte Cecília.

»Sie kennen mehr literarische Wörter als die meisten Leute in der Straßenbahn, aber wenn Sie fluchen, einkaufen oder eine Reise buchen wollen, haben Sie keine Ahnung. Ganz zu schweigen vom Flirten. Oder wüßtest du, was du zu mir sagen müßtest?«

Sie zog fröstelnd die grüne Stola um die Schultern.

»Und dann besitzt der Mann auch noch die langsamste Schlagfertigkeit, der ich begegnet bin. Langsam und doch schlagfertig – hätte nicht gedacht, daß das geht. Aber bei Ihnen . . .«

Unter ihren strafenden Blicken holte Gregorius die Grammatik hervor und wies ihr einen Fehler nach.

»Ja«, sagte sie, und das grüne Tüchlein vor ihren Lippen blähte sich, »aber manchmal ist das Schlampige das Richtige. Das war sicher auch bei den Griechen so.«

Auf dem Weg zu Silveiras Haus trank Gregorius gegenüber von O'Kellys Apotheke einen Kaffee. Ab und zu sah er den rauchenden Apotheker durch das Schaufenster. *Er war ihr verfallen*, hörte er João Eça sagen. *Sie mochte ihn, aber er war nicht ihre Leidenschaft. Es machte ihn gereizt und krankhaft eifersüchtig ... Amadeu betrat den Raum, sah sie und war verzaubert.* Gregorius holte Prados Aufzeichnungen hervor und schlug nach.

Aber wenn wir uns aufmachen, jemanden im Inneren zu verstehen? Ist das eine Reise, die irgendwann an ihr Ende kommt? Ist die Seele ein Ort von Tatsachen? Oder sind die vermeintlichen Tatsachen nur die trügerischen Schatten unserer Geschichten?

In der Straßenbahn nach Belém spürte er mit einemmal, daß sein Empfinden der Stadt gegenüber dabei war, sich zu verändern. Bisher war sie ausschließlich der Ort seiner Nachforschungen gewesen, und die Zeit, die durch sie hindurchgeflossen war, hatte ihre Gestalt durch das Vorhaben bekommen, immer mehr über Prado zu erfahren. Als er jetzt durch das Fenster des Tramwagens hinausblickte, gehörte die Zeit, in der der Wagen quietschend und ächzend dahinkroch, ganz ihm, sie war einfach die Zeit, in der Raimund Gregorius sein neues Leben lebte. Er sah sich wieder im Berner Tramdepot stehen und nach den alten Wagen fragen. Vor drei Wochen hatte er das Gefühl gehabt, hier durch das Bern seiner Kindheit zu fahren. Jetzt fuhr er durch Lissabon und nur durch Lissabon. Er spürte, wie sich in der Tiefe etwas umschichtete.

In Silveiras Haus rief er Frau Loosli an und diktierte ihr die neue Adresse. Dann telefonierte er mit dem Hotel und erfuhr, daß die persische Grammatik angekommen war. Der Balkon lag im Licht der warmen Frühlingssonne. Er hörte den Leuten auf der Straße zu und war erstaunt, wieviel er verstand. Von irgendwoher kam Essensgeruch. Er dachte an den winzigen Balkon seiner Kindheit, über den Schwaden von abstoßenden Küchengerüchen hinweggezogen waren. Als er sich später im Zimmer von Silveiras Sohn unter die Decke legte, war er nach wenigen Augenblicken eingeschlafen und fand sich in einem Wettbewerb der Schlagfertigkeit wieder, in dem der Langsamste gewann. Er stand mit Eva von Muralt, der Unglaublichen, am Spülstein und wusch das Partygeschirr ab. Schließlich saß er in Kägis Büro und telefonierte stundenlang mit fernen Ländern, in denen niemand den Hörer abnahm.

Auch in Silveiras Haus begann die Zeit seine eigene zu werden. Zum erstenmal, seit er in Lissabon war, stellte er das Fernsehen an und sah die Abendnachrichten. Er rückte ganz nah an den Apparat heran, damit es zwischen ihm und den Worten möglichst wenig Abstand gab. Er war verwundert, was sich inzwischen alles ereignet hatte und wie anders der Ausschnitt der Welt war, den man hier für wichtig hielt. Andererseits war es auch erstaunlich, daß das Bekannte hier dasselbe war wie zu Hause. Er dachte: *Ich wohne hier. Vivo aqui.* Dem anschließenden Spielfilm konnte er nicht folgen. Er legte im Salon die Platte mit der Musik von Berlioz auf, die Prado nach Fátimas Tod tagelang gehört hatte. Sie hallte durch das ganze Haus. Nach einer Weile setzte er sich in der Küche an den Tisch und las den Brief zu Ende, den der Richter an seinen gefürchteten Sohn geschrieben hatte.

Manchmal, mein Sohn, und immer öfter, kommst Du mir vor wie ein selbstgerechter Richter, der mir vorwirft, daß ich auch weiterhin die Robe trage. Daß ich vor der Grausamkeit des Regimes die Augen zu verschließen scheine. Dann spüre ich Deinen Blick auf

*mir wie ein sengendes Licht. Und möchte zu Gott beten, daß er
Dich mit mehr Verständnis erfüllen und das scharfrichterliche
Glitzern aus Deinen Augen nehmen möge.* Warum hast du ihm,
wenn es um mich geht, nicht mehr Einbildungskraft verliehen?,
möchte ich ihm zurufen, und es wäre ein Ruf voller Groll.

*Denn siehst Du: So groß, ja überbordend Deine Phantasie
auch sein kann: Du hast keine Ahnung davon, was Schmerzen
und ein gekrümmter Rücken aus einem Menschen machen. Nun
gut,* niemand *scheint davon eine Ahnung zu haben außer den
Opfern.* Niemand. *Du kannst mir wunderbar erklären, was Vladimir Bechterev herausgefunden hat. Und ich möchte kein einziges dieser Gespräche missen, es sind kostbare Stunden, wo ich
mich bei Dir geborgen fühle. Aber dann ist es wieder vorbei, und
ich kehre in die Hölle des Gebücktseins und Ertragens zurück.
Und das eine scheinst Du nie zu bedenken: daß man von Sklaven
der demütigenden Krümmung und des unausgesetzten Schmerzes nicht dasselbe erwarten kann wie von denjenigen, die ihren
Körper vergessend hinter sich lassen können, um ihn, wenn sie
zu ihm zurückkommen, lustvoll zu genießen.* Daß man von
ihnen nicht dasselbe erwarten kann! *Und daß sie darauf angewiesen sind,* das nicht selber sagen zu müssen, *denn was wäre
das für eine erneute Demütigung!*

*Die Wahrheit – ja, die Wahrheit – ist ganz einfach: Ich wüßte
nicht, wie ich das Leben ertragen sollte, wenn mich Enrique nicht
jeden Morgen um zehn vor sechs abholte. Die Sonntage – Du
hast keine Ahnung, was für eine Tortur sie sind. Manchmal
schlafe ich Samstag nacht nicht, weil ich vorausahne, wie es sein
wird. Daß ich auch jeden Samstag um viertel nach sechs das
menschenleere Gebäude betrete: Sie machen Scherze darüber.
Manchmal denke ich, daß aus Gedankenlosigkeit mehr Grausamkeit hervorgeht als aus jeder anderen Schwäche der Menschen. Ich habe für die Sonntage um einen Schlüssel gebeten, immer wieder. Sie haben es abgelehnt. Manchmal wünsche ich mir,*

342

daß sie für einen Tag, nur einen einzigen, meine Schmerzen hätten: damit sie verstünden.

Wenn ich das Büro betrete, lassen die Schmerzen ein bißchen nach, es ist, als verwandle sich der Raum in eine entlastende Stütze im Inneren des Körpers. Bis kurz vor acht ist es still im Gebäude. Meistens studiere ich die Akten für den Tag, ich muß sicher sein können, daß es keine Überraschungen gibt, davor hat ein Mann wie ich Angst. Es kommt auch vor, daß ich Dichtung lese, der Atem wird ruhiger, es ist, als blickte ich auf die See, und manchmal hilft das gegen die Schmerzen. Verstehst Du jetzt?

Aber Tarrafal, wirst Du sagen. Ja, Tarrafal, ich weiß, ich weiß. Soll ich deswegen den Schlüssel abgeben? Ich habe es ausprobiert, und nicht nur einmal. Ich habe ihn vom Bund genommen und auf den Schreibtisch gelegt. Dann habe ich das Gebäude verlassen und bin durch die Straßen gegangen, als hätte ich es wirklich getan. Ich habe in den Rücken hinein geatmet, wie der Arzt es empfielt, das Atmen wurde lauter und lauter, keuchend bin ich durch die Stadt gegangen, heiß vor Angst, aus der imaginären Handlung könnte eines Tages eine wirkliche werden. Mit schweißnassem Hemd saß ich später am Richtertisch. Verstehst Du jetzt?

Ich habe nicht nur an Dich ungezählte Briefe geschrieben, die verschwanden. Auch an den Minister habe ich geschrieben, immer wieder. Und einen der Briefe habe ich in die Hauspost gegeben. Ich habe den Boten, der ihn zum Minister getragen hätte, auf der Straße abgefangen. Er war ungehalten, daß er den Sack durchwühlen mußte, und blickte mich mit der verächtlichen Neugierde an, die manche Leute einem Irren entgegenbringen. Den Brief habe ich dahin geworfen, wohin auch die anderen gingen: in den Fluß. Damit die verräterische Tinte weggespült werde. Verstehst Du jetzt?

Maria João Flores, Deine treue Freundin aus Schultagen, hat verstanden. Eines Tages, als ich es nicht mehr ertrug, wie Du mich angesehen hattest, traf ich mich mit ihr.

»*Er möchte Sie verehren können*«, sagte sie und legte ihre Hand auf die meine, »*verehren und lieben, wie man ein Vorbild liebt. ›Ich will ihn nicht wie einen Kranken sehen, dem man alles vergibt‹, sagt er. ›Es wäre dann, als hätte ich keinen Vater mehr.‹ Er weist den anderen in seiner Seele eine ganz bestimmte Rolle zu und ist ungnädig, wenn sie ihr nicht entsprechen. Eine gehobene Art von Selbstsucht.*«

Sie sah mich an und schenkte mir ein Lächeln, das aus der weiten Steppe wach gelebten Lebens kam.

»*Warum probieren Sie es nicht mit Wut?*«

Gregorius nahm den letzten Bogen zur Hand. Die wenigen Sätze waren mit anderer Tinte geschrieben, und der Richter hatte sie datiert: 8. Juni 1954, ein Tag vor seinem Tod.

Das Ringen ist zu Ende. Was, mein Sohn, kann ich Dir zum Abschied sagen?

Du bist meinetwegen Arzt geworden. Was wäre gewesen, hätte es nicht den Schatten meines Leidens gegeben, in dem Du aufgewachsen bist? Ich stehe in Deiner Schuld. Du bist nicht dafür verantwortlich, daß die Schmerzen blieben und meinen Widerstand nun gebrochen haben.

Ich habe den Schlüssel im Büro zurückgelassen. Sie werden alles auf die Schmerzen schieben. Daß auch ein Versagen töten kann – der Gedanke ist ihnen fremd.

Wird Dir mein Tod genügen?

Gregorius fror und drehte die Heizung auf. *Um ein Haar hätte Amadeu ihn zu sehen bekommen, doch ich hatte eine Ahnung und versteckte ihn*, hörte er Adriana sagen. Die Heizung nützte nichts. Er machte das Fernsehen an und blieb vor einer Seifenoper sitzen, von der er kein Wort verstand, es hätte Chinesisch sein können. Im Bad fand er eine Schlaftablette. Als sie zu wirken begann, wurde es draußen hell.

34 Es gab zwei Maria João Flores, die im Campo de Ourique wohnten. Am nächsten Tag nach der Sprachschule fuhr Gregorius hin. Hinter der ersten Tür, an der er klingelte, wohnte eine jüngere Frau mit zwei Kindern, die an ihrem Rockzipfel hingen. Im anderen Haus bekam er die Auskunft, daß Senhora Flores für zwei Tage verreist sei.

Er holte im Hotel die persische Grammatik ab und fuhr hinaus ins Liceu. Zugvögel rauschten über das verlassene Gebäude. Er hatte gehofft, der heiße afrikanische Wind käme wieder, doch es blieb bei der milden Märzluft, in der noch ein Hauch winterlicher Schärfe zu spüren war.

In der Grammatik lag ein Zettel von Natalie Rubin: *Ich hab's bereits bis hierher geschafft!* Die Schrift habe es in sich, hatte sie gesagt, als er sie anrief, um zu sagen, das Buch sei angekommen. Sie tue seit Tagen nichts anderes, die Eltern staunten über ihren Fleiß. Für wann er denn seine Reise in den Iran plane? Ob das heutzutage nicht ein bißchen gefährlich sei?

Im Jahr zuvor hatte Gregorius in der Zeitung eine Glosse über einen Mann gelesen, der mit neunzig angefangen hatte, Chinesisch zu lernen. Der Verfasser hatte sich über den Mann lustig gemacht. *Sie haben keine Ahnung* – mit diesem Satz hatte Gregorius seinen Entwurf zu einem Leserbrief begonnen. »Warum verderben Sie sich mit so etwas die Tage?« hatte Doxiades gesagt, als er sah, wie ihn der Ärger auffraß. Er hatte den Brief nicht abgeschickt. Doch Doxiades' hemdsärmlige Art hatte ihn gestört.

Als er vor ein paar Tagen in Bern ausprobiert hatte, wie weit er sich noch an die persischen Zeichen erinnerte, war es wenig gewesen, was zurückgekommen war. Doch jetzt, mit dem Buch vor Augen, ging es schnell. *Ich bin immer noch dort, an jenem entfernten Ort in der Zeit, in bin dort nie weggegangen, sondern lebe ausgebreitet in die Vergangenheit hinein, oder aus ihr heraus*, hatte Prado notiert. *Die tausend Veränderungen, welche die Zeit vorangetrieben haben – sie sind, gemessen an dieser zeitlosen Gegenwart des Fühlens, flüchtig und unwirklich wie ein Traum.*

Der Lichtkegel im Büro von Senhor Cortês wanderte. Gregorius dachte an das unwiderruflich stille Gesicht seines toten Vaters. Er wäre mit seiner Angst vor dem persischen Sandsturm damals gern zu ihm gegangen. Doch so ein Vater war er nicht gewesen.

Den langen Weg nach Belém ging er zu Fuß und richtete es so ein, daß er an dem Haus vorbeikam, wo der Richter mit seiner Stummheit, seinen Schmerzen und seiner Angst vor dem Urteil des Sohns gelebt hatte. Die Zedern ragten in den schwarzen Nachthimmel. Gregorius dachte an die Narbe unter dem Samtband an Adrianas Hals. Hinter den erleuchteten Fenstern ging Mélodie von Raum zu Raum. Sie wußte, ob dieses die roten Zedern waren. Und was sie mit der Tat zu tun hatten, die ein Gericht Amadeu als Körperverletzung hätte vorwerfen können.

Es war bereits der dritte Abend in Silveiras Haus. *Vivo aqui.* Gregorius ging durch das Haus, durch den dunklen Garten, auf die Straße. Er machte einen Spaziergang durchs Viertel und sah den Leuten beim Kochen, Essen und Fernsehen zu. Als er wieder am Ausgangspunkt war, betrachtete er die blaßgelbe Fassade und den beleuchteten Säulenvorbau. Ein vornehmes Haus in einem wohlhabenden Viertel. *Hier lebe ich jetzt.* Im Salon setzte er sich in einen Sessel. Was konnte das heißen? Den Bubenbergplatz hatte er nicht mehr berühren können. Würde er auf die Dauer den Boden Lissabons berühren können? Was für eine Berührung würde es sein? Und wie würden seine Schritte auf diesem Boden aussehen?

Dem Augenblick leben: Es klingt so richtig und auch so schön, hatte Prado in einer seiner kurzen Aufzeichnungen notiert, *aber je mehr ich es mir wünsche, desto weniger verstehe ich, was es heißt.*

Gregorius hatte sich in seinem Leben noch nie gelangweilt. Daß einer nicht wußte, was er mit der Zeit seines Lebens anfangen sollte: Es gab weniges, was er so unverständlich fand wie das. Auch jetzt langweilte er sich nicht. Was er in dem stillen, viel zu großen Haus empfand, war etwas anderes: Die Zeit stand still, oder nein, sie stand nicht still, aber sie zog ihn nicht mit sich fort, trug ihn keiner Zukunft entgegen, floß an ihm unbeteiligt und berührungslos vorbei.

Er ging in das Zimmer des Jungen und betrachtete die Titel von Simenons Romanen. *L'homme qui regardait passer les trains.* Das war der Roman, von dem Filmbilder im Fenster des Kinos Bubenberg gehangen hatten, Schwarzweißbilder mit Jeanne Moreau. Das war gestern vor drei Wochen gewesen, am Montag, als er davongelaufen war. Gedreht haben mußten sie den Film in den sechziger Jahren. Vor vierzig Jahren. Wie lange war das?

Gregorius zögerte, Prados Buch aufzuschlagen. Die Lektüre der Briefe hatte etwas verändert. Der Brief des Vaters noch mehr als der des Sohns. Schließlich begann er doch zu blättern. Allzu viele Seiten, die er noch nicht kannte, waren nicht mehr übrig. Wie würde es nach dem letzten Satz sein? Den letzten Satz hatte er stets gefürchtet, und von der Mitte eines Buches weg quälte ihn regelmäßig der Gedanke, daß es unweigerlich einen letzten Satz geben würde. Doch dieses Mal würde es mit dem letzten Satz noch viel schwieriger sein als sonst. Es würde sein, als risse der unsichtbare Faden, der ihn bis dahin mit der spanischen Buchhandlung am Hirschengraben verbunden hatte. Er würde das Wenden der letzten Seite verzögern und den Blick verlangsamen, so gut es ging, denn ganz hatte man es ja nicht in der Hand. Der letzte Blick ins

Wörterbuch, ausführlicher als nötig. Das letzte Wort. Der letzte Punkt. Dann würde er in Lissabon ankommen. In Lissabon, Portugal.

TEMPO ENIGMÁTICO. RÄTSELHAFTE ZEIT. *Ich habe ein Jahr gebraucht, um herauszufinden, wie lang ein Monat ist. Es war im Oktober des vergangenen Jahres, am letzten Tag des Monats. Es geschah, was jedes Jahr geschieht und was mich trotzdem jedes Jahr aus der Fassung bringt, als hätte ich es noch nie zuvor erlebt: Das neue, ausgeblichene Morgenlicht kündigte den Winter an. Kein brennendes Leuchten mehr, kein schmerzhaftes Blenden, kein Gluthauch, vor dem man sich in den Schatten flüchten möchte. Ein mildes, versöhnliches Licht, das die kommende Kürze der Tage sichtbar in sich trug. Nicht, daß ich dem neuen Licht als Feind begegnet wäre, als einer, der es in hilfloser Komik ablehnt und bekämpft. Es schont die Kräfte, wenn die Welt die scharfen Kanten des Sommers verliert und uns verwischtere Umrisse zeigt, die zu weniger Entschiedenheit zwingen.*

Nein, es war nicht der blasse, milchige Schleier des neuen Lichts, der mich zusammenfahren ließ. Es war die Tatsache, daß das gebrochene, entkräftete Licht wieder einmal das unwiderrufliche Ende einer Periode in der Natur und eines zeitlichen Abschnitts in meinem Leben anzeigte. Was hatte ich seit Ende März gemacht, seit dem Tag, als die Tasse auf dem Tisch des Cafés in der Sonne wieder heiß geworden war, so daß ich beim Griff danach zurückzuckte? War es viel Zeit gewesen, die seither verflossen war, oder wenig? Sieben Monate – wie lang war das?

Gewöhnlich meide ich die Küche, sie ist Anas Reich, und es gibt etwas an ihrem energischen Jonglieren mit den Pfannen, das ich nicht mag. Doch an jenem Tag brauchte ich jemanden, dem gegenüber ich mein lautloses Erschrecken zum Ausdruck bringen konnte, auch wenn es geschehen mußte, ohne es zu nennen.

»Wie lang ist ein Monat?« fragte ich ohne jede Einleitung.

Ana, die gerade das Gas entzünden wollte, blies das Streichholz wieder aus.

»Sie meinen?«

Ihre Stirn lag in Falten wie bei jemandem, der sich einem unlösbaren Rätsel gegenübersieht.

»Was ich sage: Wie lang ist ein Monat?«

Den Blick zu Boden gesenkt, rieb sie sich verlegen die Hände.

»Nun, machmal sind es dreißig Tage, manchmal ...«

»Das weiß ich doch«, sagte ich unwirsch, »die Frage aber ist: Wie lange ist das?«

Ana griff nach dem Kochlöffel, damit die Hände etwas zu tun hatten.

»Einmal, da habe ich meine Tochter fast einen Monat lang gepflegt«, sagte sie zögernd und mit der Behutsamkeit eines Seelenarztes, der fürchtet, seine Worte könnten im Patienten etwas zum Einsturz bringen, das sich danach nie wieder würde aufbauen lassen. »Viele Male am Tag die Treppe rauf und runter mit der Suppe, die nicht verschüttet werden durfte – das war lang.«

»Und wie war es danach, im Rückblick?«

Jetzt riskierte Ana ein Lächeln, in dem die Erleichterung zum Ausdruck kam, daß sie sich in der Antwort offenbar nicht völlig vergriffen hatte. »Immer noch lang. Aber irgendwie wurde es dann immer kürzer, ich weiß auch nicht.«

»Die Zeit mit all der Suppe – fehlt sie dir jetzt?«

Ana drehte den Kochlöffel hin und her, dann holte sie ein Taschentuch aus der Schürze und schneuzte sich. »Ich habe das Kind natürlich gerne gepflegt, es war in jener Zeit so überhaupt nicht trotzig. Trotzdem möchte ich's nicht noch einmal erleben müssen, ich hatte ständig Angst, weil wir nicht wußten, was es war und ob es gefährlich war.«

»Ich meine etwas anderes: ob du es bedauerst, daß jener Monat verflossen ist; daß die Zeit abgelaufen ist; daß du nichts mehr aus ihr machen kannst.«

»Nun ja, sie ist vorbei«, sagte Ana, und nun sah sie nicht mehr wie ein nachdenklicher Arzt aus, sondern wie ein eingeschüchterter Prüfling.

»Ist ja gut«, sagte ich und wandte mich zur Tür. Im Hinausgehen hörte ich, wie sie ein neues Streichholz anriß. Warum war ich immer so knapp, so schroff, so undankbar für die Worte der anderen, wenn es um etwas ging, das mir wirklich wichtig war? Woher das Bedürfnis, das Wichtige rabiat gegen die anderen zu verteidigen, wo sie es mir doch gar nicht wegnehmen wollten?

Am nächsten Morgen, dem ersten Novembertag, ging ich in der Dämmerung zum Bogen am Ende der Rua Augusta, der schönsten Straße der Welt. Das Meer war im fahlen Licht der Frühe wie eine glatte Fläche aus mattem Silber. Mit besonderer Wachheit erleben, wie lang ein Monat ist – das war die Idee, die mich aus dem Bett getrieben hatte. Im Café war ich der erste. Als in der Tasse nur noch wenige Schlucke waren, verlangsamte ich den gewohnten Rhythmus des Trinkens. Ich war unsicher, was ich tun sollte, wenn die Tasse leer wäre. Er würde sehr lang sein, dieser erste Tag, wenn ich einfach sitzen bliebe. Und was ich wissen wollte, war nicht: wie lange ein Monat für den vollkommen Untätigen ist. Doch was war es dann, was ich wissen wollte?

Manchmal bin ich so langsam. Erst heute, wo das Licht des frühen Novembers wieder bricht, merke ich, daß die Frage, die ich Ana stellte – nach der Unwiderruflichkeit, der Vergänglichkeit, dem Bedauern, der Trauer – gar nicht die Frage war, die mich beschäftigt hatte. Die Frage, die ich hatte stellen wollen, war eine ganz andere: Wovon hängt es ab, wenn wir einen Monat als eine erfüllte Zeit, unsere Zeit erlebt haben statt einer Zeit, die an uns vorbeigeflossen ist, die wir nur erlitten haben, die uns durch die Finger geronnen ist, so daß sie uns wie eine verlorene, verpaßte Zeit vorkommt, über die wir nicht traurig sind, weil sie vorbei ist, sondern weil wir aus ihr nichts haben machen können? Die Frage war also nicht: Wie lange ist ein Monat?, son-

dern: Was könnte man für sich aus der Zeit eines Monats ma-
chen? Wann ist es so, daß ich den Eindruck habe, daß dieser Mo-
nat ganz meiner gewesen ist?

Es ist also falsch, wenn ich sage: Ich habe ein Jahr gebraucht,
um herauszufinden, wie lange ein Monat ist. Es ist anders gewe-
sen: Ich habe ein Jahr gebraucht, um herauszufinden, was ich
wissen wollte, als ich die irreführende Frage nach der Länge eines
Monats stellte.

Am frühen Nachmittag des nächsten Tages, als er von der
Sprachschule kam, traf Gregorius Mariana Eça. Als er sie um
die Ecke biegen und auf sich zukommen sah, wußte er auf einmal, warum er sich gescheut hatte, sie anzurufen: Er würde ihr
von den Schwindelanfällen erzählen, sie würde laut darüber
nachdenken, was es sein könnte, und das wollte er nicht hören.

Sie schlug vor, einen Kaffee zu trinken, und erzählte dann
von João. »Ich warte den ganzen Sonntag vormittag auf ihn«,
habe er über Gregorius gesagt. »Ich weiß nicht, woran es liegt,
aber ich kann mir bei ihm die Dinge von der Seele reden.
Nicht, daß sie dann weg wären, aber für ein paar Stunden wird
es leichter.« Gregorius erzählte von Adriana und der Uhr, von
Jorge und dem Schachclub, und von Silveiras Haus. Er war
kurz davor, auch die Reise nach Bern zu erwähnen, doch dann
spürte er: Das ließ sich nicht erzählen.

Als er fertig war, fragte sie ihn nach der neuen Brille, und
dann verengten sich die Augen zu einem prüfenden Blick. »Sie
schlafen zu wenig«, sagte sie. Er dachte an den Morgen, als sie
ihn untersucht hatte und er aus dem Sessel vor ihrem Schreibtisch nicht mehr hatte aufstehen wollen. An die ausführliche
Untersuchung. An die gemeinsame Schiffahrt nach Cacilhas
und den rotgoldenen Assam, den er später bei ihr getrunken
hatte.

»Es wird mir in letzter Zeit manchmal schwindlig«, sagte er. Und nach einer Pause: »Ich habe Angst«.

Eine Stunde später verließ er ihre Praxis. Sie hatte noch einmal die Sehschärfe überprüft und den Blutdruck gemessen, er hatte Kniebeugen und Gleichgewichtsübungen machen müssen, und sie hatte sich den Schwindel ganz genau beschreiben lassen. Dann hatte sie ihm die Adresse eines Neurologen aufgeschrieben.

»Es kommt mir nicht gefährlich vor«, hatte sie gesagt, »und verwunderlich ist es auch nicht, wenn man bedenkt, wieviel sich in der kurzen Zeit in Ihrem Leben verändert hat. Aber man muß die üblichen Dinge überprüfen.«

Er hatte das leere Viereck an der Wand von Prados Praxis vor sich gesehen, wo die Gehirnkarte gehangen hatte. Sie sah ihm die Panik an.

»Ein Tumor würde ganz andere Ausfälle mit sich bringen«, sagte sie und strich ihm über den Arm.

Zu Mélodies Haus war es nicht weit.

»Ich wußte, daß Sie noch einmal kommen würden«, sagte sie, als sie ihm öffnete. »Nach Ihrem Besuch war mir Amadeu für einige Tage sehr gegenwärtig.«

Gregorius gab ihr die Briefe an Vater und Sohn zu lesen.

»Das ist ungerecht«, sagte sie, als sie die letzten Worte im Brief des Vaters gelesen hatte. »Ungerecht. Unfair. Als habe Amadeu ihn in den Tod getrieben. Sein Arzt war ein hellsichtiger Mann. Er verschrieb ihm die Schlaftabletten nur in kleinen Mengen. Aber Papá konnte warten. Geduld war seine Stärke. Eine Geduld wie aus stummem Stein. Mamã sah es kommen. Sie sah immer alles kommen. Sie hat nichts getan, es zu verhindern. ›Jetzt tut es ihm nicht mehr weh‹, sagte sie, als wir am offenen Sarg standen. Ich habe sie für diese Worte geliebt. ›Und er braucht sich nicht mehr zu quälen‹, sagte ich. ›Ja‹, sagte sie, ›auch das.‹«

Gregorius erzählte von seinen Besuchen bei Adriana. Sie sei nach Amadeus Tod nicht mehr im blauen Haus gewesen, sagte Mélodie, aber es wundere sie nicht, daß Adriana es zu einem Museum und Tempel gemacht habe, in dem die Zeit zum Stillstand gekommen sei.

»Sie bewunderte ihn schon als kleines Mädchen. Er war der große Bruder, der alles konnte. Der wagte, Papá zu widersprechen. Papá! Ein Jahr, nachdem er zum Studium nach Coimbra gegangen war, wechselte sie in die Mädchenschule gegenüber vom Liceu. In die gleiche Schule, die auch Maria João besucht hatte. Dort war Amadeu der Held aus vergangenen Tagen, und sie genoß es, die Schwester des Helden zu sein. Trotzdem: Die Dinge hätten sich anders, normaler entwickelt, wenn es nicht das Drama gegeben hätte, in dem er ihr das Leben rettete.«

Es war geschehen, als Adriana neunzehn war. Amadeu, der kurz vor dem Staatsexamen stand, war zu Hause und saß Tag und Nacht hinter den Büchern. Er kam nur zum Essen herunter. Es war bei einem solchen Essen der Familie, daß Adriana sich verschluckte.

»Wir hatten alle das Essen auf dem Teller und merkten zunächst nichts. Plötzlich kam von Adriana ein sonderbares Geräusch, ein schreckliches Röcheln, sie hielt den Hals mit den Händen umklammert und stampfte mit den Füßen in rasendem Tempo auf den Boden. Amadeu saß neben mir, in Gedanken ganz bei seiner Vorbereitung aufs Examen, wir waren es gewohnt, daß er dasaß wie ein stummes Gespenst und das Essen blind in sich hineinschaufelte. Ich stieß ihn mit dem Ellbogen und zeigte auf Adriana. Verwirrt sah er auf. Adrianas Gesicht war violett angelaufen, sie bekam keine Luft mehr, und ihr hilfloser Blick ging zu Amadeu. Den Ausdruck, der auf seinem Gesicht erschien, kannten wir alle, es war der Ausdruck wütender Konzentration, den er stets hatte, wenn es etwas Schwieriges gab, das er nicht sofort verstand, er war es gewohnt, alles sofort zu verstehen.

Jetzt sprang er auf, der Stuhl kippte nach hinten, mit wenigen Schritten war er bei Adriana, faßte sie unter den Armen und stellte sie auf, drehte sie, so daß sie mit dem Rücken zu ihm stand, dann umfaßte er ihre Schultern, holte einen Augenblick Luft und riß ihren Oberkörper mit einem gewaltigen Ruck nach hinten. Aus Adrianas Kehle kam ein ersticktes Röcheln. Sonst änderte sich nichts. Amadeu riß noch zweimal auf die gleiche Weise, doch auch jetzt bewegte sich das Stück Fleisch, das ihr in die Luftröhre gerutscht war, nicht.

Was danach geschah, prägte sich uns allen für immer ein, Sekunde für Sekunde, Bewegung für Bewegung. Amadeu setzte Adriana zurück auf den Stuhl und befahl mich zu sich. Er beugte ihren Kopf nach hinten.

»Festhalten«, sagte er gepreßt, »ganz fest!«

Dann nahm er das scharfe Messer fürs Fleisch von seinem Platz und wischte es an der Serviette ab. Uns stockte der Atem.

»Nein!« rief Mamã. »Nein!«

Ich glaube, er hörte es gar nicht. Er setzte sich rittlings auf Adrianas Schoß und sah ihr in die Augen.

»Ich muß das tun«, sagte er, und noch heute staune ich über die Ruhe in seiner Stimme. »Sonst stirbst du. Nimm die Hände weg. Vertrau mir.«

Adriana nahm die Hände vom Hals. Er tastete mit dem Zeigefinger nach der Lücke zwischen Schildknorpel und Ringknorpel. Dann setzte er die Spitze des Messers mitten auf den Spalt. Ein tiefer Atemzug, ein kurzes Schließen der Augen, dann stieß er zu.

Ich konzentrierte mich darauf, Adrianas Kopf wie in einem Schraubstock festzuhalten. Ich sah das Blut nicht spritzen, sah es erst nachher auf seinem Hemd. Adrianas Körper bäumte sich auf. Daß Amadeu den Weg zur Luftröhre gefunden hatte, hörte man an dem Pfeifen, mit dem Adriana die Luft durch die neue Öffnung einsog. Ich öffnete die Augen und sah mit Entsetzen, daß Amadeu die Klinge des Messers in der Wunde drehte, es sah wie ein Akt besonderer Brutalität aus, ich habe erst nachher begriffen, daß er den Luftkanal offenhalten mußte. Nun nahm Amadeu aus der Hemdtasche einen Kugelschreiber, steckte ihn zwischen die Zähne, schraubte mit der freien Hand das obere Teil ab, riß die Mine heraus und führte das untere Teil als eine Kanüle in die Wunde. Langsam zog er die Klinge heraus und hielt den Kugelschreiber fest. Adrianas Atem ging ruckartig und pfeifend, aber sie lebte, und die Farbe des Erstickens wich langsam aus ihrem Gesicht.

»Die Ambulanz!« befahl Amadeu.

Papá schüttelte seine Erstarrung ab und ging zum Telefon. Wir trugen Adriana, aus deren Hals der Kugelschreiber ragte, aufs Sofa. Amadeu fuhr ihr übers Haar.

»Es ging nicht anders«, sagte er.

Der Arzt, der ein paar Minuten später erschien, legte Amadeu die Hand auf die Schulter. ›Das war knapp‹, sagte er. ›Diese Geistesgegenwart. Diese Courage. In Ihrem Alter.‹

Als der Krankenwagen mit Adriana abgefahren war, setzte sich Amadeu im blutbespritzten Hemd an seinen Platz am Tisch. Niemand sagte ein Wort. Ich glaube, das war das Schlimmste für ihn: daß niemand etwas sagte. Der Arzt hatte mit seinen wenigen Worten festgestellt, daß Amadeu das Richtige getan und Adriana das Leben gerettet hatte. Und trotzdem sagte jetzt niemand ein Wort, und die Stille, die das Eßzimmer füllte, war voll von entsetztem Erstaunen über seine Kaltblütigkeit. ›Die Stille ließ mich aussehen wie einen Schlächter‹, sagte er Jahre später beim einzigen Mal, wo wir darüber sprachen.

Daß wir ihn in diesem Moment so vollständig allein ließen, hat er nie verwunden, und es hat sein Verhältnis zur Familie für immer verändert. Er kam seltener nach Hause und dann nur noch als höflicher Gast.

Plötzlich zersprang die Stille, und Amadeu begann zu zittern. Er schlug die Hände vors Gesicht, und noch heute höre ich das trockene Schluchzen, das den Körper erschütterte. Und wieder haben wir ihn allein gelassen. Ich fuhr ihm mit der Hand über den Arm, aber das war viel zu wenig, ich war nur die achtjährige Schwester, er hätte etwas ganz anderes gebraucht.

Daß es nicht kam, brachte das Faß zum Überlaufen. Mit einemmal sprang er auf, raste nach oben in sein Zimmer, kam mit einem medizinischen Lehrbuch heruntergerannt und knallte das Buch mit aller Kraft auf den Tisch, das Besteck stieß gegen die Teller, die Gläser klirrten. ›Hier‹, schrie er, ›hier steht es drin. Koniotomie heißt der Eingriff. Was glotzt ihr mich so an? Ihr habt dagesessen wie Ölgötzen! Wenn ich nicht gewesen wäre, hätten wir sie im Sarg hinaustragen müssen!‹

Sie operierten Adriana, und danach blieb sie zwei Wochen im Krankenhaus. Amadeu ging täglich hin, stets allein, er wollte nicht mit uns gehen. Adriana war von einer überwältigenden Dankbarkeit erfüllt, die beinahe religiöse Züge hatte. Mit verbundenem Hals lag sie weiß in den Kissen und durchlebte die dramatische Szene stets von neuem. Als ich allein bei ihr war, sprach sie darüber.

›Kurz bevor er zustieß, wurden die Zedern vor dem Fenster rot, blutrot‹ sagte sie. ›Dann wurde ich ohnmächtig.‹«

Sie sei mit der Überzeugung aus dem Krankenhaus gekommen, sagte Mélodie, daß sie ihr Leben dem Bruder widmen müsse, der es ihr gerettet habe. Amadeu war das unheimlich, und er versuchte alles, um ihr den Gedanken auszureden. Für eine Weile schien das gelungen zu sein, sie begegnete einem Franzosen, der sich in sie verliebte, und die dramatische Episode schien in ihr zu verblassen. Doch diese Liebe zerbrach in dem Augenblick, als Adriana schwanger wurde. Und wieder kam Amadeu, um einen Eingriff in ihren Körper zu begleiten. Er opferte dafür seine Reise mit Fátima und kehrte aus England zurück. Sie hatte nach der Schule Arzthelferin gelernt, und als er drei Jahre später die blaue Praxis eröffnete, war es klar, daß sie als seine Assistentin arbeiten würde. Fátima lehnte es ab, sie im Haus wohnen zu lassen. Es gab dramatische Szenen, wenn sie gehen mußte. Nach Fátimas Tod dauerte es keine Woche, und Adriana zog ein. Amadeu war vollständig verstört über den Verlust und unfähig zu Widerstand. Adriana hatte gewonnen.

35   »Manchmal habe ich gedacht, daß Amadeus Geist vor allem Sprache war«, hatte Mélodie gegen Ende des Gesprächs gesagt. »Daß seine Seele aus Wörtern gefertigt war, wie ich das bei niemandem sonst erlebt habe.«

Gregorius hatte ihr die Aufzeichnung über das Aneurysma gezeigt. Auch sie hatte nichts davon gewußt. Aber es hatte etwas gegeben, an das sie sich jetzt erinnerte.

»Er zuckte zusammen, wenn jemand Wörter gebrauchte, die mit Vergehen, Verfließen, Verrinnen zu tun hatten, ich erinnere mich vor allem an *correr* und *passar*. Er war überhaupt jemand, der auf Wörter so heftig reagierte, als seien sie viel wichtiger als die Sachen. Wenn man meinen Bruder verstehen wollte, war das das Wichtigste, was man wissen mußte. Er sprach von der Diktatur der falschen und der Freiheit der richtigen Wörter, vom unsichtbaren Kerker des Sprachkitschs und dem Licht der Poesie. Er war ein sprachbesessener, ein sprachverhexter Mensch, dem ein falsches Wort mehr ausmachte als ein Messerstich. Und dann plötzlich die heftige

Reaktion auf Wörter, die von Flüchtigkeit und Vergänglichkeit handelten. Nach einem seiner Besuche, bei dem er diese neue Schreckhaftigkeit an den Tag legte, rätselten mein Mann und ich die halbe Nacht. ›Nicht diese Wörter, bitte nicht diese Wörter!‹ hatte er gesagt. Wir wagten nicht nachzufragen. Mein Bruder, er konnte wie ein Vulkan sein.«

Gregorius setzte sich in Silveiras Salon in einen Sessel und begann den Text von Prado zu lesen, den ihm Mélodie mitgegeben hatte.

»Er hatte panische Angst, er könnte in falsche Hände geraten«, hatte sie gesagt. »›Vielleicht sollte ich ihn besser vernichten‹, sagte er. Doch dann gab er ihn mir zur Aufbewahrung. Ich durfte das Kuvert erst nach seinem Tod öffnen. Es fiel mir wie Schuppen von den Augen.«

Prado hatte den Text in den Wintermonaten nach dem Tod der Mutter geschrieben und ihn Mélodie kurz vor Fátimas Tod im Frühjahr gegeben. Es waren drei Textstücke, die auf getrennten Bogen begonnen worden waren und sich auch in der Tintenschattierung unterschieden. Obgleich sie sich zu einem Abschiedsbrief an die Mutter fügten, gab es keine Anrede. Statt dessen trug der Text eine Überschrift wie bei vielen Aufzeichnungen im Buch.

DESPEDIDA FALHADA À MAMÃ. MISSLUNGENER ABSCHIED VON MAMA. *Mein Abschied von Dir muß mir mißlingen, Mamã. Du bist nicht mehr da, und ein echter Abschied müßte eine Begegnung sein. Ich habe zu lange gewartet, und das ist natürlich kein Zufall. Was unterscheidet einen ehrlichen von einem feigen Abschied? Ein ehrlicher Abschied von Dir – das wäre der Versuch gewesen, mit Dir zu einem Einverständnis darüber zu gelangen, wie es mit uns, mit Dir und mir, gewesen ist. Denn das ist der Sinn eines Abschieds im vollen, gewichtigen Sinne des Worts: daß sich die beiden Menschen, bevor sie auseinandergehen, darüber* verständigen, wie sie sich gesehen und erlebt haben. Was zwischen ihnen geglückt und was mißlungen ist. Dazu gehört Furchtlosigkeit: Man muß den Schmerz über Dissonanzen aushalten können. Es geht darum, auch das, was unmöglich war, anzuerkennen. Sich verabschieden, das ist auch etwas, das man mit sich selbst macht: zu sich selbst stehen unter dem Blick des Anderen. Die Feigheit eines Abschieds dagegen liegt in der Verklärung: in der Versuchung, das Gewesene in goldenes Licht zu tauchen und das Dunkle wegzulügen. Was man dabei verspielt, ist nichts weniger als die Anerkennung seiner selbst in denjenigen Zügen, die das Dunkel hervorgebracht haben.

Du hast an mir ein Kunststück vollbracht, Mamā, und ich schreibe jetzt auf, was ich Dir vor langer Zeit hätte sagen sollen: Es war ein perfides Kunststück, das mein Leben belastet hat wie nichts anderes. Du hast mich nämlich wissen lassen – und es war am Inhalt dieser Botschaft nicht der geringste Zweifel möglich –, daß Du von mir, Deinem Sohn – Deinem Sohn –, nichts Geringeres als dieses erwartetest: daß er der Beste sei. Worin, das war nicht so wichtig, aber die Leistungen, die ich zu erbringen hatte, sie mußten die Leistungen aller anderen übertreffen, und nicht nur irgendwie übertreffen, sondern turmhoch überragen. Die Perfidie: Das hast Du mir nie gesagt. Deine Erwartung gelangte nie zu einer Ausdrücklichkeit, die mir erlaubt hätte, dazu Stellung zu beziehen, darüber nachzudenken und mich mit den Gefühlen daran zu reiben. Und doch wußte ich es, denn das gibt es: ein Wissen, das man einem wehrlosen Kind einträufelt, Tropfen für Tropfen, Tag für Tag, ohne daß es dieses lautlos anwachsende Wissen im geringsten bemerkt. Das unscheinbare Wissen breitet sich in ihm aus wie ein tückisches Gift, sickert in das Gewebe von Leib und Seele und bestimmt über die Farbe und Schattierung seines Lebens. Aus diesem unerkannt wirkenden Wissen, dessen Macht in seiner Verborgenheit lag, entstand in mir ein unsichtbares, unentdeckbares Gespinst aus unbeugsamen, gnadenlosen

Erwartungen an mich selbst, gewoben von den grausamen Spinnen eines angstgeborenen Ehrgeizes. Wie oft, wie verzweifelt und in welch grotesker Komik habe ich später in mir um mich geschlagen, um mich zu befreien – nur um mich noch mehr zu verfangen! Es war unmöglich, mich gegen Deine Anwesenheit in mir zur Wehr zu setzen: Zu vollkommen war Dein Kunststück, zu fehlerlos, ein Meisterwerk von überwältigender, atemberaubender Perfektion.

Zu seiner Vollkommenheit gehörte, daß Du Deine erstickenden Erwartungen nicht nur unausgesprochen ließest, sondern unter Worten und Gesten verstecktest, die das Gegenteil zum Ausdruck brachten. Ich sage nicht: Das war ein bewußter, abgefeimter, heimtückischer Plan. Nein, Du hast Deinen trügerischen Worten selbst Glauben geschenkt und warst ein Opfer der Maskierung, deren Intelligenz die Deine bei weitem übertraf. Seither weiß ich, wie Menschen bis in ihre tiefsten Tiefen hinein miteinander verschränkt und ineinander gegenwärtig sein können, ohne davon die geringste Ahnung zu haben.

Und noch etwas gehörte zu der kunstvollen Art und Weise, in der Du mich – als frevelhafte Bildhauerin einer fremden Seele – nach Deinem Willen geschaffen hast: die Vornamen, die Du mir gabst. Amadeu Inácio. Die meisten Leute denken sich nichts dabei, ab und zu sagt jemand etwas über die Melodie. Doch ich weiß es besser, denn ich habe den Klang Deiner Stimme dabei im Ohr, ein Klang, der voll von eitler Andacht war. Ich sollte ein Genie sein. Ich sollte göttliche Leichtigkeit besitzen. Und gleichzeitig – gleichzeitig! – sollte ich die mörderische Strenge des heiligen Ignacio verkörpern und seine Fähigkeiten als priesterlicher Feldherr ausüben.

Es ist ein böses Wort, aber es trifft die Sache wie kein anderes: Mein Leben wurde bestimmt von einer Muttervergiftung.

Gab es auch in ihm eine verborgene, lebensbestimmende Anwesenheit der Eltern, maskiert vielleicht und ins Gegenteil verkehrt?, fragte sich Gregorius, als er durch die stillen Straßen von Belém ging. Er sah das schmale Buch vor sich, in dem die Mutter aufschrieb, was sie durch Putzen verdiente. Die schäbige Brille mit dem Kassengestell und den ewig verschmutzten Gläsern, über die hinweg sie ihn müde anblickte. *Wenn ich nur noch einmal das Meer sehen könnte, aber das können wir uns einfach nicht leisten.* Es hatte etwas an ihr gegeben, etwas Schönes, sogar Strahlendes, an das er sehr lange nicht mehr gedacht hatte: ihre Würde, mit der sie den Leuten, um deren Dreck sie sich kümmern mußte, auf der Straße begegnet war. Keine Spur von Unterwürfigkeit, ihr Blick war auf der gleichen Höhe gewesen wie der Blick derer, die sie dafür bezahlten, daß sie auf den Knien herumrutschte. *Darf sie das?*, hatte er sich als kleiner Junge gefragt, um später dann stolz auf sie zu sein, wenn er es wieder einmal beobachten konnte. Wenn es nur nicht die Heimatromane von Ludwig Ganghofer gewesen wären, zu denen sie in den seltenen Stunden des Lesens gegriffen hatte. *Jetzt flüchtest auch du dich in die Bücher.* Sie war keine Leserin gewesen. Es tat weh, aber sie war keine Leserin gewesen.

Welche Bank gibt mir denn schon einen Kredit, hörte Gregorius den Vater sagen, *und dann für so etwas.* Er sah seine große Hand mit den zu kurz geschnittenen Fingernägeln vor sich, als er ihm die dreizehn Franken dreißig für die persische Grammatik Münze für Münze in die Hand gezählt hatte. *Bist du sicher, daß du da hinwillst?*, hatte er gesagt, *das ist doch so weit weg, so weit weg von dem, was wir gewohnt sind. Schon die Buchstaben, sie sind so anders, gar nicht wie Buchstaben. Wir werden dann gar nicht mehr Bescheid wissen über dich.* Als Gregorius ihm das Geld zurückgegeben hatte, war ihm der Vater mit der großen Hand übers Haar gefahren, einer Hand, die sich die Zärtlichkeit viel zu selten zugetraut hatte.

Der Vater von Eva, der Unglaublichen, der alte von Muralt, war Richter gewesen, auf dem Schülerfest hatte er kurz hereingeschaut, ein Hüne von einem Mann. Wie wäre es gewesen, dachte Gregorius, wenn er als Sohn eines strengen, schmerzgeplagten Richters und einer ehrgeizigen Mutter aufgewachsen wäre, die ihr Leben im Leben des vergötterten Sohnes lebte? Hätte er trotzdem Mundus werden können, Mundus, der Papyrus? Konnte man so etwas wissen?

Als Gregorius aus der kalten Nachtluft ins geheizte Haus zurückkam, wurde ihm schwindlig. Er setzte sich in den Sessel von vorhin und wartete, bis es vorbei war. *Verwunderlich ist es nicht, wenn man bedenkt, wieviel sich in der kurzen Zeit in Ihrem Leben verändert hat,* hatte Mariana Eça gesagt. *Ein Tumor würde ganz andere Ausfälle mit sich bringen.* Er verbannte die Stimme der Ärztin aus seinem Kopf und las weiter.

Meine erste große Enttäuschung mit Dir war, daß Du nichts von den Fragen hören wolltest, die mich am Beruf von Papá bedrängten. Ich fragte mich: Hattest Du Dich – als zurückgesetzte Frau im rückständigen Portugal – für unfähig erklärt, darüber nachzudenken? Weil Recht und Gericht Dinge waren, die nur Männer etwas angingen? Oder war es schlimmer: daß Du Papás Arbeit gegenüber einfach ohne Fragen warst und ohne Zweifel? Daß Dich das Schicksal der Menschen von Tarrafal einfach nicht beschäftigte?

Warum hast Du Papá nicht gezwungen, mit uns zu sprechen, statt nur ein Mahnmal zu sein? Warst Du froh über die Macht, die Dir dadurch zuwuchs? Du warst eine Virtuosin der stummen, ja verleugneten Komplizenschaft mit Deinen Kindern. Und virtuos warst Du auch als diplomatische Vermittlerin zwischen Papá und uns, Du mochtest die Rolle und warst darin nicht ohne Eitelkeit. War das Deine Rache für den geringen Spielraum, den Dir die Ehe ließ? Die Entschädigung für die feh-

lende gesellschaftliche Anerkennung und die Last von Vaters Schmerzen?

Warum bist Du bei jedem Widerspruch eingeknickt, den ich Dir entgegensetzte? Warum hast Du mir nicht standgehalten und mich dadurch gelehrt, Konflikte auszuhalten? So daß ich es nicht spielerisch lernen konnte, mit einem Augenzwinkern, sondern mir mühsam erarbeiten mußte wie aus dem Lehrbuch, mit erbitterter Gründlichkeit, die oft genug dazu geführt hat, daß ich das Maß verlor und über das Ziel hinausschoß?

Warum hast Du mir die Hypothek meiner Bevorzugung aufgeladen? Papá und Du: Warum habt Ihr so wenig von Adriana und Mélodie erwartet? Warum habt Ihr die Demütigung nicht gespürt, die in dem mangelnden Zutrauen lag?

Doch es wäre ungerecht, Mamá, wenn das alles wäre, was ich Dir zum Abschied sagte. In den sechs Jahren nach Papás Tod nämlich bin ich Dir mit neuen Empfindungen begegnet, und ich war glücklich zu spüren, daß es sie gab. Die Verlorenheit, mit der Du an seinem Grab standest, hat mich zutiefst berührt, und ich war froh, daß es religiöse Gewohnheiten gab, in denen Du Dich aufgehoben fühltest. Richtig glücklich war ich, als dann erste Anzeichen der Befreiung sichtbar wurden, viel schneller als erwartet. Es war, als würdest Du zum erstenmal zu einem eigenen Leben erwachen. Im ersten Jahr kamst Du oft herüber ins blaue Haus, und Fátima befürchtete, Du würdest Dich an mich, an uns klammern. Doch nein: Jetzt, wo das bisherige Gerüst Deines Lebens eingestürzt war, das auch über das innere Kräftespiel bestimmt hatte, jetzt schienst Du zu entdecken, was Dir durch die viel zu frühe Heirat verbaut worden war: ein eigenes Leben jenseits der Rolle in der Familie. Du begannst, nach Büchern zu fragen, und hast in ihnen geblättert wie eine neugierige Schülerin, ungelenk, unerfahren, aber mit glänzenden Augen. Einmal habe ich Dich, von Dir unbemerkt, in der Buchhandlung vor einem Regal stehen sehen, ein aufgeschlagenes Buch in der Hand. In diesem Augenblick habe ich Dich geliebt, Mamã, und war versucht, zu Dir zu gehen. Doch das wäre genau das Falsche gewesen: Es hätte Dich zurück in das alte Leben geholt.

36 Gregorius ging im Zimmer von Senhor Cortês auf und ab und nannte alle Dinge bei ihrem berndeutschen Namen. Dann ging er durch die dunklen, kalten Gänge des Liceu und tat dasselbe mit allem, was er dort sah. Er sprach laut und wütend vor sich hin, die kehligen Worte hallten durchs Haus, und ein verwunderter Beobachter hätte geurteilt, daß sich da einer in das verlassene Gebäude verirrt habe, der an etwas gründlich irre geworden sei.

Begonnen hatte es morgens in der Sprachschule. Plötzlich hatte er im Portugiesischen die einfachsten Dinge nicht mehr gewußt, Dinge, die er schon von der ersten Lektion auf der ersten Platte des Sprachkurses kannte, die er vor seiner Abreise gehört hatte. Cecília, die wegen eines Migräneanfalls verspätet erschien, setzte zu einer ironischen Bemerkung an, hielt inne, kniff die Augen zu und machte dann eine beruhigende Handbewegung.

»*Sossega*«, sagte sie, »beruhigen Sie sich. Das passiert allen, die eine fremde Sprache lernen. Plötzlich geht nichts mehr. Das geht vorbei. Morgen sind Sie wieder ganz auf der Höhe.«

Dann hatte beim Persischen das Gedächtnis gestreikt, ein Sprachgedächtnis, auf das er sich sonst immer hatte verlassen können. In heller Panik hatte er sich Verse von Horaz und Sappho vorgesagt, hatte seltene homerische Wörter aufgerufen und hektisch in Salomos Hohelied geblättert. Alles kam wie gewohnt, nichts fehlte, es gab keine Abgründe von plötzlichem Gedächtnisverlust. Und doch fühlte er sich wie nach einem Erdbeben. Schwindel. Schwindel und Gedächtnisverlust. Es würde passen.

Still hatte er im Büro des Rektors am Fenster gestanden. Heute gab es keinen Lichtkegel, der durch den Raum wanderte. Es regnete. Auf einmal, ganz plötzlich, war er wütend geworden. Es war eine heftige, heiße Wut, vermischt mit Verzweiflung darüber, daß sie keinen erkennbaren Gegenstand hatte. Nur ganz langsam wurde ihm klar, daß er eine Revolte erlebte, einen Aufstand gegen alle sprachliche Fremdheit, die er sich auferlegt hatte. Zuerst schien er nur dem Portugiesischen zu gelten und vielleicht dem Französischen und Englischen, das er hier sprechen mußte. Allmählich dann und mit Widerstreben gestand er sich ein, daß die Brandung seiner Wut sich auch auf die alten Sprachen bezog, in denen er seit über vierzig Jahren lebte.

Er erschrak, als er die Tiefe seines Aufbegehrens spürte. Der Boden schwankte. Er mußte etwas tun, nach etwas greifen, er schloß die Augen, stellte sich auf den Bubenbergplatz und nannte die Dinge, die er sah, bei ihren berndeutschen Namen. Er redete zu den Dingen und zu sich selbst in langsamen, klaren Sätzen der Mundart. Das Erdbeben verebbte, er spürte wieder festen Boden unter den Füßen. Doch das Erschrecken hatte einen Nachhall, er begegnete ihm mit der Wut von jemandem, den man einer großen Gefahr ausgesetzt hatte, und so kam es, daß er wie ein Irrer durch die Gänge des menschenleeren Gebäudes schritt, als gelte es, die Geister der dunklen Korridore mit berndeutschen Worten zu besiegen.

Zwei Stunden später, als er im Salon von Silveiras Haus saß, kam ihm das Ganze wie ein Spuk vor, wie etwas, das er vielleicht nur geträumt hatte. Beim Lesen von Lateinischem und Griechischem war es wie immer, und als er die portugiesische Grammatik aufschlug, war alles sofort da, und er machte gute Fortschritte bei den Regeln für den Konjunktiv. Nur die

Traumbilder erinnerten ihn noch daran, daß etwas in ihm aufgebrochen war.

Als er im Sessel für einen Moment einnickte, saß er als einziger Schüler in einem riesigen Klassenzimmer und wehrte sich mit mundartlichen Sätzen gegen fremdsprachliche Fragen und Aufforderungen, die jemand, den er nicht sehen konnte, von vorne an ihn richtete. Er wachte mit feuchtem Hemd auf, duschte und machte sich dann auf den Weg zu Adriana.

Clotilde hatte berichtet, daß Adriana sich verändere, seit mit der tickenden Uhr im Salon Zeit und Gegenwart ins blaue Haus zurückgekehrt seien. Gregorius hatte sie in der Straßenbahn getroffen, als er vom Liceu kam.

»Es kommt vor«, hatte sie gesagt und die Worte geduldig wiederholt, wenn er nicht verstand, »daß sie vor der Uhr stehenbleibt, als wolle sie sie wieder anhalten. Doch dann geht sie doch weiter, und ihr Gang ist rascher und bestimmter geworden. Sie steht früher auf. Es ist, als ob sie den Tag nicht mehr nur ... ja, nicht mehr nur erdulden würde.«

Sie aß mehr, und einmal hatte sie Clotilde gebeten, einen Spaziergang mit ihr zu machen.

Als die Tür des blauen Hauses dann aufging, erlebte Gregorius eine Überraschung. Adriana trug nicht Schwarz. Nur das schwarze Band über der Narbe am Hals war geblieben. Rock und Jacke waren aus hellem Grau mit feinen blauen Streifen, und sie hatte eine leuchtend weiße Bluse angezogen. Die Andeutung eines Lächelns zeigte, daß sie die Verblüffung auf Gregorius' Gesicht genoß.

Er gab ihr die Briefe an Vater und Sohn zurück.

»Ist es nicht verrückt?« sagte sie. »Diese Sprachlosigkeit. *Éducation sentimentale*, pflegte Amadeu zu sagen, müßte uns vor allem in die Kunst einweihen, Gefühle zu offenbaren, und in die Erfahrung, daß die Gefühle durch die Worte reicher werden. Wie wenig ihm das bei Papá gelang!« Sie sah zu Boden. »Und wie wenig bei mir!«

Er würde gerne die Notizen auf den Zetteln über Amadeus Pult lesen, sagte Gregorius. Als sie das Zimmer im Dachgeschoß betraten, erlebte Gregorius die nächste Überraschung: Der Schreibtischstuhl stand nicht mehr schräg zum Pult. Nach dreißig Jahren war es Adriana gelungen, ihn aus der erstarrten Vergangenheit herauszulösen und geradezurücken, so daß es nicht mehr war, als sei der Bruder gerade eben von ihm aufgestanden. Als er sie ansah, stand sie mit gesenktem Blick da, die Hände in den Jackentaschen, eine ergebene alte Frau, die zugleich wie ein Schulmädchen war, das eine schwierige Aufgabe gelöst hat und in verschämtem Stolz auf Lob wartet. Gregorius legte ihr einen Moment lang die Hand auf die Schulter.

Die blaue Porzellantasse auf dem kupfernen Tablett war abgewaschen, der Aschenbecher leer. Nur der Kandiszucker war noch in der Zuckerdose. Die uralte Füllfeder hatte Adriana zugeschraubt, und jetzt machte sie die Schreibtischlampe mit dem smaragdgrünen Schirm an. Sie schob den Schreibtischstuhl zurück und lud Gregorius mit einer Bewegung der Hand, in der ein letztes Zögern zu erkennen war, ein, sich zu setzen.

Das riesige, in der Mitte aufgeschlagene Buch von früher lag immer noch auf dem Leseaufsatz, und auch der Blätterstoß lag noch da. Nach einem fragenden Blick zu Adriana hob er das Buch an, um Autor und Titel erkennen zu können. JOÃO DE LOUSADA DE LEDESMA, O MAR TENEBROSO, das finstere, furchterregende Meer. Große, kalligraphische Schrifttypen, Kupferstiche von Küsten, Tuschzeichnungen von Seefahrern. Wieder sah Gregorius Adriana an.

»Ich weiß es nicht«, sagte sie, »ich weiß nicht, warum ihn das plötzlich interessierte, aber er war ganz versessen auf Bücher, die sich mit der Furcht beschäftigten, die die Leute im Mittelalter empfanden, wenn sie am westlichsten Punkt Europas zu stehen glaubten und sich fragten, was jenseits des endlos scheinenden Meeres sein mochte.«

Gregorius zog das Buch zu sich heran und las ein spanisches Zitat: *Más allá no hay nada más que las aguas del mar, cuyo término nadie más que Dios conoce. Jenseits davon gibt es nichts mehr außer den Wassern der See, deren Grenze niemand außer Gott kennt.*

»Cabo Finisterre«, sagte Adriana, »oben in Galizien. Der westlichste Punkt Spaniens. Davon war er besessen. Das Ende der damaligen Welt. ›Aber bei uns in Portugal gibt es doch einen Punkt, der noch weiter westlich liegt, warum also Spanien‹, sagte ich und zeigte es ihm auf der Karte. Doch er wollte nichts davon hören und sprach immer wieder von Finisterre, es war wie eine *idée fixe*. Er hatte einen gehetzten, fiebrigen Ausdruck im Gesicht, wenn er davon sprach.«

SOLIDÃO, EINSAMKEIT, stand oben auf dem Blatt, an dem Prado zuletzt geschrieben hatte. Adriana war dem Blick von Gregorius gefolgt.

»Er klagte in seinem letzten Jahr oft darüber, daß er nicht verstehe, worin sie eigentlich bestehe, die Einsamkeit, die wir alle so sehr fürchteten. *Was ist es bloß, was wir Einsamkeit nennen*, sagte er, *es kann nicht einfach die Abwesenheit der anderen sein, man kann allein sein und überhaupt nicht einsam, und man kann unter Leuten sein und doch einsam, was also ist es?* Es hat ihn stets von neuem beschäftigt, daß wir mitten im Trubel einsam sein können. *Gut, sagte er, es geht nicht nur darum, daß andere da sind, daß sie den Raum neben uns ausfüllen. Doch auch wenn sie uns feiern oder in einem freundschaftlichen Gespräch einen Rat geben, einen klugen, einfühlsamen Rat: Selbst dann kann es sein, daß wir einsam sind. Einsamkeit ist also nicht etwas, das einfach mit der Anwesenheit der anderen zu tun hat, und auch nicht mit dem, was sie tun. Womit dann? Womit dann, um alles in der Welt?*

Über Fátima und seine Gefühle für sie sprach er mit mir nicht, *Intimität ist unser letztes Heiligtum,* pflegte er zu sagen. Ein einziges Mal nur hat er sich zu einer Bemerkung hinreißen lassen. *Ich liege neben ihr, ich höre ihren Atem, ich spüre ihre Wärme – und bin schrecklich einsam,* sagte er. *Was ist es bloß? WAS?«*

Solidão por proscrição, Einsamkeit durch Ächtung, hatte Prado notiert. *Wenn uns die anderen Zuneigung, Achtung und Anerkennung entziehen: Warum können wir nicht einfach zu ihnen sagen: ›Ich brauche das alles nicht, ich genüge mir selbst‹? Ist es nicht eine schreckliche Form von Unfreiheit, daß wir das nicht können? Macht es uns nicht zu Sklaven der anderen? Welche Empfindungen kann man dagegen aufbieten als Damm, als Schutzwall? Von welcher Art muß die innere Festigkeit sein?*

Gregorius beugte sich nach vorn über den Schreibtisch und las die ausgeblichenen Worte auf den Zetteln an der Wand.

Erpressung durch Vertrauen. »Die Patienten vertrauten ihm die intimsten Dinge an, und auch die gefährlichsten«, sagte Adriana. »Politisch gefährlich, meine ich. Und dann erwarteten sie, daß auch er etwas preisgab. Damit sie sich nicht nackt zu fühlen brauchten. Er haßte das. Er haßte es aus tiefstem Herzen. *Ich will nicht, daß irgend jemand irgend etwas von mir erwartet,* sagte er dann und stampfte mit dem Fuß auf. *Und warum zum Teufel fällt es mir so schwer, mich abzugrenzen?* ›Mamã‹, war ich versucht zu sagen, ›Mamã‹. Doch ich sagte es nicht. Er wußte es selbst.«

Die gefährliche Tugend der Geduld. »*Patiência*: Er entwickelte in den letzten Jahren seines Lebens eine wahre Allergie gegen dieses Wort, sein Gesicht verfinsterte sich schlagartig, wenn ihm jemand mit Geduld kam. *Nichts weiter als eine abgesegnete Art, sich zu verfehlen, sagte er gereizt. Angst vor den Fontänen, die in uns hochschießen könnten.* So richtig verstand ich das erst, als ich von dem Aneurysma erfuhr.«

Auf dem letzten Zettel stand mehr als auf den anderen. *Wenn die Brandung der Seele unverfügbar ist und mächtiger als wir: Warum dann Lob und Tadel? Warum nicht einfach: »Glück gehabt«, »Pech gehabt«? Und sie ist mächtiger als wir, diese Brandung; sie ist es immer.*

»Früher, da war die ganze Wand übersät mit Zetteln«, sagte Adriana. »Ständig schrieb er etwas auf und heftete es an die Wand. Bis zu jener unseligen Reise nach Spanien, anderthalb Jahre vor seinem Tod. Danach griff er nur noch selten zur Feder, oft saß er hier am Pult und starrte einfach nur vor sich hin.«

Gregorius wartete. Ab und zu warf er einen Blick zu ihr hinüber. Sie saß im Lesesessel neben den Bergen von Büchern auf dem Boden, die sie nicht verändert hatte, immer noch gab es auf dem einen Stapel das große Buch mit der Abbildung des Gehirns. Sie verschränkte die Hände mit den dunklen Venen, löste sie, verschränkte sie wieder. In ihrem Gesicht arbeitete es. Der Widerstand gegen das Erinnern schien die Oberhand zu gewinnen.

Er würde gern auch über diese Zeit etwas erfahren, sagte Gregorius. »Um ihn noch besser zu verstehen.«

»Ich weiß nicht«, sagte sie und verfiel danach wieder in Schweigen. Als sie von neuem zu sprechen begann, schienen die Worte aus weiter Ferne zu kommen.

»Ich dachte, ihn zu kennen. Ja, ich hätte gesagt: Ich kenne ihn, ich kenne ihn in- und auswendig, schließlich sah ich ihn seit vielen Jahren jeden Tag und hörte ihn über seine Gedanken und Gefühle sprechen, sogar über seine Träume. Doch dann kam er von diesem Treffen nach Hause, das war zwei Jahre vor seinem Tod, im Dezember würde er einundfünfzig werden. Es war eines dieser Treffen, wo auch João war, João irgendwas. Der Mann, der ihm nicht guttat. Jorge war auch da, glaube ich, Jorge O'Kelly, sein heiliger Freund. Ich wünschte, er wäre nicht zu diesen Treffen gegangen. Sie taten ihm nicht gut.«

»Dort trafen sich die Leute vom Widerstand«, sagte Gregorius. »Amadeu arbeitete für den Widerstand, das müssen Sie doch gewußt haben. Er wollte etwas tun, etwas tun gegen Leute wie Mendes.«

»*Resistência*«, sagte Adriana, und dann noch einmal: »*Resistência*«. Sie sprach das Wort aus, als habe sie von der Sache noch nie etwas gehört und weigere sich zu glauben, daß es so etwas geben könne.

Gregorius verfluchte sein Bedürfnis, sie zur Anerkennung der Wirklichkeit zu zwingen, denn für einen Moment sah es so aus, als würde sie verstummen. Doch dann erlosch die Verärgerung auf ihrem Gesicht, und sie war wieder beim Bruder, der in der Nacht von einem unseligen Treffen zurückgekommen war.

»Er hatte nicht geschlafen und trug noch die Kleider vom Vorabend, als ich ihn morgens in der Küche traf. Ich wußte ja, wie er war, wenn er nicht geschlafen hatte. Doch dieses Mal war es anders. Er wirkte nicht gequält wie sonst, trotz der Ringe unter den Augen. Und er tat etwas, das er sonst nie tat: Er hatte den Stuhl nach hinten gekippt und schaukelte. Später, als ich darüber nachdachte, sagte ich zu mir: Es ist, als sei er zu einer Reise aufgebrochen. In der Praxis war er unerhört leicht und schnell in allem, die Dinge gelangen ihm wie von selbst, und er traf den Korb für die verbrauchten Sachen jedesmal, wenn er warf.

Verliebt, werden Sie vielleicht denken, waren das nicht klare Anzeichen, daß er verliebt war? Natürlich habe auch ich daran gedacht. Aber bei einem dieser Treffen, die doch Männertreffen waren? Und dann war es so anders als damals bei Fátima. Wilder, ausgelassener, gieriger. Ganz ohne Rahmen, sozusagen. Es machte mir Angst. Er wurde mir fremd. Besonders, nachdem ich sie gesehen hatte. Schon als sie das Wartezimmer betrat, spürte ich, daß sie nicht einfach eine Patientin war. Anfang, Mitte zwanzig. Eine merkwürdige Mischung aus unschuldigem Mädchen und Vamp. Glitzernde Augen, asiatischer Teint, wiegender Gang. Die Männer im Wartezimmer blickten sie verstohlen an, die Augen der Frauen verengten sich.

Ich führte sie ins Sprechzimmer. Amadeu wusch sich gerade die Hände. Er drehte sich um, und es war, als hätte ihn der Blitz getroffen. Das Blut schoß ihm ins Gesicht. Dann hatte er sich unter Kontrolle.

»Adriana, das ist Estefânia«, sagte er, »würdest du uns bitte einen Moment allein lassen, wir haben etwas zu besprechen.«

Das war noch nie vorgekommen. Es hatte in diesem Raum nichts gegeben, was ich nicht hätte hören dürfen. *Nichts.*

Sie kam wieder, vier- oder fünfmal. Immer schickte er mich hinaus, sprach mit ihr und geleitete sie dann zur Tür. Jedesmal war sein Gesicht gerötet, und für den Rest des Tages war er fahrig und spritzte schlecht, er, den sie wegen seiner sicheren Hand vergötterten. Beim letzten Mal kam sie nicht in die Praxis, sondern klingelte hier oben, es ging schon auf Mitternacht. Er nahm den Mantel und ging nach unten. Ich sah die beiden um die Ecke biegen, er redete heftig auf sie ein. Nach einer Stunde kam er mit zerzaustem Haar zurück und roch.

Danach blieb sie weg. Amadeu hatte Absencen. Als ob eine verborgene Kraft ihn in die Tiefe söge. Er war gereizt und manchmal grob, auch zu Patienten. Es war das erste Mal, daß ich dachte: Er mag den Beruf nicht mehr, er macht ihn nicht mehr gut, er möchte davonlaufen.

Einmal begegneten mir Jorge und das Mädchen. Er hatte sie um die Taille gefaßt, ihr schien das unangenehm zu sein. Ich war verwirrt, Jorge tat, als erkenne er mich nicht und zog das Mädchen in eine Nebengasse. Die Versuchung war groß, es

Amadeu zu erzählen. Ich tat es nicht. Er litt. Einmal, an einem besonders schlimmen Abend, bat er mich, die Goldberg-Variationen von Bach zu spielen. Er saß mit geschlossenen Augen dabei, und ich war vollkommen sicher, daß er an sie dachte.

Die Schachpartien mit Jorge, die zum Rhythmus von Amadeus Leben gehört hatten, fielen aus. Den ganzen Winter über kam Jorge kein einziges Mal zu uns, auch an den Weihnachtstagen nicht. Amadeu sprach nicht von ihm.

An einem der ersten Märztage stand O'Kelly abends vor der Tür. Ich konnte hören, wie Amadeu öffnete.

›Du‹, sagte er.

›Ja, ich‹, sagte Jorge.

Sie gingen nach unten in die Praxis, ich sollte nichts von dem Gespräch hören. Ich machte die Wohnungstür auf und horchte. Nichts, kein lautes Wort. Später hörte ich die Haustür klappen. O'Kelly, den Mantelkragen hochgeklappt, eine Zigarette zwischen den Lippen, verschwand um die Ecke. Stille. Amadeu kam und kam nicht. Schließlich ging ich nach unten. Er saß im Dunkeln und rührte sich nicht.

›Laß mich‹, sagte er, ›ich will nicht reden.‹

Als er spät in der Nacht heraufkam, war er bleich, still und vollständig verstört. Ich traute mich nicht zu fragen, was los sei.

Am nächsten Tag blieb die Praxis geschlossen. João kam. Ich erfuhr nichts von dem Gespräch. Seit das Mädchen aufgetaucht war, lebte Amadeu an mir vorbei, aus den Stunden der gemeinsamen Arbeit in der Praxis war das Leben gewichen. Ich haßte diese Person, das lange, schwarze Haar, den wiegenden Gang, den kurzen Rock. Ich spielte kein Klavier mehr. Ich zählte nicht mehr. Es war ... es war demütigend.

Zwei oder drei Tage später, mitten in der Nacht, standen João und das Mädchen vor der Tür.

›Ich möchte, daß Estefânia hierbleibt‹, sagte João.

Er sagte es so, daß Widerspruch unmöglich war. Ich haßte ihn und seine beherrschende Art. Amadeu ging mit ihr in die Praxis, er sagte kein Wort, als er sie sah, aber er verwechselte die Schlüssel und ließ den Schlüsselbund auf der Treppe fallen. Er machte ihr auf der Liege ein Bett zurecht, ich habe es später gesehen.

Gegen morgen kam er herauf, duschte und machte Frühstück. Das Mädchen sah übernächtigt und verängstigt aus, sie trug eine Art Overall, und alles Aufreizende war verschwunden. Ich beherrschte mich, machte eine zweite Kanne Kaffee und noch eine für die Fahrt. Amadeu erklärte mir nichts.

›Ich weiß nicht, wann ich zurück bin‹, sagte er nur, ›mach dir keine Sorgen.‹

Er packte Sachen in eine Tasche, steckte ein paar Medikamente ein, und dann traten sie auf die Straße. Zu meiner Überraschung holte Amadeu Autoschlüssel aus der Tasche und schloß einen Wagen auf, der gestern noch nicht dagestanden hatte. Er kann doch gar nicht fahren, dachte ich, doch dann setzte sich das Mädchen ans Steuer. Das war das letzte Mal, daß ich sie gesehen habe.«

Adriana blieb still sitzen, die Hände im Schoß, den Kopf an der Rückenlehne, die Augen geschlossen. Ihr Atem ging schnell, er war bei den damaligen Ereignissen. Das schwarze Samtband war nach oben gerutscht, Gregorius sah die Narbe am Hals, eine häßliche, gezackte Narbe mit einem kleinen Wulst, der gräulich schimmerte. Amadeu hatte sich rittlings auf ihren Schoß gesetzt. *Ich muß das tun*, hatte er gesagt, *sonst stirbst du. Nimm die Hände weg. Vertrau mir.* Dann hatte er zugestoßen. Und ein halbes Leben später hatte Adriana gesehen, wie er sich neben eine junge Frau ins Auto setzte und ohne Erklärung auf unbestimmte Zeit davonfuhr.

Gregorius wartete, bis Adrianas Atem ruhiger wurde. Wie es gewesen sei, als Amadeu zurückkam, fragte er dann.

374

»Er stieg aus dem Taxi, als ich zufällig am Fenster stand. Allein. Er mußte mit dem Zug zurückgekommen sein. Es war eine Woche vergangen. Er sagte kein Wort über diese Zeit, damals nicht und auch nicht später. Er war unrasiert und hohlwangig, ich glaube, er hat in jenen Tagen kaum etwas gegessen. Heißhungrig verschlang er alles, was ich ihm hinstellte. Dann legte er sich dort drüben aufs Bett und schlief einen Tag und eine Nacht, er muß ein Mittel genommen haben, ich fand die Packung später.

Er wusch sich die Haare, rasierte sich und zog sich sorgfältig an. Ich hatte in der Zwischenzeit die Praxis geputzt.

›Es glänzt ja alles‹, sagte er und versuchte ein Lächeln. ›Danke, Adriana. Wenn ich dich nicht hätte.‹

Wir ließen die Patienten wissen, daß die Praxis wieder offen war, und eine Stunde später war das Wartezimmer voll. Amadeu war langsamer als sonst, vielleicht war es die Nachwirkung des Schlafmittels, vielleicht kündigte sich aber auch schon die Krankheit an. Die Patienten spürten, daß er nicht war wie sonst, und sahen ihn unsicher an. Mitten am Vormittag bat er um Kaffee, das war noch nie vorgekommen.

Zwei Tage später bekam er Fieber und rasende Kopfschmerzen. Kein Medikament nützte etwas.

›Kein Grund zur Panik‹, beruhigte er mich, die Hände an den Schläfen, ›der Körper ist eben auch der Geist.‹

Doch als ich ihn heimlich beobachtete, sah ich die Angst, er muß an das Aneurysma gedacht haben. Er bat mich, die Musik von Berlioz aufzulegen, Fátimas Musik.

›Abstellen!‹ schrie er nach wenigen Takten. ›Sofort abstellen!‹

Vielleicht waren es die Kopfschmerzen, vielleicht spürte er aber auch, daß er nach dem Mädchen nicht ohne weiteres zu Fátima zurückkehren konnte.

Dann erwischten sie João, wir erfuhren es durch einen

Patienten. Amadeus Kopfschmerzen wurden so heftig, daß er hier oben wie ein Verrückter auf und ab ging, beide Hände am Kopf. Im einen Auge war ein Äderchen geplatzt, das Blut färbte das Auge tiefrot, er sah schrecklich aus, verzweifelt und auch ein bißchen verroht. Ob ich nicht Jorge holen solle, fragte ich in meiner Ratlosigkeit.

›Untersteh dich!‹ schrie er.

Er und Jorge trafen sich erst ein Jahr später wieder, wenige Monate vor Amadeus Tod. In diesem Jahr veränderte sich Amadeu. Nach zwei, drei Wochen verschwanden das Fieber und die Kopfschmerzen. Sie ließen meinen Bruder als einen Mann zurück, über den sich eine tiefe Melancholie senkte. *Melancolia* – er liebte das Wort schon als kleiner Junge, und später las er Bücher darüber. Im einen stand, daß es sich um eine typisch neuzeitliche Erfahrung handle. ›Dummes Zeug!‹ schimpfte er. Er hielt Melancholie für eine zeitlose Erfahrung und war der Meinung, daß sie etwas vom Kostbarsten sei, was Menschen kennten.

›Weil sich in ihr die ganze Zerbrechlichkeit des Menschen zeigt‹, sagte er.

Es war nicht ungefährlich. Natürlich wußte er, daß Melancholie und krankhafte Schwermut nicht dasselbe sind. Doch wenn er einen schwermütigen Patienten vor sich hatte, zögerte er manchmal viel zu lange, bevor er ihn in die Psychiatrie schickte. Er redete mit ihm, als ginge es um Melancholie, und er neigte dazu, den Zustand solcher Leute zu verklären und sie durch seine merkwürdige Begeisterung für ihr Leiden vor den Kopf zu stoßen. Nach der Reise mit dem Mädchen verstärkte sich das, und manchmal grenzte es an grobe Fahrlässigkeit.

In seinen körperlichen Diagnosen blieb er bis zuletzt treffsicher. Aber er war ein gezeichneter Mann, und wenn er es mit einem persönlich schwierigen Patienten zu tun hatte, war er der Sache manchmal nicht mehr gewachsen. Frauen gegenüber war er mit einemmal befangen und schickte sie schneller als früher zu Spezialisten.

Was immer auf jener Reise geschehen ist: Es hat ihn verstört wie nichts anderes zuvor, mehr noch als Fátimas Tod. Es war, als habe sich ein tektonisches Beben ereignet und die tiefsten Gesteinsschichten seiner Seele verschoben. Alles, was auf diesen Schichten aufruhte, war wacklig geworden und geriet beim leisesten Windstoß ins Wanken. Die ganze Atmosphäre im Haus veränderte sich. Ich mußte ihn abschirmen und beschützen, als lebten wir in einem Sanatorium. Es war schrecklich.«

Adriana wischte sich eine Träne aus den Augen.

»Und wunderbar. Er gehörte . . . er gehörte wieder mir. Oder hätte mir gehört, wenn nicht Jorge eines Abends vor der Tür gestanden hätte.«

O'Kelly brachte ein Schachbrett mit geschnitzten Figuren aus Bali mit.

»›Es ist lange her, daß wir gespielt haben‹«, sagte er. »›Zu lange. Viel zu lange.‹«

Die ersten Male, wo sie spielten, wurde wenig gesprochen. Adriana brachte Tee.

»Es war ein angestrengtes Schweigen«, sagte sie. »Nicht feindselig, aber angestrengt. Sie suchten sich. Suchten in sich nach einer Möglichkeit, wieder Freunde zu sein.«

Ab und zu versuchten sie es mit einem Scherz oder einer Redewendung aus der Schulzeit. Es mißlang, das Lachen erstarb, noch bevor es den Weg auf die Gesichter gefunden hatte. Einen Monat vor Prados Tod gingen sie nach dem Schach hinunter in die Praxis. Es wurde ein Gespräch, das bis tief in die Nacht dauerte. Adriana stand die ganze Zeit unter der offenen Wohnungstür.

»Die Tür zur Praxis ging, sie kamen heraus. Amadeu machte kein Licht, und das Licht aus der Praxistür erhellte den

Flur nur schwach. Sie gingen langsam, fast wie in Zeitlupe. Der Abstand, den sie zueinander hielten, schien mir unnatürlich groß. Dann war es soweit, sie standen vor der Haustür.

›Also‹, sagte Amadeu.

›Ja‹, sagte Jorge.

Und dann fielen ... ja, dann fielen sie ineinander, ich weiß nicht, wie ich es besser ausdrücken soll. Es muß so gewesen sein, daß sie einander umarmen wollten, ein letztes Mal, doch dann schien die einmal begonnene Bewegung unmöglich, war aber nicht mehr ganz aufzuhalten, sie stolperten aufeinander zu, suchten sich mit den Händen, unbeholfen wie Blinde, die Köpfe stießen sich an den Schultern des anderen, dann richteten sie sich auf, zuckten zurück und wußten nicht, was sie mit den Armen und Händen machen sollten. Ein, zwei Sekunden schrecklicher Verlegenheit, dann riß Jorge die Tür auf und stürmte hinaus. Die Tür fiel ins Schloß. Amadeu drehte sich zur Wand, lehnte sich mit der Stirn dagegen und begann zu schluchzen. Es waren tiefe, rauhe, beinahe animalische Laute, begleitet von heftigen Zuckungen des ganzen Körpers. Ich weiß noch, daß ich dachte: Wie tief er in ihm gewesen ist, ein Leben lang! Und es bleiben wird, auch nach diesem Abschied. Es war das letzte Mal, daß sie sich getroffen haben.«

Prados Schlaflosigkeit wurde noch schlimmer als sonst. Er klagte über Schwindel und mußte zwischen Patienten Pausen einlegen. Er bat Adriana, die Goldberg-Variationen zu spielen. Zweimal fuhr er hinaus ins Liceu und kam mit einem Gesicht zurück, dem man die vergossenen Tränen ansah. Bei der Beerdigung erfuhr Adriana von Mélodie, daß sie ihn hatte aus der Kirche kommen sehen.

Es gab einige wenige Tage, wo er wieder zur Feder griff. An diesen Tagen aß er nichts. Am Abend vor seinem Tod klagte er über Kopfschmerzen. Adriana blieb bei ihm, bis das Mittel wirkte. Als sie ging, sah es so aus, als würde er einschlafen.

Doch als sie um fünf Uhr morgens nach ihm sah, war das Bett leer. Er war auf dem Weg zur geliebten Rua Augusta, wo er eine Stunde später zusammenbrach. Um sechs Uhr dreiundzwanzig wurde Adriana verständigt. Als sie später nach Hause kam, stellte sie die Zeiger zurück und hielt das Pendel an.

37 *Solidão por proscrição, Einsamkeit durch Ächtung*, das war es, was Prado zuletzt beschäftigt hatte. Daß wir auf die Achtung und Zuneigung der anderen angewiesen sind und daß uns das von ihnen abhängig macht. Wie weit war der Weg, den er zurückgelegt hatte! Gregorius saß in Silveiras Salon und las noch einmal die frühere Aufzeichnung über Einsamkeit, die Adriana in das Buch aufgenommen hatte.

SOLIDÃO FURIOSA. WÜTENDE EINSAMKEIT. *Ist es so, daß alles, was wir tun, aus Angst vor Einsamkeit getan wird? Ist es deswegen, daß wir auf all die Dinge verzichten, die wir am Ende des Lebens bereuen werden? Ist das der Grund, weshalb wir so selten sagen, was wir denken? Weshalb sonst halten wir an all diesen zerrütteten Ehen, verlogenen Freundschaften, langweiligen Geburtstagsessen fest? Was geschähe, wenn wir all das aufkündigten, der schleichenden Erpressung ein Ende setzten und zu uns selbst stünden? Wenn wir unsere geknechteten Wünsche und die Wut über ihre Versklavung hochgehen ließen wie eine Fontäne? Denn die befürchtete Einsamkeit – worin besteht sie eigentlich? In der Stille ausbleibender Vorhaltungen? In der fehlenden Notwendigkeit, mit angehaltenem Atem über das Minenfeld ehelicher Lügen und freundschaftlicher Halbwahrheiten zu schleichen? In der Freiheit, beim Essen niemanden gegenüberzu-*

haben? In der Fülle der Zeit, die sich auftut, wenn das Trommel-
feuer der Verabredungen verstummt ist? Sind das nicht wunder-
volle Dinge? Ein paradiesischer Zustand? Weshalb also die
Furcht davor? Ist es am Ende eine Furcht, die nur besteht, weil
wir ihren Gegenstand nicht durchdacht haben? Eine Furcht, die
uns von gedankenlosen Eltern, Lehrern und Priestern eingeredet
worden ist? Und warum sind wir eigentlich so sicher, daß uns die
anderen nicht beneideten, wenn sie sähen, wie groß unsere Frei-
heit geworden ist? Und daß sie nicht daraufhin unsere Gesell-
schaft suchten?

Da hatte er noch nichts gewußt vom eisigen Wind der Ächtung, den er später zweimal zu spüren bekam: als er Mendes
rettete und als er Estefânia Espinhosa außer Landes brachte.
Diese frühere Aufzeichnung zeigte ihn als den Bilderstürmer,
der sich keinen Gedanken verbieten ließ, als einen, der sich
nicht gescheut hatte, vor einem Kollegium von Lehrern, zu denen auch Patres gehörten, eine gotteslästerliche Rede zu halten. Damals hatte er aus der Geborgenheit heraus geschrieben,
die ihm die Freundschaft mit Jorge gegeben hatte. Diese Geborgenheit, dachte Gregorius, mußte ihm geholfen haben, mit
der Spucke fertig zu werden, die ihm vor der aufgebrachten
Menge übers Gesicht gelaufen war. Und dann war diese Geborgenheit weggebrochen. Die Zumutungen des Lebens seien
einfach zu zahlreich und zu gewaltig, als daß unsere Gefühle
sie unbeschadet überstehen könnten, hatte er schon während
des Studiums in Coimbra gesagt. Er hatte es ausgerechnet zu
Jorge gesagt.

Nun hatte sich seine hellsichtige Vorhersage bewahrheitet,
und er war im Frost unerträglicher Isolation zurückgeblieben,
gegen die auch die Fürsorge der Schwester nichts vermochte.
Die Loyalität, die er als Rettungsanker gegen die Gezeiten der
Gefühle betrachtet hatte – auch sie hatte sich als zerbrechlich

erwiesen. Er war nie mehr zu den Treffen des Widerstands gegangen, hatte Adriana erzählt. Nur João Eça besuchte er im Gefängnis. Die Erlaubnis dazu war das einzige Zeichen der Dankbarkeit, das er von Mendes entgegennahm. *Seine Hände, Adriana*, sagte er, wenn er zurückkam, *seine Hände. Sie haben einmal Schubert gespielt.*

Er hatte ihr verboten, die Praxis zu lüften, um den Rauch von Jorges letztem Besuch zu verscheuchen. Die Patienten beklagten sich. Die Fenster blieben tagelang zu. Er sog die abgestandene Luft ein wie eine Erinnerungsdroge. Als sich das Lüften nicht mehr vermeiden ließ, saß er zusammengesunken auf einem Stuhl, und es war, als verließe mit dem Rauch auch seine Lebenskraft den Raum.

»Kommen Sie«, hatte Adriana zu Gregorius gesagt, »ich will Ihnen etwas zeigen.«

Sie waren hinunter in die Praxis gegangen. In einer Ecke des Fußbodens lag ein kleiner Teppich. Adriana schob ihn mit dem Fuß zur Seite. Der Mörtel war aufgebrochen und eine der großen Kacheln herausgelöst worden. Adriana war auf die Knie gegangen und hatte die Kachel herausgehoben. Darunter war eine Vertiefung in den Boden gemeißelt worden, in der ein zusammengeklapptes Schachbrett und ein Kasten lagen. Adriana machte den Kasten auf und zeigte Gregorius die geschnitzten Schachfiguren.

Gregorius bekam keine Luft mehr, öffnete ein Fenster und sog die kühle Nachtluft ein. Schwindel überkam ihn, und er mußte sich am Fenstergriff festhalten.

»Ich habe ihn dabei überrascht«, sagte Adriana. Sie hatte die Öffnung wieder verschlossen und war neben ihn getreten.

»Flammende Röte überzog sein Gesicht. ›Ich wollte nur . . .‹, fing er an. ›Kein Grund, dich zu genieren‹, sagte ich. An jenem Abend war er schutzlos und zerbrechlich wie ein kleines Kind. Natürlich *sah* es *aus* wie ein Grab für das Schachspiel, für

Jorge, für ihre Freundschaft. Doch so hatte er es gar nicht *empfunden*, fand ich heraus. Es war komplizierter. Und irgendwie auch hoffnungsvoller. Er hatte das Spiel nicht *beerdigen* wollen. Er wollte es nur *über die Grenzen seiner Welt hinausschieben*, ohne es zu zerstören, und er wollte die Gewißheit haben, daß er es jederzeit hervorholen konnte. Seine Welt war jetzt eine Welt ohne Jorge. Aber es gab Jorge noch. Es *gab* ihn noch. ›Jetzt, wo es ihn nicht mehr gibt, ist es, als gäbe es auch mich nicht mehr‹, hatte er früher einmal gesagt.

Danach war er tagelang ohne Selbstbewußtsein und mir gegenüber beinahe servil. ›Ein solcher Kitsch, die Sache mit dem Spiel‹, brachte er schließlich heraus, als ich ihn zur Rede stellte.«

Gregorius hatte an O'Kellys Worte gedacht: *Er neigte zu Pathos, er wollte es nicht wahrhaben, aber er wußte es, und deshalb zog er gegen Kitsch zu Felde, wo immer es eine Gelegenheit gab, und dabei konnte er ungerecht werden, schrecklich ungerecht.*

Jetzt, in Silveiras Salon, las er noch einmal die Aufzeichnung über Kitsch in Prados Buch:

Kitsch ist das tückischste aller Gefängnisse. Die Gitterstäbe sind mit dem Gold vereinfachter, unwirklicher Gefühle verkleidet, so daß man sie für die Säulen eines Palastes hält.

Adriana hatte ihm einen Stoß von Blättern mitgegeben, einen der Stöße aus Prados Schreibtisch, zwischen Kartondeckel gepreßt und mit rotem Band verschnürt. ›Das sind Dinge, die nicht im Buch sind. Von ihnen soll die Welt nichts wissen‹, hatte sie gesagt.

Gregorius löste das Band, schlug den Deckel zurück und las:

Jorges Schachspiel. Die Art, wie er es mir reichte. Das kann nur er. Ich kenne niemanden, der so zwingend sein kann. Ein

Zwingen, das ich um nichts in der Welt missen möchte. Wie
seine zwingenden Züge auf dem Brett. Was wollte er gutmachen?
Ist es überhaupt richtig zu sagen: Er wollte etwas gutmachen? Er
hat nicht gesagt: ›Du hast mich damals wegen Estefânia mißver-
standen.‹ Er hat gesagt: ›Ich dachte damals, wir könnten über
alles reden, über alles, was uns durch den Kopf ging. So hatten
wir es doch immer gehalten, weißt du nicht mehr?‹ Nach die-
sen Worten habe ich einige Sekunden lang, nur einige wenige
Sekunden, gedacht, wir könnten uns wiederfinden. Es war ein
heißes, wundervolles Gefühl. Aber es verlosch wieder. Seine rie-
sige Nase, seine Tränensäcke, seine braunen Zähne. Früher war
dieses Gesicht in mir gewesen, ein Teil von mir. Jetzt blieb es
draußen, fremder als das Gesicht eines Fremden, der nie in mir
gewesen war. Es war ein solches Reißen in meiner Brust, ein sol-
ches Reißen.

Warum soll es Kitsch sein, was ich mit dem Spiel gemacht
habe? Eigentlich doch eine einfache, echte Geste. Und ich habe sie
ganz allein für mich gemacht, nicht für ein Publikum. Wenn
einer etwas ganz für sich allein täte, und es sähen ihm, ohne daß
er es wüßte, eine Million Menschen zu und lachten in schallen-
der Häme, weil sie es für Kitsch hielten: Wie würden wir urtei-
len?

Als Gregorius eine Stunde später den Schachclub betrat, war
O'Kelly gerade in ein kompliziertes Endspiel verwickelt. Auch
Pedro war da, der Mann mit den epileptischen Augen und
dem hochgezogenen Rotz, der Gregorius an das verlorene
Turnier in Moutier erinnerte. Es gab kein freies Brett.

»Setzen Sie sich hierher«, sagte O'Kelly und zog einen freien
Stuhl zu seinem Tisch.

Auf dem ganzen Weg zum Club hatte sich Gregorius gefragt, was er sich davon versprach. Was er von O'Kelly wollte.
Wo doch klar war, daß er ihn nicht *fragen* konnte, wie es da-

mals mit Estefânia Espinhosa gewesen war und ob er allen Ernstes bereit gewesen wäre, sie zu opfern. Er hatte die Antwort nicht gefunden, hatte aber auch nicht umdrehen können.

Jetzt, mit dem Rauch seiner Zigarette im Gesicht, wußte er es plötzlich: Er hatte sich noch einmal vergewissern wollen, wie es war, neben dem Mann zu sitzen, den Prado ein Leben lang in sich getragen hatte, dem Mann, den er, wie Pater Bartolomeu gesagt hatte, gebraucht hatte, um *ganz* zu sein. Dem Mann, gegen den zu verlieren er genoß und dem er, ohne Dankbarkeit zu erwarten, eine ganze Apotheke geschenkt hatte. Dem Mann, der als erster laut gelacht hatte, als der bellende Hund die peinliche Stille nach der skandalösen Rede durchbrochen hatte.

»Wollen wir?« fragte O'Kelly, nachdem er das Endspiel gewonnen und sich von seinem Partner verabschiedet hatte.

So hatte Gregorius noch nie gegen jemanden gespielt. So, daß es nicht um die Partie, sondern um die Gegenwart des anderen gegangen war. Ausschließlich um seine Gegenwart. Um die Frage, wie es gewesen sein mußte, jemand zu sein, dessen Leben von diesem Mann erfüllt war, dessen nikotingelbe Finger mit dem Schwarz unter den Nägeln die Figuren mit gnadenloser Präzision in Stellung brachten.

»Was ich Ihnen neulich erzählte, über Amadeu und mich, meine ich: Vergessen Sie es.«

O'Kelly sah Gregorius mit einem Blick an, in dem sich Scheu und die zornige Bereitschaft, alles wegzuwerfen, mischten.

»Der Wein. Es war alles ganz anders.«

Gregorius nickte und hoffte, daß sein Respekt jener tiefen und komplizierten Freundschaft gegenüber auf seinem Gesicht zu erkennen war. Prado habe sich ja gefragt, sagte er, ob die Seele überhaupt ein Ort von Tatsachen sei oder ob die vermeintlichen Tatsachen nur die trügerischen Schatten unserer

Geschichten seien, die wir über andere und über uns selbst erzählten.

Ja, sagte O'Kelly, das sei etwas gewesen, das Amadeu sein Leben lang beschäftigt habe. Es gehe doch, habe er gesagt, im Inneren eines Menschen viel komplizierter zu, als unsere schematischen, läppischen Erklärungen uns weismachen wollten. *Es ist doch alles viel komplizierter. Es ist in jedem Augenblick viel komplizierter. ›Sie heirateten, weil sie sich liebten und das Leben teilen wollten‹; ›Sie stahl, weil sie Geld brauchte‹; ›Er log, weil er nicht verletzen wollte‹: Was sind das für lächerliche Geschichtchen! Wir sind geschichtete Wesen, Wesen voll von Untiefen, mit einer Seele aus unstetem Quecksilber, mit einem Gemüt, dessen Farbe und Form wechselt wie in einem Kaleidoskop, das unablässig geschüttelt wird.*

Das klinge, habe er, Jorge, eingewandt, als gäbe es *doch* seelische Tatsachen, nur eben sehr komplizierte.

Nein, nein, habe Amadeu protestiert, wir könnten unsere Erklärungen bis ins Unendliche verfeinern und würden trotzdem noch falsch liegen. *Und das Falsche, das wäre just die Annahme, daß es da Wahrheiten zu entdecken gibt. Die Seele, Jorge, sie ist eine pure Erfindung, unsere genialste Erfindung, und ihre Genialität liegt in der Suggestion, der überwältigend plausiblen Suggestion, daß es an der Seele etwas zu entdecken gibt wie an einem wirklichen Stück Welt. Die Wahrheit, Jorge, ist eine ganz andere: Wir haben die Seele erfunden, um einen Gesprächsgegenstand zu haben, etwas, über das wir reden können, wenn wir einander begegnen. Stell dir vor, wir könnten nicht über die Seele reden: Was sollten wir miteinander anfangen? Es wäre die Hölle!*

»Er konnte sich darüber in einen wahren Rausch hineinreden, er glühte dann förmlich, und wenn er mir ansah, daß ich seinen Rausch genoß, sagte er: *Weißt du, das Denken ist das Zweitschönste. Das Schönste ist die Poesie. Wenn es das poetische*

Denken gäbe und die denkende Poesie – das wäre das Paradies. Als er später mit seinen Aufzeichnungen begann: Ich glaube, sie waren der Versuch, sich den Weg in dieses Paradies zu bahnen.«

Ein feuchter Schimmer lag in O'Kellys Augen. Er sah nicht, daß seine Dame in Gefahr war. Gregorius machte einen belanglosen Zug. Sie waren die letzten im Raum.

»Einmal dann wurde aus dem denkenden Spiel bitterer Ernst. Es geht Sie nichts an, worum es ging, das geht *niemanden* etwas an.«

Er biß sich auf die Lippen.

»Auch João drüben in Cacilhas nicht.«

Er zog an der Zigarette und hustete.

»›Du machst dir etwas vor‹, sagte er zu mir, ›du wolltest es aus einem anderen Grund als dem, den du vor dir inszenierst‹.

Das waren seine Worte, seine verdammten, verletzenden Worte: *den du vor dir inszenierst.* Können Sie sich vorstellen, wie es ist, wenn Ihnen jemand sagt, daß Sie Ihre Gründe nur *inszenieren?* Können Sie sich vorstellen, wie es ist, wenn ein *Freund,* DER Freund, es sagt?

›Woher willst du das wissen‹, schrie ich ihn an, ›ich denke, es gibt da nicht wahr und falsch, oder stehst du nicht mehr dazu?‹«

Auf O'Kellys unrasiertem Gesicht waren rote Flecke.

»Wissen Sie, ich hatte einfach daran geglaubt, daß wir über alles sprechen könnten, das uns durch den Kopf ging. *Alles.* Romantisch. Verdammt romantisch, ich weiß. Aber so war es zwischen uns, mehr als vierzig Jahre lang. Seit dem Tag, als er in seinem teuren Gehrock und ohne Schultasche in der Klasse erschien.

Er war doch derjenige, der vor keinem Gedanken Angst hatte. *Er* war es doch, der im Angesicht von Priestern vom sterbenden Wort Gottes hatte sprechen wollen. Und als ich dann einen kühnen und, wie ich zugebe, schrecklichen Gedanken ausprobieren wollte – da merkte ich, daß ich ihn und unsere Freundschaft überschätzt hatte. Er sah mich an, als sei ich ein Monster. Er wußte sonst stets zu unterscheiden zwischen einem bloß ausprobierten Gedanken und einem, der uns tatsächlich in Gang setzt. *Er* war es, der mir diesen Unterschied, diesen befreienden Unterschied, beigebracht hat. Und plötzlich wußte er davon nichts mehr. Aus seinem Gesicht war alles Blut gewichen. In dieser einen, einzigen Sekunde dachte ich, daß das Schrecklichste geschehen war: daß unsere lebenslange Zuneigung in Haß umgeschlagen war. Das war der Moment, der entsetzliche Moment, in dem wir uns verloren.«

Gregorius wollte, daß O'Kelly die Partie gewänne. Er wollte, daß er ihn mit zwingenden Zügen Matt setze. Aber Jorge fand nicht mehr ins Spiel zurück, und Gregorius arrangierte ein Remis.

»Sie ist einfach nicht möglich, die grenzenlose Offenheit«, sagte Jorge, als sie sich auf der Straße die Hand gaben. »Sie geht über unsere Kräfte. Einsamkeit durch Verschweigenmüssen, auch das gibt es.«

Er atmete Rauch aus.

»Es ist alles lange her, über dreißig Jahre. Als ob es gestern gewesen wäre. Ich bin froh, daß ich die Apotheke behalten habe. Ich kann darin in unserer Freundschaft wohnen. Und zeitweilig gelingt es mir zu denken, daß wir uns nie verloren haben. Daß er einfach nur gestorben ist.«

38 Seit einer guten Stunde schlich Gregorius um das Haus von Maria João herum und fragte sich, warum er solches Herzklopfen hatte. *Die große, berührungslose Liebe seines Lebens* hatte Mélodie sie genannt. *Es würde mich nicht* *wundern, wenn er ihr nicht einmal einen Kuß gegeben hätte. Aber niemand, keine Frau, reichte an sie heran. Wenn jemand all seine Geheimnisse kannte, war es Maria João. In gewissem Sinn wußte nur sie, sie allein, wer er war.* Und Jorge hatte gesagt, sie sei die einzige Frau gewesen, der Amadeu wirklich etwas zutraute. *Maria, mein Gott, ja, Maria,* hatte er gesagt.

Als sie dann die Tür öffnete, war Gregorius mit einem Schlag alles klar. Sie hielt einen dampfenden Becher Kaffee in der einen Hand und wärmte die andere daran. Der Blick aus den klaren, braunen Augen war prüfend ohne Drohung. Sie war keine strahlende Frau. Sie war keine Frau, nach der man sich umdrehen würde. Eine solche Frau war sie auch in jungen Jahren nicht gewesen. Aber Gregorius war noch nie einer Frau begegnet, die eine so unauffällige und doch so vollkommene Sicherheit und Selbständigkeit ausgestrahlt hatte. Sie mußte über achtzig sein, doch man hätte sich nicht gewundert, wenn sie noch mit sicherer Hand ihrem Beruf nachgegangen wäre.

»Kommt drauf an, was Sie wollen«, sagte sie, als Gregorius fragte, ob er hereinkommen dürfe. Er wollte nicht schon wieder unter einer Tür stehen und das Portrait von Prado vorzeigen wie einen Ausweis. Der ruhige, offene Blick gab ihm den Mut zu einer Eröffnung ohne Umweg.

»Ich beschäftige mich mit dem Leben und den Aufzeichnungen von Amadeu de Prado«, sagte er auf Französisch. »Ich habe erfahren, daß Sie ihn kannten. Ihn besser kannten als jeder andere.«

Ihr Blick hatte erwarten lassen, daß nichts sie würde aus der Fassung bringen können. Jetzt geschah es doch. Nicht an der Oberfläche. Sie lehnte in ihrem dunkelblauen Wollkleid so sicher und gelassen am Türrahmen wie vorher, und die freie Hand rieb weiter an dem warmen Becher, nur ein bißchen langsamer. Doch der Wimpernschlag war rascher geworden, und auf der Stirn waren Falten einer Konzentration erschienen, wie man sie braucht, wenn man sich plötzlich etwas Unerwartetem gegenübersieht, das Konsequenzen haben könnte. Sie sagte nichts. Für ein paar Sekunden schloß sie die Augen. Dann hatte sie sich wieder in der Gewalt.

»Ich weiß nicht, ob ich dahin zurückwill«, sagte sie. »Aber es hat ja keinen Sinn, daß Sie hier draußen im Regen stehen.«

Die französischen Worte kamen ohne Stocken, und ihr Akzent hatte die schläfrige Eleganz einer Portugiesin, die mühelos Französisch spricht, ohne die eigene Sprache auch nur für einen Moment zu verlassen.

Wer er sei, wollte sie wissen, nachdem sie ihm einen Becher Kaffee hingestellt hatte, nicht mit den manierierten Bewegungen einer aufmerksamen Gastgeberin, sondern mit den nüchternen, schnörkellosen Bewegungen von jemandem, der das praktisch Notwendige erledigt.

Gregorius erzählte von der spanischen Buchhandlung in Bern und von den Sätzen, die ihm der Buchhändler übersetzt hatte. *Von tausend Erfahrungen, die wir machen, bringen wir höchstens eine zur Sprache*, zitierte er. *Unter all den stummen Erfahrungen sind diejenigen verborgen, die unserem Leben unbemerkt seine Form, seine Färbung und seine Melodie geben.*

Maria João schloß die Augen. Die rissigen Lippen, auf denen es Reste von Fieberblasen gab, begannen unmerklich zu zittern. Sie sank ein bißchen tiefer in den Sessel. Ihre Hände umspannten ein Knie und ließen es wieder los. Jetzt wußte sie nicht wohin mit den Händen. Die Lider mit den dunklen Äderchen zuckten. Langsam wurde der Atem ruhiger. Sie öffnete die Augen.

»Sie haben das gehört und sind aus der Schule weggelaufen«, sagte sie.

»Ich bin aus der Schule weggelaufen und habe das gehört«, sagte Gregorius.

Sie lächelte. *Sie sah mich an und schenkte mir ein Lächeln, das aus der weiten Steppe wach gelebten Lebens kam,* hatte Richter Prado geschrieben.

»Gut. Aber es paßte. Es paßte so gut, daß Sie ihn kennenlernen wollten. Wie sind Sie auf mich gekommen?«

Als Gregorius mit seiner Geschichte fertig war, sah sie ihn an.

»Ich wußte nichts von dem Buch. Ich möchte es sehen.«

Sie schlug es auf, sah das Bild, und es war, als würde eine verdoppelte Schwerkraft sie in den Sessel drücken. Hinter den geäderten, beinahe durchsichtigen Lidern rasten die Augäpfel. Sie nahm Anlauf, öffnete die Augen und heftete einen festen Blick auf das Bild. Langsam fuhr sie mit der runzligen Hand darüber, einmal und dann noch einmal. Jetzt stützte sie die Hände auf die Knie, erhob sich und ging wortlos aus dem Zimmer.

Gregorius nahm das Buch und betrachtete das Bild. Er dachte an den Moment, in dem er im Café beim Bubenbergplatz gesessen und es das erstemal gesehen hatte. Er dachte an Prados Stimme aus Adrianas altem Tonbandgerät.

»Jetzt bin ich also doch dorthin zurückgekehrt«, sagte Maria João, als sie sich wieder in den Sessel setzte. »*Wenn es um die Seele geht, gibt es weniges, was wir in der Hand haben.* Pflegte er zu sagen.«

Ihr Gesicht war gefaßter, und sie hatte sich die wirren Strähnen aus dem Gesicht gekämmt. Sie ließ sich das Buch geben und betrachtete das Bild.

»Amadeu.«

Aus ihrem Mund klang der Name ganz anders als aus dem Mund der anderen. Als sei es ein ganz anderer Name, der unmöglich demselben Mann gehören konnte.

»Er war so weiß und still, so fürchterlich weiß und still. Vielleicht war es, weil er so sehr Sprache gewesen war. Ich konnte, ich wollte es nicht glauben: daß nie mehr Worte von ihm kommen würden. Nie mehr. Das Blut aus der geplatzten Ader hatte sie weggeschwemmt, die Worte. *Alle* Worte. Ein blutiger Dammbruch von vernichtender Wucht. Als Krankenschwester habe ich viele Tote gesehen. Doch nie ist mir der Tod so grausam vorgekommen. Als etwas, *das einfach nicht hätte eintreten dürfen.* Als etwas, das schlechterdings unerträglich war. *Unerträglich.*«

Trotz des Verkehrslärms vor dem Fenster füllte Stille den Raum.

»Ich sehe ihn vor mir, wie er zu mir kommt, den Krankenhausbericht in der Hand, es war ein gelblicher Umschlag. Er war wegen stechender Kopfschmerzen und Schwindel hingegangen. Er hatte Angst, es könnte ein Tumor sein. Angiographie, Kontrastmittel. Nichts. Nur ein Aneurysma. ›Damit können Sie hundert werden!‹ hatte der Neurologe gesagt. Aber Amadeu war leichenblaß. *Es kann jeden Moment platzen, jeden Moment, wie soll ich mit dieser Zeitbombe im Gehirn leben,* sagte er.«

Er habe die Gehirnkarte von der Wand genommen, sagte Gregorius.

»Ich weiß, das war das erste, was er tat. Was es bedeutete, kann man nur ermessen, wenn man weiß, was für eine grenzenlose Bewunderung er für das menschliche Gehirn und seine rätselhaften Leistungen hatte. *Ein Gottesbeweis,* sagte er, *es ist ein Gottesbeweis. Nur daß es Gott nicht gibt.* Und jetzt begann für ihn ein Leben, in dem er jedem Gedanken ans Gehirn aus dem Weg ging. Jedes Krankheitsbild, das nur im entferntesten etwas mit dem Gehirn zu tun haben konnte, überwies er sofort an die Spezialisten.«

Gregorius sah das große Buch über das Gehirn vor sich, das in Prados Zimmer oben auf dem Bücherstapel lag. *O cérebro, sempre o cérebro,* hörte er Adriana sagen. *Porquê não disseste nada?*

»Niemand außer mir wußte von der Sache. Auch Adriana nicht. Nicht einmal Jorge.«

Der Stolz war kaum hörbar, aber er war da.

»Wir haben später selten darüber gesprochen, und nie lange. Es gab nicht viel zu sagen. Aber die Drohung einer blutigen Überschwemmung in seinem Kopf lag als ein Schatten über den letzten sieben Jahren seines Lebens. Es gab Augenblicke, da wünschte er, es würde endlich geschehen. Um von der Angst erlöst zu werden.«

Sie sah Gregorius an. »Kommen Sie.« Sie ging ihm voran in die Küche. Aus dem obersten Fach eines Schranks nahm sie eine große, flache Schachtel aus lackiertem Holz, der Deckel mit Intarsien verziert. Sie setzten sich an den Küchentisch.

»Einige seiner Aufzeichnungen entstanden bei mir in der Küche. Es war eine andere Küche, aber es war dieser Tisch hier. *Die Dinge, die ich hier schreibe, sind die gefährlichsten,* sagte er. Darüber reden wollte er nicht. *Schreiben ist wortlos,* sagte er. Es kam vor, daß er die ganze Nacht hier saß und danach ohne Schlaf in die Praxis ging. Er trieb Raubbau mit seiner Gesundheit. Adriana haßte es. Sie haßte alles, was mit mir zu tun hatte. ›Danke‹, sagte er, wenn er ging, ›es ist bei dir wie in einem stillen, geschützten Hafen.‹ Ich habe die Blätter immer in der Küche aufbewahrt. Da gehören sie hin.«

Sie öffnete den ziselierten Verschluß der Schachtel und nahm die drei obersten Bogen heraus. Nachdem sie einige Zeilen für sich gelesen hatte, schob sie die Papiere zu Gregorius.

Er las. Immer wenn er etwas nicht verstand, sah er sie an, und dann übersetzte sie.

MEMENTO MORI. *Dunkle Klostermauern, gesenkter Blick, verschneiter Friedhof.* Muß *es das sein?*

Sich darauf besinnen, was man eigentlich möchte. Das Be-

wußtsein der begrenzten, ablaufenden Zeit als Kraftquelle, um sich eigenen Gewohnheiten und Erwartungen, vor allem aber den Erwartungen und Drohungen der anderen, entgegenzustemmen. Als etwas also, das die Zukunft öffnet und nicht verschließt. So verstanden ist das Memento eine Gefahr für die Mächtigen, die Unterdrücker, die es so einzurichten suchen, daß die Unterdrückten mit ihren Wünschen kein Gehör finden, nicht einmal vor sich selbst.

»Warum soll ich daran denken, das Ende ist das Ende, es kommt, wann es kommt, warum sagt ihr mir das, das ändert doch nicht das geringste.«

Was ist die Erwiderung?

»Verschwende *deine* Zeit nicht, mach aus ihr etwas Lohnendes.«

Doch was kann das heißen: lohnend? Endlich dazu übergehen, langgehegte Wünsche zu verwirklichen. Den Irrtum angreifen, daß dafür später immer noch Zeit sein wird. Das Memento als Instrument im Kampf gegen Bequemlichkeit, Selbsttäuschung und Angst, die mit der notwendigen Veränderung verbunden ist. Die langerträumte Reise machen, diese Sprache noch lernen, jene Bücher lesen, sich diesen Schmuck kaufen, in jenem berühmten Hotel eine Nacht verbringen. Sich selbst nicht verfehlen.

Auch größere Dinge gehören dazu: den ungeliebten Beruf aufgeben, aus einem gehaßten Milieu ausbrechen. Tun, was dazu beiträgt, daß man echter wird, näher an sich selbst heranrückt.

Von morgens bis abends am Strand liegen oder im Café sitzen: Auch das kann die Antwort auf das Memento sein, die Antwort von einem, der bisher nur gearbeitet hat.

»Denk daran, daß du einmal sterben mußt, vielleicht morgen schon.«

»Ich denke die ganze Zeit dran, deshalb schwänze ich das Büro und lasse mich von der Sonne bescheinen.«

Die scheinbar düstere Mahnung sperrt uns nicht in den verschneiten Klostergarten. Sie öffnet den Weg nach draußen und erweckt uns zur Gegenwart.

Eingedenk des Todes die Beziehung zu den anderen begradigen. Eine Feindschaft beenden, sich für getanes Unrecht entschuldigen, Anerkennung aussprechen, zu der man aus Kleinlichkeit nicht bereit war. Dinge, die man zu wichtig genommen hat, nicht mehr so wichtig nehmen: die Sticheleien der anderen, ihre Wichtigtuerei, überhaupt das launische Urteil, das sie über einen haben. Das Memento als Aufforderung, anders zu fühlen.

Die Gefahr: Die Beziehungen sind nicht mehr echt und lebendig, weil ihnen der momentane Ernst fehlt, der eine gewisse Distanzlosigkeit voraussetzt. Auch: Für vieles, was wir erleben, ist entscheidend, daß es nicht mit dem Gedanken an die Endlichkeit verbunden ist, eher mit dem Gefühl, daß die Zukunft noch sehr lang sein wird. Es hieße, dieses Erleben im Keim zu ersticken, wenn das Bewußtsein des bevorstehenden Todes einsickern würde.

Gregorius erzählte von dem Iren, der sich traute, im *All Souls College* zu Oxford mit einem knallroten Fußball zum Abendvortrag zu erscheinen.

»Amadeu hat notiert: *Was hätte ich darum gegeben, der Ire zu sein!*«

»Ja, das paßt«, sagte Maria João, »das paßt genau. Vor allem paßt es zum Anfang, zu unserer ersten Begegnung, in der, wie ich heute sagen würde, bereits alles angelegt war. Es war in meinem ersten Jahr in der Mädchenschule beim Liceu. Wir hatten alle einen Heidenrespekt vor den Jungs drüben. Latein und Griechisch! Eines Tages dann, es war ein warmer Morgen im Mai, ging ich einfach hinüber, ich hatte genug von dem blöden Respekt. Sie spielten, sie lachten, sie spielten. Nur er nicht. Er saß auf der Treppe, hatte die Arme um die Knie geschlungen und sah mir entgegen. Als warte er schon seit Jahren auf mich. Hätte er nicht so geguckt – ich hätte mich nicht einfach neben ihn gesetzt. Doch so schien es das Natürlichste der Welt.

›Du spielst nicht?‹ sagte ich. Er schüttelte kurz und knapp den Kopf, fast ein bißchen unwirsch.

›Ich habe dieses Buch gelesen‹, sagte er in dem sanften, unwiderstehlichen Ton eines Diktators, der noch nichts von seinem Diktat weiß und es in gewissem Sinne nie wissen würde, ›ein Buch über Heilige, Thérèse de Lisieux, Teresa d'Ávila und so weiter. Danach kommt mir alles so banal vor, was ich tue. Einfach nicht *wichtig* genug. Verstehst du?‹

Ich lachte. ›Ich heiße Ávila, Maria João Ávila‹, sagte ich.

Er lachte mit, aber es war ein gequältes Lachen, er fühlte sich nicht ernst genommen.

›Es kann nicht *alles* wichtig sein, und nicht *immer*‹, sagte ich, ›das wäre ja furchtbar.‹

Er sah mich an, und jetzt war sein Lächeln nicht gequält. Die Glocke des Liceu bimmelte, wir trennten uns.

›Kommst du morgen wieder?‹ fragte er. Es waren nicht mehr als fünf Minuten vergangen, und es bestand bereits eine Vertrautheit wie nach Jahren.

Natürlich ging ich am Tag darauf wieder hinüber, und da wußte er schon alles über meinen Nachnamen und hielt mir einen Vortrag über Vasco Ximeno und den Grafen Raimundo de Borgonha, die von König Alfonso VI von Kastilien in den Ort entsandt worden waren, über Antão und João Gonçalves de Ávila, die den Namen im 15. Jahrhundert nach Portugal brachten, und so weiter.

›Wir könnten zusammen nach Ávila fahren‹, sagte er.

Am nächsten Tag blickte ich vom Klassenzimmer aus hinüber zum Liceu, und da sah ich zwei blendend helle Punkte am Fenster. Es war das Sonnenlicht in den Gläsern seines

Opernglases. Es ging alles so schnell, immer ging alles so schnell bei ihm.

In der Pause zeigte er mir das Opernglas. ›Es gehört Mamã‹, sagte er, ›sie geht so gerne in die Oper, aber Papá...‹

Er wollte mich zu einer guten Schülerin machen. Damit ich Ärztin werden könne. Das wolle ich gar nicht, sagte ich, ich wolle Krankenschwester werden.

›Aber du...‹, fing er an.

›Krankenschwester‹, sagte ich, ›eine einfache Kranken-schwester.‹

Er brauchte ein Jahr, um es zu akzeptieren. Daß ich auf meiner Vorstellung beharrte und mir nicht die seine aufzwingen ließ – das hat unsere Freundschaft geprägt. Denn das war es: eine lebenslange Freundschaft.

›Du hast so braune Knie, und dein Kleid riecht so gut nach Seife‹, sagte er zwei, drei Wochen nach der ersten Begegnung.

Ich hatte ihm eine Orange geschenkt. Die anderen in der Klasse waren voller Neid: der Adlige und das Bauernmädchen. *Warum ausgerechnet Maria?*, fragte die eine, als sie nicht wußte, daß ich in der Nähe war. Sie malten sich Dinge aus. Pater Bartolomeu, für Amadeu der wichtigste der Lehrer, mochte mich nicht. Wenn er mich sah, machte er kehrt und ging in eine andere Richtung.

Zum Geburtstag bekam ich ein neues Kleid. Ich bat Mamã, es ein bißchen zu kürzen. Amadeu hat nichts dazu gesagt.

Manchmal kam er jetzt herüber zu uns, und wir gingen in der Pause spazieren. Er erzählte von zu Hause, vom Rücken des Vaters, von den schweigenden Erwartungen der Mutter. Ich erfuhr alles, was ihn bewegte. Ich wurde seine Vertraute. Ja, das ist es, was ich wurde: seine lebenslängliche Vertraute.

Er lud mich nicht zur Hochzeit ein. ›Du würdest dich nur langweilen‹, sagte er. Ich stand hinter einem Baum, als sie aus der Kirche kamen. Die teure Hochzeit eines Adligen. Große, glänzende Autos, eine lange, weiße Schleppe. Männer in Frack und Melone.

Es war das erste Mal, daß ich Fátima zu Gesicht bekam. Ein wohlproportioniertes, schönes Gesicht, weiß wie Alabaster. Langes, schwarzes Haar, knabenhafte Figur. Kein Püppchen, würde ich sagen, aber irgendwie ... zurückgeblieben. Ich kann es nicht beweisen, aber ich denke, er hat sie bevormundet. Ohne es zu merken. Er war ein derart beherrschender Mann. Nicht herrschsüchtig, überhaupt nicht, aber beherrschend, strahlend, überlegen. Im Grunde war in seinem Leben gar kein Platz für eine Frau. Als sie starb, war es eine tiefe Erschütterung.«

Maria João schwieg und sah zum Fenster hinaus. Als sie fortfuhr, war es zögerlich, wie mit schlechtem Gewissen.

»Wie gesagt: eine tiefe Erschütterung. Kein Zweifel. Und doch ... wie soll ich sagen: keine Erschütterung, die in die letzte, die tiefste Tiefe hineingedrungen wäre. In den ersten Tagen saß er oft bei mir. Nicht, um getröstet zu werden. Er wußte, daß er ... daß er *das* nicht von mir erwarten konnte. Doch, ja, das wußte er. *Muß* er gewußt haben. Er wollte einfach, daß ich da war. So war es oft: Ich mußte *da* sein.«

Maria João stand auf, trat ans Fenster und blieb dort stehen, den Blick nach draußen, die Hände hinter dem Rücken verschränkt. Als sie weitersprach, tat sie es mit der leisen Stimme der Geheimnisse.

»Beim dritten oder vierten Mal fand er schließlich den Mut, die innere Not war zu groß geworden, er mußte es jemandem sagen. Er konnte keine Kinder zeugen. Er hatte sich operieren lassen, um auf keinen Fall Vater zu werden. Das war lange, bevor er Fátima traf.

›Ich will nicht, daß es kleine, wehrlose Kinder gibt, die die Last meiner Seele tragen müssen‹ sagte er. ›Ich weiß doch, wie es bei mir war – und noch ist.‹

Die Umrisse des elterlichen Wollens und Fürchtens schreiben sich mit glühendem Griffel in die Seelen der Kleinen, die voller Ohnmacht sind und voller Unwissen darüber, was mit ihnen geschieht. Wir brauchen ein Leben lang, um den eingebrannten Text zu finden und zu entziffern, und wir können nie sicher sein, daß wir ihn verstanden haben. Gregorius erzählte Maria João, was in dem Brief an den Vater stand.

»Ja«, sagte sie, »ja. Was auf ihm lastete, war nicht der Eingriff, er hat ihn nie bereut. Es war, daß er Fátima nichts davon gesagt hatte. Sie litt unter der Kinderlosigkeit, und er erstickte fast an seinem schlechten Gewissen. Er war ein mutiger Mann, ein Mann von ganz ungewöhnlichem Mut. Hier aber war er feige, und er hat diese Feigheit nie verwunden.«

Er ist feige, wenn es um Mamã geht, hatte Adriana gesagt. *Die einzige Feigheit, die es an ihm gibt. Er, der sonst keiner unangenehmen Sache ausweicht, keiner.*

»Ich habe es verstanden«, sagte Maria João, »ja, ich glaube, ich kann sagen: Ich habe es verstanden. Ich habe ja erlebt, wie tief Vater und Mutter in ihm drin waren. Was sie in ihm angerichtet haben. Und trotzdem: Ich war verstört. Auch wegen Fátima. Aber mehr noch verstörte mich das Radikale, ja Brutale seiner Entscheidung. Mitte zwanzig, und er legt sich in dieser Sache fest. Für immer. Ich habe etwa ein Jahr gebraucht, bis ich damit zurechtgekommen bin. Bis ich mir sagen konnte: Er wäre nicht er, wenn er so etwas nicht könnte.«

Maria João nahm Prados Buch zur Hand, setzte eine Brille auf und begann zu blättern. Doch sie war mit den Gedanken immer noch in der Vergangenheit und nahm die Brille wieder ab.

»Wir haben nie länger über Fátima gesprochen, darüber, was sie für ihn war. Sie und ich, wir sind uns einmal im Café begegnet, sie kam herein und fühlte sich verpflichtet, sich zu mir zu setzen. Noch bevor der Kellner kam, wußten wir beide, daß es ein Fehler war. Es war zum Glück nur ein Espresso.

Ich weiß nicht, ob ich das Ganze verstand oder ob ich es nicht verstand. Ich bin nicht einmal sicher, ob *er* es verstand. Und hier ist *meine* Feigheit: Ich habe nicht gelesen, was er über Fátima aufgeschrieben hat. ›Das darfst du erst nach meinem Tod lesen‹, sagte er, als er mir den versiegelten Umschlag gab. ›Aber ich möchte nicht, daß es Adriana in die Hände fällt.‹ Mehr als einmal habe ich den Umschlag in der Hand gehabt. Irgendwann entschied ich für immer: Ich will es nicht wissen. Und so ist er immer noch hier in der Schachtel.«

Maria João tat den Text über die Todesmahnung zurück in die Schachtel und schob sie zur Seite.

»Eines weiß ich: Als die Sache mit Estefânia geschah, war ich kein bißchen überrascht. Das gibt es ja: Daß man nicht weiß, was jemandem fehlt, bis er es bekommt, und dann ist mit einem Schlag ganz klar, daß es das war.

Er veränderte sich. Zum erstenmal in vierzig Jahren schien er sich vor mir zu genieren und etwas an sich vor mir verstekken zu wollen. Ich erfuhr nur, daß es da jemanden gab, jemanden aus dem Widerstand, der auch etwas mit Jorge zu tun hatte. Und daß Amadeu es nicht zulassen wollte, nicht zulassen konnte. Aber ich kannte ihn: Er dachte unablässig an sie. Aus seinem Schweigen war klar: Ich sollte sie nicht sehen. Als ob ich durch ihren Anblick etwas über ihn erfahren könnte, was ich nicht wissen durfte. Was niemand wissen durfte. Nicht einmal er selbst, sozusagen. Da ging ich hin und wartete vor dem Haus, wo sich der Widerstand traf. Es kam nur eine einzige Frau heraus, und es war mir sofort klar: Das ist sie.«

Maria Joãos Blick ging durch den Raum und heftete sich an einen fernen Punkt.

»Ich möchte sie Ihnen nicht beschreiben. Sagen will ich nur dieses: Ich konnte mir sofort vorstellen, was mit ihm geschehen war. Daß die Welt für ihn plötzlich ganz anders ausgesehen hatte. Daß die bisherige Ordnung umgestürzt worden war. Daß mit einemmal ganz andere Dinge zählten. So eine Frau war sie. Dabei war sie erst Mitte zwanzig. Sie war nicht nur der Ball, der rote irische Ball im College. Sie war viel mehr als alle roten irischen Bälle zusammen: Er muß gespürt haben, daß sie für ihn die Chance war, *ganz* zu werden. Als Mann, meine ich.

Nur so ist zu erklären, daß er alles aufs Spiel setzte: die Achtung der anderen, die Freundschaft mit Jorge, die ihm heilig gewesen war, sogar das Leben. Und daß er aus Spanien zurückkam, als sei er ... vernichtet worden. Vernichtet, ja, das ist das richtige Wort. Er war langsam geworden, hatte Mühe, sich zu konzentrieren. Nichts mehr vom früheren Quecksilber in seinen Adern, nichts mehr von seiner Kühnheit. Seine Lebensglut war erloschen. Er sprach davon, daß er das Leben ganz neu lernen müsse.

›Ich bin draußen im Liceu gewesen‹, sagte er eines Tages. ›Damals, da lag noch alles vor mir. Es war noch so vieles möglich. Es war alles offen.‹«

Maria João hatte einen Kloß im Hals, sie räusperte sich, und als sie weitersprach, klang es heiser.

»Er sagte noch etwas. ›Warum bloß sind wir nie zusammen nach Ávila gefahren‹, sagte er.

Ich dachte, er hätte es vergessen. Er hatte es nicht vergessen. Wir weinten. Es war das einzige Mal, daß wir zusammen weinten.«

Maria João ging hinaus. Als sie zurückkam, hatte sie einen Schal um den Hals und einen dicken Mantel über dem Arm.

»Ich möchte mit Ihnen ins Liceu fahren«, sagte sie. »Was davon übrig ist.«

Gregorius stellte sich vor, wie sie die Bilder von Isfahan betrachten und Fragen stellen würde. Er war erstaunt, daß er sich nicht genierte. Nicht vor Maria João.

39 Sie, die Achtzigjährige, fuhr das Auto mit der Ruhe und Präzision eines Taxifahrers. Gregorius betrachtete ihre Hände am Steuer und an der Schaltung. Es waren keine eleganten Hände, und sie nahm sich auch nicht die Zeit, sie besonders zu pflegen. Hände, die Kranke versorgt hatten, Nachttöpfe geleert, Verbände angelegt. Hände, die wußten, was sie taten. Warum hatte Prado sie nicht zu seiner Assistentin gemacht?

Sie hielten und gingen zu Fuß durch den Park. Sie wollte zuerst in das Gebäude der Mädchenschule.

»Ich bin seit dreißig Jahren nicht mehr hier gewesen. Seit seinem Tod. Damals war ich fast täglich hier. Ich dachte, der gemeinsame Ort, der Ort der ersten Begegnung, könnte mich lehren, von ihm Abschied zu nehmen. Ich wußte nicht, wie ich das machen sollte: von ihm Abschied nehmen. Wie nimmt man von jemandem Abschied, der das eigene Leben geprägt hat wie niemand sonst?

Er hat mir etwas geschenkt, das ich vorher nicht kannte und auch nach ihm nie mehr erfahren habe: sein unglaubliches Einfühlungsvermögen. Er war viel mit sich selbst beschäftigt, und er konnte selbstbezogen sein bis zur Grausamkeit. Zugleich aber besaß er, wenn es um andere ging, eine Phantasie, die so schnell und so präzise war, daß einem schwindlig werden konnte. Es kam vor, daß er mir sagte, wie ich mich fühlte, noch bevor ich begonnen hatte, nach den Worten zu suchen. Andere verstehen wollen war eine Leidenschaft von ihm, eine Passion. Aber er wäre nicht er gewesen, wenn er die Möglichkeit eines solchen Verstehens nicht auch angezweifelt hätte, so radikal angezweifelt, daß einem nun in der umgekehrten Richtung schwindlig werden konnte.

Es schaffte eine unglaubliche, eine atemberaubende Nähe, wenn er so zu mir war. Zu Hause war es nicht besonders ruppig zugegangen, aber wir waren sehr nüchtern miteinander, zweckmäßig sozusagen. Und da kam einer, der fähig war, in mich hineinzusehen. Es war wie eine Offenbarung. Und es ließ eine Hoffnung entstehen.«

Sie standen in Maria Joãos Klassenzimmer. Hier gab es keine Bänke mehr, nur die Tafel war noch da. Blinde Fenster, in denen hie und da ein Stück Glas fehlte. Maria João öffnete ein Fenster, aus dem Knirschen sprachen Jahrzehnte. Sie zeigte hinüber zum Liceu.

»Dort. Dort drüben, im dritten Stock waren die Lichtpunkte des Opernglases.« Sie schluckte. »Daß einer, ein Junge aus adligem Hause, mich mit dem Opernglas suchte: Das... das war schon etwas. Und, wie gesagt, es ließ eine Hoffnung entstehen. Sie hatte noch eine kindliche Form, diese Hoffnung, und natürlich war nicht klar, wovon sie handelte. Trotzdem war es, in vager Form, die Hoffnung auf ein geteiltes Leben.«

Sie gingen die Treppe hinunter, auf der wie im Liceu ein seifiger Film aus feuchtem Staub und verfaultem Moos lag. Maria João schwieg, bis sie den Park durchquert hatten.

»Irgendwie wurde es das ja dann auch. Ein geteiltes Leben, meine ich. Geteilt in naher Ferne; in ferner Nähe.«

Sie blickte die Fassade des Liceu hinauf.

»Dort, an diesem Fenster saß er, und weil er schon alles konnte und sich langweilte, schrieb er mir kleine Botschaften auf Zettel, die er mir in der Pause zusteckte. Es waren keine... keine *billets doux*. Es stand nicht da, was ich hoffte, bei jedem Zettel von neuem. Es waren seine Gedanken zu irgend etwas. Zu Teresa d'Ávila und vielem anderem. Er machte mich zu einer Bewohnerin seiner Gedankenwelt. ›Außer mir wohnst nur du da‹, sagte er.

Und trotzdem galt, was ich nur ganz langsam und erst viel später begriffen habe: Er wollte nicht, daß ich in sein Leben verwickelt würde. In einem Sinn, der sehr schwer zu erklären ist, wollte er, daß ich draußen blieb. Ich habe darauf gewartet, daß er mich fragte, ob ich in der blauen Praxis arbeiten wolle. Im Traum habe ich dort gearbeitet, viele Male, und es war wunderbar, wir verstanden uns ohne Worte. Doch er hat nicht gefragt, nicht einmal andeutungsweise.

Er liebte Züge, sie waren ihm ein Sinnbild des Lebens. Ich wäre gern in seinem Abteil mitgefahren. Doch dort wollte er mich nicht. Er wollte mich auf dem Bahnsteig, er wollte jederzeit das Fenster öffnen und mich um Rat fragen können. Und er wollte, daß der Bahnsteig mitführe, wenn der Zug sich in Bewegung setzte. Ich sollte, einem Engel gleich, auf dem mitfahrenden Perron stehen, auf der Engelsplattform, die mit exakt der gleichen Geschwindigkeit dahinzugleiten hatte.«

Sie betraten das Liceu. Maria João sah sich um.

»Eigentlich durften Mädchen hier nicht hinein. Aber er schleuste mich nach dem Unterricht ein und zeigte mir alles. Pater Bartolomeu erwischte uns. Er kochte. Aber es war Amadeu, und so sagte er nichts.«

Sie standen vor dem Zimmer von Senhor Cortês. Jetzt hatte Gregorius doch Angst. Sie traten ein. Maria João brach in Lachen aus. Es war das Lachen eines lebenslustigen Schulmädchens.

»Sie?«

»Ja.«

Sie trat an die Wand vor die Bilder von Isfahan und sah ihn fragend an.

»Isfahan, Persien. Ich wollte als Schüler dahin. Ins Morgenland.«

»Und jetzt, wo Sie weggelaufen sind, holen Sie das nach. Hier.«

Er nickte. Er hatte nicht gewußt, daß es Menschen gab, die so schnell begriffen. Man konnte das Zugfenster öffnen und den Engel fragen.

Maria João tat etwas Überraschendes: Sie trat neben ihn und legte ihm den Arm um die Schulter.

»Amadeu hätte das verstanden. Und nicht nur verstanden. Er hätte Sie dafür geliebt. *A imaginação, o nosso último santuário*, pflegte er zu sagen. Die Einbildungskraft und die Intimität, das waren neben der Sprache die beiden einzigen Heiligtümer, die er gelten ließ. *Und sie haben viel miteinander zu tun, sehr viel*, sagte er.«

Gregorius zögerte. Doch dann öffnete er die Schreibtischschublade doch und zeigte Maria João die hebräische Bibel.

»Ich wette, das ist Ihr Pullover!«

Sie setzte sich in einen Sessel und legte sich eine von Silveiras Decken über die Beine.

»Lesen Sie mir daraus vor, bitte. Hat er auch getan. Ich verstand natürlich nichts, aber es war wundervoll.«

Gregorius las die Schöpfungsgeschichte. Er, Mundus, las in einem verfallenen portugiesischen Gymnasium einer achtzigjährigen Frau, die er gestern noch nicht gekannt hatte und die kein Wort Hebräisch konnte, die Schöpfungsgeschichte vor. Es war das Verrückteste, das er jemals getan hatte. Er genoß es, wie er noch nie etwas genossen hatte. Es war, als streifte er im Inneren alle Fesseln ab, um dieses eine Mal ungehemmt um sich zu schlagen wie einer, der um sein baldiges Ende weiß.

»Und jetzt gehen wir in die Aula«, sagte Maria João. »Die war damals abgeschlossen.«

Sie setzten sich in die erste Reihe vor das erhöhte Pult.

»Dort also hat er seine Rede gehalten. Seine berüchtigte Rede. Ich liebte sie. Es war so viel von ihm drin. Er *war* sie. Aber es gab etwas daran, über das ich erschrak. Nicht in der Fassung, die er vortrug, er hat es herausgenommen. Sie werden sich an den Schluß erinnern, wo er sagt, daß er beides brauche, die Heiligkeit von Worten und die Feindschaft gegen alles Grausame. Dann kommt: *Und niemand möge mich zwingen zu wählen.* Das war der letzte Satz, den er vortrug. Ursprünglich aber kam noch ein Satz: *Seria uma corrida atrás do vento*, es wäre Haschen nach Wind.

›Was für ein wunderbares Bild!‹ rief ich aus.

Da nahm er die Bibel und las mir aus Salomo vor: *Ich sah an alles Tun, das unter der Sonne geschieht, und siehe, es war alles eitel und Haschen nach Wind.* Ich erschrak.

›Das kannst du doch nicht machen!‹ sagte ich. ›Das erkennen die Patres doch alle sofort und werden dich für größenwahnsinnig halten!‹

Was ich nicht sagte: daß ich in jenem Moment Angst um ihn hatte, um seine seelische Gesundheit.

›Aber warum‹, sagte er erstaunt, ›es ist doch einfach Poesie.‹

›Aber du kannst doch keine biblische Poesie sprechen! *Biblische* Poesie! In deinem Namen!‹

›Poesie übertrumpft alles‹, sagte er, ›sie setzt alle Regeln außer Kraft.‹

Aber er war unsicher geworden und strich den Satz. Er spürte, daß ich besorgt war, er spürte immer alles. Wir sprachen nie mehr darüber.«

Gregorius erzählte ihr von Prados Diskussion mit O'Kelly über Gottes sterbendes Wort.

›Das wußte ich nicht‹, sagte sie und schwieg eine Weile. Sie faltete die Hände, löste sie, faltete sie wieder.

»Jorge. Jorge O'Kelly. Ich weiß nicht. Ich weiß nicht, ob er ein Glück für Amadeu war oder ein Unglück. Ein großes Unglück, das sich als großes Glück tarnt, das gibt es ja. Amadeu, er sehnte sich nach Jorges Stärke, die eine rauhe Stärke war. Überhaupt sehnte er sich nach seiner Rauheit, die man schon an seinen rauhen, rissigen Händen erkennen konnte, an seinem widerborstigen, wirren Haar und an den filterlosen Zigaretten, die er schon damals am laufenden Band rauchte. Ich will ihm nicht Unrecht tun, aber es hat mir nicht gefallen, daß

Amadeus Begeisterung für ihn so ohne alle Kritik war. Ich war ein Bauernmädchen, ich wußte, wie Bauernjungs sind. Kein Grund zur Romantik. Wenn es hart auf hart ginge, würde Jorge zuerst an sich selbst denken.

Was ihn an O'Kelly faszinierte und geradezu in einen Rausch versetzen konnte: daß er keine Schwierigkeiten kannte, sich gegen andere abzugrenzen. Er sagte einfach nein und grinste über seine große Nase hinweg. Amadeu dagegen kämpfte um seine Grenzen wie um seine Seligkeit.«

Gregorius erzählte vom Brief an den Vater und dem Satz: *Die Anderen sind dein Gerichtshof.*

»Ja, genau das war es. Es hat ihn zu einem zutiefst unsicheren Menschen gemacht, zu dem dünnhäutigsten Menschen, den man sich vorstellen kann. Er hatte dieses überwältigende Bedürfnis nach Vertrauen und danach, angenommen zu werden. Er meinte, diese Unsicherheit verbergen zu müssen, und manches, was wie Mut aussah und wie Kühnheit, war einfach eine Flucht nach vorn. Er hat unendlich viel von sich verlangt, viel zuviel, und darüber ist er selbstgerecht und scharfrichterlich geworden.

Alle, die ihn näher kannten, sprachen von dem Gefühl, ihm und seinen Erwartungen nie zu genügen, immer dahinter zurückzubleiben. Daß er wenig von sich selbst hielt, machte alles noch schlimmer. So konnte man sich nicht einmal mit dem Vorwurf der Selbstgefälligkeit zur Wehr setzen.

Wie unduldsam etwa war er Kitsch gegenüber! Vor allem bei Worten und Gesten. Und was für eine Angst hatte er vor dem eigenen Kitsch! ›Man muß sich doch auch in seinem Kitsch annehmen können, um frei zu werden‹, sagte ich. Dann atmete er eine Weile ruhiger, freier. Er hatte ein phänomenales Gedächtnis. Doch solche Dinge vergaß er schnell, und dann nahm ihn wieder der gepreßte Atem in seinen eisernen, unbarmherzigen Griff.

Er hat gegen den Gerichtshof gekämpft. Mein Gott, hat er gekämpft! Und er hat verloren. Ja, ich glaube, man muß sagen: Er hat verloren.

In ruhigen Zeiten, wo er einfach die Praxis machte und die Leute ihm dankbar waren, da sah es manchmal aus, als hätte er es geschafft. Doch dann passierte die Geschichte mit Mendes. Der Speichel auf dem Gesicht verfolgte ihn, bis zuletzt träumte er immer wieder davon. Eine Hinrichtung.

Ich war dagegen, daß er in den Widerstand ging. Er war nicht der Mann dafür, hatte nicht die Nerven, wenngleich den Verstand. Und ich sah nicht, daß er etwas gutzumachen hatte. Aber es war nichts zu machen. *Wenn es um die Seele geht, gibt es weniges, was wir in der Hand haben,* sagte er, ich habe Ihnen von diesen Worten bereits erzählt.

Und Jorge war eben auch im Widerstand. Jorge, den er auf diese Weise schließlich verloren hat. Zusammengesunken brütete er in meiner Küche darüber und sprach kein Wort.«

Sie gingen die Treppe hinauf, und Gregorius zeigte ihr die Schulbank, auf die er Prado in Gedanken gesetzt hatte. Es war das falsche Stockwerk, aber sonst fast richtig. Maria João stand am Fenster und blickte hinüber zu ihrem Platz in der Mädchenschule.

»Der Gerichtshof der Anderen. So hat er es auch erlebt, als er Adriana den Hals aufschnitt. Die anderen saßen am Tisch und sahen ihn an wie ein Monster. Dabei hat er das einzig Richtige getan. In meiner Zeit in Paris besuchte ich einen Kurs in Notfallmedizin, da haben sie es uns gezeigt. Koniotomie. Man muß das *ligamen conicum* querspalten und die Luftröhre dann mit einer Trachealkanüle offenhalten. Sonst stirbt der Patient den Bolustod. Ich weiß nicht, ob ich es könnte und ob ich an einen Kugelschreiber als Ersatz für die Kanüle gedacht hätte. ›Wenn Sie hier anfangen wollen . . .‹, sagten die Ärzte zu ihm, die Adriana nachher operierten.

Für Adrianas Leben hatte es verheerende Folgen. Wenn man jemandem das Leben gerettet hat: Gerade dann müßte man einen schnellen, leichten Abschied haben. Eine Lebensrettung ist für den anderen und durch den anderen hindurch für einen selbst eine Last, die niemand tragen kann. Deshalb müßte man sie behandeln wie einen Glücksfall der Natur, wie eine Spontanheilung etwa. Etwas Unpersönliches.

Amadeu trug schwer an Adrianas Dankbarkeit, die etwas Religiöses hatte, etwas Fanatisches. Manchmal ekelte ihn davor, sie konnte servil sein wie eine Sklavin. Aber da war ihre unglückliche Liebe, die Abtreibung, die Gefahr der Vereinsamung. Manchmal habe ich mir einzureden versucht, daß er mich Adrianas wegen nicht in die Praxis holte. Aber es ist nicht die Wahrheit.

Mit Mélodie, seiner Schwester Rita, war es ganz anders, leicht und unbeschwert. Er hatte ein Foto, auf dem er eine der Ballonmützen ihres Mädchenorchesters trug. Er beneidete sie um ihren Mut zur Unstetigkeit. Er gönnte es ihr, daß sie als der ungeplante Nachzügler die seelische Last der Eltern viel weniger zu spüren bekam als die älteren Geschwister. Aber er konnte auch wütend sein, wenn er daran dachte, wieviel leichter sein Leben als Sohn hätte sein können.

Ich war nur ein einziges Mal bei ihm zu Hause. Es war während der Schulzeit. Die Einladung war ein Fehler. Sie waren nett zu mir, aber alle spürten wir, daß ich da nicht hingehörte, nicht in ein reiches, adliges Haus. Amadeu war unglücklich über den Nachmittag.

›Ich hoffe...‹, sagte er, ›ich kann nicht...‹

›Es ist doch nicht wichtig‹, sagte ich.

Viel später traf ich mich einmal mit dem Richter, er hatte darum gebeten. Er spürte, daß Amadeu ihm seine Tätigkeit unter einer Regierung, die Tarrafal auf dem Gewissen hatte, übelnahm. *Er verachtet mich, mein eigener Sohn verachtet mich,* brach es aus ihm heraus. Und dann erzählte er von seinen Schmerzen und wie der Beruf ihm helfe weiterzuleben. Er warf Amadeu mangelndes Einfühlungsvermögen vor. Ich erzählte ihm, was Amadeu mir gesagt hatte: *Ich will ihn nicht wie einen Kranken sehen, dem man alles vergibt. Es wäre dann, als hätte ich keinen Vater mehr.*

Was ich ihm nicht erzählte: wie unglücklich Amadeu in Coimbra war. Weil er Zweifel an seiner Zukunft als Arzt hatte. Weil er nicht sicher war, ob er nicht vielleicht nur dem Wunsch des Vaters folgte und sich in seinem eigenen Willen verpaßte.

Er stahl im ältesten Warenhaus der Stadt, wurde beinahe geschnappt und erlitt danach einen Nervenzusammenbruch. Ich besuchte ihn.

›Kennst du den Grund?‹ fragte ich. Er nickte.

Erklärt hat er es mir nie. Aber ich denke, es hatte mit Vater, Gericht und Verurteilung zu tun. Eine Art hilflose, verschlüsselte Revolte. Auf dem Krankenhausflur traf ich O'Kelly.

›Wenn er wenigstens was wirklich Wertvolles geklaut hätte!‹ sagte er nur. ›Dieser Schrott!‹

Ich wußte nicht, ob ich ihn in diesem Moment mochte oder das Gegenteil. Ich weiß es heute noch nicht.«

Der Vorwurf des mangelnden Einfühlungsvermögens war alles andere als berechtigt. Wie oft hat Amadeu in meiner Gegenwart die Haltung eines Bechterevpatienten eingenommen und hat sie beibehalten, bis er einen Rückenkrampf bekam! Um dann erst recht gebückt zu bleiben, den Kopf nach vorne gereckt wie ein Vogel, die Zähne aufeinandergebissen.

›Ich weiß nicht, wie er es aushält‹, sagte er. ›Nicht nur die Schmerzen. Die Demütigung!‹

Wenn seine Phantasie irgendwo versagte, dann bei der Mutter. Die Beziehung zu ihr blieb mir ein Mysterium. Hübsche, gepflegte, aber unscheinbare Frau. ›Ja‹, sagte er ›ja. Das ist es ja.

Niemand würde es glauben.‹ Er gab ihr die Schuld an so vielem, daß es eigentlich nicht stimmen konnte. Die mißlingende Abgrenzung; die Arbeitswut; die Überforderung durch sich selbst; die Unfähigkeit zu tanzen und zu spielen. Alles sollte mit ihr und ihrer sanften Diktatur zu tun haben. Doch mit ihm reden konnte man darüber nicht. ›Ich will nicht reden, ich will wütend sein! Einfach nur wütend sein! *Furioso! Raivoso!*‹«

Die Dämmerung hatte eingesetzt, Maria João fuhr mit Licht.

»Kennen Sie Coimbra?« fragte sie.

Gregorius schüttelte den Kopf.

»Er liebte die *Biblioteca Joanina* in der Universität. Es verging keine Woche, ohne daß er dort war. Und die *Sala Grande dos Actos*, wo er sein Zeugnis entgegennahm. Er ist auch später immer wieder hingefahren, um die Räume zu sehen.«

Als Gregorius ausstieg, wurde ihm schwindlig, und er mußte sich am Wagendach festhalten. Maria João kniff die Augen zusammen.

›Haben Sie das öfter?‹

Er zögerte. Dann log er.

›Sie sollten es nicht auf die leichte Schulter nehmen‹, sagte sie. ›Kennen Sie hier einen Neurologen?‹

Er nickte.

Sie fuhr langsam an, als überlege sie zurückzukommen. Erst an der Kreuzung gab sie Gas. Die Welt drehte sich, und Gregorius mußte sich am Türgriff festhalten, bevor er aufschließen konnte. Er trank ein Glas Milch aus Silveiras Kühlschrank und ging dann langsam nach oben, Stufe für Stufe.

40 *Ich hasse Hotels. Wieso mache ich immer weiter?*
Kannst du mir das sagen, Julieta? Als Gregorius am Samstag
mittag hörte, wie Silveira die Tür aufschloß, dachte er an diese
Worte von ihm, von denen das Mädchen erzählt hatte. Zu den
Worten paßte, daß Silveira Koffer und Mantel einfach fallen
ließ, sich in der Halle in einen Sessel setzte und erschöpft die
Augen schloß. Als er Gregorius die Treppe herunterkommen
sah, hellte sich seine Miene auf.

»Raimundo. Du bist nicht in Isfahan?« fragte er lachend.

Er war erkältet und schniefte. Der Geschäftsabschluß in
Biarritz war nicht gewesen wie erwartet, er hatte gegen den
Schlafwagenkellner zweimal verloren, und Filipe, der Chauffeur, war am Bahnhof nicht pünktlich gewesen. Außerdem
hatte heute auch noch Julieta frei. Die Erschöpfung stand ihm
ins Gesicht geschrieben, eine Erschöpfung, die noch größer
und tiefer war als damals im Zug. *Das Problem ist*, hatte Silveira gesagt, als der Zug damals im Bahnhof von Valladolid
stand, *daß wir keinen Überblick über unser Leben haben. Weder
nach vorn noch nach hinten. Wenn etwas gutgeht, haben wir
einfach Glück gehabt.*

Sie aßen, was Julieta gestern vorbereitet hatte, und tranken
dann im Salon Kaffee. Silveira sah, daß Gregorius' Blick hinüber zu den Fotos der noblen Party ging.

»Verdammt«, sagte er, »das habe ich ganz vergessen. Das
Fest, das verfluchte Familienfest!«

Er gehe nicht hin, *er gehe einfach nicht hin*, sagte er und
klopfte mit der Gabel auf den Tisch. Etwas in Gregorius' Gesicht ließ ihn stutzen.

»Es sei denn, du gehst mit«, sagte er. »Ein steifes Familienfest des Adels. Das Letzte! Aber wenn du möchtest ...«

Es war gegen acht, als Filipe sie abholte und verblüfft sah,
daß sie in der Halle standen und sich vor Lachen schüttelten.
Er habe nichts Passendes zum Anziehen, hatte Gregorius vor

einer Stunde gesagt. Dann hatte er Sachen von Silveira anprobiert, die alle spannten. Und nun betrachtete er sich im großen Spiegel: eine zu lange Hose, die sich auf den unpassenden, groben Schuhen in Falten legte, eine Smokingjacke, die nicht zuging, ein Hemd, das ihn am Kragen würgte. Er war erschrocken, als er sich sah, doch dann hatte ihn der Lachanfall von Silveira mitgerissen, und nun begann er, die Clownerie zu genießen. Er hätte es nicht erklären können, doch er hatte das Gefühl, sich mit dieser Maskerade an Florence rächen zu können.

So richtig in Gang kam die undurchsichtige Rache jedoch erst, als sie die Villa von Silveiras Tante betraten. Silveira genoß es, den hochnäsigen Verwandten seinen Freund aus der Schweiz, Raimundo Gregorio, vorzustellen, einen richtigen Gelehrten, der unzählige Sprachen beherrschte. Als Gregorius das Wort *erudito* hörte, zuckte er zusammen wie ein Hochstapler kurz vor der Entlarvung. Doch bei Tisch ritt ihn plötzlich der Teufel, und er redete zum Beweis seiner Vielsprachigkeit Hebräisch, Griechisch und Berndeutsch wild durcheinander und berauschte sich an den abstrusen Wortkombinationen, die von Minute zu Minute verrückter wurden. Er hatte nicht gewußt, daß so viel Sprachwitz in ihm steckte, es war, als würde er von der Phantasie in einer kühnen, weiten Schleife in den leeren Raum hinausgetragen, immer weiter und immer höher, bis er irgendwann abstürzen würde. Schwindel erfaßte ihn, ein angenehmer Schwindel aus verrückten Wörtern, Rotwein, Rauch und Hintergrundmusik, er *wollte* diesen Schwindel und tat alles, um ihn in Gang zu halten, er war der Star des Abends, Silveiras Verwandte waren froh, sich nicht mit sich selbst langweilen zu müssen, Silveira rauchte Kette und genoß das Schauspiel, die Frauen sahen Gregorius mit Blicken an, die er nicht gewohnt war, er war nicht sicher, ob sie bedeuteten, was sie zu bedeuten schienen, aber es war ja auch egal, was zählte, war, daß es solche vieldeutigen Blicke gab, die ihm galten, ihm, Mundus, dem Mann aus sprödestem Pergament, den sie den Papyrus nannten.

Irgendwann in der Nacht stand er in der Küche und spülte Geschirr, es war die Küche von Silveiras Verwandten, es war aber auch die Küche der von Muralts, und Eva, die Unglaubliche, sah seinem Tun mit Entsetzen zu. Er hatte gewartet, bis die beiden bedienenden Mädchen gegangen waren, dann hatte er sich in die Küche geschlichen, und nun stand er, schwindlig und schwankend, an den Spülstein gelehnt und rieb die Teller blank. Er wollte jetzt keine Angst haben vor dem Schwindel, er wollte die Verrücktheit des Abends genießen, die darin bestand, daß er nach vierzig Jahren nachholte, was er damals auf dem Schülerfest nicht hatte tun können. Ob man in Portugal einen Adelstitel kaufen könne, hatte er beim Dessert gefragt, doch die erhoffte Peinlichkeit war ausgeblieben, sie hielten die Frage für das Gestammel eines Sprachunkundigen. Nur Silveira hatte gegrinst.

Die Brille war vom heißen Spülwasser beschlagen, Gregorius griff ins Leere und ließ einen Teller fallen, der auf dem Steinfußboden in Stücke ging.

»*Espera, eu ajudo*«, sagte Silveiras Nichte Aurora, die plötzlich in der Küche stand. Gemeinsam gingen sie in die Hocke und sammelten die Porzellansplitter auf. Gregorius sah immer noch nichts und stieß mit Aurora zusammen, deren Parfüm, dachte er später, genau zu seinem Schwindel paßte.

»*Não faz mal*«, sagte sie, als er sich entschuldigte, und verblüfft spürte er, wie sie ihm einen Kuß auf die Stirn drückte. Was er denn hier überhaupt mache, fragte sie, als sie wieder standen, und deutete kichernd auf die Schürze, die er sich umgebunden hatte. Geschirr spülen? Er? Der Gast? Der polyglotte Gelehrte? »*Incrível!*« Unglaublich!

Sie tanzten. Aurora hatte ihm die Schürze abgenommen,

das Küchenradio angestellt, ihn an Hand und Schulter gefaßt, und nun wirbelte sie ihn zu Walzerklängen durch die Küche. Gregorius hatte die Tanzschule seinerzeit nach anderthalb Lektionen fluchtartig verlassen. Jetzt drehte er sich wie ein Bär, stolperte über die zu lange Hose, ein Drehschwindel griff nach ihm, *gleich werde ich fallen*, er versuchte, sich an Aurora festzuhalten, die nichts zu merken schien und die Musik mitpfiff, seine Knie gaben nach, und nur der feste Griff von Silveiras Hand verhinderte den Sturz.

Gregorius verstand nicht, was Silveira zu Aurora sagte, aber der Ton verriet, daß es ein Anschnauzen war. Er half Gregorius, sich hinzusetzen, und brachte ihm ein Glas Wasser.

Nach einer halben Stunde gingen sie. So etwas habe er noch nicht erlebt, sagte Silveira im Fond des Wagens, Gregorius habe ja diese ganze steife Gesellschaft auf den Kopf gestellt. Gut, Aurora habe auch sonst diesen Ruf . . . Aber die anderen . . . Er solle Gregorius beim nächsten Mal unbedingt wieder mitbringen, hätten sie ihm eingeschärft!

Sie ließen den Chauffeur zu sich nach Hause fahren, dann setzte sich Silveira ans Steuer, und sie fuhren ins Liceu. »Paßt doch jetzt, irgendwie, oder?« hatte Silveira unterwegs plötzlich gesagt.

Im Licht der Campinglampe betrachtete Silveira die Bilder von Isfahan. Er nickte. Er warf Gregorius einen Blick zu und nickte von neuem. Auf einem Sessel lag die Decke, wie Maria João sie zusammengefaltet hatte. Silveira setzte sich. Er stellte Gregorius Fragen, wie niemand hier sie gestellt hatte, auch Maria João nicht. Wie er zu den alten Sprachen gekommen sei? Warum er nicht an der Universität sei? Er wußte noch alles, was ihm Gregorius über Florence erzählt hatte. Ob es danach nie mehr eine Frau gegeben habe?

Und dann erzählte ihm Gregorius von Prado. Es war das erste Mal, daß er über ihn zu jemandem sprach, der ihn nicht gekannt hatte. Er staunte darüber, was er alles von ihm wußte und wieviel er über ihn nachgedacht hatte. Silveira wärmte die Hände an der Campingheizung und hörte zu, ohne ein einziges Mal zu unterbrechen. Ob er das Buch der roten Zedern sehen dürfe, fragte er am Schluß.

Er blieb mit dem Blick lange beim Portrait. Er las die Einleitung über die tausend stummen Erfahrungen. Er las sie ein zweites Mal. Dann begann er zu blättern. Er lachte und las vor: *Kleinliche Buchhaltung über Großzügigkeit: auch das gibt es.* Er blätterte um, stockte, blätterte zurück und las vor:

AREIAS MOVEDIÇAS. TREIBSAND. *Wenn wir verstanden haben, daß es bei aller Anstrengung doch reine Glückssache ist, ob uns etwas gelingt oder nicht; wenn wir also verstanden haben, daß wir in allem Tun und Erleben Treibsand sind vor uns selbst und für uns selbst: Was geschieht dann mit all den vertrauten und gepriesenen Empfindungen wie Stolz, Zerknirschung und Scham?*

Jetzt stand Silveira aus dem Sessel auf und ging auf und ab, Prados Text vor Augen. Als habe ihn ein Fieber erfaßt. Er las vor: *Sich verstehen: Ist das eine Entdeckung oder eine Erschaffung?* Er blätterte und las wieder vor: *Ist jemand wirklich interessiert an* mir, *und nicht nur an seinem Interesse an mir?* Er war auf ein längeres Textstück gestoßen, setzte sich auf die Kante von Senhor Cortês' Schreibtisch und zündete eine Zigarette an.

PALAVRAS TRAIÇOEIRAS. VERRÄTERISCHE WORTE. *Wenn wir über uns selbst, über andere oder auch einfach über Dinge sprechen, so wollen wir uns in unseren Worten – könnte man sagen –* offenbaren: *Wir wollen zu erkennen geben, was wir denken und fühlen. Wir lassen die anderen einen Blick in unsere Seele tun.* (We give them a piece of our mind, *wie man auf englisch sagt.*

Ein Engländer sagte es zu mir, als wir an der Reling eines Schiffs standen. Das ist das einzig Gute, das ich aus diesem abwegigen Land mitgebracht habe. Vielleicht noch die Erinnerung an den Iren mit dem roten Ball im All Souls.) In diesem Verständnis der Sache sind wir die souveränen Regisseure, die selbstbestimmten Dramaturgen, was das Öffnen unserer selbst angeht. Aber vielleicht ist das ganz und gar falsch? Eine Selbsttäuschung? Denn wir offenbaren uns mit unseren Worten nicht nur, wir verraten uns auch. Wir geben viel mehr preis als das, was wir offenbaren wollten, und manchmal ist es das genaue Gegenteil. Und die anderen können unsere Worte als Symptome für etwas deuten, von dem wir selbst vielleicht gar nichts wissen. Als Symptome für die Krankheit, wir zu sein. Es kann amüsant sein, wenn wir die anderen so betrachten, es kann uns toleranter machen, uns aber auch Munition an die Hand geben. Und wenn wir im Augenblick, wo wir zu sprechen beginnen, daran denken, daß die anderen es mit uns selbst ebenso machen, so kann uns das Wort im Halse steckenbleiben, und der Schreck kann uns für immer zum Verstummen bringen.

Auf der Rückfahrt hielten sie vor einem Gebäude mit viel Stahl und Glas.

»Das ist die Firma«, sagte Silveira. »Ich möchte mir gern eine Fotokopie von Prados Buch machen.«

Er schaltete die Zündung aus und öffnete die Tür. Ein Blick auf das Gesicht von Gregorius ließ ihn innehalten.

»Ach *so*. Ja. Dieser Text und eine Kopiermaschine – das paßt nicht zusammen.« Er fuhr mit der Hand das Steuerrad entlang. »Und außerdem möchtest du den Text ganz bei dir behalten. Nicht nur das *Buch*. Den *Text*.«

Später, als Gregorius wach lag, dachte er immer wieder an diese Sätze. Warum hatte es früher in seinem Leben niemanden gegeben, der ihn so schnell und so mühelos verstand? Bevor sie schlafen gingen, hatte Silveira ihn einen Moment lang umarmt. Er war ein Mann, dem er von seinem Schwindel würde erzählen können. Vom Schwindel und von der Angst vor dem Neurologen.

41 Als João Eça am Sonntag nachmittag unter der Tür seines Heimzimmers stand, sah Gregorius an seinem Gesicht, daß etwas geschehen war. Eça zögerte, bevor er ihn hereinbat. Es war ein kalter Märztag, und trotzdem stand das Fenster weit offen. Eça rückte die Hose zurecht, bevor er sich setzte. Er kämpfte mit sich, während er mit zitternden Händen die Figuren aufstellte. Der Kampf, dachte Gregorius später, galt sowohl seinen Empfindungen als auch der Frage, ob er davon sprechen sollte.

Eça zog den Bauern. »Ich habe heute nacht ins Bett gemacht«, sagte er mit rauher Stimme. »Und habe nichts davon gemerkt.« Er hielt den Blick aufs Brett gesenkt.

Gregorius zog. Zu lange durfte er nicht schweigen. Er sei gestern abend schwindlig durch eine fremde Küche getorkelt und fast in den Armen einer aufgedrehten Frau gelandet, unfreiwillig, sagte er.

Das sei etwas anderes, sagte Eça gereizt.

Weil es nicht den Unterleib betreffe?, fragte Gregorius. In beiden Fällen ginge es doch darum, daß die gewöhnliche Kontrolle über den Körper verlorengegangen sei.

Eça sah ihn an. Es arbeitete in ihm.

Gregorius machte Tee und goß ihm eine halbe Tasse ein. Eça sah den Blick, der auf seine zitternden Hände fiel.

»*A dignidade*«, sagte er.

»Würde«, sagte Gregorius. »Ich habe keine Ahnung, was das

eigentlich ist. Aber ich glaube nicht, daß sie etwas ist, das allein deswegen verlorengeht, weil der Körper versagt.«

Eça verpfuschte die Eröffnung.

»Wenn sie mich zur Folter führten, habe ich in die Hosen gemacht, und sie haben darüber gelacht. Es war eine schreckliche *Demütigung;* aber ich hatte nicht das Gefühl, meine *Würde* zu verlieren. Doch was ist sie *dann?*«

Ob er glaube, er hätte die Würde verloren, wenn er geredet hätte, fragte Gregorius.

»Ich habe kein Wort gesagt, kein einziges Wort. Ich habe all die möglichen Worte in mir . . . weggeschlossen. Ja, das ist es: Ich habe sie *weggeschlossen* und die Tür unwiderruflich verriegelt. Damit war *ausgeschlossen,* daß ich redete, es war nicht mehr *verhandelbar.* Das hatte eine sonderbare Wirkung: Ich hörte auf, das Foltern als eine *Handlung* der anderen zu erleben, als ein *Tun.* Ich saß dort wie ein bloßer Körper, ein Haufen Fleisch, dem die Schmerzen zustießen wie ein Hagelsturm. Ich habe aufgehört, die Folterknechte als Handelnde anzuerkennen. Sie wußten es nicht, aber ich habe sie *degradiert,* zu Schauplätzen eines blinden Geschehens degradiert. Das hat mir geholfen, aus der Folter eine Agonie zu machen.«

Und wenn sie ihm mit einer Droge die Zunge gelöst hätten?

Das habe er sich oft gefragt, sagte Eça, und er habe davon geträumt. Er sei zum Ergebnis gekommen, daß sie ihn damit hätten *zerstören* können, aber die *Würde* hätten sie ihm auf diese Weise nicht nehmen können. Um seine Würde zu verlieren, müsse man sie selbst *verspielen.*

»Und dann regen Sie sich über ein verschmutztes Bett auf?« sagte Gregorius und schloß das Fenster. »Es ist kalt, und es riecht nicht, überhaupt nicht.«

Eça fuhr sich mit der Hand über die Augen. »Ich werde keine Schläuche wollen, keine Pumpe. Nur, damit es ein paar Wochen längert dauert.«

Daß es Dinge gebe, die einer um *keinen* Preis tun oder zulassen würde: Vielleicht bestehe darin die Würde, sagte Gregorius. Es brauchten nicht moralische Grenzen zu sein, fügte er hinzu. Man könne seine Würde auch auf andere Weise verspielen. Ein Lehrer, der aus Hörigkeit im Variété den krähenden Hahn mache. Speichelleckerei um der Karriere willen. Grenzenloser Opportunismus. Verlogenheit und Konfliktscheu, um eine Ehe zu retten. Solche Dinge.

»Der Bettler?« fragte Eça. »Kann einer in Würde Bettler sein?«

»Vielleicht, wenn es in seiner Geschichte eine Zwangsläufigkeit gibt, etwas Unvermeidliches, für das er nichts kann. Und wenn er dazu steht. Zu sich selbst steht«, sagte Gregorius.

Zu sich selbst stehen – auch das gehöre zur Würde. So könne einer eine öffentliche Zerfetzung würdig überstehen. Galileo. Luther. Aber auch jemand, der sich schuldig gemacht habe und der Versuchung, es zu leugnen, widerstehe. Das also, wozu Politiker unfähig seien. Aufrichtigkeit, der Mut zur Aufrichtigkeit. Vor den anderen und vor sich selbst.

Gregorius hielt inne. Was man dachte, wußte man erst, wenn man es aussprach.

»Es gibt einen Ekel«, sagte Eça, »einen ganz besonderen Ekel, den man empfindet, wenn man jemanden vor sich hat, der sich pausenlos belügt. Vielleicht ist das ein Ekel, der der Würdelosigkeit gilt. Ich saß in der Schule neben einem, der sich die klebrigen Hände an der Hose abzuwischen pflegte, und zwar auf diese besondere Art, ich sehe sie noch heute vor mir: als sei es nicht *wahr*, daß er sie abwischte. Er wäre gern mein Freund geworden. Es ging nicht. Und nicht wegen der Hose. Er war *überhaupt* so.«

Auch bei Abschieden und Entschuldigungen gebe es eine Frage der Würde, fügte er hinzu. Amadeu habe manchmal darüber gesprochen. Besonders habe ihn der Unterschied beschäftigt zwischen einem Verzeihen, das dem anderen die Würde lasse, und einem, das sie ihm nehme. *Es darf kein Verzeihen sein, das Unterwerfung verlangt,* habe er gesagt. *Also nicht so wie in der Bibel, wo du dich als Knecht von Gott und Jesus verstehen mußt. Als Knecht! So steht es da!*

»Er konnte weiß werden vor Wut«, sagte Eça. »Und oft sprach er danach auch über die Würdelosigkeit, die im neutestamentarischen Verhältnis zum Tod angelegt sei. *In Würde zu sterben heißt, in Anerkennung der Tatsache zu sterben, daß es das Ende ist. Und allem Unsterblichkeitskitsch zu widerstehen.* Am Himmelfahrtstag war seine Praxis offen, und er arbeitete noch mehr als sonst.«

Gregorius fuhr auf dem Tejo zurück nach Lissabon. *Wenn wir verstanden haben, daß wir in allem Tun und Erleben Treibsand sind . . .* Was bedeutete das für die Würde?

42 Am Montag morgen saß Gregorius im Zug und fuhr nach Coimbra, in die Stadt, in der Prado mit der quälenden Frage gelebt hatte, ob das Studium der Medizin nicht vielleicht ein großer Fehler war, weil er darin hauptsächlich dem Wunsch des Vaters folgte und sich in seinem eigentlichen Willen verpaßte. Eines Tages war er ins älteste Warenhaus der Stadt gegangen und hatte Waren gestohlen, die er nicht brauchte. Er, der es sich leisten konnte, seinem Freund Jorge eine komplette Apotheke zu schenken. Gregorius dachte an seinen Brief an den Vater und an die schöne Diebin, Diamantina Esmeralda Ermelinda, der in Prados Phantasie die Rolle zugefallen war, die vom Vater verurteilte Diebin zu rächen.

Bevor er fuhr, hatte er Maria João angerufen und sie nach der Straße gefragt, in der Prado damals gewohnt hatte. Auf

ihre besorgte Frage nach seinem Schwindel hatte er ausweichend geantwortet. Heute morgen war ihm noch nicht
schwindlig geworden. Aber etwas war anders. Ihm war, als
müsse er ein hauchdünnes Luftkissen von sanftestem Widerstand überwinden, um mit den Dingen in Berührung zu kommen. Er hätte die Luftschicht, die es zu durchstoßen galt, wie
eine schützende Hülle erleben können, wäre da nicht die auf-
flackernde Angst gewesen, daß ihm die Welt jenseits davon
unaufhaltsam entglitt. Auf dem Bahnsteig in Lissabon war er
mit forschem Schritt hin und her gegangen, um sich des steinernen Widerstands zu vergewissern. Es hatte geholfen, und
als er im leeren Abteil des Zugs Platz nahm, war er ruhiger.

Prado war diese Strecke zahllose Male gefahren. Maria João
hatte am Telefon von seiner Leidenschaft für die Eisenbahn
gesprochen, die auch João Eça beschrieben hatte, als er erzählte, wie sein Wissen von diesen Dingen, *sein verrückter Eisenbahnpatriotismus*, Leuten vom Widerstand das Leben gerettet hatte. Es sei das Stellen einer Weiche gewesen, das ihn
besonders fasziniert habe, hatte er berichtet. Maria João hatte
etwas anderes hervorgehoben: das Eisenbahnfahren als Fluß-
bett der Einbildungskraft, als eine Bewegung, in der sich die
Phantasie verflüssigte und einem Bilder aus verschlossenen
Kammern der Seele zuspielte. Das Gespräch mit ihr an diesem
Morgen hatte länger gedauert als angenommen, die sonderbare, kostbare Vertrautheit, die entstanden war, als er ihr
gestern aus der Bibel vorgelesen hatte, war geblieben. Wieder hörte Gregorius O'Kellys seufzende Worte: *Maria, mein
Gott, ja, Maria.* Es waren gerade mal vierundzwanzig Stunden
vergangen, seit sie ihm die Tür geöffnet hatte, und es war ihm
bereits vollkommen klar, warum Prado die Gedanken, die er
für die gefährlichsten hielt, in ihrer Küche und nirgends sonst
aufgeschrieben hatte. Was war es? Ihre Furchtlosigkeit? Der
Eindruck, daß man hier eine Frau vor sich hatte, die im Laufe

ihres Lebens zu einer inneren Abgegrenztheit und Unabhängigkeit gefunden hatte, von der Prado nur träumen konnte?

Sie hatten am Telefon miteinander geredet, als säßen sie immer noch im Liceu, er an Senhor Cortês' Schreibtisch, sie im Sessel mit der Decke über den Beinen.

»Er war, was das Reisen anlangte, merkwürdig gespalten«, hatte sie gesagt. »Er wollte fahren, immer weiter, er wollte sich in den Räumen verlieren, die ihm die Phantasie aufschloß. Doch kaum war er weg von Lissabon, überkam ihn das Heimweh, ein fürchterliches Heimweh, man konnte es nicht mitansehen. ›Gut, Lissabon ist ja schön, aber…‹, sagten die Leute zu ihm.

Sie verstanden nicht, daß es eigentlich gar nicht um Lissabon ging, sondern um ihn, Amadeu. Sein Heimweh nämlich war nicht die Sehnsucht nach dem Vertrauten und Geliebten. Es war etwas viel Tieferes, etwas, das ihn in seinem Kern betraf: der Wunsch, zurück hinter die festen, bewährten Dämme im Inneren zu fliehen, die ihn vor der gefährlichen Brandung und den tückischen Unterströmungen seiner Seele schützten. Er hatte die Erfahrung gemacht, daß die inneren Schutzwälle am meisten Festigkeit besaßen, wenn er in Lissabon war, im Elternhaus, im Liceu, vor allem aber in der blauen Praxis. *Blau ist die Farbe meiner Geborgenheit*, sagte er.

Daß es um den Schutz vor sich selbst ging, erklärt, warum sein Heimweh stets den Geschmack von Panik und Katastrophe mit sich führte. Wenn es über ihn kam, mußte es ganz schnell gehen, und dann brach er eine Reise von einem Moment zum nächsten ab und floh nach Hause. Wie oft war Fátima enttäuscht, wenn es so kam!«

Maria João hatte gezögert, bevor sie hinzufügte:

»Es ist gut, daß sie nicht verstand, worum es in seinem Heimweh ging. Sonst hätte sie denken müssen: Ich schaffe es offenbar nicht, ihm die Angst vor sich selbst zu nehmen.«

Gregorius schlug Prados Buch auf und las zum wiederholten Male eine Aufzeichnung, die ihm wie keine andere der Schlüssel zu allem anderen zu sein schien.

ESTOU A VIVER EM MIM PRÓPRIO COMO NUM COMBOIO A ANDAR. ICH WOHNE IN MIR WIE IN EINEM FAHRENDEN ZUG. *Ich bin nicht freiwillig eingestiegen, hatte nicht die Wahl und kenne den Zielort nicht. Eines Tages in der fernen Vergangenheit wachte ich in meinem Abteil auf und spürte das Rollen. Es war aufregend, ich lauschte dem Klopfen der Räder, hielt den Kopf in den Fahrtwind und genoß die Geschwindigkeit, mit der die Dinge an mir vorbeizogen. Ich wünschte, der Zug würde seine Fahrt niemals unterbrechen. Auf keinen Fall wollte ich, daß er irgendwo für immer hielte.*

Es war in Coimbra, auf einer harten Bank im Hörsaal, als mir bewußt wurde: Ich kann nicht aussteigen. Ich kann das Geleise und die Richtung nicht ändern. Ich bestimme das Tempo nicht. Ich sehe die Lokomotive nicht und kann nicht erkennen, wer sie fährt und ob der Lokführer einen zuverlässigen Eindruck macht. Ich weiß nicht, ob er die Signale richtig liest und es bemerkt, wenn eine Weiche falsch gestellt worden ist. Ich kann das Abteil nicht wechseln. Ich sehe im Gang Leute vorbeigehen und denke: Vielleicht sieht es in ihren Abteilen ganz anders aus als bei mir. Doch ich kann nicht hingehen und nachsehen, ein Schaffner, den ich nie gesehen habe und nie sehen werde, hat die Abteiltür verriegelt und versiegelt. Ich öffne das Fenster, lehne mich weit hinaus und sehe, daß alle anderen dasselbe tun. Der Zug fährt eine sanfte Schleife. Die letzten Wagen sind noch im Tunnel und die ersten schon wieder. Vielleicht fährt der Zug im Kreis, immer wieder, ohne daß jemand es bemerkt, auch der Lokführer nicht? Ich habe keine Ahnung, wie lang der Zug ist. Ich sehe all die anderen, die ihre Hälse recken, um etwas zu sehen und zu verstehen. Ich grüße, doch der Fahrtwind verweht meine Worte.

Die Beleuchtung im Abteil wechselt, ohne daß ich es wäre, der darüber bestimmen könnte. Sonne und Wolken, Dämmerung und wieder Dämmerung. Regen, Schnee, Sturm. Das Licht an der Decke ist trübe, wird heller, ein gleißender Schein, es beginnt zu flackern, geht aus, kommt wieder, es ist eine Funzel, ein Kronleuchter, eine grellfarbige Neonleuchte, alles in einem. Die Heizung ist nicht zuverlässig. Es kann passieren, daß sie bei Hitze heizt und bei Kälte versagt. Wenn ich den Schalter betätige, klickt und klackt es, doch es ändert sich nichts. Sonderbar ist, daß mich auch der Mantel nicht immer gleich wärmt. Draußen, da scheinen die Dinge ihren gewöhnlichen, vernünftigen Lauf zu nehmen. Vielleicht auch im Abteil der anderen? In meinem jedenfalls geht es anders zu, als ich erwartet hätte, ganz anders. War der Konstrukteur betrunken? Ein Irrer? Ein diabolischer Scharlatan?

In den Abteilen liegen Fahrpläne aus. Ich will nachsehen, wo wir halten werden. Die Seiten sind leer. An den Bahnhöfen, wo wir halten, fehlen die Ortsschilder. Die Leute draußen werfen neugierige Blicke auf den Zug. Die Scheiben sind trübe vom häufigen Unwetter. Ich denke: Sie verzerren das Bild vom Inneren. Plötzlich überfällt mich das Bedürfnis, die Dinge richtigzustellen. Das Fenster klemmt. Ich schreie mich heiser. Die anderen klopfen empört an die Wand. Hinter der Station kommt ein Tunnel. Er nimmt mir den Atem. Beim Verlassen des Tunnels frage ich mich, ob wir wirklich angehalten haben.

Was kann man auf der Fahrt tun? Das Abteil aufräumen. Die Dinge befestigen, damit sie nicht scheppern. Doch dann träume ich, daß der Fahrtwind anschwillt und die Scheibe eindrückt. Es fliegt alles weg, was ich mir mühsam zurechtgelegt habe. Überhaupt träume ich viel auf der endlosen Fahrt, es sind Träume von verpaßten Zügen und falschen Angaben im Fahrplan, von Stationen, die sich in nichts auflösen, wenn man einfährt, von Bahnwärtern und Bahnhofsvorstehern, die mit der roten Mütze plötzlich im Leeren stehen. Manchmal schlafe ich aus purem Überdruß ein. Einschlafen ist gefährlich, nur selten wache ich erfrischt auf und freue mich über die Veränderungen. Die Regel ist, daß mich verstört, was ich beim Aufwachen vorfinde, im Inneren wie im Äußeren.

Manchmal schrecke ich auf und denke: Der Zug kann jederzeit entgleisen. Ja, meistens erschreckt mich der Gedanke. Doch in seltenen, weißglühenden Momenten durchzuckt er mich wie ein seliger Blitz.

Ich wache auf, und die Landschaft der anderen zieht vorüber. Rasend manchmal, so daß ich mit ihren Launen und ihrem sprühenden Unsinn kaum mitkomme; dann wieder mit quälender Langsamkeit, wenn sie immer dasselbe sagen und tun. Ich bin froh über die Scheibe zwischen ihnen und mir. So erkenne ich ihre Wünsche und Pläne, ohne daß sie mich ungehindert unter Feuer nehmen können. Ich bin froh, wenn der Zug volle Fahrt aufnimmt und sie entschwinden. Die Wünsche der anderen: Was machen wir mit ihnen, wenn sie uns treffen?

Ich presse die Stirn ans Abteilfenster und konzentriere mich mit aller Macht. Ich möchte einmal, ein einziges Mal, zu fassen bekommen, was draußen geschieht. Es wirklich zu fassen bekommen. So daß es mir nicht gleich wieder entgleitet. Es mißlingt. Es geht alles viel zu schnell, auch wenn der Zug auf offener Strecke hält. Der nächste Eindruck wischt den vorherigen weg. Das Gedächtnis läuft heiß, ich bin atemlos damit beschäftigt, die flüchtigen Bilder des Geschehens nachträglich zusammenzusetzen zur Illusion von etwas Verständlichem. Immer komme ich zu spät, wie schnell das Licht der Aufmerksamkeit den Dingen auch hinterher huscht. Immer ist schon alles vorbei. Immer habe ich das Nachsehen. Nie bin ich dabei. Auch dann nicht, wenn sich des Nachts in der Fensterscheibe das Innere des Abteils spiegelt.

Ich liebe Tunnel. Sie sind das Sinnbild der Hoffnung: Irgendwann wird es wieder hell. Wenn nicht gerade Nacht ist.

Manchmal bekomme ich Besuch im Abteil. Ich weiß nicht, wie das trotz der verriegelten und versiegelten Tür möglich ist, aber es geschieht. Meist kommt der Besuch zur Unzeit. Es sind Leute aus der Gegenwart, oft auch aus der Vergangenheit. Sie kommen und gehen, wie es ihnen paßt, sie sind rücksichtslos und stören mich. Ich muß mit ihnen reden. Es ist alles vorläufig, unverbindlich, dem Vergessen vorbestimmt; Gespräche im Zug eben. Einige Besucher verschwinden spurlos. Andere hinterlassen klebrige und stinkende Spuren, lüften nützt nichts. Dann möchte ich das ganze Mobiliar des Abteils herausreißen und gegen neues tauschen.

Die Reise ist lang. Es gibt Tage, wo ich sie mir endlos wünsche. Es sind seltene, kostbare Tage. Es gibt andere, wo ich froh bin zu wissen, daß es einen letzten Tunnel geben wird, in dem der Zug für immer zum Stillstand kommt.

Als Gregorius aus dem Zug stieg, war es später Nachmittag. Er nahm ein Zimmer in einem Hotel jenseits des Mondego, von wo aus er einen Blick auf die Altstadt auf dem Alcáçova-Hügel hatte. Die letzten Sonnenstrahlen tauchten die majestätischen Gebäude der Universität, die alles überragten, in ein warmes, goldenes Licht. Dort oben, in einer der steilen, engen Gassen, hatten Prado und O'Kelly in einer *República*, einem der Studentenwohnheime, die aufs Mittelalter zurückgingen, gewohnt.

»Er wollte nicht anders wohnen als die anderen«, hatte Maria João gesagt, »obwohl ihn die Geräusche aus den Nebenzimmern manchmal zur Verzweiflung trieben, das war er nicht gewohnt. Aber der Reichtum der Familie, der aus dem Großgrundbesitz früherer Generationen stammte, lastete manchmal schwer auf ihm. Es gab zwei Wörter, die ihm wie keine anderen die Hitze ins Gesicht trieben: *colónia* und *latifundiário*. Er sah dann aus wie einer, der bereit ist zu schießen.

Als ich ihn besuchte, war er betont nachlässig angezogen. Warum er nicht, wie die anderen Medizinstudenten, das gelbe Band der Fakultät trage, fragte ich ihn.

›Du weißt doch, daß ich keine Uniformen mag, schon die Mütze im Liceu war mir doch zuwider‹, sagte er.

Als ich dann zurückmußte und wir am Bahnhof standen, betrat ein Student den Bahnsteig, der das dunkelblaue Band der Literatur trug.

Ich sah Amadeu an. ›Es ist nicht das *Band*‹, sagte ich, ›es ist das *gelbe* Band. Du trügest gerne das *blaue* Band.‹

›Du weißt doch‹, sagte er, ›daß ich es nicht mag, wenn man mich durchschaut. Komm bald wieder. Bitte.‹

Er hatte eine Art, *por favor* zu sagen – ich wäre bis ans Ende der Welt gegangen, um es zu hören.«

Die Gasse, wo Prado gewohnt hatte, war leicht zu finden. Gregorius warf einen Blick in den Hausflur des Wohnheims und ging ein paar Stufen nach oben. *In Coimbra, als uns die ganze Welt zu gehören schien.* So hatte Jorge jene Zeit beschrieben. In diesem Haus also hatten er und Prado aufgeschrieben, was es sein konnte, das *lealdade*, Loyalität zwischen Menschen, stiftete. Eine Liste, auf der die Liebe gefehlt hatte. *Begehren, Wohlgefallen, Geborgenheit.* Alles Empfindungen, die früher oder später zerfielen. Loyalität war das einzige, was von Dauer war. *Ein Wille, ein Entschluß, eine Parteinahme der Seele.* Etwas, das den Zufall von Begegnungen und die Zufälligkeit der Gefühle in eine Notwendigkeit verwandle. *Ein Hauch von Ewigkeit, nur ein Hauch, aber immerhin*, hatte Prado gesagt. Gregorius sah das Gesicht von O'Kelly vor sich. *Er hat sich getäuscht. Wir haben uns beide getäuscht*, hatte er mit der Langsamkeit eines Betrunkenen gesagt.

In der Universität wäre Gregorius am liebsten sofort in die *Biblioteca Joanina* und in die *Sala Grande dos Actos* gegangen, die Räume, derentwegen Prado immer wieder hierhergefahren war. Doch das war nur zu bestimmten Stunden möglich, und die waren für heute vorbei.

Offen war die *Capela de São Miguel*. Gregorius war allein und betrachtete die barocke Orgel, die von überwältigender Schönheit war. *Ich will den rauschenden Klang der Orgel hören, diese Überschwemmung von überirdischen Tönen. Ich brauche ihn gegen die schrille Lächerlichkeit der Marschmusik*, hatte Prado in seiner Rede gesagt. Gregorius rief sich die Gelegenheiten in Erinnerung, bei denen er in der Kirche gewesen war. Konfirmandenunterricht, die Beerdigung der Eltern. *Vater unser...* Wie dumpf, freudlos und bieder es geklungen hatte! Und all das, dachte er jetzt, hatte nichts zu tun gehabt mit der ausgreifenden Poesie des griechischen und hebräischen Texts. Nichts, rein gar nichts!

Gregorius fuhr zusammen. Er hatte, ohne es zu wollen, mit der Faust auf die Bank geschlagen und sah sich jetzt verschämt um, doch er war immer noch allein. Er ließ sich auf die Knie nieder und tat, was Prado mit dem gekrümmten Rücken des Vaters getan hatte: Er versuchte sich vorzustellen, wie die Haltung von innen her war. *Die müßte man herausreißen*, hatte Prado gesagt, als er mit Pater Bartolomeu an Beichtstühlen vorbeigegangen war. *Eine solche Demütigung!*

Als Gregorius sich aufrichtete, drehte sich die Kapelle in rasender Geschwindigkeit. Er klammerte sich an die Bank und wartete, bis es vorbei war. Dann ging er, während eilige Studenten an ihm vorbeihasteten, langsam die Gänge entlang und betrat einen Hörsaal. In der letzten Reihe sitzend dachte er zunächst an die Vorlesung über Euripides, in der er es damals versäumt hatte, dem Dozenten laut die Meinung zu sagen. Dann glitten seine Gedanken zurück zu den Vorlesungen, die er als Student besucht hatte. Und schließlich stellte er sich den Studenten Prado vor, der sich im Hörsaal erhob und kritische Fragen stellte. Gestandene, mit Preisen ausgezeichnete

Professoren, Koryphäen ihres Fachs, fühlten sich von ihm auf den Prüfstand gestellt, hatte Pater Bartolomeu gesagt. Doch Prado hatte hier nicht als arroganter, besserwisserischer Student gesessen. Er hatte in einem Fegefeuer von Zweifeln gelebt, gepeinigt von der Angst, er könnte sich verpassen. *Es war in Coimbra, auf einer harten Bank im Hörsaal, als mir bewußt wurde: Ich kann nicht aussteigen.*

Es war eine Vorlesung in Rechtswissenschaft, Gregorius verstand kein Wort und ging. Er blieb bis in die Nacht hinein auf dem Gelände der Universität und versuchte stets von neuem, sich über die verwirrenden Empfindungen klar zu werden, die ihn begleiteten. Warum dachte er hier, in der berühmtesten Universität Portugals, auf einmal, daß er vielleicht doch gern in einem Hörsaal gestanden und sein umfassendes philologisches Wissen mit Studenten geteilt hätte? Hatte er vielleicht doch ein mögliches Leben verpaßt, eines, das er mit seinen Fähigkeiten und seinem Wissen mühelos hätte leben können? Niemals zuvor, keine einzige Stunde, hatte er es für einen Fehler gehalten, daß er als Student den Vorlesungen nach wenigen Semestern ferngeblieben war und all seine Zeit der unermüdlichen Lektüre der Texte gewidmet hatte. Warum jetzt auf einmal diese sonderbare Wehmut? Und war es überhaupt Wehmut?

Als das Essen kam, das er in einer kleinen Kneipe bestellt hatte, widerstand es ihm, und er wollte hinaus in die kühle Nachtluft. Das hauchdünne Luftkissen, das ihn heute früh umschlossen hatte, war wieder da, ein bißchen dicker und mit einem Widerstand, der eine Spur stärker war. Wie auf dem Bahnsteig in Lissabon trat er betont fest auf, und das half auch jetzt.

JOÃO DE LOUSADA DE LEDESMA, O MAR TENEBROSO. Der große Band sprang ihm in die Augen, als er in einem Antiquariat die Bücherwände entlangging. Das Buch auf Prados

Schreibtisch. Seine letzte Lektüre. Gregorius nahm es aus dem Regal. Die großen kalligraphischen Schrifttypen, die Kupferstiche von Küsten, die Tuschzeichnungen von Seefahrern. *Cabo Finisterre,* hörte er Adriana sagen, *oben in Galizien. Es war wie eine idée fixe. Er hatte einen gehetzten, fiebrigen Ausdruck im Gesicht, wenn er davon sprach.*

Gregorius setzte sich in eine Ecke und blätterte, bis er auf die Worte des muselmanischen Geographen El Edrisí aus dem 12. Jahrhundert stieß: *Von Santiago aus fuhren wir nach Finisterre, wie die Bauern es nennen, ein Wort, das das Ende der Welt bedeutet. Man sieht nicht weiter als bis zu Himmel und Wasser, und sie sagen, das Meer sei so stürmisch, daß niemand auf ihm habe fahren können, weswegen man denn nicht weiß, was jenseits ist. Sie sagten uns, daß einige, begierig, es zu ergründen, mit ihren Schiffen verschwunden sind und daß keiner jemals zurückgekehrt ist.*

Es dauerte, bis der Gedanke in Gregorius Gestalt annahm. *Viel später hörte ich, daß sie in Salamanca arbeitete, als Dozentin für Geschichte,* hatte João Eça über Estefânia Espinhosa gesagt. Als sie für den Widerstand arbeitete, war sie bei der Post. Nach der Flucht mit Prado war sie in Spanien geblieben. Und hatte Geschichte studiert. Adriana hatte keinen Zusammenhang gesehen zwischen Prados Reise nach Spanien und seinem plötzlichen, fanatischen Interesse an Finisterre. Wie, wenn es da eine Verbindung gab? Wenn er und Estefânia Espinhosa nach Finisterre gefahren waren, weil sie schon immer ein Interesse an der mittelalterlichen Furcht vor dem endlosen, stürmischen Meer gehabt hatte, ein Interesse, das zu ihrem Studium geführt hatte? Wie, wenn es auf dieser Fahrt ans Ende der Welt gewesen war, daß passierte, was Prado derart verstörte und ihn zur Rückkehr bewog?

Doch nein, es war zu abwegig, zu abenteuerlich. Und geradezu irrwitzig war es anzunehmen, daß die Frau auch ein

Buch über das furchterregende Meer geschrieben hatte. Damit konnte er doch dem Antiquar wirklich nicht die Zeit stehlen.

»Mal sehen«, sagte der Antiquar. »Derselbe Titel – das ist fast ausgeschlossen. Verstieße gegen die guten akademischen Sitten. Wir probieren es mit dem Namen.«

Estefânia Espinhosa, sagte der Computer, hatte zwei Bücher geschrieben, beide hatten mit den Anfängen der Renaissance zu tun.

»Gar nicht so weit weg, oder?« sagte der Antiquar. »Aber wir kriegen es noch genauer, passen Sie auf«, und er rief die historische Fakultät der Universität von Salamanca auf.

Estefânia Espinhosa hatte ihre eigene Seite, und gleich am Anfang der Veröffentlichungsliste kamen sie: zwei Aufsätze über Finisterre, einer auf portugiesisch, der andere auf spanisch. Der Antiquar grinste.

»Mag das Gerät nicht, aber manchmal . . .«

Er rief eine spezialisierte Buchhandlung an, und dort hatten sie eines der beiden Bücher.

Bald würde Geschäftsschluß sein. Gregorius, das große Buch über das finstere Meer unter dem Arm, rannte. War auf dem Umschlag ein Bild der Frau? Fast riß er der Verkäuferin das Buch aus der Hand und drehte es um.

Estefânia Espinhosa, geboren 1948 in Lissabon, heute Professorin an der Universität Salamanca für die spanische und italienische Geschichte der frühen Neuzeit. Und ein Portrait, das alles erklärte.

Gregorius kaufte das Buch, und auf dem Weg zum Hotel blieb er alle paar Meter stehen, um das Bild zu betrachten. *Sie war nicht nur der Ball, der rote irische Ball im College*, hörte er Maria João sagen. *Sie war viel mehr als alle roten irischen Bälle zusammen: Er muß gespürt haben, daß sie für ihn die Chance war, ganz zu werden. Als Mann, meine ich.* Und auch die Worte

von João Eça hätten nicht treffender sein können: *Estefânia,*
glaube ich, war seine Chance, endlich aus dem Gerichtshof hin-
auszutreten, hinaus auf den freien, heißen Platz des Lebens, und
dieses eine Mal ganz nach seinen Wünschen zu leben, nach sei-
ner Leidenschaft, und zum Teufel mit den anderen.

Sie war also vierundzwanzig gewesen, als sie sich vor dem
blauen Haus ans Steuer setzte und mit Prado, dem achtundzwanzig Jahre älteren Mann, über die Grenze fuhr, weg von
O'Kelly, weg von der Gefahr, hinein in ein neues Leben.

Auf dem Rückweg zum Hotel kam Gregorius an der psy-
chiatrischen Klinik vorbei. Er dachte an Prados Nervenzusammenbruch nach dem Diebstahl. Maria João hatte erzählt,
daß er sich auf der Station vor allem für diejenigen Patienten
interessierte, die, blind in sich selbst verstrickt, auf und ab gingen und vor sich hinsprachen. Er hatte den Blick für solche
Leute auch später beibehalten und war erstaunt, wie viele von
ihnen es gab, die auf der Straße, im Bus, auf dem Tejo ihre Wut
auf imaginäre Gegner hinausschrien.

»Er wäre nicht Amadeu gewesen, wenn er sie nicht angesprochen und sich ihre Geschichte angehört hätte. Das war
ihnen noch nie passiert, und wenn er den Fehler machte,
ihnen die Adresse zu geben, rannten sie ihm am nächsten Tag
die Bude ein, so daß Adriana sie hinauswerfen mußte.«

Im Hotel las Gregorius eine der wenigen Aufzeichnungen
aus Prados Buch, die er noch nicht kannte.

O VENENO ARDENTE DO DESGOSTO. DAS GLÜHENDE GIFT DES
ÄRGERS. *Wenn die anderen uns dazu bringen, daß wir uns über*
sie ärgern – über ihre Dreistigkeit, Ungerechtigkeit, Rücksichts-
losigkeit –, dann üben sie Macht über uns aus, sie wuchern und
fressen sich in unsere Seele, denn der Ärger ist wie ein glühendes
Gift, das alle milden, noblen und ausgewogenen Empfindungen
zersetzt und uns den Schlaf raubt. Schlaflos machen wir Licht

und ärgern uns über den Ärger, der sich eingenistet hat wie ein schmarotzender Schädling, der uns aussaugt und entkräftet. Wir sind nicht nur wütend über den Schaden, sondern auch darüber, daß er sich ganz allein in uns entfaltet, denn während wir mit schmerzenden Schläfen auf dem Bettrand sitzen, bleibt der ferne Urheber unberührt von der zersetzenden Kraft des Ärgers, deren Opfer wir sind. Auf der menschenleeren inneren Bühne, in das grelle Licht stummer Wut getaucht, führen wir ganz allein für uns selbst ein Drama auf mit schattenhaften Figuren und schattenhaften Worten, die wir schattenhaften Feinden entgegenschleudern in hilflosem Zorn, den wir als eisig loderndes Feuer im Gedärm spüren. Und je größer unsere Verzweiflung darüber ist, daß es nur ein Schattenspiel ist und keine wirkliche Auseinandersetzung, in der es die Möglichkeit gäbe, dem anderen zu schaden und ein Gleichgewicht des Leids herzustellen, desto wilder tanzen die giftigen Schatten und verfolgen uns bis in die finstersten Katakomben unserer Träume. (Wir werden den Spieß umdrehen, denken wir grimmig, und schmieden nächtelang Worte, die im anderen die Wirkung einer Brandbombe entfalten werden, so daß nun er es sein wird, in dem die Flammen der Empörung wüten, während wir, durch Schadenfreude besänftigt, in heiterer Ruhe unseren Kaffee trinken.)

Was könnte es heißen, es richtig zu machen mit dem Ärger? Wir möchten ja nicht seelenlose Wesen sein, die ganz und gar unangefochten bleiben durch das, was ihnen begegnet, Wesen, deren Bewertungen sich in kühlen, blutleeren Urteilen erschöpften, ohne daß etwas sie aufzuwühlen vermöchte, weil nichts sie wirklich kümmerte. Und deshalb können wir uns nicht ernsthaft wünschen, die Erfahrung des Ärgers überhaupt nicht zu kennen und statt dessen in einem Gleichmut zu verharren, der von öder Gefühllosigkeit nicht zu unterscheiden wäre. Ärger lehrt uns ja auch etwas darüber, wer wir sind. Wissen möchte ich deshalb dieses: Was könnte es heißen, uns im Ärger so zu erziehen und zu *bilden, daß wir uns seine Erkenntnis zunutze machten, ohne seinem Gift zu verfallen?*

Wir können gewiß sein, daß wir auf dem Sterbebett als Teil der letzten Bilanz festhalten werden – und dieser Teil wird bitter schmecken wie Zyanid –, daß wir zuviel, viel zuviel Kraft und Zeit darauf verschwendet haben, uns zu ärgern und es den anderen in einem hilflosen Schattentheater heimzuzahlen, von dem nur wir, die wir es ohnmächtig erlitten, überhaupt etwas wußten. Was können wir tun, um diese Bilanz zu verbessern? Warum haben uns die Eltern, die Lehrer und die anderen Erzieher nie davon gesprochen? Warum haben sie etwas von dieser gewaltigen Bedeutung nicht zur Sprache gebracht? Uns in dieser Sache keinen Kompaß mitgegeben, der uns hätte helfen können, die Verschwendung unserer Seele an unnützen, selbstzerstörerischen Ärger zu vermeiden?

Gregorius lag lange wach. Ab und zu stand er auf und trat ans Fenster. Die Oberstadt mit der Universität und dem Glockenturm sah jetzt, nach Mitternacht, karg, sakral und auch ein bißchen bedrohlich aus. Er konnte sich einen Landvermesser vorstellen, der vergeblich darauf wartete, daß man ihm Einlaß in den geheimnisvollen Bezirk gewähre.

Den Kopf an einen Berg von Kissen gelehnt, las Gregorius noch einmal die Sätze, in denen Prado sich mehr geöffnet und vor sich selbst offenbart hatte als in allen anderen: *Manchmal schrecke ich auf und denke: Der Zug kann jederzeit entgleisen. Ja, meistens erschreckt mich der Gedanke. Doch in seltenen, weißglühenden Momenten durchzuckt er mich wie ein seliger Blitz.*

Er wußte nicht, woher das Bild kam, doch auf einmal sah Gregorius diesen portugiesischen Arzt, der vom poetischen Denken als dem Paradies geträumt hatte, zwischen den Säulen eines Kreuzgangs sitzen, mitten in einem Kloster, das zu einem schweigenden Asyl für Entgleiste geworden war. Seine Entgleisung, sie hatte darin bestanden, daß die glühende Lava seiner gequälten Seele mit betäubender Wucht alles verbrannt und weggeschwemmt hatte, was an Knechtung und Überforderung in ihm gewesen war. Er hatte alle Erwartungen enttäuscht und alle Tabus gebrochen, und darin bestand seine Seligkeit. Endlich hatte er Ruhe vor dem gebeugt richtenden Vater, der sanften Diktatur der ehrgeizigen Mutter und der lebenslangen, erstickenden Dankbarkeit der Schwester.

Und auch vor sich selbst hatte er schließlich Ruhe gefunden. Das Heimweh war zu Ende, er brauchte Lissabon und die blaue Farbe der Geborgenheit nicht mehr. Jetzt, da er sich ganz den inneren Sturmfluten überlassen hatte und eins mit ihnen geworden war, gab es nichts mehr, gegen das er einen Schutzwall errichten mußte. Ungehindert von sich selbst, konnte er bis ans andere Ende der Welt reisen. Endlich konnte er durch die verschneiten Steppen Sibiriens nach Vladivostok fahren, ohne bei jedem Klopfen der Räder denken zu müssen, daß er sich von seinem blauen Lissabon entfernte.

Jetzt fiel das Sonnenlicht in den Klostergarten, die Säulen wurden heller und heller und bleichten schließlich ganz aus, so daß nur noch eine leuchtende Tiefe übrigblieb, in der Gregorius den Halt verlor.

Er schreckte auf, ging schwankend ins Bad und wusch sich das Gesicht. Dann rief er Doxiades an. Der Grieche ließ sich den Schwindel in allen Einzelheiten beschreiben. Dann schwieg er eine Weile. Gregorius spürte, wie die Angst in ihm hochkroch.

»Es kann alles mögliche sein«, sagte der Grieche schließlich mit seiner ruhigen Arztstimme. »Das meiste davon ist harmlos, nichts, was man nicht schnell unter Kontrolle bekäme. Aber es müssen Tests gemacht werden. Das können die Portugiesen genausogut wie wir hier. Aber mein Gefühl sagt: Sie

sollten nach Hause kommen. Mit den Ärzten in der Muttersprache reden. Angst und Fremdsprache, das paßt nicht gut
zusammen.«

Als Gregorius schließlich einschlief, war hinter der Universität der erste Schimmer der Morgendämmerung zu sehen.

43 Es seien dreihunderttausend Bände, sagte die
Fremdenführerin, und ihre Pfennigabsätze klackten auf dem
Marmorboden der Biblioteca Joanina. Gregorius blieb zu-
rück und sah sich um. So etwas hatte er noch nicht gesehen.
Mit Gold und Tropenhölzern verkleidete Räume, verbunden
durch Bogen, die an Triumphbögen erinnerten, darüber das
Wappen von König João V, der die Bibliothek Anfang des 18.
Jahrhunderts gegründet hatte. Barocke Regale mit Emporen
auf zierlichen Säulen. Ein Portrait von João V. Ein roter Läufer,
der den Eindruck des Prunkvollen steigerte. Es war wie im
Märchen.

Homer, Ilias und Odyssee, mehrere Ausgaben in prachtvol-
lem Einband, der sie zu heiligen Texten machte. Gregorius ließ
den Blick weitergleiten.

Nach einer Weile spürte er, daß sein Blick an den Regalen
nur noch achtlos vorbeiglitt. Die Gedanken waren drüben bei
Homer geblieben. Es mußten Gedanken sein, die ihm Herzklopfen machten, doch er kam nicht darauf, wovon sie handelten. Er ging in eine Ecke, nahm die Brille ab und schloß die
Augen. Im nächsten Raum hörte er die grelle Stimme der Führerin. Er preßte die Handflächen auf die Ohren und konzentrierte sich in die dumpfe Stille hinein. Die Sekunden verrannen, er spürte das Blut pochen.

Ja. Was er, ohne es zu bemerken, gesucht hatte, war ein

Wort, das bei Homer nur ein einziges Mal vorkam. Es war, als hätte etwas hinter seinem Rücken, verborgen in den Kulissen des Gedächtnisses, überprüfen wollen, ob sein Erinnerungsvermögen noch so gut war wie immer. Sein Atem ging rasch. Das Wort kam nicht. *Es kam nicht.*

Die Führerin mit der Gruppe zog durch den Raum, die Leute schnatterten. Gregorius schob sich an ihnen vorbei in den hintersten Teil. Er hörte, wie sich die Eingangstür zur Bibliothek schloß und der Schlüssel gedreht wurde.

Mit hämmerndem Herzen rannte er zum Regal und nahm die Odyssee heraus. Das alte, steif gewordene Leder schnitt ihm mit scharfen Kanten in die Handfläche. Hektisch blätterte er und blies den Staub in den Raum. Das Wort war nicht dort, wo er gedacht hatte. *Es war nicht dort.*

Er versuchte, ruhig zu atmen. Als zöge eine Bank von Schleierwolken durch ihn hindurch, spürte er einen Schwindel, der kam und ging. Methodisch ging er das ganze Epos in Gedanken durch. Keine andere Stelle kam in Frage. Doch das Exerzitium hatte zur Folge, daß nun auch die vermeintliche Gewißheit, mit der er die Suche begonnen hatte, bröckelte. Der Boden begann zu schwanken, und dieses Mal war es nicht der Schwindel. Sollte er sich auf gröbste Weise getäuscht haben, und es war die *Ilias*? Er nahm sie aus dem Regal und blätterte gedankenlos. Die Bewegungen der blätternden Hand wurden leer und mechanisch, das Ziel geriet in Vergessenheit, von Moment zu Moment mehr, Gregorius spürte, wie ihn das Luftkissen umfing, er versuchte aufzustampfen, ruderte mit den Armen, das Buch fiel ihm aus der Hand, die Knie gaben nach, und er glitt in einer sanften, kraftlosen Bewegung zu Boden.

Als er aufwachte, suchte er mühsam nach der Brille, die eine Armlänge entfernt lag. Er sah auf die Uhr. Es konnte nicht mehr als eine Viertelstunde vergangen sein. Sitzend lehnte er sich mit dem Rücken an die Wand. Minuten vergingen, in denen er nur atmete, froh darüber, daß er sich nicht verletzt hatte und die Brille heil geblieben war.

Und dann, ganz plötzlich, flammte Panik in ihm auf. War dieses Vergessen der Beginn von etwas? Eine erste, winzige Insel des Vergessens? Würde sie wachsen, und würden andere dazukommen? *Wir sind Geröllhalden des Vergessens*, hatte Prado irgendwo geschrieben. Und wenn nun eine Geröllawine über ihn käme und die kostbaren Wörter alle mit sich fortrisse? Er umfaßte den Kopf mit seinen großen Händen und drückte, als könne er damit verhindern, daß weitere Wörter verschwänden. Gegenstand für Gegenstand suchte er das Blickfeld ab und gab jedem Ding seinen Namen, erst den mundartlichen, dann den hochdeutschen, den französischen und englischen und schließlich den portugiesischen. Keiner fehlte, und langsam wurde er ruhiger.

Als die Tür für die nächste Gruppe aufgeschlossen wurde, wartete er in der Ecke, mischte sich einen Moment unter die Leute und verschwand dann durch die Tür. Ein tiefblauer Himmel wölbte sich über Coimbra. Vor einem Café trank er in kleinen, langsamen Schlucken einen Kamillentee. Der Magen entspannte sich, und er konnte etwas essen.

Die Studenten lagen in der warmen Märzsonne. Ein Mann und eine Frau, ineinander verschlungen, brachen plötzlich in lautes Lachen aus, warfen die Zigaretten weg, erhoben sich mit flüssigen, geschmeidigen Bewegungen und begannen zu tanzen, so leicht und locker, als gäbe es die Schwerkraft nicht. Gregorius spürte den Sog des Erinnerns und überließ sich ihm. Und plötzlich war sie da, die Szene, an die er seit Jahrzehnten nicht mehr gedacht hatte.

Fehlerlos, aber ein bißchen schwerfällig, hatte der Professor für Latein gesagt, als Gregorius im Hörsaal aus den *Metamorphosen* von Ovid übersetzte. Ein Dezembernachmittag,

Schneeflocken, elektrisches Licht. Mädchen, die grinsten. *Ein bißchen mehr tanzen!*, hatte der Mann mit der Fliege und dem roten Halstuch über dem Blazer hinzugefügt. Gregorius hatte das ganze Gewicht seines Körpers in der Bank gespürt. Die Bank hatte geknarrt, als er sich bewegte. Die verbleibende Zeit, in der andere drankamen, hatte er in dumpfer Betäubung dagesessen. Die Betäubung hatte angedauert, als er durch die weihnachtlich geschmückten Lauben ging.

Nach den Feiertagen war er nicht mehr in diese Veranstaltung gegangen. Dem Mann mit dem roten Halstuch war er ausgewichen, und auch den anderen Professoren ging er aus dem Weg. Von da an hatte er nur noch zu Hause studiert.

Jetzt zahlte er und ging über den Mondego, den sie *O Rio dos Poetas* nannten, zurück zum Hotel. *Findest du mich einen Langweiler? Wie? Aber Mundus, so etwas kannst du mich doch nicht fragen!* Warum taten all diese Dinge so weh, auch jetzt noch? Warum war es ihm in zwanzig, dreißig Jahren nicht gelungen, sie *abzuschütteln*?

Als Gregorius zwei Stunden später im Hotel aufwachte, ging gerade die Sonne unter. Natalie Rubin war mit klackenden Pfennigabsätzen über den Marmor der Korridore in der Universität Bern gegangen. Vorne in einem leeren Hörsaal stehend, hatte er ihr einen Vortrag über Wörter gehalten, die in der griechischen Literatur nur ein einziges Mal vorkamen. Er wollte die Wörter anschreiben, doch die Tafel war so seifig, daß die Kreide abglitt, und als er die Wörter aussprechen wollte, hatte er sie vergessen. Auch Estefânia Espinhosa war durch seinen unruhigen Schlaf gegeistert, eine Gestalt mit leuchtenden Augen und olivfarbenem Teint, tonlos zuerst, dann als Dozentin, die unter einer riesigen, goldverkleideten Kuppel Vorlesungen über Themen hielt, die es nicht gab. Doxiades hatte sie unterbrochen. *Kommen Sie nach Hause*, hatte er gesagt, *wir untersuchen Sie am Bubenbergplatz.*

Gregorius saß auf der Bettkante. Das homerische Wort kam auch jetzt nicht. Und die Unsicherheit über die Stelle, wo es zu finden wäre, begann ihn wieder zu quälen. Es hatte keinen Sinn gehabt, die Ilias in die Hand zu nehmen. Es war in der *Odyssee*. Es war *dort*. Er wußte es. Aber wo?

Der nächste Zug nach Lissabon, das hatten sie beim Empfang unten festgestellt, ging erst morgen früh. Er griff nach dem großen Buch über das finstere Meer und las weiter, was El Edrisí, der muselmanische Geograph, geschrieben hatte: *Niemand weiß – sagt man uns –, was es in diesem Meer gibt, und man kann es auch nicht untersuchen, denn es gibt zu viele Hindernisse, die sich der Schiffahrt entgegenstellen: die tiefe Finsternis, die hohen Wellen, die häufigen Stürme, die zahllosen Ungeheuer, die es bevölkern, und die heftigen Winde.* Er hätte sich gern eine Fotokopie der beiden Aufsätze von Estefânia Espinhosa über Finisterre machen lassen, war aber beim Bibliothekspersonal gescheitert, weil ihm die Worte fehlten.

Er blieb noch eine Weile sitzen. *Es müssen Tests gemacht werden*, hatte Doxiades gesagt. Und auch die Stimme von Maria João hörte er: *Sie sollten es nicht auf die leichte Schulter nehmen.*

Er duschte, packte und ließ von der verdutzten Frau am Empfang ein Taxi rufen. Der Autoverleih am Bahnhof hatte noch offen. Sie müßten ihm aber den heutigen Tag auch berechnen, sagte der Mann. Gregorius nickte, unterschrieb für zwei weitere Tage und ging zum Parkplatz.

Den Führerschein hatte er als Student gemacht, mit dem Geld, das er mit dem Unterrichten verdiente. Das war vor vierunddreißig Jahren gewesen. Seither war er nicht mehr gefahren, der vergilbte Schein mit dem jugendlichen Foto und der fettgedruckten Vorschrift, eine Brille zu tragen und nachts nicht zu fahren, hatte unbenutzt in der Mappe seiner Reisedokumente gelegen. Der Mann beim Verleih hatte die Stirn gerunzelt, sein Blick war zwischen dem Foto und dem wirklichen Gesicht hin und her gegangen, aber er hatte nichts gesagt.

Hinter dem Steuer des großen Wagens wartete Gregorius, bis sich sein Atem beruhigt hatte. Langsam probierte er alle Knöpfe und Schalter. Mit kalten Händen startete er den Motor, legte den Rückwärtsgang ein, ließ die Kupplung los und würgte den Wagen ab. Erschrocken ob des heftigen Rucks schloß er die Augen und wartete von neuem, bis der Atem ruhig wurde. Beim zweiten Versuch hoppelte der Wagen, lief aber weiter, und Gregorius fuhr rückwärts aus der Parklücke. Die Schleifen zur Ausfahrt fuhr er im Schrittempo. Bei einer Ampel an der Stadtausfahrt ging der Wagen noch einmal aus. Danach wurde es immer besser.

Die Autobahn bis Viana do Castelo brachte er in zwei Stunden hinter sich. Ruhig saß er hinter dem Steuer und hielt sich auf der rechten Spur. Er begann, die Fahrt zu genießen. Es gelang ihm, die Sache mit dem Homerischen Wort so weit in den Hintergrund zu schieben, daß man es beinahe ein Vergessen nennen konnte. Übermütig geworden, drückte er das Gaspedal durch und hielt das Steuer mit gestreckten Armen.

Ein Wagen mit aufgeblendeten Scheinwerfern kam auf der Gegenfahrbahn entgegen. Die Dinge begannen sich zu drehen, Gregorius nahm das Gas weg, schlitterte nach rechts auf die Standspur, nahm die Grasnarbe mit und kam Zentimeter von der Leitplanke entfernt zum Stehen. Rasende Lichtkegel fluteten über ihn hinweg. Später, auf dem nächsten Parkplatz, stieg er aus und atmete vorsichtig die kühle Nachtluft ein. *Sie sollten nach Hause kommen. Mit den Ärzten in der Muttersprache reden.*

Eine Stunde später, hinter Valença do Minho, kam die Grenze. Zwei Männer der Guardia Civil mit Maschinenpistolen winkten ihn durch. Von Tui nahm er die Autobahn über

Vigo, Pontevedra und weiter nach Norden Richtung Santiago. Kurz vor Mitternacht machte er Halt und studierte beim Essen die Karte. Es gab keine andere Lösung: Wenn er nicht den riesigen Umweg über die Landzunge von Santa Eugenia fahren wollte, mußte er bei Padrón auf die Gebirgsstraße nach Noia hinüber, der Rest war klar, immer der Küste entlang bis Finisterre. Er war noch nie eine Gebirgsstraße gefahren, und es stiegen Bilder von Schweizerpässen in ihm auf, wo der Fahrer des Postautos unablässig das Steuerrad herumgewuchtet hatte, um es sofort wieder zurückzudrehen.

Die Leute um ihn herum redeten die Sprache Galiziens. Er verstand kein Wort. Er war müde. Er hatte das Wort vergessen. Er, Mundus, hatte ein Wort bei Homer vergessen. Unter dem Tisch preßte er die Füße auf den Boden, um das Luftkissen zu verscheuchen. Er hatte Angst. *Angst und Fremdsprache, das paßt nicht zusammen.*

Es war leichter, als er gedacht hatte. Bei spitzen, unübersichtlichen Kurven fuhr er Schrittempo, aber nachts wußte man wegen der Scheinwerfer entgegenkommender Autos ja besser Bescheid als am Tag. Die Autos wurden immer weniger, es war nach zwei Uhr. Wenn er daran dachte, daß er, wenn der Schwindel kam, auf der engen Straße nicht ohne weiteres anhalten konnte, erfaßte ihn Panik. Dann aber, als ein Schild die Nähe von Noia anzeigte, wurde er übermütig und schnitt die Kurven. *Ein bißchen schwerfällig. Aber Mundus, so etwas kannst du mich doch nicht fragen!* Warum hatte Florence nicht einfach gelogen! *Du ein Langweiler? Aber* überhaupt *nicht!*

Gab es das eigentlich: daß man Verletzendes einfach abschüttelte? *Wir sind weit in die Vergangenheit hinein ausgebreitet,* hatte Prado notiert. *Das kommt durch unsere Gefühle, namentlich die tiefen, also diejenigen, die darüber bestimmen, wer wir sind und wie es ist, wir zu sein. Denn diese Gefühle kennen keine Zeit, sie kennen sie nicht, und sie anerkennen sie nicht.*

Von Noia bis Finisterre waren es hundertfünfzig Kilometer guter Straße. Man sah das Meer nicht, doch man ahnte es. Es ging auf vier Uhr. Ab und zu hielt Gregorius. Es war kein Schwindel, entschied er jedesmal, es war einfach, daß das Gehirn vor Müdigkeit im Schädel zu schwimmen schien. Nach vielen dunklen Tankstellen fand er schließlich eine, die offen hatte. Wie Finisterre sei, fragte er den verschlafenen Tankwart. »*Pues, el fin del mundo!*« lachte er.

Als Gregorius in Finisterre einfuhr, begann es durch einen wolkenverhangenen Himmel hindurch zu dämmern. Als erster Gast trank er in einer Bar einen Kaffee. Ganz wach und ganz fest stand er auf dem Steinfußboden. Das Wort würde wiederkommen, dann, wenn er es am wenigsten erwartete, so war das Gedächtnis, das kannte man doch. Er genoß es, die verrückte Fahrt gemacht zu haben und jetzt hier zu sein, und nahm die Zigarette, die ihm der Wirt anbot. Nach dem zweiten Lungenzug überkam ihn leichter Schwindel. »*Vértigo*«, sagte er zum Wirt, »ich bin ein Experte für Schwindel, es gibt ganz viele Arten, und ich kenne sie alle.« Der Wirt verstand nicht und putzte energisch die Theke.

Die wenigen Kilometer bis zum Kap fuhr Gregorius mit offenem Fenster. Die salzige Seeluft war wunderbar, und er fuhr ganz langsam wie jemand, der eine Vorfreude auskostet. Die Straße endete an einem Hafen mit Fischerbooten. Die Fischer waren vor kurzem zurückgekommen und standen rauchend beieinander. Er wußte später nicht mehr, wie es gekommen war, doch auf einmal stand er bei den Fischern und rauchte ihre Zigaretten, es war wie ein stehender Stammtisch unter freiem Himmel.

Ob sie mit ihrem Leben zufrieden seien, fragte er. Mundus, ein Berner Altphilologe, der galizische Fischer am Ende der Welt nach der Einstellung zu ihrem Leben fragte. Gregorius genoß es, er genoß es über alle Maßen, die Freude an der Absurdität mischte sich mit Müdigkeit, Euphorie und einem unbekannten Gefühl befreiender Entgrenzung.

Die Fischer verstanden die Frage nicht, und Gregorius mußte sie in seinem radebrechenden Spanisch zweimal wiederholen. »¿*Contento?*« rief einer von ihnen schließlich aus. »Wir kennen nichts anderes!« Sie lachten und lachten immer weiter, bis daraus ein brüllendes Gelächter wurde, in das Gregorius mit solcher Heftigkeit einstimmte, daß ihm die Augen zu tränen begannen.

Er legte einem der Männer die Hand auf die Schulter und drehte ihn zum Meer hin.

»¡*Siempre derecho, más y más – nada!*« rief er in eine Windböe hinein.

»¡*America!*« rief der Mann. »¡*America!*«

Er holte aus einer Innentasche seiner Jacke das Foto eines Mädchens in Bluejeans, Stiefeln und Cowboyhut.

»¡*Mi hija!*« Meine Tochter! Er gestikulierte in Richtung Meer.

Die anderen rissen ihm das Bild aus der Hand.

»¡*Qué guapa es!*« Wie hübsch sie ist!, riefen sie durcheinander.

Gregorius lachte und gestikulierte und lachte, die anderen schlugen ihm auf die Schultern, rechts und links und rechts, es waren derbe Schläge, Gregorius wankte, die Fischer drehten sich, das Meer drehte sich, das Sausen des Winds wurde zu Ohrensausen, es schwoll an und an, um ganz plötzlich in einer Stille zu verschwinden, die alles verschluckte.

Als er aufwachte, lag er in einem Boot auf der Bank, erschrockene Gesichter über sich. Er richtete sich auf. Der Kopf tat weh. Die Schnapsflasche lehnte er ab. Es gehe schon wieder, sagte er, und fügte hinzu: »¡*El fin del mundo!*« Sie lachten erleichtert. Er schüttelte schwielige, rissige Hände, balancierte langsam aus dem Boot und setzte sich hinters Steuer. Er war froh, daß der Motor sofort kam. Die Fischer, die Hände in den Taschen ihres Ölzeugs, sahen ihm nach.

Im Ort nahm er in einer Pension ein Zimmer und schlief bis in den Nachmittag hinein. Es hatte inzwischen aufgeklart, und es war wärmer geworden. Trotzdem fror er, als er in der Dämmerung zum Kap fuhr. Er setzte sich auf einen Felsblock und sah zu, wie der Lichtschein im Westen immer schwächer wurde, um schließlich ganz zu erlöschen. *O mar tenebroso.* Die schwarzen Wellen brachen krachend, der helle Schaum wischte mit bedrohlichem Rauschen über den Strand. Das Wort kam nicht. *Es kam nicht.*

Gab es das Wort überhaupt? War es am Ende nicht das Gedächtnis, sondern der Verstand, der einen feinen Riß bekommen hatte? Wie konnte es geschehen, daß ein Mensch fast den Verstand verlor, weil ihm ein Wort, ein einziges Wort, das nur ein einziges Mal vorkam, entfallen war? Er mochte sich quälen, wenn er in einem Hörsaal saß, vor einer Klausur, in einem Examen. Aber im Angesicht der tosenden See? Mußten die schwarzen Wasser, die dort vorne bruchlos in den Nachthimmel übergingen, solche Sorgen nicht einfach wegwischen als etwas vollkommen Bedeutungsloses, Lächerliches, um das sich nur einer kümmern konnte, der jeglichen Sinn für die Proportionen verloren hatte?

Er hatte Heimweh. Er schloß die Augen. Er kam Viertel vor acht von der Bundesterrasse und betrat die Kirchenfeldbrücke. Durch die Lauben der Spitalgasse, Marktgasse und Kramgasse ging er hinunter zum Bärengraben. Im Münster hörte er das Weihnachtsoratorium. Er stieg in Bern aus dem Zug und betrat seine Wohnung. Er nahm die Platte des portugiesischen Sprachkurses vom Plattenteller und tat sie in die Besenkammer. Er legte sich aufs Bett und war froh zu wissen: Alles war wie früher.

Es war ganz unwahrscheinlich, daß Prado und Estefânia

Espinhosa hierher gefahren waren. Mehr als unwahrscheinlich. Nichts sprach dafür, nicht das geringste.

Frierend und mit feuchter Jacke ging Gregorius zum Auto.
Der Wagen sah in der Dunkelheit riesig aus. Wie ein Ungetüm,
das niemand heil nach Coimbra zurückfahren konnte, am
allerwenigsten er.

Später versuchte er gegenüber der Pension, etwas zu essen,
doch es ging nicht. Am Empfang ließ er sich ein paar Bogen
Papier geben. Dann setzte er sich im Zimmer an den winzigen
Tisch und übersetzte, was der muselmanische Geograph geschrieben hatte, ins Latein, ins Griechische und Hebräische. Er
hatte gehofft, daß das Schreiben griechischer Buchstaben das
verlorene Wort zurückbringen würde. Doch es geschah nichts,
der Raum des Erinnerns blieb stumm und leer.

Nein, es war nicht so, daß die rauschende Weite der See das
Behalten und Vergessen von Worten bedeutungslos machte.
Auch nicht das Behalten und Vergessen von Wörtern. Es war
nicht so, es war überhaupt nicht so. Ein einziges Wort unter
Worten, ein einziges Wort unter Wörtern: Sie waren unberührbar, ganz und gar unberührbar für die Massen des blinden, wortlosen Wassers, und das bliebe auch dann so, wenn
das gesamte Universum von heute auf morgen zu einer Welt
aus ungezählten Sintfluten würde, in der es unaufhörlich aus
allen Himmeln tropfte. Wenn es im Universum nur ein Wort
gäbe, ein einziges Wort, dann wäre es kein *Wort*, aber wenn es
doch eines wäre, so wäre es mächtiger und leuchtender als alle
Fluten hinter allen Horizonten.

Langsam wurde Gregorius ruhiger. Bevor er schlafen ging,
sah er vom Fenster aus auf den geparkten Wagen hinunter.
Morgen, bei Tage, würde es gehen.

Es ging. Erschöpft und ängstlich nach unruhigem Schlaf
fuhr er die Strecke in kleinen Etappen. Während der Pausen
suchten ihn regelmäßig die Traumbilder der Nacht heim. Er

war in Isfahan gewesen, und es hatte am Meer gelegen. Die Stadt mit ihren Minaretten und Kuppeln, mit dem glänzenden Ultramarin und dem blitzenden Gold hatte sich gegen einen hellen Horizont abgehoben, und deshalb war er erschrocken, als er aufs Meer blickte und sah, daß es schwarz und brausend vor der Wüstenstadt tobte. Ein heißer, trockener Wind trieb ihm feuchte, schwere Luft ins Gesicht. Zum erstenmal hatte er von Prado geträumt. Der Goldschmied der Worte tat nichts, er war in der weiten Arena des Traums nur anwesend, wortlos und vornehm, und Gregorius suchte, das Ohr an Adrianas riesigem Tonbandgerät, nach dem Klang seiner Stimme.

Bei Viana do Castelo, kurz vor der Autobahn nach Porto und Coimbra, spürte Gregorius, daß ihm das verlorene Wort aus der Odyssee auf der Zunge lag. Er schloß hinter dem Steuer unwillkürlich die Augen und versuchte mit aller Kraft zu verhindern, daß es zurück ins Vergessen sänke. Wildes Hupen ließ ihn zusammenfahren. In letzter Sekunde konnte er den Wagen, der auf die Gegenfahrbahn geraten war, herumreißen und einen frontalen Zusammenstoß verhindern. Bei der nächsten Ausweichstelle hielt er und wartete, bis das schmerzhafte Pochen des Bluts im Gehirn abnahm. Danach fuhr er hinter einem langsamen Lastwagen bis nach Porto. Die Frau beim Autoverleih war nicht erbaut, daß er den Wagen hier und nicht in Coimbra zurückgeben wollte. Doch nach einem langen Blick auf sein Gesicht erklärte sie sich schließlich einverstanden.

Als sich der Zug in Richtung Coimbra und Lissabon in Bewegung setzte, lehnte Gregorius den Kopf erschöpft an die Stütze. Er dachte an die Abschiede in Lissabon, die vor ihm lagen. *Das ist der Sinn eines Abschieds im vollen, gewichtigen Sinne des Worts: daß sich die beiden Menschen, bevor sie auseinandergehen, darüber verständigen, wie sie sich gesehen und er-*

lebt haben, hatte Prado in seinem Brief an die Mutter geschrieben. *Sich verabschieden, das ist auch etwas, das man mit sich selbst macht: zu sich selbst stehen unter dem Blick des Anderen.* Der Zug nahm volle Fahrt auf. Der Schreck über den Unfall, den er um ein Haar verursacht hätte, begann zu weichen. Bis Lissabon wollte er an nichts mehr denken.

Genau in dem Augenblick, in dem es ihm, unterstützt vom monotonen Klopfen der Räder, gelang, die Dinge loszulassen, war das verlorene Wort plötzlich da: λίστϱον, ein Schurfeisen zum Reinigen des Saalbodens. Und jetzt wußte er auch wieder, wo es stand: in der Odyssee, gegen Ende des 22. Gesangs.

Die Abteiltür ging auf, und es nahm ein junger Mann Platz, der eine Boulevardzeitung mit riesigen Lettern entfaltete. Gregorius stand auf, nahm sein Gepäck und ging bis ans Ende des Zugs, wo er ein leeres Abteil fand. Λίστϱον, sagte er vor sich hin, λίστϱον.

Als der Zug im Bahnhof von Coimbra hielt, dachte er an den Hügel der Universität und an den Landvermesser, der in seiner Vorstellung mit einem altertümlichen Arztköfferchen über die Brücke ging, ein schmaler, nach vorne gebeugter Mann im grauen Arbeitskittel, der darüber nachdachte, wie er die Leute auf dem Schloßberg dazu bewegen konnte, ihm Einlaß zu gewähren.

Als Silveira am Abend aus der Firma nach Hause kam, ging ihm Gregorius in der Halle entgegen. Silveira stutzte und kniff die Augen zusammen.

»Du fährst nach Hause.«

Gregorius nickte.

»Erzähl!«

44 »Wenn Sie mir Zeit gelassen hätten – ich hätte einen Portugiesen aus Ihnen gemacht«, sagte Cecília. »Denken Sie daran, wenn Sie wieder in Ihrem rauhen, kehligen Land sind: *doce*, *suave*, und wir hüpfen über die Vokale hinweg.«

Sie zog das grüne Halstüchlein über die Lippen, es blähte sich, als sie sprach. Sie lachte, als sie seinen Blick sah.

»Das mit dem Tüchlein, das mögen Sie. Nicht?« Und sie blies ganz heftig.

Sie gab ihm die Hand. »Ihr unglaubliches Gedächtnis. Ich werde Sie schon deswegen nicht vergessen.«

Gregorius hielt ihre Hand, bis es nicht mehr ging. Er zögerte. Schließlich rikierte er es.

»Gibt es einen Grund, weshalb ...«

»Sie meinen: weshalb ich immer grün angezogen bin? Ja, den gibt es. Sie hören ihn, wenn Sie wiederkommen.«

Quando voltares. Wenn Sie wiederkommen. *Quando* hatte sie gesagt, nicht *se*. Auf dem Weg zu Vítor Coutinho stellte er sich vor, wie es wäre, wenn er am Montag morgen in der Sprachschule erschiene. Wie ihr Gesicht aussähe. Wie sich ihre Lippen bewegten, wenn sie ihm den Grund für das ewige Grün erzählte.

»*Que quer?*« rief Coutinhos bellende Stimme eine Stunde später.

Der Türöffner summte, der Alte kam die Treppe herunter, die Pfeife zwischen den Zähnen. Einen Moment lang mußte er im Gedächtnis suchen.

»*Ah, c'est vous*«, sagte er dann.

Auch heute roch es nach abgestandenem Essen, Staub und Pfeifentabak, und auch heute trug Coutinho ein ausgewaschenes Hemd von undefinierbarer Farbe.

Prado. *O consultório azul.* Ob Gregorius den Mann gefunden habe?

Keine Ahnung, warum ich dir das gebe, aber so ist es nun,

hatte der Alte zu ihm gesagt, als er ihm damals das Neue Testament geschenkt hatte. Gregorius hatte es bei sich. Es blieb in der Tasche. Er erwähnte es nicht einmal, die richtigen Worte wollten nicht kommen. *Intimität, sie ist flüchtig und trügerisch wie eine Luftspiegelung*, hatte Prado geschrieben.

Er sei in Eile, sagte Gregorius, und gab dem Alten die Hand. »Eins noch«, rief ihm der Alte über den Hof hinweg zu. »Werden Sie, wenn Sie jetzt wieder dort sind, die Nummer anrufen? Die Nummer auf der Stirn?«

Gregorius machte ein Zeichen der Ungewißheit und winkte.

Er fuhr in die Baixa, die Unterstadt, und schritt das Schachbrett der Straßen ab. Im Café gegenüber von O'Kellys Apotheke aß er etwas und wartete stets von neuem darauf, daß die Gestalt des rauchenden Apothekers hinter dem Glas der Tür auftauchte. Wollte er mit ihm noch einmal sprechen? *Wollte* er es?

Schon den ganzen Morgen spürte er, daß er etwas nicht richtig machte mit seinen Abschieden. Daß etwas fehlte. Jetzt hatte er es. Er ging hinüber zum Fotogeschäft und kaufte eine Kamera mit Teleobjektiv. Wieder im Café, holte er sich den Türausschnitt heran, in dem O'Kelly erschien, und schoß einen ganzen Film voll, weil er mit dem Abdrücken meistens zu spät kam.

Später fuhr er noch einmal zu Coutinhos Haus beim Cemitério dos Prazeres hinaus und fotografierte das baufällige, efeuüberwachsene Gebäude. Er holte die Fenster heran, doch der Alte erschien nicht. Schließlich gab er auf und ging auf den Friedhof, wo er Bilder vom Familiengrab der Prados machte. In der Nähe des Friedhofs kaufte er Filme nach und fuhr dann mit der alten Bahn quer durch die Stadt zu Mariana Eça.

Rotgoldener Assam mit Kandiszucker. Die großen, dunklen Augen. Das rötliche Haar. Ja, sagte sie, es sei besser, wenn er mit den Ärzten in der Muttersprache reden könne. Gregorius sagte nichts von der Ohnmacht in der Bibliothek von Coimbra. Sie sprachen über João Eça.

»Es ist ja ein bißchen eng in seinem Zimmer«, sagte Gregorius.

Für einen Moment huschte Ärger über ihr Gesicht, dann hatte sie sich wieder in der Gewalt.

»Ich habe ihm andere Heime vorgeschlagen, komfortablere. Doch er wollte es so. *Es soll karg sein*, sagte er. *Nach allem, was war, muß es karg sein.*«

Gregorius ging, bevor die Teekanne leer war. Er wünschte, er hätte nichts über Eças Zimmer gesagt. Es war unsinnig zu tun, als stünde er ihm nach vier Nachmittagen näher als sie, die sie ihn schon als kleines Mädchen gekannt hatte. Als verstünde er ihn besser. Es war unsinnig. Selbst wenn es stimmte.

Als er sich am Nachmittag in Silveiras Haus ausruhte, setzte er die alte, schwere Brille auf. Die Augen wollten nicht.

Es war zu dunkel, um zu fotografieren, als er bei Mélodies Haus ankam. Es blitzte, als er trotzdem ein paar Bilder machte. Heute war sie hinter den erleuchteten Fenstern nicht zu sehen. *Ein Mädchen, das den Boden nicht zu berühren schien.* Der Richter war aus dem Wagen gestiegen, hatte mit seinem Stock die Autos angehalten, sich einen Weg durch die Zuhörer gebahnt und, ohne die Tochter mit der Ballonmütze anzublicken, eine Handvoll Münzen in den offenen Geigenkasten geworfen. Gregorius blickte hinauf in die Zedern, die Adriana, kurz bevor ihr der Bruder das Messer in den Hals stieß, blutrot erschienen waren.

Jetzt sah Gregorius einen Mann hinter dem Fenster. Das entschied die Frage, ob er klingeln sollte. In der Bar, in der er schon einmal gewesen war, trank er einen Kaffee und rauchte, wie damals, eine Zigarette. Dann ging er auf die Burgterrasse hinüber und prägte sich das nächtliche Lissabon ein.

O'Kelly war dabei, den Laden abzuschließen. Als er ein paar

Minuten später auf die Straße trat, folgte ihm Gregorius in so großem Abstand, daß er ihn dieses Mal nicht würde entdecken können. Er bog in die Gasse ein, in der der Schachclub lag. Gregorius ging zurück, um Bilder von der erleuchteten Apotheke zu machen.

45 Am Samstag morgen fuhr Filipe mit Gregorius zum Liceu. Sie packten die Campingsachen ein, und Gregorius nahm die Bilder von Isfahan von den Wänden. Dann schickte er den Fahrer weg.

Es war ein sonniger, warmer Tag, nächste Woche begann der April. Gregorius setzte sich auf das Moos der Treppenstufen vor dem Eingang. *Ich saß auf dem warmen Moos der Eingangstreppe und dachte an den gebieterischen Wunsch meines Vaters, ich möge Arzt werden – einer also, der es vermöchte, Menschen wie ihn von den Schmerzen zu erlösen. Ich liebte ihn für sein Vertrauen und verfluchte ihn der erdrückenden Last wegen, die er mir mit seinem anrührenden Wunsch aufbürdete.*

Plötzlich begann Gregorius zu weinen. Er nahm die Brille ab, verbarg den Kopf zwischen den Knien und ließ die Tränen ohne Gegenwehr aufs Moos tropfen. *Em vão, vergeblich*, sei eines von Prados Lieblingswörtern gewesen, hatte Maria João gesagt. Gregorius sagte das Wort und wiederholte es, langsam, dann immer schneller, bis die Wörter ineinander und mit den Tränen verschmolzen.

Später ging er hinauf in Prados Klassenzimmer und fotografierte den Blick auf die Mädchenschule. Von der Mädchenschule aus hielt er den umgekehrten Blick fest: das Fenster, an dem Maria João die Lichtpunkte der Sonne gesehen hatte, die sich in Prados Opernglas brach.

Er erzählte Maria João von den Bildern, als er am Mittag in ihrer Küche saß. Und dann, auf einmal, brach es aus ihm heraus, er sprach von der Ohnmacht in Coimbra, vom vergessenen Homerischen Wort und von der panischen Angst vor einer neurologischen Untersuchung.

Später saßen sie zusammen am Küchentisch und lasen, was Maria Joãos Lexikon über Schwindel sagte. Er konnte ganz harmlose Ursachen haben, Maria João zeigte ihm die Sätze, fuhr sie mit dem Zeigefinger entlang, übersetzte sie, wiederholte die wichtigen Wörter.

Tumor. Stumm zeigte Gregorius auf das Wort. Ja, sicher, sagte Maria João, aber er müsse lesen, was dazu noch gesagt werde, vor allem, daß in diesem Fall der Schwindel nicht ohne andere, schwere Ausfallserscheinungen auftrete, wie es sie bei ihm doch nicht gebe.

Sie sei froh, sagte sie zum Abschied, daß er sie neulich auf die Reise in die Vergangenheit mitgenommen habe. Sie habe auf diese Weise die sonderbare Mischung aus Nähe und Distanz spüren können, die in ihr sei, wenn es um Amadeu gehe. Dann ging sie zum Schrank und holte die große Schachtel mit den Intarsien heraus. Sie reichte ihm den versiegelten Umschlag mit Prados Aufzeichnungen über Fátima.

»Ich werde es, wie gesagt, nicht lesen«, sagte sie. »Und ich denke, es ist bei Ihnen gut aufgehoben. Vielleicht sind Sie am Ende derjenige von uns allen, der ihn am besten kennt. Ich bin dankbar für die Art, in der Sie über ihn sprechen.«

Als Gregorius später auf der Fähre über den Tejo saß, sah er Maria João vor sich, wie sie ihm zum Abschied zugewinkt hatte, bis er aus ihrem Blickfeld verschwunden war. Sie war diejenige, die er als letzte kennengelernt hatte, und sie war diejenige, die er am meisten vermissen würde. Ob er ihr schreiben werde, wie die Untersuchung ausgegangen sei?, hatte sie gefragt.

46 Als Gregorius vor der Tür stand, kniff João Eça die Augen zusammen, und seine Züge wurden hart wie bei jemandem, der sich gegen einen großen Schmerz wappnet.

»Es ist Samstag«, sagte er.

Sie setzten sich auf die gewohnten Plätze. Das Schachbrett fehlte, der Tisch sah nackt aus.

Gregorius erzählte vom Schwindel, von der Angst, von den Fischern am Ende der Welt.

»Sie kommen also nicht mehr«, sagte Eça.

Statt von ihm und seinen Sorgen sprach er von sich selbst, und bei jedem anderen hätte das Gregorius befremdet. Nicht bei diesem gefolterten, verschlossenen, einsamen Mann. Seine Worte gehörten zu den kostbarsten, die er gehört hatte.

Wenn sich der Schwindel als harmlos herausstelle und es den Ärzten gelinge, ihn zu vertreiben, dann komme er zurück, sagte er. Um richtig Portugiesisch zu lernen und die Geschichte des portugiesischen Widerstands zu schreiben. Er sagte es mit fester Stimme, doch die Zuversicht, die er mit Macht hineinlegte, klang hohl, und er war sicher, daß sie auch für Eça hohl klangen.

Mit zitternden Händen holte Eça das Schachbrett aus dem Regal und stellte die Figuren auf. Eine Weile saß er mit geschlossenen Augen da. Dann stand er auf und holte eine Sammlung von Schachpartien.

»Hier. Aljechin gegen Capablanca. Ich möchte, daß wir sie zusammen nachspielen.«

»Kunst gegen Wissenschaft«, sagte Gregorius.

Eça lächelte. Gregorius wünschte, er hätte dieses Lächeln auf einen Film bannen können.

Manchmal versuche er sich vorzustellen, wie die letzten Minuten seien, nachdem man die tödlichen Tabletten genommen habe, sagte Eça mitten in der Partie. Zuerst vielleicht Erleichterung, daß es nun endlich zu Ende sein werde und man dem würdelosen Siechtum entronnen sei. Ein Hauch von Stolz über den eigenen Mut. Ein Bedauern, daß man nicht öfter so mutig gewesen sei. Ein letztes Resümee, eine letzte Vergewisserung, daß es richtig sei und falsch wäre, die Ambulanz zu rufen. Die Hoffnung auf Gelassenheit bis zuletzt. Das Warten auf die Eintrübung und die Taubheit in Fingerspitzen und Lippen.

»Und dann pötzlich doch rasende Panik, ein Aufbäumen, der irrsinnige Wunsch, es möge noch nicht zu Ende sein. Eine innere Überschwemmung, ein heißer, reißender Strom von Lebenswillen, der alles beiseite fegt und alles Denken und Entscheiden künstlich erscheinen läßt, papieren, lächerlich. Und dann? Was *dann*?«

Er wisse es nicht, sagte Gregorius, und dann holte er Prados Buch hervor und las vor:

War es nicht offensichtlich, einfach und klar, worin ihr Entsetzen bestünde, wenn sie in diesem Augenblick Kunde von ihrem nahen Tode erhielten? Ich hielt das übernächtigte Gesicht in die Morgensonne und dachte: Sie wollen einfach noch mehr vom Stoff ihres Lebens, wie leicht oder beschwerlich, wie karg oder üppig dieses Leben auch sein mag. Sie wollen nicht, daß es zu Ende sei, auch wenn sie das fehlende Leben nach dem Ende nicht mehr vermissen können – und das wissen.

Eça ließ sich das Buch geben und las selbst, zuerst diese Stelle, dann das ganze Gespräch mit Jorge über den Tod.

»O'Kelly«, sagte er schließlich. »Raucht sich zu Tode. ›Ja, und?‹ sagte er, wenn jemand ihn darauf ansprach. Ich sehe sein Gesicht dabei vor mir: *Leck mich am Arsch*. Und dann hat's ihn doch erwischt mit der Angst. *Merda*.«

Es begann zu dämmern, als die Partie zu Ende war und Aljechin gewonnen hatte. Gregorius nahm Eças Tasse und trank den letzten Schluck Tee. An der Tür standen sie sich gegen-

über. Gregorius spürte, wie es in ihm zitterte. Eças Hände faßten ihn an den Schultern, und jetzt spürte er seinen Kopf an
der Wange. Eça schluckte laut, Gregorius fühlte die Bewegung
seines Adamsapfels. Mit einem heftigen Ruck, der Gregorius
ins Wanken brachte, stieß sich Eça von ihm ab und öffnete die
Tür, den Blick gesenkt. Bevor Gregorius auf dem Gang um die
Ecke bog, blickte er zurück. Eça stand mitten im Gang und sah
ihm nach. Das hatte er noch nie getan.

Auf der Straße trat Gregorius hinter ein Gebüsch und wartete. Eça trat auf den Balkon und zündete eine Zigarette an.
Gregorius schoß den Film voll.

Er sah nichts vom Tejo. Er sah und spürte João Eça. Von der
Praça do Comércio ging er langsam in Richtung Bairro Alto
und setzte sich in der Nähe des blauen Hauses in ein Café.

47 Er ließ Viertelstunde um Viertelstunde verstreichen. Adriana. Das würde der schwierigste Abschied werden.

Sie öffnete und deutete sein Gesicht sofort richtig. »Es ist etwas passiert«, sagte sie.

Eine medizinische Routineuntersuchung bei seinem Arzt in
Bern, sagte Gregorius. Ja, es könne gut sein, daß er zurückkomme. Er war verblüfft, wie ruhig sie es aufnahm, fast verletzte es ihn ein bißchen.

Sie atmete nicht hektisch, aber auffälliger als zuvor. Dann
gab sie sich einen Ruck, stand auf und holte einen Notizblock.
Sie möchte seine Telefonnummer in Bern haben, sagte sie.

Gregorius hob erstaunt die Brauen. Da zeigte sie hinüber
auf das Tischchen in der Ecke, wo ein Telefonapparat stand.

»Seit gestern«, sagte sie. Und sie wolle ihm noch etwas zeigen. Sie ging voran ins Dachgeschoß.

Die Bücherberge auf den nackten Dielen in Amadeus Zimmer waren verschwunden. Die Bücher standen jetzt in einem Regal in der Ecke. Sie sah ihn mit erwartungsvollem Blick an. Er nickte, trat neben sie und berührte sie am Arm.

Jetzt zog sie die Schublade von Amadeus Schreibtisch auf, löste das Band, das die Kartondeckel zusammenhielt, und nahm drei Bogen Papier heraus.

»Er hat es danach geschrieben, nach dem Mädchen«, sagte sie. Ihre magere Brust hob und senkte sich. »Die Buchstaben sind mit einemmal so klein. Als ich es sah, dachte ich: Er wollte es vor sich selbst verbergen.«

Sie glitt mit dem Blick über den Text. »Es zerstört alles. *Alles.*«

Sie tat die Blätter in einen Umschlag und reichte ihn Gregorius.

»Er war nicht mehr er selbst. Ich möchte ... bitte nehmen Sie es mit. Weit fort. Ganz weit fort.«

Gregorius verfluchte sich später. Er hatte noch einmal den Raum sehen wollen, in dem Prado Mendes das Leben gerettet hatte, wo die Gehirnkarte gehangen hatte und wo er Jorges Schachspiel vergraben hatte.

»Er arbeitet so gern hier unten«, sagte Adriana, als sie in der Praxis standen. »Mit mir. Mit mir zusammen.« Sie strich mit der Hand über den Untersuchungstisch. »Sie lieben ihn alle. Lieben und bewundern ihn.«

Sie lächelte ein gespenstisch leichtes, fernes Lächeln.

»Manche kommen, auch wenn ihnen nichts fehlt. Sie erfinden dann etwas. Nur um ihn zu sehen.«

Gregorius' Gedanken rasten. Er ging zum Tisch mit den veralteten Spritzen und nahm eine in die Hand. Ja, so hätten die Spritzen damals ausgesehen, sagte er. Wie anders sie heute seien!

Die Worte erreichten Adriana nicht, sie zupfte am Papiertuch auf dem Behandlungstisch. Ein Rest des Lächelns von vorhin lag noch auf ihren Zügen.

Ob sie wisse, was aus der Gehirnkarte geworden sei, fragte er. Sie müßte heute bereits Seltenheitswert besitzen.

»›Warum brauchst du die Karte eigentlich‹, frage ich ihn manchmal, ›Körper sind doch für dich wie aus Glas‹. ›Es ist halt eine Karte‹, sagt er dann. Er liebt Karten. Landkarten. Eisenbahnkarten. In Coimbra, während des Studiums, hat er einmal einen geheiligten Anatomieatlas kritisiert. Die Professoren mochten ihn nicht. Er ist respektlos. Einfach so überlegen.«

Gregorius wußte nur noch eine Lösung. Er sah auf die Uhr.

»Ich bin spät dran«, sagte er. »Kann ich Ihr Telefon benutzen?«

Er machte die Tür auf und ging voran in den Hausflur.

Ihr Gesicht war verstört, als sie abschloß. Eine senkrechte Furche teilte die Stirn und gab ihr das Aussehen von jemandem, in dem Dunkelheit und Verwirrung herrschen.

Gregorius ging auf die Treppe zu.

»*Adeus*«, sagte Adriana und schloß die Haustür auf.

Es war ihre herbe, abweisende Stimme, die er von den ersten Besuchen kannte. Sie stand kerzengerade und bot aller Welt die Stirn.

Gregorius ging langsam auf sie zu und blieb vor ihr stehen. Er sah ihr in die Augen. Ihr Blick war versiegelt und abweisend. Er streckte die Hand nicht aus. Sie würde sie nicht nehmen.

»*Adieu*«, sagte er. »Alles Gute.« Dann war er draußen.

48 Gregorius gab Silveira die Fotokopie von Prados Buch. Er war über eine Stunde durch die Stadt geirrt, bis er ein Kaufhaus gefunden hatte, das noch geöffnet hatte und wo man kopieren konnte.

»Das ist ...«, sagte Silveira heiser, »ich ...«

Dann sprachen sie über den Schwindel. Seine augenkranke Schwester, sagte Silveira, leide seit Jahrzehnten unter Schwindel, man habe die Ursache nicht finden können, sie habe sich einfach daran gewöhnt.

»Ich bin einmal mit ihr beim Neurologen gewesen. Und verließ die Praxis mit dem Gefühl: Steinzeit. Unser Wissen vom Gehirn ist noch steinzeitlich. Ein paar Areale, ein paar Aktivitätsmuster, ein paar Stoffe. Mehr weiß man nicht. Ich hatte das Gefühl: Die wissen noch nicht einmal, wonach sie *suchen* sollen.«

Sie sprachen über die Angst, die aus der Ungewißheit entstand. Plötzlich spürte Gregorius, daß ihn etwas beunruhigte. Es dauerte, bis er verstand: vorgestern, bei der Rückkehr, das Gespräch mit Silveira über die Reise, heute das Gespräch mit João Eça, jetzt wieder Silveira. Konnten zwei Intimitäten sich blockieren, behindern, vergiften? Er war froh, daß er Eça nichts von der Ohnmacht in der Bibliothek von Coimbra erzählt hatte, so hatte er etwas, das er nur mit Silveira teilte.

Was denn eigentlich das Homerische Wort gewesen sei, das er vergessen habe, fragte Silveira jetzt. Λίστρον, sagte Gregorius, ein Schurfeisen zum Reinigen des Saalbodens.

Silveira lachte, Gregorius stimmte ein, sie lachten und lachten, sie brüllten vor Lachen, zwei Männer, die sich für einen Moment über alle Angst, alle Trauer, alle Enttäuschung und über ihre ganze Lebensmüdigkeit zu erheben vermochten. Die im Lachen auf kostbare Weise verbunden waren, wenngleich die Angst, die Trauer und die Enttäuschung ihre ganz eigenen waren und ihnen ihre ganz eigene Einsamkeit schufen.

Als sein Lachen verebbte und er das Gewicht der Welt wieder spürte, dachte Gregorius daran, wie er mit João Eça über das verkochte Mittagessen des Heims gelacht hatte.

Silveira ging in sein Arbeitszimmer und kam mit der Serviette zurück, auf die ihm Gregorius im Speisewagen des Nachtzugs in hebräischen Worten aufgeschrieben hatte: *Und Gott sprach: Es werde Licht! Und es ward Licht.* Er solle es ihm noch einmal vorlesen, sagte Silveira. Dann bat er ihn, etwas aus der Bibel auf Griechisch aufzuschreiben.

Gregorius konnte nicht widerstehen und schrieb: *Im Anfang war das Wort, und das Wort war bei Gott, und Gott war das Wort. Dasselbe war im Anfang bei Gott. Alle Dinge sind durch dasselbe gemacht, und ohne dasselbe ist nichts gemacht, was gemacht ist. In ihm war das Leben, und das Leben war das Licht der Menschen.*

Silveira holte seine Bibel und las diese Anfangssätze des Evangeliums nach Johannes.

»Also ist das Wort das Licht der Menschen«, sagte er. »Und so richtig gibt es die Dinge erst, wenn sie in Worte gefaßt worden sind.«

»Und die Worte müssen einen Rhythmus haben«, sagte Gregorius, »einen Rhythmus, wie ihn zum Beispiel die Worte bei Johannes haben. Erst dann, erst wenn sie Poesie sind, werfen sie wirklich Licht auf die Dinge. Im wechselnden Licht der Worte können dieselben Dinge ja ganz unterschiedlich aussehen.«

Silveira sah ihn an.

»Und deshalb muß einem, wenn ein Wort im Angesicht von dreihunderttausend Büchern fehlt, schwindlig werden.«

Sie lachten und lachten immer weiter, sie sahen sich an und wußten voneinander, daß sie auch über das frühere Lachen lachten, und darüber, daß man über das Wichtigste, was es gab, am besten lachte.

Ob er ihm die Fotografien von Isfahan überlassen würde, fragte Silveira später. Sie hängten sie in seinem Arbeitszimmer auf. Silveira setzte sich hinter seinen Schreibtisch, zündete eine Zigarette an und betrachtete die Bilder.

»Ich wünschte, das würden meine geschiedene Frau und meine Kinder sehen«, sagte er.

Bevor sie schlafen gingen, standen sie eine Weile schweigend in der Halle.

»Daß das jetzt auch schon wieder vorbei ist«, sagte Silveira. »Dein Aufenthalt hier, meine ich. Hier in meinem Haus.«

Gregorius konnte nicht einschlafen. Er stellte sich vor, wie sich sein Zug am nächsten Morgen in Bewegung setzen würde, er spürte das erste, sanfte Rucken. Er verfluchte den Schwindel und die Tatsache, daß Doxiades recht hatte.

Er machte Licht und las, was Prado über Intimität notiert hatte.

INTIMIDADE IMPERIOSA. GEBIETERISCHE INTIMITÄT. *In der Intimität sind wir ineinander verschränkt, und die unsichtbaren Bande sind eine befreiende Fessel. Diese Verschränkung ist gebieterisch: Sie verlangt Ausschließlichkeit. Teilen ist verraten. Doch wir mögen, lieben und berühren nicht nur einen einzigen Menschen. Was tun? Regie führen über die verschiedenen Intimitäten? Pedantische Buchhaltung über Themen, Worte, Gesten? Über gemeinsames Wissen und Geheimnisse? Es wäre ein lautlos träufelndes Gift.*

Es begann schon zu dämmern, als er in einen unruhigen Schlaf glitt und vom Ende der Welt träumte. Es war ein melodiöser Traum ohne Instrumente und Töne, ein Traum aus Sonne, Wind und Worten. Die Fischer mit ihren rauhen Händen riefen einander rauhe Dinge zu, der salzige Wind verwehte die Wörter, auch das Wort, das ihm entfallen war, jetzt

war er im Wasser und tauchte steil nach unten, er schwamm
mit aller Macht immer tiefer und spürte die Lust und Wärme
in den Muskeln, wenn sie sich gegen die Kälte stemmten, er
mußte den Bananendampfer verlassen, es eilte, er versicherte
den Fischern, es habe mit ihnen nichts zu tun, doch sie vertei-
digten sich und sahen ihn voller Fremdheit an, als er mit dem
Seesack an Land ging, begleitet von Sonne, Wind und Worten.

VIERTER TEIL

Die Rückkehr

49 Silveira war längst aus seinem Gesichtsfeld verschwunden, da winkte Gregorius immer noch. »Gibt es in Bern eine Firma, die Porzellan herstellt?« hatte er auf dem Perron gefragt. Gregorius hatte aus dem Abteilfenster ein Bild geschossen: Silveira, der die Zigarette gegen den Wind abschirmte, um sie anzünden zu können.

Die letzten Häuser von Lissabon. Gestern war er noch einmal ins Bairro Alto zu der kirchlichen Buchhandlung gegangen, wo er die Stirn an die nebelfeuchte Scheibe gelehnt hatte, bevor er zum erstenmal beim blauen Haus klingelte. Damals hatte er gegen die Versuchung ankämpfen müssen, zum Flughafen zu fahren und mit der nächsten Maschine nach Zürich zu fliegen. Jetzt mußte er gegen die Versuchung ankämpfen, an der nächsten Station auszusteigen.

Wenn mit jedem Meter, den der Zug hinter sich brachte, eine Erinnerung gelöscht würde und wenn sich außerdem auch die Welt Stück für Stück zurückverwandelte, so daß, wenn er im Bahnhof von Bern ankam, alles wäre wie zuvor: Wäre dann auch die Zeit seines Aufenthalts vernichtet?

Gregorius holte den Umschlag hervor, den ihm Adriana gegeben hatte. *Es zerstört alles. Alles.* Was er gleich lesen würde, hatte Prado nach der Spanienreise geschrieben. *Nach dem Mädchen.* Er dachte an das, was sie über seine Rückkehr aus Spanien gesagt hatte: Unrasiert und hohlwangig war er aus dem Taxi gestiegen, hatte heißhungrig alles verschlungen, ein Schlafpulver genommen, einen Tag und eine Nacht geschlafen.

Während der Zug auf Vilar Formoso zufuhr, wo sie die Grenze passieren würden, übersetzte sich Gregorius den Text, den Prado in winzigen Buchstaben hingeschrieben hatte:

CINZAS DA FUTILIDADE. ASCHE DER VERGEBLICHKEIT. *Es ist eine Ewigkeit her, daß mich Jorge mitten in der Nacht anrief, weil ihn die Angst vor dem Tode angefallen hatte.* Nein, keine Ewigkeit. *Es war in einer* anderen Zeit, *einer* vollkommen *anderen Zeit.* Dabei sind es gerade mal drei Jahre, drei ganz gewöhnliche, langweilige Kalenderjahre. *Estefânia. Er sprach damals von Estefânia.* Die Goldberg-Variationen. *Sie hatte sie für ihn gespielt, und er hätte sie auf seinem Steinway gern selbst gespielt.* Estefânia Espinhosa. *Was für ein zauberhafter, betörender Name!, dachte ich in jener Nacht. Ich wollte die Frau niemals sehen, keine Frau konnte diesem Namen genügen, es müßte eine Enttäuschung sein. Wie konnte ich wissen, daß es umgekehrt war: Der Name konnte* ihr *nicht genügen.*

Die Angst davor, daß das Leben unvollständig bliebe, ein Torso; das Bewußtsein, nicht mehr der werden zu können, auf den hin man sich angelegt hatte. So hatten wir die Angst vor dem Tode schließlich gedeutet. Doch wie kann man sich, fragte ich, vor der fehlenden Ganzheit und Stimmigkeit des Lebens fürchten, wo man sie doch, wenn sie einmal zur unwiderruflichen Tatsache geworden ist, gar nicht erlebt? Jorge schien es zu verstehen. Was sagte er?

Warum blättere ich nicht, warum sehe ich nicht nach? Warum will ich nicht wissen, was ich damals dachte und schrieb? Woher diese Gleichgültigkeit? Ist es Gleichgültigkeit? Oder ist der Verlust größer, tiefer?

Wissen wollen, wie man früher dachte und wie daraus wurde, was man jetzt denkt: Auch das gehörte, wenn es sie gäbe, zur Ganzheit eines Lebens. Und so hätte ich also verloren, was den Tod angstvoll macht? Den Glauben an eine Stimmigkeit des Lebens, um die es sich zu kämpfen lohnt und die wir dem Tod abzuringen versuchen?

Loyalität, sagte ich zu Jorge, Loyalität. Darin erfinden wir unsere Stimmigkeit. *Estefânia. Warum konnte die Brandung des*

Zufalls sie nicht an einen anderen Ort schwemmen? Warum gerade zu uns? Warum mußte sie uns auf eine Probe stellen, der wir nicht gewachsen waren? Die wir beide nicht bestanden haben, jeder auf seine Weise?

›Du bist mir zu hungrig. Es ist wunderschön mit dir. Aber du bist mir zu hungrig. Ich kann diese Reise nicht wollen. Siehst du, es wäre deine Reise, ganz allein deine. Es könnte nicht unsere sein.‹ Und sie hatte recht: Man darf die anderen nicht zu Bausteinen des eigenen Lebens machen, zu Wasserträgern beim Rennen um die eigene Seligkeit.

Finis terrae. Nie bin ich so wach gewesen wie dort. Und so nüchtern. Seither weiß ich: Mein Rennen ist zu Ende. Ein Rennen, von dem ich nicht gewußt habe, daß ich es lief, schon immer. Ein Rennen ohne Konkurrenten, ohne Ziel, ohne Belohnung. Ganzheit? Espejismo, sagen die Spanier, ich habe das Wort in jenen Tagen in der Zeitung gelesen, es ist das einzige, was ich noch weiß. Luftspiegelung. Fata Morgana.

Unser Leben, das sind flüchtige Formationen aus Treibsand, vom einen Windstoß gebildet, vom nächsten zerstört. Gebilde aus Vergeblichkeit, die verwehen, noch bevor sie sich richtig gebildet haben.

Er war nicht mehr er selbst, hatte Adriana gesagt. Und mit dem fremden, dem entfremdeten Bruder wollte sie nichts zu tun haben. *Weit fort. Ganz weit fort.*

Wann war jemand er selbst? Wenn er so war wie immer? So, wie er sich selbst sah? Oder so, wie er war, wenn die glühende Lava der Gedanken und Gefühle alle Lügen, Masken und Selbsttäuschungen unter sich begrub? Oft waren es die anderen, die beklagten, daß jemand nicht mehr er selbst sei. Vielleicht hieß es dann in Wirklichkeit: Er ist nicht mehr so, wie wir ihn gerne hätten? War das Ganze also am Ende nicht viel mehr als eine Art Kampfparole gegen eine drohende Erschütterung des Gewohnten, getarnt als Kummer und Besorgnis um das angebliche Wohl des anderen?

Auf der Weiterfahrt nach Salamanca schlief Gregorius ein. Und dann geschah etwas, was er noch nicht kannte: Er wachte direkt in den Schwindel hinein auf. Eine Flut irregeleiteter nervlicher Erregung schwappte durch ihn hindurch. Er drohte, in die Tiefe zu fallen, und hielt sich krampfhaft an den Armlehnen des Sitzes fest. Die Augen zu schließen, machte es noch schlimmer. Er schlug die Hände vors Gesicht. Es war vorbei.

Λίστρον. Alles in Ordnung.

Warum war er nicht geflogen? Morgen früh, in achtzehn Stunden, war er in Genf, drei Stunden später zu Hause. Mittags bei Doxiades, der das weitere veranlassen würde.

Der Zug fuhr langsamer. SALAMANCA. Und ein zweites Schild: SALAMANCA. Estefânia Espinhosa.

Gregorius stand auf, wuchtete den Koffer von der Ablage und hielt sich fest, bis der Schwindel vorbei war. Auf dem Bahnsteig trat er fest auf, um das Luftkissen zu zertreten, das ihn umfing.

50 Wenn er später an seinen ersten Abend in Salamanca zurückdachte, kam es ihm vor, als sei er stundenlang, gegen den Schwindel ankämpfend, durch Kathedralen, Kapellen und Kreuzgänge gestolpert, blind für ihre Schönheit, aber überwältigt von ihrer dunklen Wucht. Er blickte auf Altäre, Kuppeln und Chorgestühle, die sich in der Erinnerung sofort überlagerten, geriet zweimal in eine Messe und blieb schließlich in einem Orgelkonzert sitzen. *Ich möchte nicht in einer Welt ohne Kathedralen leben. Ich brauche ihre Schönheit und*

Erhabenheit. Ich brauche sie gegen die Gewöhnlichkeit der Welt. Ich will mich einhüllen lassen von der herben Kühle der Kirchen. Ich brauche ihr gebieterisches Schweigen. Ich brauche es gegen das geistlose Gebrüll des Kasernenhofs und das geistreiche Geschwätz der Mitläufer. Ich will den rauschenden Klang der Orgel hören, diese Überschwemmung von überirdischen Tönen. Ich brauche ihn gegen die schrille Lächerlichkeit der Marschmusik.

Das hatte der siebzehnjährige Prado geschrieben. Ein Junge, der glühte. Ein Junge, der kurz danach mit Jorge O'Kelly nach Coimbra ging, wo ihnen die ganze Welt zu gehören schien und wo er im Hörsaal die Professoren zurechtwies. Ein Junge, der noch nichts gewußt hatte von der Brandung des Zufalls, von verwehtem Treibsand und der Asche der Vergeblichkeit.

Jahre danach hatte er diese Zeilen an Pater Bartolomeu geschrieben: *Es gibt Dinge, die für uns Menschen zu groß sind: Schmerz, Einsamkeit und Tod, aber auch Schönheit, Erhabenheit und Glück. Dafür haben wir die Religion geschaffen. Was geschieht, wenn wir sie verlieren? Jene Dinge sind dann immer noch zu groß für uns. Was uns bleibt, ist die Poesie des einzelnen Lebens. Ist sie stark genug, uns zu tragen?*

Von seinem Hotelzimmer aus konnte Gregorius die Alte und die Neue Kathedrale sehen. Wenn die Stunde schlug, trat er ans Fenster und blickte hinüber zu den erleuchteten Fassaden. San Juan de la Cruz hatte hier gelebt. Florence war, während sie über ihn schrieb, mehrmals hierher gereist. Sie war mit anderen Studenten gefahren, ihm war nicht danach gewesen. Er hatte nicht gemocht, wie sie von den mystischen Gedichten des großen Dichters geschwärmt hatte, sie und die anderen.

Von Poesie *schwärmte* man nicht. Man *las* sie. Man las sie mit der Zunge. Man lebte damit. Man spürte, wie sie einen bewegte, veränderte. Wie sie dazu beitrug, daß das eigene Leben eine Form bekam, eine Färbung, eine Melodie. Man sprach nicht darüber, und schon gar nicht machte man sie zum Kanonenfutter einer akademischen Karriere.

In Coimbra hatte er sich gefragt, ob er nicht doch ein mögliches Leben an der Universität verpaßt hatte. Die Antwort war: nein. Er spürte noch einmal, wie er in Paris im COUPOLE gesessen und Florences geschwätzige Kollegen mit seiner bernischen Zunge und seinem Bernischen Wissen niedergewalzt hatte. *Nein.*

Später träumte er, daß ihn Aurora in Silveiras Küche zu Orgelmusik herumwirbelte, die Küche weitete sich, er schwamm steil nach unten und geriet in einen Sog, bis er das Bewußtsein verlor und aufwachte.

Er war beim Frühstück der erste. Nachher ging er zur Universität und fragte sich zur Fakultät für Geschichte durch. Die Vorlesung von Estefânia Espinhosa war in einer Stunde: Isabel la Católica.

Im Innenhof der Universität drängten sich unter den Arkaden die Studenten. Gregorius verstand von ihrem rasenden Spanisch kein Wort und ging frühzeitig in den Hörsaal, einen getäfelten Raum von karger, klösterlicher Vornehmheit, vorne ein erhöhtes Pult. Der Raum füllte sich. Es war ein großer Raum, doch bereits vor der Zeit war er bis auf den letzten Platz belegt, und an der Seite saßen Studenten auf dem Boden.

Ich haßte diese Person, das lange, schwarze Haar, den wiegenden Gang, den kurzen Rock. Adriana hatte sie als Mädchen von Mitte zwanzig gesehen. Die Frau, die jetzt hereinkam, war Ende fünfzig. *Er sah ihre leuchtenden Augen vor sich, den ungewöhnlichen, fast asiatischen Teint, das ansteckende, mitreißende Lachen, den wiegenden Gang, und er wollte einfach nicht, daß das alles erlosch, er konnte es nicht wollen,* hatte João Eça über Prado gesagt.

Niemand konnte das wollen, dachte Gregorius. Auch heute nicht. Und ganz besonders dann nicht, wenn er sie sprechen hörte. Sie hatte eine dunkle, rauchige Altstimme und sprach die harten spanischen Wörter mit einem Rest von portugiesischer Sanftheit aus. Gleich zu Beginn hatte sie das Mikrophon abgeschaltet. Es war eine Stimme, die eine Kathedrale füllen würde. Und ein Blick, der einen hoffen ließ, die Vorlesung möge niemals enden.

Von dem, was sie sagte, verstand Gregorius kaum etwas. Er hörte ihr zu wie einem Musikinstrument, manchmal mit geschlossenen Augen, manchmal den Blick auf ihre Gesten konzentriert: die Hand, die das graumelierte Haar aus der Stirn strich, die andere Hand, die einen silbernen Stift hielt und bei betonten Dingen eine unterstreichende Linie in die Luft zeichnete, der Ellbogen, mit dem sie sich aufs Pult stützte, die beiden gestreckten Arme, mit denen sie, wenn sie zu etwas Neuem ansetzte, das Pult umfaßte. Ein Mädchen, das ursprünglich bei der Post gearbeitet hatte, ein Mädchen mit einem phänomenalen Gedächtnis, in dem alle Geheimnisse des Widerstands aufbewahrt waren, die Frau, der es nicht gefiel, wenn O'Kelly sie auf der Straße um die Taille faßte, die Frau, die sich vor dem blauen Haus ans Steuer gesetzt hatte und um ihr Leben gefahren war, bis ans Ende der Welt, die Frau, die sich von Prado nicht hatte auf seine Reise mitnehmen lassen, eine Enttäuschung und Zurücksetzung, die in ihm die größte und schmerzlichste Wachheit seines Lebens hervorgerufen hatte, das Bewußtsein, das Rennen um seine Seligkeit endgültig verloren zu haben, das Gefühl, daß sein glühend begonnenes Leben verlosch und zu Asche zerfiel.

Die Stöße der aufstehenden Studenten ließen Gregorius aufschrecken. Estefânia Espinhosa packte ihre Unterlagen in die Mappe und kam die Stufen vom Podium herunter. Studenten traten auf sie zu. Gregorius ging hinaus und wartete.

Er hatte sich so hingestellt, daß er sie von weitem würde kommen sehen. Um dann zu entscheiden, ob er sie ansprach.

Jetzt kam sie, von einer Frau begleitet, zu der sie wie zu einer Assistentin sprach. Gregorius klopfte das Herz bis zum Hals, als sie an ihm vorüberging. Er folgte den beiden eine Treppe hinauf und durch einen langen Gang. Die Assistentin verabschiedete sich, und Estefânia Espinhosa verschwand in einer Tür. Gregorius ging an der Tür vorbei und sah ihren Namen. *Der Name konnte* ihr *nicht genügen.*

Langsam ging er zurück und hielt sich am Treppengeländer fest. Unten an der Treppe blieb er einen Moment stehen. Dann rannte er die Stufen wieder hoch. Er wartete, bis der Atem ruhiger wurde, dann klopfte er.

Sie hatte einen Mantel an und war im Begriff gewesen zu gehen. Sie sah ihn fragend an.

»Ich ... kann ich mit Ihnen Französisch reden?« fragte Gregorius.

Sie nickte.

Stockend stellte er sich vor und holte dann, wie so oft in dieser Zeit, Prados Buch hervor.

Ihre hellbraunen Augen verengten sich, sie starrte auf das Buch, ohne die Hand danach auszustrecken. Die Sekunden verrannen.

»Ich ... Warum ... Kommen Sie erst einmal herein.«

Sie ging zum Telefon und sagte auf portugiesisch zu jemandem, daß sie jetzt nicht kommen könne. Dann zog sie den Mantel aus. Sie bat Gregorius, sich zu setzen, und zündete eine Zigarette an.

»Steht etwas über mich dort drin?« fragte sie und atmete Rauch aus.

Gregorius schüttelte den Kopf.

»Woher wissen Sie dann von mir?«

Gregorius erzählte. Von Adriana und João Eça. Vom Buch über das finstere Meer, in dem Prado bis zuletzt gelesen hatte. Von den Recherchen des Antiquars. Vom Klappentext auf ihren Büchern. O'Kelly erwähnte er nicht. Auch von der handschriftlichen Aufzeichnung mit den kleinen Buchstaben sagte er nichts.

Jetzt wollte sie das Buch sehen. Sie las. Sie zündete eine neue Zigarette an. Dann betrachtete sie das Portrait.

»So also sah er früher aus. Ich habe nie ein Bild aus dieser Zeit gesehen.«

Er habe gar nicht vorgehabt, hier auszusteigen, sagte Gregorius. Dann habe er aber doch nicht widerstehen können. Das Bild von Prado, es sei so . . . so unvollständig ohne sie. Aber er wisse natürlich, daß es eine Zumutung sei, hier einfach hereinzuplatzen.

Sie trat ans Fenster. Das Telefon klingelte. Sie ließ es klingeln.

»Ich weiß nicht, ob ich das will«, sagte sie. »Über damals reden, meine ich. Auf keinen Fall hier. Kann ich das Buch mitnehmen? Ich möchte darin lesen. Nachdenken. Sie kommen abends zu mir nach Hause. Dann sage ich Ihnen, wie es mir damit geht.«

Sie gab ihm eine Karte.

Gregorius kaufte einen Führer und besichtigte Klöster, eines nach dem anderen. Er war kein Mann, der Sehenswürdigkeiten nachjagte. Wenn sich die Leute vor etwas drängten, pflegte er trotzig draußen zu bleiben; das entsprach seiner Gewohnheit, Bestseller erst Jahre später zu lesen. Und so war es auch jetzt nicht touristische Gier, die ihn trieb. Er brauchte bis in den späten Nachmittag hinein, bis er zu verstehen begann: Die Beschäftigung mit Prado hatte seine Empfindungen Kirchen und Klöstern gegenüber verändert. *Kann es einen Ernst geben, der ernster ist als der poetische Ernst?*, hatte er Ruth Gautschi und David Lehmann entgegengehalten. Das verband ihn mit Prado. Vielleicht war es sogar das stärkste Band. Doch der Mann, der sich aus einem glühenden Meßdiener in einen gottlosen Priester verwandelt hatte, schien einen Schritt weiter gegangen zu sein, einen Schritt, den Gregorius, während er durch Kreuzgänge schritt, zu verstehen suchte. War es ihm gelungen, den poetischen Ernst über die biblischen Worte hinaus auf die Gebäude auszudehnen, die von diesen Worten geschaffen worden waren? War es *das*?

Wenige Tage vor seinem Tod hatte ihn Mélodie aus der Kirche kommen sehen. *Ich will die mächtigen Worte der Bibel lesen. Ich brauche die unwirkliche Kraft ihrer Poesie. Ich liebe betende Menschen. Ich brauche ihren Anblick. Ich brauche ihn gegen das tückische Gift des Oberflächlichen und Gedankenlosen.* Das waren die Empfindungen seiner Jugend gewesen. Mit welchen Gefühlen hatte der Mann die Kirche betreten, der darauf wartete, daß die Zeitbombe in seinem Gehirn explodierte? Der Mann, dem nach der Reise ans Ende der Welt alles zu Asche geworden war?

Das Taxi, das Gregorius zu Estefânia Espinhosas Adresse brachte, mußte an einer Ampel warten. Er sah im Schaufenster eines Reisebüros ein Plakat mit Kuppeln und Minaretten. Wie wäre es gewesen, wenn er im blauen Morgenland mit seinen goldenen Kuppeln jeden Morgen den Muezzin gehört hätte? Wenn persische Poesie die Melodie seines Lebens mitbestimmt hätte?

Estefânia Espinhosa trug Bluejeans und einen dunkelblauen Seemannspullover. Trotz der grauen Strähnen sah sie aus wie Mitte vierzig. Sie hatte belegte Brote gemacht und goß Gregorius Tee ein. Sie brauchte Zeit.

Als sie sah, wie Gregorius' Blick über die Bücherregale glitt, sagte sie, er möge ruhig näher herangehen. Er nahm die dicken Geschichtswerke in die Hand. Wie wenig er doch von der iberischen Halbinsel und ihrer Geschichte wisse, sagte er. Dann erzählte er von den Büchern über das Erdbeben von Lissabon und die Schwarze Pest.

Sie ließ ihn von der Altphilologie erzählen und fragte immer weiter. Sie wollte wissen, dachte er, was für ein Mensch es war, dem sie von der Reise mit Prado erzählen würde. Oder war es nur, daß sie noch mehr Zeit brauchte?

Latein, sagte sie schließlich, Latein sei in gewissem Sinne der Anfang gewesen. »Es gab diesen Jungen, diesen Studenten, der auf der Post aushalf. Ein schüchterner Junge, der in mich verliebt war und meinte, ich merke es nicht. Er studierte Latein. *Finis terrae*, sagte er eines Tages, als er einen Brief nach Finisterre in der Hand hielt. Und dann rezitierte er ein langes lateinisches Gedicht, in dem auch vom Ende der Welt die Rede war. Es gefiel mir, wie er da lateinische Poesie rezitierte, ohne mit dem Sortieren der Briefe aufzuhören. Er spürte, daß es mir gefiel, und machte immer weiter, den ganzen Vormittag lang.

Ich begann im Verborgenen, Latein zu lernen. Er durfte nichts davon wissen, er hätte es mißverstanden. Es war so unwahrscheinlich, daß jemand wie ich, ein Mädchen von der Post mit einer miserablen Schulbildung, Latein lernen würde. So *unwahrscheinlich*! Ich weiß nicht, was mich mehr reizte: die Sprache oder diese Unwahrscheinlichkeit.

Es ging schnell, ich habe ein gutes Gedächtnis. Ich begann, mich für römische Geschichte zu interessieren. Las alles, was ich kriegen konnte, später auch Bücher über portugiesische, spanische, italienische Geschichte. Meine Mutter war gestorben, als ich noch ein Kind war, ich lebte mit dem Vater, einem Eisenbahner. Er hatte nie Bücher gelesen, war erst befremdet, daß ich es tat, später stolz, ein rührender Stolz. Ich war dreiundzwanzig, als die P.I.D.E. ihn holte und wegen Sabotage nach Tarrafal brachte. Aber darüber kann ich nicht sprechen, auch heute noch nicht.

Jorge O'Kelly lernte ich einige Monate später bei einem Treffen des Widerstands kennen. Papás Verhaftung hatte sich in der Filiale der Post herumgesprochen, und zu meiner Verblüffung stellte sich heraus, daß eine ganze Reihe meiner Kollegen zur Widerstandsbewegung gehörten. Ich war, was politische Dinge anlangte, durch Papás Verhaftung schlagartig wach geworden. Jorge war ein wichtiger Mann in der Gruppe. Er und João Eça. Er verliebte sich Hals über Kopf in mich. Es schmeichelte mir. Er versuchte, aus mir einen Star zu machen. Ich hatte diese Idee mit der Schule für Analphabeten, wo sich alle unverdächtig treffen konnten.

Und da geschah es. Eines Abends betrat Amadeu den Raum. Danach war alles anders. Ein neues Licht fiel auf alle Dinge. Es ging ihm nicht anders, ich spürte es schon am ersten Abend.

Ich wollte es. Ich schlief nicht mehr. Ich ging in die Praxis, immer wieder, trotz der haßerfüllten Blicke seiner Schwester. Er wollte mich in die Arme nehmen, in seinem Inneren war eine Lawine, die sich jeden Moment lösen konnte. Doch er wies mich ab. Jorge, sagte er, Jorge. Ich begann, Jorge zu hassen.

Einmal klingelte ich um Mitternacht bei Amadeu. Wir gingen ein paar Straßen, dann zog er mich unter einen Torbogen. Die Lawine löste sich. ›Das darf nicht noch einmal passieren‹, sagte er nachher und verbot mir wiederzukommen.

Es wurde ein langer, quälender Winter. Amadeu kam nicht mehr zu den Treffen. Jorge war krank vor Eifersucht.

Es wäre übertrieben, wenn ich sagte: Ich habe es kommen sehen. Ja, das wäre übertrieben. Aber beschäftigt hat es mich schon, daß sie sich immer mehr ganz auf mein Gedächtnis verließen. ›Was ist, wenn mir etwas passiert‹, sagte ich.«

Estefânia ging hinaus. Als sie zurückkam, sah sie verändert aus. Wie vor einem Wettkampf, dachte Gregorius. Sie hatte sich, wie es schien, das Gesicht gewaschen, und das Haar war jetzt zu einem Pferdeschwanz gebunden. Sie stand am Fenster und rauchte mit hastigen Zügen eine ganze Zigarette, bevor sie weitersprach.

»Die Katastrophe trat Ende Februar ein. Die Tür ging viel zu langsam auf. Lautlos. Er trug Stiefel. Keine Uniform, aber Stiefel. Seine Stiefel, das war das erste, was ich im Türspalt sah. Dann das intelligente, lauernde Gesicht, wir kannten ihn, es war Badajoz, einer von Mendes' Leuten. Ich tat, was wir oft besprochen hatten, und fing an, über das ç zu reden, es Analphabeten zu erklären. Ich konnte später lange Zeit kein ç sehen, ohne an Badajoz denken zu müssen. Die Bank knarrte, als er sich setzte. João Eça streifte mich mit warnendem Blick. *Jetzt hängt alles von dir ab*, schien der Blick zu sagen.

Ich trug, wie immer, meine durchsichtige Bluse, sie war sozusagen meine Arbeitskleidung. Jorge haßte sie. Jetzt zog ich die Jacke aus. Die Blicke von Badajoz auf meinem Körper, sie sollten uns retten. Badajoz schlug die Beine übereinander, es war widerlich. Ich beendete die Schulstunde.

Als Badajoz auf Adrião, meinen Klavierlehrer, zutrat, wußte ich, daß es aus war. Ich hörte nicht, was sie sprachen, doch Adrião wurde bleich, und Badajoz grinste hinterhältig.

Adrião kam von dem Verhör nicht mehr zurück. Ich weiß nicht, was sie mit ihm gemacht haben, ich habe ihn nie wieder gesehen.

João bestand darauf, daß ich von nun an bei seiner Tante wohnte. Sicherheit, sagte er, es ginge darum, mich in Sicherheit zu bringen. Bereits in der ersten Nacht wurde mir klar: Es stimmte, aber es ging nicht nur um mich, sondern vor allem um mein Gedächtnis. Um das, was es preisgeben könnte, wenn sie mich hatten. In diesen Tagen traf ich mich ein einziges Mal mit Jorge. Wir berührten uns nicht, nicht einmal mit der Hand. Es war gespenstisch, ich verstand es nicht. Ich verstand es erst, als Amadeu mir erzählte, warum ich außer Landes müsse.«

Estefânia kam vom Fenster zurück und setzte sich. Sie sah Gregorius an.

»Was Amadeu über Jorge sagte – es war so monströs, so unvorstellbar grausam, daß ich zunächst einfach lachte. Amadeu machte mir in der Praxis ein Bett, bevor wir am nächsten Tag fuhren.

›Das glaube ich einfach nicht‹, sagte ich. ›Mich töten‹. Ich sah ihn an. ›Wir reden von Jorge, deinem Freund‹, sagte ich.

›Eben‹, sagte er tonlos.

Was er denn *genau* gesagt habe, wollte ich wissen, doch er war nicht bereit, die Worte zu wiederholen.

Als ich nachher allein in der Praxis lag, ging ich alles, was ich mit Jorge erlebt hatte, in Gedanken durch. War er *fähig*, an so etwas zu denken? *Ernsthaft* daran zu denken? Ich wurde müde und unsicher. Ich dachte an seine Eifersucht. Ich dachte an Momente, in denen er mir gewalttätig und rücksichtslos erschienen war, wenngleich nicht mir gegenüber. Ich wußte es nicht mehr. Ich *wußte* es nicht.

Bei Amadeus Beerdigung standen wir nebeneinander am Grab, er und ich. Die anderen waren gegangen.

›Du hast es doch nicht wirklich *geglaubt*, oder?‹ fragte er nach einer Weile. ›Er hat mich *mißverstanden*. Es war ein Mißverständnis, ein einfaches Mißverständnis.‹

›Jetzt ist es nicht mehr wichtig‹, sagte ich.

Wir sind auseinandergegangen, ohne uns zu berühren. Ich habe nichts mehr von ihm gehört. Lebt er noch?«

Nach Gregorius' Antwort war es eine Weile still. Dann stand sie auf und holte aus dem Regal ihr Exemplar von O MAR TENEBROSO, dem großen Buch, das bei Prado auf dem Pult gelegen hatte.

›Und er hat bis zum Schluß darin gelesen?‹ fragte sie.

Sie setzte sich und behielt das Buch im Schoß.

»Es war einfach zuviel, viel zuviel für ein fünfundzwanzigjähriges Mädchen, wie ich es war. Badajoz, bei Nacht und Nebel zu Joãos Tante, die Nacht in Amadeus Praxis, der fürchterliche Gedanke an Jorge, die Fahrt neben dem Mann, der mir den Schlaf geraubt hatte. Ich war vollkommen durcheinander.

Die erste Stunde fuhren wir, ohne etwas zu sprechen. Ich war froh, Steuer und Schaltung bedienen zu können. Wir sollten im Norden, bei Galizien, über die Grenze, hatte João gesagt.

›Und dann fahren wir nach Finisterre‹, sagte ich und erzählte ihm die Geschichte mit dem Lateinstudenten.

Er bat mich anzuhalten und umarmte mich. Danach bat er mich immer wieder und immer häufiger. Die Lawine brach los. Er suchte mich. Aber genau das war es: Er suchte nicht *mich*, er suchte *das Leben*. Er wollte immer mehr davon, und er wollte es immer schneller und gieriger. Nicht, daß er grob geworden wäre oder gewaltsam. Im Gegenteil, vor ihm hatte ich nicht gewußt, daß es solche Zärtlichkeit gab. Aber er verschlang mich darin, sog mich in sich hinein, er hatte einen solchen Heißhunger nach dem Leben, nach seiner Hitze, seiner Begierde. Und er war nach meinem Geist nicht weniger hungrig als nach meinem Körper. Er wollte in den wenigen Stunden mein ganzes Leben kennenlernen, meine Erinnerungen, Gedanken, Phantasien, Träume. *Alles.* Und er begriff mit einer Geschwindigkeit und Genauigkeit, die mir nach anfänglichem freudigem Erstaunen angst zu machen begann, denn sein rasendes Verstehen riß alle schützenden Mauern nieder.

In den Jahren danach ergriff ich die Flucht, wann immer jemand mich zu verstehen begann. Das hat sich gelegt. Aber eines ist geblieben: Ich will nicht, daß mich jemand *ganz* versteht. Ich will unerkannt durchs Leben gehen. Die Blindheit der anderen ist meine Sicherheit und meine Freiheit.

Obgleich es sich jetzt so anhört, als habe Amadeu sich ja doch mit Leidenschaft wirklich für *mich* interessiert, war es doch nicht so. Denn es war keine *Begegnung.* Er saugte mit allem, was er erfuhr, vor allem *Lebensstoff* ein, von dem er nicht genug bekommen konnte. Ich war, um es anders zu sagen, gar nicht wirklich *jemand* für ihn, sondern ein *Schauplatz* von Leben, nach dem er griff, als habe man ihn bisher darum betrogen. Als wolle er noch einmal ein ganzes Leben leben, bevor ihn der Tod ereilte.«

Gregorius erzählte von dem Aneurysma und der Gehirnkarte.

»Mein Gott«, sagte sie leise.

Sie hatten in Finisterre am Strand gesessen. Draußen war ein Schiff vorbeigefahren.

»›Laß uns ein Schiff nehmen‹, sagte er, ›am bestens eins nach Brasilien. Belém, Manaús. Der Amazonas. Wo es heiß und feucht ist. Ich würde gern darüber schreiben, über Farben, Gerüche, klebrige Pflanzen, den tropfenden Urwald, Tiere. Ich habe immer nur über die Seele geschrieben.‹«

Dieser Mann, der nie genug von der Wirklichkeit bekommen konnte, hatte Adriana über ihn gesagt.

»Es war nicht pubertäre Romantik und auch nicht der Kitsch eines alternden Mannes. Es war *echt*, es war *wirklich*. Doch es hatte wiederum nichts mit *mir* zu tun. Er wollte mich auf eine Reise mitnehmen, die ganz allein *seine* Reise gewesen wäre, seine innere Reise in vernachlässigte Zonen seiner Seele.

›Du bist mir zu hungrig‹, sagte ich, ›ich kann das nicht; ich *kann* nicht.‹

Als er mich damals in den Torbogen gezogen hatte, war ich bereit gewesen, ihm bis ans Ende der Welt zu folgen. Doch da wußte ich noch nichts von seinem schrecklichen Hunger. Denn, ja, irgendwie war er auch schrecklich, dieser Lebenshunger. Von verschlingender, zerstörerischer Wucht. Furchterregend. Furchtbar.

Meine Worte müssen ihn fürchterlich verletzt haben. Ganz fürchterlich. Er wollte kein gemeinsames Zimmer mehr nehmen, zahlte für zwei einzelne. Als wir uns später trafen, hatte er sich umgezogen. Er blickte gefaßt und stand sehr steif da, sehr korrekt. Da begriff ich: Er hatte durch meine Worte das Gefühl bekommen, daß er seine Würde verloren hatte, und die Steifheit, die Korrektheit waren der hilflose Versuch zu zeigen, daß er sie sich zurückerobert hatte. Dabei hatte ich das gar nicht so gesehen, es war nichts Würdeloses gewesen in seiner Leidenschaft, auch nicht in der Begierde, es ist der Begierde nicht von sich aus eigen, daß sie würdelos ist.

Ich habe kein Auge zugetan, trotz vollständiger Erschöpfung.

Er würde einige Tage hierbleiben, sagte er am nächsten Morgen knapp, und nichts hätte seinen vollständigen inneren Rückzug besser zum Ausdruck bringen können als diese Knappheit.

Zum Abschied gaben wir uns die Hand. Sein letzter Blick war nach innen hin versiegelt. Er ging zurück ins Hotel, ohne sich noch einmal umzudrehen, und bevor ich Gas gab, wartete ich vergeblich auf ein Zeichen am Fenster.

Nach einer unerträglichen halben Stunde hinter dem Steuer fuhr ich zurück. Ich klopfte. Er stand ruhig unter der Tür, ohne Feindseligkeit, beinahe ohne Regung, er hatte mich aus seiner Seele ausgeschlossen, für immer. Ich habe keine Ahnung, wann er wieder nach Lissabon zurückgefahren ist.«

»Nach einer Woche«, sagte Gregorius.

Estefânia gab ihm das Buch.

»Ich habe den ganzen Nachmittag darin gelesen. Zuerst war ich entsetzt. Nicht über ihn. Über mich. Daß ich keine Ahnung hatte, wer er war. Wie wach er sich selbst gegenüber war. Und wie aufrichtig. Schonungslos aufrichtig. Dazu seine Wortgewalt. Ich habe mich geniert, daß ich zu einem solchen Mann einfach gesagt hatte: ›Du bist mir zu hungrig‹. Doch dann wurde mir langsam klar: Es war schon richtig, das zu sagen. Es wäre auch richtig gewesen, wenn ich seine Sätze gekannt hätte.«

Es ging auf Mitternacht. Gregorius wollte nicht gehen.

Bern, die Eisenbahn, der Schwindel – alles war weit weg. Er fragte, wie aus dem Latein lernenden Postmädchen eine Professorin geworden sei. Ihre Auskünfte waren knapp, fast abweisend. Das gab es: daß jemand sich ganz öffnete, was die ferne Vergangenheit anlangte, aber versiegelt blieb, wenn es um das Spätere und um die Gegenwart ging. Intimität hatte ihre Zeit.

Sie standen bei der Tür. Da entschied er sich. Er holte den Umschlag mit Prados letzter Aufzeichnung hervor.

»Ich denke, daß diese Sätze am ehesten Ihnen gehören«, sagte er.

51 Gregorius stand vor dem Schaufenster einer Wohnungsagentur. In drei Stunden ging sein Zug nach Irún und Paris. Sein Gepäck lag am Bahnhof in einem Schließfach. Er stand fest auf dem Pflaster. Er las die Preise und dachte an seine Ersparnisse. Spanisch lernen, die Sprache, die er bisher Florence überlassen hatte. In der Stadt ihres heiligen Helden wohnen. Die Vorlesungen von Estefânia Espinhosa hören. Die Geschichte der vielen Klöster studieren. Prados Aufzeichnungen übersetzen. Die Sätze mit Estefânia durchsprechen, einen nach dem anderen.

In der Agentur arrangierten sie drei Besichtigungstermine innerhalb der nächsten zwei Stunden. Gregorius stand in leeren Wohnungen, die hallten. Er prüfte die Aussicht, den Verkehrslärm, er stellte sich den täglichen Gang durchs Treppenhaus vor. Er gab für zwei Wohnungen eine mündliche Zusage. Dann fuhr er mit dem Taxi kreuz und quer durch die Stadt. »¡Continue!« sagte er zum Fahrer. »¡Siempre derecho, más y más!«

Als er schließlich wieder am Bahnhof war, verwechselte er erst das Schließfach und mußte schließlich rennen, um den Zug zu erwischen.

Im Abteil nickte er ein und wachte erst wieder auf, als der Zug in Valladolid hielt. Eine junge Frau kam herein. Gregorius wuchtete ihren Koffer auf die Ablage. »*Muito obrigada*«, sagte sie, setzte sich neben die Tür und begann, in einem französischen Buch zu lesen. Wenn sie die Beine übereinanderschlug, gab es das Geräusch eines hellen, seidenen Reibens.

Gregorius betrachtete den versiegelten Umschlag, den Maria João nicht hatte öffnen wollen. *Das darfst du erst nach meinem Tod lesen*, hatte Prado gesagt. *Und ich möchte nicht, daß es Adriana in die Hände fällt.* Gregorius erbrach das Siegel, nahm die Blätter heraus und begann zu lesen.

PORQUÊ TU, ENTRE TODAS? WARUM VON ALLEN FRAUEN GE-RADE DU? *Eine Frage, die sich irgendwann in einem jeden bildet. Warum scheint es gefährlich, sie zuzulassen, auch wenn es nur im Stillen geschieht? Was ist so erschreckend am Gedanken der Zufälligkeit, der in ihr ausgesprochen wird und der nicht derselbe Gedanke ist wie derjenige der Beliebigkeit und Austauschbarkeit? Warum kann man diese Zufälligkeit nicht anerkennen und darüber scherzen? Warum denken wir, daß sie die Zuneigung klein machen, ja eigentlich durchstreichen würde, wenn wir sie als etwas Selbstverständliches anerkennten?*

Ich habe dich quer durch den Salon hindurch gesehen, an Köpfen und Champagnergläsern vorbei. ›Das ist Fátima, meine Tochter‹, sagte dein Vater. ›Ich könnte mir vorstellen, daß Sie durch meine Räume gingen‹, sagte ich im Garten zu dir. ›Kannst du dir immer noch vorstellen, daß ich durch deine Räume ginge?‹ fragtest du in England. Und auf dem Schiff: ›Glaubst du auch, daß wir füreinander bestimmt sind?‹

Niemand ist für einen anderen bestimmt. Nicht nur, weil es

keine Vorsehung und auch sonst niemanden gibt, der das arran-
gieren könnte. Nein: weil es zwischen Menschen einfach keine
Zwangsläufigkeit gibt, die über zufällige Bedürfnisse und die ge-
waltige Macht der Gewöhnung hinausginge. Ich hatte fünf Jahre
Klinik hinter mir, fünf Jahre, in denen niemand durch meine
Räume gegangen war. Ich stand ganz zufällig hier, du standest
ganz zufällig dort, dazwischen die Champagnergläser. So war es.
Nicht anders.

Es ist gut, daß du das nicht lesen wirst. Warum hast du ge-
meint, du müßtest dich mit Mamã gegen meine Gottlosigkeit
verbünden? Ein Anwalt der Zufälligkeit liebt doch nicht weniger.
Und weniger loyal ist er auch nicht. Eher mehr.

Die lesende Frau hatte die Brille abgenommen und putzte sie.
Ihr Gesicht hatte wenig Ähnlichkeit mit dem Gesicht der namenlosen Portugiesin auf der Kirchenfeldbrücke. Eines aber
hatten sie gemeinsam: den ungleichen Abstand zwischen Augenbrauen und Nasenwurzel, die eine Braue hörte früher auf
als die andere.

Er würde sie gern etwas fragen, sagte Gregorius. Ob das portugiesische Wort *glória* neben *Ruhm* auch *Seligkeit* im religiösen Sinne bedeuten könne?

Sie dachte nach, dann nickte sie.

Und ob ein Ungläubiger es benützen könnte, wenn er von
demjenigen sprechen möchte, das übrigbleibe, wenn man von
der religiösen Seligkeit die religiöse Seligkeit abziehe?

Sie lachte. »*Que c'est drôle! Mais … oui. Oui.*«

Der Zug verließ Burgos. Gregorius las weiter.

UM MOZART DO FUTURO ABERTO. EIN MOZART DER OFFENEN
ZUKUNFT. *Du kamst die Treppe herunter. Wie Tausende von*
Malen zuvor sah ich zu, wie immer mehr von dir sichtbar wurde,
während der Kopf bis zuletzt hinter der Gegentreppe verborgen

484

blieb. Stets hatte ich das noch Verdeckte in Gedanken ergänzt. Und immer gleich. Es stand fest, *wer da herunterkam.*

An diesem Morgen war es mit einemmal anders. Spielende Kinder hatten am Vortag den Ball gegen das farbige Fenster geworfen und die Scheibe zerbrochen. Das Licht auf der Treppe war anders als sonst – statt des goldenen, verschleierten Lichts, das an die Beleuchtung in einer Kirche erinnerte, flutete das ungebrochene Tageslicht herein. Es war, als schlüge dieses neue Licht eine Bresche in meine gewohnten Erwartungen, als risse etwas auf, das mir neue Gedanken abverlangte. Ich war plötzlich neugierig *darauf, wie dein Gesicht aussehen würde. Die plötzliche Neugierde machte mich glücklich und ließ mich doch auch zusammenfahren. Es war Jahre her, daß die Zeit der werbenden Neugier zu Ende gegangen war und die Tür sich hinter unserem gemeinsamen Leben geschlossen hatte. Warum, Fátima, hatte ein Fenster zerbrechen müssen, damit ich dir wieder mit offenem Blick begegnen konnte?*

Ich habe es dann auch mit dir versucht, Adriana. Doch unsere Vertrautheit war bleiern geworden.

Warum bloß ist der offene Blick so schwer? Wir sind träge Wesen, des Vertrauten bedürftig. Neugierde als seltener Luxus auf gewohntem Grund. Fest stehen und mit dem Offenen spielen können, in jedem Augenblick, es wäre eine Kunst. Man müßte Mozart sein. Ein Mozart der offenen Zukunft.

San Sebastian. Gregorius sah in den Fahrplan. Bald würde er in Irún in den Zug nach Paris umsteigen müssen. Die Frau schlug die Beine übereinander und las weiter. Er nahm die letzte Aufzeichnung aus dem versiegelten Umschlag zur Hand.

MINHA QUERIDA ARTISTA NA AUTO-ILUSÃO. MEINE GELIEBTE VIRTUOSIN DES SELBSTBETRUGS. *Viele unserer Wünsche und Gedanken lägen für uns selbst im dunkeln, und die anderen*

wüßten darüber manchmal besser Bescheid als wir selbst? Wer
hat jemals etwas anderes *geglaubt?*

Niemand. Niemand, der mit einem anderen lebt und atmet.
Wir kennen einander bis in die kleinsten Zuckungen des Körpers
und der Worte hinein. Wir wissen und wollen oft nicht wissen,
was wir wissen. Besonders dann, wenn die Lücke zwischen dem,
was wir sehen, und dem, was der andere glaubt, unerträglich
groß wird. Es bedürfte göttlichen Muts und göttlicher Stärke, um
mit sich in vollkommener Wahrhaftigkeit zu leben. So viel wissen
wir, auch von uns selbst. Kein Grund zur Selbstgerechtigkeit.

Und wenn sie eine wahre Virtuosin des Selbstbetrugs ist, mir
immer eine Finte voraus? Hätte ich dir entgegentreten und sagen
müssen: Nein, du machst dir etwas vor, so bist du nicht? *Das*
bin ich dir schuldig geblieben. Wenn ich es dir denn schuldig war.

Woher weiß einer, was er dem anderen in diesem Sinne schul-
dig ist?

Irún. *Isto ainda não é Irún,* das ist noch nicht Irún. Das waren
die ersten portugiesischen Worte gewesen, die er zu jemandem gesagt hatte. Vor fünf Wochen, und auch im Zug. Gregorius wuchtete den Koffer der Frau herunter.

Kurz nachdem er im Zug nach Paris Platz genommen hatte,
ging die Frau an seinem Abteil vorbei. Sie war fast wieder verschwunden, da hielt sie inne, beugte sich zurück, sah ihn, zögerte einen Moment und kam dann herein. Er tat ihren Koffer
auf die Ablage.

Sie habe diesen langsamen Zug gewählt, sagte sie auf seine
Frage, weil sie dieses Buch lesen wolle. LE SILENCE DU MONDE
AVANT LES MOTS. Sie lese nirgendwo so gut wie im Zug. Nirgendwo sei sie so offen für Neues. So sei sie zur Expertin für
langsame Züge geworden. Sie fahre auch in die Schweiz, nach
Lausanne. Ja, genau, Ankunft morgen früh in Genf. Offenbar
hätten sie sich beide denselben Zug ausgesucht.

Gregorius zog den Mantel vors Gesicht. Sein Grund für den langsamen Zug war ein anderer gewesen. Er wollte nicht in Bern ankommen. Er wollte nicht, daß Doxiades den Hörer nahm und ein Klinikbett reservierte. Bis Genf waren es vierundzwanzig Stationen. Vierundzwanzig Gelegenheiten auszusteigen.

Er tauchte, immer steil nach unten. Die Fischer lachten, als er mit Estefânia Espinhosa durch Silveiras Küche tanzte. All diese Klöster, von denen aus man in all diese leeren, hallenden Wohnungen trat. Ihre hallende Leere hatte das Homerische Wort ausgelöscht.

Er schreckte auf. Λίστρον. Er ging auf die Toilette und wusch sich das Gesicht.

Während er schlief, hatte die Frau die Deckenbeleuchtung gelöscht und ihr Leselämpchen angemacht. Sie las und las. Als Gregorius von der Toilette zurückkam, blickte sie einen kurzen Moment lang hoch und lächelte abwesend.

Gregorius zog den Mantel vors Gesicht und stellte sich die lesende Frau vor. *Ich stand ganz zufällig hier, Du standest ganz zufällig dort, dazwischen die Champagnergläser. So war es. Nicht anders.*

Sie könnten zusammen ein Taxi zum Gare de Lyon nehmen, sagte die Frau, als sie kurz nach Mitternacht in Paris einfuhren. LA COUPOLE. Gregorius atmete das Parfum der Frau neben sich. Er wollte nicht in die Klinik. Er wollte nicht Klinikluft riechen. Die Luft, durch die er sich hindurchgekämpft hatte, wenn er die sterbenden Eltern in den stickigen, überheizten Dreierzimmern besucht hatte, wo es nach dem Lüften immer noch nach Urin roch.

Als er gegen vier Uhr früh hinter seinem Mantel aufwachte, war die Frau mit dem offenen Buch im Schoß eingeschlafen. Er löschte das Leselämpchen über ihrem Kopf. Sie drehte sich zur Seite und zog den Mantel vors Gesicht.

487

Es wurde hell. Gregorius wollte nicht, daß es hell wurde.

Der Kellner des Speisewagens kam mit dem Getränkewagen vorbei. Die Frau wachte auf. Gregorius reichte ihr einen Becher Kaffee. Schweigend sahen sie zu, wie die Sonne hinter einem feinen Wolkenschleier aufging. Es sei sonderbar, sagte die Frau plötzlich, daß *glória* für zwei so ganz unterschiedliche Dinge stehe: den äußeren, lärmigen Ruhm und die innere, stille Seligkeit. Und nach einer Pause: »Seligkeit – wovon reden wir eigentlich?«

Gregorius trug ihr den schweren Koffer durch den Genfer Bahnhof. Die Leute im Großraumwagen der Schweizer Bahn redeten laut und lachten. Die Frau sah seinen Ärger, zeigte auf den Titel ihres Buches und lachte. Jetzt lachte auch er. Mitten in seinem Lachen kündigte die Lautsprecherstimme Lausanne an. Die Frau stand auf, er holte den Koffer herunter. Sie sah ihn an. »*C'était bien, ça*«, sagte sie. Dann stieg sie aus.

Fribourg. Es würgte Gregorius. Er stieg auf die Burg und sah aufs nächtliche Lissabon hinunter. Er war auf der Fähre über den Tejo. Er saß bei Maria João in der Küche. Er ging durch die Klöster von Salamanca und setzte sich in die Vorlesung von Estefânia Espinhosa.

Bern. Gregorius stieg aus. Er setzte den Koffer ab und wartete. Als er ihn nahm und weiterging, war ihm, als wate er durch Blei.

52 In der kalten Wohnung hatte er den Koffer abgesetzt und war dann zum Fotogeschäft gegangen. Jetzt saß er im Wohnzimmer. In zwei Stunden konnte er die entwickelten Bilder abholen. Was sollte er bis dahin machen?

Der Telefonhörer lag immer noch verkehrt herum auf der

Gabel und erinnerte ihn an das nächtliche Gespräch mit Doxiades. Fünf Wochen war das her. Damals hatte es geschneit, jetzt gingen die Leute ohne Mantel. Doch das Licht war noch bleich, kein Vergleich mit dem Licht auf dem Tejo.

Die Platte des Sprachkurses lag immer noch auf dem Plattenspieler. Gregorius stellte ihn an. Er verglich die Stimmen mit den Stimmen in der alten Straßenbahn von Lissabon. Er fuhr von Belém ins Alfama-Viertel und mit der Metro weiter zum Liceu.

Es klingelte. Der Türvorleger, sie erkenne immer am Türvorleger, wann er da sei, sagte Frau Loosli. Sie gab ihm ein Schreiben der Schuldirektion, das am Vortrag gekommen war. Die andere Post war unterwegs zu Silveiras Adresse. Er sehe bleich aus, sagte sie. Ob auch alles in Ordnung sei?

Gregorius las die Zahlen der Schuldirektion und vergaß sie noch während des Lesens wieder. Er war vor der Zeit im Fotogeschäft und mußte warten. Zurück rannte er fast.

Ein ganzer Film nur für die erleuchtete Tür von O'Kellys Apotheke. Fast immer war er mit dem Abdrücken zu spät gekommen. Dreimal hatte es geklappt, und der rauchende Apotheker war zu sehen. Das wirre Haar. Die große, fleischige Nase. Die ewig verrutschte Krawatte. *Ich begann, Jorge zu hassen.* Seit er von der Geschichte mit Estefânia Espinhosa wußte, dachte Gregorius, kam ihm O'Kellys Blick verschlagen vor. Gemein. Wie damals, als er am Nebentisch zusah, wie ihm das widerliche Geräusch zu schaffen machte, mit dem Pedro im Schachclub alle paar Minuten den Rotz hochzog.

Gregorius ging mit den Augen ganz nah an die Fotos heran. Wo war der müde und gütige Blick, den er früher in dem bäurischen Gesicht gesehen hatte? Der Blick mit der Trauer über den verlorenen Freund? *Wir waren wie Brüder. Mehr als Brüder. Ich dachte wirklich, wir könnten uns nie verlieren.* Gregorius fand die früheren Blicke nicht mehr. *Sie ist einfach nicht möglich, die grenzenlose Offenheit. Sie geht über unsere Kräfte. Einsamkeit durch Verschweigenmüssen, auch das gibt es.* Jetzt waren sie wieder da, die anderen Blicke.

Ist die Seele ein Ort von Tatsachen? Oder sind die vermeintlichen Tatsachen nur die trügerischen Schatten unserer Geschichten?, hatte sich Prado gefragt. Das galt, dachte Gregorius, auch für Blicke. Blicke waren nicht da und wurden gelesen. Blicke waren stets *hineingelesene* Blicke. Nur als hineingelesene *gab* es sie.

João Eça in der Dämmerung auf dem Balkon des Heims. *Ich werde keine Schläuche wollen, keine Pumpe. Nur, damit es ein paar Wochen längert dauert.* Gregorius spürte den heißen, brennenden Tee, den er aus Eças Tasse getrunken hatte.

Die Bilder von Mélodies Haus waren in der Dunkelheit nichts geworden.

Silveira, der auf dem Perron die Zigarette gegen den Wind abschirmte, um sie anzünden zu können. Heute fuhr er wieder nach Biarritz und würde sich, wie schon so oft, fragen, warum er weitermachte.

Gregorius ging die Bilder noch einmal durch. Dann noch einmal. Die Vergangenheit begann, unter seinem Blick zu gefrieren. Das Gedächtnis würde auswählen, arrangieren, retouchieren, lügen. Das Tückische war, daß die Auslassungen, Verzerrungen und Lügen später nicht mehr zu erkennen waren. Es gab keinen Standpunkt außerhalb des Gedächtnisses.

Ein gewöhnlicher Mittwochnachmittag in der Stadt, in der er sein Leben verbracht hatte. Was sollte er damit anfangen?

Die Worte des muselmanischen Geographen El Edrisí über das Ende der Welt. Gregorius holte die Blätter, auf denen er seine Worte in Finisterre ins Lateinische, Griechische und Hebräische übersetzt hatte.

Plötzlich wußte er, was er tun wollte. Er wollte Bern fotografieren. Festhalten, womit er all die Jahre gelebt hatte. Die Gebäude, Gassen, Plätze, die viel mehr gewesen waren als nur die Kulisse seines Lebens.

Im Fotogeschäft kaufte er Filme, und die Zeit bis zur Dämmerung ging er durch die Straßen der Länggasse, in denen er seine Kindheit verbracht hatte. Jetzt, wo er sie aus verschiedenen Winkeln und mit der Aufmerksamkeit des Fotografen betrachtete, waren sie ganz anders, diese Straßen. Er fotografierte bis in den Schlaf hinein. Manchmal wachte er auf und wußte nicht, wo er war. Wenn er dann auf dem Bettrand saß, war er nicht mehr sicher, ob der distanzierte, berechnende Blick des Fotografen der richtige Blick war, um sich die Welt eines Lebens anzueignen.

Am Donnerstag machte er weiter. In die Altstadt hinunter nahm er den Aufzug von der Universitätsterrasse und den Weg durch den Bahnhof. So konnte er den Bubenbergplatz vermeiden. Film nach Film wurde voll. Das Münster sah er, wie er es noch nie gesehen hatte. Ein Organist übte. Das erstemal seit der Ankunft kam der Schwindel, und Gregorius hielt sich an der Kirchenbank fest.

Er brachte die Filme zum Entwickeln. Als er dann zum Bubenbergplatz ging, war es, als nähme er Anlauf zu etwas Großem, Schwierigem. Beim Denkmal blieb er stehen. Die Sonne war verschwunden, ein gleichmäßig grauer Himmel wölbte sich über der Stadt. Er hatte erwartet, er würde spüren, ob er den Platz wieder berühren konnte. Er spürte es nicht. Es war nicht wie früher, und es war nicht wie bei seinem kurzen Besuch vor drei Wochen. Wie war es? Er war müde und wandte sich zum Gehen.

»Wie hat Ihnen das Buch des Goldschmieds gefallen?«

Es war der Buchhändler aus der spanischen Buchhandlung. Er gab Gregorius die Hand.

»Hat es gehalten, was es versprach?«

Ja, sagte Gregorius, durchaus.

Er sagte es steif. Der Buchhändler merkte, daß ihm nicht nach Reden war, und verabschiedete sich schnell.

Im Kino Bubenberg hatte das Programm gewechselt, die Verfilmung von Simenon mit Jeanne Moreau war abgesetzt.

Gregorius wartete ungeduldig auf die Filme. Kägi, der Rektor, bog in die Gasse ein. Gregorius stellte sich in den Eingang eines Geschäfts. *Es gibt Momente, da sieht meine Frau aus, als zerfalle sie,* hatte er geschrieben. Jetzt war sie in der Nervenklinik. Kägi sah müde aus und schien kaum wahrzunehmen, was um ihn herum geschah. Für einen Moment spürte Gregorius den Impuls, mit ihm zu reden. Dann war die Empfindung vorbei.

Die Filme kamen, er setzte sich im Hotel Bellevue ins Restaurant und öffnete die Umschläge. Es waren fremde Bilder, sie hatten nichts mit ihm zu tun. Er tat sie zurück in die Umschläge, und während des Essens versuchte er vergeblich herauszufinden, was es war, das er sich erhofft hatte.

Auf der Treppe zu seiner Wohnung erfaßte ihn heftiger Schwindel, und er mußte sich mit beiden Armen am Geländer festhalten. Danach saß er den ganzen Abend neben dem Telefon und stellte sich vor, was unweigerlich geschehen würde, wenn er Doxiades anriefe.

Kurz vor dem Einschlafen bekam er jedesmal Angst, in Schwindel und Bewußtlosigkeit zu versinken und ohne Erinnerung aufzuwachen. Während es über der Stadt langsam hell wurde, versammelte er all seinen Mut. Als die Sprechstundenhilfe von Doxiades erschien, stand er bereits vor der Praxis.

Der Grieche kam ein paar Minuten später. Gregorius wartete auf ein ärgerliches Erstaunen wegen der neuen Brille. Doch der Grieche kniff nur einen Augenblick lang die Augen zusammen, ging ihm voran ins Sprechzimmer und ließ sich dann alles über die neue Brille und den Schwindel erzählen.

Erst einmal sehe er keinen Grund zur Panik, sagte er schließlich. Aber es seien eine Reihe von Tests nötig, und man müsse die Sache in der Klinik eine Weile beobachten. Er griff zum Hörer, ließ die Hand darauf ruhen und sah Gregorius an.

Gregorius atmete einige Male ein und aus, dann nickte er.

Sonntag abend werde er aufgenommen, sagte der Grieche, nachdem er aufgelegt hatte. Jemanden, der besser sei als dieser Arzt, gebe es weit und breit nicht, sagte er.

Gregorius ging langsam durch die Stadt, vorbei an den vielen Gebäuden und Plätzen, die ihm wichtig gewesen waren. So war es richtig. Er aß, wo er meistens gegessen hatte, und am frühen Nachmittag ging er in das Kino, wo er als Schüler seinen ersten Film gesehen hatte. Der Film langweilte ihn, aber es roch immer noch wie damals, und er blieb bis zum Ende.

Auf dem Weg nach Hause traf er Natalie Rubin.

»Eine neue Brille!« sagte sie zur Begrüßung.

Sie hatten beide keine Ahnung, wie sie sich begegnen sollten. Die Telefongespräche lagen weit zurück und waren nur noch gegenwärtig wie der Nachhall eines Traums.

Ja, sagte er, es könne gut sein, daß er wieder zurück nach Lissabon fahre. Die Untersuchung? Nein, nein, nur eine harmlose Augensache.

Sie sei mit dem Persischen ins Stocken geraten, sagte Natalie. Er nickte.

Ob sie sich an den neuen Lehrer gewöhnt hätten, fragte er zum Schluß.

Sie lachte. »Ein Langweiler von Gottes Gnaden!«

Beide drehten sie sich nach ein paar Schritten um und winkten.

Am Samstag verbrachte Gregorius viele Stunden damit, seine lateinischen, griechischen und hebräischen Bücher in die Hand zu nehmen. Er betrachtete die vielen Randnotizen und die Veränderung, die seine Handschrift über die Jahrzehnte erfahren hatte. Am Ende lag ein kleiner Stoß von Büchern auf dem Tisch, den er in den Handkoffer für die Klinik packte. Dann rief er Florence an und fragte, ob er sie besuchen dürfe.

Sie hatte eine Totgeburt gehabt und war vor einigen Jahren wegen Krebs operiert worden. Die Krankheit war nicht wiedergekommen. Sie arbeitete als Übersetzerin. Sie war keineswegs so müde und erloschen, wie er neulich gedacht hatte, als er sie hatte nach Hause kommen sehen.

Er erzählte von den Klöstern in Salamanca.

»Damals wolltest du nicht«, sagte sie.

Er nickte. Sie lachten. Von der Klinik erzählte er nichts. Als er nachher auf die Kirchenfeldbrücke zuging, bereute er es.

Er ging einmal ganz um das dunkle Gymnasium herum. Dabei fiel ihm die hebräische Bibel ein, die im Schreibtisch von Senhor Cortês lag, eingewickelt in seinen Pullover.

Am Sonntag vormittag rief er João Eça an. Was er denn jetzt heute nachmittag machen solle, sagte Eça, ob er ihm das bitte erklären könne.

Er gehe heute abend in die Klinik, sagte Gregorius.

»Muß nichts heißen«, sagte Eça nach einer Pause. »Und wenn – niemand kann Sie dort festhalten.«

Mittags rief Doxiades an und fragte, ob er zum Schach kommen wolle, er würde ihn danach in die Klinik fahren.

Ob er immer noch ans Aufhören denke, fragte Gregorius den Griechen nach der ersten Partie. Ja, sagte der Grieche, er denke oft daran. Aber vielleicht gehe es ja vorbei. Im nächsten Monat fahre er erst einmal nach Thessaloniki, er sei mehr als zehn Jahre nicht mehr dort gewesen.

Die zweite Partie war zu Ende, und es wurde Zeit.

»Was ist, wenn sie etwas Schlimmes finden?« fragte Gregorius. »Etwas, durch das ich mich verliere?«

Der Grieche sah ihn an. Es war ein ruhiger und fester Blick.

»Ich habe einen Rezeptblock«, sagte er.

Schweigend fuhren sie in der Dämmerung zur Klinik. *Das Leben ist nicht das, was wir leben; es ist das, was wir uns vorstellen zu leben,* hatte Prado geschrieben.

Doxiades gab ihm die Hand. »Alles ganz harmlos, wahrscheinlich«, sagte er, »und der Mann ist, wie gesagt, der Beste.«

Vor dem Eingang der Klinik drehte sich Gregorius um und winkte. Dann ging er hinein. Als sich die Tür hinter ihm schloß, begann es zu regnen.

Inhalt